बस्तर बस्तर

लोकबाबू

राजपाल

ISBN : 9789389373479

BASTAR BASTAR (Novel)
by Lokbabu

राजपाल एण्ड सन्ज़
1590, मदरसा रोड, कश्मीरी गेट, दिल्ली–110006
फोन : 011–23869812, 23865483, 23867791
e-mail : sales@rajpalpublishing.com
www.rajpalpublishing.com
www.facebook.com/rajpalandsons

वे डरते हैं
किस चीज़ से डरते हैं वे
तमाम धन-दौलत
गोला-बारूद, पुलिस फ़ौज के बावजूद

वे डरते हैं
कि एक दिन
निहत्थे और गरीब लोग
उनसे डरना
बंद कर देंगे!

–गोरख पाण्डेय की कविता 'उनका डर' से उद्धृत

जो लिखा
सब झूठ है
अगर सच मानें तो!

क्रम

भाग–1

अबूझमाड़
किस्सों का कोठा

1

"टपका साले को, मुखबिर है साला!" बस्तर के बियाबान, ऊँचे और घने जंगल में एक दादा की आवाज़ गूँजी। साल-सरई के पेड़ों पर बैठे पंछियों ने अपने पर धीरे से फड़फड़ाये। कुछ ने अपनी शाखायें बदल लीं। शाम हो चुकी थी। धुँधलके ने जंगल को अपने पाश में लपेटना शुरू कर दिया था। एक बाल पंछी अनायास चिहुँक उठा। जैसे बड़ों से पूछ रहा हो—नीचे कुछ हो रहा है, आपने कुछ सुना? बड़ा पंछी जैसे उसे डाँटते हुए चिहुँका—चुप बैठा रह! कुछ सुनायी भी पड़े तो समझ, नहीं सुना। इस अरण्य में कुछ न सुनने में ही भलाई है! बाल पंछी भौंचक हुआ, मगर शांत भी। गर्मी का मौसम बीतने-बीतने को था। बरसात भी अब तब आने-आने को थी, मगर जाने कहाँ ठिठक कर रुकी पड़ी थी। बरसात की प्रतीक्षा में बेताब इस उष्णकटिबंधीय वन के ज़्यादातर पेड़ धूप में झुलसे, पत्रहीन होकर नंगे खड़े थे। ज़मीन पर सूखे पत्तों की रज़ाइयाँ बिछी थीं। दुराचार की आशंका लिए अरण्य, अनिच्छा से अपने आकाओं की प्रतीक्षा में कसमसाता, सकपकाता, आँखें बंद किये, हर आहट पर चौंकता चित्त पड़ा था।

रग्घू दो दिनों से इन दादाओं के चंगुल में आन फँसा था। जंगल-जंगल, पहाड़-पगडंडी, गिरते-पड़ते, इन भटकती आत्माओं के साथ तालमेल बिठाये फिरता रहा। पहले, दिन के समय उसकी आँखों पर पट्टी बाँध दी गयी थी, फिर एक साथी की उँगली कृपापूर्वक सुलभ करवा दी गई थी, जिसे थामे-थामे उसने न जाने कितनी यात्रा कर डाली थी। दिन भर वह उस उँगली को थामे उनके पीछे-पीछे चलता रहा था। पैरों के नीचे पड़ती ज़मीन से वह अंदाज़ लगाता रहा, यह मैदान है, अब वे सूखे पड़े खेतों से गुज़र रहे हैं, अब वे खेतों की मेड़ पर हैं! दूर कहीं से एक कुत्ते के भौंकने की आवाज़ आयी तो वह समझ गया कि वे लोग किसी गाँव के करीब से गुज़र रहे हैं। वह साहसी कुत्ता गाँव से बाहर निकल ज़रा-ज़रा देर में भौंके जा रहा था। उस कुत्ते का यूँ भौंकना उन्हें पसंद नहीं आया। एक ने अपने सीनियर से पूछा—कामरेड धरमू, कहो तो मैं इस कुत्ते का मुँह हमेशा के लिए बंद कर दूँ? "नहीं।" धरमू ने कहा, "हमारे लिए बंदूक की गोलियाँ बहुत कीमती हैं, इन्हें फ़िज़ूल खर्च नहीं कर सकते!" फिर धरमू और उस युवक ने मिट्टी के ढेले उस कुत्ते की ओर उछाले। शायद कोई ढेला कुत्ते को जा लगा होगा, वह कांय-कांय करता गाँव के अंदर चला गया और उसका साहस उसकी दुम से लिपट गया!

ये लोग गाँव के अंदर नहीं गये। गाँव से थोड़ी दूर, नाले के ऊपरी हिस्से में, जहाँ के कुछ पेड़ों में नये पत्ते आ चुके थे, नीचे छाया थी, उन्होंने थोड़ा विश्राम किया। बाद में उनमें से दो लोग गाँव में गये और वहाँ से कुछ अनाज,बर्तन गाँववालों से माँग लाये। फिर उन्होंने आग जलायी और खाना बना लिया। सबने खाना खाया। इसे भी दिया। डेढ़ घंटे में खा-पीकर वे फिर आगे चल पड़े। गाँववालों के बर्तन वे उसी जगह छोड़ गये। उन्हें मालूम रहा होगा, गाँववाले आकर अपने बर्तन बटोर ही लेंगे।

जंगल की ताज़ी हवा रग्घू के नथुनों में समा रही थी। वह उस युवा दादा के पसीने की तेज़ गंध भी अपने नथुनों में अलग से महसूस कर रहा था। उसकी उँगलियाँ भी कई बार फिसल-फिसल जाती थीं, तब वह दादा अपनी गंदी पतलून से उस उँगली को पोंछ कर उसे फिर (कृपापूर्वक) थमा देता था। उस दादा को विश्वास था, कल रग्घू अपनी 'परीक्षा' में पास होकर उनके समूह का अंग बन जायेगा। ''ऐसे पढ़े लिखे जवान,''—जैसा कि उसके एक बड़े लीडर ने कुछ माह पूर्व उन्हें समझाया था—''हमारी क्रान्ति के लिए ज़रूरी हैं, बस ये दगाबाज़ न हों!''

रात में जब रग्घू की आँखों की पट्टी खोली गई तो देखने के लिए चारों तरफ़ अँधेरा ही था। वैसे वह जंगल का ही जीव था, मगर उसे नहीं पता कि वह इस जगह किधर से आया है। नयी जगह पर दिशा-भ्रम तो होता ही है, और ऐसी स्थिति में वह कभी नहीं पड़ा था। पहले कभी उसने जंगल को इतनी गहराई में आँका भी नहीं था। उसे लगा कि जंगल उसकी नासमझी पर हँस रहा होगा! मगर वह बेबस था। उसका ज़्यादातर समय जंगल से बाहर कस्बे और शहर में गुज़रा था। फिर भी उसने मन-ही-मन जंगल को आश्वस्त किया—बस यहाँ थोड़ा समय गुज़ारने और दिन में खुली आँखों से चहुँओर निहार लेने की बात है! अगर वह यहाँ से जीवित निकल जायेगा तो फिर किसी दिन ज़रूर इस जगह पर लौटेगा! यह पता करेगा कि यहाँ आने का सीधा-सरल रास्ता कौन-सा है! यह जगह कौन-सी है जो उसके लिए अबूझ बनी रह गई थी! मगर यह तब ही होगा, जब चारों ओर 'शांति' आ जायेगी! ''शांति,''... वह मन-ही-मन बुदबुदाया। ''यह 'शांति' भी कमाल की चीज़ है, जिसके लिए सभी 'अशांत' फिर रहे हैं! पता नहीं यह 'शांति' कभी इस अरण्य में आयेगी भी या नहीं! कहीं इसके आते इतनी देर न हो जाये कि फिर इसकी ज़रूरत ही न रह जाये, क्योंकि तब यह अरण्य ही कहाँ होगा, नहीं?''

~

देर रात वे किसी और गाँव पहुँचे। वहाँ अधजगी रात काटी और सुबह फिर चल पड़े। घुमन्तू जीवन उसे थका दे रहा था, मगर उसे आशा थी, ज़रूर वह 'उससे' मुलाकात कर पायेगा! रायपुर के सिनेमाघर में उसने कुछ साल पहले एक फ़िल्म देखी थी, जिसका नाम उसे अभी याद नहीं आ रहा था। वह उस रोज़ फ़िल्म देखने निकला भी नहीं था, मगर कॉलेज वापसी के रास्ते में उसे बरसात ने रोक लिया था। वह पैदल

था और उसने छतरी या बरसाती कुछ भी नहीं रखी थी। जिस भवन की छत के नीचे वह खड़ा था, उसके सौ कदम पर एक सिनेमाघर था। उसने अपनी नोटबुक अपनी कमीज़ के अंदर छुपायी, रूमाल सिर पर रखा और बिना ज़्यादा विचार किये उस ओर दौड़ पड़ा, तो भी वह आधा भीग गया था। टिकट काउन्टर चालू था। भीड़ नहीं थी। टिकट लेकर वह अंदर चला गया। अंदर भी कम ही लोग थे। वह स्वयं भी मजबूरी में आया था, मगर फ़िल्म उसे अच्छी लगी थी। फ़िल्म के आख़िर-आख़िर में वहाँ भी बरसात हो रही थी और एक ही ऑटो में बैठे फ़िल्म के नायक, नायिका एक-दूसरे से अपरिचित, एक-दूसरे की तलाश कर रहे थे। पार्श्व में एक गीत बज रहा था। उसे हैरत हो रही थी कि अभी जान के लाले पड़े हुए हैं और उस पार्श्व गीत के बोल बार-बार उसके जेहन में उठ रहे थे—'ज़िन्दा रहने के लिए तेरी कसम, एक मुलाकात ज़रूरी है सनम!'

पहले दिन वह इन दादाओं से खूब डरा था। डर तो अब भी है मगर कम। उसे मालूम था, उसका कोई अंदर है और उसकी ओर ही शायद ये लोग उसे लेकर चल रहे हैं। मगर अपने तईं वे उसकी ठीक से जाँच-परख कर लेना चाहते हैं! संदेह होने पर बंदूक से उड़ा भी सकते हैं। मगर उसे लग रहा है, उसने दादाओं का कुछ विश्वास हासिल कर लिया है, शायद वे ऐसा न भी करें!

आज शाम को उसे एक दोनाली बंदूक थमा दी गयी थी। जीवन में पहली बार उसने ऐसे किसी हथियार को स्पर्श किया था, जो दूसरों की तत्काल जान ले सकता था। बंदूक पुरानी थी और उसके पीछे लकड़ी वाले हिस्से पर खरोंच के अनेक निशान थे। उस बंदूक का वज़न उसकी कल्पना से अधिक था। उसने आहिस्ता-आहिस्ता समूची बंदूक पर हाथ फेरा। उसने बंदूक के सामने के छिद्र की गोलाई को अपनी उँगलियों से स्पर्श किया। उसने तनिक उत्सुकतावश बंदूक की लटकती पट्टी को अपने कन्धे पर चढ़ाया तो बंदूक उसकी पीठ पर आकाश की ओर तन गई, गोया अब दुश्मन उधर ही हो! उसने बंदूक फिर अपने हाथों में ले ली। धुँधलके में आँखें गड़ाये उसने फिर एक बार बंदूक को देखा और भयमिश्रित उत्सुकता की एक लहर उसके अंदर हिलोर गई। वह उसे जल्दी चलाकर देखना चाहने लगा। बंदूक थामे उसने अपने को 'बड़ा' और 'सम्मानित' महसूस किया!...क्या इरमा (उसकी मंगेतर) ने भी ऐसा ही महसूस किया होगा, जब उसने बचपन में पहली बार बंदूक को स्पर्श किया था?

2

इरमा...लेकामी इरमा...एक जंगली फूल! जामुन की ढेरी पर आ गिरा एक महुआ!...एक जवान होती, रम्भाती भूरी बछिया! रग्घू की किस्मत में आ पड़ा सुख का एक बटुआ! अपनी घाटियों में रहस्य छुपाये, तने हुए उरोजों-सी उठी, पहली बरसात में हरियायी एक छोटी डोंगरी!

इरमा रग्घू के गाँव की नहीं थी। नारायणपुर से लगभग दस किलोमीटर दूर देवगाँव के पास के किसी टोले के अपने पोखर की एक मछली थी, जो अपने परिवार पर हुई अनापेक्षित वृष्टि में बहकर उसके इलाके में आ पहुँची थी। दस-ग्यारह साल की उम्र रही होगी तब इरमा की। उससे पाँच-साल छोटी, मगर उससे एक इंच बड़ी। रग्घू को उसके नाम का उच्चारण बड़ा प्यारा लगता था। शुरू-शुरू में वह उसको उसके पूरे नाम से पुकारता था—लेकामी इरमा! मगर बाद में सिर्फ़ 'इरमा' कहना ही ज़्यादा ठीक लगा था।

नई जगह पर इरमा अपने शुरुआती दिनों में एकदम खामोश और अकेली रहना पसंद करती थी। अपना जन्मस्थान, गाँव-गली, जीव-जंगल, सहेलियों-सम्बन्धियों को छोड़ने का दुख उसे सालता रहता था। मगर वह मजबूर थी। निर्णय बड़ों ने लिया था, उचित-अनुचित जानकर, मगर उस निर्णय का बोझ वह अपने दिल में लिए कुछ दिनों तक गुमसुम बनी रही थी।

इरमा ने अपने वास्तविक पिता को कभी नहीं देखा था। न उसकी माँ लेकामी हिड़मा ने ही कभी इस सम्बन्ध में किसी को कुछ बतलाया था। माँ हिड़मा भी 'उसके' सम्बन्ध में ज़्यादा कुछ जानती नहीं थी। वह कोई वनरक्षक था और एक दिन जंगल में सूखी लकड़ियाँ बटोरती, काटती हिड़मा को उसने रंगेहाथों पकड़ लिया था। उसकी कुल्हाड़ी छीन ली थी। कुल्हाड़ी हिड़मा के परिवार के लिए कीमती और बहुउपयोगी थी। वह कुल्हाड़ी छोड़कर भाग नहीं सकती थी। वह गिड़गिड़ायी, वनरक्षक के पाँव छुए, अपने कान पकड़े, कसम खायी कि दोबारा इधर नहीं आयेगी, मगर वह वनरक्षक (जो मानवरक्षक नहीं था) नहीं माना। उसकी नज़र हिड़मा की उघड़ी छातियों से होती हुई, समूचे तन पर तनी हुई थी। एक साँवली-सुडौल, जवान-हिरनी उसके सामने कुलाँचे मारकर भागने को तैयार, मगर अभी मजबूर! उसे भारी पड़ रहा था अपने बुज़ुर्गों की चेत को बिसारना—हिरना, समझबूझि वन चरना!...वनरक्षक ने एक हाथ से हिड़मा की कलाई पकड़ी और दूसरे हाथ से उसके बालों में खोसे गये चार पड़ियाओं[1] को निकाल फेंका। फिर वही किया जो उसकी मर्ज़ी थी। आख़िर में वह बोला था, "कल इसी समय फिर आना और अपनी कुल्हाड़ी ले जाना! किसी को अपने साथ नहीं लाना। और हाँ, जिन लकड़ियों को तूने बीन-बाँध रखा है, उन्हें ले जा सकती है!"

चीते की झपट से किसी तरह छूटी घायल हिरनी ने अपनी लचकी टाँगों को झटककर सीधा किया, अपने आँचुलू[2] को लपेटा, ज़मीन पर बिखरी चारों पड़िया उठायीं, लकड़ियों का गट्ठर सिर पर रखा और थकी-हारी घर चली आयी। वनरक्षक की ज़बरदस्ती से वह आहत थी, मगर अपनी कुल्हाड़ी के छूटने का उसे ज़्यादा दुख था। वह दूसरे दिन नियत समय पर अपनी कुल्हाड़ी के लिए आ पहुँची। वहाँ वनरक्षक अपनी मोटरसाइकिल की सीट पर बैठा, इंतज़ार करता, पहले ही आ गया था।

---

1. लकड़ी से बनी कंघी 2. आम साड़ियों से कम लम्बाई वाली साड़ी

"नावा टाँगी टून हीम बाबू, भगवान मिकून भला कियर...(मेरी कुल्हाड़ी दे दो बाबू, भगवान तुम्हारा भला करेगा) !"

"मेरा भला तो तुम भी कर सकती हो, भगवान की अभी ज़रूरत नहीं है! और हाँ, देखो वो ढेर सारी लकड़ियाँ, जितनी चाहो ले जाओ!"

वह कुटिलता से मुस्कुराया था। उसने एक ओर पड़ी ढेर सारी लकड़ियों की ओर इशारा किया था। हिड़मा ने उस ओर देखा, ये लकड़ियाँ तो कल यहाँ नहीं थीं! अच्छा है, आज उसे लकड़ियों के लिए भटकना नहीं पड़ेगा। बाबू साब तो खुद ले जाने को बोलता है तो अब डर काहे का!...आज तो वह जल्दी लौट जायेगी, मगर उसकी टाँगी ?...वनरक्षक ने आज भी उससे ज़बरदस्ती की। हिड़मा ने कल के मुकाबले आज उसका कम विरोध किया। जाने क्यों अधेड़, किन्तु हृष्ट-पुष्ट गौरांग वनरक्षक के प्रति उसके मन में कुछ कमज़ोरी घर करने लगी थी। लकड़ियाँ लेकर लौटते उसने फिर निवेदन किया, "नावा टाँगी टून हीम बाबू...(मेरी टाँगी दे दो बाबू) !"

"मैं चाहता हूँ तुम कल फिर आओ! टाँगी दे देने पर तुम नहीं आओगी!"

हिड़मा सोच में पड़ गयी। बाबू कह तो सही रहा था। उसने बहाना बनाया, "नाड़ नरकी मावा परातूर नरायनपुर त हाटुम दायनुर...उचुक समान ममिना बरा आन्द...(कल सुबह से मेरे टोलेवाले नारायणपुर के बाज़ार में जाने को निकलेंगे। मुझे कुछ सामान बेचना और खरीदना भी है) !

"क्या लेना है? क्या बेचना है?"

"नावा बरा गोगोड़ कोरदुन ममियाना आंद। हयोर कमका माटीनीय तनाना (मैं अपना एक मुर्गा बेचूँगी और नमक, हल्दी, मिट्टी का तेल लेना है)। बाबू, मुर्गा बिक गया तो एक आँचुलू भी लूँगी!"

"चलो, तुम्हारा मुर्गा मैं खरीद लूँगा। तुम्हें कल नमक, हल्दी और एक बोतल मिट्टी का तेल भी यहीं पर मिल जायेगा। आँचुलू फिर कभी जाकर खरीद लेना। तुम्हें कल कोसों दूर जाने की ज़रूरत नहीं है! तुम्हारे टोलेवालों को जाने दो। तुम यहाँ आना और अपनी कुल्हाड़ी भी ले जाना!"

वनरक्षक फिर हँसा। उसके पान खाये मुख पर धूर्त मुस्कान खिली रही। हिड़मा के चेहरे पर चिंता की लकीरें थीं। मगर फिर यह रोज़ का क्रम बन गया। हिड़मा की ज़रूरत की सारी चीज़ें वनरक्षक कस्बे से लाकर उसे मुहैया करा देता। कभी-कभी वह दो-चार रुपये भी उसे दे देता, जिसकी अब हिड़मा को ज़्यादा ज़रूरत नहीं रह गई थी। घने जंगल के बीच वनरक्षक ने एक छोटी-सी लकड़ी की कुटिया डाल ली थी। कुटिया में एक चटाई, पीने के पानी का एक घड़ा, खाने की चीज़ों के कुछ पैकेट, महुआ की शराब से भरी प्लास्टिक की केन, एक लोटा और दो गिलास हमेशा सेवा में तत्पर, किन्तु उपयोग की प्रतीक्षा में अलसाये पड़े रहते। साल, सागौन, तेन्दू, सल्फी, बाँस, बीजा, खैर, इमली, आम, पलाश आदि पेड़ों को छूकर आती मंद बयार, और

उसमें मंदाये दो यार! कुटिया के कोने में हिड़मा की कुल्हाड़ी मुस्कुराती पड़ी रहती। वह अपनी मालकिन को रोज़ आते देखती और हिड़मा उसे 'कल ले जाऊँगी' का आश्वासन इशारे से दे जाती!

वनरक्षक की मुस्तैदी के अभाव में जंगल अधिक उदार और समावेशी हो गया था। अपनी ज़रूरत की चीज़ें लाने ग्रामीण आदिवासी दिन में निश्िंचत होकर जंगल में हर जगह घुस जाते। फल-फूल, कंद मूल, पान-पत्ते, शहद, लकड़ी आदि चीज़ें बटोर ले जाते। जंगल में कुछ गोपनीय जगहें भी थीं, जहाँ उन्होंने तम्बाकू और गांजे के पौधे उगा रखे थे। सरकारी महकमे की नज़रों से ओझल इन पौधों को जंगल पालता-पोसता, बड़ा करता और छुपाकर इन निर्धन आदिवासियों के जीवन में रस घोल देता। जंगल और आदिवासियों के बीच का यह मित्रभाव सदियों से कायम था। मगर यह मित्रता आजकल लुका-छिपी से निभायी जा रही थी। सरकारी, अर्द्धसरकारी कर्मचारियों की दहशत से आदिवासियों का आदिम दिल सहम जाता। वह परेशान हो सोचता—नेल बुम पडंता...(धरती भगवान ने बनायी), हम भगवान की संतान, ये 'सरकार' बीच में कहाँ से आ गई!

3

हिड़मा के साथ वनरक्षक का खेल कुछ माह चला। फिर एक दिन वनरक्षक ने उधर आना बंद कर दिया। हिड़मा रोज़ उस कुटिया तक जाती और वनरक्षक का इंतज़ार करती। वह वनरक्षक की मोटरसाइकिल की आवाज़ सुनने की कोशिश करती। हवा में जब वह आवाज़ सुनायी नहीं देती, तो वह पगडंडी की ज़मीन पर इतने नीचे कान सटा देती कि जब वह उठती तो उसके गाल, बाल और कान में मिट्टी लगी होती। मगर नियति उस पर मेहरबान नहीं थी। जंगल का भाँय-भाँय करता सन्नाटा टूटता नहीं था। फिर पन्द्रह दिनों बाद हिड़मा के कानों में मोटरसाइकिल की आवाज़ सुनायी दी। वह कुटिया से पगडंडी की ओर दौड़ी। देखा, वनरक्षक ही था, मगर कोई नया। उसके साथ एक युवक भी था, जो इस वन इलाके के रास्तों का जानकार था, एक कस्बाई लफूट लड़का।

हिड़मा को देख नये वनरक्षक ने मोटरसाइकिल रोकी। उसे गुस्सा और आश्चर्य था कि उसे देखकर वह भागी नहीं। एक तरह से यह उसके ओहदे का अपमान था। वह गुर्राया, "तू जंगल में इधर क्या कर रही है? मालूम नहीं ये प्रतिबंधित इलाका है?...और वो झोपड़ी तेरी है क्या? तूने यहाँ झोपड़ी कैसे बना ली? इसे तोड़ और भाग यहाँ से!"

हिड़मा नहीं भागी। उसने साहस कर पूछा, "बाबू साब, मुने तोर साब वायुर बा (बाबू साहब, वो पहले वाला साहब नहीं आया)?"

"कौन साहब?"

हिड़मा ने उस साहब का सिर्फ़ सरनेम ही सुना था, जिसे वह उसका नाम ही समझती रही थी। उसने लड़खड़ाती जुबान से कहा, ''पानी गिरहि साब!''

''अच्छा, पाणिग्रही साहब! वह तो साला नौकरी छोड़कर अपने परिवार के पास जैपुर[3] चला गया। उसकी जगह मुझे यहाँ मरने के लिए भेज दिया गया है!''

हिड़मा का दिल धक्क् से बज उठा। अब...अब उसका क्या होगा? अपने गर्भाशय में कुछ दिनों से उसे कुछ ठहरने का एहसास हो रहा था। उसने कुछ दिनों पहले ही साहब को यह बात बतलायी थी। कहा था, ''लगे माइता लोपा बाताय रोमाता। नाकुन मरमिंग किम...साब (लगता है अंदर कुछ ठहर गया है! मुझसे शादी करोगे ना साब)?''

और साहब का चेहरा तत्काल उतर गया था। उसका शरीर ढीला और पीला पड़ गया था। उसके मुँह से बस इतना ही निकला, ''कुछ तो करना पड़ेगा रे!''

हिड़मा को लगा, साहब राज़ी हैं। उसने ऊँचे सपने देखने शुरू कर दिये थे। उस दिन साहब ने उसे जल्दी लौटा दिया था। खुद भी ऑफ़िस में काम है, कहकर अपनी मोटरसाइकिल से लौट गया था। आज पन्द्रह दिन हो रहे थे, उसके दर्शन नहीं हुए। हिड़मा को बरसों बाद पता चला कि बस्तर में एक कड़क कलेक्टर आये थे, कोई बी. डी. शर्माजी। और जनों के लिए वे चाहें कड़क हों, मगर आदिवासियों के बड़े हमदर्द और मददगार थे। उन्होंने ही सरकारी अधिकारियों और कर्मचारियों के लिए ऐसा दिशा-निर्देश जारी कर रखा था कि अगर किसी व्यक्ति का किसी आदिवासी युवती से सम्बन्ध सिद्ध होता है तो उसे उस युवती से शादी करनी पड़ेगी! साथ रखना पड़ेगा! ऐसा न करने पर उसे आजीवन मुआवज़ा देना पड़ेगा और उसे दण्डित भी किया जा सकता है!

इधर नया वनरक्षक अपने साथी के साथ मोटरसाइकिल से उतरा। उसने हिड़मा की छातियों पर नज़रें गड़ाते हुए कहा, ''झोपड़ी में तूने क्या-क्या छुपा के रखा है, हमें भी तो पता चले!''

हिड़मा ने अपने आँचुलू से अपनी छाती ढँक ली और रूँआसी, उदास झोपड़ी के द्वार पर एक ओर खड़ी हो गई। दोनों उसके शरीर को रगड़ते-से झोपड़ी में घुसे।

''सर जी, यहाँ तो सब इंतज़ाम है!'' लफ़ूट लड़का झोपड़ी में रखे सामान को देखकर भौंचक हुआ। उसने महुआ की शराब की केन का ढक्कन खोलकर सूँघा और प्रसन्न होकर बोला, ''महुआ है, चना-मुर्रा है, चटाई है और लेकी(लड़की) भी है!... बस सरजी, आज की यात्रा यहीं खत्म करते हैं!''

नया वनरक्षक झोपड़ी का मुआयना करता हुआ चटाई पर बैठ गया। लड़के ने गिलासों में महुआ डाली। वे बहुत देर से प्यासे भी थे। फटाफट एक-एक गिलास

---

3. बस्तर राज्य की एक पूर्व राजधानी, अब ओडिशा राज्य का एक ज़िला

महुआ पी गये। लड़का फिर दूसरा पैग तैयार करने लगा। वनरक्षक ने द्वार पर खड़ी हिड़मा को पुकारा, "अरे तू वहाँ क्यों खड़ी है ? आजा अंदर, हमारे साथ बैठकर पी। पाणिग्रही न सही, पाटिल भी बुरा नहीं !"

हिड़मा को उनके इरादों का आभास था। अब उसका यहाँ रुकना ठीक न था, मगर उसकी टाँगी ? अचानक वह झोपड़ी में तेज़ी से घुसकर कोने में धरी अपनी टाँगी की ओर बढ़ी। वनरक्षक ने उसके घुटनों पर लटकते आँचुलू को पकड़ने की कोशिश की। लड़के ने हिड़मा के एक पाँव पर चुटकी ले ली। दुख, अपमान और क्रोध से उत्तेजित हिड़मा ने लड़के को एक लात मारी और झपटकर अपनी टाँगी उठा ली। हिड़मा के हाथों में कुल्हाड़ी देखकर उन दोनों की हवा निकल गई। वे चटाई पर गिर पड़े। उन्हें रौंदते हुए हिड़मा बाहर आयी। फिर बिना पीछे देखे अपने गाँव टोले की ओर हाँफते, काँपते, रोते दौड़ पड़ी।

~

हिड़मा जब से वनरक्षक के चक्कर में आयी थी, वह देवगाँव के गोटुल[4] में जाना ही भूल गई थी। गोटुल में उसके चार प्रेमी थे, जिन्होंने उसे पड़िया भेंट कर प्रेम-निवेदन किया था। मगर अब तक उसने किसी को डगरपोल[5] या गीकी[6] या तम्बाकू देकर उनके निवेदन को स्वीकार नहीं किया था। अब लगा कि उसे इस दिशा में आगे बढ़ना होगा। दो-एक बार उसकी दो साइगुती[7] घर पर उसे गोटुल ले चलने आयी भी थीं, मगर उसने मना कर दिया था। साइगुती और कुछ गाँववालों को भी धीरे-धीरे हिड़मा के वनरक्षक से मेलजोल की खबरों का पता चल गया था। मगर इससे हिड़मा का मान ही बढ़ा था। वनरक्षक और बाहरी लोगों से सब डरते थे। वनरक्षक द्वारा भेंट नहाने का साबुन, मोटा नरम तौलिया, कपड़े, कंघी, दर्पण, मिक्चर के पैकेट, खुशबूदार तेल आदि से हिड़मा के पिता की झोपड़ी जगमग थी।

हिड़मा की माँ चार साल पहले जंगल में भालुओं के आक्रमण में मारी जा चुकी थी, जब वह ठेकेदार के लिए तेंदूपत्ता तोड़ रही थी। पिता की आँखों में मोतियाबिंद घर कर रहा था, फिर भी वह और लोगों के साथ जंगल जाते और जो कुछ भी फल-फूल,

---

4. प्रचलन में इसे 'घोटुल' भी कहते हैं, जो 'गोटुल' का अपभ्रंश है। इसका अर्थ पारम्परिक, सामाजिक, सांस्कृतिक शिक्षा की पाठशाला से है। गोटुल के सम्बन्ध में अनेक दन्तकथायें हैं। एक प्रचलित दन्तकथा के अनुसार—पहान्दी पारी कुप्पार लिंगो अपने सात भाइयों में सबसे छोटा था। सभी एक ही मकान में रहते थे। दाम्पत्य सम्बन्धों को बिना देखे, जाने बाकी भाइयों का विवाह हो गया तो कुप्पार लिंगो को यह ठीक नहीं लगा। उसने अविवाहितों का एक अलग घर बनाया 'डिण्डा महल' (गोटुल)। कुप्पार लिंगो की मृत्यु के बाद आदिवासियों ने उसकी याद में जगह-जगह गोटुल बनाये, ताकि आदिवासी युवक, युवतियाँ संस्कारवान बनें और वैवाहिक जीवन में प्रवेश कर समाज के लिए अधिक उपयोगी साबित हों। अबूझमाड़ में कुप्पार लिंगो को देवता का दर्जा हासिल है। वे लिंगोदेव कहलाते हैं। 5. माला, जो घास के बीजों, मूँगों, मनकों आदि से बनी होती है। 6. चटाई, ताड़ के पत्तों या कासरोशा घास की गूँथी चटाई। 7. सहेली।

कंद मूल, बटोर सकते, बटोर लाते। झोपड़ी की बाड़ी में साग-भाजी के अलावा कुछ अनाज भी उगा लेते। महुआ की शराब बनाते और आस-पास हाट-बाज़ार, मड़ई-मेले में बेच आते। बाद में कुछ बकरियाँ और मुर्गियाँ भी पालने लगे। उम्र और ज़िन्दगी की जोत यूँ ही टिमटिमाती, स्वयं को गरियाती जली जा रही थी।

हिड़मा बड़ी हो गई थी, मगर इधर यूँ भी अपनी संतानों के शादी-ब्याह की बहुत चिंता घरवालों को नहीं रहती थी। 'मावली माता, कुप्पार लिंगो और अन्नमदेव ने जहाँ और जैसे बदा होगा, वैसे ही होना है, तो फिर उसकी चिंता में घुलना क्यों?' एक आम आदिवासी परिवार सोचता और निश्चिंत रहता। जब वनरक्षक के साथ हिड़मा के चक्कर का पता पिता जैतराम दुग्गा को चला, तब भी उन्होंने सिर्फ़ यह कहकर, "बाहरी लोगों से दोस्ती और दुश्मनी दोनों बुरी है," अपने काम से काम रखा, और जब वनरक्षक के दगा देकर चले जाने की बात सुनी, तब भी वे उत्तेजित नहीं हुए।

एक दिन फिर हिड़मा की दो साइगुती शाम को उसे गोटुल ले चलने आयीं। इस बार हिड़मा तैयार हो गई। उसने बाल सँवारे, नई आँचुलू पहनी, आँचुलू के छोर पर तम्बाकू के पत्ते बाँधे, गले में सिक्कों की माला पहनी। चार पूर्व प्रेमियों द्वारा दी गईं पड़ियाओं को, जिसे उसने झोपड़ी की छत की लकड़ियों में खोंस रखा था, निकालकर बालों में खोंस लिया। थोड़ी देर दीवार की खूँटी में टँगे दर्पण में खुद को निहारा। चेहरा कुछ जँचा नहीं। उसने गीले कपड़े से खूब रगड़-रगड़कर चेहरा पोंछा। कान में झुमके लटकाये और दोबारा दर्पण में निहारा। अबकी चेहरा बेहतर नज़र आया। नाक में चमकती पीतल की फुल्ली देखकर आत्मविश्वास जागा। उसने अपनी बगल में एक गीकी दबायी और अपनी साइगुतियों के साथ घर से निकल गई। रास्ते भर वह मन-ही-मन वनरक्षक द्वारा कहे शब्दों की जुगाली करती रही, "कुछ तो करना पड़ेगा रे!"

~

शाम का समय था। अँधेरा धीरे-धीरे बढ़ रहा था। गोटुल के आँगन में अलाव जल उठा था। उसके आस-पास गाँव टोले के युवक-युवतियाँ और कुछ किशोरवय के लोग भी बातें करते बैठे हुए थे। दिन भर के अपने अनुभव, कोई कथा-कहानी, कोई चुटीली बात आपस में सुन-सुनाकर आनंद ले रहे थे। हिड़मा ने पहुँचते ही सबको 'सेवाजोहार'[8] किया। पास ही लकड़ी के कुछ बड़े कुन्दे पड़े थे, वह और उसकी साइगुतियाँ एक कुन्दे पर जा बैठीं। थोड़ी देर बाद हिड़मा की दोनों साइगुती उसके पास से उठीं और अपने-अपने चेलिक[9] के पास अलाव के करीब जा बैठीं। सिरदार[10] हिड़मा की लगातार अनुपस्थिति से नाराज़ था। दो बार उसकी शिकायत उसके पिता से (जो बेटी की मर्ज़ी में दखल नहीं देना चाहते थे) कर चुका था और बीस-बीस रुपये दण्डस्वरूप उनसे वसूल चुका था। मगर हिड़मा फिर भी अनुपस्थित चल रही थी। नाराज़ सिरदार फिर किसी दिन उसके पिता से आखिरी शिकायत करने वाला था

8. जय जोहार, अभिनंदन, प्रणाम 9. प्रेमी 10. गोटुल का मुखिया

कि "अपनी बेटी को अब खुद सँभालो! वह बहक रही है और उसे गोटुल से बहिष्कृत किया जा रहा है!" मगर आज हिड़मा को उपस्थित देख उसने राहत की साँस ली कि उसे अब शिकायत का बीड़ा नहीं उठाना पड़ेगा! वह स्वयं शिकायत करके लज्जित था कि गोटुल की मोटियारिनें[11] उसके बस में नहीं हैं! मगर अब सिरदार ने मादर (नगाड़े) पर थाप देकर हिड़मा का स्वागत किया। गोटुल में लगभग पचास लोगों की उपस्थिति थी। ज़्यादातर जवान, कुछ जवानी के क्रम में और कुछ उनसे भी ज़रा छोटे।

तभी चालकी[12] उठा और उपस्थित लोगों को तम्बाकू और साल के पत्ते बाँटने लगा। चेलिक और मोटियारिनों ने खुशी-खुशी उन्हें स्वीकार किया। साल के पत्तों में तम्बाकू का पत्ता रख कुछ ने तुरन्त चिलम (बीड़ी) बनायी और सुलगा भी ली। जिन्हें यह पसंद नहीं था, उन्होंने गोटुल का यह उपहार नहीं लिया, खासकर किशोरों ने। हिड़मा ने भी नहीं लिया। वनरक्षक की संगत के महीनों में उससे तम्बाकू छूट ही गया था। हिड़मा ने उपस्थित सभी लोगों पर नज़र दौड़ायी। उसके चारों चेलिकों में केवल तीन वहाँ उपस्थित थे, जिन्होंने उसे कभी पड़िया भेंट की थी। उन तीनों में दो को अपनी मोटियारिनें मिल गई थीं, और वे उन्हीं के साथ बैठे थे। सेवाजोहर के बाद उन्होंने हिड़मा की तरफ़ मुड़कर भी नहीं देखा था। तभी तीसरा उठकर उसके पास आया और झिझकते हुए अपने हाथों से उसे अपना तम्बाकू भेंट किया, जिसे हिड़मा ने ले लिया। वह चेलिक उससे कुछ पूछना, कहना चाह रहा था, मगर उसकी झिझक उसका मुँह दबोचे थी। अलबत्ता हिड़मा ने ही उससे पूछ लिया, "लेकामी हूंगा ओह नाह अयोर, वायोर बदम (लेकामी हूंगा नहीं दिख रहा है, क्या वह नहीं आया)?"

उस चेलिक ने बातचीत का मौका पा लिया। बोला, "हूंगा की तबीयत खराब है। उसे जरपैता (मलेरिया) हुआ था। हफ़्ता भर हो गया, वह घर पर ही है। वड्डे[13] उसका इलाज कर रहा है। वैसे अब तो कुछ ठीक हो गया है। कल जंगल जाते समय मैं उससे मिला था। थोड़ी-थोड़ी कमज़ोरी है उसको।"

हिड़मा ने मन-ही-मन हूंगा के बारे में सोचा। गोटुल का सबसे बिटबिट्टा[14], घुँघराले भूरे बालों वाला, शर्मीला और हमेशा मुस्कुराते रहने वाला चेहरा उसके सामने आया। उसे याद नहीं पड़ता कि उसने कभी किसी काम में किसी का विरोध भी किया हो! गोटुल के अलाव के लिए लकड़ियाँ लाने, छत छाने, खाना बनाने, सिरदार द्वारा दिये काम (चाहे रात में गश्त लगाने, लोगों की उपस्थिति रखने) आदि में वह हमेशा तत्पर ही रहता था।

हिड़मा ने इस (तीसरे) चेलिक के दिये तम्बाकू को साल के पत्ते पर रख चोंगी बनायी, फिर उठकर अलाव में जलती छोटी लकड़ी उठायी और महीनों से छूटी चोंगी सुलगा ली। एक कश लिया और उस चेलिक से (जो उस पर ही नज़र गड़ाये था) पूछा, "उसकी (हूंगा की) कोई मोटियारिन बनी?"

---

11. प्रेमिका 12. संयोजक, स्वागतकर्ता 13. सिरहा, वैद्य, ओझा 14. गहरे रंग का, काला

''नहीं, अब तक तो नहीं।...मेरी भी नहीं है!''

हिड़मा मुस्कुरायी। चेलिक ने सोचा, 'शायद हिड़मा अपने साथ लायी गीकी उसे भेंट कर उसके प्रेम-निवेदन को स्वीकार लेगी।' मगर हिड़मा उसके पास से उठ कर एक अन्य साइगुती के पास जा बैठी और उससे बातें करने लगी।

थोड़ी देर ढोल, नगाड़े, टिमकी और बाँस की बनी तुरही का स्वर अलाव के चारों ओर गूँजने लगा। फिर चेलिक और मोटियारिनें उठीं और अलाव के चारों ओर नाचने लगीं। जिसका कोई प्रेमी या प्रेमिका नहीं थी, वह भी नाच में शामिल हो गया। जंगल में, खेतों में, बाड़ी-बखरी में, घरद्वार में, दिन भर की मेहनत से थके शरीरों में नई जान आ गई। आनंद से सराबोर मुख से गीत फूट पड़े—

तेरे ना नी ओ
तेरे नाना ना ने नांव रे
तीना ना मुर ना नारे नाना
ना मुर नाना हो... !

हिड़मा थोड़ी देर मोटियारिनों, साइगुतियों के साथ ताल-में-ताल मिलाती नाचती रही, मगर महीनों से नृत्य में भागीदारी छूटने और शरीर में कुछ भारीपन महसूस होने से, उसने जल्दी थकान अनुभव की। जब अगला नृत्यगीत शुरू होने लगा तो उसने साथवाली साइगुती से कहा, ''बहन मैं परछी में बैठ रही हूँ!'' और गोटुल के ऊँचे बरामदे में जा, पैर लटकाकर अकेली बैठ गई। वहीं से टुकुर-टुकुर वह नृत्य देखने लगी, मगर उसके मन में कुछ और चल रहा था। उसने फिर एक बार अपने तालु में चिपके शब्दों को दुहराया, ''कुछ तो करना पड़ेगा रे!''

4

हिड़मा के बिना दूसरा नृत्यगीत शुरू हो गया—

विरपोंडो पण्डो रोमो रोमो
कोरक पहची वायकम सांगो
मिया वाय वाय पंचतोरक सांगो
कोरक हाय वायकम्म सांगो
मिया वाय वाय हाय तोरर सांगो
हुर्री तासी वायकम सांगो
मिया वाय वाय हुर्री
तस तोरम सांगो... ![15]

15. विरपोंडी के जंगल में रोमो की पहाड़ियाँ हैं। हम वहाँ पेड़ों की शाखायें (पेड़ नहीं) काटने आयेंगे। तुम्हारे आने से पहले हम शाखायें काट डालेंगे। हम शाखाओं को मैदान में फैलाने आयेंगे। तुम्हारे आने से पहले हम शाखाओं को फैला देंगे। हम शाखाओं को आग लगाने आयेंगे। तुम्हारे आने से पहले हम उनमें आग लगा देंगे!

लोग नृत्य के साथ वाद्ययंत्र बजाते, ऊँचे और ऊँचे स्वर में गीत गाते मगन-मन थे। लपलपाते अलाव और एक लालटेन की रोशनी में उन सबकी परछाइयाँ भूतों की तरह उनके साथ-साथ घूमती नृत्य कर रही थीं। हिड़मा की ओर किसी का ध्यान नहीं था। वह चुपके से उठी और गोटुल के बड़े हॉलनुमा कमरे में चली गई। यहाँ तक अलाव और लालटेन की बहुत कम रोशनी आ पा रही थी। मोटे और ऊँचे दो खम्भों पर टिकी घास-फूस की छत किसी छोटे सर्कस के तम्बू जैसी लगती थी। बाँस की कमचियों से तैयार दीवारों के दोनों ओर गीली मिट्टी का लेप चढ़ा दिया गया था। मिट्टी के सूखने पर उसे गोबर से लीप कर दीवारों को चिकना कर दिया गया था। मोटियारिनों ने दीवारों को अपने मनमुताबिक पक्षी, पर्वत, टोकनी, फूल, पेड़, देवदूत, बिच्छू आदि के चित्र छुई-(सफ़ेद) मिट्टी और गेरू के लाल रंग से बनाकर सजाया था। चित्रकला में कम पारंगत मोटियारिनों ने छुई-मिट्टी के घोल में अपनी हथेलियों को डुबोकर, हथेलियों की छाप ही जगह-जगह बना अपने भी होने को सिद्ध किया था। मगर हिड़मा ने अब तक इन दीवारों पर कोई चित्रकारी नहीं की थी। दीवारों की खूँटियों और छत में चेलिकों के हथियार धनुष-बाण, कमठा, बर्छी, कुरपा, फंदे, बैलों के सींग आदि टँगे थे।

हिड़मा जिस मुख्य द्वार से गोटुल के हॉल में आयी थी, उसके विपरीत एक और छोटा द्वार था जो जंगल की ओर खुलता था, मगर सामान्यत: वह बंद ही रहता था। हिड़मा ने धीरे से उस छोटे द्वार की साँकल खोली। बाहर घुप्प अँधेरा था। वह अँधेरे में उतर गई। उसने धीरे से द्वार भिड़ाकर बाहर से साँकल लगा दी। हिड़मा ने आँख गड़ाकर अँधेरे में देखने की कोशिश की, मगर उसे वह पगडंडी नज़र नहीं आयी, जो बाहर-बाहर गाँव की गलियों में जा निकलती थी। वह दो पल ठिठकी खड़ी रही ताकि आँखें अँधेरे की थोड़ी अभ्यस्त होकर कुछ काम कर सकें। फिर उसने घास-फूस में अपने नंगे पाँव इस विश्वास से बढ़ा दिये कि रास्ता यहीं था, रास्ता यहीं होगा, रास्ता कहीं जा नहीं सकता! इंसान ही अगर पाँव आगे नहीं बढ़ायेगा, तो रास्ता भी उसे कभी नहीं मिलेगा!

खुले आसमान में चंद तारे टिमटिमा रहे थे, मगर वो दूर थे। उनकी रोशनी धरती पर जुगनुओं के प्रकाश की तरह असमर्थ और लज्जित-सी थी। हिड़मा छोटे गड्ढों, झाड़ियों, घास-फूस में हाथ-पैर मारती, बचती, सँभलती आगे बढ़ती रही। अंत में उसने वह पगडंडी पा ही ली, जिसकी उसे तलाश थी। यही वह पगडंडी थी जो गाँव और जंगल को अलग करती-सी उस छोर तक जाती थी, जहाँ उसके चौथे प्रेमी लेकामी हूंगा के बड़े भाई की झोपड़ी थी।

लेकामी हूंगा अपने बड़े भाई लेकामी हिंगा के परिवार के साथ रहता था। बड़े भाई की एक पत्नी और दो बच्चे थे। घास-फूस की छोटी-सी एक कमरे वाली झोपड़ी में बड़ा भाई अपने परिवार के साथ (एक-दूसरे को ढकेलते, चेताते, जागते और सोते हुए) रहता था। बड़े भाई की जब शादी नहीं हुई थी, बड़ा भाई और भाभी भी गोटुल के सदस्य थे। फिर जब दोनों ने शादी कर ली तो उनकी गोटुल की सदस्यता

स्वतः समाप्त हो गई। बड़े भाई ने गुज़ारे के लिए छोटे को परछी दे दी थी। परछी में ही हूंगा का सारा गुज़र-बसर होता था। जब हिड़मा उसके घर पहुँची तो उसे द्वार खटखटाने या आवाज़ लगाने की भी ज़रूरत नहीं पड़ी। उनकी बाड़ी तो थी नहीं और परछी में द्वार होता नहीं। अधबुझी सिगड़ी के सामने झोपड़ी की दीवार से सटा हूंगा, पीढ़े पर बैठा अधखुली आँखों से कोई सपना देख रहा था। दूर पर एक छोटी-सी काँच की शीशी के ढक्कन में छेदकर बनायी गयी ढिबरी की बाती जुगनू की तरह टिमटिमा रही थी। मिट्टी के तेल से जलती वह ढिबरी रोशनी से ज़्यादा धुआँ कर रही थी। हूंगा की बगल में एक चटाई बिछी थी, जिसके सिरहाने की तरफ़ एक तुम्बी रखी थी, जिसमें लांदा[16] भरा था। अभी-अभी उसने तम्बाकू का सेवन किया था। परछी में मिट्टी के तेल, तम्बाकू और सिगड़ी के धुएँ की गंध तैर रही थी।

"ऐ हूंजाति बाहरा (ऐ, सो गया क्या) ?"

हिड़मा ने उसके माथे पर अपनी एक उँगली से स्पर्श करते हुए पूछा। उसे संतोष हुआ कि अभी हूंगा को बुखार नहीं था। अप्रत्याशित इस स्पर्श से हूंगा चौंका और हिड़मा को सामने देख लज्जित होते हुए कुनमुनाकर उठ खड़ा हुआ।

"उत्स मन, उत्स मन (उठो मत, उठो मत)!...मुझे पता चला कि तुम्हारी तबीयत खराब चल रही है तो देखने चली आयी!"

हिड़मा पास ही एक दूसरे पीढ़े पर बैठ गई और हूंगा की कमर से लटकते पटके को खींचते हुए उसके पीढ़े की ओर इशारा किया। हूंगा अपने पीढ़े पर पटका सँभालते, सकुचाते फिर बैठ गया। एक भौंचक मुस्कान उसके चेहरे पर तारी हो गयी, जो यूँ तो उसके स्थायी भाव की तरह थी, मगर अभी अचानक बेताल की तरह आ विराजी थी। हिड़मा के सान्निध्य के एहसास से वह अंदर-ही-अंदर आशंकित-आनंद के ताल में डूबता-उतराता भीगा पड़ा था।...क्या हिड़मा ने उसे चुन लिया? क्या वह उसकी मोटियारिन बनेगी?...हिड़मा के लिए वह कुछ भी करने को तैयार था। घर-द्वार, गाँव-जंगल, और तो और, दुनिया भी छोड़ने को तैयार था। उसने उत्सुक प्रेमी की अधीरता और भविष्य के दिखायी देते काल्पनिक दृश्यों को यथार्थ के पटल पर साकार करने की मंशा से, हिड़मा की एक हथेली अपने हाथों में थाम ली। अपने पीढ़े से ज़रा-सा उठते हुए उसने कहा, "निमा नावा पल्लो केंजा (तुम मेरी बात सुनो)!...हिड़मा, क्या तुम मुझे चुनोगी अपने लिए?...मैं तुम्हारे लिए, तुम्हारे पीछे-पीछे कहीं भी चला आऊँगा! मैं तुम्हारे द्वार पर कुत्ते की तरह बैठा, तुम्हारी और तुम्हारे होने वाले बच्चों की रखवाली करूँगा!...तुम्हारी ना से मर जाऊँगा मैं, मगर हाँ से जी भी जाऊँगा!...नावा बाटा निया बाता फइसला आंद (मेरे लिए तुम्हारा क्या फ़ैसला है), हिड़मा?"

ढिबरी की रोशनी में हिड़मा की नाक की फुल्ली दमक उठी। हिड़मा मुस्कुरायी तो उसकी सफ़ेद दंत पंक्तियाँ भी चाँदी-सी चमक उठीं। ढिबरी की रोशनी में किसी

16. चावल से बनी एक तरह की शराब

देवी की प्रतिमा की तरह दिखायी देती हिड़मा, अब हूंगा के भविष्य की नैया की तारनहार थी। उसके फ़ैसले पर ही उसका आकाश टिका था। मुस्कुराती हिड़मा अचानक गम्भीर हो गई। बोली, "हूंगा, पेसला तुन मिया पोरा विरचिया तोना (हूंगा, फ़ैसला मैं तुम पर ही छोड़ती हूँ)!...मगर तुम्हें क्या नहीं मालूम कि मैं पिछले कुछ महीनों किसी शहरी के साथ थी?"

"नना सब फुनतोना (मुझे सब मालूम है), हिड़मा!...और अब वह आदमी अपनी नौकरी छोड़कर अपने देश चला गया है! उसने तुम्हारे लिए झोपड़ी भी डाल रखी थी जंगल में! जो उसकी जगह आये आदमी ने तोड़ डाली। वहाँ रखा सब सामान लूट लिया!" हूंगा हड़बड़ाकर झट बोल पड़ा था, गोया उसे डर हो कि कहीं हिड़मा अपना फ़ैसला न बदल ले!

"अच्छा!" हिड़मा चकित हो बोली, "तुम्हें इतना सब मालूम है! मतलब तुम मेरा पीछा करते वहाँ तक गये थे?"

"हाँ!" लज्जित हूंगा बोला, "मैं तुमसे प्रेम जो करता था। तुम्हारी वैसी मर्ज़ी जानकर चुप रहा।...ये बाहर वाले अच्छे नहीं होते, हिड़मा!"

"मैं तो अनजाने ही फँस गई थी। उस पर भरोसा कर बैठी।"

"मुझे पता होता कि वह तुम्हें एक दिन धोखा देने वाला है तो मैं उसे तीर मार देता!" हूंगा ने आत्मविश्वास से भरकर ज़मीन में अपनी मुट्ठी पटकी।

"खैर, जो हुआ सो हुआ। अब तुम ही फ़ैसला करो, तुम क्या चाहते हो? मैं तो तुम्हारे लिए गीकी लेकर आयी हूँ!...और तम्बाकू भी!"

हिड़मा ने अपनी आँचुलू के छोर पर बँधी गाँठ खोलकर तम्बाकू के पत्तों को अपनी हथेली में लिया और हूंगा की ओर बढ़ा दिया। हूंगा ने कृतार्थ होते हुए तम्बाकू स्वीकार किया, फिर खुद आगे बढ़कर हिड़मा के पास रखी गीकी को उठा लिया। खड़े होकर उसने हिड़मा का हाथ ऊपर खींचते हुए कहा, "चलो गोटुल चलते हैं!"

"और तुम्हारी तबीयत?"

"मैं तो अब तिंगतिंगा[17] हो गया!" हूंगा ने कहा, मगर चेहरे पर शर्मीली मुस्कान और फैल गयी। उसका शरीर स्फूर्ति से भर उठा था। दोनों नये प्रेमी एक-दूसरे से सटे, अँधेरे रास्ते में एक-दूसरे को सँभालते गोटुल जा पहुँचे। आधी रात बीत चुकी थी। गोटुल में सन्नाटा पसरा था। किशोर, किशोरियाँ अपने घर लौट चुके थे। कुछ युवक जिनकी जोड़ियाँ नहीं बन पायी थीं, गोटुल की परछी में अपनी-अपनी गीकी पर लेटे हुए थे। जिन चेलिकों की मोटियारिनें बन गई थीं, वे गोटुल के अँधेरे हॉल में गीकी पर साथ-साथ लेटे थे।

गोटुल के आँगन का अलाव ठंडा पड़ गया था, मगर उसकी राख के नीचे

---

17. पूर्ण रूप से स्वस्थ (हल्बी)

अब भी शोले थे। दोनों दो घड़ी अलाव के सामने खड़े रहे। हिड़मा ने अपने बालों में खोंसी चारों पड़िया निकाल लीं और हूंगा को उन्हें दिखाते हुए पूछा, "तुम्हारी वाली कौन-सी है?"

हूंगा ने नीम अँधेरे में चारों पड़िया हाथ में लेकर गौर से देखा। उँगलियों से टटोलकर आश्वास्त हुआ, फिर एक पड़िया हिड़मा की ओर बढ़ाते हुए कहा, "ये वाली!"

हिड़मा ने उस पड़िया को वापस अपने बालों में खोंस लिया और हूंगा के हाथों से बाकी पड़िया लेकर अलाव की राख में दबा दीं। थोड़ी देर बाद उन लकड़ियों की पड़ियाओं से धुआँ उठा और उनमें आग लग गई। हूंगा मुस्कुराया और हिड़मा की कमर को अपने एक हाथ से लपेट लिया। हिड़मा ने भी ऐसे ही किया। दोनों उसी रूप में गोटुल के हॉल में प्रविष्ट हुए। हूंगा ने हॉल में आँखें गड़ाकर देखा, फिर एक खाली पड़े कोने में साथ लायी गीकी बिछा दी। दोनों उस पर लेट गये।

5

सुबह जब मुँह अँधेरे में गाँव के मुर्गों ने बाँग दी तो चेलिक-मोटियारिनें उठीं और अपना-अपना सामान गीकी, हथियार, लाठी, वाद्ययंत्र आदि उठाकर अपने-अपने घर की ओर चली गईं। हिड़मा और हूंगा की जब नींद खुली तो बाहर सुबह का उजाला फैल चुका था। उनके अलावा गोटुल में कोई और नहीं था। वे उठे और अपना सामान समेटकर दूर नाले की ओर निकल गये। नाले में बहुत थोड़ा पानी बह रहा था, मगर अनेक जगहों पर रेत को हटाकर गड्ढे बना दिये गये थे, जिनमें घुटनों तक पानी भरा था। उन दोनों एक-वस्त्रधारियों ने नाले के बाहर सूखी ज़मीन पर गीकी बिछायी और उस पर अपने वस्त्र उतार कर रख दिये। फिर एक ही गड्ढे में दोनों उतर गये। पानी ठंडा था, मगर ज़्यादा नहीं। गड्ढे के पानी से उन्होंने पहले अपने-अपने शरीर को, फिर एक-दूसरे की पीठ को, नाले से उठाये छोटे चिकने पत्थर से रगड़-रगड़कर धोया। तन और मन के सारे मैल से विमुक्त होकर वे थोड़ी देर वहीं समाधिस्थ पड़े रहे। अचानक हिड़मा की नज़र गीकी पर पड़े दोनों के वस्त्रों पर गई। कपड़ों के पास तीन ढढुआ[18] आकर बैठे थे। वे बापूवाले बंदर नहीं थे। हिड़मा को लगा कि वे कपड़े लेकर पेड़ पर भागने वाले हैं। वह हड़बड़ाकर गड्ढे से बाहर निकली। उसे देखकर भी ढीठ ढढुआ भागे नहीं। उल्टे उसे दाँत दिखाने लगे, गोया अब वस्त्र पहनकर वे भी आदमी बनना चाह रहे हों! हिड़मा की 'हाअत्-हाअत्' चिल्लाकर भगाने की कोशिश ऐसी लग रही थी, मानो कह रही हो, कपड़े पहनकर हम ही कौन तुमसे अलग हो गये हैं?

पीछे जब हूंगा दौड़ा चला आया, तभी वे ढढुआ वस्त्रों से दूर भागे और निकटतम आम के पेड़ पर चढ़कर शाखाओं में कूदने लगे। आदम और हौवा की तरह लग रहे हूंगा और हिड़मा ने एक-दूसरे को देखा और हँस पड़े। उनकी निर्मल

---

18. काले मुँह वाला बंदर

खिलखिलाहट जैसे बाकी लोगों से कह रही हो—तुम्हारे पूर्वज पेड़ों से उतर इंसान तो बन गये, मगर इंसानियत के कपड़े कहीं पेड़ों पर ही तो नहीं भूल आये!

ढढुओं की निगरानी में उन्होंने अपने-अपने वस्त्र लपेटे, आपस में कुछ तय किया और अपने-अपने घरों की ओर चल पड़े। उनके पीछे, नाले के किनारे साक्षी भाव से खड़े पेड़ों ने अपने पत्ते हिलाये, कोयल कूकी, ढढुओं ने समर्थन में 'हूप-हूप' किया। जंगल में बहार आ गई थी।

~

दोपहर को हूंगा अपने बड़े भाई हिंगा, गोटुल के सिरदार, गायता[19], पेरमा[20] सहित छह लोगों को लेकर हिड़मा के द्वार पहुँचा। साथ वाले दो लोगों ने खाद के खाली प्लास्टिक के दो थैले रखे थे, जिनमें एक में दो मुर्गे और दूसरे में बोतलों में भरी महुआ की शराब थी। हिंगा के पास कपड़े की एक थैली भी थी, जिसमें नया आँचुलू, एक पटका, एक धोती और पचास रुपये नकद धरे थे। हिड़मा के पिता घर की परछी में गीकी पर बैठे इनकी ही प्रतीक्षा कर रहे थे। हिड़मा ने उन्हें बता दिया था कि हूंगा आज यहाँ उसकी शादी का प्रस्ताव लेकर आयेगा और उसे 'हाँ' ही कहना है! बेटी के शादी के निर्णय से वह खुश तो थे, मगर फिर अपने अचानक अकेले पड़ जाने की सोच कर दुखी भी थे। अपनी धुँधली आँखों से वह रह-रहकर बखरी के फाटक को देखते और फिर एक नई चोंगी सुलगा लेते।

विधुर पिता के लिए चोंगी उनकी जीवन संगिनी जैसी थी, हर पल साथ। जंगल का तम्बाकू, जंगल के तेंदू या साल के पत्ते, हाथ की थोड़ी-सी कलाबाज़ी, और बन गई बीड़ी। भोजन और पानी के बाद बीड़ी ही उनकी प्राथमिकताओं में थी। धुँधली नज़र, ढलती उमर के साथ कठिन पड़ते जा रहे जीवन में बीड़ी का धुआँ एक सांत्वना की तरह था। जीवन के अंतिम क्षणों में जब बुढ़ादेव उनसे पूछेगा—बोल जैतराम दुग्गा, तेरी आखिरी इच्छा क्या है? तो वह कहेंगे—उंड बीड़ी फेर उनेला, बुढ़ा मोदिया (एक बीड़ी और पी लेता, बुढ़ादेव)!

~

अचानक बखरी के सामने चहल-पहल हुई और सिरदार ने ज़ोर से 'सेवाजोहर' की, तो जैतराम दुग्गा गीकी से उठ खड़े हुए। पास आते और क्रमशः स्पष्ट होते लोगों को पहचानकर उन्होंने भी 'सेवाजोहर' की। पास रखी दूसरी गीकी बिछाकर उनको बैठने का आग्रह किया। जब सब लोग बैठ गये तो जैतराम ने सबको अपनी ही बनायी बीड़ी बाँटी। 'कौन पहले बोले' की प्रतीक्षा में कुछ पल कटे। तब गायता ने (जो गाँव बिरादरी का पटेल या मुखिया भी था) अपनी ही आवाज़ को सँभालते, शब्दों को चबाते और सिर हिलाते जल्दी से सारी बात यूँ कही, ''जैतराम दुग्गा, आपके घर में

---

19. पेदा, गाँव का मुखिया 20. पुरोहित

जो एक कली खिली है, उसकी सुगंध लेकामी हिंगा के घर तक पहुँच गई है। लेकामी हिंगा, अपने छोटे भाई हूंगा के लिए उस कली को लेने आया है! क्या आपकी बेटी और आप राज़ी हैं?''

''इंगो (हाँ)!'' जैतराम ने धीरे से उत्साहहीन स्वर में कहा।

गायता को लगा, जैतराम ने ठीक से सुना नहीं है। लगता है कि इनकी आँख के साथ अब कान भी जवाब देने लगे हैं! (हालाँकि वह स्वयं भी ऊँचा सुनते थे) उन्होंने ज़रा और ज़ोर से कहा, ''जैतराम, लेकामी हूंगा आपकी बेटी से शादी करना चाहता है!...और अगर आपकी मर्ज़ी हो तो लामहाड़े[21] बनकर आपके घर भी रह सकता है!''

'लामहाड़े'! शब्द सुनकर, बेटी को खोने की कल्पना से मुरझाये जैतराम के चेहरे पर बिजली चमक गई। वह तुरंत कुछ बोल पाते कि गोटुल के सिरदार ने कहा, ''बात ये है मुयतोर[22] कि हूंगा के भाई का घर बहुत छोटा है। हूंगा का गुज़र-बसर परछी में होता है। दूसरा झोपड़ा बनाने में बहुत टेम और पइसा भी लगेगा। फिर हिड़मा के इस घर से जाने के बाद आपका भी कोई सहारा नहीं रह जायेगा! इसलिए...जैसी आपकी मर्ज़ी!''

'लामहाड़े'...! इस शब्द को बबलगम की तरह चबाते और उसकी मिठास के रस में भविष्य की डूबती नैया के किनारे लगने की कल्पना से उत्साहित जैतराम ज़ोर से बोल पड़े, ''लामहाड़े...! यही ठीक रहेगा, ठीक रहेगा!''

''ठीक है!'' सभी ने सिर हिलाया। मगर हिड़मा...हिड़मा क्या चाहती है? जैतराम ने हिड़मा को आवाज़ दी, ''मियाड़[23] हिड़मा!''

हिड़मा बगल के ही कमरे में बैठी सब सुन रही थी। दोपहर के पहले ही उसने एक बड़े मुर्गे को मारकर उसका साग बना रखा था। चापड़ा-चटनी[24] भी तैयार थी और अभी-अभी कुटकी चावल पका कर आड़ में बैठी थी। अपनी पुकार सुनकर वह उठी और तीन अल्मुनियम के गिलास और अल्मुनियम की ही देगची लेकर वह बाहर आयी। देगची में लांदा भरा था। उसने सबके सामने बर्तन रखे। 'सेवाजोहर' में सबके पाँव छुए। हूंगा की ओर गर्दन झुकाकर, किन्तु पलकें उठाकर मुस्कुरायी— ''लामहाड़े!''...हूंगा के सामने उसी ने आज सुबह 'लामहाड़े' का प्रस्ताव रखा था। हूंगा ने उसे लपक लिया था, गोया यह विचार स्वयं उसका हो। हूंगा ने लामहाड़े होकर रहने में ही अपना सुखद भविष्य देखा था। उसके अपने पास तो कुछ था नहीं, जबकि यहाँ बाड़ी-बखरी थी। उसके घर से दोगुना घर था। बकरियाँ थीं, मुर्गियाँ थीं, और थी उसके दिल की रानी हिड़मा!...अपने बुढ़ाते बाप के साथ उसके स्वागत को तैयार!

बड़े भाई लेकामी हिंगा ने फ़र्ज़ समझकर और फ़र्ज़ से जल्दी छुटकारा पाने की

---

21. लमसेना, घर जंवाई 22. सयाना 23. बेटी 24. लाल चींटों को पीसकर बनायी चटनी

मंशा से कहा, "वैसे तो मैं दो मुर्गे, दो कपड़े और नेग में पचास रुपये लाया हूँ। इससे ज़्यादा मेरी औकात नहीं है।...किरपा करके इसे स्वीकार लो!"

जैतराम ने, जिनका दिल बाग-बाग हो उठा था, अब दरिया हुआ जा रहा था, कहा, "कपड़े हम रख लेते हैं। रुपये और मुर्गे पेरमा और सिरदार को दे दो। पेरमा करदेंगलदेव[25] को हमारी तरफ़ से चढ़ा देगा। सिरदार मेरे पास का बड़ा बकरा भी ले जाये और शाम को बिरादरी वालों को बोकरा-भात मेरी ओर से खिलाये। सिरदार को और कुछ कमी हो तो मेरे पास से ले जाये!"

अल्मुनियम के पिचके गिलासों में हिड़मा द्वारा परोसे लांदा को वरिष्ठता क्रम में बारी-बारी से ढाल कर पीते मेहमानों ने 'बहुत अच्छा, बहुत अच्छा' के समवेत स्वर के साथ सिर हिलाया। सिरदार ने शाम की सारी व्यवस्था की ज़िम्मेदारी अतिरिक्त उत्साह से ली और लांदा के चढ़ते नशे में कुछ ज़्यादा ही सिर हिलाया। उसका सिर इसलिए भी कुछ ज़्यादा हिला, क्योंकि शाम को उसे अपनी गोटुल की व्यवस्था के हुनर को प्रदर्शित करने का मौका मिलना था। फिर उसके नेतृत्व में सभी गोटुल सदस्यों को पेट-भर बोकरा-भात और जी-भर महुआ मिलने वाली थी। मुरिया-बिरादरी उसके नेतृत्व में होनेवाले नृत्य-गान का जलवा भी देखने वाली थी। ऐसे मौके बार-बार और जल्दी-जल्दी तो आते नहीं! उसके अंदर जयकारे गूँज रहे थे—जय करदेंगलदेव! जय दन्तेश्वरी माता! जय मावली माता! जय कुप्पार लिंगो! जय बुढ़ादेव!

लांदा पीने के बाद सबने पत्तल में कुटकी-भात, चापड़ा-चटनी के साथ मुर्गा खाया। लांदा या महुआ के बाद कोई भी चखना अच्छा ही लगता है, सो लगा! पेरमा ने साग की तारीफ़ की तो सबने 'हाँ' में सिर हिलाया, हालाँकि मुर्गे के साग में मिर्च ज़्यादा पड़ गई थी और लोगों का मुँह जल रहा था। कुछ लोगों के पसीने छूट रहे थे। मगर ये शायद मिर्च ही थी जो लोगों से तारीफ़ें उगलवा रही थी! महीनों में कभी-कभी ही तो मुर्गा हाथ आता था, और देखो तो आज बुढ़ादेव की कृपा को, रात को फिर जश्न! भोजन के बाद पेरमा ने लड़खड़ाते कदमों से खड़े होकर हिड़मा और हूंगा को अपने पास बुलाया। अपने हड़ियल हाथों से दोनों के सिर को छूकर आशीर्वाद दिया, "नेतहू निमाट आड़-ईवुर आंदूर्र...(आज से तुम दोनों पति-पत्नी हो)! इसके पहले तुम्हारा कोई चेलिक या मोटियारिन रही भी हो तो उसे भूल जाओ। वह भटकाव था। तुम्हारे जीवन को जिसकी तलाश थी, वह यह तुम हो!"

गायता ने भी उन दोनों को आशीर्वाद देने में देर नहीं की। अब की हिड़मा के साथ हूंगा ने भी सभी उपस्थित जनों के पाँव छुए। आये हुए मेहमान अपने साथ बकरे, मुर्गे को लेकर करदेंगलदेव और बुढ़ादेव पूजने निकल गये। घंटे भर बाद हिड़मा द्वारा आमंत्रित उसकी तीन सहेलियाँ आयीं तो पिता के साथ हिड़मा भी पूजन-स्थल की ओर चल पड़ी।

---

25. जंगल का देवता

6

शाम को गाँव-टोले के मुरिया-बिरादरी के लोग गोटुल में उपस्थित होने लगे। गोटुल के सारे चेलिक और मोटियारिनें दोपहर बाद से गोटुल के आँगन को लीपने, भीतरी हॉल और परछी को सजाने, खाना तैयार करने, अलग से अलाव जलाने आदि में भाग-दौड़ करते दिखे। जब सब तैयारी हो गई तो सभी गोटुल-सदस्यों ने अपने को और अपने साथियों को सजाना शुरू किया। मोटियारिनों ने पहले हिड़मा का शृंगार किया, फिर अपना भी। जूड़े में पड़िया और गेंदा फूल खोंसा। गले में रंग-बिरंगे काँच के मनकों, कौड़ियों या घासबीजों (और जिसके पास थे, सिक्कों) की माला धारण की। पैरों में आलता, आँखों में काजल, कानों में पीतल की बालियाँ, नाक में फुल्ली चढ़ाई। एक-दूसरे के हाथ में घूमते इकलौते दर्पण को लेकर अपने को निहारा और संतुष्ट होकर बोलीं, ''इजेक आत (चलो हो गया)!''

चेलिकों ने भी पहले लेकामी हूंगा का शृंगार किया, फिर अपना भी। गले में कौड़ियों, मूँगों, मनकों के डगरपोल (माला) धारण किये। सिर पर मयूर पंख, (और जिसके पास थे) बैलों के सींगों को धारण किया। एक-दूसरे से अपने शृंगार के बारे में पूछा। घूमते इकलौते दर्पण में अपने को निहारा और सन्तुष्ट होकर बोले, ''इजेक आत...(चलो हो गया)!''

यह समुदाय गोटुल से ही लगे हुए कुप्पारलिंगो और करदेंगलदेव से आशीर्वाद लेने गया। छोटे-छोटे गोल, लम्बे आकार के पत्थरों की ढेरी, जिन्हें सिन्दूर और तेल के घोल से पोत कर देवताओं का रूप दिया गया था। पेरमा ने सबसे पहले इन देवों की पूजा की। प्रतीक रूप में मुर्गे की बलि देकर पेरमा ने नव-दम्पति को आशीर्वाद दिया।

रात होने लगी थी। अलाव भभक कर जल उठा था। गोटुल के आँगन में अलाव के एक तरफ़ लोग आ बैठे थे। गोटुल सदस्यों ने पीने वालों को पलाश के पत्तों के दोने में महुआ का वितरण किया। अतृप्त आत्माओं को इस प्रसादी की पुनरावृत्ति भी की। तम्बाकू का भी वितरण हुआ। तब जाकर गोटुल के वादकों ने अपने-अपने वाद्ययंत्र सँभाले। चेलिक, मोटियारिनों के पाँव नाचने को बेताब थे। सिरदार ने जन समुदाय और खास कर बुज़ुर्गों से अनुमति माँगी और वाद्ययंत्रों की गूँज से जंगल मंगलमय हो उठा। मोटियारिनों ने पहले गीत उठाया—

सिरपुर हेलो डोरी डोरो
निविदेके दाकार रोय रोय
सांगो निविदेके, काकट रोय
बरग सरपातते, उदीतन सोइदार
सरपार ताहे हनद, ताने इने पाय नदी
अयो अयो इनद, तुत ताने आनादि सोइदार।[26]

---

26. हे सखी, आज तुम जा रही हो! मेरी साइगुती, देखो सिरदार सहित सभी उदास बैठे हैं। तुम हमें छोड़ रही हो। तुम जहाँ भी रहो सुखी रहो। यही हम सबकी शुभकामना है!

यह नृत्य-गान खत्म होते ही दर्शक समूह में बैठे एक भूखे ने, जिसने छक कर महुआ मार रखी थी, अपनी बगलवाले से कहा, ''इजेक गातोतिनित (चलो अब खाना हो जाये)!'' मगर उसके आग्रह को दूसरे व्यक्ति ने झिड़क दिया, ''दस बार बोला, उतना ही पी जितना सँभाल सके! अभी तो नाच-गाना शुरू हुआ है। दो-तीन और हो जाने दे तब खाना मिलेगा!''

भूखे ने कहा, ''तो फिर ऐसा करता हूँ, ज़रा सो लेता हूँ! खाना शुरू हो तो जगा देना!''

उसे जवाब मिला, ''हाँ, सो जा, सो जा। तेरा काम निकलेगा तो जगा दूँगा!''

और वह भूखा, जहाँ उकड़ूँ बैठा था, वहीं पीछे पट्ट से (लड़ाई में काम आ गये सैनिक की तरह) गिर पड़ा। वह बेचारा करे भी तो क्या, सुबह थोड़ी-सी कुटकी-बासी खाकर जंगल निकल गया था। शाम तक घूम-घूमकर साल बीज एकत्रित किए। थक-हारकर घर लौटा तो पता चला कि शाम का भोजन गोटुल में है। यहाँ पहुँचा तो देखा कि भोजन में देर है, मगर महुआ बँट रहा है। बस जम के पी मारा। खाली पेट नशा सिर पर चढ़ बैठा। नशे ने उसे ऐसे दबोचा, जैसे अंधविश्वासी को डायन दबोचती है! बेचारा भूखा...ज़िन्दगी को नींद आई, कसमसाई, सो गई!

भूखा ज़मीन पर चित्त पड़ा था और उसके दोनों घुटने उठे हुए थे। उसकी कमर में बँधा पटका घुटने से वापस कमर की ओर समूचा सरक आया था। उसके शरीर पर वही एकमात्र वस्त्र था और जिस अंग-विशेष को ढँकने के लिए ज़रूरी समझा गया था, बस वही उघड़ा पड़ा था। अंदर कुछ और पहनने की यहाँ न पक्की संस्कृति थी, न सामर्थ्य!...और जिनके यहाँ थी, वे इतने सभ्य हो गये थे कि दूसरों के वस्त्र उतारने में उन्हें शर्म आनी बंद हो गई थी। पड़ोसी दर्शक ने भुनभुनाते हुए भूखे के घुटनों को ज़मीन पर लम्बायमान किया और उसका पटका घुटनों तक खींच दिया।

अबकी बार चेलिकों ने जो गाने की शुरुआत की तो उसमें जमा बिरादरी (जिनमें छोटे बच्चे, बूढ़े और आसक्त महिलायें भी थीं) सुर-में-सुर मिलाकर ऐसी हिल्लोरती तल्लीनता से गाने लगे, गोया वे सभी बस इसी के लिए जमा हुए हों! जबकि बड़ी कड़ाही में पक चुके बकरे के साग की गंध उन्हें ज़्यादा हिलोर रही थी। यह नृत्य-गान भी खत्म हुआ और दूसरे की तैयारी में कलाकारों ने थोड़ा विराम दिया तो हिलोरते सिरों ने बेबसी से एक-दूसरे से पूछा, ''तेना परके अउर बरा पातंग मनतंगबंग (इसके बाद और भी गाना है क्या)?''

मगर गोटुल के युवा कलाकार बिरादरी के सामने अपनी अधिकतम कला के प्रदर्शन के लिए मरे जा रहे थे। इसके पहले कि कोई उन्हें रोके, उन्होंने अगला नृत्य-गान शुरू कर दिया।

टिमकी टिमकी टिम टिम
टिम टिमटिम टिम
रे रे रेलों रेलों हो ओ ओ
होय होय वा वा रेलों
रेलों रे रेलों![27]

बिरादरी का मुखिया जो गायता भी था, और जिसके हर काम में जल्दी देखी जाती थी, उन्होंने कुछ दर्शकों की भोजन की इच्छा को बहाने की तरह इस्तेमाल करते हुए गोटुल के सिरदार से कहा, ''नाच-गाना तो खाने के बाद भी होता रहेगा। छोटे बच्चों और बुज़ुर्गों को खाने के लिए तरसाना ठीक नहीं!''

सिरदार ने अतिविनम्रता से झुककर मुखिया से कहा, ''गंवटिया,[28] आप सही कहते हैं। मगर खाने के बाद आप तो रुकेंगे ना?''

''नहीं, मुझे और काम है!'' मुखिया ने जल्दी से कहा। उन्होंने अपने एक गाल को, जिसमें भालुओं के नाखूनों की खरोंच से (ट्रेक्टर द्वारा जोती ज़मीन पर पड़ी लकीरों जैसे) उभर आये गड्ढों को छुआ और बीड़ी सुलगा ली। खरोंचवाले गाल के दूसरी तरफ़ वाले कान में उन्हें सुनायी भी कम देता था। मगर वह दूसरों को ही बहरा समझ ज़ोर से बोला करते थे। उनकी अनुपस्थिति में लोग उन्हें अड़जालदेव[29] कहते थे।

सिरदार को थोड़ी हताशा हुई। कहा, ''तो गंवटिया, एक और हो जाने की आज्ञा दें, फिर खाना शुरू कर देंगे।''

वाद्ययंत्रों की आवाज़ में मुखिया को कुछ सुनायी नहीं दिया। वे चुप रहे। सिरदार ने मौन स्वीकृति समझी और अपने कलाकारों को अगले के लिए इशारा किया। नृत्य-गान फिर शुरू हुआ। फ़िजा में नृत्य-गान की गूँज थिरकने लगी—

---

27. गीत-टिमकी(एक छोटा वाद्ययंत्र) बज रही है। इसकी ध्वनि के साथ आओ साथी, हम इकट्ठा हो लें। नाच-कूद कर अपना मन बहलायें। 28. मुखिया, आदरसूचक शब्द। 29. गाँव में यह किस्सा था कि बरसों पहले मुखिया अकेले शहद की तलाश में जंगल चले गये थे। अंदर-ही-अंदर वे रक्साहाड़ा (राक्षसों की हड्डियों से बना पहाड़) पहुँच गये थे। इसी पहाड़ के एक पेड़ पर उन्हें शहद के कुछ छत्ते दिखायी दिये। वे पेड़ पर चढ़नेवाले ही थे कि उन्हें पेड़ की एक शाखा पर एक भालू दिखायी दिया। मुखिया ने कुछ देर भालू के नीचे उतरने की प्रतीक्षा की, मगर भालू वहाँ शहद चाटता बैठा रहा। मुखिया का धैर्य जवाब दे गया। उन्होंने पत्थर उठाकर भालू पर फेंकने शुरू कर दिये। नाराज़ भालू उतरा और चट्टान की आड़ में जा छुपे मुखिया के एक गाल को अपने नाखूनों से लहूलुहान कर दिया। दूसरे हाथ से उनकी कनपटी पर ऐसा भालू-पंजा मारा की वह कान 'सुन्न' हो गया। अपनी सुरक्षा के लिए रखे भाले से वह भालू का कुछ बिगाड़ नहीं सके। जब तक वे भाला सँभालते भालू भाग चुका था। किसी तरह वे गाँव पहुँचे। मगर जंगल में भालू से झगड़कर बच आना भी बड़ी बात थी। इसीलिए लोग उन्हें कभी-कभी 'अड़जालदेव' भी कह देते थे। शुरू-शुरू में मुखिया को यह सम्बोधन अच्छा भी लगा था, मगर फिर वे बुरा मानने लगे थे।

नियराजोर तोर लयोर रोय हेलो
जो दिये ओन दोय किति रोय हेलो
संगी रे जारे तीर लयोर रोय हेलो
अदेर राजो पुरी रोय हेलो
डडके वर पुंदकी रोय हेलो।[30]

आख़िर इस नृत्य-गान के बाद भोजन शुरू हुआ। आँगन में, परछी में, अलाव के चारों ओर दो लालटेनों के उजाले में लोग ज़मीन पर उकड़ूँ बैठ गये। गोटुल के युवा सदस्य, जो अभी नाच-गा रहे थे, वाद्य बजा रहे थे, भोजन वितरण का कार्य करने लगे थे। उन्होंने लोगों को पत्तों की थाली और दोनों में भात, दाल और बकरे का गोश्त परोसा। ज़रूरतमंदों को पत्तों के दोनों में पुनः महुआ पिलायी गई। औरतें भी ऐसे मौकों पर पीछे नहीं थीं। सबने छक कर पिया और मन भर खाया। सबके खाने के बाद गोटुल के कलाकारों ने खाया-पिया। इसके पहले कि फिर नृत्य-गान शुरू हो, कुछ बुजुर्ग, बच्चे और महिलायें घर जाने को उठ खड़ी हुईं। उन्हीं के साथ नव-दम्पति को भी विदा कर दिया गया। हूंगा ने अब पहली दफ़ा 'लामहाड़े' के रूप में हिड़मा के घर में प्रवेश किया।

7

सुबह हुई, शाम हुई। कई रातें आईं और गईं। दिन बीते, और हफ़्ते भी। जब कुछ महीने भी बीत गये तो हिड़मा की गोदी में एक बच्ची आई। बच्ची क्या आई, उसे देखने गाँव-टोले भर के लोग चले आये। अमावस में चाँद निकल आया था। बच्ची क्या थी, गुलाब की कली। गोरी-चिट्टी और बड़ी-बड़ी आँखों वाली। जो भी उसे देखने आता, वह खुद उसे एकटक देखने लगती। लोगों को लगता, वह उन्हें पहचान रही है! हो सकता है, कभी किसी जनम में उससे नाता रहा हो! लोग चकित, मुदित मन से कहते, "हूंगा नालोत मावली माता ना जनम आता (हूंगा के घर में मावली माता ने जनम लिया है)! यह हमारा दुख-दर्द दूर करने आयी है!"

और जब कुछ दिनों बाद खबर मिली तो एक शाम, इन्द्रावती के पास के गाँव पाहुरनार से हिड़मा के सगे मामा कड़ियाम पनकू भी चले आये। कुछ बरस पहले जब उनकी बहन यानी हिड़मा की माँ मरी थी, तब ही आ पाये थे। दूरी के कारण इस बीच किसी ने किसी की खबर नहीं ली। आज भाँजी की बेटी को देखकर मामा का मन गद्गद था। हिड़मा के पिता के साथ परछी में बैठ चोंगी पीते पनकू मामा बोले, "जीजा जी, हिड़मा को तो हम नहीं ले जा पाये, क्योंकि हमारे घर कोई बेटा पैदा नहीं हुआ। तीन बेटियाँ हुईं भी तो उनमें दो को भगवान ने जन्मते ही वापस बुला लिया।

30. हे सखी, इस गोटुल में तुम्हारे और प्रेमी थे। तुम तो उन्हें छोड़कर जा रही हो। मगर खैर, अब जो तुम शादीशुदा हो गई हो, इसलिए गोटुल में अब मत आना। तुम्हें शीघ्र ही यह पता चलेगा कि वैवाहिक जीवन में कितना आनंद है। जाओ, मगर जब तुम्हारी संतान होवे तो उसे गोटुल में ज़रूर भेजना!

किसी तरह एक ब्याह के लायक हुई तो उसे ब्याह दिया था।...लेकिन मामा का, दूध वापस पाने का हक फिर भी बनता है! जब हिड़मा की बेटी बड़ी होगी तो वह हमारे गाँव जायेगी, इतना कहे देता हूँ!''

कड़ियाम पनकू, जैतराम दुग्गा को गाँववालों की तरह 'बाटो' न कह कर कस्बाई, शहरी लोगों की तरह 'जीजा जी' कहते थे। इसके उच्चारण में ध्वनि का जो उतार-चढ़ाव था, उन्हें पसंद था। जैतराम को भी सुनकर अच्छा लगता था। नातिन के जन्म से जैतराम बहुत प्रसन्न थे। हिड़मा से पहले उनके तीन बेटे पैदा हुए थे, मगर वे भी सब एक के बाद एक मरते गये थे। तब पेरमा ने कहा था, ''जैतराम तुम्हारे घर लड़के फलने वाले नहीं। लड़की होने पर ही तुम्हारा कल्याण है!'' फिर हिड़मा हुई और अब हिड़मा के भी बेटी ही हुई थी। जैतराम ने अपने साले से कहा, ''कड़ियाम पनकू, उसे बड़ी होने में अभी बरसों लगेंगे। और अब तो इलाके भर में कुहक-कुसरी (मशरूम) की तरह ढेरों मामा पैदा हो गये हैं! मेरी नातिन न हुई, मावली माता का प्रसाद हो गई, किस-किस को बाँटूँगा? जिसके भाग में होगा और जहाँ उसकी खुद की मर्ज़ी होगी, वह वहाँ जायेगी! ऐसे वादे का कोई मतलब नहीं, जो जीते जी पूरे होने वाले नहीं!''

हिड़मा अपनी बच्ची को लेकर परछी में आ गई। अपने मामा की बात पर वह कान लगाये हुए थी। बोली, ''मामा, बाबाल ठीक कहते हैं। मगर मैं इसे लेकर कभी ज़रूर पाहुरनार आऊँगी।...बहुत दूर तो है, सीधे मोटर गाड़ी भी नहीं। माँ ज़िन्दा थी तो मैं दो बार वहाँ गई थी। बेटी को भी वह जगह दिखाऊँगी। बारसूर में पत्थर के दो बड़े-बड़े गणेशदेव हैं, उनके दर्शन भी कराऊँगी!''

~

शाम को हूंगा घर की बकरियाँ चराकर लौटा। बकरियों, मुर्गियों को उनके दड़बे में पहुँचाकर, मामा-ससुर को सेवाजोहर कर पास आ बैठा। उसे समझ नहीं आ रहा था कि वह क्या बोले, जबकि उसकी शर्मीली मुस्कान उसके चेहरे पर तनी हुई थी। पनकू मामा ने ही हूंगा से कहा, ''हमारे इलाके में सरकारी काम बहुत निकला है। सड़क, पुल, तालाब-खुदाई आदि का काम चलता ही रहता है। अगर चलो तो मैं वहाँ काम दिला दूँगा!''

जैतराम को दामाद के लिए पनकू मामा का प्रस्ताव अच्छा नहीं लगा। बोले, ''देख पनकू, तू यहाँ से किसी को भी लेकर नहीं जायेगा। लगे तो तू भी यहीं रह जा। भूखे मरने की नौबत अभी नहीं आई है यहाँ! याद है, जब यहाँ अकाल पड़ा था, पूरे इलाके में कहीं कोई फ़सल नहीं हुई थी, तभी एक बार भूखे मरने की नौबत आयी थी। और तभी मैं तुम्हारे इलाके में गीदम तक गया था, ठेकेदार के साथ। खूब कमाई की थी, तब मैंने। आखिरी दिन तुम्हारी बहन को भगाकर यहाँ ले आया था! तुम्हारे घर के लोग भी वहीं काम कर रहे थे। उन्होंने तब खूब हो-हल्ला मचाया था। आज सोचता हूँ, याद करता हूँ तो बड़ी हँसी आती है!''

पनकू मामा बोले, "हमारे घर का हो-हल्ला दिखावा भर था, जीजाजी! सिर्फ़ लोक अपवाद का डर था। तब तो आपके जैसा कमाऊ, जुझारू और बांका छोरा हम दीदी के लिए ढूँढ भी नहीं पाते। फिर दीदी की रज़ामंदी और आपकी दबंगई...कोई क्या करता!"

अपनी तारीफ़ से प्रसन्न जैतराम ने कहा, "लड़की भगाना कोई बच्चों का खेल नहीं है, पनकू!"

बुज़ुर्गवार की बात सुन सभी हँस पड़े। नन्ही बच्ची सभी का मुँह ताक रही थी। जाने वह क्या समझ पायी होगी, मगर सबको हँसते देख, वह मुस्कुरायी थी। मामा ने हिड़मा की गोद से बच्ची को उठाया, जो घुटनों के बल रेंगने को मचल रही थी। उसे बड़े प्यार से निहारते पनकू मामा ने पूछा, "हिड़मा, इसका क्या नाम रखे हो?"

"इरमा...इरमा रखे मामा, ठीक है?"

"बिलकुल ठीक है! मावली माता, हिड़मा, इरमा, मामी, मामा...यह मा-मा सुनकर बहुत अच्छा लगता है! जीजा...सुनकर तो ऐसा लगता है, जैसे कह रहे हों, जी भर गया, जा!"

जैतराम ने मज़ाकिया गुस्से में साले को मारने के लिए एक हाथ उठाया, तो पनकू मामा दूसरी तरफ़ झुककर बच गये। इसी हँसी-ठिठोली के बीच मामा बोले—"देख बेटी हिड़मा, हम लोगों के भाग में तो कुछ पढ़ना-लिखना बदा नहीं था, तो भी किसी तरह मैं तीसरी क्लास पढ़ गया था। अब तो समझो हमारी ज़िन्दगी कट ही गई। लेकिन इस इरमा को खूब पढ़ाना, जब तक कि खुद इसका जी न भर जाये।... यहाँ नारायणपुर में रामकिशन मिशन का कोई नया स्कूल खुला है सुना, वहीं भरती करवा देना।"

"नहीं मामा, वहाँ तो मैं इसे नहीं पढ़ाऊँगी, भले यह हमारी तरह अनपढ़ ही क्यों न रह जाये! वहाँ बच्चों को 'हिन्दू' बनाते हैं मामा, आपको शायद नहीं मालूम! हम आदिवासियों के लिए तो हमारा धरम ही भला है!"

"ठीक है, गाँव के सरकारी स्कूल में ही डाल देना। कुछ अक्षर ज्ञान आज के ज़माने में ज़रूरी है, बेटी। खासकर हम आदिवासियों के लिये तो और भी!"

~

पनकू मामा चार दिन यहाँ रहे। उनके रहते घर में खूब हँसी-मज़ाक का वातावरण बना रहा। पनकू मामा जंगल-जंगल पैदल चलते हुए, डेढ़ दिनों में यहाँ पहुँचे थे। उन्हें वैसे ही फिर लौटना था। इस बार जाते समय जैतराम ने उन्हें बकरी के दो छोटे बच्चे भेंट किये। कहा, "हिड़मा की शादी झटपट हो गई थी पनकू, तुझे खबर नहीं कर सके। बहुत दिनों बाद ही सही तू आया तो अच्छा लगा। मैं तो तुम्हारे गाँव अब जाने से रहा। शरीर शायद इतना चलने न देगा। आँखें भी थोड़ा धोखा देने लगी हैं। पता नहीं कितने

दिन और जी पाऊँ!...बकरी के ये दो मेमने रख ले। वहाँ पालेगा, पोसेगा तो इनकी गिनती बढ़ेगी। कुछ काम भी सहारे का निकलेगा। और...तेरे कहने को भी न होगा कि बहन को जिस घर में दिया, वहाँ से कुछ पाया नहीं!''

पनकू मामा को जीजाजी की यह भेंट नकारते नहीं बनी। मन में तय किया कि पाहुरनार में उनके एक पड़ोसी के पास कुछ बकरियाँ हैं, उन्हीं के साथ इन्हें मिला दूँगा। पड़ोसी कारिया मंडावी खुश ही होगा। बाद की बात बाद में सोची जायेगी! उन्होंने बाँस की बड़ी-सी झेंझरी[31] में बकरी के मेमनों को रख, टोकरी को सिर पर ऐसे धारण किया, जैसे वासुदेव ने नवजात कृष्ण को नंद के घर पहुँचाने के समय किया था।

पनकू मामा के चले जाने के बाद यहाँ घर में थोड़े दिन मायूसी रही। फिर जल्दी ही इरमा की बाल-लीलाओं ने सबको बाँध लिया। हूंगा और हिड़मा रोज़ जंगल जाते, बकरियाँ चराते, जलाऊ लकड़ी बीनते, जंगल में फल-फूल, कंद-मूल जो मिल जाता बटोर लाते। घर आने पर हूंगा बखरी की साग-भाजी के लिए कुएँ से पानी पलोता, ज़मीन कोड़ता, बकरियों और मुर्गियों को उनके दड़बों में ठिकाने लगाता। हिड़मा तब खाना बनाती, महुआ की शराब और लांदा तैयार करती। जैतराम दुग्गा नातिन इरमा के पीछे-पीछे उसी की तरह तुतलाकर बोलते, बड़बड़ाते, रेंगते और फिर बैठ कर बीड़ी का धुआँ उड़ाते, ज़िन्दगी के इस बाकी सफ़र का मज़ा लेते। उन्हें हैरत हो रही थी कि वह अपने अंतिम सफ़र की सोच रहे थे, जबकि सफ़र का यह मज़ा उनकी प्रतीक्षा में था!

8

कड़ियाम पनकू ने जब से इरमा को देखा था, उसकी आँखों में अपने लिए अजीब-सा खिंचाव महसूस किया था। उन्हें लगता था, जैसे वह उनसे कुछ कहना चाहती हो, जबकि अभी उसने बोलना भी शुरू नहीं किया था।...उन्हें अभी प्रतीक्षा करनी होगी। उन्होंने तो जैसे अरण्य की देवी को उसके बालरूप में देख लिया है और अब उससे दूर होना मुश्किल है! उनकी अपनी इकलौती ब्याही बेटी भी तो थी, फिर उस बेटी के दो बच्चे भी हो गये थे, मगर किसी से भी उन्होंने ऐसा खिंचाव महसूस नहीं किया था। यही कारण था कि अब पनकू मामा नारायणपुर के मावली माता के मेले के बहाने, कुछ चीज़ों का भाव-ताव पता करने के बहाने, 'इधर से गुज़र रहा था तो' के बहाने, अक्सर देवगाँव आने लगे। कुछ दिनों का पड़ाव उनका यहाँ रहने लगा। वह आते और बस्तर के बाँस की तरह जल्दी-जल्दी बड़ी होती इरमा को अपने कंधे पर बिठाये, टोले से देवगाँव तक घूमते-फिरते, उससे बातें करते। उसे कहानियाँ सुनाते।

कहानी के लिए हिड़मा ने ही इरमा को उकसाया था। कहा था, ''मामा को बिना कहानी सुनाये छोड़ना नहीं। उनको ढेर सारी कहानियाँ आती हैं। उनका दिमाग किस्सों

---

31. बाँस की कमचियों से बनी हवादार टोकरी

का कोठा है! अबूझमाड़ और बस्तर ही नहीं पूरा दण्डकारण्य उनकी ज़बान पर बसा है! और हाँ, तू उन्हें 'आजो'[32] कहा कर, मामाल[33] तो वो मेरे हैं!''

मगर नन्ही इरमा मानी नहीं। बोली, ''तू भी आजो बोल ना!''

''नहीं, वो मेरे मामा हैं!'' हिड़मा हँस पड़ी।

''ठीक है, मैं भी मामा ही बोलूँगी!''

माँ-बेटी के झगड़े की बात पनकू मामा के कानों में पड़ी तो वो भी हँस पड़े। बोले, ''ठीक है, मामा मैं सबका हूँ। पूरे बस्तर का मामा! मुझे तो सुनकर अच्छा ही लगता है!''

इस तरह कड़ियाम पनकू माँ-बेटी दोनों के मामा हो गये। फिर तो मामा की लहर ऐसे चली कि जैतराम दुग्गा भी उनका नाम लेना भूल गये। पहले 'बच्चों के मामा' बोलने लगे, फिर 'बच्चों के' भी छूट गया और मामा ही रह गये।...देखो तो 'मामा' कहाँ गायब हो गये!...''हूंगा, मामा से कहकर कुछ और बीड़ी तो बनवा ले! मामा की बनायी बीड़ी मुझे पसंद है! उनके जाने के बहुत दिनों बाद तक मेरे काम आयेगी!''

हूंगा जवाब देता, ''बाबाल, मामा को लेकर इरमा हित्ती (इमली) फूल तोड़ने गई है। वह मामा के कंधे पर खड़ी होकर हित्ती फूल तोड़ रही है! बोल गई है, आज मामा के लिए हित्ती फूल की चटनी बनायेंगे!''

~

रात को इरमा पनकू मामा के पास ही चटाई पर कहानी सुनते हुए सोती थी। कहानी सुनते-सुनते सोना उसकी आदत में तब्दील होने लगा था। कई बार कहानी के बीच में ही इरमा को नींद आ जाती, तो वही अधूरी कहानी दूसरे दिन सुबह पूरी की जाती। कहानी पूरी होने पर मामा इरमा से कोई सवाल भी करते। इरमा जागती होती तो जवाब देती। उसके जवाब लगभग एक जैसे ही होते थे, क्योंकि मामा के सवाल भी एक जैसे ही होते थे।

एक दिन मामा ने हनगुण्डा की कहानी सुनायी।

''मुने दियातो पोलाय आंद (पुराने ज़माने की बात है)!'' मामा ने कहानी शुरू की तो इरमा ने भी पहला वाक्य दोहराया, ''मुने दियातो पोलाय आंद!'' फिर टोका, ''मामा, आप हमेशा पुराने ज़माने की बात है, क्यों कहते हो?''

''इसलिए कि पुराने ज़माने की कहानियाँ पक कर तैयार हैं। नये ज़माने की कहानियाँ अभी कच्ची हैं, और जिन्हें थोड़ा-बहुत सभी जानते हैं!''

''अच्छा, चलो ठीक है, आगे बोलो!'' इरमा ने इजाज़त दे दी।

---

32. नाना 33. (आदरसूचक) मामा ऐसे ही बाबा-बाबाल, दादा-दादाल

"पुराने ज़माने की बात है। सरगलोक में बहुत से देवताओं की इच्छा हुई कि तंत्र-मंत्र की विद्या का ज्ञान उन्हें भी होना चाहिए। बाकी सभी विद्यायें तो वे जानते थे। मगर तंत्र-मंत्र का ज्ञान सरगलोक में सिर्फ़ मृत्यु देवता के पास था और मृत्यु देवता बड़े कड़क थे, एकदम कड़कनाथ![34] पकड़ने जाओ तो जल्दी पकड़ में न आये। ज़मीन में दौड़ जाये, आकाश में उड़ जाये। पेड़ पर चढ़ जाये। झाड़ियों में गुम हो जाये। अपनी चोंच और पंजों से पकड़ने वाले को लहूलुहान भी कर दे।

"सरग के देवताओं के पास कुछ काम तो रहता नहीं। बेचारे खाली टाइम कैसे गुज़ारें? यही सोचकर, थोड़ा साहस कर, सारे देवता मृत्यु देवता के पास पहुँचे। इतने सारे देवताओं को सामने देखकर मृत्यु देवता ने कड़ककर उनके आने का कारण पूछा। देवताओं ने पहले झुक-झुक कर तीन बार सेवाजोहर की और चापलूसी करते हुए बोले—आप जैसा ज्ञानी देवता पूरे सरग में नहीं है! सिर्फ़ आप ही हैं जो तंत्र-मंत्र विद्या को जानते हैं। आप हमें अपना शिष्य बना लीजिए और इस विद्या का ज्ञान हमें भी दे दीजिए। हमारा टाइम पास नहीं हो रहा है! हम हमेशा आप के आभारी रहेंगे, प्रभू!

"चापलूसी से सबका मगज फिर जाता है, चाहे वो मानुष हो या देवता! मृत्यु देवता का भी मगज फिर गया। मगर अपने सुभाव को एकदम से बदल देना सबके लिए मुश्किल होता है। अपने कड़क सुभाव के अनुसार मृत्यु देवता बोले—इतने सारे लोगों को मैं यह विद्या नहीं सिखलाऊँगा। सिर्फ़ सात लोग यहाँ रुक जाओ और बाकी रफ़ूचक्कर हो जाओ।...मगर उनमें से कोई जाने को तैयार ही नहीं था। तब मृत्यु देवता ने उन सबको एक लाइन में खड़ा रहने को कहा और उनकी जाँच करने लगे। कुछ देवताओं का पेट निठल्ले पण्डों और भकोस कर खाने वाले आजकल के साधुओं की तरह खूब बढ़ा हुआ था। मृत्यु देवता एक-एक कर सबके सामने पहुँचे। जिस देव के पास वे पहुँचते, वह देव उन्हें फिर झुक कर सेवाजोहर करता। जो देवता जितना ज़्यादा झुका, उसका चुनाव कर लिया गया। बढ़े पेटवाले और सिर कम झुकाने वाले देव छाँट दिये गये।...जिनका खुद का सुभाव कड़क होता है, वो दूसरों के कड़क सुभाव को पसंद नहीं करते!

"खैर, मृत्यु देवता ने गिनकर सात लोगों को चुना और उनसे कहा कि इस विद्या के ज्ञान के लिए धरती लोक में जाना होगा। विद्या की प्राप्ति के लिए सरगलोक उत्तम जगह नहीं है। यहाँ कोई बियाबान अरण्य भी नहीं है। यहाँ इस विद्या के लिए ज़रूरी गोपनीयता भंग हो सकती है!

"डरपोक एक देवशिष्य ने पूछा—हे प्रभू, धरती पर विद्या प्राप्ति के बाद, हम वापस सरग सकुशल आ तो जायेंगे ना? मृत्यु देवता मुस्कुराए। बोले—अवश्य वापस आ जाओगे। मगर यदि वह जगह पसंद आ जाये, और रुकना चाहो, तो बात दूसरी है!

---

34. कालामासी, जंगली मुर्गा जिसका पंख, कलगी, मांस, खून भी काला होता है

“ ‘नहीं रुकेंगे, नहीं रुकेंगे!’ सातों देवशिष्यों ने एक स्वर में कहा। मृत्यु देवता ने कारण पूछा तो एक देव ने कहा कि सुना है वहाँ बहुत मेहनत करनी पड़ती है!

“ ‘तो क्या हुआ, मेहनत करने के बाद जो सुख मिलता है, वह इस सरग में मुश्किल है!’

“ ‘हमें तो हमारा सरगलोक ही ठीक जान पड़ता है, प्रभू!’

“ ‘ठीक है, तुम सब वापस आ जाओगे, मगर याद रहे इस विद्या की प्राप्ति के लिए गोपनीयता बहुत ज़रूरी है!’

“सभी सातों शिष्यों के साथ मृत्यु देवता धरती लोक की ओर चल पड़े। धरती में खूब खोजबीन हुई। कहाँ है बियाबान कोकिस्तान?[35] खोजते-खोजते वे यहाँ अबूझमाड़[36] आये। मृत्यु देवता को यह जगह पसंद आ गई। देवशिष्यों की शिक्षा शुरू कर दी गई। मृत्यु देवता का अनुसरण करते हुए सातों शिष्य ज़ोर-ज़ोर से मंत्रों का पाठ करते। कभी उठते, कभी बैठते। कभी एक पाँव पर खड़े होते, कभी दोनों हाथों पर। कभी धूनी जलाते, उसमें कुछ डालते, फिर धूनी बुझाते, उसमें से कुछ निकालते। कुछ छीलते, कुछ फेंकते, कुछ खाते।...फिर ज़ोर-ज़ोर से मंत्रों का पाठ!

“अबूझमाड़ के गोटुल का एक चेलिक उसी तरफ़ कंद-मूल लाने, लकड़ियाँ बटोरने जाया करता था। देवशिष्यों के बोलते मंत्रों की आवाज़ उसके कानों में पड़ी, मगर कुछ दिखायी नहीं दिया। अपने बुढ़ादेव की मर्ज़ी मानकर वह चेलिक अपना काम करते-करते सुनायी पड़ते मंत्रों को दोहराने लगा। वह अब रोज़ ही उस जगह जाता, सुनता और दोहराता। इस तरह सात दिन बीत गये। सातों शिष्यों ने तांत्रिक विद्या सीख ली। शिक्षा पूरी होने पर खुशी मनाने हवन किया गया। प्रभू की खुशी के लिए हवन में कड़कनाथ मुर्गे, अंडे और चूज़ों की बलि दी गई। तब मृत्यु देवता ने बलि के प्रसाद को शिष्यों में बाँटने के लिए उसके सात भाग किये। मगर यह क्या? मृत्यु देवता सात भाग करते मगर जब गिनते तो आठ भाग होते! देवता ने अपना माथा ठोका, शिष्यों को डाँटा।...‘तुम्हें तंत्र विद्या सिखाते-सिखाते मेरे गणित का ज्ञान फ़ेल हो गया लगता है?...ज़रूर आस-पास किसी जीव-जंतु या मनुष्य ने तुम्हारे साथ-ही-साथ यह विद्या सीख ली है! जाओ, पूरे कोकिस्तान को छान मारो। पड़ताल करो। ज़रूर आस-पास कोई “आठवाँ” यहाँ है। उसे पकड़ लाओ।’

“सातों शिष्य तुरत-फुरत खोजबीन में निकले और जल्दी ही वह चेलिक बेचारा पकड़ा गया। चेलिक को लेकर वे मृत्यु देवता के पास आये। मृत्यु देवता ने उसे गुस्से से देखा और पूछा, ‘क्या नाम है तेरा?’

“ ‘हनगुण्डा...!’

“ ‘तू यहाँ क्या कर रहा है? तूने ज़रूर हमारे तंत्र विद्या के ज्ञान को अपने कानों से सुन लिया है?’

---

35. खूब घना जंगल 36. न बूझा जा सकने वाला (माड़) पहाड़ी जंगल

‘‘चेलिक घबराया, काँपा। मुसीबत को भाँपा। मगर अबूझमाड़िया था, झूठ कैसे बोलता। उसने स्वीकार में सिर हिलाया। मृत्यु देवता ने उसे फटकारते हुए कहा कि तुझे इस विद्या के बदले अपने बेटे या बेटा-बहू की बलि देनी होगी, तभी यह विद्या तेरे काम आयेगी! बोलो मंज़ूर करते हो?

‘‘चेलिक ने देवता को ज़मीन पर लोटकर प्रणाम किया और दुखी होकर कहा—हे प्रभू, मेरी तो अभी शादी नहीं हुई। तब बेटा कहाँ और बेटे की ब्याहता कहाँ?

‘‘जवाब सुनकर मृत्यु देवता ने, जिन्हें वापस लौटने की अब जल्दी थी, ज़्यादा मगज़मारी न करते हुए, कहा—ठीक है, मगर जब ब्याह हो तो तुम्हें एक संतान की बलि देना कबूलना होगा। बोलो तैयार हो?

‘‘एक संतान की बलि देकर अगर यह तंत्र विद्या, जो अभी सिर्फ़ सरग में है, हाथ आती है तो इससे पूरे समाज का भला होगा!...ऐसा सोचकर चेलिक ने स्वीकार में सिर हिलाया। तब मृत्यु देवता ने बलि के प्रसाद के आठ भागों को देवशिष्यों के साथ उस चेलिक को भी परोसा। प्रसाद खा-पीकर तंत्र विद्या में पारंगत सभी देवशिष्य मृत्यु देवता के साथ सरग की ओर चले गये और चेलिक हनगुण्डा अपने गाँव लौटा। उसने अपनी तंत्र विद्या से लोगों की बीमारी, डर और दूसरी मुसीबतें दूर करनी शुरू कर दीं। बाद में तो यह ‘हनगुण्डा’ नाम ही एक पद हो गया। लोगों का तंत्र-मंत्र से, गुनियागिरी से, जादू-टोने से जो भला करे, वही हनगुण्डा कहलाने लगा। हनगुण्डा के वंश के लोग भी हनगुण्डा होने लगे और दूसरे भी जो यह गुनियागिरी करते।...समझीं? नावा पिटो मारटु (मेरी कहानी खत्म हुई)!’’

ध्यान से कहानी सुनती और जागती इरमा से पनकू मामा ने पूछा, ‘‘इरमा, बताओ तो कहानी कैसी लगी?’’

‘‘बहुत अच्छी, मामा!’’ इरमा ने अपनी चमकीली दन्तपंक्तियाँ दिखाते हुए कहा। मामा ने तब आदतन पूछ लिया, ‘‘तो फिर हमारी इरमा बड़ी होकर क्या बनेगी?’’

‘‘हनगुण्डा!’’ इरमा झट बोली। उसका उत्तर सुनकर आस-पास बैठे, लेटे माँ-बाप और नाना भी हँस पड़े। हिड़मा ने टोका, ‘‘हनगुण्डा तो सिर्फ़ लयोर (लड़के) बनते हैं! पेकी (लड़की) के हनगुण्डा बनने की बात तो मैंने कभी सुनी नहीं!’’

‘‘मैं बनूँगी!’’ इरमा ने जैसे फ़ैसला कर लिया हो, बोली, ‘‘क्या पेकी के दो हाथ-पैर नहीं हैं? क्या पेकी का दिमाग नहीं होता?...कोई पेकी इसलिए नहीं बनी, क्योंकि किसी पेकी ने शुरुआत ही नहीं की। लेकिन मैं शुरुआत करूँगी!’’

जैतराम ने मज़ाक किया, ‘‘इरमा को देख तब गाँववाले बोलेंगे, देखो वो हनगुण्डा आ रही है!...इरमा तो कोई बोलेगा ही नहीं!’’

‘‘हनगुण्डा भी अच्छा नाम है!...और मुझे नींद आ रही है।’’

इरमा ने कहा और चटाई पर अपनी कथरी खींच कर ओढ़ ली। आँखें बंद कर लीं। अपने हनगुण्डा बन जाने और लोगों की भलाई करने के सपने उसे आने लगे। मगर अगली रात की कहानी सुनने के बाद, उसने कभी हनगुण्डा नहीं बनने का अपना संशोधित निर्णय सुना दिया!

9

हुआ यह कि अपने इस पड़ाव की आखिरी रात को पनकू मामा ने वीर गुण्डाधूर की कथा सुना दी।

"मुने दियातो पोलाय आंद!" पनकू मामा ने अपने जीजा जी के साथ साल के पत्तों में लपेट कर चोंगी बनायी, सुलगायी और शुरू की कहानी। सोने के लिए बिछायी चटाई पर, कहानी की तलब में उकड़ूँ बैठी इरमा, ध्यान लगाकर सुन रही थी। एक पल उसके मन में विचार आया, अगर पनकू मामा की दोनों टाँगें बाँध कर छित्ती के पेड़ में उलटा लटका दें तो उनके मुँह से अनगिनत कहानियाँ केकड़े के पेट में छिपे बच्चों की तरह नीचे गिर, इधर-उधर भागने लग जायेंगी! अपने मन के इस विचार पर वह मन-ही-मन मुस्कुरायी और मामा के अधिक पास सरक गई, ताकि कोई कहानी या कहानी का कोई ज़रूरी हिस्सा उससे छूट न जाये।

"पुराने ज़माने की बात है। गुण्डाधूर[37] नाम का बालक एक गाँव में रहता था। था तो वह भी आम लड़कों की तरह ही, मगर जब हिम्मत का कोई काम सामने आ पड़ता तो बाकी लड़कों के पहले गुण्डाधूर ही तैयार दिखता। इसलिए जब गाँव, घर में किसी का कोई काम अटकता तो मदद के लिए सबसे पहले गुण्डाधूर को ही याद किया जाता। किसी बीमार को या बूढ़े को खाट पर लाद कर दूसरी जगह ले जाना हो, किसी से लकड़ी का कोई कुन्दा न काटा जा रहा हो, जंगली जानवरों से रक्षा की बात हो या और भी किसी किस्म का काम हो, गुण्डाधूर को ज़रूर याद किया जाता। गुण्डाधूर में सबसे बड़ी यह बात थी कि वह सबकी मदद करके भी कभी कोई एहसान नहीं जताता था। बल्कि वह तो कहता था—तुम्हारा भला हो, जो तुमने मुझे अपनी सेवा के लायक समझा।...उसी गाँव में एक माई हनगुण्डा रहती थी!"

" 'माई' यानी बायले (औरत) हनगुण्डा?" इरमा ने आश्चर्य से बीच में टोकते हुए कहा, "कल याया (माँ) कह रही थी कि पेकी हनगुण्डा नहीं बन सकती! अब...सुन रही है याया?" उसने आँगन में जूठे बर्तन धो रही माँ को पुकारा—"तू भी सुन कहानी को, माई और हनगुण्डा! देख पेकी भी हनगुण्डा बन सकती है!"

---

37. यह एक ऐसे वीर साहसी किन्तु अज्ञात व्यक्ति का नाम था,जो अंग्रेज़ों के विरुद्ध बस्तर में हुए भूमकाल (इसे बूमकाल भी कहा गया) सन् 1910 में शामिल था। कुछ कहते हैं कि यह एक कल्पित नाम था और इस नाम का इस्तेमाल विप्लव के सूत्रधार रहे कालिन्द्र सिंह लाल साहब ने किया था। वैसे 'गुण्डाधूर' बस्तर के मिथकों में बहुत पहले से समाये एक ऐसे युवक का नाम है, जिसके बारे में विश्वास है कि वह अब भी जीवित है और देवतुल्य है!

''ठीक है बेटी, तू भी बन जाना हनगुण्डा!'' हिड़मा ने बर्तन धोते-धोते ही जवाब दिया। वह भी जल्दी-जल्दी हाथ चला रही थी, ताकि सबके साथ आकर बैठे। कहानियाँ भला किसे बुरी लगती हैं, मगर ये जूठे बर्तन धरे रह जायेंगे तो सुबह का काम बढ़ जायेगा। कल एकदम सुबह मामा अपने गाँव निकल जायेंगे, उनके रास्ते में खाने के लिए भी कुछ तैयार कर देना होगा।

पनकू मामा ने अपनी कहानी जारी रखी।

''माई हनगुण्डा बहुत बड़ी तांत्रिक थी। जादू-टोना करके वह अपना रूप बदल लेती थी। कभी मानुष, कभी जनावर, कभी चिरैया भी बन जाती थी। पल-छिन में पहाड़ पर तो, पल-छिन में पेड़ पर चढ़ जाती थी। उससे पार पाना मुश्किल था। मगर वह अपनी विद्या का गलत उपयोग करने लगी थी। वह दुष्ट औरत बन गई थी और गाँववालों को तरह-तरह से परेशान करती थी।''

'माई हनगुण्डा द्वारा अपनी विद्या का दुरुपयोग... !' इरमा ने मन में दुखी होकर सोचा। हनगुण्डा बनने के उसके अरमान धूल खाने लगे। उसका चेहरा उतर गया। मामा ने एक नज़र इरमा पर डाली और कहानी आगे बढ़ायी।

''परेशान गाँववालों ने एक दिन बूमकाल[38] की। सभा में सबने अपनी-अपनी परेशानी बतलायी। एक ने कहा—वह टोकरी में महुआ बीन कर आ रहा था। टोकरी को नाले के ऊपर रख कर वह बाहर-बट्टे के लिए नाले में उतरा। जब वापस आया तो उसकी टोकरी गायब थी, जबकि आस-पास कोई मानुष क्या, कोई जीव-जन्तु भी नहीं था।...किसी ने कहा कि वह हाट से नया कपड़ा खरीद कर ला रहा था, अचानक हवा चली तो वह कपड़े की पोटली को सिर पर रख कर चलने लगा। फिर अचानक पोटली उड़ गयी और ऐसे गायब हो गई जैसे गधे के सिर से सींग!...एक ने बताया कि कुछ दिनों से वह अपनी झोपड़ी पर रोज़ ताड़ के पत्ते छा रहा है, मगर रात को जाने कौन उनको ज़मीन पर गिरा देता है!...किसी और ने भी अपना दुख अलापा, मेरी मुर्गियाँ आये दिन गायब हो जाती हैं, जबकि मैं रोज़ शाम को उन्हें गिनकर दड़बे में बंद करता हूँ!...इस तरह गाँव भर के लोगों ने अपना दुखड़ा सुनाया। सबका एक मत था कि यह सब कारस्तानी हनगुण्डा द्वारा ही की जा रही है, मगर वह हनगुण्डा है कौन? उसे पकड़ें कैसे, उसे रोके कौन? शेर के पाँव में पायल बाँधे कौन?

''और जब बात 'कौन' पर आई, तो सबने एक स्वर में कहा—गुण्डाधूर! गुण्डाधूर तैयार भी हो गया, मगर वह चाहता था कि कोई दूसरा भी उसके साथ रहे। मगर दूसरा कौन? सब मौन! बमुश्किल गाँव के पटेल ने हामी भरी। बोला—जब गाँव पर मुसीबत आयी है तो मेरा पीछे रहना ठीक नहीं, ये और है कि हनगुण्डा ने अब तक मेरा कुछ बिगाड़ा नहीं है!

---

38. भूमकाल, निमंत्रण देकर बुलायी गई सभा, जिसमें लिया गया निर्णय सभी पक्षों के लिए बाध्यकारी होता है।

"इस तरह गुण्डाधूर और पटेल हनगुण्डा की तलाश में निकले। जंगल-पहाड़, नदी-नाले, घाटी-मैदान में उसकी खोज करते। रात को उसकी आहट लेने की कोशिश करते। अब हनगुण्डा को भी इसकी भनक लग गई कि गाँववालों ने उसको पकड़ने या मार डालने की ठानी है, इसलिए वह अब और बैहा (पागल हो) गई। पहले तो कुछ दिनों के अंतराल में कोई मामला सामने आता था, मगर अब ये रोज़ की बात हो गई। वह रोज़ ही किसी-न-किसी का पालतू जानवर मारने लगी। रोज़ नया-नया रूप धारण कर लोगों को डराने लगी। गाँव के लोग पहले से ज़्यादा घबरा उठे। इधर गुण्डाधूर और पटेल ने भी उसकी खोज तेज़ कर दी। दोनों तीर-कमान और टाँगी से लैस रहते। इस बीच हनगुण्डा ने पहले पटेल की एक गाय गायब कर दी। फिर दूसरे दिन पटेल का नौकर ही गायब हो गया। गुण्डाधूर ने अंदाज़ लगाया कि हनगुण्डा अब पटेल को ही ज़्यादा नुकसान करने की फ़िराक में है, इसलिए वह रात में पटेल को लेकर पटेल की ही बखरी में छुपकर बैठ गया। बखरी से लगा पटेल के जानवरों का बाड़ा था।

"देर रात अचानक पटेल और गुण्डाधूर ने देखा कि एक शेर जानवरों के बाड़े में दौड़ता हुआ आया और एक बैल को मार गायब हो गया। उन दोनों को तीर चलाने का भी ठीक मौका नहीं मिला। मगर वे बखरी में ही साँस रोके बैठे रहे। उनके अंदाज़ के अनुसार ही थोड़ी देर में शेर फिर प्रकट हुआ और मरे बैल को खींचता हुआ जल्दी-जल्दी ले जाने लगा। गुस्से से भरा पटेल उस पर तीर चलाने ही वाला था, मगर गुण्डाधूर ने उसे रोक दिया। दोनों छुपते-छुपाते उसका पीछा करने लगे। वे जानना चाह रहे थे कि इस हनगुण्डा का ठिकाना कहाँ है? और वह हनगुण्डा इस बैल का करेगी क्या?

"शेर का पीछा करते-करते वे एक पहाड़ी पर पहुँचे। पहाड़ी पर बनी एक गुफ़ा के पास शेर ने बैल को एक चट्टान से नीचे धकेला, जिससे बैल की गर्दन टूट गई और गर्दन से खून बहने लगा। शेर चट्टान के पास जाकर बैल का खून पीने लगा। जब पेट भर गया तो वापस गुफ़ा के पास आया और सरई (साल) के पेड़ से अपनी पीठ रगड़ने लगा। फिर वह दो पाँवों पर खड़ा हो गया। खड़े होकर वह जैसे-जैसे फिर पेड़ से पीठ रगड़ने लगा, उसका शरीर भी धीरे-धीरे शेर से मानुष रूप में बदलने लगा। पटेल और गुण्डाधूर पास ही छुपे हुए थे। पटेल ने गुण्डाधूर को इशारा किया—यही अच्छा मौका है! गुण्डाधूर तो तैयार ही था। वह अपनी टाँगी लेकर हनगुण्डा पर लपका और उसकी गर्दन पर ऐसा जम के वार किया कि हनगुण्डा का सिर उसके शरीर से अलग हो गया।

"आकाश टंगटंगा[39] था। चाँद निकल आया था। जंगल के मैदानी हिस्से में चारों तरफ़ चाँदनी फैली थी। हनगुण्डा की गर्दन पर वार होते ही एक माई लोगन की चीख जंगल में गूँज उठी। पटेल भी अब गुण्डाधूर के पास पहुँच गया था। हनगुण्डा की माई-लोगन जैसी आवाज़ से दोनों चकित थे। तब गुण्डाधूर ने हनगुण्डा की लाश

---

39. एकदम साफ़

को उठाया और चाँदनी में उसे ध्यान से देखा तो वह खुद चीख कर रो पड़ा। यह माई हनगुण्डा तो गुण्डाधूर की याया थी।...याया, तू छुप-छुपकर यह क्या करती थी? क्यों करती थी?...ज़मीन पर उकड़ूँ बैठा गुण्डाधूर थोड़ी देर अपनी माई का सिर हाथ में थामे रोता रहा। पटेल ने उसे ढाढ़स बँधाया। तब वे दोनों उस माई की लाश उठाकर गाँव चले आये। सुबह हो गई थी। सारा गाँव रात-भर जागता, इनके लौटने की राह ही देख रहा था।

"गाँववालों को जब पता चला कि माई हनगुण्डा गुण्डाधूर की याया थी और गुण्डाधूर ने ही उसकी गर्दन उड़ा दी थी, तो लोग गुण्डाधूर से और भी प्रभावित हुए। उसकी तारीफ़ करने लगे।...गाँव समाज के भले के लिए बेटे ने देखो, अपनी याया को ही टाँगी से उड़ा दिया! ऐसा निःस्वार्थी और नेक बेटा भगवान सबको दे! गाँववाले बोलते रहे। बाद में गाँव के विधि-विधान से हनगुण्डा का, जिसे अपनी करनी का फल मिल गया था, दफ़न-संस्कार किया गया। गुण्डाधूर की जय-जयकार हुई। उसका नाम चारों तरफ़ फैल गया।"

कहानी खत्म होने पर पनकू मामा ने इरमा से पूछा, "हाँ तो बेटी इरमा, कल तू कह रही थी कि बड़ी होकर हनगुण्डा बनेगी, ठीक रहेगा ना?"

"नहीं, मैं हनगुण्डा कभी नहीं बनूँगी!" इरमा ने एतराज़ किया।

"तो फिर,...तो फिर अब क्या बनेगी हमारी इरमा, बड़ी होकर?"

"मैं गुण्डाधूर बनूँगी!" इरमा ने अपना नया फ़ैसला सुनाया। इस बीच हिड़मा भी पास आकर बैठी थी। उसकी तरफ़ इशारा करते हुए मामा ने फिर छेड़ा, "तो तू भी अपनी याया पर टाँगी चलायेगी?"

"मेरी याया हनगुण्डा नहीं है, मामा! न कभी बनेगी!" इरमा ने जवाब दिया और प्यार से हिड़मा की गर्दन में अपने नाज़ुक हाथ डाल कर लिपट गई।

~

बार-बार टाँगी का ज़िक्र होने से हिड़मा अंदर-ही-अंदर डर रही थी।...टाँगी... झोपड़ी...पानीगिरहि...! एक पल उसे लगा जैसे यह सब कल की ही बात हो! क्या किसी दिन इरमा को पता चलेगा कि उसके अंदर दो तरह का खून दौड़ रहा है? तब... तब वह क्या करेगी? टाँगी...!

10

इरमा को गाँव के सरकारी स्कूल में भर्ती करा दिया गया था। उसका स्कूल...तीन कमरों की एक छोटी-सी इमारत थी। फिर भी गाँव की मिट्टी, घास-फूस और खपरैलों के चंद घरों से तो बेहतर थी। यह और बात थी कि बनने के बाद से ही वह इमारत लगातार उपेक्षा का शिकार, खंडहर बनने की ओर अग्रसर थी। स्कूल में तीन मास्टरों

के पद थे, मगर एक ही मास्टर सप्ताह में एक या दो दिन कोंडागाँव से नारायणपुर बस से आते और विद्यार्थियों की सप्ताह भर की हाज़िरी दर्ज कर लेते। जब आते उसी दिन (विद्यार्थियों की समझ से) जाने क्या-क्या बोलते, पढ़ाते, ब्लैक बोर्ड पर खुद लिखते, मिटाते और चल देते। वे नारायणपुर में किसी के घर छोड़ी गई अपनी साइकिल से देवगाँव आते। यहाँ आते ही उन्हें लगातार अपने वापस कोंडागाँव पहुँचने की चिंता खाये जाती। लौटती बस के छूट जाने का उन्हें डर लगा रहता। बरसात में तो वे कई हफ़्ते नहीं आते थे। वे सरकारी मुलाज़िम थे, और किसी भी सरकारी मुलाज़िम से गाँव-टोले के लोग भय खाते थे। किसी ने कभी उनकी शिकायत नहीं की। उनको लगता, सरकारी नौकरी शायद इसी तरह की जाती होगी! मगर मास्टरजी के हाज़िरी रजिस्टर, पास-फ़ेल रजिस्टर आदि चाक-चौबंद रहते और एक बार दाखिल बच्चा, हर साल पास होकर अगली कक्षा के रजिस्टर में दर्ज हो जाता था। पाँच साल होने पर पाँचवीं का और आठ साल होने पर आठवीं पास का प्रमाण-पत्र तैयार हो जाता। इस तरह गाँव के पढ़े-लिखे अर्द्धशिक्षित बच्चे वही सब काम करते, जो उनके माता-पिता युगों से करते चले आ रहे थे। स्कूल, बच्चों के लिये मध्यान्ह भोजन (जिसकी ज़िम्मेदारी स्कूल के अस्थायी चौकीदार और उसके परिवार की थी), मुफ़्त रंगबिरंगी चित्रों वाली किताबें एवं मुफ़्त की दो जोड़ी यूनिफ़ॉर्म को बाँटने और बच्चों के मिल-बैठने के बहाने के रूप में अपनी ज़िम्मेदारी निभा रहा था। ज़्यादातर जगहों पर ज़िम्मेदारियाँ इसी चाक-चौबंदी से निपटायी जा रही थीं और देश आगे बढ़ रहा था!

वह मास्टरजी तीन साल तक उस स्कूल में रहे थे। उनके स्थानान्तरण के बाद जो मास्टरजी आये, वह उनसे भी बड़े संत थे। पूर्व के मास्टर के विपरीत ये धैर्यवान, रसिक और तिगड़मबाज़ थे। गाँववालों को और उनके बच्चों को भी अपने पास होने के प्रमाण-पत्रों में बहुत रुचि नहीं थी। जिन बच्चों के प्रमाण-पत्र गत कई वर्षों से नहीं बाँटे जा सके थे, क्योंकि उन्हें लेने कोई नहीं आया था, उन्हें ये नये मास्टरजी उनके घरों में जाकर पालकों को, उन प्रमाण-पत्रों की महत्ता का उपदेश देकर सौंपते थे। बदले में पालकों से उन्हें महुआ, ताड़ी, सल्फी पेय, मुर्गा या अन्य कोई वन-उपज मिल जाती, जिसे वे उल्टे एहसान का एहसास कराते हुए स्वीकार करते। (कुछ पालक घर-पहुँच सेवा में आये प्रमाण-पत्रों को पाकर दुखी भी दिखते। आपस में कहते—वहीं स्कूल में ही ये सुरक्षित थे। टूटी-फूटी झोपड़ी में, जहाँ कोई पेटी या अलमारी भी नहीं, हम इनको कब तक बचा कर रख सकेंगे?)...पालक उनके उपदेश और उपस्थिति से परेशान, उनसे पीछा छुड़ाने के लिए यह त्याग करते, जिसे मास्टरजी अपनी योग्यता का सम्मान समझते!

नये मास्टर पाण्डेयजी दूसरे प्रदेश के थे। पहले भानुप्रतापपुर में नौकरी ज्वाइन की। इधर स्थानान्तरण हुआ तो मुख़यालय अंतागढ़ को बनाया। वह वहाँ से बस में नारायणपुर आते। बस-स्टैण्ड के एक होटल में कुछ खाते, थोड़ा आराम करते, फिर उसी होटल के ज़िम्मे रख छोड़ी अपनी साइकिल से कृपापूर्वक इस स्कूल में अवतरित होते। कभी-कभी गाँव के चौकीदार (कम रसोईये) के घर में रात भी रुक जाते।

बेचारा चौकीदार उनकी जी-हजूरी करते हुए, उन्हें प्रसन्न रखने की हर कोशिश करता, ताकि उसकी अस्थायी नौकरी बनी रहे।

एक शाम ढले वह मास्टरजी हिड़मा के घर पहुँच गये। हूंगा ने उन्हें देखा तो बैठने के लिए परछी में कुतुंल[40] रख दी। अपनी स्वाभाविक मुस्कान के साथ अतिरिक्त विनम्रता जोड़ते हुए हूंगा ने उनसे रात के भोजन-पानी के लिए पूछ लिया। मास्टर ने कृपापूर्वक यह कहते हुए स्वीकृति दे दी, "तुमने पहली बार कहा है, इसलिए मैं मना भी नहीं कर सकता! ऐसे भी, ब्राह्मण आदमी भोजन के लिए न करता फिरेगा, तो भूखों मरेगा!..." घर में हड़बड़ी मच गई। हिड़मा ने तैयार हो रहे चावल में दो मुट्ठी और डाल दिए। इरमा से कहा कि जाकर अपने मास्टर के पास बैठे। मगर इरमा एक बार मास्टरजी के सामने प्रणाम करने आयी और तुरंत माँ के पास फिर लौट गई। उसे ये मास्टरजी जाने क्यों अच्छे नहीं लगते थे। उधर भोजन बनते तक मास्टरजी मुरिया लोगों के जीवन की कभी तारीफ़ करते और कभी आलोचना करते हुए जैतराम के साथ महुआ पीते बैठे रहे। जब भोजन तैयार हो गया तो हिड़मा ने परछी में चटाई बिछाई। मास्टरजी के लिए टीन की पेटी में धरी पीतल की थाली निकाली और उसमें भोजन परोसा। उनके लिए अलग पानी का लोटा रखा। उनके सामने की चटाई में जैतराम और हूंगा भी भोजन करने बैठे। भोजन सामने आते ही दामाद और ससुर सिर झुकाकर भोजन करने लगे, मगर नशे में सराबोर मास्टरजी दो पल भोजन की थाली को घूरते रहे। थाली में कुटकी भात, लाखड़ी दाल और कुंदरू की सब्ज़ी थी। एक कौर भोजन मुँह में डालने के बाद वो बड़बड़ाने लगे, "लगता है तुम लोगों ने अपना अबूझमाड़ियापन न सुधारने की कसम खायी है?" हूंगा ने सोचा, 'मास्टरजी मज़ाक कर रहे हैं।' मुस्कराकर पूछा, "ऐसा क्यों कहते हैं, मास्टरजी?"

"अरे, जब कोई मेहमान खाने पर आता है तो यही रोज़ का घास-फूस ही खिलाओगे क्या?...कुंदरू की सब्ज़ी, वह भी बिना तेल फोड़न के?...चौकीदार कह रहा था कि तुम्हारे यहाँ मुर्गे और बकरियाँ भी हैं! मगर लगता है, तुम लोग उन्हें सिर्फ़ बेचने के लिए ही पालते हो?"

"अब आप तो अचानक आये मास्टरजी!" हूंगा की जगह जैतराम ने बात सँभालते हुए कहा, "पहले खबर होती कि आप यहाँ खाना खायेंगे तो मुर्गा भी बना देते! आप जैसे विद्वान पंडित ने हमारे घर की शोभा बढ़ाई है, आपको जानबूझकर हम नाराज़ क्यों करेंगे भला!"

"चलो मान लिया। अगली बार जब मैं गाँव में रुकूँ तो याद रहे, तुम्हारे घर ही रात का खाना खाऊँगा!"

"ज़रूर-ज़रूर मास्टरजी!"

खाने के बाद हूंगा उन्हें बखरी के फाटक तक छोड़ने आया। फाटक के पास हूंगा

---

40. मचिया, लकड़ी पर रस्सी से बुना गया कम ऊँचाई वाला स्टूल

ने उनके पाँव छुए। यह बिदाई का संकेत था। मास्टरजी फिर उखड़ गये, ''स्साले, मैं इस जंगल के अँधेरे में कहाँ जाऊँगा? एक तो गाँव से अलग तुम्हारा झोपड़ा। यहाँ से चौकीदार का घर...मुझे तुम वहाँ तक पहुँचाओगे भी नहीं क्या?...एक तो तुम लोगों ने मुझे ज़्यादा पिला दी, ऊपर से अँधेरे में अपने फाटक तक ही छोड़ रहे हो? तुम्हारे गाँव में साली बिजली भी नहीं है!''

''साल भर पहले गाँव तक बिजली के खम्भे आ गये हैं, मास्टरजी!'' हूंगा ने थोड़ा शरमाते, थोड़ा खुश होते हुए कहा, ''एक छिन रुकिये, मैं दीयाबत्ती रख लेता हूँ!''

टोले की कच्ची पगडंडियों से होते हुए, लालटेन के क्षीण प्रकाश में वे चौकीदार के घर की ओर बढ़ रहे थे। हूंगा के बड़े भाई हिंगा का पालतू कुत्ता शाम को भोजन के समय इस घर के दरवाज़े पर आ बैठता था। जब तक खाना देकर जाने को न कहा जाये, यहीं जमा रहता था। अभी वह कुत्ता इनके साथ-साथ कभी सबसे आगे, तो कभी सबसे पीछे होता हुआ चल रहा था। चलते-चलते मास्टरजी को महुआ की मस्ती में गाने सूझने लगे। एक पुरानी फ़िल्मी कव्वाली को मन-ही-मन दोहराते हुए वह अपना सिर धीरे-धीरे झटक रहे थे...'घड़ी भर तो तेरे नज़दीक आकर हम भी देखेंगे, अरे हाँ, हम भी देखेंगे!'

आगे-आगे चलता कुत्ता अचानक रुक गया। शायद उसे मालिकों के इतना आगे चलने पर संकोच हुआ होगा! टाइम-पास के लिए वह एक झाड़ी में पेशाब करता रहा। आदिवासियों की सीधाई उस कुत्ते में भी समा गई लगती थी। वह भौंकता कम था। बस टुकुर-टुकुर देखता, सिर झुका कर चलता और कभी-कभी कुनमुना जाता। अब कुत्ता एकदम मास्टरजी के पैरों के पास चल रहा था। मास्टरजी सकपकाये। मन में चल रही कव्वाली की धुन को घुन खा गया।

''तुम्हारा कुत्ता काटता तो नहीं है?''

''अब तक तो किसी को काटा नहीं, मास्टरजी!''

''और इंजेक्शन...इंजेक्शन लगा है?'' हूंगा चुप रहा। उसे समझ नहीं आया ये क्या बला है? मास्टरजी ने झिड़कते हुए फिर पूछा, ''अबे सूई, सूई लगी है?''

''सूई...जो आदमी को बीमारी में लगती है, वही वाली?''

''हाँ, वैसी ही, मगर दूसरी!''

''कुत्ता अब तक कभी बीमार नहीं पड़ा, मास्टरजी!''

''तुम साले मामालोग[41]...! कोई सरकार तुम लोगों को नहीं सुधार सकती!''

बेचारे हूंगा को मास्टरजी की नाराज़गी का कोई वाजिब कारण समझ नहीं

41. जंगल के बाहर के शहरी लोग आदिवासियों के लिए एक गाली की तरह 'मामालोग' का इस्तेमाल करते हैं, शायद इसलिए कि आदिवासियों में मामा के घर रिश्तेदारी को प्राथमिकता दी जाती है!

आया। थोड़ी देर दोनों चुप चलते रहे। आगे-आगे लालटेन लिए हूंगा और पीछे-पीछे मास्टरजी। कुत्ता फिर कभी आगे, फिर कभी पीछे। तभी मास्टरजी ने अपने मन में दबी एक इच्छा को, थोड़ी चापलूसी के साथ प्रकट किया, "देख भई हूंगा, अगली बार जब मैं यहाँ रात रुकूँगा तो तुम मुझे गोटुल ले चलोगे?...बोलो, ठीक है ना? मैं भी एक रात वहाँ आदिवासियों का कल्चर देखना चाहता हूँ!"

हूंगा चुप्प! एक अदृश्य यातना की लहर ने उसे झकझोर दिया।...गोटुल, अबूझमाड़िया संस्कृति का अभिन्न रहा अंग, युवाओं का सामाजिक, सांस्कृतिक केन्द्र! हिड़मा से मिलन की पहली रात का साक्षी...आज छिन्न-भिन्न हो गया था। मगर मास्टरजी ने अपनी दमित इच्छा प्रकट कर डालने के बाद, उसके शीघ्र फलवती होने की सूचना पाने के लिए, बेचैनी महसूस करते हुए, फिर पूछा, "अरे, बोलो ना भई! क्या बात है?"

"गोटुल बंद हो गया, मास्टरजी!"

"बंद हो गया? मगर क्यों?"

"गोटुल में धीरे-धीरे बाहरी लोग, पुलिस, वनविभाग वाले, परदेशी और दूसरे सरकारी लोग आने लगे। फ़ोटो खींचने लगे। कुछ मोटियारिनों को अपने साथ ले गये, तो फिर वो कभी लौटीं नहीं। इसलिए बूमकाल की बैठक में तय हुआ कि अब लया-पेकी (लड़के-लड़की) लोग गोटुल में नहीं रुकेंगे। उनका आना-जाना भी धीरे-धीरे कम होते-होते अब बंद ही हो गया। कभी तीज-तिहार में अगर वहाँ लोग जमा भी होते हैं, कोई नाच-गाना भी होता है, तो भी वहाँ कोई रुकता नहीं!"

सुदूर बस्तर में स्थानान्तरण हो जाने पर इस मास्टर की मनवीणा में गोटुल की जवान होती साँवली कुँआरी देह के उदण्ड होते उरोजों को मसल डालने का जो आदिम राग बज उठा था, उस वीणा के तार अचानक झनझनाकर टूट गये। विचलित मास्टरजी ने अँधेरे में किसी अदृश्य को मन-ही-मन गाली दी—स्साला...इतनी जल्दी क्या थी! मेरे एक बार देख लेने के बाद जो करना था, करते फिरते! हं...साली किस्मत ही गान्डू तो क्या करेगा पान्डू!

स्कूल का चौकीदार अपने घर के बाहर मास्टरजी का इंतज़ार करते-करते अब थकने लगा था। उसने अपने घर के दो कमरों में से, एक में मास्टरजी के लिए खाट लगा रखी थी। मास्टरजी को अब तक लौटता न देख, वह सोचने लगा था कि शायद मास्टरजी उधर ही कहीं खा-पी के पसर गये होंगे। वह अब आँगन का फाटक बंद करने वाला ही था कि दूर अँधेरे में उसे लालटेन की रोशनी दिखायी दी। वह फाटक के पास खड़ा करीब आती लालटेन का इंतज़ार करने लगा। मन में यह भी तय कर लिया कि अगर इस लालटेन के साथ मास्टरजी नहीं होंगे तो वह भी फाटक बंद कर, खा-पीकर सो जायेगा। मास्टरजी के गाँव में रुक जाने पर उसकी आज़ादी पर पाबंदी लग जाती थी। उसकी सारी कोशिश रहती थी कि मास्टरजी किसी भी कारण से उस पर नाराज़ न हों। रात में खाने से पहले उसे एक गिलास महुआ मारने की आदत थी।

मगर यदि मास्टरजी ने खाना न खाया हो तो उसका ऐसा करना अपराध जैसा था! इसी चिंता में वह अब तक उदास और उपवास रखे बैठा था। उसके पीछे उसकी पत्नी ने भी अब तक खाना नहीं खाया था। जब पास आती लालटेन के साथ मास्टरजी की लहराती काया और हूंगा को पहचाना तो उसने चैन की साँस ली, चलो मास्टरजी खा-पी के 'चंगे' आ रहे हैं! अब मास्टरजी को उनकी खाट पर पहुँचाते ही वह अपना भोग लगायेगा।...यह अस्थायी नौकरी, जो पहले रहे मास्टर की कृपा से बमुश्किल मिली थी, अब इस बेमुरव्वत मास्टरजी की मर्ज़ी पर निर्भर थी।

जब मास्टरजी और हूंगा चौकीदार के आँगन के फाटक के पास पहुँचे और अचानक रुक गये, तो उनके साथ चलता कुत्ता असमंजस में मास्टरजी की दोनों टाँगों के बीच आ गया। मास्टरजी (बिना इंजेक्शन लगे) कुत्ते के स्पर्श से बचने के चक्कर में हड़बड़ाहट, डर और नशे में लहराकर गिर पड़े। उनका माथा लकड़ी के खुले फाटक के खड़े बत्ते की नोक से टकरा गया। ज़मीन पर गिरते ही उन्होंने अपना माथा पकड़ लिया। माथे की चमड़ी छिल गई थी। खून कम निकला था, मगर सुबह चौकीदार को उनके जो दिव्यदर्शन हुए तो न चाह कर भी वह मुस्कुरा पड़ा। मास्टरजी के माथे पर गैंडे के सींग की तरह बड़ा-सा गूमड़ निकल आया था। जंगल में गरीबों के घर दारू तो थी, दवा नहीं थी। दर्द और सूजन की दवा के बिना मास्टरजी रात भर राम-राम करते, कराहते, अपनी नौकरी को, गाँववालों को, कुत्ते को और अपनी किस्मत को कोसते रहे।...सुबह, मुँह-अँधेरे में वह अपने माथे पर शूरवीरों की तरह रूमाल बाँधे साइकिल से नारायणपुर की ओर निकल पड़े। स्कूल को, विद्यार्थियों को, गाँववालों को फिर दो हफ़्ते उनके दर्शनलाभ की प्राप्ति नहीं हो सकी थी!

चौकीदार के घर से जब हूंगा लौटा तो देखा कि हिड़मा और इरमा एक साथ खाना खाने बैठी हैं। शायद पकाया चावल कम पड़ गया था और बनी सब्ज़ी भी खत्म हो गयी थी। हिड़मा ने फिर चावल पकाया था और उसमें पानी और नमक मिलाकर पेज बना लिया था। अब अल्मुनियम की देगची, जिसका कि मुँह छोटा था, दोनों बारी-बारी से हाथ डाल कर पानी में चावल के दाने टटोलकर निकालतीं और मुँह में डालती थीं। भात और पानी एक साथ पेट में जाने से पेट जल्दी भरा-भरा लगता था, इसलिए यह 'पेज' गरीबों के लिए वरदान जैसा था! नाक-भौं सिकोड़ते हुए भी मंदाये मास्टरजी ने ज़्यादा सब्ज़ी खा ली थी। बची थोड़ी-सी सब्ज़ी हिड़मा ने इरमा को दे दी थी और स्वयं मिर्च में नमक लगाकर खा रही थी। खाते हुए इरमा माँ से पूछ रही थी, "याया, मास्टरजी को कुकड़ा (मुर्गा) इतना पसंद है तो वो स्कूल में कुकड़ा पकाकर क्यों नहीं सब बच्चों को खिलाते, और खुद भी खाते?"

हिड़मा ने पास आकर बैठे हूंगा से नज़र मिलाते हुए, कृपोत्तीर्ण तीसरी पास बेटी के सवाल का जवाब दिया, "मियाड़, कुकड़ा फोकट का हो तो उसमें ज़्यादा स्वाद और सुख मिलता है! बेचारे, स्वाद और सुख के मारे, तुम्हारे मास्टरजी इसीलिए घर-घर कुकड़ा ढूँढ़ते रहते हैं!"

11

दिन बीतते गये, समय बदलता गया। बाहरी लोगों की बढ़ती आबादी और लालच का दबाव जंगल पर ज़ोर पकड़ने लगा। ज़्यादा रफ़्तार से जंगल कटने लगे, झोपड़ियाँ उजड़ने लगीं। छोटी-छोटी चीज़ों की गठरियाँ बाँधे बाज़ार जंगलों में ताक-झाँक करने लगा। गाँवों में गैर-आदिवासियों का आना, ठहरना और बसना शुरू हुआ। गाँवों की आबादी बढ़ने लगी। कस्बे फैलने लगे, शहरों में तब्दील होने लगे। जब कोंड़ागाँव से नारायणपुर के लिए पक्की सड़क का काम शुरू हुआ तो देवगाँव सड़क किनारे आ गया। चूँकि देवगाँव नारायणपुर के करीब था, इसलिए उस ओर से आबादी का रेला धीरे-धीरे, साल-दर-साल बढ़ता हुआ इधर सरकने लगा।

प्रशासनिक अधिकारियों का रौबदाब, तथाकथित सभ्य समाज की आक्रामक संस्कृति, सरकारी योजनाओं की बंदरबाट-कारगुज़ारियों के तमाशे, तेंदूपत्तों के खरीददार व्यापारी, ठेकेदार, बड़ी-बड़ी कम्पनियाँ और अब नक्सली भी आदिवासियों के भले की आड़ में, अपने-अपने भले के लिए दबे पाँव चले आ रहे थे। दण्डकारण्य एक सूखते तालाब की तरह था, जिसके पास से गुज़रते लोग, जो शायद किसी दूसरे काम से निकले थे, कोलाहल करते हुए तालाब के कीचड़ में घुसकर मछलियाँ पकड़ने लगे थे। जंगल का सन्नाटा सकुचाता, सिमटता जा रहा था।

देवगाँव का गोटुल उजड़ गया। आदिवासी कई हिस्सों में टूट गये। कुछ अंदर गहरे जंगल में चले गये, कुछ ने समय के साथ अपने को बदलते हुए वहीं रहना स्वीकारा, तो कुछ लोगों को नारायणपुर, कोंड़ागाँव और अंतागढ़ की चकाचौंध अपनी ओर खींच लायी। रोज़ी-मजूरी की आस में वे उधर मँडराने लगे। पर अब भी नीम-बेहोशी में यहाँ की संस्कृति और परम्परा, साँस लेती हुई अपने जीवित होने का दर्जा बचाये हुए थी।

~

फाल्गुन का महीना। कारापाण्डूम[42] का त्यौहार गाँव में करदेंगलदेव की पूजा के बाद सम्पन्न हो गया। इस मुरिया त्यौहार के साथ ही वन्य फ़सलों, फूलों-फलों, कंद मूलों की तलाश में जाने के लिए अब लोग स्वतंत्र हो गये। इस पूजा के बिना यह सम्भव नहीं था। ज़्यादातर महिलायें और बच्चे महुआ फूल के लिए सुबह नीम अँधेरे में, टोकरियाँ लेकर महुआ पेड़ों के चारों ओर निगाह गड़ाये, फूल उठाते, घूमते-फिरते। जिस घर में जितने ज़्यादा हाथ इस काम में लगते, उसकी टोकरियाँ उतनी ही ज़्यादा और जल्दी भर जातीं। कुछ लोग कपड़े या प्लास्टिक की थैलियाँ भी लेकर चलते, ताकि किस्मत ज़्यादा मेहरबान हो उठे तो उसे थैलियों में भी थाम सकें। कुछ लोग जंगल में बाँस, घास काट लाने, शहद उतारने या कंद मूल की टोह में निकल

---

42. वनोत्सव

जाते। किसी-किसी दिन सारे मर्द (वृद्धों, बच्चों और महिलाओं को छोड़कर) पारद (शिकार) के लिए एकमत होकर निकलते। पहले जंगल में इधर बहुत जीव-जन्तु थे, तो पास में ही कुछ-न-कुछ शिकार मिल जाता था, तब वे सुबह निकलकर शाम को लौट भी आते। सामूहिक भोज तैयार होता। शिकार किसी के भी हाथों से क्यों ना हुआ हो, सबका हिस्सा बराबर होता था। अब तो इधर वन्यजीवों की भारी कमी हो गई थी। शहरी शिकारियों की बंदूक और उनकी अघोरी-आदत ने जंगल साफ़ कर दिया था। अब छोटे-मोटे जीवों के लिए भी दूर-दराज भटकना होता। खाली हाथ लौटने में संकोच होता, इसलिए शिकार की टोह में, उम्मीद से बँधे वे कई-कई दिनों तक गाँव से विलग रहते। सबको खुशी देने की जुगत में वे भूखे-प्यासे, थके-हारे, मारे-मारे कष्ट उठाते फिरते। कुछ खास पा जाने पर वे लोग बच्चों की तरह किलकारी भरते, तुरही बजाते लौटते। उनके साथ होतीं, शिकार की कभी न थकाने वाली नई-नई कहानियाँ। ये कहानियाँ करदेंगलदेव का अतिरिक्त उपहार होतीं। रात की बैठकों में शिकारी अपने बच्चों, औरतों और वृद्धों को ये कहानियाँ सुनाते। एक ही कहानी अनेक बार भी सुनायी जाती, मगर हर अगली बार उसमें कुछ नया जुड़ जाता और अनावश्यक कट-छँट जाता। सुनते-सुनते सुननेवाले भी उन कहानियों को सुनाने योग्य हो जाते और इस तरह वे कहानियाँ सजतीं, मँजतीं दंतकथाओं के द्वार तक जा पहुँचतीं। शिकार, आदिवासियों की परम्परा का हिस्सा था, उनकी ज़रूरत थी, उनका मनोरंजन था और जीवन की सार्थकता भी। जो मर्द कभी पारद को निकला नहीं, वह औरतों की आँखों में कभी चढ़ा नहीं, चाहे औरतें घर की हों या बाहर कीं!

मगर आज तो अँधेर हो गया!

हूंगा के साथी हबका और संगलू दोपहर को घर आये और कल सुबह जुडूमपेटा[43] को जाने के लिए तैयार रहने को कहा। हूंगा ने अपने इन हमउम्र साथियों को परछी में बिठाया और चोंगी-माखुर भेंट की और विस्तार से आपस में बातें कीं—क्या गाँव के सारे लोगों को जानकारी हो गई है? पटेल क्या कहता है? कितने जा पायेंगे? अंदाज़न कितने दिनों का जुडूमपेटा होगा? किस दिशा की ओर जायेंगे? कितना राशन-पानी साथ रखना होगा? किस तरह के जानवर उधर मिल सकते हैं? हथियार कौन-सा अच्छा रहेगा? फंदे की ज़रूरत भी पड़ेगी क्या?

इनकी बातचीत के समय जैतराम दुग्गा परछी के कोने में बैठे थे और सुन रहे थे। इस जुडूमपेटा की चर्चा से उन्हें अपना गौरवशाली अतीत याद आ गया। उनकी नसों में खून की गति तेज़ हो गई। उन तीन तिलंगे दोस्तों के बीच जब सब कहा-सुना जा चुका तो जैतराम ने अपनी कसकती इच्छा उन तीनों से कह ही डाली, "मर्रीलोर[44], पिछले आठ सालों से मैं जुडूमपेटा में नहीं गया। आँखों की कमज़ोरी बहाना बनी। मगर इस जीवन में जो होना-पाना था, सब हो चुका। अब न पाने को कुछ है, न खोने

---

43. पारद, सामूहिक शिकार 44. बेटो

को। मगर एक कसक दिल में उठ रही है, जैसे जंगल मुझे बुला रहा है! करदेंगलदेव मेरी बाट देख रहे हैं! बोल रहे हैं—जब सारे मानेय[45] जा रहे हैं तो तू अकेला पीछे रह कर क्या करेगा? चल आ जा!...इसलिए मैं तुम लोगों से प्रार्थना करता हूँ कि मुझे भी सिर्फ़ इस बार साथ ले चलो! मैं तुम लोगों का राशन-पानी और दूसरा सामान उठाकर पीछे-पीछे तो चल ही सकता हूँ!...बोलो, क्या मुझे भी साथ ले चलोगे?''

तीनों मित्र एक-दूसरे का मुँह देखने लगे। कमज़ोर दृष्टिवाले इस बुज़ुर्ग को कोई कैसे पारद में ले जाने की हामी भरेगा? हबका ने संगलू को आँख मारी और बोला, ''मुयतोर[46], पटेल से पूछना पड़ेगा! हम कुछ नहीं कह सकते!''

''हाँ-हाँ, पटेल से भी पूछ लो,'' जैतराम ने उम्मीद-नाउम्मीद के लिए अपने को तैयार करते हुए कहा।

हबका और संगलू के साथ हूंगा घर से बाहर निकला। हूंगा का दिल अपने ससुर की इच्छा को जानकर पिघल रहा था। चलते-चलते संगलू ने कहा, ''तुम्हारे मुड़ियाल[47] ये क्या सुर अलाप रहे हैं?'' हबका के मुँह से भी टपका, ''बुढ़ापे से बड़ी कोई बीमारी नहीं होती। तुम्हारे मुड़ियाल को घर में ही रहना चाहिए। पटेल तो मना ही कर देगा, देखना!'' मगर जैतराम के एहसानों से दबा हूंगा, उनकी यह इच्छा पूरी करना चाहता था। उसने पटेल (जो गायता भी था) से पहले अपने इन दोनों साथियों को पक्ष में करना ज़रूरी समझा। उसने साथियों से कहा, ''देख संगी, मुड़ियाल मेरे बाबाल (पिता) के समान हैं। उनकी इच्छा है तो उन्हें साथ रखना होगा। उनको दूर का धुँधला दिखता है। तेज़ दौड़-भाग भी नहीं सकते, मगर हम उन्हें किसी एक जगह बिठाल सकते हैं। वह हमारे बेसी समानों की रखवारी करते रहेंगे। तुम दोनों यदि मेरी तरफ़ से पटेल को मनाने में मदद करोगे, तो शिकार मिले या न मिले, लौटने पर तुम दोनों को मन भर कुकड़ा-भात और महुआ पक्का समझो!''

हबका और संगलू ने एक-दूसरे की ओर देखा। हूंगा के इस प्रस्ताव से उनका कुछ जाने वाला तो नहीं था, मगर लौटने पर हर हाल में कुछ मिलने की गारंटी थी। वे दोनों खुश हो गये। संगलू बोला, ''तुम्हारे मुड़ियाल हमारे भी बाबाल समान हैं। उनकी इच्छा का मान रखना हमारा भी फ़र्ज़ बनता है! यह सही है कि उनमें कुछ शारारिक कमज़ोरी है, मगर हम तीन-तीन लोग हैं, उनकी मदद करने के लिए!''

हबका भी बोला, ''पटेल को उन्हें अपने कंधे पर उठा कर थोड़े चलना है, संगी!''

तीनों पटेल के पास पहुँचे। हूंगा ने पहले जैतराम की इच्छा बतलायी तो पटेल ने साफ़ मना कर दिया। मगर जब शिकार से लौटने पर हूंगा के प्रस्ताव को हबका और संगलू ने दोहराया तो उनके भी सुर बदल गये। पटेल जैतराम से नौ साल छोटे थे और अपने को युवा लोगों में ही गिनते थे, इसलिए भी उनकी सोच कुछ वैसी ही

---

45. आदमी 46. बुड़गाल, बुज़ुर्गवार 47. ससुर

थी! उनका विचार था कि कुछ लोग समय के पहले बुढ़ापे की तरफ़ चले जाते हैं, जैसे जैतराम दुग्गा! मगर इसमें किसी की गलती नहीं, न जैतराम की, न भगवान की! हाल-फ़िलहाल उन्होंने थोड़ी गम्भीरता ओढ़ी और ऐसी मुद्रा बनायी, गोया वे अकेले रावडोंगरी[48] को अपने सिर पर उठाने जा रहे हों! बोले, "जब तुम तीन लोग उनके पक्ष में खड़े हो तो मैं कैसे मना कर सकता हूँ! फिर वो हमारे गाँव के बुढ़गाल हैं, उनकी इच्छा का सम्मान करना हमारा कर्तव्य भी है!...एक से भले दो, दो से भले चार; बाज़ार हो या शिकार!"

~

हूंगा के लौटने की प्रतीक्षा में जैतराम मन-ही-मन कसमसाते रहे। सोचने लगे, 'कहीं मैंने ऐसी इच्छा जता कर दूसरों को परेशानी में तो नहीं डाल दिया? खास कर हूंगा को, जो कभी उनकी बात पर न नहीं कहता। बेचारा अब पटेल से जाकर हाथ-पैर जोड़ रहा होगा! पटेल न करे तो न ही सही। भला कितने लोगों के जीवन की सारी इच्छाएँ पूरी होती हैं!' वह मन मारकर चोंगी जलाते-बुझाते परछी में बैठे थे। हिड़मा ने इरमा को बता दिया कि तेरे बाबो[49] कल सवेरे पारद को जायेंगे और हो सकता है कि तेरे आजो[50] भी जायें!...उत्सुक इरमा माँ के कमरे से निकल परछी में अपने आजो के पास आ बैठी और पूछा, "आजो, आप किसका शिकार करोगे?"

जैतराम के चेहरे पर मरी मुस्कान उभरी। बोले, "मुझ बूढ़े को कोई अपने साथ ले जाने को तैयार हो तब ना!"

"अगर पटेलजी मना करते हैं तो आप मेरे साथ चलना। हम दोनों शिकार करेंगे!" इरमा ने कहा। जैतराम हँस पड़े। बोले, "शिकार करने पेकी और माई लोगन नहीं जाते!"

इरमा गुस्सा हो गई। बोली, "आड़ लेहका वड़कातुन (फिर वही लड़कियों वाली बात)! ठीक है, शिकार आप ही करना। मैं सिर्फ़ आपका साथ दूँगी!"

जैतराम ने थोड़ी खुशी, थोड़े गम के साथ कहा, "मगर मुझे तो दूर का ठीक से दिखता नहीं, मैं शिकार पर निशाना कैसे लगाऊँगा?"

इरमा बोली, "मैं साथ रहूँगी ना, मैं बता दूँगी। आप तो बस शिकार करना!"

इरमा की बातों में रस लेते हुए भी जैतराम अब तक नहीं लौटे हूंगा के लिए

---

48. रावघाट या रावभट्टा के बारे में लोगों ने सुन रखा था कि इस पहाड़ के पत्थरों का लोहा भिलाई के कारखाने के लिए ढोया जायेगा। पहाड़ तोड़ा जायेगा, खुदाई होगी तो रावडोंगरी पर स्थित रावबाबा का क्या होगा?...बाबा पहले पहाड़ के नीचे के मन्दिर में विराजते थे। उनके दर्शन का अधिकार सिर्फ़ मर्दों को था। मगर जब से मन्दिर के सामने की कच्ची सड़क पर यातायात बढ़ा और औरतों की आमद भी बढ़ने लगी तो रावबाबा पहाड़ की चोटी पर चले गये। मगर अब जब पहाड़ ही खोदा जानेवाला है तो रावबाबा का क्या होगा? उधर शिकार में जानेवालों में सहज उत्सुकता रहती थी। 49. बाबू, पिताजी 50. नाना

परेशान हो रहे थे। बड़बड़ाने लगे, "हूंगा को अब तक लौट आना था, थोड़ी देर में शाम हो जायेगी। अगर पटेल ने मना कर दिया तो वही सही, नहीं जाऊँगा!"

~

मगर जब पटेल की स्वीकृति का संदेश लेकर हूंगा लौटा तो जैतराम का बैठा दिल उछल पड़ा। इरमा के माथे को चूमकर बोले, "बोल तेरे लिए क्या मार कर लाना है?"

"आजो, आप तो कोई शिकार करना मत। अगर कहीं भ्रिंगराज, मलोल, कोड़ाल[51] मिले तो ज़िन्दा पकड़ लाना। मैं पालूँगी!" इरमा ने थोड़ा सोचकर जवाब दिया।

"अच्छा चलो, देखते हैं क्या हाथ आता है! अब तू अपनी याया के पास जा और मुझे सुबह की तैयारी करने दे!" जैतराम ने कहा। उनके शरीर में गज़ब की स्फूर्ति आ गई थी। हूंगा के लिए दिल में ढेर सारा स्नेह उमड़ रहा था। अपनी चापलूसी से उसको सम्मानित करते हुए बोले, "बेटा हूंगा, मुझे अपने लिए क्या हथियार रखना ठीक होगा? तीर तो मैं चलाने से रहा!"

"बाबाल, आप तो एक बर्छी रखें और कुछ नहीं। आपको टेककर चलने में भी मदद मिलेगी और पास कोई शिकार आया तो उसे मार भी सकेंगे!"

"बहुत अच्छा, बहुत अच्छा!" जैतराम ने गद्‌गद होते हुए कहा, "क्या पटेल एकदम तैयार हो गया था, मुझे साथ ले चलने के लिए?"

"थोड़ा ना-नुकूर की, मगर जल्दी मान गया!...मानता भी कैसे नहीं, आख़िर उसे भी तो कम सुनायी देता है!" हूंगा मुस्कुराकर बोला। अपने द्वारा दिये गये प्रलोभन की बात नहीं बतायी।

जैतराम ने कपड़े से बँधी पुरानी गठरी से शिकार पर जाने पर पहने जानेवाले लघुवस्त्रों और साज-शृंगार की चीज़ों को बाहर निकाला। आठ साल पहले वह हर साल जुडूमपेटा को जाते थे, फिर आखिरी साल जो इन्हें तह कर रखा तो फिर वैसे ही पड़े रह गये थे। हूंगा से कहा, "देख बेटा, इस गठरी में तेरी पसंद की कोई चीज़ हो तो रख ले!"

जैतराम ने अपने पुराने किन्तु बेहतर हथियारों को भी दामाद के सामने रख दिया। हूंगा ने तीरों को पसंद किया। कमर का अतिरिक्त पटकु और माथे पर कपड़े की पट्टी के साथ खोंसे जाने वाले मयूरपंखों का जोड़ा भी उसने पसंद किया। जानवरों को फाँसने का रस्सी का फंदा भी उसने रख लिया। भोजन तैयार होते तक वे दोनों अपनी तैयारी में मशगूल रहे।

---

51. पहाड़ी मैना, खरगोश, नेवला

हिड़मा ने ज़्यादा भात बना लिया था। सबके खा चुकने पर बचे भात को पानी में भिगोकर रख दिया, ताकि सुबह उसे ही खा-पीकर ये दोनों निकल सकें, और कुछ बचे तो उसे साथ भी रख लें। तीन तुम्बियों को भी उसने लांदा से भरकर तैयार कर दिया, ताकि जब दिमाग शिकार की भाग-दौड़, थकान और प्रतीक्षा से परेशान हो गरम हो जाये, तो लांदा से शांति मिल सके। इरमा बड़ी देर तक चटाई पर बैठे-बैठे जैतराम, हूंगा और हिड़मा को सुबह की यात्रा की तैयारी में व्यस्त देखती और कुछ पूछती भी रही, फिर उसे नींद आ गई।

~

सुबह-सुबह गाँव में बजती तुरही की गूँज से उसकी नींद टूटी। हिड़मा उसे जगाने ही जा रही थी। गाँव-भर के लोग पटेल के घर के सामने जमा हो गये थे। इनमें शिकार पर जाने वाले मर्दों के अलावा, इनको विदा करने के लिए औरतों, लड़कियों, बच्चों और अपंगजनों की टोलियाँ भी थीं। इनमें कुछ जनों के पास ढोल, बाँसुरी, तुरही, ढपली, टिमकी आदि वाद्ययंत्र भी थे, जिन्हें वे बीच-बीच में बजाते जाते थे। इनकी ताल-बेताल थी, क्योंकि इनके असली कलाकार तो शिकारी दल में शामिल थे और अब विदा ले रहे थे। मगर अभी सुरताल की किसी को परवाह नहीं थी। मुख्य बात थी कि इस अवसर पर वाद्ययंत्र बजने चाहिए, सो बज रहे थे। कैसे?...कैसे क्या, जैसे-तैसे! जैतराम दुग्गा गंवैया नाच के गम्मतिया[52] की तरह सजे-धजे, अपनी बरछी थामे पटेल के साथ खड़े थे। उनकी पीठ पर लदी पोटली में राशन और कांधे पर झूलती तुम्बी में लांदा भरा हुआ था। बाकी सारे मर्द भी अपना-अपना राशन, लांदा, हथियार और ज़रूरी सामानों के साथ कूच करने को तैयार खड़े थे। करदेंगलदेव की पूजा के बाद सभी जयकारे लगाते इरपानार के जंगल की ओर निकल पड़े। उनका विचार था कि उधर से ही कोयलीबेड़ा, बैहासालेभाट होते हुए रावडोंगरी की ओर निकलेंगे। वहीं से वापस अपने गाँव, देवगाँव!

12

नीम-अँधेरे गाँव के गेवड़े (सीमा) तक विदा करने आयीं औरतों और लड़कियों ने मर्दों की शुभयात्रा की कामना की। आशा व्यक्त की कि अच्छा शिकार हाथ आये ताकि लौटने पर महाभोज का शानदार आयोजन किया जा सके। उन्होंने वन्य जीवों और उनकी शक्तियों को अपने समूह गीत से ललकारा—

विरपोडों पण्डो रोमो रोमो
कोरक पहची वायकम सांगो...!

---

52. जोकर

(विरपोंडी के जंगल में रोमो की पहाड़ियाँ हैं। हमारे लोग—क्योंकि वे समूह में हैं और उनमें एका है, तुम्हें उनके सामने झुकना होगा—वहाँ पेड़ों की डगालें काटते हुए आयेंगे!) जब सारे शिकारी लोग अरण्य में अदृश्य हो गये तो विदा करने आयी लोगों की मंडली भी लौट गई। अब प्रतिदिन के उनके कामों में एक काम और बढ़ गया—पारद के लिए गये लोगों की प्रतीक्षा और हर पल उनकी कुशलता की कामना। वे कामना करते कि पारद गये लोगों के हाथ इस बार अच्छा-खासा शिकार आये, ताकि कारापंडुम का यह त्यौहार अधिक स्मरणीय बन जाये। औरतें और बच्चे तेंदूपत्ता इकट्ठा करते, बीज जमा करते, कंद मूल तलाशते, बकरियाँ चराते, पत्थर की चक्की में अनाज पीसते, लांदा तैयार करते, मगर सबका ध्यान शिकारी दल के लौटने की खबर सुनने को अकुलाता रहता। इस तरह छह दिन बीत गये थे और शिकारी दल था कि लौटने का नाम ही नहीं ले रहा था। चिंतित औरतें अब आपस में चर्चा करतीं।

"लगता है, इस बार ज़्यादा अंदर जाना पड़ गया होगा?"

"उनकी तुरही (लौटने की सूचना देने हेतु बजाए जानेवाला वाद्ययंत्र) की आवाज़ सुनने को कान तरस गये हैं!"

"लगता है, किसी भारी जानवर पर हाथ डाले बिना लौटेंगे नहीं!"

"देखो, आज सातवाँ दिन लग गया है, अगर कुछ मनमाफ़िक नहीं मिला तो भी क्या लौट नहीं आना चाहिए? उन जंगली जीवों के बिना हम मर नहीं जायेंगे!... जुडूमपेटा (पारद) तो एक नेग है, रिवाज है। नेग निबाहने निकले थे, शिकार नहीं मिला तो नहीं मिला। वहीं डेरा काहे जमाना! समझने वाली बात है जी!"

कुछ औरतों के धीरज का बाँध टूटने लगा था। उनकी प्रतीक्षा की अकुलाहट अब कड़ुवाहट में बदलती जा रही थी।

~

और अगले दिन गाँव में कोहराम मच गया। सुबह साल बीज बटोरने निकली कुछ परिवार की स्त्रियाँ हड़बड़ायी हुईं वापस आयीं, ताकि गाँव-भर को शिकारी दल के लौटने की सूचना पहले दे सकें। पहाड़ी से उतरते शिकारी दल की उन्होंने एक झलक देखी थी। उनमें कुछ के कांधे पर भारी-भारी चीज़ें लदी देखी थीं। ज़रूर वे कोई भारी और ज़्यादा शिकार कर लौट रहे हैं! वे लोग दोपहर तक ज़रूर गाँव पहुँच जायेंगे!

मर्दों की अनुपस्थिति में भाँय-भाँय करते गाँव में स्त्रियोचित उत्सुकता, चहल-पहल और संतोष मिश्रित शिकायती संवाद होने लगे। आस-पास खेतखार, जंगल-तालाब, नदी-नाले गयीं औरतें वापस गाँव में जमा हो गयीं और पहाड़ी पार से आते रास्ते पर टकटकी लगाये निहारने लगीं। कुछ बच्चे शिकारी दल की अगवानी में गाँव की सीमा से आगे निकल गये।

"देर से ही सही, जब लौट रहे हैं तो तुरही बजाकर गाँववालों को बताना चाहिए

कि नहीं? आते ही हंडिया में झाँकेंगे...पूछेंगे क्या बना है?''

''हो सकता है कि वे तुरही ले जाना ही भूल गये हों?''

''इतने सारे लोग हैं, सबकी अक्ल मारी तो नहीं जा सकती है! हो सकता है, पारद की दौड़-भाग में वे तुरही को गुमा बैठे हों!''

''अब जो भी हो, वे आ तो रहे हैं, मगर इस बार बाट बहुत दिखायी!''

''चलो अब भी थोड़ा समय है, उनके लिए चूल्हे पर चावल चढ़ा दें। ताज़ा गरम-गरम खायेंगे तो पारद का कष्ट कम होगा। इतने दिनों का राशन ले तो नहीं गये थे, भूख से बिलबिला रहे होंगे!''

जब शिकारी-दल पहाड़ी से नीचे मैदानी जंगल में उतर आया और सबको उनकी आकृतियाँ आती दिखायी देने लगीं, तो कुछ औरतें भी बच्चों के पीछे-पीछे उनकी अगवानी में दौड़ पड़ीं। मगर यह क्या? आगे-आगे चल रहे लोगों के कांधे पर ताज़े बाँसों से बनायी गई खप्पचियों वाली लेटी सीढ़ी पर जैतराम दुग्गा लेटे पड़े थे। उनके पीछे के लोगों के कांधे पर मोटे बाँसों में लटकते छोटे-बड़े तीन जंगली सूअर (पद्दी) भी थे।...मगर जैतराम दुग्गा को क्या हुआ? बुढ़ापे में उन्हें तो शिकार पर नहीं ही जाना था!...फिर कहाँ जाना था? जहाँ जाना था, क्या वे वहाँ चले गये?...मगर इसमें किसी की गलती नहीं। यह तो जैतराम की ज़िद की जीत है! उन्होंने अपनी ज़िद का परचम झुकने नहीं दिया। अपना आखिरी वक्त खुद चुना!...यूँ भी आदमी मरता कहाँ है? अपनी अगली पीढ़ी की रगों में खून बनकर दौड़ता ही तो रहता है!

~

शिकारी दल तीन दिनों तक जंगल-जंगल खाक छानता फिरता रहा था। कहीं कुछ हाथ आया नहीं। वे आगे बढ़ते गये। चौथे दिन उन्हें कोयलीबेड़ा के जंगल में सूअरों के होने के चिन्ह मिले। उन्होंने वहीं फंदे डाले और आस-पास से सूअरों को फंदे की ओर लाने के लिए हाँक मारते, चहलकदमी करते रहे। मगर सूअर की जगह एक कोड्राल[53] आ फँसी। साथ लाया राशन खत्म होने को था। उन्होंने कोड्राल को ही आग में भूना और खा गये। गाँव ले जाने लायक उनके हाथ 'पर्याप्त' कुछ अब तक आ नहीं पाया था। वे फिर आगे बढ़े। बैहासालेभाट के जंगल में उन्हें कोलिहकांदा और नागरकांदा नामक कंद मूल के पुराने पौधे दिखायी दिये। उन्होंने पौधों के नीचे की ज़मीन खोदी और उनके कांदों को निकालकर भूंजा-भांजा, उबाला-खाया और कुछ रख भी लिया। महादेव झरने के आस-पास उन्हें फिर सूअरों की सुगबुगाहट और पगचिन्हों का पता चला। उन्होंने झरने से ज़रा दूर कीचड़वाली जगह को चुना, फिर फंदा लगाया और फूलपाड़ तक जाकर सूअरों को इस तरफ़ हाँकने की कोशिश की। साथ ही उन्होंने तय किया कि सबके एक साथ रहने से ठीक काम नहीं बन रहा, इसलिए जो तीर-कमान

53. कोटरी, हिरणों की एक जाति जो देशी कुत्तों जितनी छोटी होती है

वाले हैं, वे अलग शिकार को निकलें, और कल यानी छठवें दिन सभी रावडोंगरी के आस-पास इकट्ठा हों!

इस तरह शिकारी दल दो हिस्सों में बँट गया। हूंगा और उसके साथी तीर-कमान वाले दल में हो लिए। जैतराम भी अपने दामादवाले दल के साथ हो गये, हालाँकि उनके पास न तीर था, न कमान। मगर उनकी बुढ़ाती जान, अपने दामाद के साथ ही अपने को अधिक बेहतर समझ रही थी। इस दल ने रावडोंगरी के आस-पास ही शिकार तलाशना शुरू कर दिया। जैतराम पाँच दिनों की शिकार यात्रा से थक चुके थे। शिकार की साध बुझ-सी गई थी। किसी तरह वे इस दल के साथ बरछी टेकते और पाँव घसीटते चल रहे थे। हूंगा की नज़र उन पर थी। उसने रावडोंगरी के कच्चे रास्ते से ज़रा हटकर, रावमन्दिर से आधा किलोमीटर दूर एक छोटी चट्टान पर उन्हें बैठ जाने का निवेदन किया। उनके बैठते ही इस शिकारी दल का अतिरिक्त, अनावश्यक सामान उनके पास ही रख छोड़ा गया। अपने अन्य तीरंदाज़ों के साथ आगे बढ़ते समय हूंगा ने जैतराम से कहा, ''बाबाल, आप यहीं आराम करो। दूसरा दल और हम लोग भी यहीं पर आयेंगे। तुम्बी में कुछ लांदा बचा है। कुछ केमूलमाटी (कोलिहा कांदा) भी है। भूख लगे तो खा-पी लेना।''

जैतराम ने स्वीकृति में सिर हिलाया। थोड़ी देर में तीरंदाज़ों का दल पहाड़ी जंगल में गुम हो गया। जैतराम थोड़ी देर चट्टान पर बैठे रहे, फिर उसी पर पसर गये। उन्हें शीघ्र नींद भी आ गई। बरसों बाद उन्हें ऐसी गहरी नींद आयी थी। जब नींद टूटी तो देखा, रात हो गई है। कोई दल उनके पास लौटा नहीं था। रावडोंगरी के नीचे कच्ची सड़क थी, जो नारायणपुर से अंतागढ़ होते भानुप्रतापपुर की ओर गई थी। उस सड़क पर कभी कोई लॉरी (ट्रक), कभी कार, या बाइक अपनी हैडलाइट की रोशनी में रास्ता टटोलती, सन्नाटा तोड़ती आगे बढ़ जाती थी। जब से सरकार और कुछ कम्पनियों को बस्तर के और भी पहाड़ों में लोहा और दूसरे खनिज होने की भनक लगी थी, वाहनों का दौरा इधर बढ़ने लगा था। मगर दिन की अपेक्षा रात में यह आवाजाही कम थी। जैतराम ने सुना था कि पीछे दूर कहीं से सड़क को पक्की करते आ रहे हैं। इरमा ने उन्हें बताया था कि (जैसा कि उसके मास्टरजी ने उसे बतलाया था) पक्की सड़क के पीछे-पीछे रेलगाड़ी भी आयेगी! पता नहीं ये रेलगाड़ी होती कैसी है? उन्होंने तो कभी देखी नहीं। जंगल के बहुत बाहर उनका निकलना नहीं हुआ था। जवानी में गीदम तक ज़रूर गये थे, मगर वह भी तो जंगल का ही हिस्सा हुआ। गीदम भी क्या था तब—कुछ पक्के मकान, पक्की सड़क, बिजली और बाहरी लोग!

नींद टूटने पर जैतराम को भूख-प्यास का एहसास हुआ। कोड़ाल के बाद नागरकांदा भी पेट में पच गया था। दामाद द्वारा एक तुम्बी में बचा रखे लांदा को वे पी गये, फिर कोलिहकांदा को छीलकर खाने लगे। पेट में राहत महसूस हुई। अब खाली बैठे-बैठे जैतराम को हल्बी बोली की एक कथा में आये गीत की याद आयी। कथा गौर मामा-भांजे की थी। अकेले में सुरताल की फ़िक्र कौन करता है, वह गाने लगे—

पराऊं पराऊं मामा भुरभूसी डोंगरी
नाहरन टुरा जे मामा अमरून गेलोसे।
मांडी भर चारा आय मामा
थोमना बुड़ा पानी।
हलहला पिकड़ मामा
दड़दड़ा छांय आय।[54]

बड़ी देर तक जैतराम मगन मन गाते रहे। जब गीत खत्म हुआ तो उन्हें अपने आस-पास झाड़ियों में कुछ हलचल सुनायी दी। उन्होंने हाथ में बरछी सँभाल ली। वह एकटक हलचल वाली जगह की ओर देखते रहे। चाँदनी रात थी और खरगोशों की एक टोली उनकी चट्टान के पास की झाड़ी में दौड़-भाग रही थी। अपनी धुँधलायी दृष्टि के बावजूद अपने अनुभवी कानों से वह जान गये कि ये हो-न-हो खरगोश ही हैं! उन्होंने एक हाथ में बरछी और दूसरे हाथ में लकड़ी से बँधी रस्सी की जाली वाला फंदा, जो भागते छोटे जीवों को पकड़ने के लिए था, सँभाल लिया। अपना बुढ़ापा भुलाकर वे दबे पाँव झाड़ियों की तरफ़ बढ़े। उन्हें देख खरगोश वहाँ से निकलकर आगे की झाड़ियों में जा छिपे। जैतराम और खरगोशों के बीच लुका-छिपी का यह खेल कुछ देर चलता रहा। जैतराम को मालूम था, खरगोश जितना तेज़ भागते हैं, उतनी ही जल्दी थक भी जाते हैं। वह उन्हें थका देना चाहते थे, ताकि उन्हें आसानी से फंदे में पकड़ा जा सके। खरगोशों की आँखें अँधेरे में रह-रहकर लाल-लाल चमक जाती थीं। वह उनका पीछा करते रहे।

अचानक एक खरगोश उनके सामने से उछलकर पहाड़ी पगडंडी से नीचे उतरा और कच्ची सड़क पर आ गया। जैतराम भी उसके पीछे लपके। उस सड़क के एक ओर थी खाई और दूसरी ओर पहाड़ की चढ़ाई। खरगोश सपड़ाया-सा सड़क पर ही दौड़-भाग करने लगा। जैतराम को लगा कि अब खरगोश उनके फंदे में फँस ही जाने वाला है। मगर तभी ढलान में उतरती एक लॉरी उनके पीछे आ गई। लॉरी की आवाज़ जैतराम के कानों में आ तो रही थी, मगर उन्हें सही अंदाज़ नहीं हुआ कि वह उनसे अभी कितनी दूर है। फिर वे शिकार करने आये थे, लॉरी की आवाज़ सुनने नहीं। लॉरी की रोशनी में खरगोश भी साफ़ नज़र आ रहा था। वे अपने फंदे को भौंचक खड़े खरगोश के सामने डालने वाले ही थे कि अचानक लॉरी ने उन्हें खाई में उछाल दिया। खरगोश लॉरी के चक्कों में दबकर सड़क पर पम्फ़्लेट की तरह चिपक गया। लॉरी बहुत गुस्से में लगती थी। वह चीखती-चिल्लाती, अरण्य की अँधेरी दीवार को चीरती आगे निकल गई। वह जल्दी में थी। उसे फ़िक्र नहीं थी कि उसने किसी मनुष्य को या जानवर को उछाला है या कुचला है!

---

54. मामा, इस भुरभुरी पहाड़ी से भाग चलें, क्योंकि शिकारी लड़का आ गया है! हालाँकि यह जगह ऐसी है कि इसे छोड़ने का मन नहीं करता, क्योंकि यहाँ घुटने जितना ऊँचा चारा है और अपना थूथना डुबोकर पी सकें, इतना पानी है! यहाँ हवादार पीपल भी है, जिसकी ठंडी-ठंडी छाँव है!

13

रात के तीसरे पहर पीछे रह गया शिकारी दल, रावमन्दिर के पास चोरों की तरह लुकता-छिपता पहुँचा। उस दल ने एक भारी-भरकम सूअर का शिकार किया था और खुश था कि अब खाली हाथ लौटना नहीं होगा! उन्हें तब पता नहीं था कि मन्दिर से कुछ दूरी पर हूंगा के शिकारी दल ने किसी चट्टान पर जैतराम दुग्गा को ठहरा रखा था। उस चट्टान के उल्टी दिशा में दूसरी बड़ी चट्टान की आड़ में वह दल विश्राम करता हुआ, सुबह का इंतज़ार करने लगा। वह दल जानबूझकर रावमन्दिर के एकदम पास नहीं गया। उसे मालूम था, आते-जाते वाहन मन्दिर के सामने सड़क पर रुकते थे। ड्राइवर और दूसरे यात्री मन्दिर के दर्शन करते, तब आगे बढ़ते थे। उन वाहनों में वन विभाग या पुलिसवाले भी हो सकते थे। उनकी नज़रों में आना तो मुसीबत मोल लेना था।

सुबह-सुबह हूंगा के साथ वाला दल भी मन्दिर की तरफ़ पहुँचा। यह दल भी खुश था कि उसने एक छोटे और एक बड़े सूअर का शिकार किया था। मगर जैतराम दुग्गा... ? हूंगा, संगलू और हबका उस चट्टान की तरफ़ बढ़े, जहाँ उन्होंने कल जैतराम को ठहराया था। मगर उस चट्टान पर जैतराम तो थे नहीं, अलबत्ता उनका सारा अतिरिक्त सामान वहाँ सुरक्षित रखा था। हूंगा का दिल आशंका से भर गया। बाकी जनों को वहाँ बिठाकर ये तीनों फिर उनकी खोज में आस-पास निकले। ढूँढ़ते-ढूँढ़ते वे सड़क पर वहाँ आये, जहाँ लॉरी के चक्कों में दबा चितकबरा खरगोश कागज़ में छपे चित्र की तरह सपाट पड़ा था। पास ही जैतराम की बरछी पड़ी थी, मगर जैतराम... ?

हबका ने दूसरे दल की पड़ताल के लिए, कोयल से मिलती-जुलती एक खास आवाज़ निकाली। तत्काल ही दूसरी ओर से उसे अपनी पुकार का प्रत्युत्तर मिल गया। उस दल के सारे लोग हबका की आवाज़ की दिशा में, अपना माल-असबाब लिए, मन्दिर के पीछे से होते हुए वहाँ पहुँचे। अब ज़्यादातर लोग जैतराम की खोज में निकले। सुबह हो ही गई थी। सूरज की रोशनी में उन्होंने देखा, सड़क के नीचे की खाई में, एक सालवृक्ष की शाखाओं में जैतराम अटके पड़े हैं। उनके एक हाथ में छोटे फंदे की रस्सी डंडे सहित अब भी उलझी हुई थी। उनके नीचे कोटरी नदी थी और नदी की रेत।...क्या जैतराम दुग्गा अब भी ज़िंदा हैं?

सभी लोग अपने सामानों सहित नीचे खाई में उतर गये। खाई में पहाड़ी कोटरी नदी गर्मी में दुबलाई, लजाई-सी प्रवाहित हो रही थी। नदी के दोनों किनारों में फैली रेत के बीच नदी की धार, जैसे इनका ही इंतज़ार कर रही थी। थकान, अनिद्रा और परेशानी के बीच उन्होंने जल्दी से नदी का निर्मल जल पिया, फिर दो लोग खाई से पेड़ पर रस्सी और पानी से भरी एक तुम्बी लेकर पहुँचे। जैतराम के पास पहुँचकर उन्होंने उनके शरीर को ज़रा हिलाया-डुलाया। तुम्बी से पानी लेकर उनके चेहरे पर छींटें मारे,

मगर जैतराम का जीव तो ज़माने से जा चुका था। इन दोनों ने नीचे खड़े लोगों को इशारे से बतलाया कि जैतराम दुग्गा अब ज़िंदा नहीं हैं। सबके चेहरे पर उदासी छा गई। अब क्या करें? लाश को रस्सी से बाँधकर ऊपरवालों ने नीचे लटकाया। नीचेवालों ने लाश को रस्सी से अलग कर रेत में लिटाया।...अब उन्हें तीन शिकार और एक शिकारी का शव ढोकर गाँव तक जाना था। गाँव तक पहुँचने के लिए लगातार चलने पर भी एक पूरा दिन लगना था। एक जल्दबाज़ ने सलाह दी, ''जैतराम दुग्गा का अंतिम संस्कार यहीं कर दें तो कैसा रहेगा? आख़िर गाँव में भी तो हम मर्दों को ही यह काम करना है!''

जैतराम की मौत से गुमसुम हुआ हूंगा, रुआँसा होकर बोला, ''तुम बोझ समझ रहे हो, इसलिए ऐसा बोल रहे हो! मैं इन्हें अपने कंधे पर लादकर ले जाऊँगा, समझे!''

पटेल ने भी हूंगा का समर्थन किया। पटेल को लगा, यदि ऐसी परम्परा बन गई (और कभी ऐसी ही परिस्थिति में वह मर गये) तो कहीं उनके साथ भी ऐसा ही सलूक न किया जाये! आख़िर वह यहाँ जैतराम के बाद, सबसे बुजुर्ग तो थे ही! उन्होंने निर्णय सुनाया, ''जैतराम का शरीर गाँव ले जाया जायेगा। वहीं इनका अंतिम संस्कार नेग-नियम से होगा!''

पटेल के फ़ैसला सुना देने के बाद अब किसी के कहने को कुछ रह नहीं गया। जिसने पहले बिन माँगी सलाह दी थी, हूंगा के पास आकर क्षमा माँगने के स्वर में बोला, ''मेरे मुँह से यूँ ही निकल गया था, माफ़ करना। तुम्हारे बराबर मैं भी उन्हें कंधा दूँगा!''

~

नदी के आस-पास के जंगल से तुरंत बाँस काटकर सीढ़ी बनायी गई। उस पर जैतराम का शव लिटाकर अच्छे से बाँध दिया गया। भूख तो सभी को लगी थी, मगर हाथ आये शिकार को बिना गाँव ले जाये भूनना-पकाना मुश्किल था और अब तो जैतराम का शव भी साथ था। गनीमत थी कि दिन के उजाले में उन्हें कुछ कंद मूल और जंगली केलों की प्राप्ति हो गई थी। उन्होंने जैसे-तैसे कांदा भूना और केलों के साथ खा लिया। नदी का पानी पिया और अपने औज़ारों, सामानों और शव के साथ काँधा बदल-बदलकर रखते-उतारते, कोलार, बिंजली और नारायणपुर के गैर-आबादी वाले जंगली रास्तों से छुपते-छुपाते अगले दिन वे गाँव पहुँचे।

गाँव में औरतों के बीच रोना-कलपना मच गया। हिड़मा के साथ इरमा भी थोड़ा रोयी। इरमा के लिए घर में ये पहली मौत थी। वह अपने आजो के छोटे मस्तक, गाल पर उठी हड्डियों व चपटी नाकवाले चेहरे को निहारती रही।...अब उसके आजो कभी नहीं बोलेंगे! वह अपनी माँ की गोद में बैठी, अपना रोना बंद कर अपनी उँगलियों से माँ के आँसू पोंछ रही थी। (बाद में किसी दिन हूंगा ने उसे बताया कि तेरे आजो, तेरे लिए खरगोश का पीछा करते हुए लॉरी की चपेट में आ गये थे, तब वह

खूब सिसक-सिसककर रोयी थी और बाद की कई रातों में, सपने में वह अपने आजो को खरगोश का पीछा करते और लॉरी से उछाले जाते देखती रही थी।)

हिड़मा के घर में गाँव समाज के लोग जमा हो गये थे। जैतराम का दफ़न-संस्कार होना था। रिश्तेदार ज़्यादा नहीं थे, जो थे गाँव के ही थे, सिर्फ़ जैतराम के साले कड़ियाम पनकू के, जो इन्द्रावती के पास, पाहुरनार में रहते थे। उन्हें तुरंत सूचना देना, बुलाना मुश्किल था। पटेल ने पेरमा से सलाह ली। पेरमा ने कहा, "अगर रिश्तेदार को आने में एक दिन से ज़्यादा लगने वाला है तो शव पर खूब भीगी हल्दी चढ़ाकर रखना होगा। एक काम किया जा सकता है, कोई एक आदमी मेरे साथ साइकिल पर नारायणपुर चले। वहाँ मेरी पहचान का एक आदमी है। उसके पास मोटरसाइकिल है। उसका लड़का मेहतर मंडावी उसे चलाता है। उसे गाड़ी के तेल का पैसा देना होगा, वह मेरे कहने पर पाहुरनार जा सकता है। अगर वह रिश्तेदार जल्दी आ गया तो कल सुबह दफ़नाने का काम भी हो सकता है!"

हूंगा के साथी संगलू को तैयार किया गया। मोटरसाइकिल पर जाने के नाम पर वह तुरंत तैयार भी हो गया। वह तो साधारण साइकिल में भी कभी नहीं बैठा था। वैसे जाने को तो हूंगा ही चला जाता, मगर अब उस घर में वही इकलौता मर्द रह गया था और ऐसी हालत में वह घर छोड़ कर नहीं जा सकता था। संगलू पेरमा की साइकिल में पीछे बैठा नारायणपुर गया और वहाँ से मंडावी के लड़के के साथ मोटरसाइकिल से पाहुरनार चला गया।

इधर जैतराम के शरीर को खूब हल्दी चुपड़कर, सफ़ेद कपड़े से ढँककर परछी की एक चटाई पर रख दिया गया। उनके चारों ओर लोग रुआँसे आ-आकर बैठते। कभी कुछ बोलते, बातें करते फिर रोते और दूसरों के लिए जगह देने की गरज से उठ जाते। मगर धीरे-धीरे रुदन भी कम होता गया। अब युवा और किशोर ढोल पीट-पीटकर नाचने-गाने लगे। शिकार कर लाये एक सूअर को पकाया जाने लगा। गाँव भर के घरों में बनी महुआ, पटेल के इस आश्वासन के बाद कि 'किरिया करम' के बाद हूंगा और हिड़मा द्वारा इसकी कीमत अदा कर दी जायेगी, एकत्रित की गई। अब आनेवाले लोग महुआ में सराबोर होने लगे। एक ने कहा, "मरते तो सब हैं, मगर जैतराम दुग्गा जैसी मौत कम ही लोगों की किस्मत में होती है! लोग मरकर ज़मीन पर गिरते हैं, मगर जैतराम को जंगल के पेड़ों ने थाम रखा था!"

एक-दूसरे ने कहा, "जैतराम ने हमेशा जाति-समाज की भलाई की सोची। खुद मरे लेकिन ज़िंदा लोगों के लिए तीन पद्दी (सूअर) दे गये!"

दूसरे दिन सुबह दस बजे जब मोटरसाइकिल पर पनकू मामा (संगलू और मंडावी के लड़के के साथ) आये, नाचना-गाना चल ही रहा था। मामा ने आते ही जैतराम की लाश के पैर छुए। एक सफ़ेद पतली चादर अपनी थैली से निकाल कर उस पर ओढ़ाई। फिर पास ही चुपचाप उकड़ूँ बैठ गये। उन्हें देख हिड़मा करीब आयी और उनके पाँव छू रोने लगी। इरमा ने भी माँ का अनुकरण किया। पनकू मामा ने उन्हें

इशारे से शांत किया। अपना सिर ऊपर-नीचे तीन बार हिलाकर ढाढ़स बँधाया, गोया कह रहे हों—मैं हूँ...मैं हूँ ना!

बहुत बोलने वाले जब चुप होते हैं तो दूसरों के मुकाबले ज़्यादा ही चुप लगते हैं! उनकी चुप्पी अपनी असहजता के कारण डर पैदा करती है। लोग चाहने लगते हैं कि वे कुछ बोलें, मुँह खोलें और वातावरण को सहज बनायें। पनकू मामा के आ जाने के बाद आगे की क्रिया सहज किन्तु तेज़ी से आगे बढ़ने लगी। कुछ लोग तुरंत मृत शरीर को दफ़नाने के लिये उचित जगह की तलाश और मिट्टी खोदने चल पड़े। जैतराम के मुँह पर पड़ा कपड़ा हटा दिया गया, ताकि और लोग भी उनका अंतिम दर्शन कर सकें। पेरमा ने डूभादेव (मरे हुए व्यक्ति) के लिए तुरंत प्रार्थना करनी शुरू कर दी। पेरमा बोलता गया, उपस्थित लोग उसे दोहराते रहे—

कटा रोरो देवा लयाले
कटा रोरो देवा रेई।।
कटा रोरो देवाली
अर्रन्नाटा मनमा।।
नी लोन वरालेय
लेयाली अर्रन्नाटा मनमा।।

इस प्रार्थना के साथ जैतराम का हल्दी चुपड़ा शरीर, उनके इस्तेमाल की ज़्यादातर चीज़ों के साथ निर्धारित स्थान पर ले जाया गया। पुनः कुछ प्रार्थना बुदबुदायी गई, फिर मृत शरीर को कब्र में उतारा गया। सबने अपने-अपने हिस्से की मिट्टी दी। उस स्थान पर एक ऊँचा-सा टीला बन गया। टीले पर बड़ा-सा लम्बा पत्थर लाकर गाड़ दिया गया, ताकि याद रहे कि जैतराम दुग्गा किस स्थान से अपने पुरखों के पास रवाना हुए। फिर कुछ और प्रार्थना के स्वर गूँजे। तब लोग उठे और तालाब में नहाने के लिए उतर गये। जब नहाना भी हो गया तो सभी पंक्तिबद्ध हिड़मा के घर आये। समाज की स्त्रियों ने उनके लिए महुआ और मांस के टुकड़ों के साथ भात परोसा। शिकार के दूसरे सूअर आज काम आ गये थे। फिर नाचना-गाना शुरू हो गया, जो देर तक चलता रहा। अंत में पनकू मामा ने हूंगा और हिड़मा की तरफ़ से सभी लोगों से कहा, ''कल दोपहर को परिवार की तरफ़ से बकरे की बलि दी जायेगी। कल एक बार आप सभी फिर आने का कष्ट करें!''

मृत्युभोज, फिर महाभोज...बार-बार के इस भोज के आनंद में गाँववाले जल्दी ही जैतराम के गुज़र जाने के दुख से मुक्त भी हो गये। शुरुआती रोना-कलपना कुछ समय की औपचारिकता ही थी। ज़्यादा रोये वह जो आप कभी न मरे! लोगों ने नाच-गाने के बाद जमकर खाया-पिया और जैतराम की अच्छी बातों को याद किया। इस अवसर पर पेरमा के दिये उपदेश को भी याद किया—मानेय हायेर असके अवनाह जीवत मन्तोर (आदमी जब तक मर नहीं जाता, ज़िंदा रहता है)...ज़िंदा रहते उसे साबित करते रहना पड़ता है कि वह मरा नहीं है! जीवन में गम है, कौन नहीं जानता!

किन्तु किसी की मौत पर उत्पन्न दुख को देर तक पगुराते रहना कोयातूर (आदिवासी) संस्कृति में नहीं है! तेदाना अन दुखते बरा कवाना (उठो और दुख से भी आनंद छीन लो)!

जैतराम दुग्गा की मृत्यु ने थोड़ा दुखी और हैरान ज़रूर किया, मगर जल्दी ही इस अवसर को उत्सव में बदल दिया गया था।

14

अंतिम संस्कार के दो दिन बाद ही हिड़मा, हूंगा, इरमा, मामा सभी सहज मुद्रा में आ गये। हूंगा की गुम हुई शर्मीली हँसी लौट आयी। हिड़मा ने महुआ की तैयारी में मिट्टी की बड़ी हंडी चूल्हे पर चढ़ा दी। नई कहानी सुनने के लिए इरमा पनकू मामा के आगे-पीछे होने लगी। मामा ने अपने जीजा के अच्छे कामों की फ़ेहरिस्त गिनायी और ठिठोली करते हुए उनकी कुछ भूलों को यादकर निकटतम श्रोताओं को हँसा भी दिया।

"...बउत पड़ाना पोलाय आंद। पिर्रदेरा आंद...(बहुत पुरानी बात है बरसात के दिन थे)! एक बार मैं, जीजा और बहिन तीनों नारायणपुर के हाट गये थे। हाट से लौटते समय रास्ते में बरसात शुरू हो गई। तब जीजा जी के इस घर में कुकड़ा-कुकड़ी, बोकरा-बोकरी नहीं होती थीं। जीजा ने हाट से एक कुकड़ा बिसाया, शाम को पका खाने के लिए। मगर बरसात हमको घर तक आने नहीं दे रही थी। भीगने से बचने के लिए हम चारों एक पेड़ के नीचे आ गये।"

"मामा, हाट तो आप तीनों ही गये थे, चारों क्यों बोले?" इरमा ने टोका।

"चौथा कुकड़ा नहीं क्या रे!" मामा ने अपनी कहानी जारी रखी।

"कुकड़ा मेरे हाथों में ही था। जीजा के पास तुम्बी थी, जिसमें लांदा भरा था। उन्होंने तुम्बी का मुँह खोला और दो घूँट लांदा पी गये। फिर बहिन को दिया। बहिन के हाथ में आलू, नमक, हल्दी आदि सामानों की थैलियाँ थीं। बहिन ने वे थैलियाँ जीजा जी को दे दीं और तुम्बी से एक घूँट पी कर झट तुम्बी मुझे थमा दी। मैंने कुकड़ा उसे थमा दिया। दो घूँट पीने के बाद मैंने जीजाजी को तुम्बी थमा दी और उनके हाथ की थैलियाँ मैंने रख लीं। वो लांदा पीने लगे। फिर तुम्बी उन्होंने बहिन को थमा दी और उसके हाथ से कुकड़ा ले लिया।...शाम हो गई थी और हम लोगों के हाथ में कुकड़ा, तुम्बी और थैली घूमती रही।

"जब पानी गिरना बंद हो गया, उस समय जीजा के हाथ में कुकड़ा था। जीजा ने लांदा का आखिरी घूँट लेना चाहा। इसके लिए वह कुकड़ा को किसी दूसरे के हाथों में सौंपते, मगर जाने कैसे कुकड़ा के पैरों में बँधी सुतली खुल गई और कुकड़ा झाड़-झंखाड़ में सरपट भाग गया। हम तीनों देर तक शाम के घुँधलके में कुकड़ा खोजते रहे। पानी में भीगा कुकड़ा डर से कूं-कूं भी नहीं कर रहा था कि उसका सही पता चलता। हार कर हम तीनों मुँह लटकाये गाँव की ओर लौटने लगे। तभी जीजाजी

हमसे थोड़ा पीछे रह गये। हमने सोचा कि वो उर्कान (पेशाब) के लिए रुक गये होंगे!

''उनके लौटते तक हम दोनों भाई-बहिन धीरे-धीरे आगे चलते रहे। तभी पीछे से जीजाजी की आवाज़ आयी, 'अरे पनकू, देख तो ये कैसा रहेगा?'...जीजाजी ने एक पनियल (ढ़ोढ़िया) साँप को, जो रास्ते के पास के डबरे में मेंढक को अपने मुँह में आधा दबोचे बैठा था, जा पकड़ा था और अपनी छुरी से उसकी गर्दन काट दी थी। अधमरा मेंढक आज़ाद हो गया था। मैंने गर्दन कटे साँप को अपने हाथ में लिया। बिना सिर के भी साँप हिल-डुल रहा था और उसका वज़न उस कुकड़ा से कम भी नहीं था। मैं बोला, 'यह भी चलेगा जीजाजी! मांस मांस होता है, कुकड़े का हो या तरास (साँप) का। माटा (लाल चींटा) का हो या हाटेल (चूहा) का!'

''और इस तरह उस रात को हम तीनों ने तरास को पका कर खाया। खूब मज़ा उड़ाया। बड़े लोगों ने कहा है, सुख का एक दरवाज़ा बंद होते ही दूसरा खुल जाता है, मगर हम लोग बंद दरवाज़े की तरफ़ इतनी देर तक घूरते बैठे रहते हैं कि नये का सुख नहीं उठा पाते!...मगर हमने उठाया। ज़िंदगी का मज़ा लिया!''

''मामा, मैं तब कहाँ थी?'' इरमा कुछ सोच रही थी और चकित थी कि इस घर की कहानी में उसका ज़िक्र कैसे नहीं आया।

''तब तो बेटी, तेरी माँ हिड़मा का भी पता नहीं था!...भीमादेव सबको एक साथ नहीं भेजते। कोई जाता है, क्योंकि कोई दूसरा उसकी जगह आने वाला होता है। ये दुनिया एक नौटंकी जैसी है बेटी, जिसमें सबको अपने-अपने हिस्से का स्वांग करके जाना होता है। हमारा टेम अब खत्म होने को है, मगर तेरा शुरू होता है अब!''

~

दूसरे दिन हिड़मा ने पनकू मामा से निवेदन किया, ''मामाल, इस बार आप जाने की जल्दी मत करना। आपके सिवा तो अब परिवार में हमारा कोई बड़ा नहीं है, आप रहते हैं तो हिम्मत मिलती है!''

मामा ने कुछ सोचते, दाँत कुरेदते, नम आँखों से दिलासा देते हुए कहा, ''बेटी, अब अपने अंदर ही हिम्मत पैदा करनी होगी। दूसरे की दी हिम्मत ज़्यादा टिकाऊ नहीं होती! रही बात मेरे रुकने की तो रुक जाऊँगा, बुढ़ाते आदमी को दो टेम का खाना मिल जाये, और क्या चाहिए! मगर तुम तो जानती हो, वहाँ पाहुरनार में मैं अकेला ही रहता हूँ!...तुझे तो मालूम है आठ साल पहले की घटना! मेरी बेटी, दामाद और नाती को लेकर गाँव आयी थी। बरसात का समय था। इन्द्रावती की धार कभी कम कभी ज़्यादा हो रही थी। मैंने उन्हें चार दिनों तक किसी तरह रोके रखा था, मगर फिर दामाद ने वापस कोरलापाल, अपने गाँव लौटने की ज़िद पकड़ ली। बेटी भी जाना ही चाहती थी। मैं क्या करता। डोंगीवाले से प्रार्थना की कि इन्हें पार पहुँचा दे। डोंगीवाले ने पहले तो ना-नुकुर की, फिर दामाद ने उसे एक ओर ले जाकर कुछ समझाया या उसकी मुट्ठी में कुछ नोट भर दिये, तो वह भी तैयार हो गया। वे सभी डोंगी में सवार हो गये। इसी

बीच अचानक नदी का पानी बढ़ गया। ओडिशा के किसी बाँध से पानी छोड़ा गया था। छोटी-सी डोंगी मझधार में पहुँचकर किसी चट्टान से टकरायी और पलट गयी।... तुमने तो देखा होगा, उस नदी में बीच-बीच में बड़ी-बड़ी चट्टानें हैं। कोई नहीं बचा। डोंगी खेवैया भी बह गया, नौसिखिया था। उस हादसे के बाद तेरी मामी गुमसुम रहने लगी, फिर उसे तरह-तरह के रोग भी लग गये। नदी पार अस्पताल में ले जाते उसने भी दम तोड़ दिया।...किस्मत का खेल है बेटी! इतने ही दिनों का संग-साथ था। मैंने अपने दिल को मज़बूत किया और देखो जिये जा रहा हूँ!''

मामा फिर हँस पड़े, आगे कहा, ''क्या डरना, जब तय हो एक दिन मरना!... यहाँ रहूँगा तो सुबह-शाम खाने की चिंता भी नहीं रहेगी, पर बेटी वहाँ मेरी दस एकड़ की पट्टेवाली ज़मीन है। अधिया में उठा देता हूँ। मेरे बाद फिर वहाँ करने वाला भी कोई नहीं है। क्या अच्छा नहीं होता, जो तुम तीनों ही वहाँ चल कर रहते! मेरा भी भला हो जाता और तुम्हारा भी! यहाँ आख़िर तुम्हारे कुकड़ा-कुकड़ी और बकरियों के अलावा क्या है? घर, बाड़ी-बखरी की ज़मीन भी यहाँ सब सरकारी वन विभाग की है। कल सरकार ने आँखें टेढ़ी कीं तो सब छोड़कर भागना पड़ेगा! फिर कल इरमा आगे पढ़ना-बढ़ना चाहेगी तो खर्चा भी बढ़ेगा, मुश्किल होगी!''

मामा के इस स्पष्ट प्रस्ताव से हिड़मा हड़बड़ा गई। तुरंत कोई बोल नहीं फूटे। दोनों ही थोड़ी देर बखरी के बाहर खड़े इमली के पेड़ को देखते रहे, गोया वही कुछ बोल दे। सबको खुश करने और सुखी देखने वाले मामा की आँखें, ओठों पर मुस्कान के बावजूद कुछ नम लग रही थीं। अपने अंदर की गहराई में दूसरे को न उतरने देने की गरज से मामा ने चेहरा झुकाकर चोंगी सुलगा ली। इरमा कहीं बाहर खेल रही थी और हूंगा पास ही बैठा था। हूंगा, नाम का ही हूंगा था, हिड़मा के आगे लगभग गूँगा। अपनी तरफ़ से वह कुछ नहीं बोला। हिड़मा, जो इस परिवार की मुखिया जैसी स्थिति में आ गई थी, सँभल कर बोली, ''देख मामाल, बाबो का अभी आधा किरिया-करम ही हुआ है। पेरमा ने कहा है कि साल भर बाद प्रेतकर्म[55] किया जाना शुभ होगा। बाबो की आत्मा को शांति मिल जाये तो मैं कुछ कह पाऊँगी। इस बीच सोचने का और मौका भी मिल जायेगा!''

दूसरे दिन पनकू मामा अलसभोर में उठकर अपने गाँव निकल पड़े। हूंगा और इरमा कुछ दूर तक उन्हें छोड़ने आये। पनकू मामा के गाँव तक की लम्बी और पैदल यात्रा की बात इरमा ने सुन रखी थी। पूछा, ''मामा, आजकल तो मोटर, जीप भी चलती है, उससे क्यों नहीं जाते?''

''लोग मोटर से, जीप से जाते हैं, ताकि जल्दी पहुँच जायें, पैसा कुछ लगे तो लगे। मगर यहाँ से पाहुरनार के लिए सीधे कोई गाड़ी-मोटर नहीं है। मोटर बदल-बदलकर जाना होगा। यहाँ से कोंडागाँव, वहाँ से जगदलपुर, वहाँ से गीदम,फिर गीदम

---

55. एक किस्म से बरसी जैसा रिवाज

से कोरलापाल, मुचनार या बारसूर, फिर वहाँ से पैदल नदी पार करनी होगी। उधर से रास्ता बहुत लम्बा पड़ जाता है और मोटर भी हमेशा मिलती नहीं। इससे तो अच्छा है, यहाँ से सीधे छोटे डोंगर होते हुए तुमड़ीगुड़ा निकल जायें। वहाँ से पाहुरनार। पैदल और मोटर से समय तो बराबर ही लगेगा, मगर पैदल से लोगों से मिलना-जुलना भी होता रहता है, और पैसा बचता है अलग! फिर हम जंगल के आदमी, पैदल में जंगल हमारे साथ चलता है, मगर मोटर में हम उसके लिए पराये हो जाते हैं!'' मामा ने मुस्कुराकर इरमा को समझाया।

हूंगा ने पूछा, ''मामाल, फिर भी रास्ते में रात तो हो ही जायेगी, गाँव नहीं पहुँच सकेंगे?''

मामा ने बतलाया, ''मैं दिन में ही छोटे डोंगर पहुँच जाऊँगा। वहाँ पंडीराम जी हैं। कोरलापाल के मेरे समधी के एक रिश्तेदार भी वहीं पास के एक गाँव में रहते हैं। ज़रूरत पड़ने पर मैं वहाँ रुक सकता हूँ। दो बार मैं उनके घर रुका भी था। उन्हें भी अच्छा लगता है मेरा वहाँ ठहरना।...और जानते हो हूंगा, मैं बहुत जल्दी तो चलता हूँ और कभी-कभी दौड़ भी लगा लेता हूँ ,जब कोई देख नहीं रहा हो तो!''

पनकू मामा अपने स्पष्टीकरण पर खुद हँस पड़े। फिर कल वाली बात पर उन्होंने हूंगा की व्यक्तिगत राय जाननी चाही। मगर हूंगा ने परेशानी महसूस की। बोला, ''मामाल, मैं क्या बतलाऊँ! हिड़मा जो फ़ैसला करेगी, वही सही फ़ैसला होगा!''

''मगर तुम्हारी भी तो कोई राय होगी? मान लो हिड़मा पाहुरनार जाने को तैयार हो जाये, तब?''

''तब मैं भी चला चलूँगा!'' दूर घने जंगलों की ओर ताकता हूंगा बोला, ''मैंने अपना यह जीवन हिड़मा को सौंप दिया है। मेरी तरफ़ से भी सोचना उसी को है! मैं तो गाय की पूँछ की तरह हूँ, जहाँ-जहाँ गाय, वहाँ-वहाँ उसकी पूँछ!''

''और इरमा तू?'' मामा ने इरमा से लाड़ करते हुए पूछा, ''तू तो चलेगी ना मेरे गाँव?''

''हाँ जाऊँगी!...देखो, इतनी दूर चलकर भी मैं नहीं थकी। मैं तो कितनी भी दूर चल सकती हूँ , मामा!''

''ठीक है, ठीक है। लेकिन अब तुम दोनों लौट जाओ। मैं प्रेतकर्म के दिन आऊँगा, तब बतलाना!''

मामा ने अपनी बंडी (कमीज़) की जेब से दस रुपये का एक नोट निकालकर इरमा के हाथों में दिया और हूंगा से कहा, ''कुछ पिला-खजेना[56] ले लेना, ठीक है!''

हूंगा और इरमा ने मामा के झट पाँव छुए। मामा ने अपने कान में खूँची बुझी

56. खाजा, खजानी, मिठाई

हुई चोंगी को छूकर तसल्ली की, जो इस यात्रा में उनकी सहयात्री थी। फिर जंगल की पगडंडी पर ऐसे पाँव बढ़ा दिये कि पलट कर देखा भी नहीं।

15

एक सुबह, जब इरमा के मास्टरजी फिर स्कूल नहीं आये, तो वह बकरी चराने निकल गई। उसके पास चौबीस बकरियाँ थीं। जंगल में बकरियाँ समूह में चरती थीं, मगर कभी-कभी कुछ बकरियाँ समूह से दूर भी हो जाती थीं। इरमा उन बकरियों को पुनः एक जगह चरने के लिए घेरती, हकालती रहती। कई बार उसे लम्बी दौड़ भी लगानी पड़ जाती थी। इरमा के हाथ में फटे बाँस की एक लम्बी लाठी थी, जिसकी फटकार से जंगल जीवंत हुआ जा रहा था, उसमें उसकी बकरियों का 'मे-मे' राग भी मिला हुआ था।

हूंगा भी इरमा के साथ ही घर से निकला था, मगर वह बकरियों को इरमा के ज़िम्मे छोड़, कंद मूल की खोज में दूसरी तरफ़ चला गया था। उसने इरमा से कह रखा था कि सामने इमली के पेड़ के आस-पास ही रहना, मैं दोपहर को लौटकर वहीं आऊँगा। दोपहर का भोजन भी दोनों साथ में लेकर निकले थे। भोजन की वह देगची भी इरमा के हवाले थी, जिसे इरमा ने पेड़ के एक कोटर में रख छोड़ा था, ताकि बकरियाँ या और कोई जानवर उसे लुढ़का न दे। हूंगा के लौटने पर दोनों साथ भोजन करने वाले थे।

इरमा बकरियों पर एक नज़र रखते हुए, इमली के पेड़ पर पत्थर उछाल रही थी। इमली के पेड़ पर फूल आ गये थे, लेकिन पिछले मौसम की कुछ इमलियाँ, जिनका छिलका मोटा और सूखकर कठोर हो गया था, किन्तु अंदर के गूदे में खट्टेपन के साथ मिठास पैदा हो गई थी, अब भी डालियों में लटकी इरमा को ललचा रही थीं। इरमा के पत्थर मारने से इमली तो एकाध ही गिरी, लेकिन शाखाओं में झुमकों की तरह लटकते पीले-सफ़ेद-लाल फूल ज़्यादा गिर रहे थे। नीचे गिरे उन फूलों को बकरियाँ मिमियाती हुईं दौड़-दौड़कर खा रही थीं। इसी बीच सौभाग्य से एक इमली गिरी। इरमा खुश होकर उसे उठाने दौड़ी कि गिरी इमली के पास खड़ी एक बकरी ने झट उस इमली को अपने मुँह में भर लिया, फिर थूक भी दिया, क्योंकि उसके मुँह में पत्थर जैसे कड़क बीज आ गये थे। इरमा को गुस्सा आ गया। वह उस बकरी की ओर लाठी लेकर दौड़ी—मेहनत मैं करूँ और मज़ा करो तुम, अच्छा!

तभी उसे अपनी बकरियों की गिनती में कुछ कमी नज़र आयी। पेड़ के नीचे और आस-पास की झाड़ियों में सिर्फ़ बाइस बकरियाँ थीं। शेष दो कहीं दिखायी नहीं दे रही थीं। परेशान-सी इरमा उन्हें चारों तरफ़ तलाशने लगी। आवाज़ भी लगायी, मगर कहीं से, किसी झाड़ी से उसकी बकरियाँ प्रकट नहीं हुईं। ढूँढ़ते-ढूँढ़ते वह पास

के नाले में पहुँची। नाले के ऊपर और ज़्यादा घनी झाड़ियाँ थीं। वह सूखे नाले में, जहाँ कहीं-कहीं थोड़ा पानी ठहरा हुआ था, उतर गई। शायद प्यासी बकरियाँ नीचे उतर आयी हों! उसकी शंका सही निकली। दोनों बकरियाँ नाले में पानी पीकर यूँ ही चहल-कदमी कर रही थीं। बकरियों को नाले से ऊपर चलने के लिए उसने हाँक लगायी और बाँस फटकारा। दोनों बकरियाँ शायद अपराधबोध से घबरायीं, जल्दी नाले के ऊपर चढ़ गयीं। उनके पीछे इरमा भी ऊपर आई। अचानक उसे पास की एक झाड़ी में कुछ कम्पन-सा महसूस हुआ। एक नई आशंका से भर कर उसने अपना बाँसवाला डंडा सँभाल कर पकड़ा और उत्सुकतावश उस झाड़ी की ओर बढ़ी। उसने घनी झाड़ी के बीच अपना डंडा डाला और झाड़ियों को सरकाकर अंदर झाँकने लगी। अंदर जो उसने देखा, देखकर सन्न रह गई।

झाड़ियों के अंदर एक शहरी नौजवान-सा, गहरे हरे रंग की सैनिक वर्दी में लेटा पड़ा था। उसके पैरों के पास प्लास्टिक के जूते भी पड़े थे। उसके खुले एक पैर में, एड़ी के पास एक पट्टी बँधी थी, कोई घाव था शायद। उसकी बगल में एक बंदूक भी रखी थी।...यह यहाँ क्या कर रहा है? कुछ डर और कुछ उत्सुकता से उसने उसे आवाज़ दी, "ऐ, यहाँ क्या कर रहे हो?"

आवाज़ सुनते ही वह नौजवान थोड़ा चौकन्ना हुआ। उसका एक हाथ अपनी बंदूक की ओर गया। उसने उठकर बैठने की कोशिश की, मगर हाँ-हूँ करता हुआ फिर निढाल हो गया। इरमा ने एक बार सोचा कि वहाँ से भाग जाये। वह कोई भी हो, उससे उसे क्या? मगर मन नहीं माना। उसे लगा कि वह नौजवान बीमार है या उसे गहरी चोट लगी है! या फिर हो सकता है, वह भूखा-प्यासा हो? मगर कैसे पूछे, उसके पास बंदूक है, चला दी तो!

मगर उसके साहस ने उसे पीछे लौटने नहीं दिया। उसने फिर पुकारा, "ऐ, अंदर क्या कर रहे हो? बाहर आओ।...ज़्यादा महुआ मार गये क्या?"

इस बार उस जवान के शरीर में थोड़ी ज़्यादा हरकत हुई। वह कुछ बोलना चाहता था, मगर बोल नहीं फूटे। वह चित्त से पट्ट हो गया और नज़र उठाकर इरमा को देखा। फिर झाड़ी से बाहर आने के लिये सरकने की कोशिश की, मगर उसकी ताकत जवाब दे गई। इरमा से अब न जाते बन रहा था, न ठहरते। वह क्या करे? बाबो को बुला लाये? मगर वो तो दोपहर बाद ही इमली के पेड़ के पास आयेंगे! तब...?

इरमा ने मन मज़बूत किया और सामने की झाड़ियों को लाठी से पीट-पीट कर जवान के निकलने के लिए रास्ता बनाने लगी। जब थोड़ा रास्ता बन गया तो वह खुद उस रास्ते से अंदर गई। पस्त पड़े उस जवान की एक बाँह पकड़ कर बाहर खींचने लगी। मगर उसके नाज़ुक हाथों की ताकत से उस जवान को बाहर निकालना सम्भव नहीं था। कुछ क्रोध, कुछ निराशा और कुछ हैरानी से उसने उससे फिर पूछा, "तुमको क्या हुआ है? कौन हो तुम?"

अब की वह जवान खुद उठकर बैठने की कोशिश करने लगा। इरमा ने उसके सिर पर लटकती झाड़ी को अपने डंडे से हटाकर, उसको बैठने में सहायता की। जवान बमुश्किल बैठा और अपने हाथ की उँगलियों को धीरे से पहले पेट, फिर मुँह की ओर ले गया। मुँह से उसके अब भी हाँ-हूँ के अलावा कुछ नहीं निकल रहा था। इरमा उसका इशारा समझ गई—यह तो भूखा है! वह बोली, "तुम यहीं ऐसे ही बैठे रहो, मैं तुम्हारे लिए अभी तुरंत खाना लेकर आती हूँ।"

इरमा झट वहाँ से लौटी और नाले से भगायी गईं अपनी दोनों बकरियों को आगे हकालते हुए बाकी बकरियों के समूह में मिला दिया। इमली के कोटर से पेज भरी देगची लेकर जवान के पास वापस आयी। देगची के साथ मिर्चवाली चटनी की कटोरी भी थी। देगची और कटोरी उसने नौजवान के सामने रख दी। नौजवान भूखे भेड़िये की तरह देगची के पेज पर टूट पड़ा। वह जल्दी-जल्दी देगची में हाथ डालता, भीगा भात निकालता और मुँह में भरने लगता। अनाज जैसे-जैसे उसके पेट में भरता गया, उसके शरीर की शक्ति लौटने लगी। फिर वह धीरे-धीरे किन्तु, तल्लीनता से भोजन करने लगा। उसे यह ख़याल ही नहीं आया कि वह एक का नहीं, दो लोगों का भोजन निपटा रहा है! इरमा चकित-सी उसे भोजन करता देखती रही। मन में सोचा, 'यदि इसे आज भी खाना नहीं मिलता तो यह ज़रूर मर ही गया होता!'

भोजन करने के बाद वह फिर झाड़ियों में ज़मीन पर लेट गया। उसे झपकी आने लगी। इरमा ने अपनी देगची और कटोरी समेट ली और नौजवान से पूछा, "तुम्हारा नाम क्या है?"

"अन्ना... !" उत्तर मिला।

"अन्ना!" इरमा ने नाम को दुहराया, फिर पूछा, "तुम पुलिसवाले हो?"

"नहीं!"

"ठेकेदार हो?"

"नहीं!"

"जंगल के चौकीदार हो?"

"नहीं!"

"डाकू हो?"

"नहीं!"

"तब, तब क्या हो तुम?"

नौजवान के एक जैसे उत्तरों से इरमा हताश हुई, उसे अब अपनी बकरियों की चिंता होने लगी। इसके पहले कि वह उसे वहीं छोड़कर दूर जाती, उस नौजवान के बोल फूटे। गोंडी बोली का अभ्यास करते उसे अभी दो माह ही हुए थे।

"हम आदिवासियों पर हो रहे ज़ुल्म के खिलाफ़ लड़ते हैं। हम तुम लोगों के सहयोगी हैं।...निकुन जोर्रत आते नाकून व्यहकी (तुम्हें कभी हमारी ज़रूरत पड़े तो बताना)!"

इरमा ने उसके चेहरे पर नज़र डाली। नौजवान की हल्की दाढ़ी-मूँछें निकलने लगी थीं। भाषा, बोलचाल और पहनावे में वह गैर स्थानीय लगता था। खुद अभी असहाय था, मगर वह उसकी सहायता करना चाहता था। इरमा मुस्कुरायी। पूछा, "क्या और भी साथी हैं तुम्हारे? कहाँ रहते हो?"

"यहाँ से कुछ मील दूर जो पहाड़ी है, उसकी दायीं ओर एक गुफ़ा है। फ़िलहाल हम वहीं ठहरे हैं।...मगर किसी को बताना मत। वहाँ हम पन्द्रह लोग ठहरे हैं। भोजन की तलाश में हम परसों से निकले थे। कुछ गाँवों में हम साथ-साथ भोजन माँगने गये तो लोग हमें देखकर जंगल में भाग जाते। तब हम अलग-अलग निकले। मैं इधर आ निकला। इधर पास में कोई गाँव मिला नहीं। पैर में चोट लगी है, मुझसे ज़्यादा चलना भी नहीं हो पा रहा था। भूख के कारण मुझे चक्कर भी आने लगे। मैं यहाँ इन झाड़ियों में घुस गया। सोचा था, 'कुछ देर बाद अपने आप ठीक हो जाऊँगा,' मगर ऐसा हुआ नहीं।...मैंने तुम्हें देखा था, तुम बकरियाँ चरा रही हो?"

"हाँ!" बकरियों का फिर ख़याल आते ही इरमा वहाँ से जाने को हुई, मगर फिर थोड़ा झिझकते हुए (मन में बार-बार उठ रही इच्छा को अब वह रोक नहीं पायी) बोली, "अन्ना, मैं तुम्हारी बंदूक को छू सकती हूँ...एक बार?"

"हाँ-हाँ, बिलकुल!" वह बोला और अपनी बगल में रखी बंदूक को इरमा की ओर थोड़ा-सा सरका दिया। इरमा ने बंदूक को धीरे से उठाया। अपने अंदाज़ से भारी उस बंदूक को अपनी नन्ही-नन्ही हथेलियों में लेकर उसे ऐसे स्पर्श किया, मानो वह बंदूक न होकर, उसकी बकरियों का बच्चा हो! बंदूक को छू पाने का संतोष, एक आंतरिक तसल्ली उसके चेहरे पर उभरी। बंदूक वापस ज़मीन पर रखते हुए उसने पूछा, "अन्ना, अब तुम क्या करोगे? मतलब यहीं रहोगे या अपने साथियों के पास जाओगे?"

"अभी थोड़ी देर मैं यहीं रुकूँगा, फिर चला जाऊँगा। अभी नींद आ रही है! मगर याद रखना, कभी कोई ज़रूरत पड़े, ज़रूर कहना। हम मदद करेंगे!"

वापस इमली के पेड़ के पास पहुँचकर इरमा ने अपनी बकरियों की गिनती की। सभी चौबीस बकरियाँ थीं। अब वह पिता का इंतज़ार करने लगी। दोपहर को हूंगा उसके पास आया। अपने साथ वह जंगली कंद मूल के साथ चार[57] भी लेकर आया था। इरमा ने पिता से चार लेकर जल्दी-जल्दी खाना शुरू कर दिया। उसे भूख लग

57. बेरियों जैसा छोटा मीठा फल, जिसके बीजों से चिरौंजी निकलती है।

आयी थी। हूंगा से कहा, ''बाबो, अब घर चलते हैं। वहीं कुछ होगा तो खायेंगे। नहीं तो इन माटींग (काँदों) को उबाल लेंगे।''

हूंगा ने देगची में झाँका। उसे खाली देख बोला, ''थोड़ा तो बचा देना था मेरे लिए! लगता है आज तुझे ज़्यादा ही भूख लगी थी!''

''नहीं बाबो, एक मानेय (आदमी) को खिला दिया। पता नहीं कितने दिनों से उसने खाया नहीं था!''

''मानेय...! कौन मानेय? कहाँ मिला?''

इरमा ने आपबीती सुना दी। हूंगा घबरा उठा। उसने रात में दूर जंगल में बड़ी-बड़ी जुगनू (टॉर्च) चमकती देखी थीं। बिना गर्मी के मौसम में भी उसने जंगल के अंदर से धुआँ उठता देखा था। एक बार जब वह जंगल के खूब अंदर कुछ फल-फूल तोड़ लाने के लिए गया था, तो उसे फ़ायरिंग की 'ठाँय-ठाँय' सुनायी दी थी। गुफ़ा-पल्टन वाले तब बंदूक से निशाने का अभ्यास कर रहे थे। इरमा से बोला, ''अब यहाँ एक छिन रुकना ठीक नहीं। बकरियाँ हकालते जल्दी-जल्दी भागो यहाँ से!''

अपने पिता के आदेश का पालन करते हुए इरमा ने सारी बकरियों को गाँव की ओर हाँक दिया। खुद उनके पीछे-पीछे दौड़ने लगीं। हूंगा भी इरमा के पीछे-पीछे दौड़ने लगा। रास्ते में इरमा ने पूछा, ''बाबो, इसमें डरने वाली क्या बात है? हमने किसी का कुछ छीना तो नहीं है, उल्टे एक भूखे को अपना खाना खिलाया है!''

''तू नहीं जानती। समझेगी भी नहीं!'' हूंगा ने अब दौड़ना बंद कर दिया, लेकिन तेज़ रफ़्तार से चलते और हाँफ़ते हुए बोला, ''फिर भी बताये देता हूँ। नारायणपुर में भारी पुलिस-पल्टन आयी हुई है! पुलिस तो पहले ही यहाँ ज़्यादा थी, अब पल्टन के लोगों को भी बुलवा लिया है! ये लोग जंगल में फिरते अनजान लोगों को खोज रहे हैं। कहते हैं कि वो डाकू लोग हैं! लोगों को मारना, घरों को आग लगाना, लोगों का रुपया-पैसा और सामान छीनने का काम ये लोग करते हैं!...ओन बड़कमा लेके मंथकी (उनको मुँह नहीं लगाना, उनसे दूर ही रहना है)!''

''वो लोग पागल हो गये हैं क्या, बाबो? मानेय होकर मानेय को बिना कारण क्यों मारते होंगे?''

''मेरी भी समझ में नहीं आता, आख़िर पुलिस पल्टन और गुफ़ा पल्टन में क्या बैर है?''

जब वे दोनों घर पहुँचे तो हूंगा ने जंगल से बटोर कर लाये कंद मूल परछी में हिड़मा के सामने रख दिये और सारी बकरियों को समय पूर्व उनके दड़बे में बंदकर, दड़बे में हिड़मा द्वारा आस-पास से तोड़ लायी पत्तियों को डालकर, जल्दी हिड़मा के पास लौटा। इरमा के कहने पर हिड़मा अभी लाये कंद उबाल रही थी। हूंगा ने इरमा की आपबीती उसे सुना दी।

हिड़मा, हूंगा की तरह घबरायी तो नहीं, मगर नाराज़ ज़रूर हुई। बोली, "बढ़-चढ़कर दूसरों की भलाई से एक दिन ये (इरमा) अपने ही ऊपर बिपत ले आयेगी!...हम मुरिया लोग हैं। जंगल, पहाड़, जल, ज़मीन ही हमारे देवी-देवता हैं। हमारा जीना- मरना उन्हीं की कृपा पर है। न हमें पुलिस पल्टन से कुछ लेना है, न गुफ़ा पल्टन से!"

इरमा की समझ में तब भी कुछ नहीं आया। वह चकित थी कि उसने ऐसा क्या कर दिया कि बाबो के बाद, अब याया भी उसे ही सीख देने पर तुली है!

16

उस दिन के बाद से इरमा और हूंगा ने दूसरी दिशा की ओर बकरियाँ चराना शुरू किया। एक दिन इरमा बकरियाँ चरा रही थी और हूंगा आस-पास ही सूखी लकड़ियाँ बटोर रहा था, तभी एक वनरक्षक मोटरसाइकिल से धड़धड़ाता हुआ उनके पास पहुँचा। उसने उन दोनों को पहले ही देख लिया था। जंगली पगडंडी पर अपनी गाड़ी खड़ी कर उसने हूंगा को अपने पास बुलाया, जो वनरक्षक को देख एक पेड़ की आड़ में डरा-झिझका खड़ा था। हूंगा का पसीना छूटने लगा। अगर इरमा और बकरियाँ साथ नहीं होतीं तो वह जंगल में भाग गया होता। वह हाथ जोड़ता, कँपकँपाता उसके पास पहुँचा। वनरक्षक ने डाँटते हुए कहा, "साले, बाप का माल समझकर लकड़ियाँ बटोरे जा रहे हो? ये वन विभाग की ज़मीन और जंगल है, यहाँ की घास भी कोई छू नहीं सकता, मगर तुम हो कि रोज़ यहाँ से लकड़ियाँ पार कर रहे हो!...वो बकरियाँ भी तुम्हारी ही लगती हैं? रोज़ वन विभाग की घास-पत्ती खाकर मोटियाती जा रही हैं।...चलो, तुम्हें पुलिस थाने जाना होगा! जेल की चक्की पीसोगे तब पता चलेगा कि मुफ़्त का माल उड़ाना आसान नहीं है!"

बेचारा हूंगा और ज़्यादा थर-थर काँपने लगा। बिना बोले दोनों कान पकड़कर वनरक्षक के पैरों के पास बैठ गया। वनरक्षक का दिल नहीं पसीजा। बोला, "जा जल्दी से एक बकरी पकड़ के मोटरसाइकिल में मेरे पीछे बैठ जा!"

हूंगा को लगा, यह उसकी ज़िंदगी का आखिरी दिन है। थाना-पुलिस, कोर्ट-कचहरी का नाम सुनते ही वह अधमरा हो जाता था। वह ज़मीन पर अपनी जगह से नहीं हिला। वनरक्षक का गुस्सा बढ़ गया। वह हूंगा के करीब आया और उसके गाल पर एक तमाचा जड़ दिया। हूंगा सिर झुकाकर कँपकँपाता खड़ा हो गया। अपने बाबो की फ़जीहत देख इरमा का खून खौलने लगा, मगर उसे अपनी औकात मालूम थी। अपनी बकरियों को एक जगह रोक वह वनरक्षक के पास पहुँची और अपने बाबो को छुड़ाने की गरज से बोली, "साब, मेरे बाबो को छोड़ दो। मैं एक बकरी आपको देती हूँ।"

वनरक्षक ने इरमा को नीचे से ऊपर तक देखा, फिर हूंगा से बोला, ''लड़की तुम्हारी होगी, पर ऐसे लगती नहीं! समझदार भी है।...मगर मैं तुझे छोड़ूँगा नहीं। बकरी लेकर तुझे मेरे पीछे बैठना होगा!''

इरमा एक पल चुप रही फिर झट बोली, ''साब, बाबो महीने भर से नहाये नहीं हैं। उनको छोटी माता भी निकली थी, बताये देती हूँ!''

वनरक्षक ने हूंगा को घूरा और नाक-भौं सिकोड़ा, ''साले मामा लोग, एक दिन तुम सब ऐसे ही मरोगे!'' उसने अपने हाथ की उस हथेली को अपने फ़ुलपैंट के पिछवाड़े कई बार पोंछा, जिसने हूंगा के गाल का स्पर्श किया था। इरमा से बोला, ''तब फिर तू चल, एक बकरी पकड़कर बैठ!''

इरमा ने कहा, ''मेरे वज़न से ज़्यादा तो बकरियों का वज़न है, साब! मैं कहाँ सँभाल सकूँगी! उल्टे आपकी गाड़ी गिर जायेगी!''

वनरक्षक पशोपेश में था। मुफ़्त में बकरी मिली जा रही है, मगर ले चलने का साधन नहीं। हूंगा को तो वह सिर्फ़ डराना चाह रहा था, नज़र तो उसकी बकरी पर ही थी। ''भागते भूत की लंगोटी ही सही,'' उसने यह मुहावरा मन में दुहराया और अपने पास से गुज़रते बकरी के एक बच्चे को पकड़ लिया। अपने फुलपैंट की जेब से एक रूमाल निकाल कर उसने मेमने की चारों टाँगें बाँध दीं, फिर उस मेमने को हिलाते हुए वह बोला, ''फ़िलहाल मैं इसे ले चलता हूँ। मगर आगे से याद रहे, इधर दिखे तो तुम्हारी सारी बकरियाँ ज़ब्त कर लूँगा!''

वनरक्षक ने मोटरसाइकिल चालू की, उस पर बैठा और मेमने को अपनी गोद में लिटा कर आगे बढ़ गया। कुछ देर तक उसकी मोटरसाइकिल की घुरघुराहट के साथ बेबस मेमने की कातर पुकार सुनायी देती रही। जंगल में फिर सन्नाटा पसर गया। इरमा का दिल मेमने के लिए दुखी था, मगर उसने अपने पिता को बचा लिया था। बावजूद इसके कि हूंगा के गाल पर पड़ा तमाचा, नाखून की खरोंच की तरह उसके नन्हे दिल में अंकित हो गया था।

~

एक दिन एक फड़मुंशी[58] अपनी खड़खड़िया साइकिल चलाता उनके घर आया। नारायणपुर के दूसरी तरफ़ के एक गाँव बिंजली में वह रहता था। गर्मी की शुरुआत में तेंदू के छोटे पेड़ों पर जब नये पत्ते आते थे तो उसका काम शुरू हो जाता था। (व्यापारी सेठ के सहयोगी) ठेकेदार के आदेशानुसार वह आस-पास के मर्दों और औरतों को पत्ते तोड़ने के काम के लिए एकत्रित करता था। साफ़ ज़मीन पर या कोटरी, बेरड़ आदि नदियों की रेत पर वह लोगों द्वारा तोड़े गये पत्तों के पूड़े (बंडल) बनवाता,

58. तेंदूपत्ता संग्राहक व्यापारी का निचला प्रतिनिधि

उन्हें धूप में सुखाता, पूड़ों की गिनती करता, तौलता और व्यापारी सेठ की तरफ़ से नकद भुगतान करता था। नकदी के लालच में (हालाँकि उन्हें पता नहीं था कि उनकी वास्तविक मज़दूरी कितनी होनी चाहिए, उन्हें बहुत कम मज़दूरी दी जाती थी) लोग तैयार हो जाते थे। लगभग दो माह तक यह धंधा खूब चलता। बीड़ी कारखानों के मालिकों के ट्रक राजनांदगाँव, रायपुर आदि जगहों से खाली खखवाये, घुरघुराते आते और किसी पेटू सेठ या गाभिन गाय की तरह भारी-भरकम होकर, पत्तों के बोरों से लदकर कच्ची सड़क पर डगमगाते, हिचकोले खाते गायब हो जाते।

फड़मुंशी अभिलाल होड़ी ने हूंगा की बखरी का फाटक ज़ोर से ढकेल कर खोला, ताकि बिना उसके बोले भी लोग जान जायें कि वह आया है! मगर तुरंत उस घर से प्रतिक्रिया न मिलने और उसे स्वयं जल्दी होने के कारण, उसने आगे बढ़ते हुए आवाज़ भी लगायी, ''हूंगा हो...! जंगल तेंदूपत्तों से भर गया है और तुम लांदा पीये पड़े हो क्या?''

हूंगा घर पर ही था। हिड़मा भी थी। इरमा नहीं थी। हूंगा सच में लांदा पीये ज़मीन पर बिछी चटाई पर लेटा हुआ था। सुबह के ग्यारह बज रहे थे। हिड़मा सरकारी राशन की दुकान से मिले चावल से कंकड़, इल्लियाँ साफ़ कर रही थी। उसने हूंगा को सूचित किया और खुद परछी से बाहर फड़मुंशी के स्वागत में आयी। वह तीन माह का गर्भ धारण किये थी, मगर उसके कामों की गति में कोई कमी नहीं आई थी। अलबत्ता हूंगा अलसाया-सा उठा और हिड़मा के पीछे आ खड़ा हो गया।

''आओ मामा, लगता है फिर तुम्हारा काम चल निकला है?'' हिड़मा बोली।

''काम मेरा ही नहीं, तुम सब का भी है। जल्दी तैयारी कर लो। कल से जंगल में घुसना है। तीन कोरी[59] लोग तैयार हो गये हैं। सवेरे सब बिंजली गाँव में जमा होंगे। तुम दोनों भी वहीं पहुँच जाना!''

खड़े-खड़े बात कर रहे फड़मुंशी को परछी में बिछी चटाई पर बैठने का इशारा करते हुए, हूंगा ने कहा, ''मामा, तनिक धीर धरो। दो घूँट तुम भी पी लो। हिड़मा ने आज ही बनाया है, ताज़ा है!''

वैसे तो फड़मुंशी जल्दी में लगता था, मगर लांदा को कैसे मना करता, जबकि उसका उसे कोई मूल्य भी चुकाना नहीं था। माले-मुफ़्त दिल-ए-बेरहम! फोकट का चंदन, घस भाई लल्लू! वह जल्दी मचाता हुआ चटाई पर आ बैठा, बावजूद इसके कि उसे अभी तीन गाँवों में और भी जाना था। व्यापारी के ठेकेदार ने उसे सौ लोगों को तैयार करने को कहा था। साठ लोगों की उसे सहमति मिल गयी थी, मगर अलीबाबा को अभी चालीस की और दरकार थी। हिड़मा ने मामा के पाँव छुए और लांदा लाने

---

59. बीस की संख्या

चली गई। हूंगा मुंशी के सामने उकड़ूँ बैठ गया और बोला, ''मामा, मैं तो तैयार हूँ। हिड़मा जायेगी या नहीं, वही बतलायेगी।''

''अरे भई, दोनों चलो। परसाल हिड़मा गई थी तो कितना ज़्यादा रुपया बना लिया था तुम लोगों ने! उसके हाथों में जादू है। पत्तों पर ऐसे चलते हैं जैसे कैंची!''

लांदा लेकर आयी हिड़मा ने मुंशी को लांदा भरा गिलास थमाया और बोली, ''जाऊँगी मामा, मैं भी जाऊँगी!''

''ये हुई ना बात!'' लांदा का घूँट भरते मुंशी बोला, ''और सुन हूंगा, इस बार तुम्हारे दो बोकरा की ज़रूरत पड़ेगी। चालीस-चालीस कोरी में मैंने ठेकेदार से बात कर ली है। कहो तो मैं कल ही तुम्हें ठेकेदार से नगद दिलवा दूँगा। काम के आखिरी दिन इस बार सेठ भी अपने फ़ौज-फटाकों के साथ आयेगा। उसकी तरफ़ से बनिहारों के लिए 'बोकरा गाटो'[60] का इंतज़ाम होगा। अपने दो बोकरा को अच्छे से खिला-पिलाकर तैयार रखना!...इरमा नहीं दिख रही है?''

''स्कूल गई है मामा, थोड़ी देर में आयेगी। उसके मास्टरजी कभी-कभी तो आते हैं। मास्टर आते हैं तो वह स्कूल जाती है, नहीं तो बकरियाँ चराने निकलती है। कल सवेरे तो वह एक टोकरी महुआ भी बीन लाई थी!''

''वाह, तुम्हारी लड़की तो लड़कों से ज़्यादा चंट है!''

अपनी बेटी की प्रशंसा सुन हिड़मा खुश हो गई। बोली, ''जिस दिन स्कूल जाना होता है, उसके पहले दिन वह उनका चारा जमा कर रखती है। बकरियाँ तो उसी के दम पर पल रही हैं, मामा! बाहर आँगन में जो महुआ सूख रहा है ना, सब उसी का बीना हुआ है! अकेली रह जाने पर वह अपने लिए भात भी बना लेती है, घर सँभाल लेती है!...सोच रखा है, इस बार महुआ सूख जाये तो बेसी महुआ को नारायणपुर के सेठ को बेचकर, उसके पैसों से इरमा के लिए नये कपड़े खरीदूँगी!''

गिलास का लांदा खत्म होते ही फड़मुंशी चटाई से उठ गया। माँग कर और पीने का न मन था, न समय। बखरी के फाटक की ओर वह जल्दी-जल्दी बढ़ा, गोया वह यहाँ भूलवश आ गया हो। हूंगा पीछे-पीछे उसे बिदा करने दौड़ा, मगर तब तक वह अपनी खड़खड़िया पर सवार होकर आगे जा चुका था।

वापस घर में आकर हूंगा ने खुशी प्रकट करते हुए कहा, ''चलो, घर बैठे दो बोकरा बिक गये समझो। चालीस-चालीस रुपया देंगे, ऐसा मुंशी मामा बोल के गया है!''

''मगर इरमा क्या बोलती है, यह भी जानना ज़रूरी है!''

''ये चालीस कोरी माने कितना रुपया होता होगा?''

''इरमा को आने दो, उसी से पूछ लेंगे!''

मगर इरमा तो आज नौ बजे ही स्कूल से आ गई थी। मास्टरजी स्कूल आये तो

---

60. बकरे के मांस के साथ खिलाया जाने वाला भात

ज़रूर थे, मगर अपनी तबीयत खराब होने और शहर में कुछ काम होने की बात कह कर घंटे भर में ही लौट गये थे। स्कूल के बाकी विद्यार्थी स्कूल में बन रहे भोजन के इंतज़ार में बैठे या खेलते रहे और इरमा घर चली आई थी। घर पर कोई नहीं था। हूंगा और हिड़मा सरकारी राशन छुड़ाने दुकान गये थे। उनके लौटने के पहले ही इरमा ने स्कूल का बस्ता परछी में लटकाया और दड़बे से बकरियाँ निकालकर चराने चली गई थी। फड़मुंशी के आने के थोड़ी देर पहले ही हूंगा और हिड़मा लौटे थे। उन्हें इस बीच न इरमा का ख़याल आया, न बकरियों की तरफ़ ही ध्यान जा पाया था।

लेकिन स्कूल बंद होने के समय के बाद भी जब इरमा नहीं लौटी, तब उसकी तरफ़ और बकरियों के दड़बे की तरफ़ उनका ध्यान गया। वे कुछ परेशान होते कि फिर परछी में टँगे उसके बस्ते को देख वे आश्वस्त हो गये। हिड़मा अपने घरेलू काम में लग गयी और हूंगा 'चालीस-चालीस' कोरी के हिसाब में अपना माथा गरम करता रहा। उसे एक से दस तक की गोण्डी बोली की गिनती आती थी। वह बार-बार उसे दोहराता रहा, कहीं वह इन्हें भी न भूल जाये—उंड, रंड, मूंड, नालूंग, हयुंग, हारूंग, येरूंग अरूंग, नरूंग, पद!...इस प्रकार दो बार गिनकर वह एक कोरी (उंडी) तक पहुँचता था। मगर यहाँ तो चालीस-चालीस कोरी यानी अस्सी कोरी का हिसाब लगाना था! उसके सिर के बाल खड़े हो गये। हार कर उसने फिर लांदा पीने का मन बनाया ही था कि उसके कानों में घर की बकरियों के लौटने की मिमियाती आवाज़ सुनायी दी।...यानी इरमा आ रही है, उसी से पूछना पड़ेगा, वह चंट है!

इरमा थकी-मांदी, हाँफ़ती आयी। हूंगा ने दौड़ लगायी और हकालकर सभी बकरियों को दड़बे में बंद किया। उनके पानी के सकोरे में पानी भरा। कुछ घास-पत्ती भी कल की पड़ी थीं, उसे भी दड़बे में डाल दिया और बिना इरमा की हालत पर गौर किये पूछ बैठा, "मियाड़, ये चालीस कोरी माने कितना रुपया होता है?"

"आठ सौ रुपये!"

"और दो बार चालीस कोरी हो तो?"

"एक हज़ार छह सौ रुपये!"

"एक हज़ार छह सौ माने कितने कोरी?"

"क्या रुपया-कोरी, रुपया-कोरी करते हो, बाबो!" इरमा ने, जो परछी में पाँव फैलाये बैठ गई थी, रुखाई से कहा और माँ को पुकारा, "याया, देख ज़रा हल्दी हो तो पीस दे, बहुत दुख रहा है घाव!"

हिड़मा हड़बड़ाकर इरमा के पास आयी। गौर से उसे देखा। उसके शरीर पर जगह-जगह खरोंच के निशान देखकर घबरा गई। अब हूंगा का ध्यान भी बेटी की ओर गया, तो वह भी घबराया, "क्या हुआ? कैसे लगी चोट?"

"अड़जाल (भालू) ने घेर लिया था। वे तीन थे। मैं बकरियाँ चराते महुआ बीन

रही थी। जाने कब तीन अड़जाल पहाड़ी से उतरे। मैंने उन्हें देख लिया, मगर भागी नहीं, नहीं तो वे मुझे दौड़कर पकड़ लेते। आजो की बतायी बात याद आयी...मरने का ढोंग किये पड़े रहना, पहले सोने का करना। अड़जाल आकर हाथ-पैर हिलाये तो मरने का ढोंग किये पड़े रहना।...मैंने ऐसा ही किया। ज़मीन पर लेट गई और साँस बंद कर ली। अड़जाल ने मुझे उलटा-पलटा, सूँघा और मरा समझकर लौट गये। मगर मेरी टोकरी का महुआ खा गये। उनके नाखूनों से मेरी गर्दन और हाथ-पैरों में कहीं-कहीं खरोंच आ गई हैं। हल्दी चुपड़ दे, ठीक हो जायेंगी!''

हूंगा ने हड़बड़ाकर एक कटोरे में साफ़ पानी लिया और रुआँसा-सा बेटी के शरीर को भीगे कपड़े से पोंछने लगा। ज़्यादातर खरोंचों पर मिट्टी आ लगी थी। हिड़मा ने भी जल्दी-से हल्दी पीस ली और इरमा के साफ़ किये घावों पर लेप की तरह चढ़ा दी। हल्दी चढ़ने पर घाव की जगह ठंडक का एहसास हुआ और इरमा ने राहत महसूस की। उसे भूख भी लगी थी। हिड़मा ने उसे अपने हाथों से भात-दाल खिलाया। खाते ही इरमा को नींद आने लगी। वह उसी चटाई पर ही सो गई, जिस पर कुछ समय पहले फड़मुंशी बैठ कर गया था।

लगभग एक घंटे बाद इरमा खुद ही उठ बैठी। घावों से फिर दर्द उठने लगा था। तब हिड़मा ने चूल्हे पर तवा रखा और एक कपड़े की पोटली से गर्म तवे को छुआ कर इरमा के घावों पर धरने लगी। घावों पर गरम पोटली के स्पर्श से इरमा सिहर जाती तो हिड़मा की आँखों से आँसू टपक पड़ते, मगर उसने सिंकाई बंद नहीं की। इस सिंकाई से धीरे-धीरे इरमा का दर्द कम होने लगा। उसने हिड़मा से पूछा, ''याया, ये बाबो बार-बार चालीस-कोरी की रट क्यों लगा रहे थे?''

''फड़मुंशी होड़ी मामा आये थे। कल तेंदूपत्ता तोड़ाई शुरू हो रही है, ये बताने। उसने तेरे बाबो से कहा कि तोड़ाई खत्म होने पर दो बोकरा तुम्हारे पास से खरीदेंगे। चालीस कोरी, एक बोकरा का ठेकेदार देगा। नगद तो वह कल भी दिला सकता है, ऐसा बोला!''

''हमको बकरा इतने सस्ते में नहीं बेचना है, कहे देती हूँ!'' इरमा तमतमायी।

''तो... ?''

''तो क्या, नहीं बेचना है तो बस नहीं बेचना है!...मैंने सुना है, नारायणपुर के बाज़ार में आजकल एक-एक बकरा अस्सी-अस्सी कोरी तक में उठ जाता है। एक बकरे की कीमत में हम दो बकरे क्यों देंगे?''

''अब फड़मुंशी को क्या बोलूँगा मैं?'' हूंगा ने बेटी का निर्णय सुना तो कुछ समझते, कुछ न समझते, चिंतित स्वर में कहा। अपनी निरक्षरता पर भी वह लज्जित था। हूंगा की बेबसी भांप कर इरमा ने कहा, ''देख बाबो, कल जब फड़मुंशी मिलेंगे तो कहना, बकरियाँ सब इरमा की हैं। वही उनको पालती-पोसती है। वह पचहत्तर

कोरी से कम में कोई बकरा नहीं बेचना चाहती। दो बकरे के डेढ़ सौ कोरी रुपये लगेंगे!...और तुमसे बोलते न बने तो मुझसे बात कराना, समझे!''

उसी दिन शाम को हिड़मा और हूंगा ने अपने कुलदेवता की पूजा की, फिर नारायणपुर के मावलीमाता मन्दिर भी गये। नारियल चढ़ाया, अगरबत्ती जलायी और अपनी बेटी की अड़जालों से रक्षा करने के लिए धन्यवाद किया। भविष्य में भी उसकी रक्षा करने के लिए प्रार्थना की।

17

दूसरे दिन एकदम सुबह हूंगा और हिड़मा अनाज-पानी लेकर बिजली गाँव चले गये। तेंदूपत्ता तोड़ने को तैयार सभी बनिहार वहाँ जमा होने को थे। यही फड़मुंशी का गाँव भी था। उसका ठेकेदार अंतागढ़ में रहता था, और ठेकेदार का बड़ा सेठ व्यापारी राजनांदगाँव में। फड़मुंशी द्वारा बुलाये गये सभी बनिहार समय पर वहाँ आ तो गये थे, मगर ठेकेदार ज़रा देरी से पहुँचा और आते ही सभी एकत्रित लोगों को तेंदूपत्ते के प्रत्येक पूड़े (पचास पत्तों का बंडल) का रेट बतलाया और समझाया कि कैसे पत्तों की तोड़ाई करनी है, कैसे पत्ते गिनकर पूड़ा बनाना है और फिर प्रत्येक पूड़े के हिसाब से भुगतान प्राप्त करना है। सबने खामोशी से सुना। यह पहला दिन था। बनिहार लोग करीब के ही जंगल में पाँच-पाँच, छह-छह की टोली में बिखर गये। आस-पास ही नये-नये पौधों के अलावा जिन पेड़ों को पिछली बार काट-छाँट दिया गया था, उनमें नये पत्ते निकल आये थे, वे घूम-घूम कर उन्हें तलाशने, तोड़ने और सँभालने के लिए आगे निकल गये।

हूंगा और हिड़मा सब बनिहारों के निकल जाने के बाद भी थोड़ी देर वहीं खड़े रहे। हूंगा ठेकेदार के सामने ही मुंशी से बात करने की हिम्मत जुटाता रहा, मगर हिड़मा मुंशी से बोल पड़ी, ''देख मामा, हमारे सभी बोकरा-बोकरी की मालकिन मियाड़ इरमा है। वह हर बोकरे को पचहत्तर कोरी से कम में बेचने को तैयार नहीं है। हम मजबूर हैं। मियाड़ से बोकरा छीनकर हम तुमको दे नहीं सकते।''

फड़मुंशी हिड़मा को छोड़, हूंगा से बोला, ''यही है तुम्हारे कोयतोर की ज़बान! जब चालीस कोरी में तुमसे बात हो गई है, तो अब पलट क्यों रहे हो?''

हूंगा तो चुप ही रहा, हिड़मा ही बोली, ''मामाल, छिमा किया किन (मामा, माफ़ करना), तुम कहीं और से खरीद लेना। हम मियाड़ को नाराज़ नहीं कर सकते।''

फड़मुंशी फिर कुछ बोलने के लिए फड़फड़ाया ही था कि दूसरी किसी व्यवस्था में व्यस्त ठेकेदार के कानों में इनकी बक-बक सुनायी दे गई। वह करीब आया और बोला, ''देखो, तुम लोग अपने घर की बात घर में ही निपटाना। हम प्रत्येक

बड़े बकरे का सत्तर कोरी ही देंगे। हमें दो बकरे काम होने पर चाहिए।...मुंशीजी आपने कितने में बात की थी?''

अब फड़मुंशी घबराया। बोला, ''साहब, मैंने चालीस कोरी से बात शुरू ही की थी, तब इन्होंने कुछ बोला नहीं! इसलिए मैं आपको बता नहीं पाया!''

ठेकेदार जल्दी में था। उसे एक और फड़ की निगरानी करनी थी। वहाँ से जितने मज़दूर परसों काम में लगाये थे, उनमें सात लोगों ने कल काम छोड़ दिया था, इसलिए वह चिंतित था। इस फड़मुंशी की चालाकी की गंध उसे आ गई थी। उसे बाज़ार का ज्ञान था। अस्सी-पच्चासी कोरी से कम में कोई बकरा उठता नहीं था। उसने मुंशी को पचहत्तर कोरी तक में प्रत्येक बकरे के लिए मोल-भाव कर रखने को कहा था। अब चूँकि वह स्वयं बकरेवालों से बात कर रहा था, उसने पाँच-पाँच कोरी कम करते हुए सीधे हिड़मा से कहा, ''एक सौ चालीस कोरी यानी दो हज़ार आठ सौ रुपये तुमको मिलेंगे। इससे ज़्यादा हम नहीं देंगे। यदि भाव पटे तो इसी हफ़्ते मुंशी के घर बकरे छोड़ जाना और मुंशी से रुपया ले लेना!''

''ठीक है, साब!'' हिड़मा ने कहा। उसकी गणित भी भगवान भरोसे थी, मगर उसे विश्वास हो गया कि ठेकेदार ने ज़रूर इरमा की बतायी कीमत के आस-पास ही देना तय किया है। इधर मुंशी और हूंगा दोनों अपने-अपने कारणों से शर्मिंदा हो बगले झाँकते रहे।

चूँकि आज आस-पास ही पत्ता तोड़ाई हुई थी, इसलिए करीब के गाँववाले मज़दूर अपने घर लौट आये। कुछ दिनों ऐसे ही आस-पास ही काम चलना था। बाद के दिनों में जब धीरे-धीरे दूर के स्थानों पर काम चलेगा तब उन्हें अपना ज़्यादा राशन-पानी लेकर चलना होगा। तब तो उधर ही खाना बनेगा, वहीं खायेंगे और उधर ही रात गुज़ारेंगे। सुबह उठ कर फिर काम।

~

घर लौटते ही हिड़मा ने इरमा से, जो अपने बकरा-बकरियों को आस-पास ही चराकर इनसे कुछ पहले ही लौटी थी और घर में चूल्हे के पास अकेले बैठी अपने घावों की सिंकाई कर रही थी, कहा, ''मियाड़, ठेकेदार ने दो बोकरा के लिए एक सौ चालीस कोरी बोला है! ठीक है क्या?''

''चलो ठीक है। कहाँ अस्सी कोरी और कहाँ एक सौ चालीस कोरी! बाबो को न जाने कब अक्कल आयेगी!'' इरमा मुस्कुराकर बोली। हिड़मा भी हूंगा की तरफ़ देख मुस्कुरायी। अपनी झेंप मिटाने के लिए हूंगा अपनी नज़र इरमा के घावों की ओर किये था। बोला, ''मियाड़, लगता है घाव सूख रहे हैं। अब दरद कैसा है?

''दर्द तो कल से कम है, बाबो। मगर ये तो बताओ आज पत्ता तोड़ाई में कितना रुपया बनाया?''

‘‘कुल चार कोरी पूड़ा ही पहले दिन कर पाये। एक-एक पूड़े के हिसाब से मुंशी मामा ने ये...ये इतने रुपये दिये हैं!’’ हूंगा ने सुरक्षा के लिहाज से अपनी कमीज की जेब में रखी अपनी और हिड़मा की कुल कमायी के पैसे इरमा के सामने उलीच दिये। इरमा ने नोट और सिक्कों को गिना। कुल बहत्तर रुपये थे। यानी दोनों ने दिन भर की मेहनत का छत्तीस-छत्तीस रुपया ही कमाया था। इरमा, जो भाषा को छोड़ हिसाब में होशियार थी, एक पूड़े की कीमत पैंतालीस पैसे निकलने पर बोली, ‘‘बहुत कम दाम देते हैं ठेकेदार लोग!’’

‘‘अब क्या करेंगे मियाड़, किससे लड़ने जायेंगे! अपना ही नुकसान है। साल में दो महीने का काम, यह भी हाथ से जाता रहेगा। हमारी जगह दूसरे तैयार हो जायेंगे,’’ हिड़मा बोली। फिर उसे कुछ याद आ गया, ‘‘दो महीने बाद तेरे आजो का प्रेतकर्म भी है, और पैसा तो लगेगा ना!...पनकू मामा बोले थे, उस दिन ज़रूर आऊँगा। उनकी बहुत याद आती है।’’

हिड़मा ने इरमा के हाथ से सिंकाई की पोटली खुद ले ली और चूल्हे पर चढ़े तवे से बेटी के घावों की हल्के-हल्के सिंकाई करने लगी। हूंगा ने अपनी चोंगी बनायी, सुलगायी और ज़रा दूर चटाई पर जा बैठा। वहीं बैठे-बैठे वह अपनी गिनती दुरुस्त करने लगा—उंड, रंड, मूंड, नालूंग, हयुंग, हारूंग, येरूंग, अरूंग, नरूंग, पद!...दो ‘पद’ (दस) यानी उंडी कोरी (बीस नग)।...मगर यह एक सौ चालीस कोरी क्या? यह उसके लिए मुश्किल सवाल था। वह कनखियों से हिड़मा और इरमा को देखने लगा। कृष्णपक्ष और शुक्लपक्ष, दोनों एक साथ सामने विराजमान! वह मन-ही-मन अपने भाग्य पर इतराने लगा।...हरेक आदमी उसकी तरह हिसाब-किताब में मूर्ख होना स्वीकार लेगा, अगर उसे जीवन में हिड़मा और इरमा जैसों का साथ मिलना तय हो! उसे अपनी मूर्खता पर गर्वीली हँसी आयी और वह यक-ब-यक हँस पड़ा। हिड़मा ने उसे हड़का, ‘‘निमा बैहल आती बदम (तुम पगला गये क्या)?’’

हूंगा और भी ज़ोरों से हँस पड़ा। अबकी इरमा ने माँ से कहा, ‘‘हँसने दे याया, कितने महीनों बाद तो बाबो हँसे हैं!’’

~

एक रात तीनों खाना खाने बैठने वाले ही थे कि पाँच लोगों ने बखरी का फाटक खोलकर अचानक सीधे परछी में प्रवेश किया। हूंगा और हिड़मा इन अजनबियों को देख चकित और भयभीत हुए। आगन्तुक अपने पहनावे से स्थानीय तो बिलकुल नहीं लग रहे थे, उस पर प्रत्येक के पास बंदूकें भी थीं। आते ही उन्होंने हिड़मा से गोंड़ी, कुछ तेलगू और कुछ हिन्दी के मिले-जुले उच्चारण में कहा, ‘‘अंगे, घबरे मायमा। नन्ना निया सुदा मन्तोना (भाभी, घबराने की ज़रूरत नहीं है, हम आपके शुभचिंतक हैं)! हमें ज़ोरों से भूख लगी है और आशा करते हैं कि आपकी कृपा से हमें भोजन मिल जायेगा!’’

भोजन के समय कोयतोर परिवार घर आये मेहमान को कैसे न कर सकता था, जबकि ये मेहमान तो खुद भोजन का आग्रह भी कर रहे थे। लगता था, ये ज़्यादा ही भूखे हैं। हिड़मा ने उन्हें बैठने के लिए चटाई दी। उन्होंने स्वयं चटाई बिछाई, जिसमें तीन तो बैठ गये मगर बाकी दो बाहर बखरी में चक्कर काटने लगे, गोया उन्हें और किसी का इंतज़ार हो। शक में हिड़मा ने पूछा, ''क्या और भी हैं आपके आने वाले साथी ?''

''नहीं-नहीं, हम यहाँ अभी सिर्फ़ पाँच ही हैं,'' जवाब मिला।

हिड़मा अपने अँधेरे कमरे में गई। टटोलकर प्लास्टिक के एक केन को उठाया, हिलाकर देखा। उसे दुख हुआ कि उसमें बहुत कम महुआ बचा है। पाँचों के लिए क्या, तीन के लिए भी पर्याप्त नहीं था। आज तो लांदा भी नहीं था। महुआ भरा केन लेकर वह आयी और बोली, ''दादा, खाना मैं और तैयार कर रही हूँ ,तब तक आप लोग थोड़ा-थोड़ा महुआ ले सकते हैं। घर में बस इतना ही है। बस थोड़ा-थोड़ा ही होगा!''

''नहीं अंगे, हम लोगों में किसी को इसका शौक नहीं है। हम सिर्फ़ भात खायेंगे और चल देंगे।...हम तो चाहेंगे कि आप लोग भी इस बुराई से दूर रहें!'' एक दादा ने कहा।

हिड़मा ने कोई जवाब नहीं दिया, मगर वह खुश हुई कि उसका महुआ बच जायेगा। पर वह चकित थी कि वे लोग इसे 'बुराई' क्यों कहते हैं! उसने जल्दी से देगची में और चावल चढ़ा दिया। अंदर बैठे तीन जवानों में से एक ने, दीवार से पीठ टिकाकर चुप खड़ी, उन्हें और उनकी बंदूकों को देख रही इरमा से पूछा, ''मुझे पहचाना ?'' ढिबरी के उजाले में इरमा ने उस जवान को गौर से देखा, अंदाज़ लगाया, फिर बोली, ''परसाल,...नाले के पास...अन्ना!''

''बिलकुल सही, वही हूँ मैं। तुमने तो उस दिन मेरे प्राण बचा लिये थे, लेकी!''

चटाई पर बैठे उस जवान के दो साथियों ने 'अन्ना' सुना तो एक-दूसरे को देखकर मुस्कुराये—अच्छा, तो इसने अपना और नाम गढ़ लिया क्या ? उनके बीच यह आम बात थी, मगर नये नाम की निकटतम साथियों को खबर ज़रूर होती थी। यहाँ तो 'दूसरे' से पता चल रहा है कि यह 'अन्ना' भी हो गया था! एक-दूसरे जवान ने, जो इस छोटी-सी टुकड़ी का लीडर भी था, इरमा की तरफ़ देखते हुए 'अन्ना' से कहा, ''अच्छा, तो यही लेकी है, जिसके सारे भोजन को आप चट कर गये थे ?...हिड़मा ?''

''ये तो मेरी याया का नाम है!'' इरमा ने झट टोका, ''मैं तो इरमा हूँ।''

''वाह, यह नाम तो और भी सुन्दर है!'' लीडर ने कहा, ''इ र मा...ये रही माँ!''

नाम के इस विश्लेषण से सभी मुस्कुराये। लीडर से इरमा ने कहा, ''देखो इरमा, यहाँ जंगल के स्कूलों में पढ़ाई तो भगवान भरोसे है। फिर पढ़ाते भी ऊल-जलूल हैं।

हमने इधर के दो-तीन गाँवों में 'बालसंघम' स्कूल खोले हैं। तुम होनहार लेकी लगती हो। तुम चाहो तो हम तुम्हें वहाँ भरती करा देंगे। रोज़ सुबह सात बजे क्लास लगती है। एक ही घंटे की क्लास होती है। कभी-कभी ज़्यादा समय तब हो जाता है, जब बाहर से हमारा कोई सीनियर साथी आकर कुछ बताना, पढ़ाना चाहे तो!''

हूंगा बारी-बारी से हर बोलने वाले का मुँह ताक रहा था। वह इसलिए भी परेशान था कि इनके दो साथी अँधेरे में क्यों घूम रहे हैं? मगर बाहर जाकर उनसे पूछने का उसे साहस नहीं हुआ। इधर इरमा की तरफ़ से हिड़मा ने जवाब दिया, ''देखो दादा, आप लोगों का स्कूल एक तो हमारे गाँव से बहुत दूर है। हम अपनी इकलौती मियाड़ को उतनी दूर नहीं भेज सकते। फिर यह यहाँ स्कूल तो जाती है, भले मास्टरजी कभी-कभी ही पढ़ाने आते हैं। जब आप लोगों का स्कूल इधर आस-पास लगेगा, तब सोचेंगे। अभी तो छिमा करो दादा!''

गुफ़ा-पल्टन ने यह बात ज़्यादा आगे नहीं बढ़ाई। वे स्वयं अभी इस इलाके में नये थे और अपने राजनीतिक उद्देश्यों के लिए ज़मीन तलाश रहे थे। हिड़मा ने अतिरिक्त भोजन तैयार कर लिया। उसने उन पाँचों को एक साथ भोजन करने के लिए आमंत्रित करना चाहा, मगर अंदर बैठे दादाओं ने कहा, ''वे लोग हमारे बाद में खायेंगे। पहले हमें दे दीजिए।''

हिड़मा ने भी ना-नुकुर नहीं की, हालाँकि वह सोचने लगी थी कि अगर ऐसा था, तो वह पहले बने भोजन को इन तीन लोगों को दे सकती थी और इनके खाते तक बाकी लोगों के लिए भी भोजन बन जाता। इन्हें देर तक रुके रहने की ज़रूरत भी नहीं पड़ती! खैर, उसने पहले इन अंदर के तीन लोगों को भोजन परोसा और जब वे तृप्त हो गये तो लीडर को छोड़कर बाकी दो उठे और बाहर चले गये। उनके बाहर वाले दोनों साथी अब अंदर आ गये। हिड़मा ने उनको भी भोजन परोसा। लीडर ने हूंगा से कहा कि वह भी इनके साथ भोजन करने बैठ सकता है, मगर हूंगा ने 'अभी ज़्यादा भूख नहीं' लगने की बात कही। तब लीडर ने हिड़मा से पूछा, ''अंगे, अभी तो तेंदूपत्ता तोड़ाई का काम चल रहा है। आप लोग जाते हैं?''

''हाँ, मैं और इरमा के बाबो जाते हैं। घर के जानवरों की फिकर इरमा करती है!''

''मज़दूरी का क्या रेट है?''

''बहुत कम है। हमको मालूम है। जितनी मेहनत हम लोग जंगल-जंगल घूमकर करते हैं, उसके हिसाब से तो बहुत कम लगता है, मगर क्या करें? संतोष कर लेते हैं!''

''मज़दूरी का रेट महाराट्र में एक पूड़े का पैंसठ पैसा और आंध्रा में सत्तर पैसा है, जबकि यहाँ पैंतालीस पैसा है। यह गलत है। यहाँ के मालिकों और ठेकेदारों को भी

वही रेट देना चाहिए।...आप लोग संगठित होकर आवाज़ उठायें। बाकी हम देख लेंगे। आप लोग एक बार मिलकर बोलें तो! जंगल में शोषण का जाल बिछा है। आप एक लीटर शहद पचास रुपये में बेच देते हैं, मगर वह शहद शहर में दो सौ रुपये में बिकता है। व्यापारी आप लोगों से सूखा महुआ नमक के वज़न में खरीद रहे हैं, जबकि वही किलो भर महुआ का भाव पचास रुपया है। आप लोग सब चुप सहते हैं। आप लोग मिल के एक बार कोशिश तो कीजिए, बाकी हम देख लेंगे!''

खाना खाते ही वे पाँचों जंगल में अदृश्य हो गये। जाते-जाते 'अन्ना' ने अपने थैले से निकालकर एक चॉकलेट इरमा को दी थी। घर में उनके होने तक हूंगा का कलेजा धक्-धक् करता रहा था। उनके जाने पर हूंगा ने राहत की साँस ली। हिड़मा से बोला, ''नारायणपुर में डेरा जमाये पुलिस-पल्टन इन्हीं को खोज रही है शायद!''

हिड़मा ने बेटी को सचेत किया, ''इरमा, तू किसी से कहना नहीं कि ये लोग हमारे घर आये थे और खाना खाकर भी गये हैं।...वैसे ये लोग बुरे तो नहीं लग रहे थे, मगर पुलिस-पल्टन इन्हें बुरा समझती है तो कुछ बात तो होगी! कुछ उनका आपस का झगड़ा ज़रूर होगा। हमको बीच में पड़ना नहीं है, समझी!''

मगर बरतन उठाते, चटाई समेटते, झाड़ू लगाते, हिड़मा कुछ बड़बड़ा रही थी, जिसे हूंगा ध्यान से सुन रहा था।

''उन्होंने हमारे पूड़े के जो रेट बतलाये, जो बाहर चल रहे हैं, अगर वह सच है तो हमारी कमाई पर ये सेठ, ठेकेदार जोंक की तरह ही बैठे हैं, समझो! हमारा खून चूस रहे हैं। ये अमरबेल की तरह हमारा जीवनजल ही खत्म कर देंगे। पुलिसवालों को क्या नहीं मालूम होगा? मगर वे उनका कुछ नहीं बिगाड़ते!...मुझे तो गुफ़ा-पल्टन के विचार ही ठीक लगे।''

कोई विचार हिड़मा को ठीक लगे तो हूंगा कैसे कहे कि ठीक नहीं है!... वह आती-जाती, चलती-फिरती, स्वस्थ-सुडौल, साँवली हिड़मा को, जिसका पेट इन दिनों ज़रा-सा उभरा लगता था और जिसके दिमाग में निर्णय लेने की गज़ब की क्षमता उसे नज़र आती थी, उस पर अधिकार बनाये रखने की मंशा में वह उसका ऐसा गुलाम-सा हो गया था, जिसका कोई अंत भी नहीं था।

18

एक दिन पत्ता तोड़ती अपनी सहेलियों से हिड़मा ने बातचीत शुरू की। कहा, ''सुना है परदेश में पत्ता तोड़ाई की मज़दूरी ज़्यादा मिलती है। हमसे दोगुना!''

''मिलती ज़रूर होगी, मगर हमारा सेठ और ठेकेदार थोड़े सुननेवाला है!'' चर्चा में दूसरे भी शामिल हो गये।

''मगर हमने भी कभी ठेकेदार से इस बारे में बात थोड़े ही की है?''

''ठेकेदार तो बस ठेके के शुरू और आखिरी दिन ही दिखता है। क्यों ना फड़मुंशी से बात कर देखें? वह ठेकेदार से और ठेकेदार सेठ से बात कर लेगा!''

''सही बात है। हम तो जंगल में पत्ता तोड़ते फिरते हैं। फड़मुंशी ही बैठा रहता है। ठेकेदार से उसकी आये दिन भेंट होती रहती होगी।''

यह बात धीरे-धीरे दूसरी टोलियों तक पहुँची। सारी टोलियाँ इस विचार से सहमत हो गईं कि जब दूसरे इलाके में ज़्यादा पैसा दिया जा रहा है, इसी काम का, तो हमने क्या अपराध किया है भला!

शाम को वे सभी अपने पत्तों के पूड़े लेकर जमा करने फड़मुंशी के पास पहुँचे। फड़मुंशी उन्हीं के इंतज़ार में बैठा था। इन्होंने उससे बात की। सबसे पहले हिड़मा बोली, ''मुंशी मामा, तुम्हारे कहने पर हम ये काम करने आते हैं और जो मजूरी तुम और ठेकेदार हमें देते हो, हम ले लेते हैं। मगर सुना है परदेस में इसी काम के ज़्यादा पैसे दिये जाते हैं? तुम तो हमारे गाँव-घर के आदमी हो, हमारी तरह ही कोयातूर हो। तुम ठेकेदार से बात करो ना?''

फड़मुंशी चौंका। वह ठेकेदार और सेठ का पक्का गुलाम था। इस गुलामी और स्वामी-भक्ति से ही उसका मेहनताना बनता था। बोला, ''मुझे तो पता नहीं कि इससे ज़्यादा मजूरी भी कहीं दी जाती है! मैं ठेकेदार से पूछूँगा। वैसे जो दिया जा रहा है, कम तो नहीं है!''

''कम क्यों नहीं है? गीदम में, कोंड़ागाँव में हमारे गाँव के जो लोग कमाने गये हैं और इतना ही समय सड़क, मकान या खदान आदि में लगाते हैं, तो उन्हें हमसे तीन गुना रुपया मिलता है!...मुंशी मामा, किरपा करके ठेकेदार से बोलकर हमारी भी मजूरी बढ़वाओ ना!'' एक दूसरी औरत ने हाथ जोड़कर निवेदन किया।

फड़मुंशी दोपहर से महुआ चढ़ाये हुए था। उतरती शाम को भी उसका सिर झीने-झीने नशे में कभी-कभी डोल जाता था। वैसे जंगलवालों के लिए और खासकर बस्तर में यह आम बात थी और कोई बुरा भी नहीं मानता था। शहरों में घर आये मेहमान को सबसे पहले पानी प्रस्तुत करने का रिवाज है तो बस्तर के गाँवों में अक्सर नशे की चीज़। चाहे वह लांदा हो, ताड़ी हो, सल्फी हो या फिर महुआ। 'बस्तर' नाम यहाँ के जंगलों में बाँसों की अधिकता के कारण पड़ा होगा, मगर 'बस्तर' नाम सुनकर इसका एक अर्थ यह भी ध्वनित होता लगता है—बस से उतरे कि तर...बस्तर!

''मैं तुम लोगों की बात ठेकेदार तक पहुँचा दूँगा। दूसरे इलाके में, दूसरे राज में कितनी मज़दूरी दी जाती है, उन्हें पता होगा। बाकी देना न देना उन पर! और उन पर भी क्या, बड़े मालिक सेठ की मर्ज़ी पर है। वैसे मालिक हमारे बड़े कृपालु हैं।...पिछले साल जब मैं फड़ पर भूखा बैठा पत्तों का वज़न कर रहा था, तो उन्होंने पूछा—होड़ी

बाबू, आज क्या खाये हो? मैं क्या बतलाता। उस दिन मैंने सच में कुछ नहीं खाया था, क्योंकि घर में मायतु (पत्नी) बीमार थी और कुछ भी खाना बनाया ही नहीं था। मुझे फड़ पर पहुँचने की जल्दी थी। मैं बिना कुछ खाये चला आया था। मैं शरम से गढ़ गया। बोला, 'आज तो कुछ नहीं खाया मालिक!'...तब जानते हो मालिक ने क्या किया? अपनी कार से निकालकर अपना टिफ़िन-बॉक्स मुझे दे दिया। कहा—जाओ हाथ धोकर इन रोटियों को खा लो, मुझे तो आज भूख लगी ही नहीं। यह टिफ़िन वापस घर जाने वाला था। चलो, तुम्हारे काम आ जायेगा।...टिफ़िन लेकर मैं एक कोने में गया और खाने लगा। जीवन में उतना अच्छा खाना मैंने किसी तीज-त्यौहार में भी नहीं खाया था। घी चुपड़ी रोटियाँ, भिंडी की सूखी सब्ज़ी, अचार, मुरब्बा और साथ में लाजवाब मिठाई! आज भी याद कर मुँह में पानी आ जाता है।...और जानते हो, जब खाकर और टिफ़िन धोकर मैंने टिफ़िन लौटाना चाहा तो मालिक ने कहा—होड़ी बाबू, टिफ़िन भी तुम ही रख लो। ज़रूरत पर घर से खाना लाने में आसानी होगी!...ऐसे हैं मालिक हमारे! वह टिफ़िन आज भी मेरी साइकिल पर लटकी थैली में रखा है। कहो तो मैं तुम लोगों को दिखाऊँ क्या?''

मगर किसी ने टिफ़िन देखने की इच्छा ज़ाहिर नहीं की, अलबत्ता फड़मुंशी की बात से लगा ज़रूर कि उनकी मज़दूरी पर सकारात्मक विचार होगा!

~

दूसरे दिन से फिर वे सभी अपने काम पर लग गये। चार दिन बाद ठेकेदार अपने मालिक सेठ को लेकर फड़ में पहुँचा। फड़मुंशी ने ठेकेदार को और ठेकेदार ने सेठ को मज़दूरों की बात कह दी। सेठ के कान खड़े हो गये। ठेकेदार को अलग ले जाकर सेठ ने उसे कुछ समझाया। ठेकेदार का सिर चाबी भरे खिलौने की तरह डोला और फिर अपनी बाइक से मज़दूरों के गाँवों में यह टोह लेने निकल गया कि आख़िर मज़दूरों के कान भरे किसने? कुछ मगज़मारी के बाद उसे यह पता चला कि आजकल नक्सलियों का इधर के गाँवों में आना-जाना शुरू हो गया है। ज़रूर उन लोगों ने ही इन मज़दूरों के कान भरे होंगे! उसे पता चला कि कोयलीबेड़ा, बैहासालेभाट, कोलर, फूलपाड़, देवगाँव के आस-पास भी लोगों ने उन्हें देखा है।

बाद में ठेकेदार के माध्यम से सेठ ने मज़दूरों को संदेश भिजवाया कि इस साल फ़िलहाल मज़दूरी तो वही रहेगी, मगर आखिरी दिन उन्हें 'बोनस' के रूप में अतिरिक्त रुपया दिया जायेगा! 'बोनस' क्या होता है, मज़दूर नहीं समझ पाये, मगर नियमित मज़दूरी के अलावा भी 'कुछ' मिलेगा, जानकर संतुष्ट हो गये। ठेके के आखिरी दिन तक उस 'कुछ' के आकर्षण में बँधे जी-तोड़ मेहनत करते रहे। उपयोगी पत्तों की खोज में उन्होंने उन सभी जंगलों की खाक छान मारी, जिनका ठेका सेठ ने सरकार से ले रखा था।

फिर काम खत्म होने का आखिरी दिन भी आ गया। आखिरी दिन सेठ खुद नहीं आया। उसने अपने लफूट लड़के को, जो शरीर से भारी-भरकम, गोल-मटोल और चिकना-चुपड़ा था, भेजा। लड़का अपने कुछ दोस्तों के साथ दो कारों में वहाँ पहुँचा। सेठ पहले भी कई बार अपने लड़के को इन जगहों पर भेजता रहा था, ताकि वह भी जान-समझ ले कि उँगली टेढ़ी किये बिना कहाँ-कहाँ से घी निकल सकता है। आख़िर वह उसका उत्तराधिकारी जो था।

महीने भर पहले ही हूंगा अपने दो बड़े बकरे लाकर फड़मुंशी के घर बाँध आया था। ठेकेदार द्वारा तय कीमत भी उसे मिल गई थी। उन बकरों की आज शहादत थी। कोटरी नदी और उसकी धार, जो गर्मियों में सूखकर पतली हो जाया करती थी और उसके दोनों किनारे, जो रेत के चौड़े पाट बनकर फैल जाते थे, इस 'बोकरा उत्सव' के साक्षी बने। सारे मज़दूर, सेठ का लफूट लड़का और लफूट लड़के के लफूट दोस्त, ठेकेदार और फड़मुंशी वहाँ जमा थे। दोपहर की धूप नदी के खुले पाटों में चुभ रही थी, इसलिए ठेकेदार ने पहले ही दो बड़े शामियाने और शामियाने के अंदर कुछ प्लास्टिक की कुर्सियों का प्रबंध कर रखा था।

बकरे कट चुके थे और बड़ी-बड़ी कड़ाहियों में टुकड़ों-टुकड़ों में पक रहे थे। मसालों और पकते मांस की गंध, जंगल में महुआ और आम के बौर की गंध के साथ मिलकर एकाकार हो रही थी। मुफ़्त में उपलब्ध महुआ पीकर मज़दूर (पुरुष) लोट-पोट हो रहे थे। कुछ औरतों ने भी झिझकते हुए उनका साथ दिया था, मगर उन्हें अपने को संयमित रखना आता था। कुछ मर्द नदी की पतली धार में आड़े लेटकर, दायें-बायें होकर, बार-बार नहा रहे थे, जिन्होंने रोज़ नहाना कभी ज़रूरी नहीं समझा था। कुछ मर्दों ने मदमस्त होकर गाना-बजाना शुरू कर दिया। गाने में उन्होंने भी बढ़-चढ़कर हिस्सा लिया, जिन्हें सुर-ताल की कोई समझ नहीं थी। उन्हें आज पूरी आज़ादी थी। न उन्हें ठेकेदार टोकने वाला था, न सेठ का लड़का, न लड़के के दोस्त, बल्कि वे शामियाने में कुर्सी पर बैठे इनका मुजरा देख रहे थे।

कुछ लोग पेड़ों के पत्तों का डोंगा-सा बना कर रसोइयों से (जो बाहर से बुलवाये गये थे) अधपके मटन का 'झोर' माँग कर चखने लगे। इन्हीं में से किसी ने रसोइयों को सलाह दी कि नमक थोड़ा और डाल दो, फीका लग रहा है!...गुस्साये रसोइयों ने उन्हें जवाब दिया—मटन अभी पका नहीं है और अभी पानी भी बहुत है। पकते-पकते पानी सूखेगा तो सब ठीक हो जायेगा।...एक रसोईया छत्तीसगढ़ी में भुनभुनाया—बोकरा के जान जाय, खवैया बर अलोनी![61] मगर इन चखरों-भूखरों को वे मटन का रसा देने से साफ़ मना भी नहीं कर सकते थे, क्योंकि मटन तो आख़िर उन्हीं के लिए बन रहा था।

---

61. बकरे की जान चली गई और खानेवाले को नमक कम लग रहा है!

सेठ के लड़के और उसके दोस्त ने अपने लिए विदेशी शराब की बोतलें साथ लाए थे। अपनी बोतल खोलने से पहले उन्होंने सारे मज़दूरों को एक पंक्ति में बिठाया (जिन्हें उनकी नियमित मज़दूरी के रुपये तो कल ही बाँट दिये गये थे) और प्रत्येक को 'बोनस' के नाम पर एक-एक सौ रुपये का नया कड़कड़ाता नोट दिया। कुछ लोगों को बोनस के नाम पर ज़्यादा की उम्मीद थी, उनका चेहरा कुम्हला गया। कुछ मज़दूरों को सिवा 'बोकरा-भात' के कुछ भी अतिरिक्त मिलने की उम्मीद नहीं थी, उनके चेहरों पर थोड़ी खुशी आ गई।

जब बोनस बँट गया तो सारे मज़दूर बकरों के जल्दी पकने और खाकर अपने-अपने गाँव लौटने का इंतज़ार करने लगे। बेचारे बकरों का मांस भी कब तक अधपका रहता, आख़िर पक ही गया। पत्तल में सारे मज़दूरों को मटन और भात परोसा गया। कुछ तो घर जाने की जल्दी में और कुछ आदतन जल्दी-जल्दी खा रहे थे। परोसने वाले रसोइयों को शक होने लगा कि कहीं ये अपना खाना अपनी पोटलियों में बाँधकर तो नहीं रखते जा रहे हैं! सेठ के लड़के और उसके दोस्तों ने शराब और मटन के साथ शहर से पैक करा कर लायी गईं रोटियाँ खायीं। खाकर उनमें से कुछ पेड़ की छाया वाले सूखी रेत के पाट में और कुछ कुर्सियों पर ही पसर गये। तभी सेठ के लड़के ने विदा लेने आये मज़दूरों को सम्बोधित करते हुए कहा, ''खाना और बोनस सभी को मिल चुका है। अब आप सभी मर्द लोग, औरतों को यहीं छोड़कर अपने गाँव लौट सकते हैं। मेरे दोस्तों की इच्छा है, वे औरतों का बस्तरिया डांस देखें! औरतों को रात में डांस के बदले पचास-पचास रुपये और दिये जायेंगे। और यदि मेरे दोस्तों का उन्होंने अच्छे से मन बहलाया तो दोस्त भी अपनी तरफ़ से उनको रुपया देंगे!''

वे मज़दूर जो ज़्यादा नकद कमा लाने के लालच में अपनी पत्नी, बहन, बेटी या बहू को भी तेंदूपत्ता तोड़ाई के काम में लाते रहे और आज 'बोकरा गाटो' के लालच में भी ले आये थे, घबरा गये। औरतों को छोड़कर वे अकेले कैसे गाँव लौटते? मगर जब सेठ के लड़के ने दोबारा यही बात डाँटते हुए कही, तो वे हठ भी नहीं कर सके। औरतों में भी खुसुर-फुसुर होने लगी।...'नाच' तो ठीक है, मगर मर्दों को क्यों जाने के लिए कहा जा रहा है? उनके रहने से इनका क्या नुकसान है?...उन्हें दाल में कुछ काला नज़र आया। कुछ औरतें, खासकर युवतियाँ जो नृत्य में माहिर थीं और रुचिकर भोजन के बाद नाच का नाम सुनकर ही जिनके शरीर में अतिरिक्त उत्साह का संचार हुआ था, मर्दों को अलगाने का वे भी समर्थन नहीं करती थीं। उनका नाच तो मर्दों, युवकों के साथ जोड़ी बनाकर ही जमता था। लफूट लड़के के फ़रमान से सभी मज़दूरों के समूह में उदासी छा गई। हूंगा, जो शहरी लोगों से वैसे भी भय खाता था, हिड़मा को छोड़कर अकेले लौटने को बिलकुल तैयार नहीं था। हिड़मा के लिए हथेली पर प्राण रखनेवाले हूंगा ने आगे बढ़कर, हाथ जोड़कर, सेठ

के लड़के को शब्दों से ज़्यादा इशारे से निवेदन किया, "सेठ, कोयताड़ (पत्नी) को चार महीने का गर्भ है, वह यूँ भी नाच-वाच नहीं सकती, उसे मेरे साथ लौटने की आज्ञा देने की किरपा करें!"

सेठ का छोकरा तमतमा गया। बोला, "एक औरत को जाने देंगे तो फिर हर कोई कोई-न-कोई बहाना बनाकर जाने की बात करेगा! फिर हम फोकट में डांस भी नहीं करा रहे!...नहीं, वह चाहे तो न नाचे, मगर तुम जाओ और उसे यहीं रहने दो!"

हूंगा और हिड़मा ने एक-दूसरे को कातर दृष्टि से देखा—अच्छी परेशानी में फँसे, दोनों ने सोचा। बेचारी इरमा आज शाम दोनों के साथ लौटने का इंतज़ार करती ही रह जायेगी! मजबूर हूंगा, रेत के पाट से हट कर दूर वृक्षों और झाड़ियों के घने झुरमुट में जा बैठा। वहाँ उसकी तरह के और भी कुछ दिलजले मन मारे बैठे थे। कुछ मर्द,जो अपनी औरतों के बिना आज के इस भोज में शामिल हुए थे, 'जान बची रे' के आनंद के साथ जल्दी-जल्दी वहाँ से रफ़ूचक्कर होने लगे। देवगाँव का ऐसा ही एक मर्द कोरसा सन्नू, जो गाँव लौट रहा था, हूंगा उससे दौड़कर जा मिला। बोला, "सन्नू, तुम तो लौट रहे हो, गाँव पहुँचने पर मेरी मियाड़ इरमा को बता देना कि आज शाम को हम लौट नहीं पायेंगे! उसकी याया को रोक लिया गया है। अब कल सवेरे ही दोनों लौट पायेंगे!" कोरसा सन्नू ने हामी भरी और उस इलाके से ऐसे दूर हुआ, गोया सेठ का छोकरा उसे आवाज़ लगाकर वापस बुला लेगा!

झाड़ियों, वृक्षों की आड़ में छिपे बैठे मर्द मच्छरों, कीट-पतंगों से जूझ रहे थे। अधेड़ औरतें, जो मर्द न होने के कारण ही रोक ली गई थीं, अपनी अनिच्छा के चलते बेतुकी आवाज़ में कैसे भी गा रही थीं और युवतियाँ अपने युवक साथियों के बिना बेमन से ऐसे नाच रही थीं, गोया पहली बार नाच का अभ्यास करने उतरी हों। गाने के बोल शहरी लड़कों के कुछ पल्ले नहीं पड़ रहे थे, मगर नशे की झोंक में उन्हें कमर मटकाती, अपनी अधखुली छातियों के साथ हिलती-डोलती युवतियाँ आकर्षित कर रही थीं। उन्होंने शराब के अतिरिक्त पैग बनाये, बकरे का मांस चखा, निगला और कुर्सियों पर, रेत पर, पसरे-पसरे ही बेवजह वाह-वाह करने लगे।

रात धीरे-धीरे अपनी चादर फैलाती अरण्य को अपने पाश में लेने लगी। रेत पर जलते अलाव और गैसबत्ती के उजाले में डोलती, बैठी, पसरी आकृतियों के अलावा सब कुछ अदृश्य हो गया। अधेड़ औरतें उस अलाव में सूखी लकड़ियाँ ठूँसती, उसे ज़िंदा रखने की कोशिश कर रही थीं, गोया आज की रात उनका यही काम हो! युवतियाँ जब नाच-नाच कर थक गईं तो एक कोने में मुर्गियों के झुंड की तरह उकड़ूँ बैठ गईं। उनका दोपहर का खाया भोजन पच गया था और भूख फिर सिर उठा रही थी। कड़ाहियों में मटन शेष था। अनुभवी ठेकेदार के निर्देश पर मटन की कड़ाहियों में गरम पानी डालकर 'झोर' बढ़ा दिया गया। एक बड़ी गंजी में, कम न पड़े इसलिए चावल भी चढ़ा दिया गया। अब इनसे ही रात का 'डिनर' निपटाना था। यह डिनर

झाड़ियों में उकड़ूँ बैठे मर्दों के लिए नहीं था। उन्हें तो घर जाने को कहा गया था, मगर वे नहीं गये जहाँ उनके लिए दरवाज़े खुले थे, और इस डिनर-महफ़िल में वे प्रकट नहीं हो सकते थे, जिसके अदृश्य दरवाज़े उनके लिए बंद कर दिये गये थे। भूखे, झपियाते, सुबह के इंतज़ार में खुसफुसाते, पाँव सीधे करने कभी खड़े होते, फिर बैठ जाते, सेंधमार चोरों-सा अभिनय करते, वे रात गुज़ार रहे थे।

सूरज का इंतज़ार बहुत लम्बा था। अभी तो रात के आठ ही बज रहे थे और एक आधा-अधूरा-सा चाँद साल वन के पीछे से तमाशबीन की तरह टॉर्च लेकर प्रकट हुआ था। नदी की रेत पर झीनी रोशनी फैल गयी थी। तभी सेठ के छोकरे के दोस्तों ने मुर्गियाँ-सी बनी युवतियों के झुंड को बाज़ों की तरह घेर लिया। अपनी-अपनी पसंद की मुर्गियों को खींचा, घसीटा, टटोला और जितनी नाजायज़ हरकत हो सकती थी, करने को उतारू हो गये।

19

कोरसा सन्नू जब देवगाँव पहुँचा तो अँधेरा घिर आया था। अँधेरे की उसे चिंता नहीं थी। वह बिना परिवारवाला था और घर में अकेला ही रहता था। वह सीधे हूंगा के घर गया। तब इरमा चूल्हा सुलगा रही थी। चूल्हे की बगल में उसने चावल साफ़ कर रखा था। उसे चावल पकाना आता था। हिड़मा ने उसे चावल के अलावा और कुछ पकाने, सीखने-सिखाने से दूर रखा था। कोरसा सन्नू ने जब उसे आवाज़ लगायी तो इरमा भागी-भागी घर से बाहर आयी। माँ-बाप की जगह कोरसा सन्नू को अकेले देख वह चौंकी। पूछा, "सन्नू मामा, याया, बाबो नहीं आये? अब तक तो आ जाना था?"

सन्नू खुद दूर से कूदता, फाँदता, लगभग दौड़ता आया था। उसके हाँफ़ते-काँपते बोल फूटे, "वहाँ कुछ ठीक नहीं हो रहा है...कोटरी नदी की रेत में! औरतों को रोक रखा है। तुम्हारी याया को भी। उनसे क्या-क्या तो कराने वाले हैं, मालिक लोग! तुम्हारे बाबो और दूसरे मानेय भी आस-पास छिपे बैठे हैं। तुम्हारी याया और बाबो अब सवेरे ही लौट पायेंगे!"

इरमा को कुछ बुरे की आशंका हुई। कोटरी नदी गाँव-टोले से बहुत दूर थी। रात में वह अकेले वहाँ जा नहीं सकती थी। कोरसा सन्नू भी वहाँ के लिए उसका साथ नहीं देता। अतः उसने सन्नू से निवेदन किया कि वह उसके साथ पुलिस-थाना चले। पुलिसवाले अपनी जीप से जाकर तुरंत दखल दे सकते थे। कोरसा सन्नू बहुत ना-नुकुर के बाद तैयार हुआ। दोनों भागते-भागते थाने पहुँचे। थाने तक तो सन्नू आगे-आगे चला था, मगर थाने के सामने वह पीछे हो गया। थाने की बाउन्ड्री में ही ऑटोमेटिक गन लिए खड़े दो सुरक्षाकर्मियों ने उन्हें रोक लिया। उनकी तलाशी लेने के लिए एक आगे बढ़ा, किन्तु फिर खुद ठिठक गया। कुछ ज़्यादा तो उन्होंने पहना नहीं था और न कोई सामान ही उनके पास था। मगर पूछा, "क्यों आये हो?"

"थाने में शिकायत करने आये हैं, साहब!" इरमा ने जवाब दिया।

"अच्छा, जाओ अंदर!" वह सुरक्षाकर्मी मुस्कुराया। इरमा को वह भला आदमी लगा। इरमा ने सन्नू का हाथ पकड़ा और अपने साथ उसे खींचते हुए थाने के अंदर ले गई। थानेदार कुर्सी पर बैठे अपने सामने खड़े सिपाहियों से कुछ कह रहे थे। इरमा उनके सामने पहुँचते ही बोल पड़ी, "साहब, हमारी माई, बाबो को कोटरी नदी में तेंदूपत्ता-सेठ ने सवेरे से रोक रखा है। कुछ करो साहब!"

इरमा की आवाज़ सुनकर आस-पास के और भी सिपाही पास आ गये। थानेदार ने पूछा, "क्या तुम वहीं से आ रही हो?"

"नहीं साहब, ये सन्नू मामा वहाँ था, इसी ने खबर दी है!"

"क्यों सन्नू जी, तुमको नहीं रोका उन्होंने?"

"सरकार, औरतज़ात को नाच-गाने के लिए रोका है। सवेरे छोड़ देंगे, बोले!"

थर-थर काँपते सन्नू बोला, तो थानेदार ने ज़रा सख्त आवाज़ में कहा, "तो इसमें घबराने की क्या बात है? बात का बतंगड़ मत बनाओ। ऐसे भी बस्तरिया लोगों को नाच-गाने में बड़ा मज़ा आता है। थोड़ा मज़ा दूसरों को भी ले लेने दो!"

"साहब, मुझे लगता है, वहाँ कुछ ठीक नहीं हो रहा है। सन्नू मामा से पूछ लो!" निराश होती इरमा ने कहा। मगर सन्नू की तो घिग्घी बँध गई, जब थानेदार ने उससे पूछा, "क्यों सन्नूजी, वहाँ क्या गलत हो सकता है? किसी की जान जानेवाली है क्या?"

"मुझे नहीं मालूम सरकार, मगर किसी की जान...शायद मारपीट की तो कोई बात नहीं थी!"

"फिर भागो तुम दोनों यहाँ से। पुलिस का समय बरबाद कर रहे हो! थाने में और भी काम हैं। तुम लोगों की ज़रा-ज़रा सी शिकायतों पर ध्यान देने लगें तो फिर यह थाना ही बंद करना पड़ जायेगा!"

अब कि कोरसा सन्नू ने इरमा की कलाई पकड़ी और उसे थाने के बाहर खींचता हुआ ले आया। अनिच्छा से घिसटती इरमा थाने से बाहर आयी। उसने कोरसा सन्नू से कहा, "मामा, पुलिस तो कुछ करेगी नहीं, क्या तुम मेरे साथ नदी तक चलोगे?"

सन्नू ने साफ़ इनकार करते हुए अपना फ़ैसला सुना दिया, "इजेक जो आयना अद्द आयर (अब जो होना है होके रहेगा)! हम वहाँ जायें या न जायें। बस, सवेरे की बाट देखो!"

कोरसा सन्नू इरमा को उसके घर की बखरी तक छोड़कर लौट गया। अब इरमा का मन किया कि पेपी (बड़े पिताजी) हिंगा के घर जाये, मगर भरोसा नहीं था कि पेपी भी रात में उतनी दूर कोटरी नदी तक जाने को तैयार होगा। हताश इरमा को तब गुफ़ा-पल्टन वालों की याद आयी, मगर यह विचार भी उसे छोड़ना पड़ा। रात में उनके

स्थान तक, जहाँ वह कभी गई ही नहीं और उनके वहाँ होने का पक्का भी नहीं था, जाना बेकार था। फिर जंगल में भालुओं, तेंदुओं का खतरा अलग। क्या पता वह उन तक पहुँच ही न पाये! परेशान वह घर के अंदर चली आयी। चावल पकाने का इरादा छोड़ दिया। चूल्हे की आग बुझा दी। चटाई पर सिर पकड़े थोड़ी देर बैठी रही, फिर वहीं लेट गई। रात भर सपने में उसे तरह-तरह की आशंकाएँ चौंकाती, डराती रहीं।

~

यह बसंत का मौसम था और आमों में मनमाने बौर आ गये थे। बौर की भीनी-भीनी मीठी गंध जंगल में हवा के साथ लहरा रही थी, मगर आदिवासियों का जीवन अपने अनुभवों की कड़ुवाहट से बौखला रहा था। झाड़ियों में छिपे बैठे मर्दों से अब रहा नहीं गया। अपनी औरतों, बहनों, बेटियों और बहुओं का इस तरह चीरहरण होते देखना उन्हें नागवार गुज़रा। वे पांडव नहीं थे। उन्होंने कोई शर्त भी नहीं हारी थी। वे इतने सभ्य भी नहीं थे कि अपनी औरतों का जुआ खेलते। उन्होंने अपने छोटे-मोटे साथ रखे हथियारों पर मुट्ठियाँ कसीं और झाड़ियों से बाहर निकल आये। वे समूह में आगे बढ़ ही रहे थे कि अचानक बंदूकों की फ़ायरिंग की आवाज़ से ठिठक गये। गुफ़ा-पल्टन के चौदह-पन्द्रह जवान जाने कहाँ से निकलकर उस लीला-स्थल की ओर बढ़ने लगे। सेठ का छोकरा और उसके दोस्त भौंचक्क एक जगह खड़े हो गये। घबरायी अधेड़ औरतें पहले से ही एक जगह जमा थीं। हिड़मा भी इन्हीं में थी। वस्त्रहीन कर दी गयीं युवतियाँ अपने वस्त्रों के लिए इधर-उधर दौड़ीं। उन्होंने वस्त्र ढूँढ़ा, लपेटा और काँपती, काँखती, कुड़कुड़ाती मुर्गियों की तरह फिर एक अलग समूह में जमा हो गयीं।

गुफ़ा-पल्टन को अपने मुखबिरों से पता चल गया था कि आज कोटरी नदी के कछार में तेंदूपत्ता व्यापारी के बेटे द्वारा पार्टी दी जा रही है। माह भर पहले उन्होंने सेठ को घेरा था और मज़दूरी बढ़ाने की हिदायत दी थी। उससे अपने लिए त्वरित कुछ उगाही भी की थी। कुछ और बकाया भी था, जिसे सेठ ने बाद में देने की बात की थी। मगर वह तो आया ही नहीं और अपने छोकरे को उसके दोस्तों के साथ भेज दिया था। छोकरे ने उनकी अवहेलना करते हुए, उनसे सम्पर्क की ज़रूरत ही नहीं समझी और इस जंगल में अपनी पार्टी किये जा रहा था। जंगल में उठते धुएँ को देखते हुए, वे नदी की रेत पर चलते-चलते अब जाकर पहुँचे थे।

सेठ का छोकरा उन्हें देखते ही अपने बैग की ओर लपका, जिसमें उसने अपनी पिस्तौल छिपा रखी थी। वह बैग उठाने झुका और बैग की चेन खोल भी नहीं पाया था कि एक सनसनाती गोली आयी और उसके भारी-भरकम कूल्हे के एक हिस्से को चीरती हुई निकल गई। कूल्हे का लगभग एक किलो मटन उखड़ गया, मगर उसके फ़ुलपैंट ने उसे थामे रखा। छोकरा काँखता, चीखता कटे पेड़ की तरह धराशायी हो गया। उसके दोस्त उसकी तरफ़ लपके ही थे कि फिर फ़ायरिंग की आवाज़ ने उन्हें स्थिर कर दिया। गुफ़ा-पल्टन के लोग पास आ गये। आदिवासी मर्द भी अपनी औरतों

के पास आ गये। पल्टन ने उनसे उनकी मज़दूरी और बोनस के बारे में जानकारी ली। शहरी लड़कों को खूब तमाचे जड़े, फिर उन सबके हाथों को बाँधकर बिठा दिया। उनके सारे बैगों, सामानों की जाँच की। पिस्तौल और अन्य काम की चीज़ों को अपने बैग के हवाले किया। एक बैग में उन्हें नोटों की बहुत-सी गड्डियाँ मिलीं। उन गड्डियों में से कुछ को उन्होंने अपने पास रखा और बाकी मज़दूरों में बाँट दिया। फिर उन्होंने कड़ाहियों में रखे मटन, चावल का लुत्फ़ उठाया। उनसे बचे हिस्से को मर्दों, औरतों ने आपस में बाँट कर खाया। गुफ़ा-पल्टन ने जाते-जाते, शहरी लड़कों को चेताते हवा में एक-दो फ़ायर और किये, फिर जंगल में गायब हो गये। मर्दों ने अपनी औरतों, बहनों, बेटियों, बहुओं की सकुशलता पर संतुष्टि व्यक्त की और उस मनहूस जगह से जल्दी-जल्दी अपने गाँव-घरों की ओर बढ़ गये।

गुफ़ा-पल्टन के जाते ही शहरी लड़कों ने अपने बंधन खोले और सेठ के घायल छोकरे को उठाया। कछार से दूर कच्ची सड़क पर खड़ी अपनी कारों की ओर लपके। एक कार की पिछली सीट पर सेठ के छोकरे को पट्ट लिटाया और पास के थाने की ओर बढ़े। थाने में प्राथमिकी (एफ़आईआर) दर्ज करवायी कि नक्सलियों ने उन पर हमला किया था। उनके पच्चीस हज़ार रुपये, पिस्तौल आदि भी वे लूट कर ले गये। कुछ आदिवासी भी उनसे मिले हुए हैं!...तुरंत एक सरकारी खस्ताहाल अस्पताल में घायल छोकरे का प्राथमिक उपचार करवाकर वे अपने शहर की ओर लौट गये। दूसरे दिन पुलिस उस लीला-स्थल पर मौका-मुआयना करने पहुँची। वहाँ से लौटकर अपने-अपने गाँव-घर पहुँच चुके मर्दों को दोपहर में पकड़कर थाने ले आयी।

चाँटे, घूँसे, गाली और डर दिखाकर जब कुछ महत्त्वपूर्ण जानकारी हासिल नहीं हो सकी, तो थानेदार ने सभी को नक्सलियों का सहयोगी मानकर केस बनाया और स्थानीय न्यायालय में पेश कर दिया। न्यायालय से उन्हें दंतेवाड़ा जेल में भिजवा दिया गया। शाम को जब बंदियों के घर-परिवार के लोग थाने में मिलने आये, तब उन्हें वस्तुस्थिति का पता चला। सभी हताश, परेशान, टूटे हुए से घर लौटे। समझ नहीं आया कि अब वे करें तो क्या करें?

~

बंदियों में हूंगा भी था। दूसरे दिन हिड़मा, इरमा के साथ फड़मुंशी के घर गई। फड़मुंशी भोजन करने बैठ ही रहा था, इन्हें देखकर उसने बचने की कोशिश की। अपने घर के लोगों से कहा, "उन्हें कह देना कि मैं घर पर नहीं हूँ!" मगर इरमा ने फड़मुंशी की खटारा साइकिल परछी के कोने में खड़ी देख ली थी। मुंशी बिना साइकिल के बाहर निकलता नहीं था। इरमा को पक्का यकीन था कि फड़मुंशी घर पर ही है। उसने हिड़मा के कान में यह बात बतलायी। हिड़मा ने मुंशी की घरवाली से कहा, "ठीक है आतो (मामी), उनके आने तक हम यहीं बाट देखते हैं!"

छोटे-छोटे घरों-झोपड़ों में किसी का देर तक छिपा रहना सम्भव नहीं था। फिर

मुंशी को ज़ोरों की भूख लगी थी। वह खाना छोड़कर छिपा था। हार कर वह घर के पिछवाड़े के दरवाज़े से बखरी में निकला और घूमता हुआ सामने की परछी में यूँ प्रकट हुआ, गोया वह अभी-अभी बाहर से घर आ रहा हो! उसे देखते ही इरमा बोली, "अक्को (नाना), आपको तो मालूम है, मेरे बाबो को पुलिसवालों ने जेल भेज दिया है! वो तो बिलकुल सीधे-सादे हैं। उन्हें छुड़वा दो ना?"

"देख इरमा, और हिड़मा, तू भी सुन ले," मुंशी ने अपना बचाव करते हुए कहा, "मैं तो उसी दिन शाम को घर आ गया था। वहाँ बाद में क्या हुआ, मुझे नहीं पता। किसने क्या किया, किसने गुफ़ा-पल्टन को खबर की। पुलिस आख़िर सबसे सच उगलवाकर रहेगी। जेल से फिर कोरट (कोर्ट) में पेश करेगी, कोरट जो आखिरी फ़ैसला करेगा, उसी हिसाब से लोग छूटेंगे!"

"देख मामा," हिड़मा गिड़गिड़ायी। "हूंगा जैसा सीधा आदमी गाँवभर में नहीं है। वह चाहता तो तुम्हारे साथ ही शाम को गाँव लौट सकता था। उसे किसी ने रोका नहीं था। वह मेरी खातिर रुका और अब जेल में चला गया है। उसे जबरन धर लिया गया। तुम ही उसे अपने ठेकेदार और मालिक सेठ से कहकर छुड़ा सकते हो!"

"ठेकेदार और सेठ से मेरी भेंट अब अगले बरस ही होगी!" मुंशी ने दो-टूक कहना ही ठीक समझा। "फिर सेठजी के बेटे को गोली लगी है, वह अब मेरी क्या, किसी की भी विनती नहीं सुनेगा! उल्टे मुझे भी जेल भिजवा देगा। इसलिए मैं कहता हूँ, सब भगवान पर छोड़ो और जो हो सब अच्छा हो, ऐसी प्रार्थना अपने कुल देवता से करो, बस!"

निराश हिड़मा और इरमा फड़मुंशी के घर से लौट आईं।

भाग–2

विस्थापन

देश हुआ बेगाना

20

अगले हफ़्ते ही जैतराम दुग्गा की मृत्यु का एक साल पूरा होने जा रहा था। प्रेतकर्म की तैयारी करनी थी। हूंगा था तो कुछ आसान लगता था। अब वे दोनों माँ, बेटी क्या और कितना कर पायेंगी? फिर करें भी या न करें, इस विचार में भी तीन दिन गुज़र गये। अगले दिन अचानक बखरी का फाटक खोलकर देवदूत की तरह मामा कड़ियाम पनकू प्रकट हो गये। मामा को (समय पूर्व) आया देखकर मारे खुशी के हिड़मा के आँसू निकल गये। इरमा दौड़कर उनसे लिपट गई। बोली, "मामाल अब तुम कभी वापस मत जाना। मालूम है, बाबो को पुलिस ने दंतेवाड़ा जेल में बंद कर दिया है?"

"हाँ बेटी, उड़ती-उड़ती खबर सुनी। इसीलिए तीन दिन बाद आने वाला मैं, पहले आ गया।" पनकू मामा ने अपनी छोटी-सी गठरी कहीं रखने के लिए इरमा को दी और हिड़मा द्वारा लाये पानी से हाथ-मुँह धो लिया। एक गिलास पानी पिया। अभी वो ठीक से चटाई पर बैठ भी नहीं पाये थे कि हिड़मा ने पूछ लिया, "मामा, क्या दंतेवाड़ा जेल तुम्हारे पाहुरनार गाँव से, बारसूर से पास पड़ता है?"

हिड़मा के अंदर कोई तरल निर्णय अंगड़ाई लेता उठा और उसके कंठ में आ चिपका था। पनकू मामा ने कहा, "हाँ, इधर के मुकाबले तो बहुत ज़्यादा पास है। मुश्किल से आधा दिन का पैदल रास्ता है।"

गाँव में आते ही मामा सक्रिय हो गये। गाँव के ज़्यादातर मर्द जो तेंदूपत्ता तोड़ाई में जाते थे, जेल में बंद थे। बाकी मर्दों को जोड़कर, जिनमें पटेल, पेरमा और हूंगा के बड़े भाई हिंगा का सहयोग लेकर उन्होंने किसी तरह अपने जीजाजी का प्रेतकर्म-संस्कार पूरा करवाया। हिड़मा संतुष्ट हुई कि उसके पिता को परलोक में सद्गति ज़रूर मिल गयी होगी।

रात में हिड़मा ने मामा से याचना भरे स्वर में कहा, "मामा, अब इस गाँव में मन नहीं लग रहा। वहाँ तुम तो अकेले हो ही, अब हम भी यहाँ 'अकेले' पड़ गये हैं। अब कि हमें भी अपने साथ ले चलो! वहाँ से इरमा के बाबो का हाल-चाल जानना आसान भी होगा!"

पनकू मामा तो पहले से यही चाहते थे। अगले दिन वे जाने की तैयारी में जुट गये। सुबह-सुबह वे इरमा के साथ बकरियों, मुर्गियों को लेकर नारायणपुर के स्थायी

बाज़ार गये। शाम तक उस बाज़ार में उचित मूल्य पर जितने प्राणी बिक सकते थे, बेचे। अगले दिन कोलार गाँव का साप्ताहिक बाज़ार था, वे वहाँ भी गये। यह बाज़ार छोटा था और ज़्यादा नकद लेकर लोग आते भी नहीं थे। जो थे वो मजबूरी का फ़ायदा उठाकर औने-पौने में सौदा करना चाहते थे। कुछ ऐसे भी ग्राहक (बने लोग) थे, जिनकी जेब में फूटी कौड़ी भी नहीं थी, मगर बड़ा भाव-ताव करते रहे और जब रुपये निकालने की बात आयी तो दाँत निकाल दिये। उनका यह मज़ाक मामा और इरमा को बुरा लगा।

वे कोलार से लौट आये। इरमा ने लौटकर एक बकरी और उसके तीन मेमनों को बड़े पिताजी हिंगा को सौंप दिया। कहा, "पेपी, अगर कभी लौटना हुआ तो मैं एटी[62] और एटपीला[63] को ज़रूर देखना चाहूँगी!"

लेकामी हिंगा ने हँसकर भतीजी को हामी भरी। हिंगा खुश था कि छोटे भाई के परिवार के विस्थापन से उसे बड़ा घर (हालाँकि यह भी बिना पट्टेवाला था और अभी सरकार ने इस इलाके में इस ओर ध्यान ही नहीं दिया था), बखरी और कुछ बकरियाँ मुफ़्त मिल रही थीं। मगर छोटे भाई के जेल जाने का उसे भी दुख था। गनीमत थी कि वह और उसकी पत्नी तेंदूपत्ता तोड़ाई में नहीं जाते थे।

कोशिश के बावजूद जब वाज़िब कीमत में सभी बकरियाँ और मुर्गियाँ नहीं बेची जा सकीं, तो हिड़मा ने कहा, "मामाल, घर में पाले-पोसे जीव हैं, ऐरे-गैरे को औने-पौने में देने का मन नहीं करता। जो यहाँ नहीं बिक पाये उन्हें पाहुरनार ले चलेंगे या रास्ते में हो सके तो बेच देंगे। मुर्गियों को मैं बाँस की बड़ी टोकरी में रख लूँगी, आठ-नौ ही तो बची हैं। बकरियाँ भी अब सिर्फ़ सात बची हैं। उन्हें हाँकते हुए ले चलेंगे।"

माँ के प्रस्ताव से इरमा ज़्यादा खुश हुई। बोली, "मेरी बकरियाँ, मैं हाँकते-चराते ले चलूँगी, याया!"

और अगले दिन अलसभोर में जब सुकवा तारा अपनी सर्वाधिक चमक के साथ आकाश में जगमगा रहा था, मगर धरती पर न खूब उजाला था, न खूब अँधेरा। सुरमई उजाले और चम्पई अँधेरे के उस काल में ये तीनों अपने ज़रूरी सामानों की तीन गठरियों (जिनमें कपड़े-लत्ते, राशन-पानी और नकद रकम थी), बकरियों, मुर्गियों और पत्थर के अपने छोटे से कुलदेवता के साथ निकल पड़े। हिड़मा अपने कुलदेवता से नाराज़ तो थी, क्योंकि उसने उसके पति की रक्षा नहीं की थी और उसे जेल जाना पड़ा था, फिर भी इस विचार से कि कुलदेवता को बाद में भी देखा (और उसके बारे में सोचा) जा सकता है, उसने उसे गठरी में जगह दे दी थी।

~

62. बकरी 63. बकरी का बच्चा, मेमना

जैसे-जैसे वे आगे बढ़ते गये, जंगल और घना होता गया। बेचारी बकरियों को, जो इस पथ पर पहली बार चल रही थीं, और जिन्हें नहीं मालूम था कि कहाँ जाना है, वे खूब दायें-बायें होती रहीं। इरमा अपने सिर पर रखी गठरी के साथ उनके पीछे कभी चलती, कभी दौड़ती रही। जब वे गढ़बंगाल पहुँचे तो बड़ों के साथ वह भी थक कर चूर हो चुकी थी। शाम भी हो रही थी।

इरमा ने गढ़बंगाल का नाम तो सुना था और सोचती थी कि कोई बड़ा भारी इलाका होगा! नारायणपुर से छोटा तो नहीं ही होगा। मगर उसकी कल्पना के विपरीत वह एक छोटा-सा गाँव निकला। पनकू मामा ने उसे बतलाया, "यह गाँव छोटा ही सही, बड़ा प्रसिद्ध हो गया है। तुमने चेंदरू का नाम तो सुना होगा? जो शेर के बच्चे को पाले-पोसे था और उसके साथ ही खुद भी बड़ा हुआ था। उसकी, और भी जंगली जीवों से दोस्ती थी। उस पर तो 'सलिमा'[64] भी बना है। मैंने तो नहीं देखा, पर उसके बारे में सुना है।...अब तो वह बूढ़े और कमज़ोर हो गये हैं और जगदलपुर के अस्पताल में भर्ती हैं। मगर उनके साथ सलिमा में काम करनेवाले एक साथी को मैं जानता हूँ—पंडीराम मंडावी। वो यहीं रहते हैं और उनसे मेरी जान-पहचान है। इस रास्ते कई बार आते-जाते उनसे भेंट हुई है। वो लकड़ी के बड़े कारीगर हैं। लकड़ी से जानवर, पंछी, मछली, बेलपत्री और न जाने क्या-क्या बना लेते हैं। अपनी कारीगिरी के चलते वो परदेस भी घूम आये हैं। शहरों में लोग उनको बड़ा मान देते हैं।"

इरमा ने उत्सुकता से पूछा, "मामा, आज रात जब इसी गाँव में रुकना है तो उनसे भेंट होगी?"

"हाँ, अगर वो शहर न गये हों तो उनसे ज़रूर भेंट हो सकती है। फिर हमारा तो आज उन्हीं के यहाँ डेरा होगा। उनके घर के लोग भी मुझे जानते हैं। ज़रूर थोड़ी जगह दे देंगे!"

पंडीराम मंडावी ने अपनी कला से अच्छी कमायी की थी। इस जंगल में उनका घर छोटा ही सही, पक्की ईंटों का बना था। घर के आगे-पीछे बहुत जगह थी। घर के सामने इमली का बड़ा भारी पेड़ था। भरी गर्मी में भी उसके नीचे आराम से बैठा जा सकता था। माँ, बेटी अपनी बकरियों, मुर्गियों के साथ उस पेड़ के नीचे ऐसे आ विराजीं कि अगर मंडावी परिवार ने उन्हें अंदर जगह नहीं दी तो वे वहीं रात काट लेंगी। पनकू मामा ने आगे बढ़कर दरवाज़े पर हाँक लगाई, "मंडावी दादाल, लोन मंतोर (मंडावी भैया, घर पर हैं)?"

मंडावी जी घर पर ही थे, बाहर आये। इरमा ने गौर किया, वह भी उसी की तरह गोरे थे। उन्होंने नीले रंग की कमीज़ और आधी धोती लपेट रखी थी। उनके सिर पर पंछा भी लपेटा हुआ था। वह पनकू मामा को देखते ही खुश हो गये। बोले, "अभी-अभी ही तो मैं अपनी फ़ैक्ट्री (कार्यशाला, जहाँ वह लकड़ियों पर आकृतियाँ उकेरते

---

64. सिनेमा, फ़िल्म

थे) से लौटा हूँ। आप तो जानते ही हैं, रास्ते में ही है। मेरी लूना भी बाहर ही खड़ी है, जिसे मैं अंदर करने ही वाला था।...ये माई लोगन कौन हैं?''

पनकू मामा ने उनसे सेवाजोहर की और हिड़मा, इरमा का परिचय दिया। साथ ही बतलाया कि सब पाहुरनार जा रहे हैं। बकरियों और सामानों के कारण उन्हें जगह-जगह पड़ाव करते जाना है। आज पहले पड़ाव में आपके गढ़बंगाल में रुकना होगा!''

मंडावी के चेहरे पर और ज़्यादा खुशी उभरी। बोले, ''मेरा एक कमरा मेहमानों के लिए ही खाली पड़ा रहता है। आप लोग उसमें रुक जाइये। बकरियों को घर के पीछे वाले हिस्से में छोड़ दीजिए। उन्हें बाँधने की ज़रूरत नहीं है, पीछे दीवार है, सभी सुरक्षित रहेंगी। मायतु[65] को मैं भोजन के लिए कह देता हूँ।...आप लोग बहुत थक गये होंगे, आराम कीजिए। भोजन तैयार होते ही सब साथ खायेंगे।''

मगर पनकू मामा, पंडीराम के साथ इमली के पेड़ के नीचे प्लास्टिक की कुर्सी लगा के बैठ गये। हिड़मा पंडीराम के पाँव छूकर उनकी मायतु का हाथ बँटाने उसकी रसोई में चली गई। इरमा थोड़े असमंजस में थी कि वह किधर जाये? पंडीराम को देखकर उसे अच्छा लग रहा था। गाँव-स्कूल में साथी उसे 'भूरी' कहकर चिढ़ाते थे, तो उसे बहुत बुरा लगता था। वह भगवान से प्रार्थना करती थी कि उसका भी रंग औरों जैसा हो जाये, जो उसके बस में नहीं था। नारायणपुर में भी उसने बहुत से लोगों को अपनी रंगत का पाया था, मगर वे आदिवासी नहीं थे। आज एक आदिवासी कारीगर को अपने जैसा पाकर उसे बड़ा संतोष हुआ। उसने पंडीराम के पाँव छुए, उनका आशीर्वाद लिया और अपनी याया के पीछे चली गई, जहाँ भोजन की तैयारी हो रही थी।

खाना बनते तक पनकू मामा और पंडीराम इमली के पेड़ के नीचे बैठे-बैठे महुआ का सोमरस लेकर दुनिया-जहान की बातें करते रहे। पंडीराम ने विभिन्न देशों और इस देश के विभिन्न शहरों में अपनी काष्ठ कला की प्रदर्शनी, वहाँ के लोगों और अपने अनुभवों की चर्चा की। पनकू मामा ने अपने सीमित क्षेत्र के अनुभव के साथ यहाँ की ज़मीनी-हकीकत की बात की। दोनों बस्तर पर आकर ठिठक गये। यहाँ के वर्तमान लक्षण देखकर दोनों चिंतित लगे। दोनों एकमत थे कि जंगल में अब भीतरी जानवरों से ज़्यादा बाहरी लोगों से खतरा खड़ा हो रहा है!

पंडीराम की मायतु ने अपने घर का एक बड़ा मुर्गा मारकर सब्ज़ी बना ली थी। सबके खाना खाने बैठने से पहले उसने इन सोमरसियों के लिए चखना के तौर पर दो कटोरियों में चिकन के कुछ टुकड़े इरमा के हाथों भिजवाये। इन दोनों ने चिकन के स्वाद के साथ एक-एक गिलास और महुआ मारा, फिर भोजन के लिए घर के अंदर चले आये। अपने तीनों मेहमानों के साथ पंडीराम ने भोजन किया। मेहमान बुरी तरह थके हुए थे, इसलिए खाकर जल्दी सो भी गये। पंडीराम की मायतु ने अपने लड़के के साथ, जो देर रात कहीं से घर पहुँचा था, रसोई का बचा काम निपटाया और अंत में खाना खाया।

---

65. पत्नी

सुबह-सुबह पास से ही लकड़ी काटने की आवाज़ सुनकर इरमा जल्दी उठ गई। वह कमरे से बाहर निकली तो देखा, पंडीराम का लड़का, जो उसे कल दिखायी नहीं दिया था, जलावन की सूखी लकड़ियाँ टाँगी से काट रहा था। पंडीराम पास ही टहल रहे थे। सुबह का धुँधलका अभी पूरी तरह छँटा नहीं था। इरमा धीरे-धीरे पंडीराम के पास पहुँची। झुककर उनके पाँव छुए और पूछा, ''आजो, मैं चेंदरूजी वाले सलिमा की फ़ोटो देखना चाहती हूँ! कल उसके बारे में मेरे आजो (पनकू मामा) बात कर रहे थे। आप भी तो उस सलिमा में काम किये थे ना?''

पंडीराम प्रफुल्लित अपने कमरे में गये और एक बड़ा-सा एल्बम निकालकर ले आये। सुबह का उजाला धीरे-धीरे फैलने लगा था। इरमा उत्सुक नज़रों से एक-एक तस्वीर पर नज़र गड़ाये रही। चेंदरू और शेर, चेंदरू और हिरण, चेंदरू और दूसरे जंगली जानवर। नदी किनारे सभी खेलते, मस्ती करते, बाहरी दुनिया से अनजान, जीवन-रस लेते, बड़े मोहक लग रहे थे। कुछ फ़ोटो में पंडीराम भी थे।

सारी तस्वीरें देख लेने के बाद इरमा बोली, ''आजो, आगे कभी मैं इधर आयी तो आप मुझे नदी किनारे की वे सब जगहें दिखाना। अपनी फ़ैक्ट्री भी और अपना काम भी। और कभी मेरा जगदलपुर जाना हो सका तो मैं चेंदरूजी से भी मिलूँगी, पर अभी तो सब मुश्किल लगता है। पता नहीं वहाँ सब जगहें कितनी दूर और कितनी पास हैं? ये गढ़बंगाल...इसके बाद... ?''

इरमा की बातें सुन पंडीराम का दिल स्नेह से भर गया। बोले, ''नोनी, इस घर को अपना ही समझना। जब भी इधर आना, तुम्हारा स्वागत है। इस गढ़बंगाल के बाद तुम्हें छोटे डोंगर, धौड़ाई, फिर कन्हार गाँव, फिर तुमड़ी गुड़ा जाना होगा। तब पाहुरनार आयेगा। यदि बारसूर होके जाना हो तो फिर तुम्हें इन्द्रावती नदी पार करनी होगी!''

इरमा के पीछे-पीछे हिड़मा और पनकू मामा भी उठ गये थे। सुबह की प्राथमिकी के बाद कुछ खा-पीकर तीनों आगे जाने को तैयार हुए। जाने के पहले माँ-बेटी ने फिर पंडीराम के पाँव छुए। हिड़मा ने कहा, ''मामाल, आपकी किरपा से कल की रात अच्छी बीती। हमारे पास कुछ कुकड़ा-कुकड़ी हैं, मैं सबको यहीं छोड़े जाती हूँ! मना मत करना, मेरा बोझ भी हल्का हो जायेगा!''

पंडीराम की मायतु पीछे आकर खड़ी थी। बोली, ''मियाड़, रात को कुकड़ा खिलाया, इसका बदला देना चाहती हो? यह न होगा।''

हिड़मा असमंजस में पड़ गई, तो इरमा ने मोर्चा सँभाला। बोली, ''काको (नानी), कल आप लोगों ने हमें कुकड़ा खिलाया, हमने मना किया क्या? हमारे ना-ना करने पर भी आपने हमको और साग परोसा। हमने ले लिया। अब आप मना कर रहे हैं, यह ठीक है क्या?''

नयी बनी नानी माँ ने इरमा को अपनी बाँहों में समेट लिया। उसका माथा चूम कर बोली, ''अच्छा चलो, एक कुकड़ा छोड़ जाओ।''

हिड़मा ने एक मुर्गी और एक मुर्गा मंडावी की घरवाली के दोनों हाथों में थमा दिया। वह इनकार न कर सकी। अपने ही कारणों से बंधन में फँसे योद्धा की झुँझलायी मुस्कान के साथ उसने उन मेहमानों को बिदा किया, ''हो सके तो फिर आना मियाड़, हम बाट देखेंगे!''

21

गढ़बंगाल से निकलकर उन्होंने छोटे डोंगर में बस्तर के प्राचीन मन्दिर में देव दर्शन किये। थोड़ा रुके और आगे बढ़ गये। पनकू मामा धौड़ाई गाँव से निकल जल्दी से अगले गाँव में पहुँच जाना चाहते थे। मगर इरमा की बकरियों के नेतृत्व में, कभी आगे कभी पीछे चलते वे सच में पिछड़ गये। उन्हें धौड़ाई से आगे के जंगल में रात बिताने को मजबूर होना पड़ा। फिर शाम के धुँधलके में इरमा का एक पैर ताज़े गोबर पर जा पड़ा था और वह खिसियायी-सी मामा से बोल पड़ी थी, ''और नहीं चलना मुझे। शाम हो गई है और मेरा पैर भी गंदा हो गया है।'' पनकू मामा ने उसका गंदा पैर देखा तो चकित हुए, इधर कोई गाय, बैल तो हैं नहीं, गोबर कहाँ से आ गया! दूसरे जंगली जानवरों का यह मल तो हो नहीं सकता! खैर, वे रात्रि-विश्राम के लिये उपयुक्त जगह की तलाश कर ही रहे थे कि मामा को रास्ते से हटकर दूर एक झोपड़ी नज़र आयी, जिसमें एक लालटेन जल रही थी। वे उस दिशा में अकेले लाठी लेकर बढ़े।

उस जंगल में यह अकेली झोपड़ी थी। झोपड़ी में जलती अकेली लालटेन के उजाले में उन्होंने देखा, एक औरत बाँस की कच्ची दीवार पर खूँटी में टँगी थैली के पास अगरबत्ती जलाकर गुमसुम खड़ी है और ज़मीन पर एक आदमी मौन-साधे, आँखें मूँदे, शायद प्रार्थना कर रहा है! पनकू मामा ने आते-जाते कभी यह झोपड़ी नहीं देखी थी। शायद हाल ही में और जल्दबाज़ी में इसे बनाया गया लगता था।...मगर ये लोग हैं कौन, जंगल के अंदर अकेले?

''जय बुढ़ादेव...सेवाजोहर!'' पनकू मामा ने थोड़ी प्रतीक्षा के बाद, अपनी उपस्थिति का संकेत देते हुए आवाज़ लगायी। झोपड़ी से वे दोनों ही बाहर आये। उन्होंने चकित और भयभीत नज़रों से मामा को देखा। परिचित तो कोई था नहीं, फिर भी औरत झट झोपड़ी में गई और एक लोटे में पानी भर लायी। आदमी ने मामा से नज़रें चुराते जैसे-तैसे इतना पूछा, ''बद बुम ता आन्दी रा दादा (कौन गाँव के हो भैया)?''

''पाहुरनार का हूँ। देवगाँव से वापस लौट रहा हूँ। मेरे साथ माईलोगन भी हैं। रात हो रही है। हमें रात रुकने के लिए जगह चाहिए थी। आपकी झोपड़ी नज़र आयी तो इधर चला आया।...मगर घर इतना अलग-थलग क्यों बनाया है?'' मामा ने कहा। मगर उनके प्रश्न का कोई उत्तर नहीं मिला। मामा थोड़े परेशान हुए, मगर अपनी रुकने की इच्छा दोहरा दी, ''तम बालोछो काइ की (तुम कुछ बोलते क्यों नहीं)?...हमें रात आप लोगों के पास गुज़ारनी है। आपकी अनुमति हो तो हम आपके घर के आस-पास रहकर भी एक रात गुज़ार लेंगे! एक तो रात, फिर घना जंगल, फिर माईलोगन, बकरियाँ भी हैं थोड़ी-

सी। यहाँ आप लोगों की संगत में रात किसी तरह कट जाये तो सुबह आगे चल पड़ेंगे।''

औरत और आदमी ने एक-दूसरे से आँखों-आँखों में बात की, फिर दोनों का सिर 'हाँ' में हिला। यूँ भी वे 'न' कर नहीं सकते थे, क्योंकि वे स्वयं यहाँ-वहाँ के जंगलों में बिना किसी की इजाज़त के झोपड़ी बनाते-उजाड़ते भटक रहे थे। उन्हें किसी चीज़ का, किसी वक्त का इंतज़ार था और जो फ़िलहाल उनसे बहुत दूर लगता था।

पनकू मामा ने ज़ोर से हिड़मा, इरमा को वहाँ आने के लिए पुकारा। थोड़ी देर में वे आ भी गईं। उस एक कमरे वाली छोटी-सी झोपड़ी के दम्पति ने इन तीन लोगों को, फिर उनके जानवरों को, फिर उनके सामानों को देखा तो जितनी सहानुभूति जागी, पास में उतना सामर्थ्य न पाकर शर्मिन्दगी महसूस की। उन्होंने शाम को ही रूखा-सूखा भोजन कर लिया था और कुछ बचा भी नहीं था। झोपड़ी के बाहर चूल्हा बनाने के लिए हिड़मा पत्थरों की तलाश कर रही थी, उसे देख उस औरत ने कहा, ''दीदी, तुम अपना भोजन घर के अंदर के चूल्हे में ही बना लो। खाली तो पड़ा है। हमारा तो खाना भी हो चुका।''

हिड़मा घर के अंदर खाना बनाने लगी तो मामा ने आदमी से एक बाल्टी पानी माँगा। उस पानी से इरमा ने अपने पैर को खूब रगड़-रगड़ कर धोया। फिर झोपड़ी में सबके साथ आकर बैठ गई। मामा ने सारी बकरियों को एक ही रस्सी में थोड़ी-थोड़ी दूरी पर बाँधकर झोपड़ी से लगे एक पेड़ के तने से जोड़ दिया। औरत ने पलाश के पत्तों में 'चार' लाकर भूखी इरमा को दिये और बोली, ''खा मियाड़, हमारे पास तुरन्त अभी कुछ खाने को देने लायक नहीं है!''

चार पाकर इरमा बेहद खुश हो गई। चार फल का मौसम था, मगर उसे रास्ते में कहीं उसकी झाड़ियाँ दिखायी नहीं दी थीं, और ये देखो अचानक...! चार खाते उसने औरत का एहसान माना और पूछा, ''कुचो (मौसी), इधर चार की झाड़ी किधर है?'' तो औरत ने बताया कि यहाँ से पाँच मील दूर जंगल में है।

धीरे-धीरे औरत और आदमी पहले इरमा से, फिर हिड़मा से, फिर पनकू मामा से खुलते चले गये। जब ये तीनों भी खा-पीकर विश्राम करने को हुए तो मामा के आग्रह पर उस आदमी ने अपनी खामोशी तोड़ते हुए, अटक-अटक कर अपनी इस स्थिति में पहुँचने की कथा की सुनायी। सुनाते-सुनाते उस आदमी का गला कभी-कभी भर्रा जाता, मगर क्रोध और घृणा का आंतरिक आवेग उसकी आद्रता को उड़ा भी ले जाता। औरत जो उस कथा की एक पात्र थी, उसकी आँखों से कभी-कभी दर्द की एक सिहरन उठती और उसके मुँह से रुदन की शक्ल में एक 'ठसक' गूँज उठती।... 'इनका भी दुख हमसे कम नहीं है!' हिड़मा ने सोचा और उस औरत के अधिक करीब सरक आयी। फिर उसके सिर को थोड़ी देर अपनी छाती से लगाए रखा। इरमा भी करीब आ गई, मानो कह रही हो—मत रो कुचो!...पनकू मामा ने अपनी चोंगी सुलगा ली और ध्यान से उस आदमी की आपबीती सुनने लगे।

~

"...हम लोग मुलमुला गाँव के हैं। मुलमुला...कोंड़ागाँव के पास पड़ता है। हो सकता है कि आपका कभी उधर जाना नहीं हुआ हो।...हमारा एक लेका (लड़का) था। डिगेश्वर नाम था उसका। हमारी जिनगी था वह। उसकी उमर चौदह साल की तो हो ही गई थी।...एक दिन गाँव में ही एक घर में शादी थी। गाँव की उस बारात में डिगेश्वर अपने दोस्तों के साथ चला गया था। देर रात को सब अपने घर लौट आये, मगर हमारा लेका नहीं लौटा। सवेरे मैंने उसके साथ गये दोस्तों से पूछताछ की। पहले तो उन्होंने अनजान बनने की कोशिश की, मगर बाद में सच बता ही दिया।

"उस दिन गाँव के ही एक लेका कैलाश ने अपने दोस्तों को बताया कि पटेल पंडरू की बाड़ी में कलिन्दर (तरबूज) लगे हुए हैं।...ये सभी लोग रात को पंडरू की बाड़ी में चले गये। मगर पंडरू ने अपनी बाड़ी में जानबूझकर बिजली का तार खुला रख छोड़ा था, जिसका करेंट मेरे लेका को लग गया। बाकी लेका लोग वहाँ से भाग खड़े हुए। मैं पटेल पंडरू की बाड़ी में पड़ताल करने गया तो मेरे लेका की लाश भी नहीं मिली। पंडरू के दोनों बेटे सुकमन और गौकरन मुझसे बोले कि उनकी बाड़ी में कोई आया ही नहीं! हम दोनों कुछ दिन परेशान फिरते रहे, फिर कोंड़ागाँव थाने में रपट लिखवा दी। मगर पुलिस ने कुछ नहीं किया।

"बाद में मुझे पता चला कि भोगली के जंगल में एक लाश टुकड़े-टुकड़े में पड़ी है। लाश को काटा गया था और जलाया भी गया था। सिर के भी टुकड़े-टुकड़े करने की कोशिश की गई थी, मगर सिर जलाने पर भी ठीक से जल नहीं पाया था। मैं अपने लेका के सिर को पहचान गया।...कैसे नहीं पहचानता, बेटा था मेरा। मैंने सिर के सब टुकड़े बीने और फिर थाने गया। उनको बताया, तो भी पुलिस ने किसी को नहीं पकड़ा। अपराधी हमारी आँखों के सामने गाँव में घूमते रहे। मेरा और सोनमती (पत्नी) का दिल तड़पता रहा। हमने कसम खायी कि जब तक लेका के अपराधी को सज़ा नहीं हो जायेगी, हम लेका के सिर को ठंडा नहीं करेंगे।

"गाँव के लोग भी पंडरू के साथ हो गये थे। वह अमीर आदमी था और मैं मज़दूर ठहरा। गाँववाले हमको लेका की हड्डियों को ठंडा करने के लिये कहने लगे, नहीं तो गाँव छोड़ने को कहा। हमने गाँव छोड़ दिया। गाँव के पास ही जंगल में अलग झोपड़ी बनायी, वहीं रहते रहे। सुबह-शाम अपने डिगेश्वर की हड्डियों को अगरबत्ती जला पूजते रहे, ताकि अपने प्रण को न भूल जायें। मगर गाँववालों ने वहाँ आकर भी तंग करना शुरू कर दिया, तो हम दूसरी, तीसरी जगह बदल-बदलकर रहते रहे।

"जब भी कोंड़ागाँव में कोई नया थानेदार, एसपी साहब आते, हम दोनों फिर विनती करने पहुँच जाते। कितने ही साहब आये, मगर हमारे डिगेश्वर के अपराधियों को सज़ा नहीं मिल पायी।...हमारे लेका की आत्मा भटक रही है। हमारा दिल तड़प रहा है।...फिर भी, हमें आज भी उम्मीद है कि एक दिन ज़रूर कोई अच्छा साहब आयेगा और हमारे लेका के अपराधियों को दण्ड देगा!...साल-पर-साल गुज़रते जा रहे हैं, मगर भगवान और जितनी प्रतीक्षा करायेगा, हम करेंगे।...हम तब तक मरेंगे भी नहीं!"

आख़िर में एक लम्बी साँस छोड़कर उस आदमी ने अपनी बात पूरी की। उसकी पत्नी फफक कर रो पड़ी। हिड़मा ने उसे फिर ढाढ़स बँधाया। बोली, ''ज़रूर एक दिन तुम्हारी इच्छा पूरी होगी, बहिन!...इदंम बदंम आयर, नुल्पे ता नुल्पे मंदर, अन नरकाय बदंम आयो (ऐसे कैसे हो सकता है, कि रात ही रात रहे और बिहान न हो)!''

अपनी आपबीती कह डालने के बाद वह आदमी हल्का और सहज नज़र आया। पनकू मामा ने अपनी बंडी की जेब से दो बीड़ी निकालीं, सुलगायीं और एक उस आदमी को देकर, उसका दुखड़ा कम करने के निमित्त अपनी, अपनी सगी बेटी, दामाद और नाती के इन्द्रावती में डूबने और अब भाँजी, हिड़मा, हूंगा की बीती बात बताने लगे। देर तक सभी एक-दूसरे को सुनते-सुनाते, हुँकारू भरते, संवेदना प्रकट करते जागते रहे। इरमा इस बीच दीवार पर लटकती पोटली को और उसके नीचे खोंसी गई अगरबत्ती को, जो कब की बुझकर राख हो गई थी, देखती रही। उसे एक बार लगा, जैसे पोटली के अंदर से डिगेश्वर उसे देख रहा है...''अच्छा, तो तुम मेरे घर आयी हो! मेरा घर... ? तुम्हारा घर... ? दण्डकारण्य में किसी का घर स्थायी नहीं होता। लोग यहाँ बसते हैं, उजड़ने के लिए! मगर मैं जैसा गया, ऐसे तुम जाना नहीं चाहोगी!''

इरमा सोचते-सोचते सो गई, बाकी लोगों के पहले सो गई। मगर जब वह जागी तो उसके पहले सभी जाग चुके थे। किसी ने उसकी नींद में खलल पैदा नहीं की थी। पनकू मामा ने भी नहीं, जिन्हें अपने गाँव पहुँचने की जल्दी थी। बस एक और पड़ाव... या शायद वह भी नहीं, और पाहुरनार! अपनी टाँगों से तो वह कल ही वहाँ पहुँच गये होते, मगर यह यात्रा तो माईलोगन और बकरियों की टाँगों से हो रही थी।

जब वे बिदा होने लगे तो उस आदमी ने कहा, ''अच्छा हुआ बुड़गाल[66] जो आप यहाँ रुक गये। कल से इधर के जंगल में गंवर[67] की टोली घूम रही है। कल ही दोपहर को मैंने आठ गंवर को नाले के किनारे-किनारे घूमते देखा था।''

पनकू मामा चकित होकर बोले, ''तभी तो मैं सोचूँ कि नोनी इरमा के पाँव में इतना गोबर कैसे फदफदा गया! दूसरे जानवर तो ऐसा गोबर करते नहीं।...आपने हमें अपने घर पर आश्रय दिया, इसके लिए बहुत-बहुत सेवामान[68]!''

हिड़मा ने सोनमती से बिदा लेते हुए कहा, ''हेलाड़,[69] एक दिन ज़रूर तुम्हारी इच्छा पूरी होगी। कहते हैं कि भगवान की चक्की चलती भले धीरे है, मगर पीसती बहुत बारीक है!'' तभी इरमा ने हिड़मा के कान में कुछ कहा तो हिड़मा ने अपनी मुर्गियों की टोकरी से एक मुर्गी निकालकर सोनमती की ओर बढ़ाई। मगर सोनमती ने साफ़ इनकार कर दिया। कहा, ''हेलाड़, जब तक हमारा प्रण पूरा नहीं होगा, हम मांस, मंद, ताड़ी, सल्फी, लांदा का भी उपयोग नहीं करेंगे! क्षमा करना, हेलाड़!''

तब पनकू मामा ने अपनी गठरी से तम्बाकू के पत्ते निकालकर आदमी को दिये और कहा, ''अब इसे भी मना मत करना, हमें अच्छा नहीं लगेगा!''

---

66. बुजुर्गवार 67. गौर, जंगली भैंसा 68. धन्यवाद 69. बहन

आदमी ने अपनी औरत की तरफ़ देखा, फिर दोनों के चेहरों पर बरसों बाद एक बारीक-सी मुस्कान थिरकी। उन्होंने पत्ते स्वीकार कर लिये। और फिर जब इरमा ने आगे बढ़कर उन दोनों के पाँव छुए, तो उनके अंदर किसी आत्मीय आनंद का ठहरा हुआ दरिया फूट पड़ा। उन्होंने बारी-बारी से इरमा को अपने शरीर से ऐसे भींच लिया, गोया वह उनका बेटा डिगेश्वर ही हो!

22

पनकू मामा के लाख चाहने के बावजूद उनके सफ़र की गति बढ़ नहीं पायी, बल्कि गई रात में पर्याप्त नींद और विश्राम के बिना और धीमी हो गई थी। वे तुमड़ीगुड़ा तक भी नहीं पहुँच पाये थे कि फिर शाम घिर आयी। आस-पास कोई आबादी भी नहीं थी। हारकर उन्होंने रास्ते के किनारे एक साफ़ जगह चुनी और एक और रात गुज़ारने को विवश हुए। हिड़मा ने ज़मीन में कुछ पत्थर जोड़कर चूल्हा बनाया। पनकू मामा आस-पास से सूखी लकड़ियाँ बटोर लाए। चूल्हा जलाकर हिड़मा ने देगची में चावल चढ़ा दिए। इरमा ने एक लम्बी रस्सी से बकरियों के गले में बँधी छोटे पट्टे जैसी रस्सी में सबको समेटकर पास के एक पेड़ से बाँध दिया। सभी बकरियाँ अपने गले में लटकती रस्सी की लम्बाई तक आज़ाद थीं। रास्ते भर चरते, मुँह मारते आने से बकरियों का पेट भरा हुआ था, मगर वे भी थक गयी थीं। पेड़ के नीचे वे सभी बैठ गईं और मनुष्यों को अपने पेट का जुगाड़ करते देखती रहीं। मुर्गियाँ अपनी बड़ी-सी टोकरी में, जिनके पाँवों में रस्सी पड़ी थी, सिमटी खड़ी रहीं। टोकरी ज़मीन पर रखे जाने पर इरमा ने उन्हें दाना और पानी दिया। वे आपस में टकरातीं, कुड़कुड़ातीं दाना-पानी चुगने लगीं। दुनिया से उनको कोई मतलब नहीं था। जब तक वे मर या मार नहीं दी जाती थीं, ज़िंदा रहती थीं और कुड़कुड़ाया करती थीं। उनके और मनुष्य के कुड़कुड़ाने में अंतर था। मनुष्य अपनी निराशा, असफलता और दुख में कुड़कुड़ाता है, जबकि मुर्गियाँ अपनी खुशी में भी कुड़कुड़ाती हैं।

जब चावल पक गए तो तीनों ने, साथ रखी इमली की चटनी, नमक और मिर्च के साथ खाया। दो चादरें बिछायीं। अपने देवों का स्मरण किया, फिर एक में पनकू मामा और दूसरे में माँ-बेटी सो गये। मगर मामा सारी रात अधजगे रहे। वह बीच-बीच में उठकर चूल्हे में और लकड़ियाँ डाल देते थे। चूल्हा अलाव की तरह धधकता हुआ रात भर उनकी पहरेदारी करता रहा। उनके देवों की कृपा से किसी जंगली जानवर ने उन्हें तंग भी नहीं किया! अलसभोर मुर्गे-मुर्गियों की बाँग और कुड़कुड़ाने तथा बकरियों के मिमियाने से उनकी आँख खुली। वे आस-पास के जंगल में ही दिशा-मैदान से जल्दी निपटे। रात का बचा भात खाया, फिर आगे की यात्रा को निकल पड़े।

इधर के रास्ते में तेंदू के बड़े-बड़े पेड़ और केलों के जंगल भी थे। पेड़ों से गिरे तेंदू उठाते, अधपके केले उतारते-खाते उन्होंने तुलतुली गाँव का जंगल पार ही किया था

कि फिर अँधेरा घिरने लगा। इरमा और हिड़मा का विचार था कि आज की रात इधर ही कहीं काट ली जाये, मगर मामा का मन नहीं था। अपने घरद्वार को छोड़े उन्हें बहुत दिन हो रहे थे। अकेला घर उन्हें बेताबी से याद आ रहा था। साथ ही इस जंगल से इन दोनों को सुरक्षित निकाल ले जाने की मंशा के कारण भी वे जल्दी में थे। पुलिस, सुरक्षाबल और नक्सलियों की आमद यहाँ सब तरफ़ बढ़ती जा रही थी। उनकी आमद की भुजाओं में जंगल कसता, काँखता, भयाक्रान्त हुआ जा रहा था। मगर भाँजी और नातिन की थकान के ख़याल ने उन्हें अपना विचार बदलने को मजबूर कर दिया। वे रास्ते से हटकर तुलतुली गाँव पहुँचे। इस गाँव में भी पनकू मामा का एक परिचित रहता था—ओयामी लखमा। मामा ने उसके घर पहुँचकर दस्तक दी। लखमा घर पर ही था। चार लोगों के उस घर में भोजन बनाने की तैयारी चल रही थी। पनकू मामा को देखकर लखमा खुशी से उछल पड़ा। उन लोगों को उसने अपनी परछी में जगह दी। भोजन की मात्रा दूनी कर दी गई। महुआ घर पर तैयार रखा था, जिसे लखमा और मामा ने इस्तेमाल किया। हिड़मा ने अपने पेट में पल रहे बच्चे की खातिर इनकार कर दिया। मज़ाकिया स्वर में लखमा ने इरमा से पूछा, "पेरी यायल[70], पीने के बारे में आपका क्या विचार है?" तो इरमा ने सिर हिला कर मना कर दिया। कहा, "मुझे अच्छा नहीं लगता, आजो!" उसे महुआ के साथ-ही-साथ लांदा, ताड़ी आदि से भी नफ़रत थी। उसका मानना था कि जिस चीज़ में दुर्गंध बसी हो, वह अच्छी नहीं हो सकती है! अलबत्ता उसने पेड़ से उतारी गई ताज़ी सल्फी को, कई मौके पर स्वीकार किया था, जो उसे 'बहुत बुरी' नहीं लगी थी।

भोजन करके उन्होंने वहीं रात गुज़ारी। सुबह जाते समय उन्होंने घर के सब लोगों का धन्यवाद किया और पनकू मामा ने उन्हें अपने गाँव आने का निमंत्रण दिया, जिसे स्वीकार कर लिया गया।

तुलतुली गाँव से निकल, वे फिर रास्ते पर आये। जंगल इधर भी सघन था। अभी वे एक मील भी आगे नहीं बढ़ पाये थे कि उन्हें पास के पेड़ों के पीछे कुछ आवाज़ें सुनायी दीं। कुछ जीव-जन्तु या मनुष्य चल रहे थे और उनके पैरों से कुचलकर सूखे पत्ते कराह रहे थे। ये तीनों सतर्क हो गये। इरमा ने अपनी बकरियों को एक जगह एकत्रित कर लिया और आहट की दिशा में देखने लगी। बकरियों को अपने को इकट्ठा करने का कारण समझ नहीं आया और वे कदमताल करतीं, पैर झटकने लगीं।

तभी पेड़ों की आड़ से दो लोग बाहर आये। वे हथियारबंद थे और सैनिकों जैसी वर्दी पहन रखी थी। जब वे उनके एकदम पास आये तो इरमा उन्हें देखकर दंग रह गई—अरे, ये तो लया (युवतियाँ) हैं! उनके पीछे-पीछे दूरी बना कर दस-बारह और वर्दियाँ बाहर आयीं। मगर वे सभी लयोर (युवक) थे और दूर पर ही ठिठक कर रुक गये थे। उनमें से कुछ तो ज़मीन पर बैठ भी गये। यह गुफ़ा-पल्टन का इस इलाके का कोई और दल था। एक युवती ने मामा से पूछा, "कहाँ से आ रहे हो?"

"देवगाँव से...!" मामा ने संक्षिप्त-सा जवाब दिया। उन्हें ऐसे ही किसी

70. बड़ी माँ

व्यवधान की आशंका थी, मगर उन्होंने तीन–चौथाई रास्ता पार कर लिया था और अब तक ऐसा कुछ हुआ नहीं था।

"देवगाँव से?...अच्छा, अब कहाँ जा रहे हो?"

"पाहुरनार!"

"क्यों?"

"मेरे दामाद को पुलिस ले गई। घर में अब ये दोनों ही रह गई थीं। मैं कड़ियाम पनकू, इसका मामा और उस बच्ची का आजो हूँ। इन्हें अपने गाँव पाहुरनार ले जा रहा हूँ।"

"साली पोलिस!" एक दीदी के मुँह से गाली निकली। दूसरी दीदी ने टोकरी उठाये हिड़मा से पूछा, "इसमें क्या है?"

"हारूंग थड़क कोर्र मंतान (कुकड़ी तो है, दस ठोक)!" हिड़मा बोली।

"दिखाओ!"

हिड़मा को संदेह हुआ, कहीं ये लोग छीन तो नहीं लेंगे! उसने पनकू मामा की ओर 'क्या करूँ' के अंदाज़ में देखा। पनकू मामा खुद थोड़े घबराये हुए थे। अपने लिए नहीं, अपने इन रिश्तेदारों के लिए। चेहरे पर खिसियायी मुस्कान लिए बोले, "दिखा दो, दिखाने में क्या?"

हिड़मा ने टोकरी ज़मीन पर रखी और उस पर ढँका गीला कपड़ा हटा दिया। दोनों युवतियों ने एक साथ टोकरी में झाँका। एक–दूसरे से कुछ कानाफूसी की, तब एक ने अपनी वर्दी की जेब में हाथ डालकर 'हाँ' में सिर हिलाया। दूसरी ने टोकरी की एक–एक मुर्गी को हाथ से उठाया और वापस रख दिया।

"कालामासी (कड़कनाथ) नहीं है?" एक दीदी ने पूछा तो जवाब मामा ने दिया, "कालामासी तो जंगल में ही मिलता है, ये तो घर की पाली मामूली मुर्गियाँ हैं!"

"इन सबको हमें दे दो!" एक दीदी ने कहा। हिड़मा फिर असमंजस में पनकू मामा की ओर देखने लगी। पनकू मामा थोड़ी दूर पर खड़े और बैठे बंदूकधारी दादाओं को देख चुके थे। इनकी तरफ़ से कोई जवाब नहीं आता देख, पहली वाली दीदी ने अपनी वर्दी की जेब में फिर हाथ डाला और कुछ रुपये बाहर निकाले। कहा, "देखो, हमारे पास ये पाँच सौ रुपये ही हैं। इन्हें रखो और सारी मुर्गियों को हमें दे दो!"

इरमा को ये अच्छा नहीं लगा। उसके हिसाब से सारी मुर्गियाँ कम–से–कम सात सौ रुपये की थीं। वह कुछ बोलती कि झट पनकू मामा बोल पड़े, "दे दो, दे दो। जब दीदी लोग कह रही हैं तो दे दो! टोकरी भी दे दो। खाली टोकरी ले जाने का क्या मतलब!"

मामा के कहने पर हिड़मा ने टोकरी सहित सारी मुर्गियाँ दीदियों की ओर सरका दीं। उस दीदी ने रुपया हिड़मा के हाथ में थमाया। दूसरी ने झट मुर्गियोंवाली टोकरी

अपने सिर पर उठा ली और फिर वे दोनों रास्ते से अलग जंगल की ओर मुड़ गयीं। जो युवक दिखायी दिये थे, वे भी उन्हीं के पीछे-पीछे जंगल में गायब हो गये। उनके जाने के बाद आगे बकरियाँ हाँकते हुए इरमा ने मामा से कहा, ''मामा, कम-से-कम दो सौ रुपयों का नुकसान हो गया!''

''नहीं बेटी, कहो कि पाँच सौ का फ़ायदा हो गया!''

''वो कैसे?''

''वो लोग कुछ भी नहीं देते तो हम क्या कर लेते?'' मामा ने समझाया। ''उन्होंने अपनी समझ से जो दिया वही बहुत है। गनीमत है कि उन्होंने हमारी बकरियों को नहीं माँगा, न ही हमारा कोई और सामान छीना। और अब हमारा आगे का रास्ता भी सुरक्षित हो गया है!...उस पर हिड़मा का बोझ हट गया।...देखो, कितना फ़ायदा हुआ?''

इरमा ने थोड़ा दिमाग लगाया कि पनकू मामा नुकसान को फ़ायदा क्यों कह रहे हैं? मगर उसे बहुत स्पष्ट नहीं हो सका। वह कुछ पूछना चाहने लगी, मगर मामा के चेहरे पर उकताहट देख चुप रह गई। हिड़मा सोच रही थी, इन्हीं गुफ़ा-पल्टन के साथियों से सम्बन्ध होने के शक में उसके पति को जेल भेज दिया गया था, अब ये नये फिर मिल गये, पता नहीं आगे के थाने की पुलिस क्या करेगी? अच्छा हुआ जो मामा ने मुर्गियों के साथ टोकरी भी उन्हें दे दी, नहीं तो खाली टोकरी देखकर गुफ़ा-पल्टन को मुर्गियाँ पहुँचाने का आरोप भी हम पर लग सकता था!

23

रास्ते में आगे बढ़ते पनकू मामा ने बतौर जानकारी जब इरमा को बताया कि इस रास्ते से जब हम मील दो मील बायीं ओर जायेंगे तो इन्द्रावती दिखायी देने लगेगी, सुनकर इरमा उधर जाने को मचल उठी। मामा ने इजाज़त नहीं दी। कहा, ''हमारे गाँव के पास भी तो इन्द्रावती है, कल देख लेना।'' इरमा ने जिज्ञासावश पूछा, ''मामा, इस जंगल में, जो बहुत बड़ा है, और कौन-कौन सी नदियाँ हैं?'' मामा ने कहा, ''बहुत-सी हैं। सबका नाम भी नहीं बता सकता। दण्डकारण्य के इस हिस्से में इन्द्रावती के अलावा शंकिनी, डंकिनी, कोटरी, शबरी, बल्लरी, दूधनदी, नारंगी, तालपेरू जैसी बहुत नदियाँ हैं। मगर गोदावरी नदी सबसे बड़ी है। कहते हैं कि भगवान राम ने गोदावरी नदी के आस-पास ही अपने वनवास के साढ़े दस साल गुज़ारे थे!''

''भगवान राम को वनवास हुआ था, ऐसा मास्टरजी ने बतलाया था, मगर वो इस जंगल में क्यों आये, मामा? उनके अयोध्या राज में जंगल नहीं थे?'' इरमा ने पूछा।

''जंगल तो वहाँ भी रहे होंगे बेटी!'' पनकू मामा कुछ अनिश्चय के स्वर में बोले, ''मगर वनवास हुआ था तो चौदह साल तक अपने राज की जनता से वहाँ दूर रहना मुश्किल होता। शायद इसीलिए इधर आये होंगे!''

''मामा, भगवान राम के साथ उनकी मायतु (पत्नी) और तम्मु (भाई) भी तो थे ना? उन्हें तो वनवास की सज़ा नहीं हुई थी?''

''हाँ, उन्हें वनवास की सज़ा नहीं मिली थी, मगर वे राम जी का साथ देने आये थे!''

''माता सीता राजकुमारी थीं, इस जंगल में उन्हें बहुत कष्ट हुआ होगा, नहीं?''

''ज़रूर हुआ होगा!''

''तब यह जंगल किसके राज में आता था, मामा?''

''तब यह जंगल महाबली रावण के राज का हिस्सा था। अपने छोटे भाई खर और दूषण के साथ, मारीच को उन्होंने इसकी देखभाल का ज़िम्मा सौंपा था!''

''क्या राजा राम ने उनको अपने यहाँ आने और रहने की जानकारी दी थी या आज्ञा माँगी थी?''

''बेटी उस ज़माने में जंगल इतने रहे होंगे कि कौन-सा जंगल किस राज्य का है, कह पाना मुश्किल रहा होगा! तभी तो राजा राम ने एक साधु महात्मा से पूछा था, 'यह अरण्य कौन-सा है, महात्मा?' तब महात्मा ने उन्हें बताया था कि यह दण्डकारण्य है, महाराज! जो राजा रावण के राज्य का हिस्सा है! राजा राम जितने वीर थे, उतने ही विनम्र भी थे। वह रावण से या उसके भाइयों से इजाज़त भी माँग लेते, मगर रावण के भाई गैर-वनवासियों को देखते ही हिंसक हो उठते थे। उनकी बहन सूर्पणखा भी हिंसा की अवतार ही थी!''

''रावण के भाई-बहन और यहाँ की राक्षस-जाति हिंसक क्यों थी, मामा?''

मामा अब ज़रा हिचकिचाये, फिर बोले, ''बेटी, राजा राम इस जंगल में आने वाले पहले गैर-वनवासी नहीं थे। बहुत से राज्यों के लोग अपना राज्य, अपना जंगल छोड़कर यहाँ तपस्या करने या यज्ञ करने के बहाने आते रहे थे। धीरे-धीरे यहाँ उनकी आबादी बढ़ने लगी थी। फिर वे वनवासियों, आदिवासियों के आचार-व्यवहार को हेय-दृष्टि से देखते थे। अपने आपको बड़ा और श्रेष्ठ समझते थे, मगर इस जंगल के जीव-जन्तुओं को मार-मार कर खाये जा रहे थे। इससे रावण राज्य के प्रशासक, उनके छोटे भाई गुस्से में थे और गैर-वनवासियों को देखते ही भड़क जाते थे। उनको मारने लगते थे। फिर घबराये गैर-वनवासियों ने ये हल्ला उड़ाया कि जंगल की आदिवासी (राक्षस) जाति नरभक्षी बन गयी है!''

'अगर वह जाति नरभक्षी बन जाती, तो दुनिया भर में राक्षस जाति ही बची रहती, नहीं?' इरमा ने मन में सोचा। पनकू मामा ने अपनी कथा जारी रखी।

''राजा राम और लक्ष्मण भी जंगल के रक्षकों (राक्षसों) का वध किये जा रहे थे। माता सीता ने तब उन्हें समझाया भी था। कहा था—हे आर्यपुत्रो, इस तपोवन में हमें अहिंसामय धर्म का पालन करना चाहिए। अपना राज्य त्याग कर और इस वन में

आ जाने पर यदि आप मुनिभाव से ही रहें तो, इससे अयोध्या में हमारे बुजुर्गों को बहुत प्रसन्नता होगी। वन में आपके धनुष धारण का सिर्फ़ इतना ही मतलब हो कि इनसे संकट में पड़े प्राणियों की, और अपनी रक्षा की जाये!...मुझे लगता है, गहराई से सोचें तो आप अधर्म की ओर जा रहे हैं, क्योंकि अनजाने में या ऋषि-मुनियों की प्रतिज्ञा के कारण आप बिना वैर-विरोध के भी जंगल की जातियों का वध कर रहे हैं, यह उचित नहीं है!

"मगर राजा राम ने अपनी मायतु की शंका, पीड़ा और निवेदन पर ध्यान नहीं दिया।...फिर आगे का तो तुम जानती ही होगी। युद्ध हुआ, महायुद्ध हुआ। वह युद्ध भी एक तरह से दो अलग संस्कृतियों का टकराव तो था ही, अपनी शान के लिए जल, जंगल और ज़मीन पर कब्ज़े के लिए भी था! आज भी वही युद्ध जारी है, बेटी!"

इरमा के चेहरे पर अजीब-सी उदासी भर आयी। अनेक प्रश्न उसके अंदर हिलोरने लगे थे, मगर वह चुप रह गयी। शाम होते-होते सभी पाहुरनार पहुँच गये। इन्द्रावती उनकी यात्रा में साथ-साथ बहती रही थी, मगर उसके दर्शन उन्हें नहीं हो पाये थे, क्योंकि इस पगडंडी के रास्ते उसे पार करने की नौबत ही नहीं आयी थी।

~

पनकू मामा का घर उनके जितना और जैसा ही था, पर यह पट्टेवाली ज़मीन पर बना था, जैसा कि मामा अक्सर और अकारण भी बता दिया करते थे। मामा के अकेले होने और दस दिनों से ज़्यादा बाहर रहने से यह पट्टेवाला घर धूल-मिट्टी से पट गया था। आँगन में सल्फी और आम के एक पेड़ की छाया होने से घर में अपेक्षाकृत ठंडक तो थी, मगर घर मालिक की अनुपस्थिति में बंदरों के उत्पात से खपरैलों की छत में जगह-जगह सुराख हो गये थे। उन सुराखों से आकाश झाँकने लगा था। ज़्यादातर सामान भी अस्त-व्यस्त पड़ा था, जो मामा के रहने पर भी अपनी सही जगह को तरसता था। शाम को थकान से भरे घर पहुँचने पर सिवा रूखा-सूखा बनाकर खाने और रात गुज़ारने के अलावा कोई चारा नहीं था। हिड़मा ने घर के अंदर चारों तरफ़ देखा और एक कोने में अपने कुलदेवता को स्थापित किया। मन-ही-मन कहा, "कल दोपहर तक सब ठीक-ठाक कर दूँगी!" मामा के पास भी कुछ बकरियाँ और मुर्गियाँ थीं, मगर जब वह अकेले पड़ गये तो सारे जीवों को बेच दिया था। बकरियों का कोठा तब से ही रिक्त पड़ा, हवा चलने पर भाँय-भाँय करता रहता था। इरमा ने अपनी बकरियाँ वहाँ प्रविष्ट करा, उसे जीवन दान दिया।

सुबह उठकर इरमा ने इस गाँव का एक चक्कर मारा, ताकि जान सके कि यहाँ क्या है, कितना है, और कोई चीज़ कितनी दूर है? पनकू मामा सुबह उठकर अपने गाँववालों से मिलने, अपने घर में आये मेहमानों की खबर देने, हाल-चाल पूछने और खपरैलों को उलट-पलट कर, जहाँ पर ज़रूरत हो नई लगाकर, छत ठीक करने वाले सहयोगी की तलाश में निकल गये। हिड़मा ने सुबह उठकर घर-बाहर झाड़ू लगाई। अस्त-व्यस्त सामानों को उनका सही स्थान और उनकी हदें दिखायीं। किचन की

साफ़-सफ़ाई की। चूल्हा जलाया। बहुत दिनों से किचन में रखे आलुओं को, जो अपने उपयोग की प्रतीक्षा में अब निराश होकर सिकुड़ने लगे थे और कुछ ने तो घबराकर अपनी आँखें खोल ली थीं, हिड़मा ने उनकी सब्ज़ी बनाकर उन्हें सद्गति दी।

इरमा को आलू की सब्ज़ी पसंद थी। उसने जमकर खाया। पनकू मामा से इन्द्रावती जाने का निकटतम और सही रास्ता पूछा और अपनी बकरियों को लेकर उस दिशा में चराने निकल पड़ी। नदी को देखते ही उसका दिल खुशी से भर गया। उसने बकरियों को नदी किनारे चरने के लिए छोड़ दिया। स्वयं नदी के पानी में, जो निर्मल, नीला और पावन-सा, एक लय में बह रहा था, अपने पाँव डालकर बैठ गई। इन्द्रावती की धार गर्मियों में हालाँकि पतली हो जाया करती थी, मगर फिर भी पानी में जगह-जगह पड़ीं भारी चट्टानों से टकराकर गुनगुनाती-सी लगती थी। इरमा ने एक बार अपने चारों ओर देखा। दूर-दूर तक उसे कोई मनुष्य तो क्या, उसकी बकरियों के अलावा कोई दूसरा जीव भी दिखायी नहीं दिया। इरमा का शरीर इन्द्रावती से मिलने को अचानक आतुर हो उठा। उसने अपने सारे कपड़े उतारे और पानी में कूद पड़ी। मिलन की आतुरता में वह भूल ही गई कि अभी तो उसने तैरना ही नहीं सीखा है! वह पानी में हाथ-पैर मारती, तैरने का अभ्यास करने लगी। वह डूबने को होती, मगर इन्द्रावती के किनारों का पानी उसे डूबने न देता। इरमा को इन्द्रावती से मिलकर अच्छा लगा। शायद इन्द्रावती को भी इस अल्हड़ लड़की से मिलकर ऐसा ही लगा होगा, क्योंकि जब इरमा फिर हाथ-पैर मारती गहरे पानी की ओर बढ़ गई और डूबने लगी तो इन्द्रावती ने उछालकर उसे किनारे की ओर ठेल दिया था। इरमा मुस्कुरायी। एक तेज़ हवा का झोंका आया। जंगल सरसराने लगा। पेड़ों की पत्तियों ने तालियाँ पीटीं।

बड़ी देर बाद इरमा नदी से बाहर निकली और अपने कपड़े उठाये। उसने मन-ही-मन कहा, "आज तो इतना ही, मगर देखना एक दिन मैं अच्छे से तैरना सीख जाऊँगी। यह नदी ही मुझे सिखा देगी!" वह मुस्कुरायी, गोया कह रही हो—आख़िर हम दोनों एक ही राशि वाले जो ठहरे...इन्द्रावती और इरमा!

दोपहर बाद जब इरमा बकरियाँ हकालते हुए घर पहुँची, तो हिड़मा उसे देख कर भड़क गई। असल में इरमा ने नदी से निकलकर नीकर तो पहन ली थी, मगर उसने धूप से बचने के लिए फ्रॉक को सिर पर लपेट रखा था। इसलिए छाती उघड़ी पड़ी थी। हिड़मा ने गुस्से में गोंडी बोली में जो कहा, उसका सार यही लगता था—अपनी उभरती हुईं छातियों को ढँककर रख बेटी, जंगल में शहरी आवारा लोग आने लगे हैं, जिनके लालच पर उनका ज़ोर नहीं चलता! वे अचानक हल्ला बोल देंगे और तुम्हें कहीं का नहीं छोड़ेंगे!...माँ की बात को तब वह ठीक से समझ नहीं पायी थी, मगर उस बात को उसने मन में गाँठ बाँधकर रख लिया।

~

पनकू मामा ने लोगों से पता कर लिया था कि जेल में बंदी से मिलने का कौन-सा दिन और समय निर्धारित है। इस हेतु अभी तीन दिन शेष थे। उन्होंने इरमा को इधर के स्कूल

में भर्ती कराने के सम्बन्ध में भी पूछताछ कर ली थी। पता चला कि नदी पार इधर के सभी गाँवों के स्कूलों में शिक्षकों का नियमित आना-जाना नहीं होता। कुछ स्कूल तो बंद भी कर दिये गये हैं। इनकी अपेक्षा नदी के उस पार मुचनार, छिंदनार, मुरकिनार, कोतरापाल में बनिस्बत ठीक पढ़ाई चल रही थी। मगर जब नदी पार करनी ही है तो बारसूर ही बेहतर था। पढ़ाई की फ़िक्र जिन घरों में होने लगी थी, उनमें ज़्यादातर लोगों ने अपने बच्चों को बारसूर के बालक-बालिका आवासीय विद्यालयों में भर्ती करा रखा था। ज़्यादातर बच्चे महीने दो महीने में नदी पार कर अपने गाँव आते थे। ज़रूरत पड़ी तो पालकगण भी नदी पार कर अपने बच्चों से मिल आते थे। बारसूर एक छोटा कस्बा था, मगर मन्दिरों के समूह के लिए प्रसिद्ध था। देवरली मन्दिर, चन्द्रादित्य मन्दिर, मामा-भांजा मन्दिर, बत्तीसी मन्दिर आदि के अलावा पत्थरों को तराशकर बनायी गयीं गणेशजी की विशालकाय दो मूर्तियाँ वहाँ एक ही जगह स्थापित थीं।

पनकू मामा का दिमाग, हिड़मा के विचार से 'किस्सों का कोठा' था। इरमा की बारसूर के बारे में जानने की उत्सुकता पर बाद में किसी दिन मामा ने उसे बताया था, ''हिन्दू धर्म में एक कथा कहती है कि यह 'बारसूर' राक्षसराज वीर बाणासुर की बसायी नगरी थी। बाणासुर भगवान शिव के प्रिय भक्तों में थे। बाणासुर ने अपनी शिव-भक्ति में इस राजधानी में जगह-जगह शिव-पार्वती और उनके परिवार की मूर्तियाँ और मन्दिर बनाये थे। बाणासुर राजा बलि के पुत्र थे। बलि भक्त प्रह्लाद के पुत्र विरोचन के पुत्र थे। प्रह्लाद राक्षसराज हिरण्यकश्यप के पुत्र थे। और आगे का मुझे पता नहीं।...कहते हैं भगवान विष्णु ने बाण के पिता बलि से दान में धरती माँग ली थी। भगवान शिव ने बाणासुर को 'अक्षरध्वज' दिया था। जब तक यह ध्वज लहराता रहेगा, कोई बाणासुर को हरा नहीं सकता था! शिव-पार्वती स्वयं बाणासुर को अपने पुत्र (गणेश) के समान मानते थे। बाण की एक पुत्री थी—उषा, जिस पर श्रीकृष्ण भगवान के पोते अनिरुद्ध का दिल आ गया था। अनिरुद्ध और उषा ने बिना बड़ों की स्वीकृति के शादी कर ली। बाण नाराज़ हो गये और उन दोनों को कालकोठरी में डाल दिया। कहते हैं कि तब श्रीकृष्ण यहाँ दण्डकारण्य में आये और बाण के साथ उनका युद्ध हुआ। बाणासुर हार गये। तभी उनको पता चला कि श्रीकृष्ण तो भगवान विष्णु के अवतार हैं! तब वह विष्णु-भक्त भी हो गये। उन्होंने विष्णु जी के भी यहाँ पर अनेक मन्दिर बनवाये। बाणासुर के बाद के भी अनेक राजाओं ने बारसूर को ही अपनी राजधानी बनाये रखा।''

चिंतित इरमा ने तब पूछा था, ''बारसूर में दो गणेश जी की मूर्तियाँ साथ-साथ हैं, कहीं एक बाणासुर की तो नहीं है?''

मामा ने अपनी अनभिज्ञता ज़ाहिर कर दी, ''पता नहीं बेटी, सही क्या है? एक ही जगह दो-दो मूर्ति बनाये जाने का रहस्य मैं भी नहीं समझ पाया!''

इरमा ने तब फिर पूछा था, ''मामा, जब हिरण्यकश्यप राक्षस थे तो उनके बेटे प्रह्लाद भी राक्षस ही हुए ना? भगवान होकर विष्णु जी ने बाण के पिता (राक्षस) बलि से धरती क्यों माँगी? राक्षस बाण की बेटी से श्रीकृष्ण के पोते ने शादी कैसे कर ली?...ये राक्षस-राक्षस क्या है, मामा? क्या ये आदमी नहीं थे?''

मामा ने अपने हिसाब से समझाने का प्रयास किया, "राक्षस, जंगल में रहनेवाली मनुष्यों की ही बलशाली जाति थी। हिन्दू लोगों ने उसे राक्षस-राक्षस, असुर-असुर बोल कर बड़ी हिंसक, डरावनी, नरभक्षी और गैरमनुष्य जाति बना डाला।...जैसे देवों की जाति थी, वैसे ही राक्षसों की जाति। दोनों कभी-कभी लड़ते ज़रूर थे, मगर उनकी आपस में रिश्तेदारियाँ भी थीं।"

इरमा ने बतलाया, "एक बार मेरे देवगाँव के स्कूल की एक लड़की ने पूछा था, हमारे जंगल को दण्डकारण्य का जंगल क्यों कहते हैं गुरुजी? तो गुरुजी बोले थे, अरण्य माने जंगल। इस जंगल में मुझ जैसे लोगों को भेजकर बड़े अधिकारी लोग दण्ड देते हैं! इसीलिए यह दण्डकारण्य हुआ!"

पनकू मामा हँसे। बोले, "तुम्हारे गुरुजी ने मज़ाक किया होगा!"

"तो सही क्या है, मामा?" इरमा ने पूछा था।

"मियाड़, हिन्दू धरमते पिटोंग मत्ता, वरूर राजाल इक्ष्वांकु मत्तुर...(बेटी, हिन्दू धरम में कथा है कि एक राजा इक्ष्वाकु थे)। उनके सौ बेटे थे। सबसे छोटे बेटे का नाम 'दण्ड' था। कहते हैं कि वह बड़ा दुराचारी था। उसको राजा ने अपनी नज़र से दूर रखने के लिए इस जंगल में 'राजा' बनाकर और ऋषि शुक्राचार्य को उसका 'राजगुरु' बनाकर भेजा, जिससे कि 'दण्ड' में कुछ सुधार भी हो सके। मगर दण्ड तो दण्ड था। उसने शुक्राचार्य की बेटी अरजा से ही दुराचार कर डाला, तो ऋषि शुक्राचार्य ने उसे श्राप दिया कि उसका सारा राज-पाट नष्ट हो जाये और यह राज्य भी बियाबान जंगल में बदल जाये!...कहते हैं कि यही अरण्य 'दण्ड' के नाम से जुड़कर 'दण्डकारण्य' हो गया!"

इरमा मामा की इन कथाओं और जानकारियों से प्रभावित थी। चकित होकर उसने पूछा था, "मामा, आप हिन्दू तो हो नहीं, फिर हिन्दू धरम के बारे में कैसे खूब जानते हो?"

पनकू मामा थोड़े असमंजस में दिखे, फिर बोले, "एक बार इस बस्तर में ओडिशा से एक बाबा आये थे, बिहारीदास बाबा। बाबा हम आदिवासियों को जीवन के बारे में, दुनिया और धरम के बारे में, पुराने ज़माने के बारे में बताते थे। उन्होंने ही हमको हिन्दू धरम के बारे में ढेरों कथा-कहानियाँ सुनायी थीं। हमको अच्छा भी लगता था। फिर उन्होंने हमारे कान फूँकने शुरू किये। हमको हिन्दू बन जाने के लिए कहने लगे। बहुत से आदिवासी हिन्दू बन भी गये। फिर हिन्दू देवता के मन्दिर बनाने के लिए चंदा माँगने लगे। आदिवासियों को कंठीमाला पहनाने लगे। मैंने भी कंठीमाला धारण कर ही ली होती, मगर जब बाबा ने अपने को हमारे राजा का अवतार बता, राजनीति शुरू की और हमसे मांस, मंद, सल्फी आदि न पीने की कसम खिलाने लगे, तो मैं भाग खड़ा हुआ। संत कितना ही बड़ा क्यों न हो, पादेगा तो गन्धायेगा ही!...आदिवासी के जीवन में खुशी की ये दो-चार चीज़ें ही तो हैं! बाबा उनमें भी घाल-मेल करने लगे थे। मैंने बाबा की कंठीमाला धारण नहीं की। फिर हमारा भी तो आदिवासी धरम है, देवी-देवता हैं! बेचारे हमारे देवी-देवता, हमारी तरह ही गरीब हैं और उन्हें मन्दिरों की

ज़रूरत भी नहीं है!...तुम ध्यान देना, जब समाज में खाने-पीने की पंगत बैठती है तो कुछ कंठीमाला वाले आदिवासी मांस, महुआ, लांदा लेते समय अपनी कंठीमाला गले से उतारकर बगल में रख लेते हैं, ताकि उनका आदिवासी रीति-रिवाज भी चलता रहे और बिहारी बाबा का दिया हिन्दू धरम भी चलता रहे!''

पाहुरनार में इरमा के लिए माँ के अलावा पनकू मामा भी अभिभावक थे। और मामा ने अभिभावकीय चिंता में निश्चय किया कि इरमा को बारसूर के स्कूल में ही भर्ती किया जाये। उनके इसी निश्चय को कार्यरूप देने के लिए एक दिन हिड़मा, इरमा और वे स्वयं सुबह-सुबह नदी के किनारे पहुँचे। इस बार की उनकी यात्रा में न बकरियाँ उनके साथ थीं, न मुर्गियाँ। पिछली यात्रा में तो सभी मुर्गियाँ निपट गई थीं और बकरियों को मामा के बाढ़े में खूब सारा चारा-पानी डालकर छोड़ दिया गया था। मगर अब उनके पास दो छोटी थैलियाँ थीं। एक थैली में इरमा की पाँचवीं उत्तीर्ण की मार्कशीट के साथ कुछ और कागज़ों की मूल प्रतियाँ, कुछ कोरी कॉपियाँ (गोया अभी भर्ती कर तुरंत उसकी पढ़ाई शुरू कर दी जाने वाली हो) जो पिछले वर्ष किसी काम नहीं आयी थीं, जबकि इरमा ने छठी की परीक्षा दे डाली थी और जिसका परिणाम आना शेष था। दूसरी थैली में खाने-पीने का सामान, हूंगा के लिए दातुन की लकड़ियाँ, नया पटका, एक साबुन की टिकिया (जिसमें कपड़े और शरीर दोनों धोये जाने वाले थे) और नकद जमा दो हज़ार रुपये। दोनों थैलियों का बोझ तीनों में रिले-रेस के डण्डों की तरह रास्ते भर स्थानान्तरित होता रहा था।

बारसूर के स्कूल में भर्ती होने और बाणासुर की प्राचीन राजधानी और उसके मन्दिरों के दर्शन करने के अवसर की सहज प्राप्ति ने, शुरू में घबरायी-सी इरमा में, अतिरिक्त उत्साह भर दिया था। मगर उसे तो अभी पहले भर्ती ही होना था। बारसूर से सीधे दन्तेवाड़ा जेल जाने की योजना थी, ताकि हूंगा का हाल जानने के बाद, जैसा कि मामा ने सोचा था, किसी अच्छे वकील को पकड़कर हूंगा की ज़मानत या रिहाई के लिए कोशिश करनी थी। कोशिश कब सफल होगी, कोई कह नहीं सकता था। बेचारा लेकामी हूंगा...वह तो अपनी सीधाई, बुद्धुआई और किस्मत की धोखाई से जेल गया था और अब उसे वहाँ लौटना भी नहीं था, जहाँ से वह अंदर हुआ था, अब उसका नया घर था, मामा-ससुर का घर, पनकू मामा का घर।...मगर जेल के मामले में वह अकेला नहीं था और किसी को अब तक छोड़ा नहीं गया था।

नदी के घाट में लकड़ी की एक छोटी-सी नाव बँधी थी। कोई चलाने वाला भी आस-पास नहीं था। पनकू मामा ने मजबूरी में पतवार सँभाल ली। हिड़मा ने नाव में बैठकर दोनों थैलियाँ अपने पास खींच लीं। इरमा भी उचककर नाव में चढ़ गई। नदी, नाले, पानी, बरसात इरमा को हमेशा आकर्षित करते थे। इन्द्रावती को देखकर इरमा का जी कर रहा था कि थोड़ी देर के लिए ही सही इसके जल का स्पर्श अपने पूरे शरीर पर करे! मगर आज ऐसा हो नहीं सकता था। उसने नाव में बैठे-बैठे ही झुककर अपनी दोनों हथेलियों से इन्द्रावती के जल को नाव में खींच लिया। फिर ऐसा उसने कई बार किया। खींचे हुए जल को उसने अपने चेहरे पर, सिर पर और अपने नंगे पैरों

पर उँड़ेल लिया। उसे देख हिड़मा भी उत्साहित हुई और अपने पास की थैलियाँ इरमा को सौंप, उसने भी इरमा की तरह पानी खींचा और अपने शरीर से लगाया। फिर दोनों ने एक-दूसरे की ओर देखा और मुस्कुरा पड़ीं। पनकू मामा बोले, "इस नदी का जल बहुत गुणकारी है बेटी। इसके छूने से ही आनंद बरसने लगता है। यह नदी सदियों से इस जंगल को सींचती रही है।" इरमा बोली, "फिर मामा, आप वो पतवार मुझे दे दो और आप भी इन्द्रावती को छू लो!"

मगर पनकू मामा ने पतवार इरमा को नहीं दी। यहाँ पहुँचकर अक्सर उन्हें अपनी बेटी, दामाद और नाती की याद हो आती थी, जिनकी यहाँ जल-समाधि हुई थी। मौसम और घाट तो दूसरा था, मगर नदी तो यही थी! इन्द्रावती का वे सम्मान करते थे, मगर यही एक अदृश्य शिकायत उन्हें उससे हमेशा रहती थी। इरमा को पतवार न देने के कारण को, बोल-बताकर वे बात को दूर तक नहीं ले जाना चाहते थे। अतः वे सिर्फ़ मुस्कुराये और नदी के पार देखने लगे, जहाँ उन्हें नाव को ठिकाने लगाकर बाद वाले ज़रूरतमंदों के लिए छोड़ देना था।

नदी के पार पहुँचकर सभी किनारे पर उतरे। हिड़मा ने एक थैली रख ली और इरमा ने दूसरी। हिड़मा नाव से उतरकर जल्दी एक पेड़ की छाया में जा खड़ी हुई। मगर इरमा नदी के किनारे के उथले पानी में अपने पाँव तब तक डुबोये रही, जब तक मामा नाव को किनारे लगाकर हिड़मा के पास नहीं पहुँच गये। सिर पर तेज़ धूप पड़ रही थी, मगर नदी का ठंडा पानी उसे रोके हुए था। मामा के साथ आगे बढ़ते हिड़मा ने उसे आवाज़ दी, "अब चल भी इरमा, अभी बहुत दूर जाना है!"

इरमा ने आज्ञाकारी बालिका की भाँति जल में डूबे अपने पैर बाहर किये और फर्राटे से भागती हुई मामा और माँ के पास पहुँच गई। मामा ज़रा जल्दी-जल्दी चलने लगे थे। वे लोग अभी कोरलापाल के इलाके में थे और उन्हें पता था, बारसूर तक पैदल ही चलना है! फिर बारसूर के स्कूल में पड़ताल कर, गीदम जानेवाली बस या टैक्सी पकड़नी थी। वहाँ से फिर दन्तेवाड़ा के लिए बस या टैक्सी, जो मौके पर मिल जाये।

24

नदी घाट से वे कच्ची सड़क पर पहुँचे ही थे कि संयोगवश एक पुरानी जीप उन्हें दिखायी दी। मामा ने हाथ उठाकर और आवाज़ लगाकर जीप रुकवायी। जीप खाली ही थी। जीप का ड्राइवर कुछ दुकानदारों का सामान गीदम से उठाकर बारसूर और कोरलापाल पहुँचाने आया था और अब वहाँ से खाली गीदम लौट रहा था। ड्राइवर एक आदिवासी नौजवान था, जो चेहरे पर निरपेक्ष उदासी का बोझ लिए फिरता लग रहा था। मामा ने उससे पूछा, "लयोर, तुम कहाँ तक जाओगे? हमें बिठा लो, जो वाजिब किराया बनता होगा, ले लेना!"

ड्राइवर ने जीप रोक ली थी और जीप की पिछली सीटों की ओर सिर झटक

कर बैठने का इशारा किया। इरमा सबसे पहले सीट पर जा बैठी। वह किसी चौपाये वाहन पर पहली बार बैठ रही थी। फिर हिड़मा और मामा भी बैठ गये। पनकू मामा ने ड्राइवर से कहा, ''लयोर, हमें बारसूर के बालिका आवासीय विद्यालय में उतार देना! वैसे हमें गीदम, फिर वहाँ से दन्तेवाड़ा तक जाना है, आज ही।...तुम्हारी गाड़ी कहाँ तक जायेगी, लयोर?''

''गीदम तक!'' अबकि बार ड्राइवर ने मुँह खोला।

''बेटा, तुम्हारा भला हो, यदि थोड़ी देर बालिका स्कूल में रुक सको तो हमें गीदम तक भी छोड़ देना! जो वाजिब किराया बनेगा मुझसे ले लेना!'' मामा ने निवेदन किया।

ड्राइवर ने कुछ जवाब दिया या नहीं, किसी को पता नहीं चला, क्योंकि मामा के निवेदन के पहले ही उसने जीप चला दी थी और वह जीप भड़भड़ाती, गुरगुराती, उखड़ी गिट्टियों से भरी सड़क को कुचलती दौड़ने लगी थी। इरमा ने अपने दोनों हाथों से जीप की सामनेवाली सीट को पकड़ रखा था, उसे लग रहा था, जीप अचानक उछलेगी और सवारियों को बिना मौका दिये ज़मीन पर उतार देगी! मगर इस चौपाये पर बैठने का उसे आनंद भी आ रहा था। हिड़मा ने भी अपना एक हाथ जीप की सामनेवाली सीट पर और दूसरा हाथ दरवाज़े की रॉड पर जमा रखा था। उसे अपने अलावा पेट में पलते बच्चे की भी रक्षा करनी थी। मामा आगे वाली सीट पर ड्राइवर के पास आ बैठे थे। वे मन-ही-मन भगवान का धन्यवाद कर रहे थे कि उन्होंने मौके पर यह जीप पकड़वा दी। जीप कुछ ही मिनटों में मुचनार होती हुई बारसूर के द्वार पहुँच गई। तीनों उतरे। मामा ने स्कूल की ओर बढ़ते, ड्राइवर से कहा, ''बेटा, रुकना थोड़ी देर, बस कुछ ही मिनटों में हम चल पड़ेंगे!''

ड्राइवर फिर कुछ नहीं बोला। जीप को कच्ची सड़क से उतारकर एक पेड़ की छाया में खड़ा कर दिया और जीप के सामने वाला काँच पोंछने लगा। हिड़मा को कुछ स्पष्ट नहीं हुआ कि वह ड्राइवर प्रतीक्षा करेगा भी या नहीं! उसने कुछ परेशानी महसूस की। मामा के पीछे-पीछे चलती वह बोली, ''देख मामा, वह जीपवाला कुछ बोला नहीं?''

मगर पनकू मामा निश्चिंत लगे। दोनों माँ-बेटी के साथ स्कूल में प्रवेश करते हुए कहा कि वो कहीं नहीं जायेगा। उसे जाना होता तो वह ज़रूर कुछ बोला होता। और अभी तो हमने उसका किराया भी नहीं दिया है!

पनकू मामा की बात सच निकली। बीस मिनट बाद जब वे स्कूल से बाहर निकले तो जीप अपनी जगह पर खड़ी थी और ड्राइवर अपनी सीट पर बैठा ऊँघ रहा था। मामा ने उसे जगाया। बोले, ''तुम्हारी दया से हैडमास्टर जी से बात हो गई बेटा! चलो अच्छा हुआ। मगर एक दौरा देवगाँव का भी और करना पड़ेगा!''

ड्राइवर का अबोला मुँह वैसे ही लटका रहा, मगर इस बार उसने अपनी भौंहें ऊपर उठायीं, मानो पूछ रहा हो—क्या हुआ, बात नहीं बनी?

जीप में सभी फिर आ बैठे। मामा उसे बताने लगे, ''बात आधी बनी, आधी नहीं।...हैडमास्टर जी का कहना है, अभी वह इरमा को छठी में ही प्रवेश दे सकते हैं, क्योंकि पाँचवीं पास का ही 'सर्टिफ़िकेट' है। मगर इसने तो छठी की परीक्षा दे दी है और उसका परीक्षाफल अभी तो आया नहीं है! फिर भर्ती के लिए 'टिरांसफर' और चरित्र प्रमाण-पत्र भी चाहिए, जो हम लाये नहीं हैं। मगर उन्होंने भरोसा दिया कि आप जब भी उन सब पत्रों को ले आओगे, तुरन्त स्कूल और 'होस्टल' में भर्ती कर देंगे!...चलो, आधा ही सही, काम तो हुआ। पता तो चला, आगे और क्या-क्या लाना है!...यहाँ स्कूल की बिल्डिंग, कमरे, रख-रखाव, सभी तो अच्छे लगे। हमारी इरमा को भी यह स्कूल पसंद आ गया। देवगाँव से तो अच्छा ही है। मगर कहती है कि यहाँ उसकी कोई सहेली नहीं है! अरे भाई, थोड़े दिनों में सब ठीक हो जायेगा। कई सहेलियाँ मिल जायेंगी!...इरमा को बारसूर की गणेश मूर्तियाँ और दूसरे मन्दिर भी दिखाने थे, मगर जब वह यहाँ रहेगी तो खुद ही जाकर देख लेगी, नहीं! आज तो भई मुश्किल है!''

दूसरों की अपेक्षा इस बार इरमा सबसे आख़िर में जीप पर सवार हुई थी। वह जीप के सामने के काँच पर चिपका एक छोटा-सा स्टीकर देख-पढ़कर चकित थी। उस स्टीकर पर 'ज़हरीले' लिखा हुआ था। अबकि इरमा ने ड्राइवर से पूछा, ''दादाल, काँच पर एक स्टीकर लगा है, जिसमें 'ज़हरीले' छपा है। यह 'ज़हरीले' क्या है? इसे क्यों चिपकाया?''

इरमा का सवाल सुनकर ड्राइवर के उदास चेहरे पर एक मुस्कान उभरी। बोला, ''बस ऐसे ही!''

मामा को लगा कि ड्राइवर खुल रहा है, तो उसे और प्रोत्साहित करने की गरज से बोले, ''नहीं, कुछ तो बात होगी? बताओगे तो हमें भी पता लगेगा बेटा!''

ड्राइवर ने अपने अंदर उठती संकोच की बदली को सँभालते हुए, गाड़ी को एक सामान्य रफ़्तार दी और गाड़ी कच्ची सड़क पर हाथी की तरह डोलती हुई आगे बढ़ने लगी। ड्राइवर एकदम सामने देखते हुए, गोया रास्ते में भारी भीड़ हो और उसमें से गाड़ी निकालकर आगे ले जाने में बड़ी कठिनाई हो रही हो, बोला, ''मेरा नाम है!''

सुनकर श्रोता अवाक्!...कौन माता-पिता अपने बच्चे का नाम ऐसे रखेंगे भला? ठीक है, आदिवासी बहुत पिछड़े हैं और बहुत सोच-समझकर शहरियों की तरह अपनी संतानों के अच्छे-अच्छे नाम नहीं रखते, मगर ऐसा भी कोई नाम रखता है क्या—ज़हरीले! पनकू मामा ने निराश स्वर में कहा, ''हमें भरोसा नहीं हो रहा है, लयोर! लगता है तुम हमको बुद्धू बना रहे हो? सही नाम नहीं बताना चाहो तो कोई बात नहीं, तुम्हारी मर्ज़ी!''

ड्राइवर ने शायद महसूस करके कि इन सवारियों को उसने आधा-अधूरा बताकर दुखी कर दिया है, बोला, ''वैसे मेरा असली नाम, धनीराम पोयाम है, मगर मेरे दोस्त मुझे 'ज़हरीले' नाम से ही बुलाते हैं, इसलिए मैं भी अपना यही नाम बतलाता हूँ। गीदम बस अड्डे पर किसी से भी 'ज़हरीले' का पता कर सकते हैं।''

ये तीनों ड्राइवर की तरफ़ आँख-कान लगाये, ध्यान से उसके 'ज़हरीले' की व्याख्या सुन रहे थे। नगर निगम के नल की तरह टप-टप टपकते पानी ने अब धार पकड़ ली थी।

"मैं भैरमगढ़ का रहने वाला हूँ!...मगर अब मैंने भैरमगढ़ छोड़ दिया है। यहीं गीदम में अकेला पड़ा रहता हूँ। ...वहाँ मैं अपने ही गाँव की एक लेकी से प्यार करने लगा था। वह भी मुझे चाहती थी। मैं यहाँ गीदम में रहकर टैक्सी चलाता रहा। मेरी कमाई इतनी हो जाती कि मैं आराम से घर चला सकता था। मगर उसके घरवाले हमारी शादी को तैयार नहीं हो रहे थे। असल में उसके पिता पुलिस में थे और अपनी लेकी को मुझ जैसे मामूली ड्राइवर को देना नहीं चाहते थे। लेकी चाहती थी कि घर के लोग भी रज़ामंद हों! इंतज़ार में ऐसे ही दो साल बीत गये। मैं गीदम से सवारी लेकर दो-तीन दिनों के लिए बाहर भी चला जाता था। मगर फिर भी हफ़्ते में दो बार भैरमगढ़ लौट ही आता था। एक बार मैं चार दिनों तक भैरमगढ़ नहीं गया। घूमने-फिरने वाली सवारी लेकर मैं भोपालपट्टनम की तरफ़ गया था। सवारी तीन दिन उधर रही, फिर हम लौटे। चार दिन बाद जब मैं भैरमगढ़ गया तो वहाँ सब गड़बड़ हो चुका था। उस लेकी की शादी उसके घरवालों ने लोहाण्डीगुड़ा में कर दी थी। मैं दुख से पागल हो गया और फ़सलों के कीड़े मारने वाली दवा की एक शीशी पी डाली। मैं तो मर ही जाता, मगर दोस्तों ने मुझे दन्तेवाड़ा अस्पताल में ले जाकर बचा लिया। उधर लेकी अपनी ससुराल से गायब हो गई। उसका आज तक पता नहीं चला। उसके घरवालों ने और मैंने भी उसे खूब खोजा। वह अब ज़िन्दा भी है या नहीं, नहीं मालूम। इस जंगल में बहुत से लोग ऐसे ही गायब हो जाते हैं और फिर उनका कभी पता नहीं चलता!...मैंने अब कभी शादी न करने की कसम खायी है! चूँकि मैंने ज़हर खा लिया था और फिर भी बच गया, इसलिए दोस्त मुझे 'ज़हरीले' कहने और पुकारने लगे।...फिर एक दिन मुझे मेरे एक दोस्त ने किसी 'ज़हरीले' फ़िल्म का यह स्टीकर लाकर दिया तो मैंने उसे लेकर जीप के सामने चिपका दिया।...अब तो यह नाम ही मेरी पहचान बन गया है।...आख़िर 'ज़हरीले' में खराबी क्या है, मुड़याल[71]!"

"कुछ भी बुराई नहीं है, तम्मू!" इस बार हिड़मा बोली, "अच्छा-अच्छा नाम रखे लोगों को मैंने ज़हर उगलते देखा है। उन लोगों से तो तुम दस गुना अच्छे हो, जो दिल के साफ़ हो। नाम में क्या धरा है। लोग नाम इसलिए रखते हैं कि अलग से पहचाना जा सके और तुम्हारा जैसा नाम तो दुनिया भर में दूसरा नहीं होगा! मगर तुमने जो कसम खायी है, वह ठीक नहीं है, तम्मू!" ज़हरीले कुछ नहीं बोला। सामने देखता, स्टेयरिंग को सँभालता, कभी ब्रेक लगाता, जीप को आगे बढ़ाता रहा। जीप जल्दी ही गीदम बस अड्डे पर पहुँच गई।

इस इलाके में गीदम ऐसा केन्द्रीय बस अड्डा था, जहाँ से चारों ओर जाने के लिए रास्ते फूटते थे। थोड़ा इंतज़ार करने पर बीजापुर, भोपालपट्टनम, जगदलपुर, सुकमा,

---

71. (मामा) मामाल। 'ल' जोड़कर सम्बोधन को आदरसूचक बना लिया जाता है, जैसे दादा को दादाल, काका को काकाल, गायता को गायताल

कोंटा, दन्तेवाड़ा, कांकेर, चित्रकोट, तीरथगढ़, कोंडागाँव, रायपुर ,दुर्ग आदि इलाकों में जाने के लिए यहाँ से वाहन मिल जाते थे। बसों का अपना निर्धारित समय था। मगर टैक्सी यहाँ हमेशा उपलब्ध रहतीं, लेकिन उन्हें निजी तौर पर ले जाने पर बस से कई गुना किराया भी देना होता। बिना बुकिंग की टैक्सी में पैसा तो ज़्यादा नहीं लगता था, मगर सवारियों को सामानों की तरह ठूँस-ठूँस कर भरा जाता था। गर्मी में ऐसी यात्रा दुखदायी थी, मगर मजबूरी में लोग तैयार हो जाते।

अभी दंतेवाड़ा जानेवाली बस को आने में एक घंटे का समय था। अभी-अभी वह जगदलपुर से चली थी। ज़हरीले ने इन्हें बस अड्डे पर उतारा और कहा कि बस स्टैण्ड की बिल्डिंग में बैठने की जगह है। वहीं छांव में बैठकर प्रतीक्षा कर लो।

पनकू मामा ने अपनी कमीज की जेब में हाथ डालते हुए पूछा, "कितना पइसा हुआ, बेटा?"

"जाने दीजिए, मुड़याल! ऐसे भी मैं खाली ही लौट रहा था," ज़हरीले ने कहा।

"नहीं बेटा, कुछ तो लेना ही पड़ेगा। तुमने हमारा समय, हमारी परेशानी और थकान से हमें बचाया है।"

"अच्छा चलिये, तीस रुपये दे दीजिये!" ज़हरीले ने अनमनेपन से कहा। मामा ने झट तीस रुपये निकालकर उसकी ओर बढ़ा दिये। आशीर्वाद दिया, "बेटा, तुम्हारा भला हो! तुम्हारे कारण ही हम जल्दी पहुँच गये, नहीं तो अभी आधे रास्ते में भी नहीं होते।"

बस स्टैण्ड की बिल्डिंग में सीमेंट की एक खाली सीट पर वे तीनों बैठ गये और साथ लाया गया भात, बैंगन की सब्ज़ी और चटनी खाने के लिए निकालने लगे। तभी एक टैक्सीवाला बिल्डिंग के अंदर बैठी सवारियों को अपनी टैक्सी में बैठकर चलने का मौखिक प्रस्ताव देता चिल्लाने लगा। पनकू मामा ने अचानक उससे पूछ लिया, "लयोर, यहाँ से दन्तेवाड़ा जाने का क्या लोगे?"

"कितनी सवारी हैं?"

"तीन!"

"तीन हो या तेरह, बुकिंग में चलेगी तो डेढ़ सौ रुपये लगेंगे!"

"और बारसूर जाने के?" मामा ने उत्सुकता से पूछा।

"उधर के दो सौ रुपये लगेंगे। वापसी में उधर की सवारी मिलती भी नहीं।"

"क्यों?"

"उधर के गाँववाले, जिनके पास समय की कोई कमी नहीं है, पैदल ही चलना पसंद करते हैं और हमारे पेट को लात मारते हैं!"

पनकू मामा चुप हो गये। टैक्सीवाला दूसरे यात्रियों की ओर मुड़ गया। उसके मुँह से टैक्सी का किराया सुनकर पनकू मामा थोड़े परेशान दिखे। इरमा ने कहा, "मामा, ज़हरीले ड्राइवर ने तो हमसे आधे रुपये भी नहीं लिये?"

अपनी परेशानी मिटाने के लिए मामा ने इरमा से कहा, ''इरमा, देख हमारा वह ज़हरीले उधर होटल की टंकी के नल से पानी पी रहा है। उसे बुला ला। बेचारे ने कुछ खाया भी है या नहीं, पता नहीं!''

इरमा भागकर उसके पास पहुँची। ज़हरीले नल से पानी लेकर हथेलियों से पी चुका था, अब उन्हीं गीली हथेलियों को अपने सिर के बालों और चेहरे पर फेर रहा था। जब उसकी नज़र पीछे पलटी तो इरमा को खड़े पाया। उसने अपनी आँखों के इशारे से पूछा, ''क्या बात है?''

''मामा आपको बुला रहे हैं, दादाल!'' उसने कहा।

25

ज़हरीले इरमा के पीछे-पीछे मामा और हिड़मा के पास पहुँचा। उसे इस बुलावे का कारण समझ नहीं आया था। उसके आते ही मामा ने मुस्कुराते हुए कहा, ''बेटा, इनकार मत करना। हमारे पास बहुत खाना रखा है। मेरी तुम्बी में लांदा भी है। हम खा रहे हैं, हम चाहते हैं कि तुम भी हमारा साथ दो!''

मगर ज़हरीले ने इनकार कर दिया। कहा, ''मुड़याल, मेरे खाने का अभी समय नहीं हुआ। वैसे भी मैं यहाँ के होटलों में खाता हूँ, खा लूँगा!''

इरमा ज़िद कर बैठी, ''दादाल, तुम नहीं खाओगे तो हम तीनों भी अभी नहीं खायेंगे।...याया, पोटली को बाँधकर रख लो, हम भी कोई भूख से मरे नहीं जा रहे हैं!''

इरमा के इस कटाक्ष से पशोपेश में पड़े ज़हरीले ने हथियार डाल दिये। ''अच्छा, थोड़ा-सा दे दो!'' पत्तल की थाली में भात, सब्ज़ी और चटनी लेकर वे सभी खाने बैठे। खाते हुए मामा ने कहा, ''बेटा, तुमने हमसे बहुत कम किराया लिया है। यह अच्छी बात नहीं है। ऐसा करते रहने से तो तुम्हारा डीज़ल, पेट्रोल तक का पैसा नहीं निकलेगा!''

ज़हरीले ने मुँह में भरे भात को जल्दी से गटका और बोला, ''मैंने तो पहले ही बता दिया था कि मैंने दुकानों में सामान पहुँचाकर अपना पूरा किराया उधर ही वसूल लिया था और फिर वापस लौट रहा था। आप लोग नहीं बैठते तो भी मुझे गाड़ी चलाकर ही आनी थी!''

हिड़मा ने उसकी पत्तल में और सब्ज़ी देते हुए कहा, ''हम लोग दन्तेवाड़ा की जेल में इसके (इरमा के) बाबो से मिलने जा रहे हैं। पुलिस ने उसे यहाँ की जेल में भेज दिया है! पता नहीं वहाँ उसकी क्या हालत है! कोई अच्छा-सा वकील लगाकर उसे छुड़ाना होगा। तुम्हारी नज़र में कोई अच्छा-सा वकील इधर हो तो बताना।...क्या यहाँ की जेल में खूब मारा-पीटा जाता है?''

"मुझे पता नहीं। मैं कभी (जेल) गया नहीं।" ज़हरीले ने घर का भोजन स्वाद से खाते हुए कहा, "मगर इधर भी पुलिस बड़ी शक्की हो गई है। ज़रा-ज़रा सी बात को लेकर थाने में बिठा लेती है, नहीं तो जेल भेज देती है। मेरी जीप को भी 'अंदर' जाने पर जगह-जगह पूछताछ के नाम पर रोकने लगी है। कभी-कभी तो जीप में बैठी सवारी को उतारकर, उनकी भी तलाशी लेने लगती है, तो मुझे अच्छा नहीं लगता।... पुलिस का काम नेक-नीयती और बहादुरी से लोगों की सुरक्षा और सहायता करने का है। मगर कहीं-कहीं तो मैंने देखा है, पुलिस और उसके थाने की सुरक्षा के लिए सीआरपीएफ़, बीएसएफ़ और न जाने कौन-कौन सी कम्पनियों के जवानों को तैनात किया जा रहा है।...हमारे जंगल के रास्ते अब हमीं को डराने लगे हैं!"

भोजन कर लेने के बाद ज़हरीले ने मामा और हिड़मा को सेवाजोहर किया और बस स्टैण्ड के उस हिस्से में चला गया, जहाँ और भी टैक्सीवाले उसके साथी-ड्राइवर खड़े थे। दन्तेवाड़ा जाने वाली बस को आने में अभी और आधा घंटा शेष था। खाने के बाद पनकू मामा को झपकी आने लगी थी। वे वहीं सीमेंट की बैंच पर बैठे-बैठे झपकियाने लगे। इरमा बस स्टैण्ड की इमारत से बाहर आकर पहली बार गीदम को देखने लगी थी। यहाँ सड़क ऊपर थी और बस स्टैण्ड नीचे ढलान पर बना था। सड़क के दूसरी ओर बहुत से पक्के मकान दिखायी दे रहे थे। अचानक एक छोटी बिल्डिंग पर नज़र पड़ते ही वह चौंकी। उसके सामने के गेट पर एक साइनबोर्ड पर लिखा था, 'पुलिस थाना गीदम'। थाने को, यहाँ इतने पास देखकर उसे कोई खुशी नहीं हुई। उसके बाबो को पुलिस ने ही अंदर किया था! सड़क से उतरकर वह अपनों के पास आ गई। मामा की नाक बजने लगी थी और माई उसी बैंच के दूसरे सिरे पर अनमनी-सी बैठी थी। बाहर सूरज धरती को तपा रहा था और आमजन पसीना पोंछते आशान्वित हो रहे थे कि इस बरस अच्छी बरसात होगी, और फ़सल भी खूब होगी!

थोड़ी देर बाद 'ज़हरीले' अचानक दौड़ता हुआ आया और पनकू मामा को जगाकर बोला, "मुड़याल, दन्तेवाड़ा बस को आने में अभी टाइम है, मगर मेरे दोस्त की टैक्सी उस रास्ते जा रही है। पाँच सवारी उसके पास हैं। वह आप लोगों को बिठा लेगा और जेल के गेट तक छोड़ देगा। चलिये जल्दी, दन्तेवाड़ा यहाँ से ज़्यादा दूर नहीं है!"

हड़बड़ाये से तीनों, अपनी थैलियाँ सँभालते उस गुरगुराती टैक्सी की ओर भागे और पिछले दरवाज़े से उस पर जा चढ़े। ज़हरीले ने टैक्सीवाले से कुछ बात की, हाथ हिलाया और टैक्सी आगे दौड़ पड़ी। आधे घंटे के पहले ही टैक्सी सीधे दन्तेवाड़ा के बस स्टैण्ड में जा लगी। इरमा को दन्तेवाड़ा के इतने पास होने की आशा नहीं थी। अभी तो वे तीनों पिछली सीट पर 'कैसे और अच्छे से बैठा जाय' सोचते हुए, अलग-अलग तरीके से बैठने का अभ्यास ही कर रहे थे कि उतरने की नौबत आ गई। टैक्सी में पहले से बैठे लोग उतरकर अपना किराया चुकाकर, अपनी-अपनी दिशा पकड़ने लगे थे। पनकू मामा ने टैक्सी से पहले उतरकर अपनी जेब में हाथ डालते हुए पूछा, "लयोर, कितना किराया हुआ?"

ड्राइवर हँस पड़ा। ज़हरीले से एकदम विपरीत, उसके मुँह में हँसी बसती थी। मुँह खुला कि झरना फूटा। बोला, ''आप लोग काहे उतर गये, मामा! ज़हरीले मेरा यार, बोला था कि इनको जेल पहुँचा देना! तो...आप लोग बैठिये, जेल अभी दूर है!''

वे तीनों अब बीच वाली सीट में आ बैठे, जहाँ पहले वाली सवारी बैठी थी। ड्राइवर के चेहरे पर एक मुस्कान की लकीर कम-ज़्यादा होती चस्पा थी, शायद वह मन-ही-मन कुछ याद कर रहा था—उसकी टैक्सी सिर्फ़ दो बार जेल से छूटे लोगों को लेने और उनके ठिकाने पहुँचाने के काम आयी थी। आज पहली बार उसकी टैक्सी लोगों को जेल पहुँचाने जा रही थी!

सड़क से अलग हटकर आगे जेल की दीवार और उसका बड़ा-सा द्वार दिखायी दिया। टैक्सी रुकी और ड्राइवर ने कहा, ''मामाल, लो आपको जहाँ जाना था, वह सामने है!''

वे तीनों फिर टैक्सी से उतरे और उतरते ही मामा ने किराया चुकाने के लिए अपनी जेब से रुपये निकाल लिए। उन्हें देखते ही ड्राइवर हँसा, ''मुझे मरवाओगे क्या, मामा! ज़हरीले मेरा जिगरी दोस्त है। उसने मुझसे कुछ भी किराया लेने से मना किया है!''

मामा असमंजस में पड़ गये। किराया चुकाये बिना उन्हें अच्छा नहीं लग रहा था। रोज़ कमाने-खानेवाले ये आदिवासी लड़के इस तरह कितने दिन धन्धा कर पायेंगे! मामा ने समझाया, ''देख बेटा, ये रुपया हम अपनी तरफ़ से दे रहे हैं। यहाँ तुम्हारा दोस्त भी नहीं है, जो देखे। न हम ही कभी उसे बताने जायेंगे!''

ड्राइवर फिर हँस पड़ा। बोला, ''मामा हम जंगल के लोग हैं। हमारी ज़ुबान छोटी है। ज़्यादा बोल नहीं पाते। मगर आँखें तेज़ हैं, वही बोल-बता देती हैं। मैं अपने दोस्त से फिर आँख मिला नहीं सकूँगा! माफ़ करना, मामा!''

और वह ड्राइवर 'गाइड' फ़िल्म के नायक की तरह हाथ झुलाता हुआ, ज़ुल्फ़ें झटकता हुआ, किसी हिन्दी फ़िल्म का लोकप्रिय गाना गुनगुनाता हुआ, अपनी टैक्सी में जा बैठा। टैक्सी दन्तेवाड़ा बस स्टैण्ड की ओर वापस मुड़ गई, ताकि गीदम के लिए कुछ सवारी मिल जायें तो ले चले।

~

जेल के बड़े से दरवाज़े के बाहर कैदियों से मिलने वालों की थोड़ी भीड़ जमा थी। घंटे भर प्रतीक्षा के बाद भीड़ को दरवाज़े से अंदर किया गया। एक जगह सलाखों के पीछे आकर खड़े हूंगा से, जिसकी दाढ़ी और सिर के बाल खूब बढ़ गये थे, और जो आदिमानव-सा प्रतीत होता था, इनकी भेंट हुई। उसे ऐसे देखकर दुखी हिड़मा ने पूछा, ''बदम मन्तोन (कैसे हो)?''

''बनेम (ठीक हूँ)!''

''कब छोड़ेंगे?''

"नहीं पता!"

"क्या यहाँ मारते-पीटते हैं?"

"हाँ, मगर खाना भी देते हैं!"

इरमा ने अपने बाबो को कुछ बदला हुआ पाया। वह तो पहले ही कम बोलता था, मगर शरमाता, मुस्कुराता रहता था, पर अब उनकी जगह किसी आंतरिक पीड़ा ने ले ली थी।

"बाबो, हम लोग देवगाँव छोड़कर पाहुरनार आ गये हैं। तुम छूटोगे तो देवगाँव नहीं चले जाना! यहाँ बारसूर में मामा मुझे भर्ती करेंगे। मैंने स्कूल देख लिया है। अच्छा है। रास्ते में इन्द्रावती भी पड़ती है!" इरमा बोली।

हूंगा ने सलाखों के बाहर एक हाथ निकालकर इरमा के सिर पर रखा। फिर उसका हाथ इरमा की गर्दन पर गया, जहाँ भालुओं के नाखूनों की खरोंच के चिन्ह अब भी थोड़े मौजूद थे। पनकू मामा ने मिलने के लिए दिए गये समय का ख़याल रख कहा, "हूंगा, ज़्यादा फिकर मत करना। इरमा, हिड़मा को मैं यहाँ पाहुरनार ले आया हूँ। तुमको जेल से छुड़ाने के लिए वकील का जुगाड़ कर रहा हूँ।...मैंने गाँव के पटवारी से बात की थी। उसकी पहचान का एक अच्छा वकील दन्तेवाड़ा में है। मैं उससे आज ही बात करूँगा। दन्तेश्वरी माता की किरपा होगी तो तुम जल्दी बाहर आ जाओगे!"

इसी बीच जेल के सिपाही ने आकर इन्हें घूरा, जैसे कह रहा हो, बस हो गया। टाइम खत्म। रास्ता नापो! हिड़मा ने जल्दी-जल्दी अपनी थैली से हूंगा के लिए लायी दातुन की लकड़ियाँ, कपड़े, साबुन, पारले बिस्कुट का एक पैकेट और तेल की छोटी शीशी दी। मामा ने इस बीच साथ में लाये दो हज़ार के नोटों में से पचास रुपये का एक नोट दरवाज़े से घूरते सिपाही की ओर बढ़ा दिया। उस सिपाही ने नोट पकड़कर जल्दी से अपनी जेब में ऐसे रख लिया, गोया यह उसकी ही दी उधारी हो! उल्टा एहसान करते हुए बोला, "चलो अब, पाँच मिनट ज़्यादा समय दे दिया तुम लोगों को!"

इरमा और हिड़मा ने हूंगा के और हूंगा ने मामा के पाँव छुए और फिर पीछे पलटकर ये तीनों बड़े दरवाज़े से बाहर हो गये। हूंगा उन्हें जितनी दूर तक देख सकता था, देखता रहा। हूंगा ने स्वयं को अपने ही इलाके के अन्य बंदियों के मुकाबले खुश किस्मत पाया, क्योंकि उनके घर से उनसे मिलने अब तक कोई नहीं आया था। अपनी रिहाई को मुश्किल मान बैठे हूंगा को अब कुछ आस बँधती नज़र आयी। उसके चेहरे पर सन्तुष्टि की मुस्कान उभरी। जब वह वापस अपने बंदी साथियों के पास पहुँचा तो सब उसे घेरकर ऐसे बैठ गये, गोया वह उनका लीडर हो! उन्हें भी आस जगी कि जब हूंगा इस काल-कोठरी से बाहर उड़ेगा, तो वे भी उसके पाँव पकड़कर, झूलते हुए बाहर निकल जायेंगे!

जेल से निकलकर वे तीनों बाहर मुख्य सड़क पर आये। कुछ ही दूरी पर दन्तेश्वरी माता का मन्दिर था। मन्दिर के सामने डंकिनी, शंकिनी नदियाँ प्रवाहित हो

रही थीं। मामा ने उन दोनों को, क्योंकि हिड़मा ज़्यादा चल नहीं पा रही थी और अब इसी बहाने दोनों दन्तेश्वरी माता और नदियों के दर्शन भी कर लेंगी, मन्दिर के आँगन में छोड़ दिया। फिर कचहरी और वकील का पता पूछते हुए, वकील से जा मिले। वकील को सारी कथा विस्तार से बतायी। वकील ध्यान से बतायी जा रही कथा को ऐसे सुनता रहा, गोया आज का दिन उसने इसी के लिए नियत कर रखा हो! फिर गम्भीरता ओढ़कर बोला, "देखो, मामला बड़ा संगीन है। पुलिस ने नक्सलियों से मिले होने का और उनके मार्फ़त व्यापारी की पिटायी का आरोप लगाया है! आजकल पुलिस, कोर्ट और सरकार भी नक्सलियों के मामले में बड़ी सतर्क और कड़क बन गई है। ज़मानत मिलनी मुश्किल है। मगर मैं कोशिश करूँगा। सारे दांव-पेच चलूँगा। कैदी को पहले कोर्ट में पेश करवाऊँगा तभी बात आगे बढ़ेगी।...पुलिस की तो कोशिश रहती है कि लोगों को जितना जेल में सड़ाया जा सके, सड़ाये रखो।...मगर एक बात और मैं साफ़-साफ़ कह देता हूँ, ताकि बाद में कहो नहीं, कि पहले नहीं बतलाया!...मेरी फ़ीस तीन हज़ार है।...और अभी आधी रकम मुझे दो तो मैं आगे काम शुरू करूँ!"

मामा ने अपनी बंडी की जेब में इतनी जल्दी हाथ डाला, गोया उन्हें इसी फ़रमान की प्रतीक्षा हो! उन्हें ये अच्छा लगा कि वकील ने साफ़-साफ़ बता दिया कि कितना रुपया लगेगा। रुपया मिलते ही वकील ने अपने कोट की बड़ी-सी जेब में उन्हें ऐसे ठूँस लिया, गोया कोई तुच्छ-सी चीज़ हो! फिर बोला, "ठीक है, कल से मैं केस की तैयारी करता हूँ। तुम अगले हफ़्ते इसी दिन आकर मिलो।...और बीच-बीच में आकर भी मुझसे मिलते रहना। ये तीन हज़ार तो मेरी फ़ीस है, कुछ ऊपर भी लेना-देना पड़ेगा तो मैं तुम्हें पहले बता दूँगा!"

पहले बता दूँगा...क्या मतलब?...पनकू मामा हैरान, परेशान! 'अभी जो बतलाया वह क्या 'पहले' नहीं है? क्या इस 'पहले' के बाद में भी और 'पहले' आते रहेंगे? ऐसे 'पहले' की पहेली में कहीं फँस न जायें!...उन्हें डर लगा, मगर प्रकट में कुछ कहा नहीं।...दामाद बेचारा किसी तरह छूट जाये। उन्होंने मन-ही-मन दन्तेश्वरी माता और बुढ़ादेव को याद किया।

जब वह मन्दिर पहुँचे तो इरमा, हिड़मा को बेसब्री से अपनी प्रतीक्षा करते पाया। इरमा ने झट पूछा, "मामा, बाबो कब तक छूट जायेंगे? वकील क्या बोले?"

न चाहकर भी हिड़मा चुप रही। उसे आभास था, यह इतना आसान नहीं है।...फिर भी कोई समय-सीमा वकील ने बतलायी होगी तो? जिज्ञासा से वह मामा की तरफ़ देखती रही। मामा ने बतलाने की कोशिश की। कहा "कब तक? यह तो वकील ने बतलाया नहीं, मगर मुझे हर हफ़्ते आकर मिलने को कहा है! तीन हज़ार रुपये भी लगेंगे, कहा है। अभी डेढ़ हज़ार रुपये लिये हैं अपनी फ़ीस के!"

"इतने रुपये!" हिड़मा दुखी हुई। पनकू मामा भी निराश ही थे, बोले, "बेटी, वकील, पुलिस और सरकारी अफ़सरों का पेट बहुत बड़ा होता है, जल्दी अघाते नहीं!...देखो, अगले हफ़्ते जब मिलूँगा तब शायद कुछ बतलायें!"

दन्तेवाड़ा बस स्टैण्ड पहुँचकर उन्होंने गीदम जाती बस की सवारी की। अब उन्हें बारसूर तो जाना नहीं था, इसलिए गीदम से गाँव का छोटा पैदल रास्ता अपनाते हुए वे कोरलापाल की ओर निकले, वहीं से नदी पार की और पाहुरनार पहुँच गये। फिर भी उन्हें रात तो हो ही गई थी। जब घर पहुँचे तो हिड़मा ने अपने दुखते पाँव और फूलते पेट पर एक साथ एक-एक हाथ फेरते हुए कहा, ''ऐसे तो मैं न जा पाऊँगी, हर हफ़्ते!''

मामा ने उसे धीरज बँधाते हुए कहा, ''तुम्हें जाने की ज़रूरत भी नहीं है। मैं सब देख लूँगा। हूंगा से मिलने को तुम ही बेचैन थीं। चलो मिल लिया, देख लिया, अच्छा किया। अब यहीं घर में आराम करो। मुझे किसी दिन देवगाँव भी जाना है, इरमा के 'सर्टिफ़िकेट' लाने के लिए।...मैं सब कर लूँगा हिड़मा, तुम चिंता मत करो!''

26

परीक्षा का परिणाम निकलने की भनक पाते ही पनकू मामा देवगाँव के स्कूल जा पहुँचे। इरमा ने किसी तरह न्यूनतम अंकों में छठी पास कर ली थी। वह पास हो गई, यही कम न था। अंकों का अचार तो डालना नहीं था। फिर कृपापूर्वक प्रदत्त ऐसे अंक तो दूसरों के बाँटे भी आये थे। अरण्यवासियों के लिए पास-फ़ेल का बहुत मतलब भी नहीं था। उनको पक्का विश्वास था कि पढ़ाई के बाद भी उनकी संतानों को उन्हीं की तरह जुए में जुतना है। सरकारी अमले की औपचारिक कोचकन सुनते रहने से तो यही बेहतर था कि बच्चों को स्कूल में भर्ती करा दिया जाये। उन्हें न सही, सरकार और उसके अमले को गौरवान्वित होने का अवसर-लाभ देना भी पुण्य का ही काम था! और वे पुण्य किये जा रहे थे, बावजूद इसके कि, इस अरण्य में अलसाये पड़े ज़्यादातर शिक्षकों की अध्यापन के प्रति गहरी उदासीनता जग-ज़ाहिर थी। किसी तरह नौकरी बजाते, विद्यार्थियों का नाम अगली कक्षा में चढ़ाते, विद्यार्थियों से वे ज़्यादा अपने ही प्रति कृपालु थे। अपने इस कठिन-कर्म के लिए उन्हें सम्मान पाने की भी उम्मीद रहती थी!

एक दिन पनकू मामा, इरमा और उसके प्रमाण-पत्रों के साथ बारसूर के आवासीय विद्यालय में गये और उसे सातवीं कक्षा में भर्ती करा आये। भर्ती में कोई कठिनाई नहीं आयी। नदी पार के और भी गाँवों की कुछ लड़कियाँ (और लड़के भी) उन आदिवासी आवासीय विद्यालयों की खानापूर्ति करते, एहसानपूर्वक दी गईं सरकारी सुविधाओं का 'पूरा' लाभ उठाने की कोशिश करते, खाते, खेलते, रहते और पढ़ते थे। हालाँकि प्रदत्त सुविधाओं को 'पूरा' तो कहने भर को था, क्योंकि पूरा यहाँ पहुँचते-पहुँचते आधा हो चुका होता और इन 'आधी' सुविधाओं के बदले उनसे बेगारी करवायी जाती। बच्चे खाना बनाने, पानी भरने, बाज़ार से सामान लाने में मदद करते। स्कूल की साफ़-सफ़ाई, रंग-रोगन करते और जो भी अन्य काम निकलता उसके लिए हाज़िर-नाज़िर होते। अरण्य के इन स्कूलों की सतत् निगरानी की फ़ुर्सत उच्च

अधिकारियों को शायद ही कभी मिलती। जब कभी वे इधर आते, 'पिकनिक' मनाने की मुद्रा में होते। उन्हें जिसकी जाँच करनी है, उसे छोड़कर हर चीज़ की जाँच करते और 'मस्ताते' हुए लौट जाते।

इस बीच पनकू मामा ने तीन बार वकील के चक्कर लगाये थे। आखिरी बार वकील ने कहा, "देखो कड़ियाम पनकू जी, हूंगा अकेला नहीं है। उसी एक केस में उधर नारायणपुर के बाइस लोग बंदी हैं। अकेले हूंगा को ज़मानत पर नहीं छोड़ा जा सकता। इसलिए मैं चाहता हूँ कि आप बाकी के घरवालों को भी बतायें कि मैं उन सब की ओर से भी केस लड़ रहा हूँ और सभी को ज़मानत भी मिल सकती है! वे आकर मुझसे यहाँ या नारायणपुर की कचहरी में ही किसी दिन भेंट करें। मैं आपसे मेरी फ़ीस के बाकी डेढ़ हज़ार रुपये नहीं लूँगा, लेकिन उन सभी को भी डेढ़-डेढ़ हज़ार की व्यवस्था करनी होगी। गाँव के मुखिया और फड़मुंशी को गवाही के लिए लाना ज़रूरी है, जो कचहरी में कहें कि इन लोगों का नक्सलियों से कोई सम्बन्ध नहीं है। ये सभी गाँव के तेंदूपत्ता तोड़ने जाने वाले सीधे-सादे, शरीफ़ और मज़दूर लोग हैं, जिन्हें वे जानते हैं। मज़दूरी का भुगतान, बोनस पाने के लिए ही व्यापारी ने इन्हें बुलवाया था। आशंका में ही उनका नाम लिख लिया गया था।"

पनकू मामा के लिए यह काम बहुत बड़ा नहीं था, मगर बहुत छोटा भी नहीं था। वह तो अपने दामाद को ही छुड़ाने में लगे थे, मगर अब वकील ने उन्हें ऐसे फाँस लिया था कि 'हाँ' कहते बने न 'ना'! वकील का धंधा भी कमाल का है! उन्होंने सोचा, 'दो पक्षों के झगड़े में वह एक पक्ष की जेब से रुपया निकालता जाता है!...और ज़्यादा कामयाब वकील तो वह होता होगा, जो दोनों पक्षों की जेब से रुपया निकाल ले!...भगवान किसी को कोर्ट-कचहरी, पुलिस-थाने और खासकर वकीलों के झमेले में न फँसाये!'

चार महीनों की जेल के बाद अंततः लेकामी हूंगा को अपने नारायणपुर के अन्य लोगों के साथ पनकू मामा की ज़मानत पर छोड़ दिया गया। मगर पेशियों से पीछा अभी छूटने वाला नहीं था। हर पेशी में उपस्थित होने का फ़रमान ऐसा था, मानो किसी ने आज़ाद तो कर दिया, मगर पीछे से कमीज़ का कॉलर पकड़े हुए हो। नारायणपुर का यह तथाकथित 'गैंग' जब बढ़े हुए सिर के बालों, बढ़ी हुईं दाढ़ी-मूँछों और अपने लघुत्तम वस्त्रों के साथ जेल से बाहर निकला तो ऐसा लगा, मानो आदिमानवों की टोली अपनी गुफ़ा से बाहर शिकार के लिए निकली हो, मगर खुद किसी प्राकृतिक विपदा में फँसकर हैरान हो!

हूंगा ने अपनी प्रतीक्षा में जेल से बाहर इरमा, पनकू मामा और एक किशोरवय लड़के को खड़ा पाया। हूंगा के हाथ में एक छोटी-सी थैली थी, जिसमें उसके उपयोग की थोड़ी-सी सामग्री थी। इरमा ने आगे बढ़कर उस थैली को लपक लिया और पिता के पाँव छूकर पूछा, "बाबो, बदम मंतुन (बाबू, कैसे हो)?"

हूंगा मुस्कुराया। 'हाँ' बोले या 'ना', उसकी समझ में नहीं आया। फिर अचानक उसके मुँह से हिड़मा का नाम निकल गया। पनकू मामा समझ गये कि वह हिड़मा की चिंता कर रहा है। बोले, "हिड़मा भली-चंगी है और जल्दी ही घर में एक और मेहमान आनेवाला है। चलो अच्छा हो गया, जो तुम घर पहुँच रहे हो!"

हूंगा से बिदा हो देवगाँव और नारायणपुर की तरफ़ जाने वाले रिहा-बंदियों में एक ने इरमा से पूछा, "देवगाँव को अब नहीं जाना है क्या इरमा? भूल ही जाओगी, ऐसे में!"

"नहीं भूलूँगी मामा, पर अभी नहीं। कभी आऊँगी ना!" इरमा ने कहा और आगे बढ़कर सभी आदिमानवों के पाँव छू लिए। इरमा के साथ आये किशोर को समझ नहीं आया कि वह क्या करे? वह स्थिर मुस्कान के साथ स्थिर ही खड़ा रहा। नारायणपुर की तरफ़ के बंदियों को लेने के लिए (दूरी के कारण) कोई नहीं आया था। शायद इसलिए भी कि ये छूटनेवाले बंदी दर्जनों तो हैं ही, साथ-साथ आ ही जायेंगे!

जेल से बस-स्टैण्ड की ओर चलते हूंगा ने किशोर की ओर देखते हुए मामा से पूछा, "ये लेका कौन है मामा?"

पनकू मामा उस किशोर का कुछ परिचय देते, इसके पहले ही किशोर बोल पड़ा, "मैं, मैं रग्घू कोर्राम, गाँव मुचनार, गीदम से बारहवीं पास किया हूँ मेरिट में अभी। बारसूर के मिडिल स्कूल में भी पढ़ा हूँ!"

"बाबो, निमाइदेन पुनवी (बाबू, तुम इसे अभी नहीं जानते)!" इरमा ने किशोर का आगे परिचय देते हुए कहा, "ये पढ़ाई में बड़ा चंट है। बारहवीं बोर्ड की परीक्षा में बस्तर में आठवें नम्बर पर आया है। नदीघाट के पास गाँव मुचनार है ना, वहाँ अपने काका के साथ रहता है। जानते हो, इसके काका इसे आगे की पढ़ाई के लिए रायपुर भेजने वाले हैं!"

हूंगा ने खुशी, आश्चर्य और स्वीकृति में ऐसे सिर हिलाया, गोया उसे मालूम तो था, बस ज़रा भूल गया था! मगर उसे कुछ मुँह से भी तो कहना चाहिए, मगर क्या? उसकी समझ में नहीं आ रहा था। किसी तरह बोला, "कोयतुर कुन पढ़े किना ज़रूरी आंद (आदिवासी को खूब पढ़ना ज़रूरी है)! मावा इरमा त (हमारी इरमा तो)...!"

इरमा को लगा, उसके बाबो कहीं उसकी ही तारीफ़ न करने लग जायें, इसलिए बात काटकर बीच में ही बोल पड़ी, "इरमा क्या करेगी, क्या पढ़ेगी बाबो! उधर अबूझमाड़ में पढ़ाते कहाँ थे, बस पास हो जाते थे। और इधर मैं देख रही हूँ खूब पढ़ना पड़ेगा और पास होना पक्का भी नहीं है!"

"इसीलिए तो..." पनकू मामा बोले। "मैंने रग्घू से तुम्हारी पहचान करवा दी है। कोई पढ़ाई में दिक्कत आये तो इससे पूछना, तुम्हारे स्कूल के रास्ते में ही इसका गाँव है। आते-जाते मुलाकात कर सकती हो। रग्घू भी कभी-कभी हमारे गाँव मिलने आ जाया करेगा, क्यों रग्घू?"

"हाँ, हाँ...क्यों नहीं। मैं पाहुरनार भी जा चुका हूँ। कोई कठिनाई होगी तो

वहाँ आकर भी समझा सकता हूँ।'' अभी-अभी मिली सफलता से गौरवान्वित और युवकोचित उत्साह से रग्घू ने कहा। वह इस आधे-अधूरे, विस्थापित परिवार के प्रति आकर्षित था, खासकर इरमा को लेकर। यह छठी (किसी तरह) पास लड़की आम आदिवासी लड़कियों से देखने में ही नहीं, व्यवहार में भी ज़रा हटकर थी। वह बारहवीं पास था और मेरिट लिस्ट में भी उसका नाम था, जिसे जानकर लोग उससे अचम्भित और प्रभावित होते थे और उसके उज्ज्वल भविष्य की कामना करते थे, मगर यह छोटी-सी 'मेचकी' उसे ज़्यादा भाव नहीं देती लगती थी। उसे प्रभावित करने के चक्कर में वह खुद उससे प्रभावित हो गया था।

~

हुआ यह था कि हूंगा को आज के दिन ज़मानत पर रिहा किये जाने की बात वकील ने पनकू मामा को बतलायी थी। पनकू मामा ने सोचा, 'जब दन्तेवाड़ा जाना ही है तो क्यों ना इरमा को बारसूर में भर्ती करवाते हुए जाया जाये। इरमा के सारे ज़रूरी कागज़ात तो वह गये महीने ही देवगाँव से ले आये थे। इसलिए इरमा को साथ में लेकर आज सुबह वह बारसूर गये। गर्मी के मौसम में भी स्कूल विद्यार्थियों से भरा हुआ था। स्कूल के लम्बे बरामदे में कोई सभा चल रही थी। कुर्सियों पर स्कूल के हैडमास्टर और दूसरे शिक्षक-शिक्षिकायें बैठी थीं और उन्हीं के बीच एक कुर्सी में यह लड़का (रग्घू) भी बैठा था। उसके गले में गेंदे की दो मालायें लटक रही थीं, जो कुछ देर पहले उसे पहनाई गई थीं। बरामदे में बिछी दरी पर विद्यार्थी बैठे थे। मामा को दन्तेवाड़ा जाने की जल्दी तो थी, मगर अब उसका कोई मानी नहीं था। बिना हैडमास्टर के सभा से उठे, जो कि अभी जल्दी मुमकिन नहीं था—इरमा के स्कूल प्रवेश का काम नहीं हो सकता था। इसलिए मामा अपनी नातिन के साथ बरामदे की दीवार से सटकर खड़े होकर सभा की कार्यवाही देखने-सुनने लगे थे।

हैडमास्टर जी बोलने के लिए खड़े हुए। विद्यार्थियों पर, स्टाफ़ पर एक नज़र डालकर उन्होंने रग्घू की ओर देखा और कहा, ''रग्घू कोर्राम जी ने, हालाँकि कक्षा बारहवीं की परीक्षा गीदम के हायर सेकेण्ड्री स्कूल से पास की है, मगर हमें खुशी है कि इनकी आरंभिक शिक्षा की बुनियाद हमारी यही शाला रही है। हफ़्ते भर पहले जो परिणाम घोषित हुए, अखबार में मैंने पढ़ा और पढ़कर बहुत खुश हुआ। रग्घू जी के कारण हमारा ये वनवासी इलाका चमका है। उसी समय मैंने तय किया था कि रग्घू कोर्राम को इस शाला में बुलवाया जाये और उनका सम्मान किया जाये, जिससे इस शाला के दूसरे विद्यार्थी भी प्रेरणा ले सकें। हम सभी आज अपनी शाला के भूतपूर्व छात्र के मेरिट में आने से अत्यधिक प्रसन्न हैं, और मैं, और मेरा स्टाफ़ रग्घू के उज्ज्वल भविष्य की कामना करता है!''

स्टाफ़ और विद्याथियों ने तालियाँ बजायीं। सभा का संचालन कर रहे एक मास्टर ने तब रग्घू को दो शब्द कहने के लिए आमंत्रित किया। अपनी प्रशंसा और सम्मान से खुश, किन्तु थोड़ी हिचकिचाहट के साथ, रग्घू ने खंखारकर पहले अपना

गला साफ़ किया और फिर बिना माइक-स्पीकर के संचालित इस सभा में बोलना शुरू किया। यह उसका पहला सार्वजनिक भाषण था और निश्चित था कि वह इसका अभ्यासी नहीं है। वह अपने भाषण का आधा समय आदरणीय-फादरणीय में निपटा चुका। उसने इस स्कूल के अपने एक-एक भूतपूर्व शिक्षकों का नाम लिया और उनका आभार जताया। अंत में वह सिर्फ़ इतना ही बोल पाया कि आप सब अध्यापकों के आशीर्वाद और कृपा से ही मैं मेरिट में आ सका। मैंने इस विद्यालय में छठी से आठवीं तक पढ़ाई की है। यहाँ से निकलकर भी मुझे आप अध्यापकों का आशीर्वाद आगे बढ़ने और खूब मेहनत करने के लिए मिलता रहा है। आज आपके इस सम्मान से मैं बहुत अभिभूत हूँ और आगे भी अपनी पढ़ाई जारी रखने की इच्छा रखता हूँ। पास ही मेरा गाँव मुचनार है। इस विद्यालय के किसी भी विद्यार्थी को, पढ़ाई के सम्बन्ध में कोई दिक्कत हो तो मैं उसकी मदद करने को हमेशा तैयार रहूँगा। आशा है कि आगे भी मेरे अध्यापकों का आशीर्वाद मुझ पर बना रहेगा। जय हिन्द!

रग्घू के इस रटे-रटाये भाषण का कुछ प्रभाव उपस्थित विद्यार्थियों पर पड़ा या नहीं, मगर पनकू मामा के कान खड़े हो गये। मुचनार...हमारे रास्ते का गाँव...इतना होनहार आदिवासी लड़का...इरमा की थोड़ी सहायता करे तो यह भी पढ़ाई में 'नाम' कर सकती है! जब सभा समाप्त हुई तो मामा, रग्घू से जा मिले। अपना परिचय दिया। इरमा से भेंट करायी। इरमा ने भी चेहरे पर मुस्कान लाकर मिलने की खुशी जतायी। यह और बात थी कि हिन्दी में दिया रग्घू का भाषण उसे पाठ्य-पुस्तकों की भाषा की तरह कठिन और अपाच्य लगा था। उसके 'अभिभूत हूँ' कहने पर वह मन-ही-मन हँसी थी। अगर ये लड़का अभी 'भूत' है तो पहले क्या था? और बाद में क्या होगा? उधर इरमा को पहली बार देखकर ही रग्घू के मन में आया—यह कुछ कर सकती है, बहुत आगे बढ़ सकती है! इस पर ध्यान दिया जाना चाहिए! और जब मामा ने पढ़ाई में इरमा की मदद करने का निवेदन किया तो वह तुरंत तैयार हो गया।

इरमा की भर्ती के कागज़ात स्कूल में जमा कर दिये गये। इरमा का नाम स्कूल के रजिस्टर में दर्ज हो गया। और जब हैडमास्टर के कक्ष में बैठा रग्घू मामा के साथ बाहर आया तो उसने सहज ही पूछ लिया, "तो अब आप लोग वापस पाहुरनार लौटेंगे? मैं आप लोगों को साथ ले चलता, मगर मुझे अभी गीदम जाना है। वहाँ के हॉस्टल में मेरा सामान पड़ा है। मैं कल ही वहाँ से मुचनार लौटूँगा।"

मामा ने कहा, "बेटा, हमको भी अभी दन्तेवाड़ा जाना है, गीदम होकर। तुम क्या यहाँ साइकिल से आये हो?"

रग्घू ने थोड़ा लज्जित और थोड़े अभिमान से कहा, "नहीं बुड़गाल, मैं टीवीएस-50 में हूँ। वैसे तो यह मेरे काकाजी की है, मगर चलाता मैं ही हूँ।...गीदम तक तो क्या, मैं आप लोगों को दन्तेवाड़ा तक भी छोड़ सकता हूँ।"

और इस तरह रग्घू के साथ पनकू मामा और इरमा दन्तेवाड़ा जेल तक समय पूर्व पहुँच गये थे। रास्ते में मामा के हाथ में रग्घू ने अपनी एक थैली और इरमा के हाथ

में सम्मान में मिली गेंदे की माला एवं स्मृतिचिन्ह के रूप में दिया गया टिफ़िन-बॉक्स थमा दिया था, ताकि वह निर्भार होकर गाड़ी चला सके। गाड़ी में सबसे पीछे बैठी इरमा ने स्मृतिचिन्ह को टटोलते हुए पूछा था, "यह कटोरा है?"

"कटोरा नहीं कहते, टिफ़िन-बॉक्स है!" रग्घू ने असहज महसूस करते हुए कहा।

"नाम कुछ भी धर लो, चीज़ तो वही है!" इरमा ने कहा था।

27

लौटते समय चूँकि अब हूंगा भी साथ था और टीवीएस-50 जैसी छोटी गाड़ी में चार लोगों की जगह नहीं थी, रग्घू फिर मिलने की बात कहता हुआ अकेला गीदम लौट गया। ये तीनों पैदल चलते हुए दन्तेवाड़ा बस स्टैण्ड पहुँचे और बस पकड़कर गीदम आ गये। पनकू मामा ने बस स्टैण्ड पर ज़हरीले की खोज की, मगर न वह दिखा, न उसकी जीप ही। उन्होंने एक दूसरी सवारी जीप से सातधारा होते पुल पार कर पाहुरनार जाने के लम्बे रास्ते के लिए मोल-भाव किया। शाम हो रही थी और अब पैदल चलने और नदी पार करने का जोखिम मामा नहीं उठाना चाह रहे थे। मगर जब जीपवाले ने किराया तीन सौ रुपये कहा तो मामा हिचके। फिर मन मारकर तैयार भी हो गये। इस जुगाड़ की यात्रा के बाद भी उन तीनों को गाँव पहुँचते रात हो ही गई थी।

हिड़मा खाना बनाकर इन तीनों के आने का इंतज़ार करती, अपने उभर आये पेट पर हाथ फेरती, पेट के अंदर हो रही हलचलों पर गौर करती, लालटेन की मध्यम रोशनी में दीवार से पीठ टिकाये हुए बैठी थी। घर के बाहर मैदान में जीप की गुरगुराहट, रोशनी और लोगों की आवाज़ सुनकर उठ खड़ी हुई। उसने लालटेन की लौ बढ़ा दी और लालटेन लेकर बखरी के फाटक की ओर चली आयी। पनकू मामा से रुपये लेकर ड्राइवर ने अपनी जीप वापसी के लिए मोड़ ली थी। हूंगा को अजीब-सा, फिर भी सही-सलामत देखकर हिड़मा खुश हुई। हूंगा ने उसके हाथ से लालटेन ले ली और पूछा, "इंगा बदम मंतुन (यहाँ कैसी हो)?

"ठीक हूँ! आज मुचनार से एक आँगनबाड़ी की बाई आयी थी और उसने मुझे देखकर खाने की कुछ गोलियाँ दीं। बोली, 'एक महीना और, फिर बारसूर या गीदम के अस्पताल में भर्ती होना होगा।' "

पनकू मामा चकित हुए और खुश भी। बोले, "अच्छा आँगनबाड़ी वाली आयी थी? एक हफ़्ते पहले मैंने उससे मुलाकात पर कहा था कि मेरे घर भी आकर देख जाना! चलो अच्छा हुआ, बेचारी ने बात रख ली, देख गयी।"

इरमा ने माँ को समाचार दिया कि वह बारसूर में भर्ती हो गई है और यह स्कूल देवगाँव से बहुत अच्छा है। गरमी के बाद मैं वहीं रहकर स्कूल की पढ़ाई करूँगी। महीना-पन्द्रह दिन में आया करूँगी, समझीं!

हिड़मा ने हल्की कराह के साथ सभी शुभ समाचारों के लिए इष्टदेव, मावली

माता, दन्तेश्वरी माता, कुल देवता और जिन-जिन देवों का त्वरित स्मरण आया, सबको धन्यवाद किया। मुस्कुराकर बोली, ''चलो, बहुत देर हो गई। कब से खाना बनाकर बैठी हूँ।''

इरमा ने सबको खाना परोसा और अपने लिए भी निकाला। सभी साथ में खाना खाने बैठे। सभी थके-माँदे थे। प्रतीक्षा करते हिड़मा भी थक चुकी थी। पनकू मामा को छोड़ सभी सुबह की आस में तुरंत सो गये।

~

पनकू मामा की ज़िम्मेदारियाँ बढ़ गई थीं, जो उन्हें जल्दी सोने नहीं दे रही थीं। अंततः वे दामाद को छुड़ा ही लाए थे और इरमा को सही स्कूल में भर्ती भी करा दिया था, ये खुशी भी उन्हें जगाये हुए थी। बहुत पहले खाना बन जाने से चूल्हे की आग ठंडी पड़ गई थी। चूल्हे में कुछ-न-कुछ जलते होने से घर में धुआँ रहता था और इससे मच्छर घर से दूर रहते थे। और अभी सर्दी का मौसम नहीं था कि सिगड़ी जलायी जाती। अपने कमरे में, जिसमें एक बिस्तर इरमा का भी लगा था, मामा चिमनी की मध्यम रोशनी में परेशान करने वाले मच्छरों को मारते हुए कभी-कभी बुदबुदा भी रहे थे, ''क्षमा करना मावली माता!''

मामा की बुदबुदाहट से इरमा की नींद उचट गई। थोड़ी देर वह मामा का यह माज़रा अधखुली आँखों से देखती रही, फिर बिना पूछे उससे रहा नहीं गया। पूछा, ''मामा, आप बार-बार मावली माता से क्षमा क्यों माँगते हैं?''

पनकू मामा ने जवाब दिया, ''बेटी, मच्छर भी जीव हैं। मेरे मारे कोई जीव मर गया तो माता से तुरंत क्षमा माँग लेना, अच्छा ही होता है!''

इरमा ने फिर टोका, ''मगर मामा, आपके मारे हर बार तो मच्छर मरता नहीं, तो भी आप क्षमा क्यों माँगते हैं?''

''इसलिए बेटी कि'' मामा ने उसे समझाया। ''माता मावली ने मेरे हाथों मरने के लिए मच्छरों को मेरे पास भेजा था, मगर मैं माता का यह काम नहीं कर पाया, इसीलिए, समझीं?''

अबूझमाड़ की इरमा को मामा की ये बात अबूझ लगी। कुछ और पूछने से उसने चुपचाप सो जाना ही उत्तम समझा।

~

गर्मी अपने चरम पर थी। नौतपे के दिन चल रहे थे। गर्मी में इन्द्रावती की धार भी बहुत पतली हो जाती थी। आस-पास के गाँववालों ने जहाँ पानी बहुत कम था, सीमेंट की खाली बोरियों में रेत भर कर, उन बोरियों को सर्पाकार रखकर आर-पार होने का रास्ता बना रखा था। पैदल, साइकिल या छोटी बाइक से (हालाँकि बाइक में थोड़ा खतरा था) उस पर होकर नदी को पार किया जा सकता था।

ऐसे ही एक दोपहर इरमा का घर पूछता-पूछता रग्घू कोर्राम नदी पार कर अपनी टीवीएस-50 में पाहुरनार पहुँचा। उस समय घर पर सिर्फ़ हिड़मा थी। हूंगा बकरियों को चराने निकल गया था। पनकू मामा, इरमा के साथ गाँव के सूख रहे तालाब में मछली पकड़ने गये थे। इरमा की ही ज़िद थी। इरमा ने जब सुना कि आज गाँव के तालाब में, उसके बाकी बचे पानी को मता कर मछलियाँ पकड़ी जानी हैं, तो वह मामा को साथ ले आयी थी।

उधर रग्घू ने कई बार इरमा का नाम ले-लेकर पुकारा तो हिड़मा बाहर आयी। इस अजनबी को, जिसके बारे में इरमा और मामा ने कुछ बताया तो था, मगर अभी उसके ध्यान में नहीं आया, देखकर वह बोली, "इरमा लोती हिल्ले (इरमा घर पर नहीं है)! मामा के साथ तालाब में मछली पकड़ने गई है। निमा बोर आंदी (तुम कौन हो)?"

"मैं रग्घू हूँ ,रग्घू कोर्राम। मुचनार में रहता हूँ। नदी पार इधर आया था। सोचा कि इरमा से मिलता चलूँ!...तालाब किधर है?"

"पीछे से बायें हाथ पर चले जाओ। पैडगरी रास्ते से, फिर आगे बायें मुड़ जाना!"

रग्घू को दुख हुआ कि उसको जाननेवाला कोई घर पर नहीं है। अब उसे (हिड़मा को) सब समझाने-बताने से तो अच्छा है, तालाब ही चला जाये। वह जल्दी से गाड़ी चालूकर आगे बढ़ गया, तभी हिड़मा को याद आया कि, ज़रूर यही वो आदिवासी लड़का होगा, जिसने परीक्षा में बड़ा नाम कमाया था! देखो मैंने उसे बैठने के लिए भी नहीं कहा। पानी के लिए भी नहीं पूछा। वह पछतायी।

हिड़मा की बतायी पैडगरी में सँभालकर गाड़ी चलाते हुए रग्घू जब तालाब पहुँचा, तो देखा कि तालाब में आधा गाँव उतरा हुआ है। क्या छोटे, क्या बड़े, क्या महिला, क्या पुरुष। पूरा तालाब मताया जा चुका था, पूरा तालाब कीचड़ से सराबोर। तालाब में उतरे लोग भी कीचड़ में लहालोट थे। तालाब की मछलियाँ दमघोटू कीचड़ में साँस लेने सतह पर आतीं, हिलती-डोलतीं तो तुरंत पास में खड़ा व्यक्ति उन्हें अपनी हथेली में फाँस लेता, फिर अपनी टोकरी या बाल्टी में उसे डाल देता। गाँव के बहुत से लोग तालाब की मेड़ पर भी खड़े थे और वहीं से अपने सम्बन्धी को बता भी रहे थे कि उधर, वहाँ देखो। वहाँ कुछ हिला था!...और उनका सम्बन्धी उस ओर लपक पड़ता।...यह एक कीचड़-उत्सव था, जो हर साल गर्मी के मौसम में उपस्थित होता था। गाँववाले उसका मज़ा लेते थे, तालाब में उतरकर भी, तालाब के बाहर खड़े होकर भी।

रग्घू ने अपनी गाड़ी तालाब की मेड़ के नीचे ही खड़ी कर दी और खुद मेड़ पर जा चढ़ा। उसने कीचड़ सने लोगों के बीच में इरमा को, पनकू मामा को ढूँढ़ने की कोशिश की, मगर देर तक सफल नहीं हो पाया। नौतपे की धूप और गर्मी को चिढ़ाते, तालाब से उठते उत्साहित शोर के बीच दो-एक बार उसने इरमा को पुकारा, मगर कोई जवाब उसे नहीं मिला। इस कीचड़-उत्सव में हुलिया बदले लोगों को पहचानना आसान नहीं था।

आख़िर पनकू मामा को ही रग्घू दिख पड़ा। इरमा द्वारा पकड़ी मछली को सूखी ज़मीन पर रखी अपनी टोकरी में डालने जाने के दौरान, उनकी नज़र मेड़ पर खड़े लोगों पर पड़ी और उन्होंने रग्घू को पहचान लिया। उन्होंने वहीं से हाथ हिलाकर इरमा से कहा, ''चलो, अब बहुत हो गया। जितनी पकड़ पाये हैं, बहुत हैं। अब तालाब में कुछ बची भी नहीं हैं। और वह देखो, मुचनार वाला लयोर, रग्घू आया है, तुमसे मिलने के लिए!''

कीचड़ में लथपथ इरमा ने रग्घू को देखा। वह मुस्कुरायी। उसकी मुस्कुराहट रग्घू देख नहीं पाया। इरमा अपनी कीचड़ सनी फ्रॉक में हाथ पोंछती पनकू मामा के पीछे-पीछे, मछलियों से आधी भरी टोकरी को उठाये तालाब से मेड़ पर आयी।...कीचड़ में सराबोर, एक छोटी-सी सजीव काली माई! रग्घू उसकी तरफ़ बढ़ा।

''कैसे हो, कब आये?'' मामा ने मेड़ पर खड़े साफ़-सुथरे लड़के की आँखों से टकराते अपने विकट रूप से ध्यान हटाने की गरज और संकोच से झट पूछा।

''आज गाड़ी नहीं लाये हो?'' इरमा अपने सूखे उड़ते बालों से परेशान हो रही थी, जो बार-बार उसकी आँखों और चेहरे पर आ-जा रहे थे। अपने एक हाथ की कोहनी से उन्हें हटाते हुए उसने भी झट पूछ लिया था।

''ठीक हूँ और अभी ही इधर गाड़ी से आया हूँ।'' रग्घू ने दोनों के सवालों का जवाब देते हुए, थोड़ा मुस्कुराते और थोड़ा झूठ का सहारा लेते हुए कहा, ''आप लोगों के घर गया था, तो पता चला कि आप लोग यहाँ तालाब पर हैं। सोचा कि चलो यहीं मिलकर निकल जाऊँगा। मेरी गाड़ी वो रही, मेड़ के नीचे। चलिये, बैठकर चलते हैं!''

''तुम्हारी गाड़ी कीचड़ से गंदी हो जायेगी! तुम शहरवाले, कितने साफ़ कपड़े तुम्हारे, ये भी कीचड़ में सन जायेंगे!'' इरमा खिलखिला पड़ी।

''तो क्या हुआ, धो लेंगे!...सीधे घर जायेंगे या नदी तक जाना होगा?'' रग्घू ने पूछा तो मामा ने जवाब दिया, ''नहीं, बखरी में हमारे कुआँ है। वहीं हम नहा-धो लेंगे। घर तो देख लिया है। अब वहीं पहुँचो, हम आ रहे हैं!''

मगर रग्घू उनके साथ-साथ ही धीरे-धीरे गाड़ी खींचता चलने लगा। उस घर में पहले जाकर वह फिर 'अजनबी' वाली स्थिति में नहीं पड़ना चाहता था। उसने इरमा से पूछा, ''कौन-कौन सी मछली पकड़ में आयी हैं?''

''अरे, बहुत किसम-किसम की, जयंगा, बट्टे, जल्ले, तुरू, टेंगरे[72] और...क्या-क्या तो बोलते हैं, सब पकड़ा है हमने। मामा से तो मैंने ज़्यादा ही पकड़ी हैं, है ना मामाल?''

अपनी आज की नकद कमाई पर इतराती हुई, इरमा बहुत खुश थी। मामा ने भी उसके उत्साह को बनाये रखते हुए कहा, ''क्यों नहीं, आख़िर तुम अब बड़ी हो गई

---

72. मछलियों के नाम

हो और मैं बूढ़ा। तुम्हारी आँखें भी तेज़ हैं।...अब अगर अभी तुम्हारे बाबो नहीं लौटे होंगे, तो मैं मछलियों को साफ़ तो कर दूँगा, मगर अपनी माई से पूछकर बनाना तुम! मौके पर रग्घू बेटा भी आया है, उसे भी आज मछली खिलायेंगे!''

रग्घू ने अपना नाम आने पर कहा, ''क्यों नहीं, ज़रूर खाऊँगा, मगर बनने में तो देर लगेगी, तब तक रुकना पड़ेगा!'' उसे कोई जल्दी नहीं थी, मगर अपना मान बढ़ाने के लिए उसने ऐसा कहा था। इरमा ने मज़ाक किया, ''तो दो-चार कच्ची चबा जाना! देर भी नहीं होगी और 'नहीं खाया' भी न कह सकोगे!'' अबकी पनकू मामा भी हँस पड़े। रग्घू मुस्कुराकर रह गया।

जब सब घर के करीब पहुँचे तो देखा, हिड़मा इन्हीं की बाट देखती फाटक के पास ही खड़ी थी। बोली, ''मैं लयोर को पहचान नहीं पायी थी। माफ़ करना बेटा, इन लोगों ने मुझे बताया तो था, मगर मेरी ही मति मारी गई थी। तुम्हारे निकल जाने के बाद याद आया, तब से लौटने की बाट देख रही हूँ।...आओ, अंदर आओ।...और इरमा, तुम अपने बाबो को बाहर जाकर आवाज़ दो। पास के जंगल में होंगे तो जल्दी आ जायेंगे!''

इरमा ने अपने हाथ की टोकरी पनकू मामा को दी और काली माई के रूप में ही अपने बाबो को आवाज़ लगाने पास की टेकरी (ऊँची जगह) की ओर गई। मामा मछलियों को साफ़ करने और स्वयं नहाने कुएँ की ओर गये। हिड़मा ने रग्घू को अपने साथ में लिया और घर की परछी में चटाई पर बिठाया। पीने का पानी लाकर दिया। एक खाली कटोरी और पके आमों की छोटी टोकरी लाकर उसके सामने आम खाने के लिए रखी। स्वयं उसके पास ही पीढ़े पर बैठ गई। बोली, ''कल रात बहुत तेज़ आँधी चली थी, बेटा! पता नहीं तुम्हारी तरफ़ आयी भी या नहीं, मगर इधर नदी किनारे के आम-बगीचे में पके आम खूब गिरे। इरमा और उसके बाबो बड़े सवेरे आम बीनने चले गये थे। बड़ी टोकरी भर चूसनी-आम लेकर आये। उन्हीं में से कुछ ये हैं। खाकर देखो, बहुत मीठे हैं, बेटा!''

जब रग्घू आम चूस रहा था तो हिड़मा ने उसके घर-परिवार के बारे में पूछा। आम चूसते हुए रग्घू अपने बारे में बताने लगा और हिड़मा 'हाँ-हूँ' कर उसे प्रेरित करती, इरमा, इरमा के बाबो और पनकू मामा के वहाँ आने का इंतज़ार करती रही।

''नना मुचनार काकाल न सुदा मन्तोना (मैं मुचनार में अपने काका के घर में रहता हूँ)। वैसे मेरा असली घर गंगालूर में है, जहाँ मेरे बाबाल[73], याया और हेलाड़[74] रहती है। वहाँ हमारी चार एकड़ ज़मीन है। काकाल भी पहले वहीं रहते थे, मगर फिर हमारे तादो (दादा) से उनका झगड़ा हो गया, तो वे भाग कर गीदम आ गये। इधर ही मेहनत-मज़दूरी करते रहे। फिर इधर ही मुचनार में उनकी शादी हुई, गाँव में ज़मीन खरीदकर घर बनाया। खूब जानवर खरीद कर पालने लगे। गाय के दूध को गीदम के

---

73. बाबा, पिता 74. बहन

होटल में पहुँचाते, बकरियों और सूअर को पाल-पोसकर बड़ा करते, फिर बेच भी देते। उनकी एक बेटी थी, इरमा की ही उमर की रही होगी, जिसको टीबी हो गई। वह दुबली और दुबली होती गई, मुँह से खून की उल्टी करने लगी। फिर उसकी माँ, यानी मेरी काकी को भी यही रोग हो गया। काका साल दो साल तक खूब झाड़-फूँक करवाते रहे। गाँव आने वाले डॉक्टर को भी दिखाया। गीदम के अस्पताल में भर्ती भी करवाया। मगर पहले बेटी और उसके तीन महीने बाद काकी भी चल बसी।...उधर तादो के मर जाने के बाद काका का फिर गंगालूर आना-जाना शुरू हो गया था। मगर बेटी और मायतु के गुज़र जाने से काका पगला-से गये थे। लोगों से बातचीत करना भी बंद कर दिया था। समझो गूँगे ही हो गये थे। तब बाबाल ने मुझे उनके पास छोड़ दिया था, ताकि मैं काका की देखभाल भी करूँ और इधर ही आगे की अपनी पढ़ाई भी। धीरे-धीरे काका ठीक होते गये। काम तो वह खूब करते ही हैं। बकरियों, गायों, सूअरों, मुर्गियों को पालने, उनको दाना-पानी देने, उनको चराने में उन्हें बड़ा सन्तोष मिलता है। अब यही उनकी मेहनत-मज़दूरी है। इनसे घर की ज़रूरत का रुपया निकल आता है। मेरी पढ़ाई-लिखाई, कपड़े-लत्ते का सारा खर्च काका ही उठाते हैं। ये जो मेरे पास गाड़ी है ना, यह भी काका ने ही मुझे खरीद कर दी है। खुद पैदल या साइकिल से चलते हैं।...अब जब मैं बारहवीं बोर्ड में मेरिट में आया तो उन्होंने पूरे गाँवभर को मिठाई बाँटी थी और मुझसे कहा, 'तुझे आगे भी पढ़ाई करनी है। अच्छा मास्टर, डॉक्टर, जो तू बनना चाहे बन। जगदलपुर में या रायपुर में, जहाँ अच्छा समझे, जाकर आगे की पढ़ाई कर। पढ़ाई के लिए पैसे की चिंता मत करना।'...अब सोचता हूँ कि मेरा असली गाँव कौन-सा है? गंगालूर, जहाँ मेरा जन्म हुआ वह या यह मुचनार, जहाँ मैं पल-बढ़ रहा हूँ?"

"तुम्हारे काका बहुत अच्छे कोयतोर लगते हैं। उनका दिल कभी मत तोड़ना, बेटा! तुम्हारे साथ से उन्हें जीवन में रस मिल रहा है। हम तो यहाँ के लिए नये हैं, मगर हो सकता है, पनकू मामा उनको जानते हों, क्योंकि सरकारी राशन उठाने वो मुचनार तो जाते ही हैं।"

"हाँ सरपंच का जो घर है ना, जहाँ आस-पास के गाँव का राशन भी आता है, बाँटने के लिए, उस घर के पीछे वाली गली, जो एकदम गाँव के बाहर खुलती है नदी की ओर, वहीं काका का घर है।"

"गंगालूर जाते तो हो ना?"

"हाँ, महीने दो महीने में चला जाता हूँ। अभी बारहवीं पास हुआ तो किसी ने तो वहाँ बताया ही होगा। मैं परसों वहाँ जाऊँगा। गीदम के हॉस्टल से मैंने अपना सामान उठा लिया है। रायपुर जाकर अपने कॉलेज को भी देख आया हूँ, जहाँ एडमिशन लेना है। अभी तो मेरे स्कूल में मेरी मार्कशीट भी नहीं पहुँची है। तब तक गंगालूर जाकर अपने से बाबाल और याया को भी बता आऊँगा।"

"हाँ बेटा, जो करो, अच्छा करो, मगर अपने बड़ों को भी भरोसे में लेकर करो

तो और अच्छा होता है।...कभी-कभी जब मुचनार आओ, तो इधर भी आते-जाते रहना। तुम जैसे होशियार लेका के मिलते-जुलते रहने से इरमा का भी मन पढ़ाई में लगा रहेगा।...वैसे कभी-कभी पढ़ाई का नाम सुनकर उसको गुस्सा आ जाता है, पता नहीं क्यों?"

"मैं कोशिश करूँगा, कुचो[75]! वैसे वह तो बहुत चंट लगती है!"

इरमा थोड़ी देर में लौट आयी। गाँव से बाहर, जंगल शुरू होने के पहले जो टेकरी थी, उस पर चढ़कर और घूम-घूम कर 'बाबो-बाबो आ जाओ' पुकारा। उसके बाबो तो तुरंत आते नहीं दिखे, मगर वह आकर सीधे कुएँ पर नहाने चली गई। बखरी का अंधा कुआँ, नदी पास होने से कभी सूखता भी नहीं था। आस-पास के घरों के कुछ लोग यहीं से पीने का पानी ले जाते थे। मामा ने पहले से इरमा के लिए बाल्टी में पानी भर रखा था। इरमा रगड़-रगड़ कर खूब नहाई। सिर पर धूप हो और कुएँ का ठंडा पानी तो नहाने का मज़ा बढ़ जाता है। घर के एक कमरे में जाकर उसने अपने कपड़े बदले। तेल-कंघी की तब माँ और रग्घू के पास आ बैठी। उसे पास देख हिड़मा उठी और इरमा से कहा, "अब तुम दोनों बात करो, मैं मामा के साथ साग तैयार कर लेती हूँ। बेचारे अकेले चूल्हा जलाने में लगे हैं।...तब तक हो सकता है कि तेरे बाबो भी आ जायें!"

मछली साफ़ की जा चुकी हो तो पकाने में ज़्यादा देर नहीं लगती। मामा ने आधा काम कर ही दिया था। हिड़मा द्वारा मछली का साग तैयार होने के साथ ही हूंगा के लौटने की सूचना मिली। अपनी बकरियों की पास आती मिमियाने की आवाज़ सुन इरमा ने ही चिल्लाकर माँ को सूचित किया था, "बाबो भी आ गये, याया!"

आगे-आगे बकरियाँ और पीछे-पीछे उन्हें हकालते हुए हूंगा। वह अपने सिर पर घास और पत्तियों का गट्ठर भी उठाये हुए था। बकरियों के पास आने पर इरमा ने दौड़कर सभी बकरियों को उनके दड़बे में बंद किया और हूंगा को बताया कि मुचनार वाला लयोर रग्घू कोर्राम आया है। हूंगा ने घर की दीवार के किनारे सिर का बोझ पटका और कुएँ के पास रखी पानी भरी बाल्टी से हाथ-पाँव साफ़ किए।

हिड़मा और इरमा ने मिलकर सबको खाना परोसा। फिर खुद भी अपने लिए निकालकर सबके साथ खाने बैठ गयीं। खाना खाते पनकू मामा ने वह बात, जो बहुत दिनों से मन में दबा रखी थी, रग्घू से कह डाली, "इन लोगों को मैं देवगाँव से यहाँ ले आया। इनके भले के साथ अपने बुढ़ापे को देखते हुए। अब सोचता हूँ कि क्या मैंने सही किया? ये लोग वहाँ जंगल के ठेकेदारों और गुफ़ा-पल्टन के बीच फँस गये थे। हन्ने[76] को शक में जेल भी हो गई। अभी ज़मानत पर है। अपने स्वार्थ के कारण मैंने इन्हें नहीं बताया कि इधर भी कम मुसीबत नहीं है। पिछले हफ़्ते ही चेरपाल में दादाओं ने आस-पास के गाँव भर को जमाकर सभा की थी। यह भी कहा था कि सरकारी स्कूलों में क्या खाक पढ़ाई होती है, अपने बच्चों को हमारे 'बाल संघम' स्कूल में

75. मौसी 76. दामाद

भेजो! सरकारी स्कूल तो सिर्फ़ नागरिक ज़िम्मेदारी बतलाते हैं। दब्बू बनाते हैं और सब चुपचाप सहने की आदत डलवाते हैं। मगर हमारे बाल-संघम में हम बच्चों को उनके अधिकार बतलाते हैं।...शेर बनो, सियार नहीं, ऐसा भी बोले!''

रग्घू ने मामा की बात स्वीकारी और स्वयं सिर हिलाकर सयानी बघारी, ''थोड़ी-थोड़ी मुझे भी जानकारी है मुयतोर, मगर हमको किसी लफ़ड़े में पड़ने की ज़रूरत नहीं है। न उधो से लेना, न माधो को देना! हमको अपने को देखना है, हम ठीक तो दुनिया ठीक!''

28

हिड़मा ने बहुत दिनों बाद मछलियाँ पकायी थीं। और पनकू मामा के इस घर में तो पाँच साल बाद मछलियाँ बन रही थीं। बनाने के बाद, लेकिन परोसने से पहले वह साग को चखकर देखना भूल गयी थी। उसने खाना खाते रग्घू से पूछा, ''बेटा, साग ठीक तो बना है? नमक-मिर्च ठीक है?''

''कुचो, नदी किनारे तो मैं भी रहता हूँ, मगर काका के घर कभी इतनी अच्छी मछली नहीं बनी। बनती भी कैसे, मैं और काका ही तो बनाते रहे। कभी किसी से पूछते भी नहीं कि कैसी बनी। जैसे-तैसे जो बन जाती, खाना तो हम ही को रहता। आज कितने दिनों बाद मैं अपने स्वाद की मछलियाँ खा रहा हूँ!...बुरा न मानो तो एक कटोरे में थोड़ा-सा साग, अगर ज़्यादा हो तो, मैं काकाल के लिए भी ले जाना चाहूँगा!'' अपने बनाये साग की तारीफ़ सुनकर हिड़मा खुश हो गयी। जब सारे लोग खा चुके तो उसने एक ढक्कन वाले कटोरे में बचे साग को रग्घू के ले जाने लिए रख दिया।

शाम होने लगी तो रग्घू लौटने को तैयार हुआ। जाते-जाते उसने इरमा से कहा, ''तुम्हें वैसे तो कुछ किताबें स्कूल से ही मिल जायेंगी। और जो नहीं मिलेंगी, मगर ज़रूरी हैं, मैं ला दूँगा, स्कूल खुलने के पहले। कोरी कॉपियाँ भी मेरे पास बहुत-सी हैं। वह भी ला दूँगा। तुम्हें बस पढ़ाई पर ध्यान लगाना है। पढ़ाई...पढ़ाई और बस पढ़ाई!''

पनकू मामा ने कहा, ''बेटा आते रहना। इसे अपना ही घर समझना। इरमा की अच्छी पढ़ाई की ज़िम्मेदारी तुम्हारी। और किसी दिन मैं तुम्हारे काका...क्या नाम बतलाया उनका...कोर्राम मंगलू जी से भी ज़रूर मिलूँगा।''

जाते हुए रग्घू को हिड़मा ने आगे पढ़ाई के लिए शुभकामनाएँ दीं। हूंगा अब तक कुछ नहीं बोला था, मगर रग्घू को और उसकी टीवीएस-50 को सही पगडंडी तक पहुँचाने वह आया। और जब रग्घू ने गाड़ी आगे बढ़ाने से पहले, हाथ हिलाकर विदा ली, तो हूंगा ने बत्तख की तरह ऊपर-नीचे सिर हिलाकर अपनी स्वीकृति दी।

समय बीतता, आगे बढ़ता रहा। बुरे दिन आये तो अच्छे दिनों का भी दौर चला। रग्घू रायपुर के कॉलेज में भर्ती हो गया था। आदिवासी छात्रावास में उसे जगह भी मिल गई थी। अब जब भी वह बस्तर आता तो उसकी छुट्टियाँ तीन जगह बीततीं—मुचनार, गंगालूर और पाहुरनार। इरमा भी बारसूर के आदिवासी स्कूल में रहकर पढ़ाई करने लगी थी। महीने में एक-दो बार वह पाहुरनार आती, मगर यहाँ भी स्कूल की पढ़ाई उसे कुछ रास नहीं आ रही थी, बावजूद इसके वह पहले बरस, कृपोत्तीर्ण ही सही, पास हो गई थी। फिर आठवीं बोर्ड की परीक्षा आयी। वह लुढ़क गई। रग्घू और घरवालों के आग्रह पर उसने फिर आठवीं उत्तीर्ण होने की कोशिश की और फिर फ़ेल हो गई। उधर रग्घू कॉलेज में हर साल पास होता जा रहा था। उसने इरमा के दो साल का गैप होने के बाद उसे सीधे दसवीं बोर्ड की परीक्षा में गीदम के स्कूल में बिठाने और उसे पास कराने की चुनौती स्वीकारी। और जब दसवीं का परिणाम घोषित हुआ तो इरमा फिर तीन विषयों में फ़ेल हो गई थी। फ़ेल होने वाले सभी विषय भाषा के थे—अंग्रेज़ी, संस्कृत और हिन्दी!

एक दिन इरमा और रग्घू के बीच इसी विषय को लेकर खूब बहस हुई। इरमा बहस में पड़ना नहीं चाहती थी, क्योंकि अब वह पढ़ना ही नहीं चाहती थी। मगर रग्घू उसे आगे पढ़ाने और अपनी तरह 'योग्य' बनाने के लिए कटिबद्ध लगता था। उसने कहा, "असल में तुम मन लगाकर पढ़ना ही नहीं चाहती हो! तुमसे बहुत कमज़ोर लोग भी दसवीं पास हो गये और तुम तीन विषयों में लुढ़क गईं। और हिन्दी में भी... यह तो बड़ी मुसीबत है!"

"हिन्दी ही मुसीबत है...सही पकड़ा!" इरमा ने उसी की बात को पकड़कर आगे कहा, "हम आदिवासी मुरिया, गोंड़, हल्बा...हमारी घर की भाषा गोंड़ी, हल्बी तो तुम हमें हिन्दी से क्यों पढ़ाते हो? हमारी अपनी भाषा से पढ़ाओ ना! असल में सरकारी लोग हम आदिवासियों को आगे बढ़ाना ही नहीं चाहते, इसलिए वे लोग हमें हमारी भाषा में पढ़ाना नहीं चाहते!"

"लेकिन मैं भी आदिवासी हूँ। मैं कैसे पढ़कर आगे बढ़ा? ग्रेजुएट हो गया। आगे और पढ़ रहा हूँ!"

"तुम रट्टू तोता हो!...तुम हर चीज़ को रट लेते हो, चाहे वह तुम्हारी समझ में भले न आई हो!...मैं पहले समझना चाहती हूँ...बिना समझे मेरा मन नहीं लगता, न अब लगेगा!"

"तुम्हारा कोई कुछ नहीं कर सकता!" अपमानित रग्घू गुस्से में बोला, "अबूझमाड़ से आयी हो, वैसे ही बनी रहोगी, अबूझ और जंगली!"

"ठीक है, हम ऐसे ही भले। तुम्हें हमें पुंदलेर[77] बनाने की ज़रूरत नहीं, समझे!"

---

77. पंडित, ज्ञानी

इरमा ने भी गुस्से में फनफनाते हुए जवाब दिया और खाली डिब्बा और बाल्टी लेकर अंधे कुएँ में पानी भरने चली गई। कुएँ के पास ही एक और बड़ी बाल्टी रखी थी, जिसमें पानी भरा था। उसने उस बाल्टी के पानी को उलट दिया। इरमा का गुस्सा ऐसा था कि घबराये घर के लोगों ने अपने को वहाँ से पहले ही हटा लिया था और इधर-उधर के कामों में लगा लिया था। हिड़मा ने अपने चार साल के बेटे को बाहर खेलने भेज, खुद को किचन में कैद कर लिया था। पनकू मामा अपने कान में चोंगी खोंचे, आग की तलाश में इधर-उधर फिरने लगे थे, उन जगहों को छोड़कर, जिनमें माचिस या आग हो सकती थी। हूंगा को अचानक लगा कि बकरियाँ अपने सामने रखी पत्तियों को न खाकर इंसानों के झगड़े में रस ले रही हैं, जो कि गलत बात थी, तो वह उठकर उन्हें डाँटता-डपटता-सा पत्तियाँ उनके मुँह में ठूँसने लगा था।

रग्घू ने पाया कि वह जब इरमा और इस घर की भलाई के लिए ही कुछ कह रहा है तो घर के लोग उसके पक्ष में खड़े होने की जगह इधर-उधर खिसक रहे हैं, तो अपमान महसूस करते हुए उसने यहाँ से चुपचाप चले जाना ही ठीक समझा। उसने बखरी की आड़ में रखी अपनी नयी बाइक (उसके काका ने टीवीएस-50 बेचकर, जो बार-बार मरम्मत माँग रही थी, नयी मोटरसाइकिल खरीद ली थी) चालू की और लौट गया। उसे इस बात का भी अफ़सोस था कि वह अपनी नयी बाइक इरमा के घरवालों को दिखा भी नहीं पाया था! कोई उसे बाहर तक छोड़ने भी नहीं आया था।

~

रग्घू के जाने और इरमा के गुस्से के उतर जाने के बाद, अपने पीछे-पीछे घूम रहे छोटे सन्ना की बहती नाक को अपने कपड़े से पोंछती और उसे प्यार से डाँटती इरमा को हिड़मा ने कहा, "रग्घू को नाराज़ कर तूने अच्छा नहीं किया, मियाड़!"

इरमा अभी रग्घू से सम्बन्धित कोई बात नहीं करना चाहती थी, हालाँकि उसके दिल में भी यह लगा कि उसे रग्घू को इतना अपमानित नहीं करना चाहिए था, मगर स्वीकारने में स्वाभिमान आड़े था। बोली, "जाने दो याया, हमें नहीं बनना मास्टर। कौन हमें नौकरी दे देगा। हम जंगली लोग जंगल में ही मगन मन हैं! उसे हमारे पीछे पड़कर हमें सुधारने की ज़रूरत नहीं।"

इरमा अपने छोटे भाई सन्ना के घुँघराले बालों में जबरन जुओं की खोज में अपने को व्यस्त रखने का अभिनय करते हुए अपनी नज़र हिड़मा से बचाये हुए थी, जबकि हिड़मा उसी के चेहरे पर अपनी नज़र जमाये हुए थी। अचानक उसने एक सवाल किया तो इरमा हड़बड़ा गई।

"अच्छा ये बता, रग्घू तुझे पसंद है कि नहीं?"

"पसंद? पसंद का क्या मतलब? क्यों? और किसलिए?"

हिड़मा ज़रा-सा मुस्कुरायी। बोली, "सच में तू अबूझ ही है। वह लयोर तुझे पसंद करता है, इसीलिए तेरे भले के लिए इतना पीछे लगा रहता है। तू इतना भी नहीं जान पायी? और आज तूने उसका इतना अपमान कर दिया है कि हो सकता है, अब वह दोबारा यहाँ आये ही नहीं!...मामा और मैंने सोचा था, तू या रग्घू कोई भी शादी के लिए पूछोगे तो हम हाँ कर देंगे।...मगर तूने रग्घू को नाराज़ कर अपनी 'न' हमें बता दी। चलो, बात साफ़ हो गई। तेरी किस्मत में जो लिखा होगा, आख़िर वही तो होगा ना!"

इरमा चौंक पड़ी, गोया उससे कोई अपराध हो गया हो। रग्घू उसे एक पथ-प्रदर्शक मास्टर की तरह ही लगता था। वह पढ़-पढ़ कर इतना ऊँचा होता जा रहा था कि उस जैसी जंगली, कम पढ़ी-लिखी और मुँह फट लड़की के बराबर आकर शादी के लिए वह भला क्यों तैयार होगा? लगता है कि उसके घर के लोग कुछ ज़्यादा ही दूर की सोच बैठे थे! उसने माँ को झिड़कते हुए कहा, "याया, तुम लोग दिमाग से ये बात निकाल दो। वह कहाँ और हम कहाँ! हम उसकी बराबरी नहीं कर सकते।...और अब कोई भी (वह ज़ोर से बोली, ताकि घर के बाकी लोग भी सुन लें) इस सम्बन्ध में किसी से चर्चा भी नहीं करेगा!"

फिर इस कठिन बनते वक्त को टालने की गरज से वह स्वयं अपने छोटे भाई की उँगली पकड़ खींचती हुई घर के बाहर इमली के पेड़ की ओर चली गई, जहाँ खाली ज़मीन पर अधसूखी घास उगी हुई थी। एक बिल्ली ने अभी-अभी मुँह से कुछ खाया हुआ उगला था और अपने पंजों से मिट्टी खुरचकर उसे छुपा रही थी। इरमा ने सन्ना को बिल्ली दिखायी तो वह ज़मीन से पत्थर उठाकर उस पर फेंकने लगा। बिल्ली ने एक-दो बार म्याऊँ किया और भागती हुई गाँव की गलियों में कहीं गायब हो गई। पास जाकर इरमा ने देखा कि वहाँ एक चूहे का सिर था। चूहे का बाकी हिस्सा बिल्ली खा चुकी थी। सन्ना ने ज़मीन पर पड़ी एक टहनी उठाकर सिर के उस टुकड़े को छेड़ना चाहा तो इरमा ने उसे रोक दिया। बोली, "बिल्ली को भूख लगेगी तो वह फिर आयेगी, सन्ना! देखना कल ये सिर यहाँ पर नहीं होगा!"

"कुत्ता भी खा सकता है, चील भी तो खा सकती है?...बिल्ली ने मारा है तो ज़रूरी नहीं कि बिल्ली ही उसे पूरा खाये!" सन्ना ने तर्क लगाया तो इरमा खुश हो गई। बोली, "वाह मुन्ना, तू तो होशियार होता जा रहा है!"

"मुन्ना नहीं, सन्ना बोलो!"

"हाँ भई, मैंने वही बोला था।...तुमको अगले साल पाहुरनार के स्कूल में भर्ती करा देंगे। खूब पढ़ना। फिर जब तू बड़ा होगा तो तुझे गीदम या बारसूर में पढ़ने भेज देंगे।"

"हाँ, मैं तो खूब पढ़ूँगा। रग्घू दादा से भी ज़्यादा!"

सन्ना ने अपने भविष्य का मंसूबा बता दिया। इरमा और भी खुश।...रग्घू

क्या समझता है अपने आप को!...इरमा ने सन्ना को अपने कंधे पर उठा लिया और बकरियों के दड़बे की ओर निकल गई। वहाँ अकेला बैठा हूंगा तम्बाकू पी रहा था। इनके पहुँचते ही वह उठ खड़ा हुआ, मानो इनकी ही प्रतीक्षा में वह अब तक वहाँ छुपा बैठा था।

~

रात को सोते हुए, बीती घटना पर इरमा ने फिर विचार किया, तो उसे अपनी भी कुछ खामियाँ नज़र आयीं। निश्चित ही रग्घू ने उसका कभी बुरा नहीं चाहा था। मगर वह उसे भी अपने जैसा बनाना चाहता है, जो उससे सम्भव नहीं। बस इतनी-सी बात थी। मगर वह ज़िद करने लगा तो वह भी अड़ गई।...हिन्दी, अंग्रेज़ी और संस्कृत तीनों भाषाएँ उसके लिए तमाशा थीं। शब्दों, वाक्यों को रटना, न समझ आये तो भी सिर हाँ में हिलाना, यंत्रवत अनाकर्षक, मरी हुई ऐसी पढ़ायी, जो अपने आस-पास है, जैसा हो रहा है, से कोई सम्बन्ध नहीं रखती थी, को याद करने और याद कर-करके लिखने के लिए मरे जाने से उसे नफ़रत थी। तीनों भाषाओं में कोई ऐसा पाठ भी नहीं था, जो उसके समाज, परम्परा, रीति-रिवाज, उसकी खुशियों और उसकी तकलीफ़ों को ज़रा-सा भी बयाँ करता हो! सब रटो, लिखो, आगे बढ़ो और भूल जाओ!...रग्घू का क्या है, अब तो वह साल में ज़्यादातर शहर में ही रहता है। उसका आचार-व्यवहार, सोच-विचार अलग है। वह नदी के उस पार का है। नदी के उस पार की दुनिया अलग है।...मगर हमको उसे दंडित करने का अधिकार तो नहीं है? वह जबरन तो नहीं आता रहा यहाँ? हमने उसे यहाँ बुलाया था, उसकी सहायता माँगी थी। इस घर के लोग उसका हमेशा स्वागत करते रहे।...नहीं कुछ गलतियाँ तो उसकी अपनी भी हैं। अबकि अगर रग्घू आयेगा तो वह उससे क्षमा माँग लेगी!...मगर रग्घू अब आयेगा भी? इतना अपमान सहकर फिर मुँह दिखाने वह क्यों आयेगा?...उसकी जगह मैं होती तो मैं भी नहीं आती! उसने सोचा और एक कराह उसके मुँह से निकली।

इस बीच चार महीने गुज़र गये। और एक दिन वह फिर आया। 'वह' यानी रग्घू कोर्राम।

गर्मियों की छुट्टियाँ थीं और अब खत्म होने को थीं। स्कूल-कॉलेज बंद थे। इन्हीं छुट्टियों में एक दिन अचानक डोंगी में अपनी बाइक लदवाकर वह इस घाट उतरा और पाहुरनार आ पहुँचा। हूंगा और बकरियों के अलावा सभी घर पर थे। इरमा कुएँ से पानी टेढ़ रही थी। पनकू मामा उस पानी को बखरी में लगायी गई फ़सल और सब्ज़ियों तक नालियों से पहुँचा रहे थे। घर के पास ही सन्ना अपने दोस्तों के साथ कंचे खेल रहा था। हिड़मा गाँव के गोठान से गोबर उठा लाई थी और अब उस गोबर से उपले थाप रही थी, ताकि उनके सूखने पर ठंड, बरसात में चूल्हे और गोरसी (सिगड़ी) में जलाने के काम आ सकें।

रग्घू सीधे इस घर के अंदर नहीं आया। वह सबसे पहले कंचे खेलते हुए सन्ना

के पास गया और अपनी गाड़ी की डिक्की से चॉकलेट निकालकर उसे और उसके तीन दोस्तों को दीं। फिर सन्ना को उसने खिलौने वाली एक लम्बी-सी बंदूक दी जो बिना गोली भरे ही, घोड़ा दबाने से ज़ोरों से फट-फट करती थी। बंदूक पाकर सन्ना इतना खुश हुआ कि खेलना छोड़कर बंदूक फटफटाता हुआ हिड़मा, इरमा और पनकू मामा के पास चला गया। और इस तरह रग्घू के आने का ढिंढोरा पिट गया। रग्घू के इस अनापेक्षित आगमन से सभी चौंके। सभी अपना काम रोककर घर की परछी में चले आये, इरमा को छोड़कर। इरमा ने पानी निकालने का काम तो रोक दिया था, मगर रग्घू के सामने न आकर वह दूसरे कमरे में चली गई।

हिड़मा द्वारा बिछायी चटाई पर रग्घू आ विराजा। उसके पास प्लास्टिक का एक सुन्दर थैला भी था। थैले में दो पैकेट थे। उसने एक पैकेट निकालकर हिड़मा के हाथों में देते हुए कहा, ''कुचो, इसमें एक साड़ी है आपके लिए और इरमा के लिए सलवार-कुर्ती है, जैसे शहर की लड़कियाँ पहनती हैं, वैसी वाली। इरमा को इसे पहनने के लिए कहिये। फ़िट न होने पर मैं बदलकर भी ला सकता हूँ।...और मुयतोर, यह दूसरा पैकेट आपके लिए है। इसमें दो जोड़ी चप्पल हैं। एक आपके लिए और दूसरा सन्ना के बाबो के लिए।''

रग्घू के आने मात्र से लोग चकित और खुश तो थे ही, इतना सारा सबके लिए कुछ-न-कुछ उपहार देखकर हिड़मा के मुँह से निकल गया, ''लगता है, शादी-सगाई हो रही है!''

रग्घू कुछ सोचकर ही आया था। अचानक आये इस मौके को उसने जाने नहीं दिया। बोला, ''कुचो, मंज़ूर करो तो मैं सगाई भी कर लूँ! मगर इरमा क्या तैयार होगी?''

इरमा को रग्घू के लौट आने पर संदेह था। मगर वह लौट आया था। मन के अंदर की खुशी को छिपाते, छलछलाते वह खुद एक कमरे में छिपकर बैठी, परछी में हो रही बातें सुन रही थी। अचानक वह बाहर आयी और माँ के हाथों से सलवार-कुर्ती का पैकेट उठाकर फिर कमरे में चली गयी। हिड़मा ने कहा, ''क्या तुम सच में इरमा से शादी करना चाहते हो, बेटा? क्या तुम्हारे घर के लोग तैयार होंगे?''

रग्घू ने कहा, ''कुचो, मेरे फ़ैसले से मेरे घर के लोग इनकार नहीं करेंगे। मगर मैं चाहता हूँ, चूँकि मेरे एम.ए. की परीक्षा का आखिरी साल है और उसके बाद बी.एड. करने में मेरे को दो साल लगेंगे। नौकरी तो मुझे मिल ही जायेगी, भरोसा है मुझे। तब शादी करना भी ठीक रहेगा, नहीं! क्या इतना रुक सकेंगे, आप लोग?''

मन से गद्‌गद हिड़मा बोली, ''सगाई हो जाये बेटा, तो हम भी निश्चिंत हो जायेंगे! फिर तुम्हारी मर्ज़ी, जब शादी करो!''

''ठीक है!'' रग्घू बोला, ''मगर इरमा का क्या विचार है, उससे पूछ तो लीजिए!''

अबकि पनकू मामा ने इरमा को आवाज़ लगायी। मगर इरमा तो नए कपड़े पहन रही थी। वहीं से वह बोली, ''जब आप लोगों ने फ़ैसला कर लिया है तो, मेरा क्या। जो आप लोग उचित समझें, वही ठीक है!''

रग्घू को इरमा की इतनी सहज स्वीकृति मिलने की आस नहीं थी। वह डर रहा था, कहीं उसे फिर अपमानित न होना पड़े। उसने पनकू मामा और हिड़मा से कहा, ''अगर वह भी तैयार है तो मैं कल ही गंगालूर से अपने बाबल और यहाँ से काकाल को लेकर आता हूँ। दो-चार और रिश्तेदार भी साथ होंगे। मेरी एक हफ़्ते की छुट्टी और है। इस बीच मंगनी का नेग तो पूरा कर ही सकते हैं!''

रग्घू ने घर का सिर्फ़ पानी भर पिया और वापस लौटने लगा। हिड़मा खड़ी होकर द्वार तक, मामा, सन्ना और हूंगा बखरी के बाहर उसकी बाइक तक उसे छोड़ने आये। मामा ने पूछा, ''बेटा, कब तक लाओगे तुम्हारे घर के लोगों को?''

''मैं सबको लेकर कल दोपहर के बाद आता हूँ। अभी ही मैं गंगालूर निकल जाऊँगा। कल सुबह मैं बाबाल को लेकर मुचनार आ जाऊँगा। फिर उनके साथ ही दोपहर तक यहाँ पहुँच जाऊँगा। आप लोग अपनी तरफ़ से तैयार रहियेगा!''

~

और सच में दूसरे दिन रग्घू अपने पिता कोर्राम सन्तु, काका कोर्राम मंगलू और दो-तीन दूसरे सम्बन्धियों के साथ किराये के चार पहिया वाहन में नदी को पुल से पार कर पाहुरनार पहुँच गया। पनकू मामा ने सगाई की औपचारिक तैयारी कर रखी थी। गाँव के ही सात-आठ लोग उनके घर पर मेहमानों के इंतज़ार में बैठे थे, जिनमें पुजारी भी था। मंगनी की परम्परागत किन्तु संक्षिप्त रस्म अदायगी हुई और फिर उपस्थित सभी लोगों का महुआ, चोंगी और कुकरा-भात के साथ सत्कार किया गया। मेहमान खाये, अघाये और जैसे आये, लौट गये। अब इरमा आधी रग्घू की थी और रग्घू भी आधा इरमा का। आधा-आधा इसलिए क्योंकि सगाई तो सिर्फ़ एक प्रस्ताव था। मगर इस सगाई ने उनके बीच की दोस्ती में एक नया रंग भर दिया था।

29

सगाई के तीन दिन ही बीते थे कि रग्घू अपनी बाइक से फिर आ धमका। हिड़मा, मामा और हूंगा के पाँव छुए। अपने साथ उसने पाँच बीड़े पान मुचनार के पान ठेले से बँधवा लिए थे, जिसे उसने हिड़मा के हाथ में दिया और पनकू मामा से बोला, ''मेरी अभी छुट्टियाँ हैं, मैं इरमा को चित्रकोट, तीरथगढ़ और कटुम्बसर की गुफ़ा घुमा लाना चाहता हूँ!''

अब तो इस घर के लोगों के इनकार का सवाल ही नहीं था, उस पर इरमा इन जगहों को देखने और बाइक की सवारी करने को एक पाँव पर खड़ी थी। पाहुरनार

आने के बाद, उसने बस बारसूर के मन्दिरों के दर्शन और इन्द्रावती नदी को ही देखा था। इच्छा तो थी, मगर अवसर नहीं था। अब अपने मंगेतर के साथ जाने में कोई बाधा नहीं थी। और मंगेतर भी ऐसा जो एक साथ दोस्त, पथ-प्रदर्शक, सजातीय और खूब पढ़ा-लिखा भी था। फिर सबसे बड़ी बात, उसकी जेब में इतनी रकम तो रहती ही थी कि थोड़ी मौज भी हो जाये! हालाँकि यह रकम ज़्यादातर उसके काका की ओर से प्रदत्त होती थी, जिसका कि वह भतीजा था और काका भी ऐसे, जिनका भतीजा ही एकमात्र भविष्य था।

रग्घू ने अपने काका जी को अपनी बची हुईं छुट्टियों का प्लान बताते हुए कहा कि मैं आपकी होने वाली बहू को आस-पास का इलाका दिखाना चाहता हूँ। उस बेचारी ने इधर का कुछ भी नहीं देखा है। बाइक की टंकी में पेट्रोल फ़ुल कराना होगा। मेरे पास अभी ज़्यादा रुपये नहीं हैं! तब काका ने अपनी बहू के नाम पर उसे इतना रुपया दे दिया कि टंकी दो बार फ़ुल करायी जा सकती थी, तो भी कुछ शेष रह जानेवाला था। प्रसन्न रग्घू ने काका के पाँव कुछ ज़्यादा झुककर छुए। उसके पिताजी मंगनी की रस्म के बाद दूसरे दिन सुबह ही बस से वापस गंगालूर लौट गये थे।

बाइक चालू कर रग्घू दूसरे दिन फिर पाहुरनार जा पहुँचा। इरमा तो तैयार ही थी। माँ की मदद से उसने सिर के बालों में दो वेणी निकाल रखी थीं। वेणी में माँ ने लाल रिबन गूँथ दिये थे। पाँवों में आलता और मुँह में पान की लालिमा और गले में बखरी के अधखिले मोगरे की माला। सलवार-सूट में सजी-धजी इरमा को देखकर रग्घू के चेहरे पर मुस्कान फूट पड़ी। कहा, ''देखना कहीं पान की पीक कपड़ों में न गिर जाये!''

''तुम्हीं तो कल पान लाये थे। यहाँ पान खाता कौन था। मामा और बाबो ने तो छुआ नहीं। बाकी हमीं खाते रहे। एक बचा था, आज मैंने और खा लिया।'' इरमा ने ज़रा शरमाते, ज़रा हँसते हुए कहा। वह अपनी ही अतिरिक्त सज-धज से संकुचित-सी थी। बड़ों की अनुमति लेकर वे दोनों निकल पड़े।

इरमा पहली बार बाइक पर बैठ रही थी। यह टीवीएस-50 से बहुत तेज़ चलती थी और ऊँची सीट वाली थी। उसने जकड़कर रग्घू की कमर को पकड़ रखा था, जो रग्घू को भी अच्छा लगा। उसने और ज़्यादा फर्राटे से बाइक दौड़ा दी। इरमा सहमकर और लिपटती हुई बोली, ''लगता है हम लोग इधर ही मर-खप जायेंगे, गाँव वापस नहीं लौटने वाले!'' रग्घू ने बाइक के हैंडिल पर और हाथ कसे, एक्सीलेटर बढ़ाया, शरीर को तानकर सीधा करके बोला, ''अब तुम्हारे साथ रहते जो हो जाये, मुझे मंजूर है। वापसी की मुझे चिंता भी नहीं!''

रग्घू बाइक और मंगेतर दोनों को भगाता, पहले गीदम, फिर बागमुंडी, कोडेनार होते सासनपाल पहुँचा। यहाँ से रास्ता बदला, क्योंकि चित्रकोट और तीरथगढ़ दोनों के रास्ते अलग-अलग दिशा में थे। चित्रकोट के लिए जगदलपुर होकर जाना था। वे सबसे पहले तीरथगढ़ की तरफ़ चले। रास्ते में पहले उन्हें कोटमसर की गुफ़ा मिली।

कोटमसर की लम्बी, गहरी और अँधेरी गुफ़ा, जिसमें जगह-जगह पानी रिस रहा था। चूने और पानी से बनीं नाना प्रकार की हैरतअंग्रेज़ आकृतियों को देखकर इरमा बड़ी चकित हुई। रग्घू पहले भी इस गुफ़ा तक आया था, मगर तब अंदर नहीं जा पाया था, क्योंकि तब बरसात का मौसम था और अंदर जाने की मनाही थी। मगर लोगों के बताये अनुसार इस बार उसने एक छोटी-सी टॉर्च रख ली थी, जो अब अँधेरी गुफ़ा में बड़ी सहायक बन गई थी। उसने इरमा को बतलाया कि इस गुफ़ा की खोज में भले किसी शहरी का नाम दर्ज किया गया है, मगर असल खोजकर्ता आस-पास के गाँव के आदिवासी ही थे। उन्होंने एक जंगली सूअर को तीर मारा था। घायल सूअर भागकर इसी गुफ़ा में घुस गया था। यह गुफ़ा तब उसी सूअर का घर रही होगी। घायल सूअर का पीछा करते-करते गाँववाले इस गुफ़ा में उतरे और तब ही लोगों को पता चला कि बस्तर में ऐसी सुन्दर गुफ़ा भी है!

गुफ़ा हज़ारों फ़ीट लम्बी थी और आख़िर तक इसकी सही जानकारी अब तक हासिल नहीं की जा सकी थी। जगह-जगह चट्टान के कोटरों में रिसता पानी भरा था और आगे जाने कहाँ निकल रहा था। अँधेरे कोटरों में ध्यान से देखने पर छोटी-छोटी मछलियाँ भी नज़र आती थीं। रग्घू ने कहा, ''ये अंधी मछलियाँ हैं। इन्हें कुछ दिखता नहीं!''

''कैसे दिखेगा?'' इरमा ने टोका, ''चारों तरफ़ घुप्प अँधेरा, इस अँधेरे में आँखें किसी काम की नहीं रहीं। इसलिए प्रकृति ने आँखों की रोशनी वापस ले ली होगी! जैसे आदमी की पूँछ, जो कभी रही होगी!''

''तुमने एकदम सही कहा! ऐसा ही हुआ होगा। और जानती हो, यह इलाका बस्तर के घने जंगलों में प्रमुख है। इसमें जंगली जानवरों की अब भी बड़ी संख्या है। पहाड़ी मैना, जो तोते की तरह बोलती है, यहीं पायी जाती है।''

''मैंने आज तक एक भी पहाड़ी मैना नहीं देखी, रग्घू!'' इरमा ने दुख प्रकट किया।

''असल में हम लोग देर से पैदा हुए और तब तक सारी मैना यहाँ से उड़ गयीं। जिसने ज़्यादा साहस दिखाया, नहीं भागी, यहाँ के लोगों ने उसे पकड़ा, बेचा, मारा या खा गये!''

गुफ़ा के संकीर्ण द्वार से वे वापस निकले। रग्घू ने बतलाया, ''यहाँ से तीरथगढ़ का झरना, जो कांगेर नदी के पानी से बना है, पास ही है। इसलिए हम वहीं चलते हैं। उसे देखकर तुमको बहुत अच्छा लगेगा।''

''जल, झरना, माड़, पहाड़...इनमें तो हम बस्तरवासियों की आत्मा बसती है, रग्घू! देवगाँव के पास फुलपाड़ में महादेव झरना है। मैंने उसे देखा था। उसमें नहाई भी थी।''

''यहाँ भी नहा सकती थीं, मगर तुम दूसरे कपड़े तो लाईं नहीं!''

"क्या वहाँ बहुत लोग होते हैं?"

"चलो आज देखते हैं, कितने लोग आये हैं!"

और जब वे तीरथगढ़ पहुँचे तो विशाल झरने को, जो ऊँचे पहाड़ से नीचे अनेक जलधाराओं में मोटी चट्टानों पर गिर रहा था और फिर उससे भी नीचे फिसलकर नदी की शक्ल में आगे बढ़ रहा था, देखकर इरमा झूम उठी। कहा, "देखो, अगर नहीं आती तो इसे देख भी नहीं पाती। रग्घू, सच में तुमने बड़ा काम किया है।...यही सब तो बस्तर का धन है।...मगर यहाँ तो बहुत लोग हैं। नहीं, मैं यहाँ नहीं नहा सकती!"

"ठीक है!"

"क्या तुम नहाओगे?"

"नहीं, मैं भी कपड़े नहीं लाया। पर नीचे उतरकर झरने तक जायेंगे और...जल को तो छू ही सकते हैं! अभी तो हम पहाड़ी की आधी ऊँचाई पर खड़े हैं।"

"अच्छा चलो, मैं भी चलती हूँ।"

बाइक को ऊपर ही छोड़कर वे झरने के करीब पहुँचे। चारों तरफ़ झरने को छूकर बहती हवा अपनी नमी के स्पर्श से लोगों को प्रफुल्लित कर रही थी। झरने की तेज़ झर-झर वातावरण में गूँज रही थी। जगह-जगह लोगों का समूह आनंदमग्न, एक-दूसरे को पुकारता, पुचकारता खड़ा या बैठा था। अतिरिक्त कपड़ों की तैयारी के साथ आये कुछ पुरुष, स्त्रियाँ और बच्चे झरने के नीचे खड़े होकर भीग रहे थे। उन्हें देखकर इरमा को ईर्ष्या हुई। अंदर एक आवेग उठा। उसे लगा, झरना उसे पुकार रहा है! वह रग्घू को बताये बिना, जैसी थी, वैसी ही सीधे झरने के नीचे पहुँच गई। रग्घू ने उसे देखा तो मना किया, वापस बुलाया, मगर झरने की भारी कलकल-झरझर में उसे कुछ सुनायी नहीं दिया या शायद इरमा ही झरने के अलावा अभी किसी की सुनना नहीं चाहती थी। जीवमात्र का अंतिम एक लक्ष्य, आनंद को पाना ही था और यहाँ तो आनंद निःशुल्क बरस रहा था, वह कैसे अपने को रोकती!

इरमा की छोड़ी गई प्लास्टिक की चप्पलों की रखवाली करता, झरने के फव्वारों से अपने कपड़े और अपने को बचाता रग्घू इरमा पर नज़र गड़ाये हुए था। थोड़ी देर बाद जब इरमा लौटी तो उसके कपड़ों से झरने फूट रहे थे। उसकी देह पानी में भीगकर और निखर आयी थी। रग्घू सोचने लगा, 'यदि इरमा थोड़ा पहनना-ओढ़ना, उठना-बैठना सीख जाये तो सिनेमा की अभिनेत्रियों की तरह बन सकती है!' प्रकट में बोला, "मैंने तो मना किया था, दूसरे कपड़े बदलने के हैं नहीं! अब इस तरह भीगे कपड़ों में कैसे आगे चलेंगे?"

इरमा अपनी भीगी देह और कपड़ों में ठिठुरती हुई बोली, "चलो, ऊपर चलते हैं। वहाँ धूप में कपड़े जल्दी सूख जायेंगे।...आज तो मज़ा आ गया रग्घू! नहीं नहाती तो मन में एक टीस रह जाती!"

झरने तक जाने के रास्ते में एक बगीचा था। इरमा वहाँ धूप में खड़ी अपने कपड़ों को पहने-पहने ही सुखाती आस-पास का सौन्दर्य निहार रही थी। बगीचे से आगे स्थानीय ग्रामीणों ने ज़रूरत के सामानों की छोटी-छोटी दुकानें और होटल खोल रखे थे। होटलों में पूर्व आदेश देने पर भोजन भी तैयार मिलता था। रग्घू ने एक होटल की कड़ाही से गरमागरम निकले पकौड़ों की दो प्लेटें खरीदीं और इरमा के पास ले आया। गरम पकौड़ों को दाँतों से चबाती और मुँह बनाती इरमा ने कहा, ''अरे, ये तो बहुत अच्छे हैं। एक-एक प्लेट और खा लें तो दोपहर के भोजन की चिंता ही मिट जायेगी!''

''नहीं! यहाँ इतना बहुत है।'' रग्घू ने कहा, ''भोजन हम चित्रकोट में करेंगे। वहाँ भी होटल हैं। वैसे रास्ते में जगदलपुर भी पड़ेगा और वहाँ तो सभी चीज़ें मिल जायेंगी!''

''जगदलपुर?'' इरमा ने चौंककर पूछा, ''क्या हम जगदलपुर भी जायेंगे?''

''हम चित्रकोट ही जायेंगे, मगर रास्ते में उससे गुज़रकर ही हमें जाना होगा। जगदलपुर बहुत बड़ा है, और उसे, आगे कभी छुट्टियों में देखेंगे, नहीं तो चित्रकोट ही छूट जायेगा!''

धूप में इरमा के कपड़े सूख गये थे और गरम पकौड़ों ने उसके शरीर की ठिठुरन को भी मिटा दिया था। रग्घू ने बाइक चालू की और वे चित्रकोट के लिए वापस मुड़े।

~

जब वे जगदलपुर की भीतरी सड़कों से होते हुए आगे बढ़ते जा रहे थे तो इरमा दायें-बायें मुड़कर जगदलपुर के आस-पास के ऊँचे भवनों, भारी-भरकम दुकानों, होटलों, चिकनी सड़कों, बसों, वाहनों के काफ़िलों और लोगों की भीड़ को उत्सुकता से देखती रही। उसे ऐसा लगा, जैसे यहाँ मेला लगा हो।...'इतने सारे लोग यहाँ करते क्या होंगे?' उसने सोचा। यह तो दन्तेवाड़ा से भी बहुत बड़ा शहर है!...दूर तक जगदलपुर और उसकी आबादी उनका पीछा करती रही। जंगल तो इधर के रास्ते से गायब ही हो गये थे। 'क्या इधर शुरू से ऐसा ही है? सिर्फ़ पक्के मकान, दुकान, मैदान और फिर खेत-ही-खेत! नहीं यह तो बस्तर नहीं लगता। बस्तर की पहचान उसके जंगल हैं। जंगल मिटा दो तो बस्तर भी मिट जायेगा! क्या इधर बस्तर मिटाने का अभियान चल रहा है? क्या यही विकास है, जो बढ़ता-बढ़ता एक दिन उसके पाहुरनार तक...और देवगाँव तक भी पसर जायेगा?' इरमा ने मन-ही-मन सोचा और दुखी हो गई।

जब चित्रकोट करीब आया तो सड़क के दायीं ओर एक गाँव था, जो यहाँ के आम गाँवों से बहुत बड़ा और लम्बा था, रग्घू ने उस ओर देखने के लिए इरमा को कहा। रग्घू ने चलती बाइक में इरमा को बतलाया, ''देखो, यही गाँव है लोहाण्डीगुड़ा! नाम तो तुमने सुना ही होगा? 31 मार्च 1961 को यहीं गोलीकांड हुआ था। माता दन्तेश्वरी के पुजारी और आदिवासियों के परम पूज्य राजा प्रवीरचन्द्र भंजदेव के लोहाण्डीगुड़ा आने की खबर शासन द्वारा फैलायी गई थी, जबकि राजा को गिरफ़्तार

कर नरसिंहपुर की जेल में डाल दिया गया था। शासन ने उनके बदले उनके छोटे भाई विजयचन्द्र भंजदेव को राजा घोषित कर, उसे आदिवासियों से मनवाने का षड्यन्त्र रचा था। हज़ारों की संख्या में उपस्थित आदिवासियों ने उसे राजा मानने से इनकार कर दिया था और वे अपने असली राजा को सामने उपस्थित करने की माँग करने लगे थे। आदिवासियों का गुस्सा बढ़ता जा रहा था। उनके हाथों में बस्तरिया हथियार यानी तीर-कमान, फरसा, लाठी आदि स्वाभाविक रूप से तो थे ही। घबराकर प्रशासन ने विजयचन्द्र के आदेश पर गोलियाँ चला दीं और सैकड़ों आदिवासी यहाँ मारे गये थे!''

''हे मावली माता, तो यही है वह लोहाण्ड़ीगुड़ा? जिसके एक तरफ़ इन्द्रावती का जल बहता रहा और दूसरी तरफ़ आदिवासियों का खून!'' इरमा ने उस गाँव पर नज़र गड़ाये हुए कहा। उसे लगा कि आज की यात्रा बड़ी सफल रही जो उसने लोहाण्डीगुड़ा के भी दर्शन कर लिए! पनकू मामा ने उससे कभी लोहाण्डीगुड़ा गोलीकांड का ज़िक्र तो किया था, मगर वह भूल-सी गई थी।

चित्रकोट को भी देखकर इरमा अचम्भित हुई। इन्द्रावती की धारा यहाँ फैलकर नब्बे फुट नीचे गिर रही थी और ऊपर फुहार उठ रही थी। अपने प्राकृतिक सौन्दर्य से यह स्थान रमणीय हो उठा था। समुद्र से मिलने के पहले जैसे अनेक नदियाँ डेल्टा बनातीं, अनेक धाराओं में विभक्त हो सतही हो जाती थीं, वैसे ही यहाँ इन्द्रावती बह रही थी। इन्द्रावती का यह रूप इरमा ने अपनी आँखों में कैद कर लिया। ऊपरी हिस्से पर पर्यटकगण सतही धार पर चहल-कदमी कर रहे थे, फ़ोटो खींच रहे थे। नीचे बने विशाल कुण्ड में लोग डोंगी की सवारी कर रहे थे। कुछ डोंगियों में बैठे मछुआरे जाल फैला रहे थे। किनारे पर कुछ लोग नहा भी रहे थे। अचम्भित खड़ी इरमा से रग्घू ने शरारत करते हुए पूछा, ''कहीं फिर नहाने की इच्छा तो नहीं हो रही है?''

इरमा रग्घू का मज़ाक समझ गई। बोली, ''एक ही दिन में कितनी बार नहाऊँगी? वैसे भी मैं घर से नहाकर ही निकली थी। फिर यह तो हमारे गाँव की इन्द्रावती ही है। मैं गाँव में कभी भी इससे मिल सकती हूँ।...अच्छा ये बतलाओ, अब खाना कहाँ खायेंगे? मुझे सच में भूख लग रही है!''

''यहीं पर, वो देखो सड़क किनारे पर दो, तीन छोटे होटल हैं, वहीं खाना मिल जायेगा।''

''क्या लोहाण्डीगुड़ा गाँव में कोई होटल नहीं होगा? क्यों ना हम वहीं चलें?''

''वहाँ भी हैं, चलो।''

रग्घू बाइक पर जा बैठा। उसके पीछे बैठती इरमा बोली, ''हाँ रग्घू, इसी बहाने उस पवित्र भूमि को मैं छू भी लूँगी!''

लोहाण्डीगुड़ा पास ही था। मिनटों में वे वहाँ पहुँच गये। बस स्टैण्ड, सब्ज़ी बाज़ार के पास ही उन्हें एक होटल दिखायी दिया। पहले से वहाँ दो लोग भोजन कर रहे थे। रग्घू ने भी दो थाली का आदेश दिया। थाली लगते ही उन्होंने जल्दी से भोजन

कर लिया। उनकी बाइक होटल के सामने ही खड़ी की गई थी और सुरक्षित थी। बाइक वहीं छोड़ वे आस-पास टहलने लगे। यहाँ की सारी सड़कें कच्ची थीं। सामने एक पुरानी इमारत पर उन्हें 'पुलिस थाना, लोहाण्डीगुड़ा' लिखा मिला। थाने के गेट पर दो पिलर्स पर कुछ और लिखा दिखायी दिया। इरमा ने धुँधलाये उन अक्षरों को पास जाकर, हिज्जा कर-करके पढ़ा। संस्कृत भाषा के शब्द थे। एक पिलर पर लिखा था—'परित्राणाय'। दूसरे पर लिखा था—'साधूनाम'। उसने रग्घू से इसका मतलब पूछा, जो थाने से ज़रा दूर एक पेड़ की छाया में झिझकता-सा खड़ा था। उसने बतलाया, "यह थाने का मोटो है। आदर्श वाक्य। जिसका मतलब है, लोगों को भय मुक्त करना ही सज्जनों (यानी पुलिस) का काम है!"

थाने की पहरेदारी में खड़ा हथियारबंद एक सिपाही इन दोनों को घूर रहा था, खासकर इरमा को। रग्घू ने इरमा से यहाँ से जल्दी चलने के लिए कहा। वे दोनों होटल की ओर अपनी बाइक के पास पहुँचे। रग्घू ने झट बाइक स्टार्ट की। वे मुख्य सड़क पर आ गये। रास्ते में इरमा ने पूछा, "तुम रायपुर कब निकलोगे रग्घू?"

"तुम मुझे जल्दी भगाने के चक्कर में क्यों हो?" रग्घू ने मज़ाक करते हुए कहा, "वैसे तुम्हें बताया तो था, तीन दिन की छुट्टी ही बची है, जिसमें आज एक दिन और गया! परसों मैं चला जाऊँगा।...वैसे क्यों पूछ रही हो?"

"तुमने मुझे आज बस्तर की बहुत अच्छी-अच्छी जगहों को दिखाया, मगर अभी बस्तर में न जाने ऐसी और कितनी जगहें होंगी, जिन्हें अब तक कोई नहीं जान पाया है, नहीं!" इरमा ने कहा।

"लगभग सभी महत्त्वपूर्ण जगहों की खोज तो हो गई है। अब क्या बचा है, जिसे तुमने सुन रखा है और उसे देखना चाहती हो?"

"हाँ, है एक जगह, जिसके बारे में मैंने सुना है, हांदावाड़ा!"

"हांदावाड़ा?...ये कहाँ पर है?"

"मैंने गाँव में ही मामा के एक संगवारी से, जो उस दिन हमारी सगाई में आये थे, उसकी चर्चा करते सुना था। वो कह रहे थे, जिसने हांदावाड़ा का झरना नहीं देखा, समझो उसने अभी बस्तर को आधा ही जाना है! इस बार नहीं तो अगली बार सही, जब तुम आओगे तो 'हांदावाड़ा' चलेंगे, ठीक है?"

"पाहुरनार से कितनी दूर है?"

"वो कह रहे थे, बीस किलोमीटर है। उसके पास ही हांदावाड़ा गाँव भी है।"

"इतने पास है तो फिर कल ही चलते हैं। सुबह तैयार रहना घर पर और खाने का कुछ पेज-पसिया रख लेना। अंदर कुछ खाने को तो मिलने से रहा।"

"सच रग्घू? कल ही चलेंगे? कितना मज़ा आयेगा, नहीं!" इरमा प्रसन्न हो गई।

≈

जब वे वापस जगदलपुर से गुज़र रहे थे तो रग्घू ने ज़ेवरों की एक दुकान पर बाइक रोकी। इरमा को बाइक के पास ही खड़ा कर वह दुकान में घुसा और जब लौटा तो उसके हाथ में एक छोटी–सी सुन्दर और मखमली डिबिया थी, जिसके अंदर सोने का एक छोटा–सा लौंगफूल था। इरमा को उसे देकर वह बोला, "इसे अपनी नाक में पहनना, और भी सुन्दर लगोगी।...इसे हमारी आज की यात्रा की निशानी समझो। कीमती है, बचाकर रखना!"

"कितने की होगी, रग्घू?" सोने की उस फुल्ली को उँगलियों से छूती इरमा ने पूछा।

"मेरी तरफ़ से भेंट है और भेंट की कीमत नहीं पूछते, समझीं!...तुम्हारी नाक तो पहले से छिदी हुई है। चाहो तो अभी पहनकर देख सकती हो!"

"नहीं, मैं घर में पहले दर्पण के सामने पहनकर देखूँगी। नाक ज़रूर छिदवाई है, मगर पहले कभी कुछ इसमें मैंने नहीं पहना।"

इरमा ने लौंगफूल को वापस उसकी छोटी–सी मखमली डिबिया में डाल कर सुरक्षा के लिए अपने सीने के पास कपड़े में रख लिया।

जब वे शहर की भीड़–भाड़ से निकल रहे थे, तो अचानक हनुमानजी की विशाल मूर्ति को देखकर इरमा ने रग्घू की कमीज़ खींचकर बाइक रोकने का इशारा किया।

"क्या बात है?" रग्घू ने बाइक रोककर पूछा।

"देखते नहीं, हनुमान जी की इतनी बड़ी मूर्ति? बाइक से कूदकर उसने दोनों हाथ जोड़कर हनुमानजी को प्रणाम किया और कहा, "ऐसी ही बड़ी भारी मूर्ति मैंने दन्तेवाड़ा में, ठीक माता दन्तेश्वरी के मन्दिर के सामने भी देखी थी!"

"तो क्या? यहाँ भी तो हनुमान जी की मूर्ति के पीछे दन्तेश्वरी माता का मन्दिर है। वह देखो, मूर्ति के पीछे, छोटा–सा!"

"तुम यहीं ठहरो रग्घू मैं माता को प्रणाम कर आती हूँ।"

इरमा थोड़ी देर में लौटी तो उसके हाथ में माता का प्रसाद था। उसने आधा रग्घू को दिया और आधा खुद खा लिया। बाइक पर बैठते हुए इरमा ने तनिक दुख से कहा, "रग्घू, हम आदिवासियों की देवीमाता तो दन्तेश्वरी हैं, मावली माता हैं। इनके सामने ही हनुमान जी की मूर्ति को, जो माता से सौ गुना बड़ी है, क्यों खड़ा किया गया है? इससे तो हमारी देवीमाता बहुत छोटी लगने लगी हैं? कौन करता होगा ये सब खेल? बस्तर में क्या जगह की कमी है, जो हमारे देवस्थानों में ही चुनौती की तरह हमारे देवों को छोटा दिखाया जा रहा है? लगता है, हमारे देवी–देवता भी हम आदिवासियों की तरह भोले, गरीब और असहाय रह गये हैं! हम हमारे देवी–देवताओं को लेकर कहाँ जायेंगे, रग्घू?"

रग्घू ने खाली जगह पाकर फर्राटे से बाइक दौड़ा दी थी। उसे इरमा के सवाल का तुरंत कोई उत्तर सूझ नहीं रहा था। इस तरह बाइक चलाते वह तुरंत उत्तर देने से

बच गया। उसे सोचने का कुछ समय भी मिल गया। जब वे शहर से बाहर निकल आये तो इरमा ने फिर अपना सवाल दुहराया। तनिक चिंतित रग्घू बोला, "तुम भी ना इरमा, कहाँ-कहाँ की लेकर बैठ जाती हो!...जिनके पास ज़्यादा रुपया, ज़्यादा सामर्थ्य है, वे लोग अपनी आस्था के प्रतीक देवी-देवताओं पर उतना ही ज़्यादा रुपया और शक्ति लगाते हैं।...हमारे राजा प्रवीरचन्द्र भंजदेव ज़िंदा होते तो वह भी आज दन्तेश्वरी माता की इनसे भी बड़ी मूर्ति खड़ी कर देते। मन्दिर को और बड़ा बना देते।...मगर मूर्ति बड़ी या छोटी होने से क्या फ़र्क पड़ता है? तुम्हारी आस्था वास्तव में कितनी है, यह महत्त्वपूर्ण सवाल है। तुम्हारे व्यवहार में कपट, बेईमानी और झूठा दिखावा तो नहीं छिपा है, ये महत्त्वपूर्ण है!"

"हमारे गाँव में भी एक पास्टर हेमला जी आते रहते हैं। घर-घर में उन्होंने फोकट में कलेन्डर भी बाँटे, जिसमें सलीब पर टँगे ईसा मसीह की फ़ोटो है। वो कहते हैं, प्रभु ईसा मसीह की प्रार्थना ही सबको दुख से बचा सकती है! मतलब प्रभू ईसा मसीह ही सबसे बड़े हैं!...हमारे गाँव में तो दो-तीन माहरा आदिवासी भी हैं। वो तो हमारे देवताओं के साथ बुद्ध भगवान को भी मानते हैं, और उन्हीं को शायद सबसे बड़ा भी!"

"हाँ, यही बात है, और क्या? अपनी-अपनी डफली, अपना-अपना राग! असल में तुमको, मुझको सिर्फ़ इसलिए दुख हो रहा है कि इससे कहीं हमारे देवता छोटे न मान लिये जायें, क्यों?"

"तुम ना रग्घू, कभी-कभी बड़े मतलब की बात करते हो!"

इरमा ने खुश होकर कहा तो रग्घू बोला, "मतलब की बात तो मैं हमेशा करता हूँ, पर कभी-कभी तुम समझ जाती हो!"

"इसका क्या मतलब? क्या मैं बुद्धू हूँ?"

"मैंने ऐसा कब कहा? मगर तुम ऐसा मानना ही चाहती हो तो मैं थोड़े ही रोकूँगा तुम्हें!"

खिसियायी इरमा ने धप्प से एक मुक्का रग्घू की पीठ पर जमाया। बाइक थोड़ी-सी लहरा गई। इरमा बोली, "गाड़ी सँभालो, नहीं तो तुम्हारी सारी होशियारी यहीं निकल जायेगी!"

"और तुम्हारा हांदावाड़ा भी!"

30

दूसरे दिन सुबह दोनों तैयारी से हांदावाड़ा के लिए निकले। कल उन दोनों के घूमने की नयी योजना को इरमा ने हिड़मा और पनकू मामा को बताया तो उसे अपेक्षित समर्थन नहीं मिला था। मामा ने उधर के रास्ते की थोड़ी कठिनाई और समय ठीक न

चलने की बात कही, मगर इरमा के उत्साह को उन्होंने भी आख़िर में मौन समर्थन दे ही दिया। बल्कि सशंकित हिड़मा से कहा, ''अब वे दोनों बच्चे नहीं हैं जो हर बात पर हम उन्हें टोकें। उनकी यह उम्र मनमर्ज़ी करने की है, उन लोगों ने हमें बता दिया यही बड़ी बात है!''

इरमा ने घर से निकलते समय अपनी नाक की फुल्ली को चुपके से धारण कर लिया था, मगर मामा, हिड़मा, बाबो और सन्ना के सामने अपनी नाक पर रूमाल लगाये रही और वैसे ही ढके-ढके रग्घू के पीछे बाइक पर जा बैठी। उन्हें बिदा करते हुए हिड़मा ने कहा, ''मियाड़, तुम लोग ऐसी जगह जा रहे हो, जहाँ (लोग कहते हैं) सरकार भी अब तक नहीं गई! अगर आगे जाने के रास्ते कुछ भी 'खतरा' दिखे तो लौट आना!''

रग्घू को नहीं पता था कि गई रात इस घर में क्या चर्चा हुई थी। मगर बाइक से आगे बढ़ते जब पीछे से 'खतरे' की शंका की बात की गई तो वह थोड़ा चौंका। वे दोनों जिस रास्ते पर जा रहे थे, उस रास्ते रग्घू पहले कभी नहीं गया था।...खतरा? क्या खतरा? क्या रास्ते के ठीक न होने का खतरा? या जंगली जानवरों का खतरा? आगे बाइक छोड़ पैदल चलने की दिक्कत? या पुलिस-पल्टन या फिर गुफ़ा-पल्टन का खतरा?...उसके सामने बुज़ुर्गों ने खतरे की व्याख्या नहीं की थी, और इन दोनों ने भी अपने उत्साह में उन्हें व्याख्यायित होने का अवसर नहीं दिया। वे दोनों जल्दी से वहाँ से निकल गये, ताकि 'सावधानी के उपाय' के ओलों की मार से बच जायें!

नामालूम से रास्ते, घने जंगल, मील के पत्थरों-सी बीच-बीच में आती छोटी डोंगरियाँ, सूखे नाले पार करते, बाइक पर बार-बार चढ़ते-उतरते, वे बमुश्किल हांदावाड़ा गाँव के करीब पहुँचे। इतनी-सी दूरी पार करने में उन्हें तीन गुना समय लग गया था। उन्हें आश्चर्य भी हुआ कि इस रास्ते पर उन्हें कोई आता-जाता 'पुरुष' दिखायी नहीं दिया था। एक जगह एक स्त्री और दूसरी जगह एक बालक उन्हें दिखे ज़रूर, मगर वे लोग बाइक की आवाज़ सुनकर रास्ते से दूर भाग खड़े हुए थे।

''इतना कठिन रास्ता होगा, पता नहीं था!'' रास्ते में एक जगह अपनी बाइक को एक सूखे नाले में उतारकर और फिर ऊपर चढ़ाते-हाँफते हुए रग्घू बोला था।

''मुझे भी कहाँ पता था!'' इरमा ने कहा, जो नाले में ऊपर चढ़ती बाइक को पीछे से धक्का लगा रही थी, ''पर अब इतनी दूर आकर बिना देखे लौट भी तो नहीं सकते!''

नाले के ऊपर बाइक आ जाने के बाद रग्घू थोड़ा सुस्ताने की मुद्रा में दो पल खड़ा हुआ। तभी उसका ध्यान इरमा की नाक की ओर गया तो वह खुश हो गया। उसकी दी हुई लौंग अपनी जगह स्थापित हो गई थी और रास्ते की परेशानी एवं श्रम से पसीने से तर हो रही इरमा के दमकते चेहरे को और खूबसूरती प्रदान कर रही थी। वह मन-ही-मन बुदबुदाया था, ''सुन्दर...अति सुन्दर!''

उसकी बाइक के पास आकर खड़ी इरमा की नाक की ओर उसने अपनी एक उँगली बढ़ायी और लौंग को धीरे से स्पर्श किया। इरमा ने मना नहीं किया, बल्कि अपनी आँखें बंद कर ली थीं। उत्साहित रग्घू ने वही उँगली धीरे से इरमा के गालों पर, चेहरे पर, माथे पर और उसके सुन्दर ओठों पर उभर आयी नमी को सोखती-सी फिरा दी। एक नशा-सा दोनों पर तारी होने लगा था कि तभी अचानक इरमा ने उसकी उस उँगली को पकड़ लिया और अपने चेहरे से अलग करते हुए कहा, ''नहीं रग्घू, अभी नहीं!'' और वे थोड़ी दूर एक पेड़ के नीचे छाया में अपनी थकान मिटाने बैठ गये थे।

तभी इरमा को आस-पास किसी के होने का आभास हुआ, तो उसने मुँह पर एक उँगली रखते हुए रग्घू को दम साधे चुप बैठे रहने का इशारा किया। खुद एक पत्थर हाथ में लेकर, सूखे पत्तों पर पाँव पड़ने से अपने को बचाती हुई, कुछ दूर गई। उसने वहाँ कुछ देख लिया। उसने इशारे से रग्घू को अपने पास बुलाया। रग्घू उसी की तरफ़ भयमिश्रित आँखें गड़ाये हुए ही था। वह भी बिना हलचल किये धीरे-धीरे इरमा के पास पहुँचा और आँखों के इशारे से पूछा—क्या है? इरमा ने और भी सावधानी बरतते हुए अपने हाथ से झाड़ियों के पार घने वृक्षों के नीचे देखने के लिए कहा। रग्घू ने उधर देखा। वहाँ पर हिरणों का एक दल ठहरा हुआ था। दण्डकारण्य के जाने किस हिस्से से वह शांति और अभय की खोज में भटकता हुआ यहाँ आ पहुँचा था। दल में हिरणों की संख्या दस-बारह के आस-पास थी। उन्हीं में एक नर हिरण ज़मीन पर बैठा था और एक मादा उसके नुकीले सींग से अपनी आँख खुजा रही थी। रग्घू बुदबुदाया, ''नर ज़रा-सा भी हिला तो मादा की आँख फूट सकती है!'' मगर इरमा बोली, ''नहीं, नर ऐसा नहीं करेगा। मादा को उस पर भरोसा है!''

थोड़ी देर उस सुखद दृश्य को वे निहारते रहे। उनकी थकान भी कुछ दूर हुई थी। वे वापस अपनी बाइक की ओर पेड़ की छाया में लौटे। रग्घू ज़मीन पर लेट गया। इरमा बैठी रही। वह रग्घू को और थोड़ी देर आराम करने दे रही थी। मगर उसकी निगाह आस-पास चौंकन्नी फिर रही थी। इरमा को इस बार सामने की पगडंडी पर थोड़ी दूर पर कुछ रंगीन-सा दिखा। वह उठी और पास जाकर देखने लगी। रंग-बिरंगे तार (वायर) थे जो ज़मीन में छिपाये गये लगते थे। न जाने पगडंडी से कितनी दूर वे अंदर-ही-अंदर फैले हुए थे। इस स्थान पर तारों के ऊपर की मिट्टी सरक गई थी और दिन के उजाले में ये तार अपना भेद खोल बैठे थे। इरमा को समझते देर नहीं लगी। उसने आस-पास से दो पत्थर उठाये और उनके बीच एक-एक तार रख, कुचल कर काट दिया। इस तरह तारों का लिंक तोड़कर उसने उन विच्छेदित तारों को फिर ज़मीन में अलग अलग दबा दिया। उनके ऊपर पत्थर भी रख दिया। जब वह लौटी तो आँखें बंद किये पड़े रग्घू ने पूछा, ''क्या था? क्या किया?'' इरमा ने कहा, ''यह इलाका दादाओं का लगता है! बम जैसा कुछ कहीं लगा रखा होगा, मैंने उसके तारों को काट दिया और ढक भी दिया है।...मनुष्य कोई भी हो रग्घू, दूसरा मनुष्य उसका शिकार करे, यह मुझे अच्छा नहीं लगता!''

दादाओं का ज़िक्र सुनते ही रग्घू विश्राम भूल, उठ बैठा। वह तुरंत बाइक के पास पहुँचा और बाइक चालू कर दी। इरमा भी उचककर बाइक पर सवार हो गई।

≈

हांदावाड़ा घने जंगलों और पहाड़ों के बीच बसा, एक छोटा-सा गाँव था। सभी मकान कच्चे और ज़्यादातर की छतें घास-फूस की बनी थीं। खपरैलों की छत वाले मकान दो-तीन ही थे। उन्हें अपने सामने एक झोपड़ी नज़र आयी, जिसकी बखरी का घेरा झाड़ियों की सूखी टहनियों से बनाया गया था। उन झाड़ियों पर कुंदरू, करेला, तोरई जैसी कुछ सब्ज़ियों की बेलें चढ़ी हुई थीं। बखरी के भीतरी भाग में भिंडी के पौधों पर अलग-अलग दिशा की ओर इंगित करती उँगलियों-सी भिंडियाँ तनी हुई थीं, गोया किसी ने उनसे 'हांदावाड़ा जलप्रपात' का पता पूछ लिया हो और वे उसे दिग्भ्रमित करती अलग-अलग दिशा में संकेत कर रही हों! इरमा ने उसी बखरी से एक औरत को झोपड़ी में जाते देख लिया था। इस दोपहर में बाकी गाँव भर में सन्नाटा पसरा हुआ था।

रग्घू ने उस झोपड़ी के सामने एक पेड़ की छाया में अपनी बाइक रोकी और इरमा झोपड़ी के बंद द्वार पर दस्तक देती, आवाज़ लगाने लगी—"अंगे (भाभी)...अंगे...ओ अंगे!" वह औरत अपनी साड़ी के आँचल में अभी-अभी तोड़ी गई सब्ज़ी को वैसे ही रखे हुए थी, उसने द्वार खोलकर इरमा को देखा और पूछा, "बोना संग मिले मायना (किससे मिलना है) ?"

"किसी से नहीं मिलना है, अंगे! हम झरना देखने आये हैं, और उसकी आवाज़ भी हमें सुनायी दे रही है, मगर उस तक जाने का सही रास्ता समझ नहीं आ रहा है! बताओगी ?"

उस औरत ने एक दिशा की ओर उँगली उठायी और कहा, "अग्गा मोटर हन्ना...(आगे मोटरगाड़ी नहीं जायेगी)। पैदल जाना होगा। पहले नदी मिलेगी, उसे पार करना होगा!"

"कितनी दूर है वह जगह, यहाँ से ?"

"बस पास ही है!"

इस बीच बाइक से उतरकर रग्घू भी पास आ गया। उसने औरत से पूछा, "अंगे, इधर कोई माड़साल (पुरुष) दिखायी नहीं देता ? क्या सब 'पारद' को गये हैं ?

"पारद से तो सब पिछले महीने ही लौट आये। अभी सब लोग...क्या तो नाम है, वो गाँव गये हैं!"

"क्या वहाँ मंड़ई है, अंगे ?"

"नी, हआ नोतेतुर मानेय भीमाल तेनते हत्तोर...(नहीं, सब भीमादेव के दरबार

में जुटे हैं) पिछले साल पानी कम गिरा था। इस बार भी वैसा ही न हो, इसलिए आस-पास के सब गाँव के मांझी, मुखिया, मरद वहाँ भीमादेव[78] को हिलाने गये हैं!''

''तो इससे क्या?''

''अरे, भीमादेव हिल गये तो अगले साल अच्छी बरसात नहीं होगी क्या!'' उस औरत ने बड़े आत्मविश्वास से इन नासमझों को समझाया। रग्घू ने कहा, ''हमारी गाड़ी उस पेड़ के नीचे खड़ी है, अंगे। यहाँ घर के पास ला दूँ क्या?''

''नी नी... !'' वह औरत चौंक कर बोली, ''वहीं ठीक है! दादा लोग कल आये थे इधर।...तुम लोगों को रास्ते में कोई नहीं मिला क्या?...बिना उनकी मर्ज़ी तुम लोग बहुत अंदर आ गये हो!''

वे लोग उस औरत से और भी कुछ पूछते, मगर वह द्वार बंद कर झोपड़ी में गायब हो गई। दादाओं की कुछ कहानियाँ रग्घू ने भी सुनी थीं और उनसे सामना करने से डरता था, मगर इरमा पर हांदावाड़ा झरने को देखने का बुखार ऐसे चढ़ा था कि उतरने का नाम ही नहीं ले रहा था। उसने रग्घू की बाँह झटकी, ''चल रग्घू, अब तो पहुँच ही गये हैं!''

वे दोनों पैदल गाँव से आगे बढ़े। रग्घू को पथरीली, ऊबड़-खाबड़, घुमावदार पगडंडी पर लटकती झाड़ियों को हटाकर चलते, आगे बढ़ना मुश्किल हो रहा था। मगर इरमा इन सब बाधाओं से पार, लगभग दौड़ती हुई रग्घू से आगे निकलती जा रही थी। इरमा के कानों में झरने की कलकल, इस जंगली सन्नाटे में क्रमशः तेज़ होती सुनायी दे रही थी। वह यहाँ प्रकृति का ही हिस्सा थी और उसे प्रकृति की हर रचना में छंद-ताल का एहसास होता था। चिड़ियों का चहकना, हवा की गति, नदी का बहना या झरने की कलकल, सबमें एक अदृश्य ताल थी, जिसे महसूस कर उसका जी आनंद से मचल उठता था। रग्घू उसे 'पगली' समझता था, मगर प्रेम करता था। इरमा उसे प्रेम से 'पागल' कहकर चिढ़ाती थी, जिसे यह सब कम ही महसूस होता था।

वे एक छोटी पहाड़ी के किनारे-किनारे चल रहे थे कि अचानक उन्हें इन्द्रावती दिखायी दे गई। रग्घू ने पूछा, ''अब?''

''अब क्या, इसे पार कर उस पार जाना होगा! वहाँ, वह देखो, पतली धार है, पार कर लेंगे!''

''कपड़े तो भीगेंगे ना?''

''दस मिनट में सूख भी तो जायेंगे! देखते नहीं कितनी गरमी है! मगर इधर से झरना नहीं दिख रहा। उधर वो पहाड़ी को देखो, शायद झरना उसकी ही आड़ में होगा!''

''नदी पार करके अभी कुछ चलना भी होगा?'' रग्घू कुछ हताश-सा था।

---

78. 5-6 फ़ीट ऊँचा एक पहाड़ी पत्थर

“अब ज़्यादा मत सोचो!” इरमा ने कहा और नदी की उथली, पतली धार में कपड़ों सहित उतर गई। उसने अपने साथ लाये खाने के सामान की थैली को एक हाथ में नदी की सतह से ऊँचा उठाये रखा। रग्घू भी उसका अनुसरण करते हुए पानी में उतर गया, मगर उसको अपना हाथ पानी की सतह से ऊपर उठाने की ज़रूरत नहीं थी, क्योंकि उसके दोनों हाथ खाली थे। दोनों साथ-साथ नदी के पार जाकर किनारे-किनारे आगे बढ़ते रहे, तन पर लटके गीले कपड़े सूखते रहे। जब कपड़े सूख गये तो इरमा ने कहा, “चलो, कहीं बैठकर पेज खा-पी लें। तुमको भी भूख तो लग गई होगी!...मेरे हाथ का वज़न भी कम हो जायेगा?”

रग्घू ने उसके हाथ की थैली अपने हाथ में ले ली और कहा, “अब तुम अपना झरना पहले देख ही लो। यहाँ उसकी आवाज़ कितनी तेज़ है। लगता है हम पहुँच ही गये हैं!”

और सच में, जैसे ही वे सामने की एक छोटी पहाड़ी की आड़ से निकले उन्हें उस अद्भुत दृश्य के दर्शन हुए। सामने एक ऊँचा पहाड़ था, जिसमें से दसियों झरने फूट रहे थे। झरनों की धारायें जैसे आपस में होड़ करतीं, और तेज़ और तेज़, अपने सर्पीले फनों को नीचे चट्टानों पर पटकतीं, उछलतीं, कूदतीं, लेकिन फिर अपने अहं को विसर्जित करती एकीकृत हो आसमानी रंग में नीली, स्वच्छ और निर्मल बन आगे भूभाग में बढ़ी जा रही थीं। जून के तीसरे हफ़्ते में तपते दण्डकारण्य में जहाँ जगह-जगह आग सुलग रही थी, यहाँ इन्द्रावती के आद्र प्रभामंडल में आस-पास हरियाली नाच-गा रही थी। जलप्रपात के पास गिरती, थिरकती धाराओं का समूहगान किसी को सहज अपनी बातचीत करने का अवसर नहीं देता था। प्रयत्नपूर्वक ज़ोर से बोलकर, और साथ ही इशारे का सहारा लेकर ही अपनी बात कही जा सकती थी। वृक्षों की अनेक अस्त-व्यस्त पंक्तियाँ पहाड़ों पर नीचे से ऊपर की ओर, झरनों की खाली जगहों में जड़ें जमा चोटी तक चली गई थीं, गोया उन्हें पहाड़ों के ‘उस पार न जाने क्या होगा’ की उत्सुकता खींच लायी हो! इन पंक्तियों में कुछ पातहीन वृक्ष भी थे, जो अपनी फुनगियों में सफ़ेद-पीले फूल धारण किये हुए थे। उन्हीं में कहीं-कहीं पर पलाश के पेड़ भी थे, जिनकी फुनगियाँ दहक रही थीं।

इरमा का दिल आनंद से भर उठा। कंठ गा उठा कोई अबूझमाड़िया गीत, जिसे रग्घू सुन नहीं पा रहा था। इरमा एक झरने के नीचे खड़ी हो भीगने लगी, फिर वह दूसरे झरने के पास गई। झरनों की अटूट और ठंडी धाराएँ उसके शरीर को अंदर तक भिगोती रहीं। इन्द्रावती उसमें और वह इन्द्रावती में समाहित हो गई लगती थी। रग्घू झरने से ज़रा दूर सूखी चट्टान पर बैठ गया था। उसके पैरों को भिगोता झरने का जल तेज़ी से आगे प्रवाहित हो रहा था। उसे लगा, यदि वह यहाँ नहीं आता या रास्ते से ही लौट जाता तो उसे दूसरों के बताये पर यकीन नहीं होता। वह मन-ही-मन बुदबुदाया, “अद्भुत...अद्भुत...अद्भुत!” उसे अपने एम.ए. के अध्यापक द्वारा कवि केदारनाथ अग्रवाल की कोट करायी एक कविता का स्मरण हो आया—

आज अभी आँखों से
पर्वतीय निर्जन के / धुन्ध भरे घेरे में
कैद खड़े पेड़ों के / मौन पड़े डेरे में
पातहीन शाखों के / आखिरी किनारों पर
पीत पगे फूलों के / आरसी कपोलों पर
दिन में ही जगर मगर / दीप जले देखे हैं!

रग्घू का एक सौन्दर्य प्रेमी मन इस अनुपम वनस्थली पर आसक्त हो रहा था। उस पर झरनों में बेफ़िक्र होकर भीगती इरमा के सौन्दर्य की कस्तूरी उसे मदहोश किये जा रही थी। वह उसे अभी अपनी बाँहों में जकड़ लेना चाहने लगा। मगर उसका दूसरा भयभीत मन यहाँ से जल्दी कूच कर जाने को बेताब था। उसने इरमा को आवाज़ लगाकर बुलाने से बेहतर खड़े होकर चलने का इशारा करना उचित समझा। मगर इरमा ने उसके इशारे की तरफ़ ज़रा देर से देखा और फिर वहीं से उसे भी झरने के नीचे आने का इशारा करने लगी। मगर रग्घू नहीं गया तो वही थोड़ी देर बाद लौट आयी।

रग्घू ने उठकर एक छोटी सपाट चट्टान ढूँढी, जिसके ऊपर एक घने पेड़ की छाया पड़ रही थी। थैली से उसने पेज की देगची और चटनी की कटोरी निकाल ली। साथ रखे एक और बर्तन में उसने पेज को आधा-आधा किया। उसके इस बंटवारे तक इरमा खड़े-खड़े अपने कपड़े सुखाती रही। बँटवारे के बाद दोनों साथ-साथ खाने बैठे। चटनी का बँटवारा नहीं हो सका था, क्योंकि उसके लिए कोई दूसरी कटोरी नहीं थी। एक ही कटोरी से उन्होंने चटनी चखी। खाने के बाद दोनों ने इन्द्रावती का पानी अपनी अंजलि में लेकर पीया और फिर एक पल भी वे वहाँ नहीं रुके।

दोपहर ढलने लगी थी। रास्ता कठिन था। वे गिरते, पड़ते हांदावाड़ा गाँव पहुँचे। गाँव अब भी एक अजीब-सी भय मिश्रित चुप्पी और सन्नाटे के घेरे में अचेत-सा पड़ा था। दूर से उन्हें अपनी बाइक दिखायी दी। बाइक जहाँ खड़ी थी, पहले वहाँ छाया थी, अब बाइक पर धूप पड़ रही थी और छाया दूसरी तरफ़ सरक गई थी। उस छाया में दर्जन भर गुफ़ा-पल्टन के लोग, जिनमें चार युवतियाँ और बाकी युवक थे, चहलकदमी कर रहे थे। घबराये रग्घू ने इरमा से कहा, "तुमने जो तार काट दिये थे, लगता है इन्हें पता लग गया है?"

इरमा को भी तनिक शंका हुई, मगर फिर आत्मविश्वास से बोली, "ऐसा नहीं हो सकता! मैंने उन्हें मिट्टी में पहले जैसा ढक दिया था। वो तो पहले दिख भी रहे थे। फिर काटी गई जगह ढूँढ़ना उनके लिए मुश्किल है। तुम घबराना नहीं!"

पास पहुँचकर इन दोनों ने उन्हें 'सेवाजोहर' कहा, मगर उधर से कोई प्रति उत्तर नहीं मिला। एक ने, जो शायद उनका लीडर रहा होगा, उनसे पूछा, "कौन हो तुम लोग? इधर कैसे घुस आये? क्या तुम्हें ज़रा भी डर नहीं है?"

भयभीत रग्घू से कोई उत्तर देते नहीं बना। चुप रहकर उसने जैसे अपनी गलती मान ली, मगर इरमा ने मोर्चा सँभाला। बोली, ''मैं इरमा, लेकामी इरमा, पाहुरनार से। और ये है मेरा मंगेतर रग्घू कोर्राम, मुचनार से। हम यहाँ के कोयतोर (आदिवासी इंसान), जंगल हमारा, हम किससे पूछने जायें, यहाँ आने के लिए?''

''अच्छा? लगता है तुम्हें मरने से डर नहीं लगता?''

''कौन मारेगा हमको दादा? हमने किसी का क्या बिगाड़ा है? और किसी के न मारने से भी क्या...मानेय जीवत मंदानुर (इंसान ज़िंदा ही रहेगा, हमेशा)?''

लीडर के हर सवाल के जवाब में जब सवाल ही मिला तो लीडर ने जो तल्ख़ी अख़्तियार कर रखी थी, वह थोड़ी ढीली पड़ गयी। उसने अपने साथियों की तरफ़ एक नज़र देखा और फिर बोला, ''शायद तुम लोगों को मालूम नहीं, यहाँ दण्डकारण्य के आदिवासियों के खिलाफ़ कोई बड़ा षड्यंत्र उधर कोंटा[79] इलाके में रचा जा रहा है! पुलिस, सीआरपीएफ़, बीएसएफ़ और दूसरी सेना की कम्पनियों को बड़ी मात्रा में यहाँ उतारा जा रहा है, ताकि आदिवासियों को यहाँ से भगाया जा सके!''

इरमा और रग्घू ने एक-दूसरे को देखा। रग्घू में कुछ बोलने का साहस आया। बोला, ''हमको ऐसी कोई जानकारी नहीं है दादा!...मैं रग्घू कोर्राम, मुचनार में काका के घर में रहता हूँ। रायपुर में एम.ए. कर रहा हूँ। छुट्टी में आया तो मंगेतर के कहने पर हांदावाड़ा फ़ॉल देखने चला आया!''

लीडर ने अपने साथियों को आँखों से कुछ इशारा किया। उन सबके काँधों पर अपनी ज़रूरत का सामान और बंदूकें भी लटक रही थीं। एक युवक और एक युवती आगे बढ़े और रग्घू के साथ इरमा के सामानों की तलाशी ली। उनकी बाइक की डिक्की खोलकर भी देखी। रग्घू की जेब से पचहत्तर रुपये निकले, जिसे उन्होंने रख लिया। संदेहास्पद कोई चीज़ उनके पास थी भी नहीं। इरमा की तलाशी ले रही युवती ने लीडर की ओर देखकर कहा, ''कामरेड, इसके नाक की फुल्ली तो देखो, क्या गज़ब की चमक रही है!''

एक दूसरी युवती उपेक्षा से बोल पड़ी, ''नकली होगी?''

''नहीं असली है, नौ सौ रुपये की!'' रग्घू के मुँह से अचानक निकल पड़ा। 'नकली' सुनकर उसे अपनी भेंट का अपमान लगा था।

''देखो भई, रग्घू कोर्राम!'' लीडर बोला, ''दण्डकारण्य में हम, आप लोगों के लिए ही लड़ाई लड़ रहे हैं! हमें भी लड़ाई के लिए संसाधनों की ज़रूरत पड़ती है। मगर हम लोगों के घरों में चोरी-डाका नहीं डालते! लोगों द्वारा दी गई सामग्री और रुपयों से ही हम ये लड़ाई लड़ रहे हैं। यह नाक की फुल्ली हमें दे दो तो इसे

---

79. सुकमा ज़िले का अंतिम कस्बा जो तेलंगाना और ओडिशा से लगा है।

बेचकर हमारा कुछ आर्थिक जुगाड़ बन जायेगा!''

रग्घू ने मन-ही-मन अपना सिर पीटा। कहाँ उसके मुँह से 'असली' निकल गया। मगर अब बात बदली नहीं जा सकती थी। इधर इरमा नौ सौ सुनकर चिंतित हुई। उसने पहली बार अपने शरीर पर इतनी कीमती चीज़ धारण की थी, जो अब उसे असहज बना रही थी। उसने थोड़े प्रयास से फुल्ली उतारी और तुरंत अपने कपड़े से पोंछा, फिर उस युवती की ओर बढ़ा दी।

''बहुत अच्छे!'' लीडर इरमा की तत्परता से प्रसन्न होकर बोला, ''तुमने हमारी लड़ाई के लिए 'अपनी इच्छा से' जो सहयोग किया है, इसके लिए शुक्रिया!''

रग्घू का चेहरा उतर गया। इन बंदूकधारियों की इजाज़त के बिना वे यहाँ से जा नहीं सकते थे। लीडर, जो पहले खूँखार लग रहा था, एक युवती से बोला, ''कामरेड राधा, तुम्हारे थैले में जो केले धरे हैं, इन लोगों को खिलाओ भई।'' राधा ने अपनी पीठ पर रखे बैग को नीचे उतारा और फिर उसमें से चार केले निकाले, जो उन्होंने आस-पास से ही नदी किनारे के वन-केलों के जंगल से तोड़े थे, उन्हें दो-दो बाँट दिये। उन्होंने केले ले तो लिये, मगर खा नहीं रहे थे। उन्हें जाने की इजाज़त चाहिए थी, जो शीघ्र मिल नहीं रही थी। लीडर ने इन उतरे चेहरे वालों से कहा, ''भई, खाने को दिये हैं, खा भी लो! तब तक मैं एक चिट्ठी लिख लेता हूँ। इसे आप (उसने रग्घू से कहा) मुचनार की किराना दुकान वाले सेठ को दे देना!''

फिर रग्घू की बाइक की सीट पर एक कागज़ रखकर पेन से कुछ लिखने लगा। लिखकर उस कागज़ को तीन बार मोड़ा और अपने बैग से स्टैपलर निकालकर उस पर दो जगह पिन कर दिया। इस बीच इरमा और रग्घू ने अनिच्छा से ही सही, केले खा लिये, ताकि स्वयं की सहजता पुनः प्राप्त कर सकें और गुफ़ा-पल्टन वालों के गुस्से का एक अवसर कम हो जाये!

लीडर ने चिट्ठी रग्घू को दी। रग्घू ने मुड़ी-तुड़ी चिट्ठी पर, जो एक सिक्के के आकार की बन गई थी और जिस पर न पानेवाले का नाम था, न भेजने वाले का, एक नज़र डाली और अपनी कमीज़ की जेब में रखते हुए पूछा, ''सेठ पूछेगा कि किसने दी तो?''

''वो नहीं पूछेगा, मगर उसके आस-पास जब कोई न हो तब देना!...अब आप लोग जा सकते हैं!''

इतना ही सुनने को वे तरस रहे थे। रग्घू ने झट अपनी बाइक चालू की और उस पर सवार हो गया। इरमा भी इस तरह उचककर पीछे सीट पर जा बैठी, जैसे अभ्यासी हो! कुछ दूर धीरे-धीरे बढ़ने के बाद बाइक की रफ़्तार अचानक तेज़ हो गई। उन्होंने फिर मुड़कर भी नहीं देखा। क्या पता फिर किसी काम से पुकार न लिये जायें! डर पीछे था और डर से निजात का रास्ता आगे!

31

जब वे दोनों गुफ़ा-पल्टन वालों से बहुत दूर निकल गये तो रग्घू ने इरमा को बताया, ''मैंने पिछले हफ़्ते अखबार में पढ़ा था कि गीदम से कुछ सवारी लेकर एक जीपवाला, जिसका नाम धनीराम पोयाम था, दन्तेवाड़ा होते हुए नकूलनार जा रहा था, उसे रास्ते में रोककर फ़ोर्स के चार जवान भी जीप में जा चढ़े थे। शासन की तरफ़ से सार्वजनिक वाहनों में फ़ोर्स और पुलिस को चलने की मनाही थी। धनीराम पोयाम उनको बिठाना भी नहीं चाहता था, मगर फ़ोर्सवालों की दादागिरी के आगे वह क्या करता बेचारा। रास्ते में गुफ़ा-पल्टन वालों ने जीप को रोक लिया। फ़ोर्सवालों को गोली मार दी। बाकी सवारियों को भगा दिया और पोयाम को भी गोली मार दी। वह अपनी सीट पर बैठे-बैठे ही मर गया।...आजकल हमारा बस्तर *महाभारत* का कुरुक्षेत्र बन गया है।''

अपनी स्मृति पर ज़ोर डालते हुए इरमा ने पूछा, ''क्या ड्राइवर का दूसरा नाम 'ज़हरीले' था?'' रग्घू को आश्चर्य हुआ, ''तुम उसे कैसे जानती हो?...अखबार में उसके नाम के साथ सच में कोष्ठक में 'ज़हरीले' भी छपा था!'' इरमा ने रग्घू को अपनी पहली जीप-यात्रा में मिले ज़हरीले का किस्सा सुनाया और दुखी होकर बोली, ''वह तो बहुत अच्छा आदमी था, बेचारा!''

रग्घू ने इरमा को दुखी देख उसका मन फेरने के लिए, ज़हरीले से ही सम्बद्ध एक घटना का ज़िक्र किया। उसने बताया, ''कई बार मैंने गीदम और आस-पास के इलाकों में जाने के लिए उसकी जीप की सवारी की थी। एक बार उसकी जीप में मैं अकेला था, बाकी सवारी उतर चुकी थीं, और जब वह 'ज़हरीले' के नाम से जाना भी नहीं जाता था, उसने मुझे एक किस्सा सुनाया था। उसके चाचा भी ड्राइवर थे और सरकारी ड्राइवर थे। वह कलेक्टर-ऑफ़िस में कलेक्टर की कार चलाते थे। एक बार जब उसके चाचा कलेक्टर के साथ कोंड़ागाँव की तरफ़ लौट रहे थे तो, कलेक्टर बी. डी. शर्मा ने एक बूढ़ी माई को सिर पर गठरी उठाये, सड़क पर नंगे पाँव धूप में पैदल जाते देखा। कलेक्टर ने कार रुकवा दी। कार से उतरकर बूढ़ी माई से पूछा—कौन गाँव जा रही हो, माई? तो बुढ़िया ने अपने गाँव का नाम बतला दिया। तब कलेक्टर ने उस माई की गठरी कार में रख, माई को कार में बिठा लिया। थोड़ी देर बाद माई का गाँव आया तो कलेक्टर ने उस माई को उसकी गठरी सहित उतरने में मदद की। कार से नीचे उतरकर उस बूढ़ी माई ने कलेक्टर को आशीर्वाद देते हुए कहा—जा बेटा, भगवान तुझे 'जनाब पटवारी' बनाये!...बेचारी 'कलेक्टर' को क्या जाने। जंगल के लोगों के लिए तो पटवारी ही बड़ा अधिकारी होता है!''

मगर इरमा का मन ज़हरीले की मौत की सूचना से इतना दुखी था कि रग्घू का प्रयास कुछ काम नहीं आया। इरमा ने एक लम्बी साँस छोड़ते हुए पूछा, ''भगवान भले लोगों को मरते हुए कैसे देखता होगा, रग्घू?'' रग्घू निरुत्तर था।

~

पाहुरनार पहुँचते उन्हें शाम हो गई थी। इरमा को उसके गाँव में छोड़, अपने पीछे की सीट में हूंगा को बिठाकर रग्घू नदी घाट तक आया। हूंगा ने उसे रेत की बोरियों से बाइक पार कराने में मदद की और लौट गया। नदी पार कर रग्घू सीधे घर जाने की जगह पहले सेठ की दुकान में गया। उसका सिर गुफ़ा-पल्टन की छोटी-सी चिट्ठी के बोझ से दुख रहा था। मगर उसके पहुँचते, सेठ के साथ चार लोग पहले से वहाँ बातें करते बैठे मिले। अपनी बाइक अँधेरे में एक जगह खड़ी कर वह आस-पास टहलता, बाकी लोगों के सेठ के पास से जाने का इंतज़ार करता रहा। आधा घंटा उसने प्रतीक्षा की। जब बाकी लोग चले गये और सेठ भी अपनी दुकान बंद कर घर के अंदर जाने को हुआ तो रग्घू ने दौड़कर आवाज़ लगाते हुए कहा, "सेठजी, एक मिनट... !"

सेठ के पास पहुँचकर उसने वह चिट्ठी उसे सौंप दी। सेठ ने एक पल उसे और उस चिट्ठी की ओर देखा। "हांदावाड़ा गाँव में किसी ने मुझे दी थी!" सहमते स्वर में रग्घू ने कहा। सेठ ने कोई खास प्रतिक्रिया नहीं की। सिर्फ़ 'ठीक है' कहकर वह दुकान के पीछे के अपने निवास में गायब हो गया।

हांदावाड़ा से सशरीर लौट आने और चिट्ठी के बोझ के निकल जाने के बाद रग्घू ने राहत महसूस की, मगर इरमा के लौंगफूल (फुल्ली) के लूट लिए जाने की उदासी के साथ उसने काका के घर में प्रवेश किया। कोर्राम मंगलू बोलने-बताने के मामले में हूंगा की प्रतिकृति ही थे। वे जितनी बातें अपने घर के पालतू जानवरों (बकरियों, सूअरों, गाय और कुत्ते) से करते थे, उतनी बातें वह किसी इंसान से कम ही करते थे। जानवरों को चराते, भगाते, इकट्ठा करते, दाना देते, पानी पिलाते, बाड़े में, दड़बे में बंद करते, अजीब-अजीब आवाज़ों में उन्हें पुकारते, पुचकारते और डाँटते भी रहते थे। रग्घू के आने में देर होने पर वह मन में चिंतित थे। उनकी चिंता इसलिए भी थी कि कल एकदम सुबह रग्घू को बस पकड़ कर रायपुर के लिए निकलना था। मवेशियों के बीच उनकी चिंता व्यक्त होती रही थी...लेका जल्दी आ जाता, खा लेता, जल्दी सो जाता, तो सुबह जल्दी उठ भी पाता! मगर जैसे ही रग्घू के आने की आहट मिली, वह हड़बड़ाकर उसकी तरफ़ मुड़े और इतना ही कहा, "आ गया, चल खा ले!" फिर रग्घू के पीछे उन्होंने घर का द्वार बंद कर दिया, जो रग्घू की प्रतीक्षा में अब तक खुला ही पड़ा था। जंगल में रात होते ही जल्दी खा लेने और सो जाने का रिवाज था। ऐसा इसलिए भी रहा होगा कि जंगल में जल्दी अँधेरा हो जाता था और बिजली तो घरों में थी नहीं। फिर अति-सुबह सबको अपने काम-धंधों में भी लग जाना होता था।

काका के बनाये खाने को खाकर, सुबह साथ ले जानेवाले सामानों को पैक कर, रग्घू अपनी खाट पर लेट गया। आज की किसी घटना के बारे में उसकी काका से कोई बात नहीं हुई। न काका ने ही जिज्ञासा प्रकट की। वैसे भी इरमा के साथ उसने किसी से आज की घटना की चर्चा न करने का समझौता कर रखा था। मगर जब तक नींद नहीं आयी, वह आँखें मूँदे आज की घटनाओं की जुगाली करता रहा।

सुबह जब वह अच्छी गहरी नींद में था, काका ने उसे जगा दिया। आँखें मलते

हुए वह उठा। मुँह धोया, मैदान गया, आकर नहाया और अपना सामान लेकर काका के साथ ही बाइक पर गीदम बस स्टैण्ड पहुँचा। यहाँ से संचालित सभी बसें निजी कम्पनियों की थीं। रायपुर जानेवाली उसकी बस लग चुकी थी, मगर उसे छूटने में बीस मिनट शेष थे। उस बस के ड्राइवर, कन्डक्टर एक होटल में चाय-नाश्ता कर रहे थे। बस की खाली सीट पर अपनी अटैची रखकर रग्घू भी काका के संग उसी होटल में गया, ताकि बस छूटने का डर न रहे। दोनों ने चने की सब्ज़ी के साथ पूरी खायी। रग्घू ने काका के मुकाबले ज़रा धीरे-धीरे खाया। धीरे-धीरे चाय पी, ताकि पहले खाकर पैसा देने के अनौपचारिक झंझट से बच जाये। यूँ भी उसकी जेब एकदम खाली थी और बस का किराया भी काका से ही लेना था। काका ने जल्दी अपना नाश्ता खत्म किया, चाय पी और होटल के बाहर रखे ड्रम से पानी ले हाथ धोया, फिर अपनी बंडी की जेब से रुपया निकालकर होटल का बिल चुकाया। एक नज़र उन्होंने रग्घू की ओर डाली, जो उनकी तरफ़ ही देख रहा था। बोलने की अपेक्षा उन्होंने हाथ के इशारे से पूछा, "और रुपया तो नहीं चाहिए?"

रग्घू के मुँह से साफ़-साफ़ 'हाँ', 'न' कुछ भी नहीं निकला। कल और परसों की यात्रा में वह काका की जेब पर डाका डलवा ही चुका था। काका ने बिना उसके कुछ बोले, पाँच सौ रुपये उसकी कमीज़ की ऊपरी जेब में डाल दिये, क्योंकि रग्घू के एक हाथ में चाय का कप और दूसरे में प्लेट अब भी धरी हुई थी।

जब ड्राइवर, कन्डक्टर बस की ओर होटल से रवाना हुए, तो बस स्टैण्ड में बसों के छूटने के समय पर नियंत्रण रखने के लिए प्रायोजित 'मुंशी' ने इस बस के ड्राइवर, कन्डक्टर की ओर देखकर और एक उँगली दिखाकर ज़ोर से सीटी बजायी। यानी अब आपकी बस को स्टैण्ड खाली करना है! ड्राइवर ने बस पर चढ़कर बस चालू की और धीरे-धीरे आगे बढ़ायी, ताकि पीछे वाली बस की भी एक-दो सवारियाँ मिल जायें तो अच्छा! ज़्यादा सवारियों पर उन दोनों का कमीशन भी तय था। कन्डक्टर बस के दरवाज़े से लटका दो बार चीखा, "जगदलपुर, कोंडागाँव, कांकेर, रायपुर... ?" अचानक उसे कोई सवारी उसकी बस की ओर आती दिखायी दी। ड्राइवर को उसका इशारा हुआ, "दबाइके...दबाइके!" मानो वह कोई गाना गा रहा हो। ड्राइवर हॉर्न बजाता धीरे-धीरे आगे बस बढ़ाता रहा। बस इतने धीरे-धीरे आगे बढ़ रही थी कि कोई भी उसमें आसानी से चढ़-उतर सकता था। रग्घू पहले ही काका के पाँव छूकर बस में बैठ चुका था। बस और भी कुछ दूर तक 'दबाइके-दबाइके' के इशारे पर रेंगती रही। इतने में बीजापुर की ओर से इसी रास्ते पर आगे जाने वाली दूसरी कम्पनी की बस आकर बस स्टैण्ड में प्रवेश करने लगी। उसे देखते ही कन्डक्टर चीखा, "दबाले-दबाले!" यानी ड्राइवर को इशारा कि अब फर्राटे से भाग! पीछे 'यमदूत' आ गया रे, बाबा!

भाग–3

सलवा जुडूम

गिरी गाज बस्तर पर

32

वसंत का मौसम अभी-अभी खत्म हुआ था। दण्डकारण्य अपने कुछ वृक्षों पर फूट पड़ीं नयी कोंपलों और कुछ में लदे फलों-फूलों से अभिमानित डोल रहा था, मगर इसके भीतर का मानव अपने जीवन में बढ़ती असहजता से किंकर्त्तव्यविमूढ-सा हो रहा था। देश को आज़ादी मिले आधी सदी बीत चुकी थी, मगर इसकी भनक इस अरण्य के आदिवासियों को अब जाकर लगने लगी थी। उन्होंने आशा की कि मराठों, अंग्रेज़ों के समय में उनके जल, जंगल और ज़मीन की जो लूट हुई, जो शोषण हो रहा था, अब जाकर शायद खत्म हो जायेगा! मगर उनका दुर्भाग्य, उनके जल, जंगल, ज़मीन और जीवन पर देश की आबादी के विस्तार और विकास का लोलुप-पहिया बुल्डोज़र की तरह आगे बढ़ रहा था। बावजूद इसके कि आज़ाद देश ने राष्ट्रीय वननीति में अरण्य और आदिवासियों के बीच के 'सह सम्बन्ध' वाली आधारभूत मान्यता को स्वीकार किया था। अरण्य में और अरण्य के आस-पास रहने वाले आदिवासियों की उन पर निर्भरता एवं उनकी ज़रूरतों को पूरा करने का संकल्प व्यक्त किया था। आज वह संकल्प न जाने कहाँ धरा रह गया था। संसाधनों पर राज्य की बजाय समाज के अधिकारों की जो पुनर्स्थापना होनी थी, वह कागज़ों में सिमट कर रह गयी थी। संविधान और कानून जैसे व्यापारियों, उद्योगपतियों, ठेकेदारों, पूँजीपतियों, खनिकों आदि के हितों का संरक्षक-सा बना प्रतीत होता था। एक तरफ़ राज्य, पुलिस, नेता, अधिकारी और दूसरी तरफ़ उग्र नक्सलियों के बीच आम आदिवासी फ़ुटबाल की तरह लात खाता, कभी इधर, कभी उधर दण्डित हो रहा था।

सन् 2005 की गर्मियों में 'सलवा जुडूम' की शक्ल में तथाकथित जन-जागरण का 'शांति अभियान' शुरू हुआ। पहले भी दो-तीन 'जन-जागरण' की कोशिश हुई थी। जन-जागरण सरकार कर रही थी और आदिवासियों को नक्सलियों से बचकर रहने और प्रश्रय न देने की लगातार मुनादी भी कर रही थी। नक्सली भी अपनी सांस्कृतिक इकाइयों के द्वारा गीत, नाटक और ग्राम सभाओं के माध्यम से उन्हें अपने अधिकारों के प्रति जागृत कर रहे थे। आदिवासियों को पुलिस, प्रशासन और नेताओं के खिलाफ़ लामबंद कर रहे थे। अरण्य में 'महाभारत' का रंगमंच तैयार था। अरण्यवासियों को इन दो पक्षों में से किसी एक पक्ष को चुनने की बाध्यता-सी थी। परिवारों में भी मतभेद उभर रहे थे। अनेक परिवारों के लोग कुछ इधर तो कुछ उधर जा मिले थे। दोनों तरफ़ मुखबिरों की तादाद बढ़ने लगी थी। एक पक्ष दूसरे पक्ष के

मुखबिरों का वध करता था, मगर किसी भी पक्ष का मुखबिर मरे, होता वह आदिवासी ही था। इस तरह के कत्लेआम का मंज़र दण्डकारण्य की ज़मीन पर पनपता ही जा रहा था।

इस अरण्य के 4/10 भाग पर धीरे-धीरे नक्सली और 4/10 भाग पर पुलिस प्रशासन सक्रिय था। शेष 2/10 भाग कुरुक्षेत्र का मैदान बना हुआ था, जहाँ ज़ोर आज़माइश चल रही थी। 2003 में जब इस इलाके में पहली बार सीआरपीएफ़ (सेन्टर रिज़र्व पुलिस फ़ोर्स) के जवान लाये जाने लगे, तभी से नक्सली उग्र हो उठे थे। मई 2005 में तो उन्होंने कर्रेमरका गाँव में बम विस्फोट कर सीआरपीएफ़ के 5 जवानों को मार गिराया था।

प्रत्येक गाँव में नक्सलियों के कुछ समर्थक बन गये थे, जो संघम सदस्य कहलाते थे। लोग बताते हैं, ऐसे ही एक छोटे-से गाँव करकेली में, जो कुटरू[80] कस्बे के करीब था, कुछ संघम सदस्य थे। पास ही बेद्रेगाँव में सीआरपीएफ़ जवानों का कैम्प था। उस कैम्प के लिए चावल और राशन का दूसरा सामान ले जाते एक ट्रक को इन संघम सदस्यों ने लूटा और भाग गये। सूचना पर कुटरू से धड़धड़ाती हुई पुलिस आयी और करकेली गाँव के सभी वयस्क ग्रामीणों को धर दबोचा। कुटरू की छोटी-सी उपजेल में उन्हें हिरासत में रखा, मारा-पीटा। उन सभी को तब तक दण्डित किया जाता रहा, जब तक कि वे स्थानीय नक्सली सहयोगियों को पकड़कर पुलिस को सौंपने को तैयार नहीं हो गये।

संदेह में मार खाये ग्रामीण घायल बाघिन की तरह अपने गाँव लौटे और दूसरे दिन पास के अम्बेली गाँव में उन्होंने सभा की। सभा में स्थानीय संघम सदस्यों को भी आमंत्रित किया। उनसे कहा गया कि वे कोई शस्त्रादि लेकर न आयें। षड्यंत्र से अनभिज्ञ नक्सली समर्थक नि:शस्त्र आये। वे आये, तो ग्रामीणों ने उन्हें चारों तरफ़ से घेरकर सभा की। उनसे पूछा कि बिना ग्रामसभा से सलाह किये, उन्होंने जवानों के ट्रक को क्यों लूटा? निहत्थे नक्सली समर्थक कोई जवाब देते, पुलिस की मार खाकर लौटे ग्रामीणों ने उन्हें धर दबोचा और पकड़कर कुटरू पुलिस थाने के हवाले कर दिया। कहते हैं कि यहीं से स्वस्फूर्त 'सलवा जुडूम' की शुरुआत हुई!

मासा कोर्राम इस इलाके का सबसे बड़ा आदिवासी नेता माना जाता था। था भी वह बड़ा साहसी। साँवला, ठिगना, मोटा, वाचाल और जुझारू प्रवृत्ति का नेता। सैकड़ों एकड़ भूमि का मालिक, वह आदिवासी ज़मींदार परिवार से था। अपने मन की, चाहे वह विधान-सम्मत हो या न हो, करने के लिए हमेशा उद्धत। उसकी इस प्रवृत्ति ने उससे कुछ असंवैधानिक कार्य भी करा डाले, मगर वह उन्हें गलत मानने को तैयार न था। आदिवासियों में वह युवातुर्क की तरह उभरता, उठता नया सितारा था। आदिवासियों

---

80. एक समय की प्रसिद्ध ज़मींदारी

में अपनी पैठ बनाने के लिये सभी राजनीतिक पार्टियों को उसकी ज़रूरत थी। पहले कम्युनिस्टों ने उसे उस इलाके का अपना लीडर बनाया। वह चुनाव लड़ा और विधायक भी बना। मगर राज्य में उसकी पार्टी की सत्ता तो नहीं थी। वह मालिक–मकबूजा[81] केस की गिरफ़्त में आ गया। अपने केसों से निजात पाने के लिये वह तात्कालिक सत्ता पार्टी में शामिल हो गया। फिर चुनाव लड़ा और जीत गया। मगर इस बार राज्य की सत्ता पर दूसरी विपक्ष की पार्टी आ गई। मासा कोर्राम की सत्ता–पार्टी विपक्ष में चली गई। वह विपक्ष का नेता बना दिया गया, मगर अपने हितों की रक्षा के लिए नई सत्ता–पार्टी से मधुर सम्बन्ध बनाये रखना उसकी ज़रूरत भी थी और मजबूरी भी।

उसकी आलोचना भी हुई, मगर नक्कारखाने में तूती की तरह। उसकी पार्टी के कुछ विधायक सत्ता पार्टी की 'गुप्त योजनाओं' के विरोधी थे, मगर उनका नेता ही जब उन योजनाओं का तरफ़दार था, तो वे क्या करते। उनका नेता सत्ता पार्टी का लाड़ला बन गया था और उसे अप्रत्यक्ष, अघोषित, सत्ताशक्ति हासिल हो गयी थी। वह हाथी की तरह झूमता, मचलता, चिंघाड़ता, मनमर्ज़ी निर्णय लेता रहा। उसी ने कुटरू कस्बे के पास के गाँव अम्बेली की सभा को 'सलवा जुडूम' नाम दिया था। फिर तो उसके नेतृत्व में जगह–जगह सभाएँ होने लगीं। सत्तापक्ष उसके साथ में खड़ा था, जिसे उग्र नक्सलियों से राज्य को छुटकारा दिलाना था। इस तरह राज्य की सत्ता और विपक्ष में नेतृत्व का हाथ पाकर यह अभिमानी बौराये हाथी की चाल में परायों को भी, अपनों को भी रौंदता, ज़मींदोज़ करता आगे बढ़ने लगा।

मासा की पहली राजनीतिक वामपंथी पार्टी, जिसने सलवा जुडूम के पहले चलाये गये जनजागरण अभियान को सही कहा था, अब विरोध में खड़ी हो गई थी। उसका विचार था कि इस तरह लोगों को सभा में, रैली में सामने लाकर उन्हें नक्सलियों का दुश्मन और आसान शिकार बनाना गलत है, क्योंकि पुलिस और फ़ोर्स के जवान प्रत्येक आदिवासी को उसके गाँव में सुरक्षा तो दे नहीं सकते! मगर वह पार्टी अपने इस पुराने कामरेड की गतिविधियों को हतप्रभ होकर देख रही थी। सोच भी रही थी, पहले यही जनसभाओं में नक्सलियों की गतिविधियों का सबसे मुखर समर्थक बना फिरता था, पार्टीलाइन से भी आगे जाकर। आज जिस पार्टी में वह है, उसकी भी मंशा से अलग, सत्तापक्ष से हाथ मिलाकर वह काम कर रहा था। पीछे रहना जैसे उसने कभी सीखा ही नहीं!

सत्तापक्ष और विपक्ष, दोनों बड़ी पार्टियाँ नक्सलियों के खिलाफ़ थीं और उनसे लड़ने के लिए मासा कोर्राम के रूप में उन्हें एक 'वीरबालक सेनापति' प्राप्त हो गया था। लगता था, उन सबके बीच एक मौन समझौता हो गया है। इसलिए मासा के अभियान को सारी प्रशासनिक सुरक्षा और सुविधा मिली हुई थी। प्रशासनिक अधिकारी उसके निर्देश की प्रतीक्षा में हाथ बाँधे खड़े दिखाई देते, चाहे वह फ़ोर्स का

81. जिसने कब्ज़ा किया हो वही मालिक, अर्थात् जिसने आदिवासियों की ज़मीन खरीदी तो उस पर लगे पेड़ों का भी वही मालिक।

कमान्डर हो, पुलिस कमिश्नर हो या ज़िलाधिकारी। आख़िर इन सबका भी तात्कालिक लक्ष्य एक ही था—नक्सलियों का खात्मा!

और नक्सली? क्या वे सहज खत्म होने को तैयार थे? अपने विचारों और लक्ष्य के प्रति वे उद्दण्डता और मृत्यु की हद तक समर्पित लगते थे। वे शोषणमुक्त समाज का नारा देते थे। जल, जंगल और ज़मीन पर आदिवासियों के पहले हक की बात करते थे। नेता, पुलिस-फ़ोर्स, ठेकेदार और व्यापारियों के खिलाफ़ आदिवासियों को अपनी ओर करने की हर पल कोशिश करते थे। इस हेतु उन्होंने भी एक अलग जनजागरण अभियान चला रखा था। आदिवासियों के बीच वे गोंडी, हल्बी बोली में नाटक, गीत आदि के माध्यम से, स्कूली बच्चों की अतिरिक्त 'बाल-संघम' क्लास लगा के, गाँववालों के बीच 'जनता का दरबार' लगा के, 'दण्डकारण्य आदिवासी मज़दूर किसान संगठन', 'क्रांतिकारी महिला आदिवासी संगठन', 'कोया भूमकाल मिलेशिया' आदि समितियाँ गठित करके वे दूसरे पक्ष द्वारा उत्पन्न 'भय' और 'दबाव' के खिलाफ़ अपनी आक्रामकता से अपना पोषण ग्रहण कर रहे थे। दण्डकारण्य उनका आश्रयस्थल बन गया था। आदिवासी उनके सुरक्षा कवच थे। आदिवासियों को अपना असली हितैषी बतलाने और विश्वास पैदा करने में वे बहुत सफल भी थे। इसी कारण उन्हें युवा कार्यकर्ताओं की कमी नहीं हो रही थी। आमजन उनके लिए मुखबिरी कर रहे थे और पुलिस-फ़ोर्स के अनेक अभियानों की हवा निकली जा रही थी।

जब पुलिस फ़ेल हो गई, फ़ोर्स फ़ेल हो गई और नक्सलियों के विद्रोह को रोका नहीं जा सका, तो सरकार और प्रशासन ने आदिवासियों को ही अंततः एक-दूसरे के खिलाफ़ (सलवा जुडूम के माध्यम से) खड़ा कर दिया। आमजनों को युद्ध में झोंकना, उनके हाथों में हथियार देना, मानवाधिकार का स्पष्ट हनन था, मगर सरकारें ही मानवाधिकार का सर्वाधिक उल्लंघन करती रही हैं। इस दण्डकारण्य में भी यही हो रहा था। बिसात बिछी हुई थी। दोनों तरफ़ के 'जांबाज़' कभी आमने-सामने, तो कभी लुक-छिप कर एक-दूसरे को निपटा रहे थे और निर्देशक दूर बैठे मोनालिसायी-मुस्कान चेहरे पर लिए उन्हें और उद्वेलित कर रहे थे।

~

बेवक्त जवान हो गया गाँव का एक लड़का बोगामी समारू, एक दिन इरमा के घर पहुँचा। वह गाँव के ही स्कूल में पाँचवीं क्लास तक पढ़ पाया था और उसके बाद से ही अपने बाप के साथ गाँव, जंगल की पैदावार को लोगों से संग्रहीत कर, कस्बे में, शहर में जाकर बेचने का काम करने लगा था। इसी कार्य को करते वह कई बार इस घर में आ चुका था। वह इरमा से एकतरफ़ा प्रेम भी करता था। शहरी सम्पर्क होने से वह शहरी लड़कों की तरह अपने लम्बे भूरे बाल बढ़ाये, सिर के पीछे उन्हें फीते से बाँधने लगा था। उसके एक कान में बाली तो दूसरा कान खाली, पड़ा रहता। फ़ुलपैंट और कमीज़ भी वह जल्दी पहनना सीख गया था। उसका बाप अपनी मदद के एवज़ में उसे अक्सर कुछ रुपये दे दिया करता था, जिसमें से कुछ रुपया खर्च कर वह जेब

में सिगरेट और माचिस रखने लगा था। बाप और रिश्तेदारों को छोड़, जब दूसरे चोंगी या बीड़ी पीने लगते तो वह उनके सामने बड़े सलीके से सिगरेट निकालकर, सुलगाकर और उससे भी ज़्यादा सलीके से पीते हुए धुआँ उड़ाता, उसके छल्ले बनाता, अपने सिर के बालों पर हाथ फेरता, ऐसा गम्भीर हो जाता, गोया ज़माने भर की ज़िम्मेदारी उस पर हो और वह समाधान की तलाश कर रहा हो! गाँव के तालाब में वह अपने साँवले शरीर को कपड़ा धोने के साबुन के साथ पत्थर से रगड़-रगड़ कर ऐसे धोता था कि देखने वाले डर जाते थे, "ये पठिया (सूअर का बच्चा) आज अपनी चमड़ी छील कर रहेगा!"...मगर पठिया को अपनी समझदारी पर दूसरों से ज़्यादा भरोसा था!

रग्घू कोर्राम का इस घर में आना-जाना बढ़ा तो वह जलने लगा। फिर जब उसने सुना कि उन दोनों की मंगनी हो गयी है तो उसका दिल टुकड़े-टुकड़े हो गया। अब वह इरमा को हर हाल में पाने और रग्घू को रास्ते से हटाने के लिए उद्धत, मौके की तलाश में रहने लगा। उसको लगता, उसके गाँव की लड़की है तो पहला अधिकार उसी का बनता है! यह क्या कि कोई भी मुँह उठाये चला आये!

बोगामी समारू जब यहाँ प्रकट हुआ तो घर में खाना बनाती इरमा, बखरी में काम करती हिड़मा व हूंगा और अपनी नकली बंदूक से खेलता, 'फटफट-फटफट' गोलियाँ चलाने की आवाज़ निकालता लेकामी सन्ना ही था। पनकू मामा आज बकरियाँ चराने जंगल गये थे। सोमारू को आता देखकर सात साल के सन्ना ने अपनी बंदूक उसकी तरफ़ तान दी—फटफट-फटफट, फटफट-फटफट! सन्ना का यह मज़ाक सोमारू को अच्छा नहीं लगा, मगर उसने चेहरे पर भरसक मुस्कान लाने की कोशिश की, जबकि उसका मन सन्ना को दो चाँटे जड़ देने का हो रहा था। उस समय सोमारू के एक हाथ में कुछ कागज़ थे और दूसरे में एक-दो रुपये वाला बड़ा-सा नड्डा[82] का पैकेट था। दोनों हाथों के सामान को आपस में न मिलाने के जतन से वह खेतों में रखवाली के लिए खड़े किये गये पुतले के समान लग रहा था। उसने पास पहुँचकर सन्ना को नड्डा का पैकेट थमाया और उसकी बंदूक की तारीफ़ की, फिर पूछा, "नी हेलाड़ बोगट हिरामरा केया...(तुम्हारी बहन कहाँ है, बुलाओ जल्दी) !"

नड्डा का पैकेट पाकर खुश सन्ना, दौड़ता इरमा के पास पहुँचा ही था कि इरमा खुद कमरे से परछी में आ गई। सोमारू की आवाज़ सुनकर हिड़मा भी बखरी से वहाँ आ पहुँची। बोली, "किधर से आ रहा है सोमारू, आज तो कुछ भी नहीं है तुम्हें देने को!"

"कोई बात नहीं, मैं उसके लिए आया भी नहीं हूँ ,मामी!"

"ये हाथ में क्या फ़ार्म रखा है, सोमारू?" पास पहुँचकर इरमा ने उसके हाथ में लहराते कागज़ों को देखकर पूछा। चूल्हे की गर्मी से इरमा के चेहरे पर पसीना चमक रहा था और गोरा रंग और निखर आया था, जबकि उसकी आँखें धुएँ के कारण

82. सोयाबीन/चावल के आटे से तैयार, नली के आकार का सस्ता खाद्य पदार्थ

मिचमिचा गयी थीं। सोमारू के दिल में एक हूक-सी उठी। अपने को सहज बनाते हुए वह बोला, ''नौकरी का फ़ारम है ,गीदम से लाया हूँ! एक तुम्हारे लिए, एक मेरे लिए और दो गाँव के दूसरे छोकरों के लिए!''

सोमारू परछी की ज़मीन पर स्थायी रूप से गड़े लकड़ी के पाटों की बैंच पर बैठ गया और अपने हाथ के फ़ार्म को ऐसे देखने लगा जैसे कोई गुप्त खज़ाना हाथ आ गया हो और खुद जैसे उसे पहली बार देख रहा हो! बखरी से अब हूंगा भी निकल आया और एक किनारे खड़ा होकर सोमारू के हाथ में रखे फ़ार्म को उत्सुकता से देखने लगा।

''दिखा तो क्या फ़ार्म है रे, क्या नौकरी है?'' इरमा ने झपटकर सोमारू के हाथ के फ़ार्मों को छीन लिया। सोमारू को इरमा का यह झपटना अच्छा लगा। यह उसके और उसके फ़ार्म के महत्त्व के बढ़ने जैसा था। इरमा को फ़ार्म पढ़ते हुए देखकर वह उस पर और मुग्ध हुआ जा रहा था। प्रकट में बोला, ''सँभाल के, सँभाल के! बड़ी मुश्किल से मैंने इन्हें पुलिस-लाइन से जुगाड़ा है।...ज़रूरी नहीं है कि इसको खुद भरा जाय। मैं तो पटवारी से अपना फ़ारम भरवाऊँगा। बस दस्तखत खुद करना ज़रूरी है!''

हिड़मा और हूंगा दोनों चकित थे कि ऐसी कौन-सी नौकरी है, जो इस कागज़ में छिपी है! हिड़मा ने पूछा, ''सोमारू, कौन-सी नौकरी का फ़ारम है, गा?''

''एस.पी.ओ. की नौकरी का!''

''एस.पीओ!'' हूंगा ने दुहराया। उसके कुछ पल्ले पड़ने से रहा। बड़ा चकित, किन्तु विचारता हुआ, वह बोला, ''ताड़ी पीओ, महुआ पीओ, माड़ पीओ, सल्फी पीओ ये तो समझ आता है। एस.पीओ में क्या पीते होंगे?...और पीने की ही नउकरी है तो फिर पूरा बस्तर ही फ़ारम भर सकता है!''

सोमारू ने हूंगा को सुना तो उसका मन हुआ इसका सिर दीवार से टकराकर फोड़ दे!...जहाँ गुंजाइश नहीं वहाँ सिर क्यों घुसेड़ना चाहिए? प्रकट में बोला, ''पुलिस की नौकरी है, मामा! पन्दरा सौ रुपया नगद हर महीने, समझे?''

इतनी देर में इरमा ने फ़ार्म पर सरसरी नज़र डाल ली थी। फिर अटक-अटक कर बोली, ''स्पेशल पोलिस ऑफ़िसर...यानी विशेष पुलिस अधिकारी...! फ़ार्म तो कोई कठिन नहीं है, सोमारू। इसे तो मैं खुद भर सकती हूँ!''

''नहीं, मैं इसलिए कह रहा था कि कोई गलती न हो जाय! भरने को तो मैं भी भर लूँगा, मगर डेढ़ हज़ार की नौकरी का सवाल है!'' सोमारू ने झट कहा। इरमा की बात से उसे अपनी लघुता का आभास हुआ था, हालाँकि उसे हिन्दी में छपे इस फ़ार्म को समझने में ही नानी याद आ गई थी। कई पल साधने के बाद तो वह अपना पूरा नाम लिख पाता था। उस पर उसके दस्तख़त तो हर घंटे अपना रूप बदलते रहते थे। उसे लगता था, कुछ भी लिखना सरल है, सिवा एक जैसे दस्तख़त बनाने के!

''ठीक है एक फ़ार्म छोड़ दो। मामाल आयेंगे, उनसे पूछना होगा, वो क्या कहते

हैं! तब मैं भर दूँगी। तुम कल आना।''

सोमारू को लगा कि उसका काम मन-मुताबिक हो गया है। अब इरमा और वह दोनों एस.पी.ओ. बन जायेंगे तो मज़ा आ जायेगा! जाते-जाते उसने और ताकीद की, ''देखना ज़रा सँभालकर साफ़-साफ़ भरना। डेढ़ हज़ार रुपये का मामला है!...फिर जब नौकरी पक्की हो जायेगी तो और डबल-तिबल रुपये मिलेंगे!...चाँदी-ही-चाँदी है! एस.पी.ओ. के लिये भारी पढ़े-लिखे होने की ज़रूरत ही नहीं है! यह सरकार की दया है, जो आदिवासियों के भले के लिए ऐसा कर रही है!''

दूसरे दिन सुबह-सुबह सोमारू फिर बड़े उत्साह के साथ आ पहुँचा। पनकू मामा घर पर ही थे। इरमा को छोड़, सोमारू को घर के बाकी लोग भी दिखायी दे रहे थे। इधर-उधर नज़र दौड़ाते, उसने मामा से पूछा, ''अक्को, इरमा नहीं दिख रही है? उसने फ़ार्म भर लिया हो तो मुझे दे दो। मैं अपने फ़ार्म के साथ उसका भी जमा कर दूँगा।''

''इरमा नौकरी नहीं करेगी, सोमारू!'' मामा ने दोटूक उससे कह दिया।

''मगर क्यों? क्या डेढ़ हज़ार रुपया महीना, ऐसे ही छोड़ देंगे?'' आहत और चकित सोमारू बुदबुदाया। कमरे के अंदर बैठी इरमा अचानक बाहर आयी और कल वाला फ़ार्म ज्यों का त्यों कोरा सोमारू की हथेली में रखकर बोली, ''ये फ़ार्म किसी और को दे देना सोमारू, मैं नहीं भरूँगी फ़ार्म!''

''पागल हो गये क्या तुम सब लोग? हाथ आयी नौकरी को लात मार रहे हो!'' गुस्साये सोमारू ने आगे खड़ी इरमा से कहा, ''मैं नहीं समझता था कि तुम इतनी मूरख हो!''

''हाँ भई, हम मूरख सही, तुम ही बड़े होशियार!'' इरमा ने कहा और वापस कमरे में चली गई। सोमारू गुस्से में फनफनाता रहा। उसकी इच्छा हो रही थी, परछी की छत में खोंचकर रखी गई लाठी खींचकर निकाले और इन मूर्खों को दे दनादन! आगे उसके कोई बोल नहीं फूटे। मामा ने उसे समझाते हुए कहा, ''देख सोमारू, तुझे पता है कि नहीं तो, इरमा की मंगनी हो चुकी है। अब वह दूसरे घर की अमानत हो गई है। इसलिए उसके दूसरे घर से, खासकर उसके मंगेतर लयोर से पूछे बिना वह घर के बाहर का कोई काम नहीं करेगी। हम खुद भी ऐसा नहीं चाहते।...तुमने फ़ारम लाकर बड़ी किरपा की। इसके लिए हम तुम्हारे बड़े आभारी हैं। हमें क्षमा करो।''

अपने हाथ में इरमा द्वारा सौंपे फ़ार्म को सोमारू ने एक पल देखा, फिर दोनों हाथों से उसके टुकड़े-टुकड़े करके वहीं परछी में फेंक दिया। फिर पैर पटकता उस घर से ऐसे बाहर निकला, जैसे वह गलत घर में आ गया हो! रास्ते में उस घर की कुछ मुर्गियाँ, जो उसके सामने से छाती फुलाये गुज़र रही थीं, उसने उनमें से एक को लात मारकर ऊपर उछाल दिया तो बाकी सारी मुर्गियाँ भी कुड़कुड़ाती हुईं तितर-बितर हो गईं।

33

एक शाम गाँव का मुखिया बाड़से महादेव पनकू मामा से मिलने आया। उसके साथ गाँव के ही तीन लोग और थे। मुखिया उम्र में मामा से थोड़ा छोटा था, इसलिए बुज़ुर्ग मामा को अपने पास बुलवाने के बनिस्बत वह खुद उनसे मिलने चला आया था। आते ही उसने बखरी के द्वार से आवाज़ लगायी—

"ओ...हिड़मा! निया मामा लोन मंतो बदम...(तुम्हारे मामा जी घर पर हैं) ?"

"इंगो सियान मामा, लोपा वाय...(हव सियान मामा अंदर आव) !" हिड़मा मुखिया को घर में आमंत्रित करती हुई और घर के लोगों को सुनाते हुए, हड़बड़ाहट में बुदबुदायी, "मुखिया मामा आ रहे हैं। यहाँ परछी में चटायी बिछा दे, इरमा।...अरे सन्ना, देख तेरे बाबो और मामाल घर के पीछे जानवरों के दड़बे के पास होंगे। पता नहीं सुना या नहीं, बुला ला।"

हिड़मा ने खुद ही जाकर बखरी के बाँस बल्लियों के द्वार को सरकाया ताकि आगंतुक आसानी से अंदर आ सकें। जब तक आगंतुक परछी में बिछायी चटाई पर तशरीफ़ रखते, बकरियों और मुर्गियों को उनके दड़बे में बंदकर मामा भी वहीं आ पहुँचे। सेवाजोहर हुई। हिड़मा ने फ़िलहाल लोटे में पानी लाकर सामने रखा। सन्ना ने उचककर दीवार पर टँगी हूंगा की पुरानी बंडी की जेब से बीड़ी और माचिस निकाल कर मेहमानों के सामने रख दी। इस त्वरित आवभगत से खुश मुखिया ने मुस्कुराकर मज़ाक किया, "हिड़मा, हम तो गाँव के ही लोग हैं। लोटे में पानी की ज़रूरत नहीं है। अगर ताज़ा कुछ 'उतारा' हो तो ले आओ! कड़ियाम पनकू जी और हूंगा की तो तुम रोज़ सेवा करती हो, कुछ गाँववालों के लिए भी बचाया है कि नहीं?"

"बाता मामा निमा बरा...(क्या मामा आप भी) !" हिड़मा दरवाज़े से पीठ टिकाये मुस्कुराती खड़ी थी, बोली, "कल तैयार किया था, अगर उसे ताज़ा न मानो तो फिर बैठो, मैं अभी हाँडी चढ़ा देती हूँ, बन जाये तो पीकर ही जाना!"

सब हँसने लगे। मुखिया ने कहा, "बेटी, अभी हाँडी चढ़ायेगी तो रात गुज़र जायेगी इंतज़ार में! रहने दे, कल की ही दे दे। वैसे शहर के लोग कहते हैं, जितनी पुरानी उतनी अच्छी!"

इनकी बातचीत सुनकर इरमा ने स्टील और पीतल के पाँच गिलास और प्लास्टिक की बड़ी बोतल में धरी महुआ की शराब लाकर उनके बीच रखी, फिर अपनी माँ के कान में मुँह लगाकर धीरे से पूछा, "इनको चखना लगेगा क्या? क्या लाऊँ?"

मुखिया इनकी बातचीत समझ गया। बोला, "कोई भी साग आज बनाया या बचा हो तो उसका थोड़ा-सा झोर दे दे, बेटी। नहीं तो हरी, लाल कोई भी मिरची होगी तो नमक के साथ दे दे। मुर्गा खाने का अभी टेम नहीं है!"

''पहले पता होता तो मुर्गा भी बना कर रखते, मामा!...मुनगा और बड़ी का साग है। आपके इस 'टेम' में चलेगा क्या?'' और फिर उनकी स्वीकृति का इंतज़ार किये बिना इरमा से बोली, ''मामा लोगों को साग ही दे दे, थोड़ा-थोड़ा, कटोरी में।''

पनकू मामा ने भी अब बात पकड़ ली, बोले, ''टेम, लगता है बहुत बुरा टेम आने वाला है! सलवा जुडूम का हाँका पड़ा है!''

''आ ही गया समझो!'' मुखिया ने पनकू मामा द्वारा गिलास में डाली महुआ की महक को सूँघते हुए कहा, ''और सच कहूँ तो, मैं इसी बाबत आपसे सलाह लेने आया था।''

मुखिया ने अपने साथ आये गाँव के ग्रामीणों की ओर देखकर (जिन्होंने अपने गिलास का आधा द्रव तत्काल गटक लिया था और मुखिया की हर बात में 'हाँ जी' कहने को उतारू थे, मगर मुखिया ने अब तक उनकी सुध नहीं ली थी, इसलिए बेचारे खाली-खाली चखना आने का इंतज़ार कर रहे थे।) कहा, ''गाँव के ज़्यादातर लोगों से मैं मिला और उनकी राय जानी, मगर कोई एकमत नहीं है। कुछ कहते हैं, हम गाँव छोड़कर सलवा जुडूम में नहीं जायेंगे। कुछ कहते हैं, कैम्प में जाना ज़्यादा सुरक्षित है। कुछ कहते हैं, कैम्प में तो खैर नहीं जायेंगे, मगर जब तक स्थिति शांत नहीं हो जाती, अंदर जंगल में चले जायेंगे या आन्ध्रा (तेलंगाना) निकल जायेंगे। ये दोनों जने भी आंध्रप्रदेश जाने का मन बना रहे हैं। वहाँ मिर्ची के खेतों में काम करेंगे!''

पनकू मामा ने एक ही बार में अपना गिलास आँखें बंदकर खाली कर लिया। उन्हें महुआ अटका-अटका कर पीना पसंद नहीं था। उनका मानना था, महुआ को शरीर के अंदर जो गुल खिलाना है, वह एक साथ गटकने में ही ज़्यादा कारगर होता है! वे थोड़ी देर मुँह की कड़ुवाहट और पेट में उतरते सैलाब को आँखें बंदकर महसूसते रहे, फिर बोले, ''देखो भई, जान-माल की ज़िम्मेदारी सबकी अपनी-अपनी है। तुम मुखिया हो, मगर न तो दादाओं से गाँववालों की रक्षा कर सकते हो, न पुलिसवालों से। इसलिए अपनी मर्ज़ी लोगों पर थोपकर तुम्हें बुरा नहीं बनना चाहिए। फिर लोगों के अपने-अपने हित हैं। कुछ परिवार के लोग अंदरवालों से मिले हुए हैं। जनमिलिसिया में उठते-बैठते हैं। कुछ परिवार के लोग पुलिस की मुखबिरी करते हैं, तो कुछ... वो क्या कहते हैं...'एस.पी.ओ.' को रोज़गार समझ, उसमें भरती हो रहे हैं!...मेरा तो विचार है कि अभी कुछ दिन चुप रहकर इस 'टेम' को भाँपना चाहिए, फिर जिसको जो अच्छा लगे, वैसा फ़ैसला हरेक को अपने लिए खुद करना चाहिए!''

हूंगा जो अक्सर खामोश रहता था और अभी भी था, मगर उसने जेल की हवा का स्वाद ले रखा था और अब महुआ को मुँह लगाने के बाद अपने मुँह को बोलने से रोकने में असमर्थ-सा हो गया। उसने बैठे-बैठे ज़मीन पर अपनी एक मुट्ठी पटकी और बोला, ''मर जाना, मगर पुलिस का भरोसा मत करना! फँसा देते हैं जी। अपनी ही बात दूसरे के मुँह में ठूँसते हैं। ऐसा नहीं करो तो खूब मारते हैं जी,...मेरी तो...!''

हूंगा आगे और कुछ कहना चाहता था, मगर पनकू मामा से आँख मिलते ही भूल गया। फिर भी उसने जितना कहा, वह उसकी औकात से ज़्यादा था। आगे वह ऐसे चुप रहा कि गूँगा-बहरा ही बना रहा। फिर धीरे-धीरे इस महफ़िल से पीछे खिसकते हुए दीवार के करीब पहुँचा और पीठ टिकाकर, पाँव फैला कर बैठ गया। वहीं से वह चित्रजड़े-सा, टुकुर-टुकुर सबको देखता रहा, अनसुना-सा सुनता रहा।

इरमा ने कुछ कटोरियों में मुनगा-बड़ी का साग, जिसमें रसा ही ज़्यादा था, सबके सामने रख दिया। मुखिया ने महुआ के घूँट के बाद जब कटोरी उठाकर साग के रसा को चखा तो खुश हो गया। बोला, "हिड़मा तूने तो कमाल का साग बनाया है! ज़रा ज़्यादा हो तो एक कटोरी में तेरी मामी के लिए भी दे देना!"

"हव मामा, क्यों नहीं। मगर साग को आपकी तंगमियाड़ (नतनीन) इरमा ने बनाया है। मेरे से तो ये हमेशा ही अच्छा बनाती है, चार अक्षर जो पढ़ा है!"

इरमा ने सुना तो शरमाई, खुश भी हुई। वह रसोई से साग की देगची और चम्मच लेकर आयी और मुखिया से बोली, "अक्को, अच्छा लगा तो और लो। कम हुआ तो मैं और बना लूँगी। घर की बाड़ी का ही तो मुनगा है।" और उसने सबकी कटोरी में थोड़ा-थोड़ा साग, थोड़ा-थोड़ा रसा और डाल दिया। मुखिया ने कहा, "बस नोनी बस, इतना ही बहुत है। नहीं तो, हम रोज़ इस द्वार में आकर बैठने लग जायेंगे। हन मिया सूखीमन, मिया लोन दुआर...(जा सुखी रह बेटी, तेरा कल्याण हो)!"

मुखिया ने परम्परा निबाहते कह तो दिया कि 'कल्याण हो', मगर उसे स्वयं निकट भविष्य में किसी का कल्याण होते नहीं दिख रहा था। उसने आँखें मूँद अपने गिलास का आखिरी घूँट खत्म किया और पनकू मामा से कहा, "बड़े, पता नहीं आपको इसकी जानकारी है या नहीं, कोतरापाल गाँव लगभग खाली हो गया है!"

चिंतित पनकू मामा ने कहा, "हाँ उड़ती-उड़ती खबर तो सुनी थी, समधी-गाँव की। पर पक्का पता नहीं चला कि वहाँ हुआ क्या था?"

"मुझे कोतरापाल का बंजामी मंगू का भाई जंगल में भागता, छिपता मिला था। मैंने पूछा तो वह बोला कि उनके गाँव में हल्ला करते हुए एक जुलूस आया था। पुलिस के लोग भी उनके साथ थे। हल्ला सुनकर हम गाँववाले तो जंगल में भाग आये, मगर जनमिलिसिया के कुछ लोग तीर-कमान लेकर उनसे भिड़ गये। कुछ को मार भी गिराया। कुछ को पकड़ा भी, मगर वे लोग तो गाँव के ही निकले। उन्होंने ही जुलूस को गाँव का रास्ता दिखलाया था। बाकी लोग और पुलिस भाग खड़ी हुई।...मगर लगता है कि वह जुलूस फिर आयेगा। अबकी बार और ज़्यादा बड़े जुलूस की शक्ल में, ज़्यादा बड़े हथियारों के साथ!"

इरमा दरवाज़े के पास माँ के साथ खड़ी थी। बोली, "आप लोग हमारे आदिवासी नेता मासा कोर्राम से जाकर क्यों नहीं मिलते? उनके पास बहुत ताकत है...अपनी भी और सरकारी भी। मैंने गीदम में उनका भाषण सुना था। वो खूब हिम्मत

दिखाकर बोल भी रहे थे, 'मैं एक-एक कर सबको ठीक कर दूँगा!' ''

मासा कोर्राम का नाम सुनते ही मुखिया का मगज़ फिर गया। मुँह में कुछ बलगम महसूस हुआ तो उठकर बाहर थूक आया। इसके पहले कि कोई और बोल न पड़े, उसने फिर बैठते-बैठते ही अपनी बात शुरू कर दी, ''नोनी, नीयत होनी चाहिए, नीयत। वह हम आदिवासियों का रक्षक नहीं लगता। वह बैपारी और कारखानेवालों के लिए इस जंगल को उजाड़ देना चाहता है। हमको, जो उसी की जाति के हैं, आदमी नहीं, जंगली जीव समझता है! और तुझे बता दूँ, यह जो इधर हंगामा, मारधाड़ की खबर आ रही है ना, उसमें उसी का बड़ा हाथ है। वो बोलता है, नक्सलियों को जल्दी यहाँ से भगाना है! अच्छी बात है, भगाओ चाहे तो मारो। हमारी उनसे कोई रिश्तेदारी नहीं है। वो बाहर के हैं, लौट भी जायेंगे। मगर क्या फिर हम आदिवासियों को यहाँ अपने गाँव, घरों से उजाड़ा तो नहीं जायेगा?...गारंटी दोगे क्या?''

''वह भाषण बहुत अच्छा देता है!'' पनकू मामा कुछ याद करते से बोले, ''मैंने भी उसे दो-तीन बार दन्तेवाड़ा में पिछले चुनाव के समय सुना था। वह बाँह चढ़ाता है, हाथ उठाता है, चिल्ला-चिल्लाकर बोलता है। पता नहीं वो किस 'दुश्मन' को ललकारता है। मगर इससे तो हम आदिवासियों का न पेट भरता है, न मन। उलटे हम लोगों को किसी लड़ाई में झोंक दिये जाने का डर ही सताता है!''

हिड़मा ने मुखिया और उसके साथियों को भोजन करने का निमंत्रण दिया, मगर मुखिया ने इनकार कर दिया और पलायन के लिए मन बना चुके अपने ग्रामीणों के साथ लौटते हुए मामा से बोला, ''बड़े, मैं फिर कभी आऊँगा और विचारेंगे। अपने गाँव को लेकर मुझे बहुत चिंता है। कोतरापाल गाँव ही उनका लक्ष्य नहीं हो सकता। वे आगे बढ़ेंगे, देखना! नतूरतुन नाकतेक मानेतु बाता जानवरतुन बरा हूंगव सियाता... (खून का स्वाद लग जाने पर जानवर ही नहीं, आदमी भी हिंसक हो जाता है)!''

एक महीना भी नहीं बीता था कि फिर कोतरापाल पर जुलूस ने हमला बोल दिया। इस बार जुलूस बड़ा था। हथियारबंद सिपाहियों की भारी संख्या थी। कुछ अपाहिजों और बुजुर्गों को छोड़कर बाकी गाँववाले जंगल के अंदर भाग गये। जुलूस ने गाँव के घरों को आग लगा दी। अपाहिजों और बुजुर्गों को गोली मारकर उसी आग में झोंक दिया गया।...कितनों को झोंका? कौन गिनती करे? किसको इतनी फ़ुर्सत। रिकॉर्ड रखने की ज़रूरत ही क्या थी, जब किसी को हिसाब देना ही नहीं था! न सत्तापक्ष को, न विपक्ष को!

~

मुखिया बाड़से महादेव एक दिन पनकू मामा के पास फिर आया और बोला, ''थानेदार साहब जीप में आये थे, बोल के गये हैं कि शाम को यहाँ गाँव में मीटिंग होगी। सब गाँववालों को जमा कर रखना। मैंने कोटवार को हाँका मारने को तो बोल दिया है, मगर मेरा दिल धक-धक कर रहा है!''

पनकू मामा भी चिंतित हुए। मन-ही-मन बोले—तो आ गया हमारे गाँव का भी नम्बर! प्रकट में कहा, ''महादेव मीटिंग तो हो जाने दो। आख़िर पता तो चले कि वो लोग चाहते क्या हैं? और हाँ कोशिश करो कि अंदरवालों को खबर न होने पाये। हम नहीं चाहते कि हमारा गाँव उनकी लड़ाई की जगह बने।...बाद में जो करना होगा, जो सही लगेगा, करेंगे!''

''मगर मुझे डर है कि पूरे गाँववाले जमा नहीं हो पायेंगे। पुलुस तुन हुरसिन उड़कथन...(पुलिस को देखकर कुछ लोगों का पेशाब निकलने लगता है)! कुछ ज़रूर जंगल भाग जायेंगे। कम गिनती देखकर थानेदार नाराज़ न हो जाये!...आप तो बराबर मेरे साथ रहना, बड़े!''

और अपने निवेदन पर पनकू मामा का आश्वासन पाकर बाड़से महादेव शाम की मीटिंग की तैयारी को चला गया।

~

मुखिया के घर के सामने सागौन के तीन-चार विशाल पेड़ थे और उनके नीचे खुली जगह थी। उसी जगह प्लास्टिक की चार-पाँच कुर्सियाँ और दो-तीन खाट बिछा दी गयीं। किसी को पता नहीं था कि बाहर से कितने लोग आयेंगे और वे कहाँ बैठना चाहेंगे! कुछ गाँववाले शाम होने के पहले से ही वहाँ जमा होने लगे। औरतें एक तरफ़ और मर्द लोग दूसरी तरफ़ ज़मीन पर बैठने लगे, ज़्यादातर उकड़ूँ ही। शायद उकड़ूँ बैठना ही इन्हें ज़्यादा रास आता था। सदियों से जंगल-जंगल भटकते रहने और अक्सर खदेड़ दिये जाने का सदियों पुराना अनुभव, उनके व्यवहार का हिस्सा बन गया था। वे ज़मीन पर जमकर बैठ नहीं पाते थे। शायद उकड़ूँ बैठने में आसानी से उठ खड़े होने और फिर भाग पड़ने या लड़ पड़ने में भी सुभीता था!...भोजन भी ज़्यादातर लोग उकड़ूँ बैठकर ही करते थे।

शाम को जब धूप उतर आयी तो गाँव के कच्चे रास्ते पर लड़खड़ाती, डोलती, भरभराती तीन जीपें और एक फ़ौजियों वाली बस उस सभास्थल पर पहुँची। रास्ता कच्चा तो था ही, उस पर चार दिन पहले हुई बरसात ने रास्ते का मिज़ाज और बिगाड़ दिया था। रास्ते की मिट्टी में जगह-जगह गड्ढे और मिट्टी की सूखकर कठोर टेढ़ी-मेढ़ी धारियाँ-सी उभर आयी थीं। किसी भी वाहन का उस पर चलना आसान नहीं था। पहली जीप पर पुलिस के हथियारबंद सिपाही थे। दूसरी जीप पर मासा कोर्राम, पुलिस अधिकारी, इस इलाके के थानेदार और फ़ौजी कमांडर बैठे थे। आखिरी जीप पर मासा कोर्राम के नेता टाइप के कुछ चमचे बैठे थे। चमचे आदिवासी नहीं थे, मगर किसी गाँव से ही सम्बन्धित थे। उनमें एक स्कूल मास्टर था, जो इन दिनों शायद ही कभी स्कूल जाता था। दूसरा एक युवा व्यापारी था जो गाँवों की किराना दुकानों में अपने ऑटो से घूम-घूम कर माल सप्लाई करता फिरता था। और अब दोनों मासा कोर्राम के साथ अपनी नेतागिरी की धार तेज़ कर रहे थे। फिर इनके भी कुछ लंगू-चंगू थे

जो जीप में उनके साथ बैठे थे। यह मास्टर, यह व्यापारी और एक अन्य ठेकेदार इस इलाके में मासा कोर्राम के प्रतिनिधि के रूप में जाने जाते थे। साथ आयी बस फ़ौजियों से भरी थी।

जीप और बस के पहुँचने पर सभी ग्रामीण खड़े हो गये; सम्मान में कम, दहशत में अधिक। मासा कोर्राम ने जीप से उतरते ही हाथ खड़ाकर सबको अपनी-अपनी जगह बैठने को कहा। फिर पुलिस अधिकारियों को कुर्सियों पर बैठ जाने का संकेत किया। वह खुद खड़ा रहा ताकि जल्दी से सीधे-सीधे ग्रामीणों से दोटूक अपनी बात कह सके। इस मीटिंग के बाद उसे एक-दूसरे गाँव की मीटिंग में भी जाना था। रात होने का अंदेशा था। उसने खंखारते हुए मुखिया महादेव से पूछा, "बस इतने ही लोग हैं इस गाँव में?"

"नहीं नेता जी, कुछ तो बीमार हैं, कुछ जंगल गये तो अब तक लौटे नहीं हैं!" महादेव ने जैसे-तैसे हाथ जोड़कर उत्तर दिया। उसने पनकू मामा की ओर देखा, ताकि वह भी कुछ बोलें और नेताजी की शंका का समाधान करें। पनकू मामा ने नेताजी को सेवाजोहर करते हुए कुछ बोलने की गुंजाइश निकालनी चाही, मगर मासा ने लगभग डपटते हुए कहा, "अब बोलने का समय नहीं, कुछ करने का समय है। आप लोग बहानेबाज़ी छोड़िये, कैम्प चलिये!"

पुलिसवालों के पास एक चलता-फिरता माइक सेट भी था, मगर मासा ने उसका उपयोग नहीं किया। वह बुलंद आवाज़ में बोलता था, जैसे कोई सामंत अपने अधीनस्थों को अपना आखिरी फ़ैसला सुना रहा हो। उसके बोलना शुरू करते ही सभा में सन्नाटा छा गया। पुलिस के हथियारबंद सिपाही, ग्रामीणों को घेरे ऐसे सावधान खड़े थे, गोया राष्ट्रगान हो रहा हो!

"नाओर कोइतुर दादालोर दीदीलोर (मेरे आदिवासी भाइयो और बहनो)..." उसने ग्रामीणों की गोंडी बोली में बोलना शुरू किया, "यह जंगल, ये पहाड़, यहाँ की नदियाँ हम आदिवासियों की हैं। हमारे पुरखे हज़ार वर्षों से यहाँ रहते आये हैं। मगर अब इस जंगल में आन्ध्रा के डाकू-लुटेरे घुस आये हैं। ये वही लोग हैं जिन्हें आन्ध्रा से खदेड़ा गया था। ये हमारे लोगों को बहला-फुसलाकर, डर दिखाकर, धमकी देकर यहाँ विकास का कोई काम नहीं होने देना चाहते। क्या हमें पक्की सड़कें नहीं चाहिए? क्या हमें अपने बच्चों के लिये स्कूल, अस्पताल नहीं चाहिए? पीने का साफ़ पानी नहीं चाहिए? दूसरी बेहतर सभी सुविधाएँ क्या सिर्फ़ शहरवालों के लिये ही होनी चाहिए?...सरकार आप लोगों को यह सब देना चाहती है। मगर ये माओवादी, ये नक्सली आपको बरगला रहे हैं। सबसे पहले हमें इन नक्सलियों को हमारे जंगल और ज़मीन से मार भगाना होगा। इसलिए हमने, पुलिस ने और सरकार ने फ़ैसला किया है कि आप लोगों को सुरक्षित कैम्पों में पहुँचाया जाए और फिर नक्सलियों से सीधे दो-दो हाथ किए जाएँ!...कैम्पों में आपके लिये राशन-पानी, छत और चिकित्सा की सुविधा रहेगी। गाँव के स्कूल बंद होंगे ही,मगर आपके बच्चों के लिये उधर पढ़ने की

व्यवस्था होगी।...और जैसे ही नक्सलियों का खतरा मिट जायेगा, आप वापस अपने गाँव आ सकते हैं!''

एक पुलिस अधिकारी को लगा कि नेताजी ने भाषण तो खत्म कर दिया है, मगर एक बात तो भूल ही गये। इसलिए मासा के करीब आकर उसके कान में कुछ कहा। मासा ने अपने सिर के बालों पर हाथ फेरा और फिर बोला, ''और हाँ, सरकार की ओर से उन गाँवों को जो सलवा जुडूम कैम्प में शामिल हो रहे हैं,ढाई लाख रुपये दिये जायेंगे।...बताओ कितनी बड़ी बात है! कितनी फ़िक्र कर रही है सरकार और पुलिस आप लोगों की!...लेकिन याद रखना, जो सलवा जुडूम में शामिल नहीं होगा, वह माँ दन्तेश्वरी के श्राप के लिये भी तैयार रहे!...चलिये, आप लोगों को भी कुछ कहना है?''

मासा ने एक पल रुक कर ग्रामीणों पर नज़र डाली। कुछ ग्रामीण कसमसाये, मगर हथियारबंद पुलिस और फ़ौजियों की उपस्थिति तथा मासा के तेवर देख, सकपकाकर रह गये। फिर माँ दन्तेश्वरी का श्राप! नहीं, उन्हें कुछ नहीं कहना है। फिर मासा सुनाने आया था, सुनने नहीं। वही झट बोल पड़ा, ''अच्छी बात है ,यानी आप सभी तैयार हैं! तो आप लोगों के लिए नदी पार का कासेली कैम्प ठीक रहेगा। सारे कैम्प इन्द्रावती के उस पार ही हैं। बड़े तुमनार, मुस्तलनार में भी कैम्प बन रहे हैं। आप लोग अपनी पसंद की जगह पर भी जा सकते हैं। आप लोगों की सुविधा के लिए हम वाहन की व्यवस्था कर रहे हैं।...दस दिन का समय आप लोगों के लिए है। ग्यारहवें दिन वाहन आप लोगों को ले जाने आयेंगे। आशा है, बस्तर की भलाई के लिए आप इस जनजागरण अभियान में, सलवा जुडूम में, थोड़ा त्याग करने को तैयार होंगे! मगर हाँ...इसके बाद भी अगर कोई गाँव में पाया गया, तो फिर उसकी अपनी ज़िम्मेदारी होगी! जय जोहार!''

उसने अपनी बगल की कुर्सियों पर बैठे अधिकारियों की ओर देखा, जो अब उठ खड़े हुए थे ताकि नेताजी किसी भी कुर्सी पर आकर बैठ जायें। मगर मासा यहाँ बैठने नहीं आया था। उसका सधा हुआ और निर्धारित कार्यक्रम था। उसने खड़े अधिकारियों से औपचारिकता निबाहते हुए पूछा, ''आप लोग भी कुछ कहना चाहेंगे, सर?'' अधिकारियों ने फुसफुसाकर न में सिर हिलाया। उनके कहने को अब कुछ रह भी नहीं गया था। उनके अंग्रेज़ी, हिन्दी भाषणों के लिए यहाँ कोई गुंजाइश भी नहीं थी। सभा खत्म हो गयी। न स्वागत भाषण हुआ, न धन्यवाद ज्ञापन। वाहनों के वापस मुड़ते ही आतंकित ग्रामीण एक-दूसरे से बातें करने लगे।

''हमारे पालतू जानवरों का क्या होगा?''

''हमारी खेती-किसानी का क्या होगा?''

''क्या हम सबों को कैम्प में रोज़गार भी मिल सकेगा?''

''अरे, बड़ा सवाल तो यह है कि हमको कितने दिन वहाँ रहना पड़ेगा?''

''दादा लोग क्या सच में जंगल छोड़ देंगे?''

''चलो अच्छा है, उनके विरोध के कारण हमारा इस साल का तेन्दूपत्ता तोड़ने

का काम बंद हो गया था। बहुत नुकसान हुआ।''

''मगर दादा लोग तो हम आदिवासियों के भले के लिए ही विरोध कर रहे थे! आन्ध्रप्रदेश और महाराष्ट्र में जो रेट चल रहा है, वही तो यहाँ देने की बात कर रहे थे? वहाँ सत्तर पैसा एक पूड़े का इन्हीं दादाओं के चलते तो हुआ था। जबकि यहाँ के व्यापारी और ठेकेदार हमको पैंतालीस पैसा दे रहे हैं, गलत है कि नहीं?''

''मगर उनके विरोध के कारण हमारे हर परिवार की इस साल की 6-7 हज़ार की कमाई मारी गई कि नहीं? हमको ज़्यादा की आस दिखायी और हमारा थोड़ा मिलता भी बंद करवा दिया!''

''दोष उनका नहीं, हमारे देवी-देवताओं का है जो मुँह फुलाये हमसे रूठे बैठे हैं! इन्हें एक बार और मनाया जाए, नहीं तो मेले में बड़ी माता से इनकी शिकायत की जाए!''

स्त्री, पुरुष आपस में जुड़-मिलकर तर्क-वितर्क करने लगे थे। स्त्रियों ने अपनी राय दी, अपना दुखड़ा-सुखड़ा सुनाया। कई बार दोनों तरफ़ से एक-दूसरे पर दोषारोपण भी हुआ। एक स्त्री ने कहा, ''कोतरापाल में जो हुआ, बहुत बुरा हुआ। क्या दंतेश्वरी माता सच में हम लोगों से नाराज़ हैं?''

''अरे बहिन, मैंने तो सुना है किसी आदिवासी का शरीर भैरमगढ़ के पास, सड़क के किनारे पड़ा था और उसका सिर नहीं था!''

''समझ में नहीं आता, क्या करें और क्या न करें!''

~

आख़िर मुखिया महादेव ने सबसे आपसी चर्चा बंद करने का आग्रह किया। फिर पनकू मामा द्वारा दी गई सलाह के अनुसार ही अपनी बात गाँववालों से कही, ''मैं गाँव पर आई इस बिपत की घड़ी में आप लोगों के साथ हूँ ,मगर गाँव का मुखिया होने के कारण मैं अपनी बात भी बता देना ज़रूरी समझता हूँ। आपको क्या करना है और क्या नहीं, इसका फ़ैसला आपको ही करना होगा। मेरी ओर से सभी स्वतंत्र हैं।...मुझे तो गाँव छोड़ने और न छोड़ने, दोनों ही में कुछ लाभ तो कुछ नुकसान दिखायी देता है। इसलिए मैं अपनी तरफ़ से किसी को मजबूर नहीं करता। फिर अभी दस दिनों का समय है। अपने-अपने परिवार में विचार करें और खुद फ़ैसला करें। सबको जय जोहार...सेवामान!''

सभा समाप्त हो गई थी। हतोत्साहित से लोग अपने-अपने घरों की ओर लौट पड़े। हिड़मा, इरमा और सन्ना इस बीच महादेव बाड़से के परिवार की महिलाओं के साथ एक जगह बैठे हुए थे। घर लौटते इरमा ने कहा, ''याया, मासा कोर्राम ने तो लोगों को डरा दिया है!''

सन्ना बोला, ''हम गाँव छोड़कर नहीं जायेंगे, याया! बताए देता हूँ।''

हिड़मा ने कहा, ''पनकू मामा जो कहें वही करना होगा, सन्ना। पहले से कुछ ठान मत ले, दुख होगा। सब दन्तेश्वरी देवी की इच्छा पर निर्भर है!''

''याया, इसमें दन्तेश्वरी देवी कहाँ से आ गईं?...देवी को कुछ नहीं करना है। न वह श्राप देंगी, न कृपा करेंगी। हमें ही अपने भले-बुरे का फ़ैसला करना होगा!'' इरमा झुँझलाकर बोल पड़ी।

थोड़ी देर सब चुप चलते रहे। फिर हिड़मा ने इरमा से कहा, ''तुम्हारे रग्घू को, वहाँ रायपुर शहर में कुछ पता भी चलता होगा कि इधर गाँव में क्या हो रहा है?''

''अखबार तो पढ़ता ही होगा। वहाँ तो रेडियो भी होगा, समाचार भी सुनता होगा!'' इरमा बोली, हालाँकि वह स्वयं अनिश्चित थी।

''पता नहीं किस तरह के समाचार इधर से जाते होंगे। सही खबर मिलती भी होगी या नहीं!...पता नहीं, किसी दिन वह इधर आये तो हम उसे कहाँ मिलेंगे? वैसे रग्घू को खबर लेने आना चाहिए था!'' हिड़मा बोली।

''हो सकता है कि उसके घर के लोगों ने ही उसे खबर करके इधर आने से मना कर दिया हो!...कम-से-कम वह तो उधर सुरक्षित है!'' चिंतित इरमा बोली।

इरमा अभी रग्घू के बारे में ज़्यादा बात नहीं करना चाहती थी, हालाँकि उसके दिलो-दिमाग में उसी की तस्वीर घूम रही थी। उसके साँवले जिस्म पर उसकी मुस्कुराती आँखें, एकदम साफ़-शफ़्फ़ाफ़ दंतपंक्तियाँ, छोटे-छोटे कतरे हुए सिर के बाल, बालों को हाथ फेरकर सिर को थोड़ा-सा झटकने की उसकी अदा...अगले साल तो उसकी मास्टरी (बी.एड.) की पढ़ाई भी पूरी हो जायेगी। रग्घू को भरोसा है, उसे जल्दी सरकारी नौकरी भी मिल जायेगी! फिर शादी...नहीं, आगे का अभी सोचना बेकार है। जैसा भूचाल अभी आया हुआ है और जान-माल का संकट खड़ा हो गया है, ऐसे में कल क्या होगा, कहा नहीं जा सकता। अच्छा ही है वह उधर है, सुरक्षित है!

34

इस गाँव में सलवा जुडूम की पहली दस्तक को अभी एक सप्ताह ही हुआ था कि फिर वह रैली लौट आयी। पहले से ज़्यादा बड़ी, ज़्यादा आक्रामक। नारे लगाती, चीखती-चिल्लाती, खौफ़ पैदा करती। रैली के सभी लोग दोपहिया वाहन में डबल-डबल बैठकर आये थे। मगर इस बार गाँव में पिछली सभा से भी आधे लोग थे। कुछ लोग सच में अपना घर-बार छोड़कर कैम्प की शरण में चले गये थे। जो परिवार कैम्प नहीं गये, उनमें भी ज़्यादातर जंगल में जा छिपे थे। मुखिया महादेव और पनकू मामा के साथ दस-बीस गाँववाले ही इस रैली का सामना करने, साथ खड़े रहे। इनमें भी सब पुरुष ही थे, जिन्होंने अपनी महिलाओं को पीछे कहीं छुपा रखा था। इस बार रैली में मासा कोर्राम नहीं था, न ही कोई बड़ा पुलिस अधिकारी। मगर मासा के तीन चमचे नेता, जो पिछली रैली में मासा के साथ थे, इस रैली का नेतृत्व कर रहे थे। उनके साथ

पचासों बालिग-नाबालिग लड़के थे, जिनमें कुछ के हाथों में हथियार थे। जिनके पास पुलिस प्रदत्त हथियार नहीं थे, उन्होंने डण्डे थाम रखे थे, जिन्हें वे बात-बेबात नचा रहे थे। इनके साथ बीस-पच्चीस साधारण पुलिसवाले भी थे।

मुखिया महादेव के घर के सामने रैली आकर ठिठक गई। नेता बने मास्टर की आवाज़ गूँजी, "आप लोगों के गाँव के कुछ समझदार परिवार कैम्प में पहुँच गये हैं, मगर लगता है कि आप लोगों को अब भी कुछ समझ नहीं आ रहा है?"

पनकू मामा ने बात सँभाली। कहा, "नेता मासा कोर्राम जी ने दस दिनों का समय तो दिया था, अभी तो सिर्फ़ छह दिन गुज़रे हैं!"

"ठीक है, ठीक है!" मास्टर नेता आगे बोला, "कुछ दिन और सही, मगर हम आप सबों को कैम्प में जल्दी देखना चाहेंगे!"

नेता व्यापारी ने पूछा, "हम चेरपाल गाँव की तरफ़ से आ रहे हैं। उधर के कुछ खाली गाँवों को और यहाँ के भी कुछ घरों को हम जला हुआ देख रहे हैं! उन खाली घरों को कहीं आप लोगों ने तो नहीं जलाया?"

गाँववालों में चुप्पी छा गयी। महादेव से कुछ कहते नहीं बना। पनकू मामा बोले, "दो दिन पहले दादा लोग आये थे। जो परिवार कैम्प चले गये हैं, उनके घरों की पड़ताल की और ताबड़तोड़ आग लगा दी। हमने बहुत विनती की, हाथ जोड़े, तो कुछ घरों को यह कहकर छोड़ दिया कि अगर वो लोग कैम्प से नहीं लौटते हैं हफ़्ते भर में, तो इनका भी वही हाल होगा! अब आप ही बताइये नेता जी, हम करें तो क्या करें?"

मास्टर और व्यापारी नेता ने एक-दूसरे को देखा। मास्टर बोला, "इसका मतलब है, आप लोगों का उन नक्सलियों से मिलना-जुलना अभी भी जारी है?"

पनकू मामा ने हाँ-न बोलने में असुविधा महसूस की। तभी इस रैली में साथ आया, इसी गाँव का लड़का बोगामी सोमारू मास्टर के कान में जाकर कुछ बोला। मास्टर के कान खड़े हो गये। पूछा, "लेकामी हूंगा... ? आप लोगों में किसका नाम है?"

पनकू मामा ने झिझकते हुए कहा, "मेरे दामाद का नाम है, नेताजी। बकरियाँ चराने जंगल गया है। लौटा नहीं है!"

"उस पर नक्सलियों से मिले होने का मुकदमा चल रहा है ना?" इस बार नेता व्यापारी ने पूछा तो पनकू मामा सच में घबरा गये। वही नेता आगे बोला, "तीन दिन बाद हम फिर आयेंगे। हूंगा हमें यहाँ या कैम्प में मिलना चाहिए, समझे!...उस दिन ट्रक भी आयेंगे, आप लोगों को कैम्प ले चलने के लिए, सब तैयार रहें!"

मास्टर नेता कुछ सोच रहा था, बोला, "यहाँ थोड़े से लोग दिख रहे हो, कैम्प में भी आपके गाँव के थोड़े से ही लोग हैं, तो बाकी भी क्या सब बकरियाँ चराने गये हैं?"

महादेव ने सकुचाते हुए जवाब दिया, "बुड़ती पारा के सब लोग आन्ध्रा चले गये हैं, नेता जी?"

मास्टर और नेता व्यापारी ने आपस में कुछ फुसफुसाकर कहा और फिर उनकी रैली आगे बढ़ गयी। पुलिस के जवान भी उनके पुँछैया बने साथ हो लिये। देर तक रैली के हो-हल्ले और दोपहिया वाहनों की कर्कश आवाज़ गाँव में सुनायी देती रही। थोड़ी देर बाद बुड़ती पारा के घरों से आग की लपटें ऊपर उठती दिखायी दीं।

~

तीन दिनों बाद दो खाली ट्रक पहुँचे। ट्रकों के साथ दो पुलिस की जीपें भी थीं। जीपों में कुछ सलवा जुडूम कार्यकर्ता और पुलिसवाले थे। गाँव से कैम्प जाने को तैयार लोगों को उनके थोड़े से सामानों के साथ गाय-बकरियों की तरह भरा जाने लगा। कुछ महिलाओं ने विरोध किया तो जवाब मिला, ''आधे घंटे का तो रास्ता है, इतने में मर नहीं जाओगे!''

गाँव का मुखिया महादेव भी घोर अनिच्छा के बावजूद अपने परिवार के साथ ट्रक में सवार हो रहा था। अपने गाँव के हर हाल में शिकार होने का मातम उसके दिलोदिमाग पर छाया हुआ था, मगर परिवार की सुरक्षा का सवाल था। उसकी बुजुर्ग माताजी ने, जो चल-फिर भी नहीं पाती थीं, उसके साथ जाने से अचानक इनकार कर दिया। विवश मुखिया, परिवार के बाकी पाँच लोगों के साथ ही गाँव छोड़ गया।

पनकू मामा परेशान थे। उनके निर्णय पर ही परिवार आश्रित था। कैम्प जाने पर हूंगा सीधे उन लोगों की नज़रों का शिकार हो सकता था। उन्हें समझाना भी मुश्किल था, जिन्होंने पहले ही कुछ निर्णय ले रखा हो! न जाने पर तो और भी खतरा था। नक्सलियों का खौफ़ अलग। गाँव में इतने लोग भी नहीं बचे थे कि सब एकजुट होकर 'अंदर' और 'बाहर' वालों का सामना कर सकते। एक दिन पहले वह पुल के रास्ते कैम्प भी देख आये थे। बिना दीवारों की छत, भीड़-भाड़, कीचड़-पानी और असुरक्षा का वातावरण वहाँ भी था। अर्द्धसैनिक बल और नये-नये एस.पी.ओ. बने, लापरवाह एवं दिशाहीन उत्साह से लबरेज लड़कों ने कैम्प को चारों तरफ़ से घेर रखा था।

रग्घू के काका कोर्राम मंगलू का गाँव भी उसी तरफ़ था। वह उनकी खबर लेने उस गाँव भी चले गये। क्या पता यदि रग्घू आया हो तो, उससे भी मुलाकात हो जायेगी! मगर काका का घर बंद था। घर की बखरी बाड़ी में भी कोई जानवर नहीं दिखा। आस-पास के घरों में भी सन्नाटा पसरा था। संयोगवश एक बुजुर्ग से उनकी भेंट हो गयी जो कैम्प से निकलकर वापस अपने गाँव में अपने खाली घर की हालत देखने आ रहा था। वह स्वयं हड्डियों का ढाँचा था और बोलने पर उसका एक हाथ और सिर हिलने लगता था। वह अभी थककर रास्ते के किनारे बैठा था।

''सेवाजोहर! आप इसी गाँव मुचनार के हैं?''

''हव।...चोंगी है?''

मामा ने उसे बीड़ी पिलायी और पूछा, ''कोर्राम मंगलू यहीं रहते हैं, मगर

उनका घर बंद है। क्या वो कैम्प चले गये हैं?''

''नहीं वो क्यों जायेगा? उसके पास खूब जानवर हैं। कैम्प में जानवरों के लिए जगह नहीं है। वह अपने जानवर हाँकता जंगल के अंदर चला गया है। आधा महीना हो गया, मैंने उसे देखा नहीं।''

मामा का दिल टूट गया। अपने गाँव लौटे तो फ़ैसला किया कि कैम्प में नहीं जायेंगे, मगर गाँव में भी नहीं रहेंगे। दी गई मियाद के आखिरी दिन वह राशन-पानी और कुछ ज़रूरी सामानों के साथ सपरिवार पहाड़ी जंगल में जा घुसे। ज़्यादातर पालतू जानवरों को उन्होंने पहले ही औने-पौने में निकाल दिया था। शेष जानवरों को उन्होंने घर की बखरी में ही खुला छोड़ दिया, क्योंकि उनको चराते, उनकी रखवाली करते किसी को भी दिख जाने का डर था। जिस स्थान को उन्होंने चुना था, वहाँ से मील भर आगे चलकर वे अपने गाँव को अस्पष्ट ही सही, देख भी सकते थे। और जब खतरे का अंदेशा न हो तो वे गाँव भी आ सकते थे।...आख़िर जब तक यह महामारी चलती है, उन्हें किसी तरह समय तो काटना ही था।

ट्रकों के दो चक्करों के बाद गाँव लगभग खाली हो ही गया था। गाँव की गलियों के आवारा कुत्तों, बिल्लियों और कुछ लावारिस बना दिये गये गाय-बैलों के अलावा सिर्फ़ तीन लोग भगवान भरोसे गाँव में रह गये थे। इनमें एक विक्षिप्त महिला कोरसा संतो थी। गाँव के कुछ लोगों को उसके 'टोनही' होने का अंदेशा था। वह किसी दूसरे गाँव की थी और भटकते हुए यहाँ आ टिकी थी। ज़ाहिर था कि इस गाँव में उसका कोई परिवार नहीं था। अपने लम्बे, बिखरे, गड्डमड्ड और जुओं का जंगल बने सिर के बालों को अक्सर खुजलाते हुए, अपने खुले स्तनों से बेफ़िक्र, वह मटमैली आधी साड़ी (जो अक्सर उसके चलते-फिरते खुल-खुल जाती और जिसे वह मुस्कुराकर रह-रहकर सँभालती रहती) को हमेशा पहने रहती। वह आकाश की तरफ़ देखकर किसी से बात भी करती थी। कभी-कभी उसे ऊपरवाले पर गुस्सा आता तो वह पत्थर उछालकर अदृश्य को मारती और गालियाँ भी देती थी। गाँव के लोग उसे बचा-खुचा खाने को दे देते और उससे दो बाँस के फ़ासले से ही चलते थे...और अब तो फ़ासला-ही-फ़ासला था।

दूसरा व्यक्ति तीस साल का दुबला-पतला एलमा सुखराम था। उसकी एक टाँग टूटकर लटक गई थी और अब उसके लिए अनावश्यक हो गई थी, क्योंकि दूसरी साबुत टाँग और लाठी के भरोसे उसे खींचते चलना उसे कभी-कभी फ़िजूल लगता था। मगर अपनी होने से, उससे थोड़ी आत्मीयता भी थी और वह उससे पीछा छुड़ा भी नहीं सकता था। बेचारी वह टाँग अपने लिए अलग से कुछ खाने को माँगती भी नहीं थी, बस पालतू कुत्ते की तरह हमेशा साथ रहती। कहते हैं कि एलमा सुखराम मंदरस (शहद) उतारने एक पेड़ पर चढ़ा था और पेड़ पर किसी साँप के धोखे में घबराकर बहुत नीचे, अपनी इसी टाँग के ज़िम्मे कूद पड़ा था। इस टाँग ने ही उसके बाकी शरीर का नुकसान होने से बचाया था। अपनी ज़िम्मेदारी भली-भाँति निबाहने के बाद ही

अब वह शहीद का दर्जा हासिल कर चुकी थी और सुखराम उसके लिए शोकाकुल था, मगर अब वह खुद पिछले साल से तपेदिक से पीड़ित हो गया था और उसका आश्रयदाता बड़ा भाई अपने परिवार के साथ आन्ध्रा भाग गया था।

और तीसरे नम्बर पर थी, मुखिया महादेव की माता बाड़से सुक्की। वह सत्तर साल की थी और इतने साल जी लेना भी यहाँ के आदिवासियों के लिए आश्चर्य की बात थी। महादेव की, साथ चलने की लाख विनती कुछ काम नहीं आयी थी। आखिरी समय में जब उसका परिवार ट्रक पर सवार हो रहा था, बाड़से सुक्की ने अपना गाँव-घर छोड़ने से इनकार कर दिया था।...अब मुझे कहीं भी ले चलोगे तो भी, कोई माई का लाल मुझे मरने से बचा नहीं सकता! अपनी देखी-भाली जगह छोड़कर, मैं मरने के लिए परायी जगह नहीं जाऊँगी!...उसने कहा था।

कुछ दिनों गाँव में सन्नाटा पसरा रहा। फिर एक दोपहर सलवा जुडूम के लोग, जिन्होंने अनेक कैम्पों में शरण लिए आदिवासियों को भी अपने साथ शामिल कर लिया था, पुलिस की जीपों और मोटरसाइकिलों पर आये। गाँवभर का एक चक्कर लगाया। मेला-विसर्जन के बाद कूड़ा-करकट को साफ़ करने की मंशा से आये सफ़ाई-कर्मियों की तरह, इधर-उधर ताका-झाँका। उन्हें विक्षिप्त महिला कोरसा संतो दिखायी दी, जो साल के एक पेड़ के नीचे अपनी आधी, इकलौती, फटी और भीगी साड़ी को खोलकर सुखाने के बाद फिर पहनने की कोशिश कर रही थी। जुडूम के कुछ छलकते वीर्यवान दु:शासनों को यह दृश्य चुनौतीपूर्ण लगा। लघुशंका को आमादा, इन लोगों ने विक्षिप्त को सामने की एक खाली झोपड़ी में ला पटका और हल्के होने लगे। विक्षिप्त, जिबह होते सूअर की तरह चीखती-चिल्लाती रही, हाथ-पैर मारती रही, फिर बेजान हो गयी।...वह रैली जब लौटी तो उस झोपड़ी से आग की लपटें और धुआँ निकलने लगा।

लंगड़ा एलमा सुखराम, जो अपने भाई के खाली कर दिये गये घर से ज़रा दूर झाड़ियों में टोह लेता छुपा बैठा था, लंगड़ाता हुआ बाहर निकला। मगर तभी लौटती रैली की एक मोटरसाइकिल वापस उसके सामने आकर रुकी। उसमें तीन लड़के सवार थे। एलमा सुखराम को लगा, वे उसे मारने लौटे हैं! मगर उन्होंने ऐसा नहीं किया। बस उससे कुछ बात की, कुछ निर्देश, कुछ प्रलोभन दिये और लौट गये। एलमा सुखराम, बाड़से सुक्की के घर की ओर चल पड़ा। सुक्की अपने घर की चारपाई पर लेटी हुई थी। उसने जीवन का बुरा दौर देख लिया था, तो भी जब सुखराम ने उसे कोरसा संतो के साथ अनैतिक होने और झोपड़ी में जला दिये जाने का समाचार सुनाया तो वह आँखें बंदकर माँ दन्तेश्वरी से प्रार्थना करने लगी, "पेन ती, नावा अरजी केन्जा...(ऐ पुरखों की शक्ति मेरी प्रार्थना सुनो!) मुझमें और कुछ देखने-सुनने की ताकत नहीं रह गई है। मुझे वापस बुला लो!"

~

रात घिर आने पर पनकू मामा और हूंगा अपने ही गाँव-घर में चोरों की तरह आये। उनसे चार बाँस की दूरी बनाकर पीछे-पीछे हिड़मा, इरमा और सन्ना जंगल से बाहर निकले। दोपहर को गाँव से धुआँ निकलता देखकर मामा को कुछ संदेह तो हुआ था, मगर वह दिन में नहीं आ सकते थे। जब से वह परिवार सहित पहाड़ी जंगल में गये थे, दिन उनका वहीं गुज़रता था, किन्तु रात होते ही चुपके से वह अपने घर के पिछवाड़े से अंदर घुस आते थे। ऐसा इसलिए नहीं कि जंगल में रात को जंगली जानवरों से खतरा था। असल बात तो यह थी कि जंगल में जंगली जीवों की भारी कमी हो गई थी। उन्हें या तो मार डाला गया था, या फिर शहरों के चिड़ियाघरों को भेज दिया गया था। जंगल के जानवर शहरों की शोभा बढ़ा रहे थे और शहर के लोग जंगल में घुसे जा रहे थे। उनका प्रयास उपस्थित जीवन में मंगल की तलाश छोड़कर, मंगल ग्रह पर जाकर जीवन की तलाश करने जैसा था। उन्हीं में कुछ उत्साही शहरी खोजी ऐसे भी थे जो जंगलों में जानवरों की तलाश में दिनभर फिरते रहते, मगर उन्हें शायद ही कोई जानवर दिखायी देता था। वे नदी-नालों के किनारे सूखी, सुडौल और भसभसी लेण्डियाँ देखकर अपने को सौभाग्यशाली समझते थे और आपस में विवाद करते थे कि ये शेर की लेण्डी है?...नहीं-नहीं, भालू की होगी!...क्या बात करते हो ये तो हिरण की लेण्डी है! मैं सौ रुपये की शर्त लगाता हूँ!...और फिर जब वे लोग अपनी बात के समर्थन में प्लास्टिक की थैलियों में बीनकर लायी गईं लेण्डियाँ दिखाकर, आदिवासियों से राय माँगते, तो आदिवासी उनकी हर बात में नीचे-ऊपर सिर हिलाकर 'हाँ' ही कहते थे! वे उन्हें कैसे बताते कि आजकल आदिवासियों पर भारी संकट है और वे गाँव-घर से भाग कर जंगल में डोलते फिरते हैं, जानवरों की तरह ही घास-पत्ते, फल-फूल, कंद मूल और अपने पालतू जानवरों के साथ कीड़े-मकोड़े भी कच्चा खा रहे हैं! ये लेण्डियाँ उन्हीं से जन्मी हैं!

रात में एक निश्चित समय के बाद लंगड़ा सुखराम, पनकू मामा के घर के पास लाठी टेकता, ठठाता प्रकट होता था। जंगल से ही बनाकर लाये भोजन का कुछ हिस्सा मामा, सुखराम को देते थे। उस हिस्से में कुछ हिस्सा बाड़से सुक्की और कोरसा संतो का भी होता था। सुखराम भोजन की देगची को, जो प्लास्टिक की थैली में धरी रहती थी और जिसे वह बाँह में लटकाकर चलता था, अन्य दो महिलाओं को भोजन बाँटकर, वह खुद खाता था। इस तरह पनकू मामा के घर के अनाज से गाँव की और तीन ज़िन्दगियाँ चल रही थीं। हालाँकि इन तीनों को चौबीस घंटे में एक बार ही भोजन मिल पाता था, मगर इस संकट में ज़िन्दा रहने के लिए यह भी बहुत था। सुखराम रात को ही बर्तन धोकर मामा की परछी में रख जाता था। आपस में बातचीत लगभग नहीं होती थी। मगर आज पनकू मामा ने उससे पूछा, "दोपहर में गाँव में कुछ हुआ था क्या?"

सुखराम ने खड़े-खड़े ही बताया, "मामा, सलवा जुडूम के कुछ लोग आये थे। उन्होंने संतो के साथ ज़बरदस्ती की। उसे हेमला रेकाल की झोपड़ी में जलाकर भाग गये। मैं शाम को उस जली झोपड़ी में गया था, संतो पूरी तरह जलकर हड्डी ही

रह गयी थी, जिसे गाँव के कुत्ते छीन-झपट कर खा गये। लगता है, कुत्ते भी अब आदमखोर बन गये हैं!''

यह समाचार सुनकर मामा और हिड़मा के चेहरे पर लाचारी और शोक की स्याह लकीरें उभरीं, जिन्हें अँधेरे में सुखराम देख नहीं पाया। पनकू मामा ने सुखराम को प्लास्टिक की थैली में भोजन भरी देगची सौंपते हुए कहा, ''अब तुम जाओ सुखराम, अपना ख़याल रखना!''

घर के अंदर हिड़मा और हूंगा के साथ लौटते मामा ने पलट कर देखा तो सुखराम को खड़े ही पाया। शायद उसे और कुछ कहना था। मामा अकेले लौटे और पूछा, ''कुछ और बात है क्या, सुखराम?''

सुखराम बोलते हुए थोड़ा हिचकिचाया, फिर बोला, ''वो बोगामी मंगू का लड़का, सोमारू ...मुझसे आप लोगों की खबर पूछ रहा था! मैंने कहा कि वो लोग तो कैम्प चले गये हैं!...तो वह बोला कि मैंने आस-पास के सारे कैम्प छान मारे, वो लोग नहीं हैं!...तब मैंने फिर झूठ बोला कि फिर लगता है वे लोग ज़रूर बीजापुर निकल गये होंगे! वहाँ उनकी रिश्तेदारी हुई है ना!...मगर लगता है कि उसे मेरी बात पर भरोसा नहीं हुआ। बोला कि अगर वे लोग आस-पास ही कहीं हों या गाँव आयें तो मुझे खबर करना। तुम्हारे लिये महीने भर के राशन की व्यवस्था मैं करा दूँगा!...मामा, मुझे उस लड़के की नीयत ठीक नहीं लगती। वह पूरा गुण्डा हो गया है। उसके साथी भी मुझे उसी की तरह दिखे!...उन्होंने ही आपकी बखरी के बाकी जानवरों को जंगल में हाँक दिया और मुर्गियों को बटोर कर साथ ले गये। आप भी आते-जाते अपना ख़याल रखना।''

मामा को आज घर में घुसते ही जब अपने छोड़े गये जानवरों की आहट नहीं मिली तो उन्हें कुछ शक तो हुआ था, मगर वे अभी-अभी तो आये थे और कुछ पतासाजी नहीं की थी। लम्बी साँस छोड़कर मामा बोले, ''ठीक है सुखराम, तुम्हारा धन्यवाद, इस जानकारी के लिए।''

पहले से ही परेशान पनकू मामा की चिन्ता और बढ़ गयी।

35

बीजापुर शहर से पच्चीस किलोमीटर के फ़ासले पर गंगालूर एक कस्बा था और उससे लगे मालूर गाँव में रग्घू के माता-पिता और बहन रहती थी। रग्घू के पिता आम आदिवासियों से कुछ अलग नहीं थे। चार एकड़ ज़मीन उनके पास थी, जिसमें साल में एक बार वे चावल की खेती करते थे। आस-पास के कई गाँववाले उन्हें जानते थे, क्योंकि वे एक बार यहाँ के सरपंच भी रह चुके थे। रग्घू की छोटी बहन यहीं रहकर गंगालूर के स्कूल में ग्यारहवीं कक्षा में पढ़ रही थी। पनकू मामा ने सोचा कि अगर इरमा को वहाँ भेजा जाए तो कम-से-कम एक (इरमा) की ज़िम्मेदारी से मुक्ति मिल सकती है! वैसे भी वह उस घर की अमानत है!...वरना जवानी की बात और लड़की

जात, उस पर लकड़बग्घों की फिरती जमात...आये दिन की मुसीबत थी। सम्भव है कि बीजापुर का इलाका इधर के मुकाबले शांत हो!...वैसे आजकल लोग अपने इलाके से बहुत ही कम बाहर निकल रहे थे। इससे दूसरे इलाके की बहुत ही कम जानकारी मिल पा रही थी। जो देर-सबेर मिलती भी, उसमें विश्वसनीयता की कमी रहती। लोग एक-दूसरे को शक की नज़र से देखने लगे थे। मगर जब मामा ने परिवार के सामने अपनी बात रखी तो इरमा ही विरोध में उतर आयी।

"मैं आप लोगों को छोड़कर वहाँ नहीं जाऊँगी! एक तो रग्घू की कोई खबर नहीं है। उसके काका भी अपने गाँव को छोड़ चुके हैं। वहाँ दूर, गंगालूर, मालूर में क्या हो रहा है, किसी को कुछ पता नहीं।...आप लोग मुझे मुसीबत समझकर वहाँ भेजना चाहते हैं क्या?"

"नहीं बेटी, समय को देखकर और तुम्हारी सुरक्षा की सोचकर मैंने ये कहा!" मामा बोले तो इरमा और अड़ गयी, "मेरी ही सुरक्षा क्यों? जब यहाँ सब लोग असुरक्षित हैं तो मुझे भी किसी सुरक्षा की ज़रूरत नहीं है!"

"मान जा बेटी, मामा ठीक ही कह रहे हैं, इसमें तेरा ही नहीं हम सबका भला है!" हिड़मा ने भी माँ के नाते उसे समझाने की कोशिश की। पिता के नाते हूंगा को भी कुछ तो कोशिश करनी थी, मगर वह हर बोलने वाले का मुँह देखता चुप ही रहा और हर एक के समर्थन में सिर हिलाता रहा। अलबत्ता सन्ना बोल पड़ा, "अगर इरमा दीदी जाती है तो मैं भी उसके साथ जाऊँगा, वहीं रहूँगा। यहाँ रोज़ अँधेरे में सवेरे-सवेरे जंगल जाना और रात होने पर आना मुझे पसंद नहीं है!"

पसंद तो किसी को भी नहीं था, मगर अपनी पसंद का सुरक्षित विकल्प कहीं नज़र नहीं आता था। खैर, निर्णय कुछ दिनों के लिए टाल दिया गया और वही क्रम चलता रहा—रात को गाँव, दिन को जंगल; संकट का जब तक सूझे न हल!

पनकू मामा की तरह अब गाँव में और भी कुछ परिवार, जो जंगल के कोनों-कोनों में खानाबदोश की तरह पड़े थे, लौटने लगे। वे भी अब रात होने पर गाँव आते और सुबह के पहले फिर जंगल भाग जाते। कुछ परिवारों ने, जब उन्हें लगा कि सलवा जुडूम वाले अब नहीं आयेंगे, साहस दिखाया और जंगल नहीं लौटे। कैम्प की घोर अव्यवस्था से तंग आकर भी कुछ परिवार, गाँव से ज़रूरी सामान लाने या खेती-किसानी का काम देखने के बहाने कैम्प से निकलने लगे। वैसे भी इन कैम्पों में लोगों को हकालने में जो तत्परता प्रदर्शित हुई थी, लोगों को वहाँ रोके रखने में नियंत्रण ढीला था। थोड़ी कोशिश यही थी कि शिविरार्थी दिनभर कहीं भी जायें, मगर रात की हाज़िरी में उपस्थित ज़रूर हों। बाद में यह 'ज़रूर' शब्द भी अदृश्य हो गया। जुडूम वाले चिंतित भी नहीं थे। कैम्प में उनकी सुरक्षा की ज़िम्मेदारी कम हो रही थी और ढेर सारा राशन बच रहा था, जिसे वे बाज़ार में बेचकर नकदी बना रहे थे। आन्ध्रा (तेलंगाना) गये कुछ परिवार भी अब गाँव लौट आये थे। उन्हीं में से किसी ने पनकू मामा को बताया कि दादा लोगों ने किरन्दुल (बैलाडीला) से कच्चा लोहा लेकर जाती

मालगाड़ी को पटरी उखाड़ कर गिरा दिया है। एस्सार नाम की किसी कम्पनी की पाइप लाइन और एनएमडीसी की मशीनों को तोड़-फोड़ डाला है।...दादा लोग बहुत भड़के हुए लगते हैं। सुना है, पिछले महीने तो उन्होंने ज़मीन के अंदर खतरनाक चीज़ (विस्फोटक) रखकर सीआरपीएफ़ के 22 जवानों और दो पुलिसवालों को मार डाला, जबकि ये जवान ऐसी गाड़ी (एण्टी लैण्डमाइन वाहन) के साथ में थे, जिसके बारे में कहा गया था कि उसका कोई बाल भी बाँका नहीं कर सकता! दादाओं ने अगले सोमवार से 'शहीदी सप्ताह' की घोषणा की है।...देखना, सड़क पर रही-सही गाड़ियों का चलना भी बंद हो जायेगा!

उजड़ा गाँव धीरे-धीरे फिर बसने की कोशिश कर रहा था। तभी एक रात बारह बजे इस गाँव को इस इलाके की गुफ़ा-पलटन ने घेर लिया। उनकी संख्या सौ के करीब थी। सभी हथियारबंद। उन्होंने आते ही हरेक घर की तलाशी ली और सभी लोगों को हकालते हुए मुखिया के घर के सामने के मैदान में एकत्रित किया। जनताना-दरबार लगाया। पनकू मामा का परिवार भी सपड़ाया। उसे भी दरबार में आना पड़ा।

"तुम्हारे गाँव का मुखिया गांडू था। पुलिस की शरण में चला गया। मगर कभी तो लौटेगा, उसे तभी देख लेंगे।...मगर वे लोग ज़रा अलग हटकर खड़े तो हो जाओ, जो कैम्प गये थे और फिर लौटे हैं!" लीडर दादा की कड़कती आवाज़ गूँजी। उसे बैठने के लिए खाट दी गई थी, मगर वह और दूसरा कोई नहीं बैठा। गाँव में बिजली नहीं थी। गुफ़ा पलटन के दो लोगों के हाथों में जलती मशालें थीं और लीडर के पास अपने हथियारों के अलावा एक मोटी लम्बी टॉर्च थी, जिसकी रोशनी वह कभी-कभी ग्रामीणों के चेहरे पर फेंकता था। मगर ज़्यादा समय वह जलती टॉर्च का मुँह ज़मीन की ओर ही रखता था, इससे आस-पास के समुदाय की आकृति हल्की स्पष्ट होती थी। नक्सलियों से घिरे ग्रामीण जो कैम्प जाकर लौटे थे, थरथराते हुए एक ओर खड़े हो गये। वे शहरी लोगों की तरह सभ्य नहीं हो पाये थे। झूठ बोलना उन्हें नहीं आता था। जान बचाने के लिए 'हम वहाँ नहीं गये' कह नहीं पाये।

एक ग्रामीण ने, जिसका तीन साल का छोटा बच्चा था, और जिसे उसकी गहरी नींद में ही उठाकर लाया गया था, वह अपनी माँ की गोद में अब भी सोया पड़ा था। जब माँ खड़ी हुई तो उसने बच्चे को ज़मीन पर लुढ़का दिया। नींद का मारा, बच्चा बेचारा, ज़मीन पर भी सोया ही रहा। उस बच्चे का बाप थरथराता हुआ बोला, "दादाल, माफ़ करना ये हमारा बेटा है, बीमार है। मुश्किल से अभी सोया है।...मगर हमारे साथ वह भी कैम्प में था!"

लीडर ने उसे और उसके बच्चे को देखा, फिर एलमा सुखराम को अपने पास आने का इशारा किया। लंगड़ा एलमा सुखराम अपनी एक साबुत और दूसरी ताबूत बनी टाँग को घसीटता हुआ सामने आ खड़ा हुआ। अपनी बारीक छाती तानने की कोशिश में वह अपनी पुरानी टाइट कमीज़ के ऊपरी दो बटन पहले ही तुड़वा चुका था। लीडर के आदेश की प्रतीक्षा में वह बोला, "कामरेड!"

"सुखराम, क्या इतने थोड़े लोग ही कैम्प में गये थे?"

"नहीं कामरेड, आधा गाँव ही वहाँ ले जाया गया था, मगर वहाँ से सिर्फ़ दस परिवार ही लौटे हैं। बाकी जो यहाँ और हैं, वे जंगल में या आन्ध्रा में भाग गये थे, कुछ दिनों पहले ही यहाँ आये हैं।"

"उस लड़के का क्या नाम बताया था तुमने, जो इस गाँव से एस.पी.ओ. बना बैठा है?"

"उसका नाम बोगामी सोमारू है, कामरेड! वह पुलिस का मुखबिर है। वह कभी-कभी अब भी गाँव की जानकारी लेने आता है। वह और उसका परिवार कासोली कैम्प में रहता है। उसने गाँव के और दो लड़कों को एस.पी.ओ. बना लिया है।"

"हूँ!" लीडर ने अपने अगल-बगल में खड़े तीन साथियों से कुछ कहा। उन तीनों में एक युवती भी थी, जो तुमड़ीगुड़ा गाँव की थी और इरमा उसे कुछ-कुछ जानती थी, मगर उसका नाम उसे पता नहीं था। उसने उसे बारसूर के बाज़ार में नदी से पकड़ी मछलियाँ बेचते कई बार देखा था। इरमा को उसके 'संघम' में शामिल हो जाने पर आश्चर्य हुआ, क्योंकि वह उसे अतिसाधारण लड़की समझती थी, जो इरमा से दो साल बड़ी भी थी।

लीडर का इशारा मिलते ही दो ग्रामीणों के साथ वे तीनों लोग बोगामी सोमारू के घर में आग लगाने चले गये। लीडर ने सामने के घर की ओर इशारा करते हुए पूछा, "यही है ना इस गाँव के मुखिया का घर? क्या नाम है उसका...महादेव! तो इस महादेव के घर को भी...हर हर महादेव कर दो!...सिर्फ़ नाम अच्छा होने से आदमी अच्छा तो नहीं हो जाता!"

इसके पहले कि लीडर का आदेश तामील हो, महिलाओं की भीड़ में खड़ी इरमा से रहा नहीं गया। बोल पड़ी, "दादा, महादेव अक्को आदमी भी अच्छे हैं। अपने बाकी परिवार की रक्षा की चिंता में और मासा कोर्राम के डर से वह कैम्प ज़रूर गये हैं, मगर वह जल्दी वापस भी आने वाले हैं। उनकी बूढ़ी यायाल यहीं घर में हैं और बहुत बीमार हैं। अकेले उठ भी नहीं पातीं, इसलिए यहाँ तक नहीं आ पायीं।...मैंने तो सुना था, जनताना-सरकार औरतों को नुकसान नहीं पहुँचाती! आप घर के साथ उन्हें भी जला देंगे क्या?"

लीडर ने टॉर्च की तेज़ रोशनी इरमा के चेहरे पर डाली। वह उसके उजले रंग को देखकर ज़रा चौंका, मगर उससे ज़्यादा इरमा की निर्भीक आवाज़ ने उसे चौंकाया। टॉर्च की तेज़ रोशनी से चौंधियाती आँखों के बावजूद वह लीडर की ओर ही नज़रें उठाये हुए थी। इन नज़रों से वह प्रभावित हुआ। अपने कैडरों में उसे ऐसी ही नज़रों की ज़रूरत थी। उसे वे लोग आकर्षित नहीं करते थे, जो ज़िन्दगी से जोंक की तरह लिपटे हुए होते थे, बल्कि वे लोग उसे अच्छे लगते थे जो ज़िन्दगी को चिमटे से पकड़े हुए

होते या फिर फ़ुटबाल की तरह पैरों से उछालते हुए चलते थे। अचानक उसे कुछ पा जाने की खुशी का एहसास हुआ। रात के अँधेरे में, मशाल के मध्यम उजाले में, उसके चेहरे पर एक मुस्कान उभरी। उसने अपनी टॉर्च की रोशनी ज़मीन की ओर कर ली।

''एलमा सुखराम, ये लया कौन है? हमने पहले तो इसे नहीं देखा?'' लीडर ने पूछा। एलमा सुखराम जवाब देने को एक पाँव पर खड़ा था।

''कामरेड, यह पनकू मामा की नातिन और लेकामी हूंगा की बेटी इरमा है। इसके बाबो हूंगा, पुलिस केस में फँसा दिये गये थे, अभी ज़मानत पर हैं। ये लोग नारायणपुर के पास के हैं। पनकू मामा इन्हें कुछ साल पहले यहाँ ले आये थे। अच्छे लोग हैं। पिछले हफ़्ते तक दिन भर जंगल में रहते थे, रात को गाँव आते थे। इन्हीं के दिये भोजन के भरोसे मैं और मुखिया की माई ज़िन्दा रहे।''

लीडर ने अपने आस-पास खड़े दूसरे साथियों से कुछ बात की, फिर कहा—

''ठीक है, जनताना-सरकार महादेव के घर को जलाने का निर्णय वापस लेती है।...अरे, वे लोग अभी तक नहीं लौटे?'' उनका इशारा अपने उन तीन कामरेडों की ओर था, जो बोगामी सोमारू का घर फूँकने गये थे।

''बरसात का समय है कामरेड, जल्दी आग सुलगती नहीं।'' उन्हीं के दल की एक महिला कामरेड ने कहा, जिसने अपनी भारी बंदूक ज़मीन से टिका रखी थी, किन्तु सावधान खड़ी थी। उसी ने आगे कहा, ''इस समय का सदुपयोग किया जा सकता है। हमारे पीने के पानी की बोतलें खाली हो गयी हैं। यहाँ से निकलने से पहले इन्हें भर लिया जाना चाहिए!''

''ठीक कहती हो, सुनिये पनकू मामा... !'' लीडर बोलते-बोलते रुका। एलमा सुखराम की तरह इस बुज़ुर्गवार कड़ियाम पनकू को, जो अभी चिंतित से खड़े थे, 'मामा' कह तो दिया, मगर अब झिझक महसूस हुई। आगे बिना सर्वनाम का प्रयोग किये कहा, ''आप हमारे साथियों की बोतलों को पानी उबाल करके भरवा दें। यहाँ जंगल में पानी और मच्छर मुसीबत तो हैं ही। लापरवाही ठीक नहीं। हमें दुश्मन से डर नहीं लगता, मगर अपनी लापरवाहियों से लगता है!''

चाहे किसी का भी डर हो, मगर लीडर ने कोई डर स्वीकार तो किया! कुछ लोग इस डर की स्वीकारोक्ति पर मुस्कुराये। समझा कि लीडर ने मज़ाक किया है। कुछ वे ग्रामीण भी मुस्कुराये, जिनके कुछ पल्ले तो नहीं पड़ा था, मगर जिन्हें कैम्प जाने के कारण अलग छाँट दिया गया था और जिनका फ़ैसला होना अभी बाकी था। उन्हें लगा कि इस अवसर पर सबके साथ समझदारी की मुस्कान में सहभागी होने से शायद उनकी सज़ा में कुछ नरमी बरती जाये!

गुफ़ा-पलटन वालों की उपस्थिति से जल्दी मुक्ति की उम्मीद में पनकू मामा, हिड़मा और अन्य तीन ग्रामीण महिलाओं ने कामरेडों द्वारा दी जा रही प्लास्टिक की बोतलों को एकत्रित किया और अपने घर की रसोई की ओर बढ़ गये। इरमा भी उनके

पीछे जाने लगी तो लीडर ने उसे पुकार लिया। इरमा पलटी तो मामा भी उसके साथ रुक गये। हूंगा तो वहाँ खड़ा था ही।

''सुनो!'' लीडर ने इरमा से कहा, ''तुम चाहो तो हमारे आन्दोलन में शामिल हो सकती हो। तुम्हारी तरह और भी बहुत-सी लड़कियाँ, युवतियाँ हमारे साथ हैं। सरकार, शासन और साहूकारों ने बस्तर के जल ,जंगल और ज़मीन को आदिवासियों से छीनने के लिये बिजली, पानी, सड़क, इलाज और विकास आदि के नाम से षड्यंत्र रच रखा है। उन्हें आदिवासियों की इतनी ही चिंता थी तो आज़ादी के पचपन साल तक घास ही क्यों छीलते रहे?...जब पता चला कि यहाँ के पहाड़ों में लोहा और दूसरे खनिज पदार्थ छिपे पड़े हैं, और कीमती पेड़ और ज़मीन भी है, तो अब लालच इन्हें यहाँ खींचे जा रहा है। इनकी जीभ लपलपा रही है, इनके लिए...!'' लीडर और भी कुछ कहने वाला था, मगर इरमा ने उसे टोक दिया।

''दादा आपकी बात सही होगी, मगर एक इंसान दूसरे इंसान को मार डाले तो इसमें इंसानियत कहाँ रह गयी?''

''सरकार ने जंगल में मिलिट्री क्या घास उखाड़ने के लिए उतारी है?''

''कोई खराब काम कर रहा है तो वैसा हम भी करके उससे बेहतर तो नहीं बन जायेंगे, दादा!''

''तुम्हारा मतलब है, हम अपना आन्दोलन बंद कर दें और आदिवासियों को आसान शिकार बनने दें?'' लीडर थोड़ा रुष्ट होकर बोला। पनकू मामा और हूंगा डर गये। इरमा को वहाँ से हटाने का बहाना ढूँढ़ने लगे। मगर जब दो कड़कनाथ लड़ने पर उतारू हों तो उनको रोक पाना आसान नहीं होता। अलबत्ता इरमा की नज़र पनकू मामा पर पड़ी तो उसे वहाँ से अपनी उत्तेजना रोकने और बात खत्म करने का इशारा मिला।

''नहीं, दादा मैं ऐसा नहीं कह रही हूँ।'' इरमा ने अपनी आवाज़ नम्र बनाने की कोशिश करते हुए कहा, ''मेरा सिर्फ़ इतना कहना है कि जब आप लोग और सरकार भी, जैसा कि वह बोलती है, आदिवासियों का भला चाहते हैं; तो आपस में मिल-बैठकर विचार क्यों नहीं करते?''

''हम तो चाहते हैं कि सरकार हमसे बात करे। मगर सरकार कोई-न-कोई बहाना बनाकर पतली गली से निकल जाना चाहती है!''

''क्यों?''

''क्योंकि इससे उसके छुपे हुए मंसूबे पूरे नहीं हो पायेंगे। यहाँ के जल, जंगल और खदानों पर आदिवासियों के पहले हक को वह स्वीकार नहीं करती। असल में उसके पीछे पूँजीपति, व्यापारी और ठेकेदार हैं, जिनके बूते वह सत्ता में है। वह कैसे उन्हें नाराज़ करे?''

इरमा और कुछ कहना चाहती थी, मगर मामा और अपने बाबो की बेचैनी देखकर उसने चुप रह जाना ही बेहतर समझा। लीडर को लगा कि उसने अपनी बातों

से इरमा को परास्त कर दिया है, उसके चेहरे पर एक विजेता की मुस्कान उभरी। बोला, ''बहुत घालमेल है लेकामी इरमा जी! अगर तुम हमारे आन्दोलन में शामिल हो जाओगी तो तुम्हें मुझसे भी बेहतर सीनियर कामरेडों के विचार सुनकर अपने विचारों पर पुनर्विचार करने की ज़रूरत महसूस होगी, समझीं।...वैसे शुरू में मैं भी तुम्हारी तरह ही सोचता था!''

लीडर हल्के से हँसा। इरमा ने प्रकट में कुछ नहीं कहा, मगर बात न बढ़ाने की गरज से 'हाँ' में सिर हिला दिया। लीडर को सामने वाले की बोलती बंदकर देने का पक्का यकीन हो गया। उसने भी बात खत्म करने के अंदाज़ में कहा, ''वैसे सलवा जुडूम के कारण हमारे आन्दोलन को फ़ायदा ही हुआ है। हमें बहुत सारे कैडर मिलते जा रहे हैं, जिसकी पहले हमें उम्मीद नहीं थी।...तुम भी विचार कर सकती हो, जल्दी नहीं है।''

इतने में बोगामी सोमारू के घर की आहूति देने गये लोग वहाँ लौट आये। कुछ ही देर में गाँव की एक दिशा में एक घर से आग की लपटें उठती दिखायी दीं। थोड़ी देर बाद उबले पानी से भरी बोतलें भी आ गयीं। लीडर ने एक बार अलग से खड़े कैम्प से लौटे ग्रामीण परिवारों को देखा और उन्हीं से पूछा, ''निमा वेहा बाता किया बुम निया सुदा...(तुम्हीं बतलाओ, क्या करें तुम्हारे साथ) ?...तुम्हें हमने पहले ही वहाँ जाने से मना कर रखा था, मगर तुम लोग गये और अब मुँह लटकाये चले आये...बोलो ?''

''हम मजबूर थे, मगर हम अब वहाँ कभी नहीं जायेंगे, दादा! बच्चों की कसम खाते हैं!'' एक अधेड़ औरत ने उन सबकी तरफ़ से कहा, ''माट हनुम आली ला अगा...(पछताने के लिए अब हम वहाँ नहीं जायेंगे)। हम सबको क्षमा कर दो!''

लीडर ने अपने साथियों और अन्य ग्रामीणों से राय माँगी। सबने इन्हें इस बार क्षमा कर देने की बात ही कही। लीडर ने फ़ैसला सुनाया—

''ठीक है, जनताना-सरकार इस बार माफ़ करती है सबों को। और मानती है कि तुममें से कोई पुलिस की मुखबिरी नहीं करेगा। एस.पी.ओ. नहीं बनेगा।...कोई बाहरी तुम्हें बरगलाये, नुकसान पहुँचाए तो हमें बतलाइए।...यहाँ एलमा सुखराम को बतलाइए, हम तक बात पहुँच जायेगी।...ठीक है कामरेड, लाल सलाम!''

लीडर के साथियों ने तो चिल्लाकर 'लाल सलाम' कहा ही, जिनको अपने प्राण जाने का अब तक अंदेशा था, उन्होंने उनसे भी ज़्यादा ज़ोर से 'लाल सलाम' चिल्लाकर गाँव-जंगल के उस इलाके को भौंचक्क कर दिया।

36

दूसरे दिन इस गाँव का समाचार कैम्प पहुँचा। अपने घर को जला दिये जाने की खबर से बोगामी सोमारू बौरा गया। उसने थाने में और मासा कोर्राम को सूचित किया कि कल रात पाहुरनार में नक्सलियों ने बैठक की थी और कुछ घरों को आग लगा दी!

(उसने अपने घर का ज़िक्र नहीं किया) साथ ही उसने मासा से यह भी कहा कि नेताजी, बहुत हो गया, नक्सलियों से अब दो-दो हाथ करने ही होंगे। आप कल गाँव आ सकेंगे क्या? और नहीं तो हमें इजाज़त दीजिये। अब बरदाश्त नहीं हो रहा है!

अगले दिन दोपहर के बाद पुलिस, सीआरपीएफ़ के जवान, एस.पी.ओ. और सलवा जुडूम के कार्यकर्ताओं के साथ मासा कोर्राम पाहुरनार की ओर कूच कर गया। मासा का दिल ऐसे अभियानों का नेतृत्व करने को मचलता ही रहता था। वह कैसे पीछे रहता। पचासों छोटे-बड़े वाहनों की गड़गड़ाहट, नारों की भनभनाहट और बेनिशाना गोलियों की दनदनाहट ने गाँव-जंगल को दहला दिया। सम्भावित खतरे को भाँपकर ज़्यादातर परिवार जंगल की ओर भाग खड़े हुए। इनमें पनकू मामा का परिवार भी था।

पाहुरनार में प्रविष्ट होते ही पगलाये सलवा जुडूम ने जो जीव सामने दिखा उसे गोलियों से भून दिया। पहले एलमा सुखराम को उसकी लंगड़ी टाँग सहित उछाल दिया गया। कुनमुनाते, दुबकते, फिर भी भौंकते दो कुत्तों को वीरगति प्राप्त हुई। मुखिया महादेव की माता अपने ही घर की चिता में राख हो गईं। पनकू मामा के खाली पड़े घर में कैरोसिन डालकर आग लगा दी गई। बोगामी सोमारू, जिसने इस बीच मासा और उसके आदेश पर मर मिटने वाली अग्रिम पंक्ति में अपने को शुमार कर लिया था, मासा से कहा, ''गाँव के लोग आस-पास के जंगल में ही होंगे। परिवार सहित हैं तो ज़्यादा दूर भी नहीं जा पाये होंगे। आप यहीं गाँव में प्रतीक्षा कीजिए। हम पैदल दौड़ कर उनकी खबर लेकर आते हैं और शुभ समाचार आपको देते हैं!''

मासा कोर्राम पुलिस की जीप के पायदान पर एक पाँव धरे और दूसरा ज़मीन पर रखे खड़ा था। उसने इजाज़त दे दी। फिर क्या था, सलवा-जुडूम अपने अय्यारों, हथियारों और पुलिस के जवानों के साथ जंगल में घुस गया। बरसात की गीली मिट्टी सलवा-जुडूम के पाँवों में, जूतों में लिपटकर आगे न जाने की विनती करने लगी, मगर वह मासा के अलावा किसी की सुनने वाला नहीं था। शाम के धुँधलाते जंगल में हर चलती-फिरती, कूदती-भागती आकृतियों पर गोलियाँ चलने लगीं। शाम पूरी ढलते-ढलते दस लोग जंगल में मारे जा चुके थे। रात घिर आने पर सलवा जुडूम अपनी इस शिकार यात्रा से हुँकार भरता वापस लौटा। एक ही वाहन में सलवा जुडूम के विजय की प्रतीक इन लाशों को ठूँसकर थाने लाया गया। लाशों की शिनाख्त हुई।...कड़ियाम पनकू (पुरुष, उम्र 62), लेकामी हूंगा (पुरुष, उम्र 45), लेकामी हिड़मा (महिला, उम्र 44), उइके मन्नू (पुरुष, उम्र 55), भीमे माडवी (महिला, उम्र 15), बोटी कोर्रामी (पुरुष, उम्र 17), उइके मल्ली (महिला, उम्र 50), कड़ती बुधरू (पुरुष, उम्र 35), कुरसाम भुक्की (महिला, उम्र 35), कुरसाम आयतु (पुरुष, उम्र 40)। इनके अलावा गाँव में ही निपटाया गया मुखबिर एलमा सुखराम। मुखिया महादेव की माता बाड़से सुक्की का कहीं कोई ज़िक्र नहीं। लाशों की शिनाख्त के समय सोमारू चिंतित था कि इनमें कहीं उसकी इरमा तो नहीं! वह उसे ज़िन्दा अपनी गिरफ़्त में करना चाहता था। इरमा के इनमें न होने से उसे खुशी हुई, मगर नई चिंता उसे खाने लगी, फिर वह है

कहाँ? उसका छोटा भाई भी इनमें नहीं था।...दूसरे दिन सुबह-सुबह नदी किनारे सभी शिकार हुए मानवों को एक साथ दफ़ना दिया गया।

पुलिस से प्राप्त प्रेस-विज्ञप्ति को 'हमारे विशेष संवाददाता द्वारा सनसनीखेज समाचार' का तमगा लगाकर ज़्यादातर अखबारों ने अपनी महती ज़िम्मेदारी निबाही। अखबारों में लगभग एक-सी भाषा में समाचार था—पाहुरनार के जंगल में कल मुठभेड़ में ग्यारह नक्सलियों को मार गिराया गया। मरनेवालों में नक्सलियों का एरिया कमांडर लेकामी हूंगा भी था। उसके पास से 12 बोर की बंदूक बरामद की गई। उस पर नारायणपुर थाने में अनेक मामले दर्ज थे। गत वर्ष ज़मानत पर छूटते ही वह फिर अपराध की दुनिया में चला गया था। उस पर एक लाख का ईनाम भी घोषित था। साथ ही उसकी पत्नी, जो उसके हर कुकृत्य में सहभागी थी, मारी गई। नक्सलियों का मुखबिर एलमा सुखराम बचकर भागने की कोशिश में मारा गया। मारे गये शेष सभी जनमिलिसिया के सदस्य थे। जनमिलिसिया और संघम के कुछ और लोग बच निकले हैं। अगर वे हथियार डालकर समाज की मुख्यधारा में नहीं आते, तो अगले अभियान में ज़रूर मारे जायेंगे। फिर भी पुलिस की वर्तमान सफलता प्रशंसनीय है। इससे सलवा जुडूम के अभियान को मदद मिलेगी। पुलिस-प्रमुख ने पुलिस, सीआरपीएफ़ और एस.पी.ओ. को इस संयुक्त कार्यवाही की सफलता पर बधाई दी।

कुछ अखबारों ने पुलिस द्वारा उपलब्ध मारे गये नक्सलियों की लाशों की तस्वीरों को भी छापा था। तस्वीर में ये नक्सली ज़मीन पर लेटे पड़े थे। उनमें से कुछ ने (लेकामी हूंगा, हिड़मा, सुखराम, भीमे और बोटी ने) नक्सलियों द्वारा पहने जाने वाली हरे रंग की फ़ुलपैंट और कमीज़ पहन रखी थी, जिन्हें जीते जी कभी पूरे कपड़े पहनने का सौभाग्य नहीं मिला था। कुछ लाशों की आँखें अब भी खुली हुई थीं, गोया वे देखना चाहती हों कि उन्हें अभी और किन-किन अपराधों का दण्ड दिया जायेगा! कुछ लाशें इतनी विकृत हो गई थीं कि उन पर चादरें डाल दी गई थीं। उनकी बगल में (उनसे बरामद दिखाये गये) कुछ हथियार भी रखे थे, जिन्हें जीवन में छूने का उन्हें कभी सौभाग्य नहीं मिला था। पनकू मामा की अभिमानी लाश शिकायत करती-सी अकड़ कर मुँह फेरे पड़ी थी, जैसे कह रही हो, अगर ये हथियार हमारे पास होते, तो आज हमारी जगह वे लोग होते, जिन्होंने हमें यहाँ पहुँचाया है!

लेकामी हूंगा और हिड़मा की लाश संयोगवश पास-पास ही थीं। हिड़मा के चेहरे पर चिंता और रंज की हल्की रेखाएँ खिंची हुई थीं। चिंता इसलिए कि उसे अपने बच्चों की कुछ खबर नहीं थी और रंज इसलिए कि उसे अपनी जीवनगाथा के इतनी जल्दी पटाक्षेप की उम्मीद नहीं थी। उसके विपरीत हूंगा का चेहरा सपाट संतोष से भरा था, जैसे उसे किसी से कोई शिकायत नहीं रह गई थी और इसलिए भी कि वह आज भी हिड़मा के पास ही लेटा हुआ था—शांत, चुपचाप, एक भोला-भाला प्रेमी, एक आज्ञाकारी पति!

37

रग्घू कोर्राम बड़ी लगन से बी.एड. की तैयारी कर रहा था, मगर राजधानी वाले इस शहर में टिके रहकर पढ़ाई करने के लिए और भी धन की ज़रूरत थी। काका और पिताजी अपने स्तर पर उसके लिए कुछ धन का प्रबंध तो करते रहे, किन्तु नये-नये प्रदेश की नयी-नयी राजधानी बनकर सजते-संवरते, इतराते इस शहर में वह रकम कम पड़ जाती रही। किराये का मकान, भोजन, पानी, पढ़ाई की ज़रूरी पुस्तकें, कॉलेज की फ़ीस, कपड़े-लत्ते, तेल फुलेल, बस, ऑटो का किराया और कभी-कभी सिनेमा भी। गाँव-घर में इन सबकी कल्पना भी किसने की थी। इसलिए पिछले साल से वह राजधानी के (पुराने) बस स्टैण्ड की पुस्तकों की एक दुकान में पार्ट-टाइम काम करने लगा था। यह बात उसने घरवालों से छुपा रखी थी। उसे डर था, अगर उन्हें पता चलेगा तो वे अपनी ही अन्य ज़रूरतों को मारकर उसके लिए और रुपयों की व्यवस्था में पिस जायेंगे। अपने लिए वह और ज़्यादा काका या पिता पर निर्भर नहीं रहना चाहता था। फिर पिछले छह माह से वह एक-दूसरे युवक के साथ मकान का किराया बाँट कर भी रह रहा था। वह दूसरा युवक (उत्तर बस्तर) कांकेर का रहने वाला था। वह इस राजधानी में एक पाक्षिक-पत्रिका में दो साल से पत्रकारिता कर रहा था। हिन्दी की सभी गैर-सरकारी आम पत्रिकाओं की तरह उस पत्रिका की भी आर्थिक हालत पतली थी। पत्रिका से उसे भी कम आमदनी थी, वह भी अनियमित। उस पर सनसनीखेज समाचार लाने का दबाव अलग। वह रग्घू से ढाई साल बड़ा भी था। उसका नाम रमेश पैकरा था। वह अंग्रेज़ी साहित्य में पारंगत था, किन्तु हिन्दी साहित्य में भी उसकी बहुत रुचि थी। चौड़ा माथा, घुँघराले बाल, साँवला रंग, थोड़ा गम्भीर और ज़्यादा व्यावहारिक रमेश पैकरा भी आदिवासी मूल का था। उसके आदिवासी पिता जशपुर के रहने वाले थे। शादी के बाद वह अपना धर्म बदलकर ईसाई हो गये थे और कांकेर में आकर ट्रक-ड्राइवरी करते थे। जब रमेश चार साल का ही था, उसकी माँ का देहान्त हो गया था। पिता ने दूसरी शादी कर ली थी। इस शादी से उसे एक सौतेले भाई का उपहार मिला। उसका शहर कांकेर तीन तरफ़ से पहाड़ियों और जंगल से घिरा, पुराना सामंती, किन्तु छोटा शहर था। उसमें पढ़ाई-लिखाई की सुविधा तो थी, किन्तु पर्याप्त नहीं। वह जब कॉलेज की पढ़ाई कर रहा था और उसका छोटा भाई उमेश पैकरा हाई स्कूल में था, तभी उसके पिता केशकाल घाटी से माल भरे ट्रक को उतारते, ट्रक सहित डेढ़ सौ फ़ीट की गहरी खाई में लुढ़क गये थे। उनकी वहीं तत्काल मौत हो गई थी।

सौतेली माँ ने इस बिपत की घड़ी में कांकेर बस-स्टैण्ड पर चाय की दुकान खोल ली थी। किसी तरह घर की गिरती छत को उसने अपने काँधे पर सँभाले रखा। सौतेली होकर भी माँ ने उसका अपने बेटे की तरह ही ध्यान रखा था। रमेश भी खाली समय में माँ की मदद करता था। कॉलेज की पढ़ाई खत्म कर वह नौकरी के जुगाड़ में रायपुर आया था और फ़िलहाल इस पाक्षिक-पत्रिका से जुड़ा हुआ था। पत्रिका के

कार्यालय में बहुत से अखबार आते थे। अब रमेश ही कभी-कभी रग्घू को बस्तर के वास्तविक समाचारों से अवगत कराता था। वैसे उसका विचार था कि बस्तर के सही समाचार अखबारों में बहुत कम छपते हैं! "ज़्यादातर अखबार पीत पत्रकारिता करते हैं। पहले छपकर बिका करते थे जो अखबार, अब बिक के छपा करते हैं!"...वह कहता था। फिर भी एक दिन जब रमेश ने उसे थोड़े विश्वसनीय अखबार में छपा वह समाचार जो पाहुरनार गाँव से सम्बन्धित था, उसे दिखाया तो उसके होश उड़ गये।

बेचैन रग्घू ने रमेश से कहा, "भाई, जिनका नाम अखबार में छपा है, उनमें तीन उसके ससुराल पक्ष के हैं। सास, ससुर और एक नाना-ससुर हैं।" खबरनवीस रमेश के कान खड़े हो गये। उत्सुकतावश उसने पूछा, "क्या वे नक्सली थे?" इस प्रश्न से रग्घू के दिल पर चोट लगी। बेचैन हो उसने कहा, "मैं कसम खाकर कह सकता हूँ कि उनमें से कोई नक्सली नहीं था, न ही उनके किसी संगठन से वे जुड़े थे।...और इस समाचार में तो मेरी मंगेतर इरमा और उसके छोटे भाई का कोई ज़िक्र नहीं है! पता नहीं वे कहाँ और कैसे हैं? मैं आज ही शाम की बस में वहाँ के लिए निकल जाऊँगा!"

रमेश भी चिंतित हुआ। बोला, "चलो, मैं भी कांकेर तक आपके साथ चलता हूँ। दो माह से मैं भी घर नहीं गया। माँ और छोटे भाई से मिल आऊँगा। दो माह पहले 'मुन्ना' मेरे साथ रायपुर आना चाहता था, ताकि वह भी इधर कोई नौकरी कर सके। उसने बी.कॉम. किया है। कम्प्यूटर की ट्रेनिंग भी की है। मगर मैंने ही उसे इधर आने से मना कर दिया। माँ बेचारी अकेली हो जाती। फिर वह सरकारी नौकरी चाहता है, जो हैं ही कितनी, और मिलती भी कहाँ आसानी से है! मैंने उससे कहा था—मैं तुम्हारे योग्य काम ढूँढ रहा हूँ, सरकारी हो या गैर-सरकारी, मिलने पर बतलाऊँगा।...मगर उसके लायक कोई काम इधर अब तक तो दिखा नहीं। मेरा अपना काम भी ऐसा है कि सौ रुपये बचा कर माँ के हाथों दे नहीं पाता! बेचारी चाय की दुकान में सुबह से शाम तक खपती रहती है।...चलो, मैं भी उन दोनों को देख आऊँगा।"

उसी दिन रग्घू अपने दुकान मालिक से मिला। अपने बस्तर जाने की बात कही और अब तक का जो रुपया उसका बनता था, उसकी माँग की। मालिक ने उसे टोका, "अभी तुम्हारा ये महीना पूरा होने में दस दिन बाकी हैं, वापस आओगे तब ले लेना!" मगर रग्घू ने कहा, "अभी कुछ अग्रिम समझकर ही दे दीजिए, मेरी जेब लगभग खाली है। टिकट के लायक भी पूरे पैसे नहीं हैं।" मालिक ने उसे पाँच सौ रुपये दे दिये थे।

इधर रमेश पैकरा ने भी उसी दिन अपनी पत्रिका के मालिक(सम्पादक) को दो दिनों के लिए कांकेर जाने की बात कही। उसकी आशा के विपरीत उसके मालिक शर्मा जी ने उसे उत्साहित करते हुए कहा, "कांकेर जाओ, घर के लोगों से मिलो, ठीक है। मगर ज़रा आगे दक्षिण-बस्तर तक भी निकल जाना। उधर कुछ-न-कुछ सनसनीखेज़ समाचार हाथ लग सकता है। अभी तो वह इलाका कुरुक्षेत्र बना हुआ है! ...और सुनो, पता चला है कि एक एनजीओ 'आईसीआई' के लोग बस्तर के दौरे पर हैं। मैं उनसे फ़ोन पर सम्पर्क करने की कोशिश करता हूँ। उनमें मेरे एक मित्र भी हैं।

तुम उनसे मिल लेना।...उधर के एसटीडी बूथ से मुझसे सम्पर्क बनाये रखना, ठीक है!" और अठन्नी-चवन्नी का हिसाब रखने वाले उसके पत्रिका-मालिक ने उसे बिना माँगे एक हज़ार रुपये दे दिये थे।

रमेश एक पल चौंका था। उसकी योजना तो कांकेर से ही लौट जाने की थी। शर्मा जी की बात सुनकर और रुपये देखकर उसमें महाभारत के उस चक्रव्यूह में घुसने की इच्छा बलवती हो गई। उसने कमरे में आते ही रग्घू को बताया कि वह भी उसके साथ दक्षिण बस्तर जायेगा! चिंता से घिरे रग्घू को सहारा-सा मिला। उसने खुशी महसूस की। मगर अब उनके संयुक्त कार्यक्रम में ज़रा बदलाव हुआ। उन्होंने मिलकर तय किया कि बस का टिकट दोनों कांकेर तक का ही लेंगे। रात्रि भोजन और विश्राम रमेश के घर में ही होगा। रमेश की माँ और छोटे भाई से मिल लेंगे। फिर सुबह वहीं से खाना खाकर आगे गीदम के लिए बस पकड़ लेंगे।

शाम सात बजे छूटने वाली एक बस में, जो कांकेर होकर ही आगे जगदलपुर जा रही थी, उन दोनों को टिकट और बैठने की जगह मिल गई। रात को चलने वाली ज़्यादातर बसें वातानुकूलित और आरामदायक सीट वाली होती थीं। इन बसों का बहुत कम स्टॉपेज था। रायपुर से अभनपुर, धमतरी, चारामा, फिर कांकेर। रात्रि दस बजे के आस-पास उनकी बस कांकेर बस स्टैण्ड पहुँच गई। उनके पास हल्का-फुल्का सामान ही था, जिसे लेकर वे नीचे उतर आये। रमेश ने पहले माँ की चाय की दुकान की ओर देखा। दुकान बंद थी। उसने रग्घू को बताया कि वह कोनेवाली छोटी-सी गुमटी ही उसकी माँ की दुकान है। माँ शाम को ही दुकान बंद कर देती हैं। चलो, उनसे घर पर ही मुलाकात होगी।

अपना सामान लेकर वे बस स्टैण्ड से मुख्य सड़क पर आये। रमेश ने पलट-पलटकर फिर जब दो बार पीछे देखा तो रग्घू ने उससे पूछ ही लिया, "कुछ और बात है क्या?" तो रमेश ने बताया कि उसका छोटा भाई उमेश (मुन्ना) अक्सर रात के समय देर तक बस स्टैण्ड की तरफ़ ही अपने दोस्तों के साथ घूमता रहता है। लगता है, वह भी घर लौट गया है!

मुख्य सड़क छोड़कर वे एक गली में उतर गये। गली के दोनों तरफ़ कच्चे-पक्के छोटे-छोटे मकान थे। उनके बीच-बीच में कुछ झोपड़ियाँ भी अपना अस्तित्व बचाये खड़ी थीं। रात्रि में रग्घू इस शहर के बारे में स्पष्ट धारणा नहीं बना सका, बावजूद इसके शहर को तीन तरफ़ से अँधेरे में घेरे खड़ी पहाड़ियाँ और जंगल की निकटता उसे अपने ही इलाके का आभास दे रही थी। एक ऊँचे पहाड़ की ओर उसे घूरता देख रमेश ने बताया कि यह ऊँचा गढ़िया-पहाड़ अपनी एक गुफ़ा के कारण प्रसिद्ध है, जिसे 'जोगी गुफ़ा' कहते हैं। उसी पहाड़ के नीचे दूधनदी बहती है, जिस पर पुल बना हुआ है। बेचारी दूधनदी कचरे और गंदगी से भरी रहती है, मगर जब पवित्र मानी जाती गंगा-नदी को ही लोगों ने नहीं बक्शा तो इस बेचारी की क्या औकात! बावजूद इसके, एक ज़माने में ज़रूर इस नदी का पानी साफ़-सुथरा और निर्मल रहा होगा।

वैसे भी जंगल में पहाड़ों की नदियाँ ज़्यादातर साफ़-सुथरी ही होती हैं, गंदा तो इन्हें मैदानों और शहरों की तथाकथित सभ्यताएँ करती हैं!

गली के एक अधकच्चे मकान के सामने दोनों जा पहुँचे। मकान में अँधेरा था। रमेश ने आँगन का टीन का द्वार ढकेलकर खोला तो द्वार झनझना उठा। मकान के अंदर से एक स्त्री का स्वर उभरा, ''कौन मुन्ना? आ गया सन?'' फिर मकान के अंदर का बल्ब जलाकर रोशनी कर दी गई। रमेश ने जवाब दिया, ''मैं हूँ मदर, रमेश! लगता है आप जाग ही रही थीं?''

एक पचपन साल की प्रौढ़ महिला मकान का द्वार खोलकर आँगन के अँधेरे में देखने लगी। थोड़ा उदास होकर बोली, ''मैं समझी थी उमेश है!...और तू भी दो महीने बाद दिखायी दे रहा है! इधर मुन्ना एक हफ़्ते से गायब है!''

''क्या?'' अपना बैग ज़मीन पर रख रमेश ने माँ को सांत्वना देने को अपनी दोनों भुजाओं को आगे किया तो माँ भी थोड़ा आगे बढ़कर उससे लिपट गयी। चिंतित रमेश ने पूछा, ''वो कहाँ गया, कुछ बतलाया नहीं मदर?''

माँ ने एक लम्बी साँस ली। इकलौते बल्ब की रोशनी में उसके चेहरे पर चिंता की लकीरें झलक पड़ीं। पास ही दीवार पर एक तस्वीर टँगी थी। तस्वीर में सलीब पर ईसा मसीह टँगे थे। ईसा मसीह की टाँगों और हाथों में गड़ी कीलों से खून रिस रहा था। उनका सिर एक ओर झुका-सा था। करुणा से भरा उनका चेहरा अपनी पीड़ा से ज़्यादा मनुष्य के पतन को देखकर लज्जित और चिंतित प्रतीत होता था।

रमेश ने अपना और रग्घू के सामानों वाला पिट्ठू बैग उठाकर कमरे के अंदर एक कोने में रखा और रग्घू का परिचय अपनी माँ से कराया, ''मदर, ये मेरे दोस्त रग्घू हैं, रग्घू कोर्राम। रायपुर में हम दोनों एक ही मकान में रहते हैं। गीदम के पास एक गाँव में इनकी ससुराल में कुछ लोगों को पुलिस ने गोली मार दी थी। अखबार में छपा था। रग्घू उसी की पतासाजी में वहाँ जा रहे हैं। मैंने इन्हें यहाँ रोक लिया। मुझे भी अपनी मैगज़ीन के काम से उधर जाना था। आपसे और मुन्ना से मुलाकात के लिए ही मैं कांकेर में रुका।...अब आप कहती हैं कि उमेश हफ़्ते भर से गायब है?''

माँ ने रग्घू की तरफ़ सरसरी नज़र डाली। रग्घू ने झुककर उनके पाँव छू लिये, तो माँ के मुँह से 'जीते रहो' निकला। मगर माँ का दिल अपने मुन्ना के लिए इतना चिंतित था कि वह आगतों का उचित सत्कार नहीं कर पा रही थी। वह धम्म से एक स्टूल पर बैठ गयी। रमेश ने रग्घू को सामने बिछी खाट पर बैठने का इशारा किया और स्वयं भी उसकी बगल में बैठ गया। माँ बोली, ''हाँ, हफ़्ते भर पहले वह ज़िद कर रहा था कि दन्तेवाड़ा में कोई एस.पी.ओ. की नौकरी खुली है। साल भर की ट्रेनिंग के बाद पुलिस की नौकरी पक्की हो जायेगी! मैंने कहा कि तू पहले अपने ब्रदर से टेलीफ़ोन बूथ पर जाकर बात कर ले। रमेश के ऑफ़िस का नम्बर तो तेरे पास है ही। या चाहे तो रायपुर ही चला जा और पूछ आ कि उसकी क्या राय है। मगर वह बोला कि मैंने अगर लेट किया तो यह सरकारी नौकरी भी जाती रहेगी। ब्रदर को तो मिली नहीं,

मुझसे भी यह छूट जायेगी!...और वह बस में बैठ कर उसी समय दन्तेवाड़ा के लिए निकल गया।...मैं उधर के बारे में तरह-तरह की बातें सुन रही हूँ। मारधाड़, धरपकड़ हो रही है! और अब तुम भी अपने दोस्त के ससुराल की कैसी तो बात बता रहे हो? मेरी तो चिंता और बढ़ गयी है, रमेश!"

रमेश खाट से उठकर माँ के करीब गया और उसके सिर को अपने सीने से लगाकर उसे ढाँढस बँधाया। बोला, "मदर, मैं यूँ भी तो उस इलाके में जा रहा हूँ। आप फ़िक्र मत करो। मैं उसका पता लगा ही लूँगा।...वह ठीक-ठाक ही होगा!"

माँ की चिंता कुछ कम हुई नज़र आयी। वह बोली, "मैंने उसे दन्तेवाड़ा की एक साइकिल दुकान का पता दिया था। मेन रोड पर वह दुकान तुम्हारे पिता के मित्र भीमा उरांव चलाते हैं। तू वहाँ जायेगा तो पहले उनसे भी पूछ लेना कि मुन्ना वहाँ आया था कि नहीं? कुछ जानकारी उनसे भी मिल जायेगी।"

"ठीक है मदर, अब आप चिंता मत करो। मैं उसका पता करके ही आऊँगा!"

माँ आश्वस्त हो गई। चेहरे पर अब हल्की-सी मुस्कान उभरी। बोली, "मुझे तेरी भी चिंता थी। दो महीने से तू भी इधर झाँकने नहीं आया था।...अच्छा ये बताओ, अभी खाना तो खाओगे ना?"

"मदर, आप तो आराम करो। हम दोनों मिल के बना लेंगे। रायपुर में भी हम ऐसा ही करते हैं," रमेश बोला।

"सन, वह पराया शहर है, पराया घर है, मगर यह तो तुम्हारा अपना है। फिर माँ के रहते तुम रसोई क्यों सँभालोगे? चलो, तुम दोनों हाथ-मुँह धोकर तैयार हो जाओ।...थोड़ी देर ज़रूर होगी, मगर मैं अभी चावल-दाल चढ़ा देती हूँ। अचार के साथ खा लेना। सब्ज़ी कुछ है नहीं।...और बताऊँ रमेश, आज तो मैंने घर में खाना ही नहीं बनाया था। कुछ हरारत महसूस हुई तो दुकान भी नहीं गई। रात का थोड़ा भात बचा था, उसी में पानी डालकर निगल लिया था, सुबह! चलो, तुम्हारे साथ मैं भी थोड़ा चावल खा लूँगी।"

आँगन के बाहर एक ड्रम में भरे पानी से दोनों ने हाथ, पैर, मुँह धोया। फिर रग्घू तो आकर खाट पर बैठ गया, मगर रमेश रसोई में जाकर माँ की मदद करने लगा था। रात के ग्यारह बज रहे थे। कोयले के चूल्हे ने भूखों को ज़्यादा प्रतीक्षा नहीं करवायी; दग-दग कर ऐसा दहका कि कुछ ही मिनटों में कूकर घबराकर सीटियाँ फूँकने लगा। माँ ने जाकर कूकर नीचे उतारा। थोड़ी प्रतीक्षा की, फिर ढक्कन खोला। रग्घू ने ज़मीन पर चटाई बिछा दी। चटाई पर बैठकर तीनों ने एक साथ गरमागरम भात-दाल के साथ अचार का मज़ा लिया। ऐसा भोजन तो वे रोज़ रायपुर में भी बनाकर खा रहे थे, मगर उसमें ऐसा स्वाद फूटता नहीं था। पता नहीं यह स्थानीय चावल-दाल का असर था या कोयले की आँच का या फिर माँ के हाथों का या फिर सबका सम्मिलित।

रग्घू और रमेश सुबह आठ बजे जागे। उनकी नींद भी रसोई में हो रही बर्तनों की

खनक से टूटी थी। रमेश उठकर रसोई में पहुँचा तो देखा, माँ उनके नाश्ते के लिए पोहा बना रही थी। उनके लिए चाय भी तैयार थी। दोनों ने जल्दी-जल्दी मुँह-हाथ धोया और चाय-नाश्ता किया। रमेश ने रग्घू से कहा, "अब आप पहले नहा लो बाथरूम में, तब तक मैं मार्केट से कुछ हरी सब्ज़ी ले आता हूँ। आकर मैं भी नहा लूँगा।"

रग्घू उधर टीन-टपरे के बने बाथरूम में घुसा, इधर रमेश थैला लेकर मार्केट की ओर निकल गया। मार्केट में स्थायी सब्ज़ीवालों की दो-एक दुकानें ही खुली थीं। उसने फूलगोभी, आलू, बरबट्टी, बैगन, प्याज और टमाटर से थैला भर लिया और जल्दी लौट आया। माँ के हाथों में थैला देते हुए कहा, "आज तो आपको दुकान जाना नहीं है, यहीं घर में बैठकर आराम करो। रही बात अभी के सब्ज़ी-भोजन की, तो वह आज मैं बनाकर आपको खिलाऊँगा! थोड़ा आपको भी तो पता चले कि आपका रमेश वहाँ क्या और कैसा बनाकर खाता है!"

माँ मुस्कुरायी। बोली, "अच्छा चलो, आज यह भी देख लेते हैं!...मगर तू इतनी सारी सब्ज़ी क्यों ले आया, मुन्ना है नहीं और तू भी अभी निकल जायेगा। मैं किसके लिये सब्ज़ी बनाती रहूँगी!...मेरा तो दाल-भात और कभी-कभी रोटी-अचार से ही काम चल जाता है।"

गोभी, आलू को काटता हुआ रमेश बोला, "एक टाइम बनाना, दोनों टाइम खाना। और क्या...और देखो, रग्घू तो बाथरूम से निकल गया है, जाओ आप भी नहा-धोकर तैयार हो जाओ! आपके बाद मैं नहा लूँगा। तब तक मैं इधर का काम खतम कर लूँ। ग्यारह बजे की बस से हमारे निकलने का प्लान है।"

नहा-धोकर रग्घू भी रमेश के पास रसोई में सहायता करने आ गया। तब रमेश आटा गूँथ रहा था। दाल-चावल का कूकर चूल्हे पर चढ़ा था। उसके उतरते ही सब्ज़ी की कड़ाही चढ़ानी थी। माँ बाथरूम से निकली तो रमेश बाथरूम में नहाने चला गया। तब तक रग्घू ने रसोई सँभाले रखी। रोटियाँ बनायीं।

सवा दस बजे वे खाना खाने बैठे। माँ ने दोनों को भोजन परोसा। रमेश के आग्रह के बावजूद माँ साथ में खाना खाने नहीं बैठी। उसने कहा, "अभी तो नाश्ता किया है, बुढ़ौती में इतनी जल्दी-जल्दी भोजन नहीं पचता। मैं अब दोपहर बाद ही भोजन करूँगी। मगर तुम्हारे हाथों की सब्ज़ी की महक इतनी अच्छी लग रही है कि हो सकता है कि मैं तुम लोगों के जाते ही, दोपहर के पहले खाना खाने बैठ भी जाऊँ! मगर अभी ज़िद मत कर, अभी तुरंत नहीं होगा, रमेश!"

भोजन करने के बाद, चूँकि रग्घू का पिट्ठू बैग तैयार ही रखा था और बस स्टैण्ड पास ही था, जबकि अभी आधा घंटा शेष था, रग्घू ने उन दोनों माँ-बेटे से इजाजत ली कि वह आस-पास ही घूमकर बीस मिनट में आता है। उसे इजाज़त मिल गयी। रग्घू इस रास्ते आते-जाते कांकेर को देखा करता था, मगर कभी यहाँ बस से उतर कर, पैदल चल कर 'कांकेर' को अपने अंदर उतार नहीं पाया था। उसे लगता था, हरेक शहर का अपना अलग व्यक्तित्व होता है! उसकी अपनी अलग गंध, हवा और ध्वनि

होती है! हर शहर का अपना अलग मिज़ाज भी होता है, जो वहाँ के लोगों, उनकी आदतों, उनके काम-धंधों, वहाँ के मकानों, पेड़-पौधों, नदी, पहाड़ों के सम्मिलित योग से बनता है! मगर वह सिर्फ़ यह जानने के लिए उस घर से बाहर नहीं निकला था, बल्कि वह माँ-बेटे को अपनी उपस्थिति से उत्पन्न अदृश्य दबाव से मुक्त कर देना चाहता था, ताकि वे आपस में खुलकर बात कर सकें, थोड़ी देर के लिए ही सही! वह उन दोनों के बीच की आत्मीयता से अभिभूत था। वह कल्पना भी नहीं कर सकता था कि सौतेली माँ और बेटे के बीच कलकल करते प्रेम का इतना सुन्दर झरना भी प्रवाहित हो सकता है! सिर्फ़ दो माह के अंतराल से लौटा रमेश अपनी सौतेली माँ से ऐसे बात कर रहा था, जैसे बेटी ससुराल से पहली बार मायके आयी हो और माँ से रहस्यमय तरीके से धीरे-धीरे गुफ़्तगू कर रही हो!

जब वह लौटा तो उन दोनों को अपनी ही प्रतीक्षा करते पाया। रमेश और रग्घू अपना-अपना बैग उठाकर बस स्टैण्ड के लिए पैदल निकलने लगे तो माँ भी उन्हें छोड़ने बस स्टैण्ड तक आयी। बस रायपुर से ही आ रही थी और उसमें पर्याप्त सवारियाँ थीं, फिर भी पीछे की लम्बी इकलौती सीट खाली मिल गई। रग्घू और रमेश ने अपना बैग वहाँ रख छोड़ा और बस से फिर उतर गये। बस यहाँ पाँच मिनट रुकती थी। पहले से सवार कुछ सवारियाँ भी यहाँ पेशाब, पानी, चाय, गुटके आदि के लिए उतर गयी थीं।

आकाश में बरसात का सूरज चमक रहा था। हवा में उमस भरी थी। माँ बस की छाया में खड़ी थी। रमेश ने पास जाकर माँ को एक बार सीने से लगाया। रग्घू ने माँ के पाँव छू लिये। रमेश ने अपनी जेब से पाँच सौ रुपये का एक नोट निकालकर माँ को दिया और कहा, ''मदर, जब तक आपकी तबीयत पूरी तरह ठीक नहीं हो जाती, दुकान मत खोलना।''

माँ ने नोट हाथ में लिया, एक नज़र नोट पर डाली, फिर रमेश को नोट लौटाते हुए बोली, ''मेरी तबीयत को कुछ नहीं हुआ है, बस मुन्ना और तुम्हारी चिंता में कभी-कभी ऐसा हो जाता है।...और रुपये की मुझे कोई ज़रूरत नहीं है। तुम नई जगह जा रहे हो, पता नहीं कितने दिन लगें। कहाँ-कहाँ रुकना, भटकना पड़े। तुम्हें ही और रुपयों की ज़रूरत पड़ सकती है। मेरी चिंता मत करो, मेरे पास अपने लिये काफ़ी हैं।...मैं तो सोच रही हूँ, आज दोपहर को आकर दुकान खोल लूँ! घर में अकेले बैठे-बैठे दिन भी तो नहीं कटता। ...पर याद रख मुन्ना का पता ज़रूर लगाना। उसके कान पकड़ कर मेरे पास लाना।...ऐसी भला कौन-सी नौकरी है बाबा, जो कोई भी गया तो उसे मिल जाती है! तुम्हारे फ़ादर ने तो बहुत कोशिश की थी, मगर उन्हें तो कभी नहीं मिली! प्राइवेट ट्रकों की स्टेरिंग घुमाते और हॉर्न बजाते उन्होंने जीवन गंवा दिया!''

और माँ ने वह नोट रमेश को लौटा दिया। रमेश भी बहुत इनकार न कर सका। बस का ड्राइवर और कन्डक्टर बस में जा बैठे थे। ड्राइवर ने बस का हॉर्न बजाया, ताकि भूली-बिसरी सभी सवारियाँ बस में चढ़ जायें। रमेश ने झट माँ से विदा ली और रेंगती बस में जा चढ़ा। बस में अब भीड़ हो गई थी और कुछ सवारियाँ बस के

बीच में लगी स्टील की रॉड को पकड़कर खड़ी थीं। इन खड़ी सवारियों में ज़्यादातर गरीब ग्रामीण आदिवासी ही थे। उनके तन पर नाममात्र के कपड़े थे और वे जगह रहने पर भी, सीट पर बैठी साफ़-सुथरे कपड़ोंवाली अन्य सवारियों की बगल में बैठने में संकोच करते थे। उनमें से ज़्यादातर लोगों ने तो अपने को रॉडवाली जगह के लायक ही मान रखा था। शहरी कन्डक्टर उनसे सख्ती से पेश आते थे, जबकि वे भीगी बिल्ली बने रहते। रमेश उन खड़ी सवारियों के बीच से जगह बनाता, धीरे-धीरे आखिरी वाली सीट तक पहुँचा, जहाँ रग्घू रमेश के लिए अपनी बगल में जगह रोके पहले से आ बैठा था। वह खिड़की के काँच से रमेश की माँ को देखता रहा था, जो दूर जाती बस की ओर धूप में चैंधियायी आँखें गड़ाये अब भी खड़ी थी। उसके होंठ हिल रहे थे। वह कुछ बुदबुदा रही थी। उसका दायाँ हाथ उसके बुढ़ाते ढीले सीने पर क्रास का निशान बना रहा था।

38

कांकेर से निकलते ही कुछ समय बाद सामने केशकाल घाटी की चढ़ाई थी। जगह-जगह मोड़। बेचारी बस हाँफती, फनफनाती, धीरे-धीरे आगे बढ़ती रही। विपरीत दिशा से आते वाहनों के लिए, खासकर मोड़ वाली जगहों पर, जगह देना जोखिम भरा काम था। मैदानी जगहों से फर्राटा मारती आयीं गाड़ियाँ यहाँ पहुँचकर क्लास के उन शरारती छात्रों की तरह एकदम अनुशासित दिखायी देने लगती थीं, जिन्हें टीचर के आगे अपनी शरारत के उजागर हो जाने का डर हो गया हो! अनुशासन में बँधे वाहन, हाथी की चाल से रुकते, ठिठकते, सरकते, जगह देते, जगह लेते, आगे बढ़ते। कमज़ोर संकरी सड़क, जिसके एक ओर गहरी खाई तो दूसरी ओर पहाड़, ज़रा-सी चूक भारी पड़ सकती थी। दिन के उजाले में तो फिर भी ठीक था, क्योंकि मुसीबतें साफ़ नज़र आती थीं, किन्तु रात के अँधेरे में दोनों तरफ़ के ड्राइवरों की बुद्धि और त्वरित निर्णय के भरोसे यात्रा होती थी। कभी-कभी कुशल ड्राइवर की बुद्धि भी दगा दे जाती थी। अरण्य के असीम विस्तार के बीच केशकाल घाटी का यह इलाका दिन-रात वाहनों की चीखों, गुरगुराहटों और ड्राइवरों की हील-हुज्जत से गूँजता रहता था। घाटी में ट्रैफ़िक जाम होना सबके लिए मुसीबत होती थी। उन ट्रैफ़िक के जवानों के लिए भी, जो बरदाश्त की एक सीमा तक अपना दायित्व ठीक-ठाक निबाहते थे, फिर उन्हें ब्रह्मज्ञान हो आता था और वे निरपेक्ष भाव से दूर कोने में खुले ढाबे की लकड़ी की बैंच पर बैठकर चाय सुड़कते रहते थे...भाड़ में जाए दुनिया, अपन बजाय हारमुनिया!

घाटी के एक ऊँचे मोड़ पर टकटकी लगाये रमेश पैकरा ने रग्घू को अपनी उँगली के इशारे से बताया, ''देखो रग्घू, यही वह मोड़ है जहाँ मेरे फ़ादर शहीद हुए थे। रात को वे ट्रक सहित घाटी में गिरे, मगर दूसरे दिन दोपहर को ही पुलिस प्रशासन वहाँ पहुँच पाया था। ट्रक के साथ फ़ादर भी क्षत-विक्षत हो गये थे। उनके शरीर को टुकड़ों में बटोर कर, बोरे में भर कर लाया गया था।''

खिड़की के काँच को सरकाकर रग्घू ने नीचे खाई में देखा। गहरी खाई में नीचे चट्टानें, झाड़ियाँ और पेड़ दिखायी दिये। रग्घू उनके बीच ट्रक के अवशेष तलाशने लगा, मगर वे तो कब के बटोरे जा चुके थे। पुलिस ने अपनी तहकीकात के लिये जो ज़रूरी समझा, वहाँ से तब ही उठा लिया था। बाकी चीज़ों को अपनी ज़रूरत के हिसाब से पास के गाँव-कस्बे वालों ने काट-पीटकर उठा लिया था। कोई दुर्घटना, कोई मौत भी अक्सर दूसरों के लिए आजीविका दे जाती है!...धरती की हर चीज़ किसी-न-किसी के लिए उपयोगी होती है, चाहे वह फेंका गया बासी भोजन हो, कचरा हो, टूटी बोतलें हों, टूटे खिलौने हों, मरी मछलियाँ हों, सड़ी लाशें हों... ज़रूरतमंद अपने दड़बों से निकलकर उस तक पहुँच ही जायेंगे, मनुष्य की शक्ल में, जानवर की शक्ल में, कीड़े-मकोड़ों की शक्ल में! प्रकृति का अपना स्वच्छता अभियान बिना किसी सरकारी मदद और लालच के, निरन्तर अपनी धीमी गति से सक्रिय रहता है। मगर इन दिनों मनुष्य ने अपनी गंदगी फैलाने की गति इतनी बढ़ा दी है कि बेचारी प्रकृति भी हतप्रभ है!

अपने पिता के लिए 'शहीद' शब्द का इस्तेमाल करके रमेश ने रग्घू को चकरा दिया था। थोड़ी देर बाद उसने पूछ ही लिया, ''क्या उन्हें शहीद कहना ठीक है?'' रमेश ने कहा, ''मुझे तो ठीक ही लगता है!...देश का प्रत्येक नागरिक अपनी ज़िम्मेदारी निबाहते, मौके पर दिवंगत हो जाये, उसे शहीद कहने में मुझे तो कोई अड़चन नज़र नहीं आती। सिर्फ़ देश की सीमा पर और सिर्फ़ सैनिक को ही क्यों शहीद कहा जाये? देश के अंदर भी तो लोग अपनी जान पर खेलकर ज़िम्मेदारी निबाहते हैं। फिर सारे नागरिक तो सैनिक बन नहीं सकते, और बन गये तो देश चल नहीं सकता। फिर सैनिक भी तो नौकरी ही कर रहे होते हैं। वेतन और सुविधाएँ बंद कर दो तो देश की सीमाएँ खाली हो जायेंगी!''

शहीद के बारे में रग्घू की धारणा आम लोगों जैसी थी। रमेश की बातें सुनकर उसे अपनी धारणा के कड़कड़ाकर टूटने का एहसास हुआ। वह चुप रहा। मन में सोचा, 'अपने पिता के प्रति अतिसम्मान के चलते ही उसने ऐसा कहा होगा!' बस जब अगले मोड़ पर पहुँची तो रमेश फिर बोला, ''खेतों में, इमारतों में, कारखानों में या सड़कों पर अपना खून जलाता, पसीना बहाता कोई भी आदमी दुर्घटनाग्रस्त हो जाता है, आर्थिक तंगी में परिवार सहित भूखों मरने लगता है और इतना मजबूर हो जाता है कि आत्महत्या कर लेता है...मैं तो इन लोगों को भी शहीद ही कहूँगा!...आपकी ससुराल में मारे गये लोगों को भी। मैं नहीं चाहूँगा कि कहीं भी, किसी भी देश और समाज में शहीदों की संख्या में इजाफ़ा हो। बढ़ती हुईं शहादतें किसी भी देश और समाज की बदइन्तज़ामी को ही उजागर करती हैं!''

रमेश के विचारों और अपनी पाठ्यपुस्तकों की पढ़ाई में रग्घू को भारी अंतर दिखायी दिया। अपनी पढ़ाई पर उसे कुछ अभिमान भी था, इसलिए उसने तय किया, इस समय अपनी राय प्रकट कर वह अपने विचारों को सूली पर नहीं लटकने देगा!

रमेश के विचारों की धार घास काटने वाली उस मशीन की तरह थी, जिसमें घास (विचार) डालते ही उसके टुकड़े-टुकड़े हो जाना लाज़िमी था।...रग्घू को अपनी लघुता का एहसास हुआ।

केशकाल की घाटी के पार सड़क चौड़ी, सीधी और बेहतर थी। बस ने फुर्ती से फरसगाँव, कोंड़ागाँव पार किया और जगदलपुर पहुँच गयी। जगदलपुर का बस स्टैण्ड कांकेर के बस स्टैण्ड से बड़ा था। यहाँ बसों, यात्रियों, होटलों और दुकानों की संख्या बहुत थी। यहाँ से गीदम होकर दन्तेवाड़ा जाने वाली उनकी अगली बस बाहर सड़क पर ही खड़ी हाँफ़ रही थी। उसमें आधी ही सवारियाँ बैठी थीं और उसे छूटने में अभी दस मिनट शेष थे। इन दोनों ने जल्दी से पिछली बस छोड़ी, जिसकी मंज़िल यहीं तक थी और बस स्टैण्ड के सुलभ शौचालय का लाभ उठाया। शौचालय से निकलकर रमेश ने चारों तरफ़ अपनी दृष्टि दौड़ायी। वह पहली बार इधर आया था। उसे अचरज हो रहा था कि दण्डकारण्य के बीच में स्थित यह कंकरीट का शहर कैसे इतना फल-फूल गया है, जबकि अरण्य घटता-सिकुड़ता छोटा हुआ जा रहा है! यह शहर उसे अरण्य पर लगी अमरबेल की तरह प्रतीत हुआ—परजीवी, आत्मकेन्द्रित और अपनी श्रेष्ठता पर इतराता हुआ!

एक ठेले पर चल रही चाय की दुकान से उन्होंने प्लास्टिक के छोटे कपों में चाय पी। चाय के लिये रमेश का ही आग्रह था। रग्घू को चाय की लत नहीं थी। उसके परिवार में चाय पीने का चलन ही नहीं था। मगर रायपुर में जाकर वह कभी-कभी होटलों में चाय पी लिया करता था। रायपुर के कमरे में उसने कभी चाय बनायी भी नहीं। रमेश ही सुबह, शाम, दोपहर चाय का आदी था। रमेश कहता भी था, उसे चाय मिलती रही तो वह भोजन की फ़िक्र भी नहीं करेगा! पत्रकारों को चाय की तलब आम बात थी। उन्हें इससे ऊर्जा तो मिलती ही थी, मगर रमेश तो इसलिए भी इसका ज़्यादा तलबगार था क्योंकि, किशोरावस्था से वह माँ के साथ चाय बेचता रहा था और बची चाय को, इसके पहले कि वो खराब हो जाये, दोनों पी जाया करते थे। चाय भूख को मारती भी थी और एक तरह से गरीबों के लिये यह वरदान ही थी!

चाय पीकर वे बस में जा चढ़े। बस चलने को ही थी, चल पड़ी। दन्तेवाड़ा यहाँ से शायद साठ किलोमीटर की दूरी पर था। डेढ़ घंटे की यात्रा अभी शेष थी, मगर उन्हें तो बारह किलोमीटर पहले ही गीदम में उतर जाना था।

गीदम बस स्टैण्ड में पाँव धरते ही रग्घू के अंदर 'इरमा' की एक हूक-सी उठी। वह जल्दी-से-जल्दी उसका सही समाचार जानने को आतुर हो उठा। बस स्टैण्ड में अजब-सी खुसुर-फुसुर थी। लोग बातें तो कर रहे थे, मगर इस सतर्कता के साथ कि यह प्रकट न हो कि वे किस 'तरफ़' हैं! खतरा दोनों तरफ़ से था। पता नहीं सामनेवाला किस तरफ़ का हो! सड़कों पर पुलिस और फ़ोर्स के जवानों की आवाजाही थी। मुचनार के लिये पब्लिक टैक्सी दिख नहीं रही थी। प्राइवेट टैक्सी करके जाना उनके लिये महँगा सौदा था, क्योंकि टैक्सीवालों ने उस तरफ़ जाने का किराया अब दोगुना

कर दिया था। फ़िलहाल उन दोनों ने बस स्टैण्ड के एक होटल में भोजन किया। रग्घू ने उदास स्वर में कहा, ''रमेश भाई, लगता है हमें पैदल ही सफ़र करना होगा!''

''कोई बात नहीं।'' रमेश जो हर जोखिम के लिए तैयार-सा था, बोला, ''लेकिन मुझे यहाँ से अभी एक फ़ोन अपने सम्पादक को करना होगा। उन्होंने कहा था, पहुँचते ही फ़ोन से सम्पर्क बनाये रखना। यहाँ आस-पास कोई एसटीडी वाला दिख नहीं रहा है? जगदलपुर बस स्टैण्ड में तो मैं उन्हें फ़ोन करना भूल ही गया।''

''वह है ना, एसटीडी बूथ!'' रग्घू ने सड़क किनारे एक छोटी-सी दुकान की ओर इशारा करते हुए कहा, ''आप फ़ोन कर लें, तब तक मैं और कोई जुगाड़ देखता हूँ। शायद कोई सहज रास्ता निकल आये।''

रग्घू ने बस स्टैण्ड के अंदर-बाहर दो चक्कर मारे। सड़क पार की। दूसरी तरफ़ भी किसी गाड़ीवाले या पहचानवाले की तलाश की, मगर कोई दिख नहीं रहा था। वह उदास हो बैंच पर आ बैठा और रमेश के लौटने की प्रतीक्षा करने लगा। दोपहर ढलने लगी थी। साढ़े तीन बज रहे थे। पैदल जाते रात हो जानी थी। 'मुचनार में काका के घर से बाइक उठाकर फिर पाहुरनार जाना (अँधेरे में) कैसे सम्भव हो सकेगा?' वह सोच रहा था।

अचानक रग्घू के सिर पर किसी ने हल्की-सी थप्पी की। उसने पलटकर आँखें ऊपर उठायीं। सामने गीदम हाईस्कूल के उसके आदरणीय और प्रिय मास्टरजी थे। स्कूल के पीछे के बेतरतीब मोहल्ले की गली में उनका घर था। वे सेवानिवृत्त हो चुके थे। पैंसठ के पार की उनकी उम्र थी। अभी टहलते वे बस स्टैण्ड की ओर आये थे। रग्घू ने झट खड़े होकर उनके पाँव छुए।

''कैसे हो रग्घू? अभी क्या कर रहे हो?'' मास्टर विनयमोहन झा ने स्नेह से पूछा। अपने पूर्व मेधावी छात्रों को आगे बढ़ते हुए देखने से उन्हें गर्व महसूस होता था। रग्घू ने उन्हें अपने एम.ए. के बाद बी.एड. करने की जानकारी दी। मास्टर जी खुश हो गये। निर्देशित स्वर में बोले, ''बी.एड. हो जाने के बाद, कोशिश करना अपने ही इलाके में नौकरी करने की। यहाँ बहुत ज़रूरत है तुम जैसे लोगों की। पहले इधर बाहरी लोग जुगाड़ लगाकर, घूस देकर ज़्यादा-से-ज़्यादा पाने के लालच में नौकरी करने आते थे। अब जुगाड़ लगाकर, घूस देकर यहाँ से निकल जाना चाहते हैं। अंदर के इलाकों में तो लोग किसी हालत में जाना ही नहीं चाहते। तुम वहाँ जाना, अपने आदिवासी लोगों को ऊपर उठाने के लिए, आगे बढ़ाने के लिए। समझो, तुम पर उनका ऋण है, उसे उतारने के लिए। फ़िलहाल अभी तो अंदर कोहराम मचा है। फिर भी सोच-समझ कर ही निर्णय लेना।''

तभी रमेश भी अपने सम्पादक से फ़ोन पर बात कर वहाँ आ पहुँचा। वह ज़रा हड़बड़ी में लगा। आते ही रग्घू से बोला, ''मेरे पास आज और कल भर का समय है। परसों मुझे दन्तेवाड़ा में रहना होगा। मासा कोर्राम से मिलने, इन्टरव्यू लेने एनजीओ और बुद्धिजीवियों की एक टीम परसों दन्तेवाड़ा में आयेगी। उसमें पत्रकार भी हैं।

सम्पादक शर्मा जी ने बताया है कि उन्होंने उस टीम से बात कर ली है। उसमें उनका प्रतिनिधि, यानी की मैं, भी शामिल रहूँगा। मैं भी मासा कोर्राम से मिलने को उत्सुक हूँ।...लेकिन आज और कल तो मैं आपके साथ हूँ ही, चलो चलें।''

रग्घू ने रमेश का अपने मास्टरजी से परिचय करवाया। बतलाया कि यह पत्रकार हैं और रायपुर से मेरे साथ आये हैं। अभी हम दोनों मुचनार होते हुए पाहुरनार जाना चाह रहे हैं, जहाँ मेरे कुछ रिश्तेदारों की अच्छी और स्पष्ट खबर नहीं है! मगर उधर जाने को कोई गाड़ी तैयार नहीं है!

रमेश ने मास्टरजी को दोनों हाथ जोड़कर नमस्कार किया। इस बीच मास्टर जी के चेहरे पर शांत और स्थिर मुस्कान खिली रही। वे बोले, ''पत्रकार महोदय, ज़रा सँभलकर इधर चलना। प्रशासन और पुलिस पत्रकारों को भी नक्सलियों जितना ही खतरनाक समझती है! इसलिए कोशिश करना कि अपना परिचय पत्रकार के रूप में जहाँ तक सम्भव हो, देने से बचना!''

मास्टरजी की इस स्नेहिल चेतावनी ने रमेश को सतर्क कर दिया। वह स्वयं भी ऐसा ही कुछ सोच रहा था। इधर के माहौल की गंध उसे 'मनमुताबिक' बोलने, लिखने और करने के लिए अनुकूल प्रतीत नहीं हो रही थी। अभिव्यक्ति की स्वतंत्रता पर अघोषित बैन लगा हुआ था। रग्घू ने भी तय किया कि वह भी हर जगह रमेश का परिचय 'पत्रकार' के रूप में नहीं देगा।

मास्टरजी ने रग्घू से कहा, ''तुम्हारा गाँव जाना और पता लगाना अभी ज़रूरी है तो तुम मेरे घर से मेरी बाइक ले सकते हो। मेरा बेटा विशाखापट्टनम में एक प्राइवेट कम्पनी में काम करता है, वहीं शिफ़्ट भी हो गया है। बेटी बिलासपुर में ब्याह दी है। मेरा और पत्नी का उधर ही आना-जाना लगा रहता है। रिटायरमेंट के बाद से मेरा बाइक का इस्तेमाल बहुत कम हो गया है।''

रग्घू और रमेश के चेहरे अचानक खिल उठे। अपनी यात्रा की परेशानी यूँ जल्दी हल होने की आशा उन्होंने छोड़ ही दी थी। दोनों मास्टरजी के पीछे-पीछे उनके घर की ओर चल पड़े। मास्टरनी जी भी बड़ी भली थीं। इनके पहुँचते ही उन्होंने इन्हें पीने का पानी लाकर दिया और भोजन करने का आग्रह किया। दोनों ने सिर्फ़ पानी पीया और उनके चरणस्पर्श कर गैराज में रखी बाइक निकालने मास्टर जी के साथ चल दिये। रग्घू बाइक निकालकर आँगन में लाया और दो-चार पादप्रहार किये। बेचारी बाइक घबराकर गुर्र-गुर्र करती हुई आख़िर चालू हो गई। गाड़ी और अपना पिट्ठू बैग उठाये जब वे आँगन से बाहर निकले तो मास्टर जी ने अपनी जेब से दो सौ रुपये निकालकर रग्घू को दिये। कहा, ''बेटे, इसमें पेट्रोल भरवा लेना। पिछले हफ़्ते मैं इससे जगदलपुर गया था। इसकी टंकी में कम ही तेल बचा होगा।''

रग्घू ने रुपये लेने से इनकार करते हुए कहा, ''सर, आपने बाइक देकर बड़ी कृपा की है। पेट्रोल तो हम अपने रुपयों से भरवा लेंगे।''

मास्टरजी ने अपनी तंज कर सकने की हैसियत से कहा, ''गाड़ी मेरी है तो तुम लोग क्यों इसमें पेट्रोल डलवाओगे?''

''इसलिए सरजी कि, गाड़ी का फ़ायदा तो अभी हम लोग उठायेंगे ना!''

''इसे फ़ायदा मत कहो। 'फ़ायदे' में लाभ उठाने की और नुकसान पहुँचाने की अनुचित भावना छिपी होती है, जबकि मैं तो तुम्हें आग्रहपूर्वक ही इसे दे रहा हूँ।''

''तो भी यह अच्छा नहीं लगेगा, सर!'' रमेश ने कहा, ''हम आपकी बाइक भी लें और पेट्रोल के पैसे भी!''

मास्टरजी थोड़ी गम्भीरता, थोड़ी ज़िद और थोड़ी उदासी से बोले, ''मुझे लगता है कि तुम युवक ही एक दिन इस अभिशापित अरण्य को शापमुक्त कर पाओगे! मेरी तो उम्र हो गई। मुझसे कुछ बेहतर न हो सका। हालाँकि ज़िन्दगी छोटी नहीं थी, असल में मैंने जीना ही देर से शुरू किया और जब रास्ते समझ में आने लगे, तो वापस लौटने का समय करीब आ गया!...मगर अब तुम लोगों से ही कुछ उम्मीद है! अपनी अधूरी उम्मीदों के लिये मैं तुम्हारी सहायता कर रहा हूँ।...बताओ इसमें भला किसका फ़ायदा है?''

'फ़ायदा!' रग्घू और रमेश दोनों मुस्कुरा पड़े। मास्टरजी का आग्रह टालना अब मुश्किल था। मगर उनकी समझाइश यहीं खत्म नहीं हुई, उन्होंने आगे कहा, ''तुम लोगों का जीवन अभी लम्बा है और आगे इसमें तुम्हें अपमान, विफलता और धोखे भी मिलेंगे। मगर उन्हें कड़वी गोलियों की तरह निगल लेना। चबाना मत। चबाते रहने से (याद करते रहने से) जीवन भी कड़वा हो जायेगा!''

बाइक गली में ले आयी गई। उन्होंने मास्टरजी को झुककर फिर प्रणाम किया। बाइक चालू हो आगे बढ़ने लगी, तब भी पीछे से उनकी आवाज़ सुनायी देती रही, ''अपना काम पूरा करने की कोशिश करना, बाइक जल्दी लौटाना ज़रूरी मत समझना!''

रास्ते में रमेश, जो बाइक में रग्घू के पीछे बैठा था, बोला, ''इस अरण्य में इतने भले लोग भी बसे हैं, जानकर और उनसे मिलकर बहुत अच्छा लगा।''

''रमेश भाई, अकेला चना भाड़ नहीं फोड़ सकता, ऐसा पुराना मुहावरा है!'' रग्घू ने बाइक पेट्रोल पम्प की ओर दौड़ाते हुए कहा।

''मगर यह भी सही है रग्घू कि, दुनिया में कभी अच्छे लोगों की कमी नहीं रही, दुर्भाग्य से अच्छे लोग हमेशा बिखरे रहे और बुरे लोग संगठित!''

~

चूँकि अब बाइक उनके पास थी, उन्होंने सबसे पहले पाहुरनार जाना उचित समझा। उन्होंने बारसुर, सातधारा होते हुए इन्द्रावती के पुल को पार किया और कच्चे रास्ते

से होते हुए आगे बढ़े। पुल के पहले सीआरपीएफ़ की टोली ने उनका रास्ता रोका।

''आप लोग पाकिस्तान क्यों जा रहे हैं?''

''पाकिस्तान?''

''हाँ, नदी के उस पार का इलाका माओवादियों और नक्सलियों का गढ़ है!...क्या काम है, उधर?''

''ये रग्घू कोर्राम हैं और मैं इनका दोस्त रमेश पैकरा। हम दोनों रायपुर में पढ़ते हैं। इनकी ससुराल उधर 'कारका' गाँव में है। हम वहाँ मिलने जा रहे हैं।''

''देखो, हम आप लोगों को सचेत करते हैं कि उधर बड़ा खतरा है। चार दिन पहले ही पाहुरनार में मुठभेड़ में कई नक्सली मारे गये थे। वे बदला लेने की फ़िराक में होंगे!''

''इसलिए तो हम दिन रहते 'कारका' पहुँच जाना चाहते हैं, अगर आप इजाज़त दें तो!''

''हमारा काम था सचेत करना, हमने किया, अपने जोखिम से ही आप अब जा रहे हैं, ठीक है!''

''जी!''

रमेश ने ही सीआरपीएफ़ के जवानों से बातचीत की थी। रग्घू चुप ही रहा था। जवानों ने बाइक का नम्बर नोट कर लिया था। जब वे पुल पारकर आगे निकल गये तो चकित रग्घू ने पूछा, ''रमेश भाई, ये कारका गाँव का नाम आपने कैसे लिया?''

''क्या, पाहुरनार के पहले इधर से कारका गाँव नहीं है?''

''बिलकुल है, मगर आप तो कभी इधर आये ही नहीं?''

''मैंने रायपुर में ही पाहुरनार की घटनावाले दिन, इधर का नक्शा देख लिया था। कारका, तुमड़ीगुड़ा, कोरलापाल, मुचनार आदि नदी के आस-पास के गाँव मैंने याद कर लिये थे।...उनसे पाहुरनार जाने की बात करते तो उनके कान खड़े हो जाते। सम्भव है कि वे हमें वहीं रोक लेते!''

''भाई, आप तो ग्रेट हो! मेरे दिमाग में ये बात आयी ही नहीं!''

कारका में उन्हें रोकने-पूछने वाला कोई नहीं मिला। छोटा गाँव था और शाम हो रही थी। अरण्य के लोग शाम होते ही अपने-अपने घरों में जल्दी समाने लगते थे, भले दूसरे दिन सुबह जल्दी उठकर भूत-प्रेतों की तरह अँधेरे में आँखें गड़ाये बैठे रहें! इस गाँव में उन्हें सलवा जुडूम अभियान के कोई चिन्ह दिखायी नहीं दिये। वैसे भी वे गाँव के बाहर-बाहर निकल आये थे, इसलिए अंदर की वास्तविकता से अनभिज्ञ रहे। यह भी हो सकता है कि इस गाँव पर किसी की गिद्ध नज़र न पड़ी हो!

जब वे पाहुरनार पहुँचे तो शाम हो रही थी। उस गाँव में पाँव धरते ही रग्घू का

दिल इरमा के प्रेम की अमराइयों में विचरने लगा।...कीचड़ से लथपथ एक हाथ में पकड़ी गईं मछलियों की टोकरी थामे, दूसरे हाथ की कोहनी से अपनी आँखों पर आती लटों को संवारती, शरारती आँखों से उसे देखती, मुस्कुराती एक नन्ही कालीमाई पूछ रही है, ''आज गाड़ी से नहीं आये हो?''

''मेरी गाड़ी वो रही, चलो बैठकर चलते हैं?''

''तुम्हारी गाड़ी कीचड़ से गंदी हो जायेगी! तुम शहरवाले, कितने साफ़ कपड़े तुम्हारे, ये भी कीचड़ में रंग जायेंगे!''

रग्घू ने एक आह भरी। ''कीचड़ की कोई बात नहीं मैं तो तुम्हारे रंग में रंग गया हूँ, इरमा! तुम अभी कहाँ हो? चलो मैं तुम्हें अब की बार शहर ले चलता हूँ, मगर तुम हो कहाँ? कुछ तो बोलो?''

मगर कौन बोलता, कोई था नहीं! और कोई दूसरा लुका-छिपा भी हो तो क्या, मुँह पर ताले पड़े थे। गाँव-भर में सन्नाटा पसरा था, चुप्पी का साम्राज्य! शाम को बसेरे में लौटती न चिड़ियों की चहचहाहट सुनायी दे रही थी, न कोई कानी कुतिया ही किसी कोने से कुनमुनायी। घरों की शृंखला के बीच-बीच में कुछ चिन्हित किये गये घर जले-अधजले, कुछ की दीवारें अब भी खड़ीं, कुछ की ज़मीन में मिलीं, दहशत की कथा बाँच रहे थे। रमेश ने अपने बैग में छुपाकर रखा कैमरा निकाला और जल्दी-जल्दी जले घरों की तस्वीरें ले लीं। बाइक एक जगह खड़ी कर वे दोनों आशंका से भरे धीरे-धीरे इरमा के घर तक पहुँचे। घर की छत पूरी तरह जल चुकी थी। कमरे और परछी की मिट्टी की दीवारें पंख उखड़े 'कालामासी' मुर्गे की तरह अवाक्, भौंचक्क खड़ी थीं। दीवार के नीचे ठंडी राख, कोयले और घर के कुछ सामानों की जली हुई आकृतियाँ पड़ी थीं। घर की बखरी उजाड़ दी गई थी। घर के सारे जानवर नदारद थे। अनचाहे रग्घू के पाँव बखरी के अंधे कुएँ की ओर बढ़े, शायद इरमा वहाँ छुपकर बैठी हो! मगर कुआँ आधा खाली, आधा पानी से भरा न जाने कब से अपने अनुपयोगी हो जाने का दुखड़ा दबाये मौन पड़ा था।

''रमेश भाई!'' रग्घू ने अत्यन्त हताशा के स्वर में अपने को जले मकान की परछी में धम्म से गिराते हुए कहा, ''मेरा अब यहाँ से लौटने का मन नहीं कर रहा है। अगर इरमा जीवित होगी तो ज़रूर कभी-न-कभी यहाँ आयेगी।...मैं यहाँ उसकी प्रतीक्षा करूँगा!...आप बाइक से लौट सकते हैं।''

रमेश, जो इरमा के घर की भी अलग-अलग कोनों से तस्वीरें खींच रहा था, रग्घू के पास आया। रग्घू की हताशा ने उसे भी चिंतित कर दिया था। यहाँ झुलसे हुए खाली पड़े गाँव में, जिसके चारों तरफ़ बियाबान था, वह रग्घू को अकेला छोड़कर जा नहीं सकता था। यहाँ ठहरकर रग्घू के इरमा से मिलने की बात भी उसे उचित प्रतीत नहीं हो रही थी। उसने कहा, ''आपकी इरमा कहीं होगी भी तो यहाँ, इस गाँव में, जहाँ उसके माता, पिता और रिश्तेदारों को मार दिया गया था, घर में आग लगा दी गई थी, यहाँ और कोई दिखता भी नहीं, वह आकर क्या करेगी? हाँ, उसे आपकी सहायता

की ज़रूरत ज़रूर अभी होगी। मगर उसे कैसे पता चलेगा कि आप अभी यहाँ गाँव में उसकी प्रतीक्षा कर रहे हो? बल्कि वह तो यहाँ से दूर आपकी पक्की जगहों—आपके काकाजी के घर, आपके पिताजी के पास निकल गई होगी, ऐसा मुझे लगता है! फिर अगर उसके साथ उसका छोटा भाई भी है तो वह निश्चित ही जोखिमवाली जगहों से दूर ही रहेगी!''

रग्घू ने रमेश की बात ध्यान से सुनी ज़रूर थी, मगर हताशा उसे पस्त किये हुए थी। पूछा, ''तो अब क्या किया जाये, रमेश भाई?''

रमेश को लगा, वह रग्घू को इस धरने से रोक लेगा। थोड़ा उत्साहित हो वह बोला, ''हम आपके काकाजी के घर चलते हैं, जो नदी पार पास ही होगा। अगर वहाँ कुछ पता नहीं चला तो हम आपके बीजापुर के गाँव निकल जायेंगे। मैं कल तक तो आपके साथ हूँ ही।...और हाँ, आपकी आशंका भी एकदम निर्मूल नहीं है। इसलिए आप अपनी कोई निशानी या पत्र उसके (जले) घर में कहीं रख दो। खुदा न खास्ता अगर वह यहाँ आयी भी तो उसे आपका संदेश मिल जायेगा!''

रग्घू को रमेश का आइडिया ठीक मालूम हुआ। उसने झट से अपनी नोटबुक और डॉट पेन निकाला और पत्र लिखने लगा—

'प्यारी इरमा...तुम्हारे परिवारवालों के साथ जो हुआ, जानकर मैं दुखी हूँ। मैं तुम्हारी खोज में यहाँ तुम्हारे गाँव आया था। अब लौट रहा हूँ। पता नहीं, अभी तुम कहाँ हो? खैर, जिस भी हालत में, जहाँ भी तुम हो, तुरन्त मेरे काकाजी या पिताजी के घर तक चली आओ या अपना संदेश भेजो। मैं बड़ी बेताबी से तुम्हारी बाट देख रहा हूँ!

...तुम्हारा ही,

रग्घू कोर्राम'

नोटबुक से पत्र लिखे पन्ने को फाड़कर उसने उसे दो-तीन परतों में मोड़ा, फिर जले घर के उस कमरे में जहाँ इरमा सोती थी, दीवार की पपड़ायी एक खोह में उस पत्र को इस तरह खोंस दिया कि वह सिर्फ़ एक चौथायी ही दिखता रहे। मिट्टी की जली काली दीवार पर एक श्वेत पत्र! युद्ध की भूमि पर अचानक शांति की अपील में उठा एक सफ़ेद ध्वज!...दूसरों का ध्यान शायद ही उस पर जा सकता था। हवा-पानी में भी उसके खराब होने या उड़ने की सम्भावना कम ही थी।

उसने रमेश से निवेदन किया, ''भाई, अब गाड़ी आप चलाइये।'' और जेब से बाइक की चाबी निकालकर रमेश को दे दी। रमेश पैकरा बाइक की ओर आगे बढ़ा तो पीछे चल रहे रग्घू ने जेब से एक रूमाल निकाला और उसे जल्दी से इरमा के घर की परछी से लगे ताड़ी के एक पेड़ के कंटीले तने में उलझा दिया। थोड़ा गौर करने पर रूमाल आसानी से किसी को भी दिख सकता था, मगर इसका अर्थ इरमा ही समझ सकती थी। रग्घू के रूमाल को वही पहचानती थी। फीके नीले रंग के इस रूमाल पर रग्घू ने दर्ज़ी से कहकर इरमा के नाम की लाल धागे से कढ़ाई करवायी थी। इसी तरह

का एक रूमाल इरमा को भी उसने दिया था, जिस पर 'रग्घू' लिखा था। पता नहीं वह रूमाल अब भी इरमा के पास है या फिर वह भी उसी की तरह खो गया है!

रमेश ने बाइक चालू की तो रग्घू पीछे आकर बैठ गया। रग्घू के चेहरे पर थोड़ा संतोष था कि उसने अपने तईं इरमा तक संदेश पहुँचाने की एक कोशिश तो की है!

39

शाम की धुँध में कच्ची पगडंडी पर जितनी अधिकतम रफ़्तार से बाइक चलायी जा सकती थी, रमेश ने चलायी। जब उन्होंने इन्द्रावती के सातधारा पुल को पार किया तो अँधेरा हो ही गया था। 'बॉर्डर' पर सुरक्षाबल के जवान बाइक की भड़भड़ाहट और हैडलाइट से चौंककर मुस्तैद मिले। रमेश ने स्वयं उनके सामने बाइक रोक दी।

"क्यों, हो गई मुलाकात?" हथियार थामे जवान ने उन पर सरसरी निगाह डाली और उन्हें पहचानते हुए पूछा।

"कहाँ हो पायी, सर! घर के सारे लोग तो जाने कब सलवा जुडूम कैम्प में आ गये हैं। अब इधर ही कहीं तलाश करनी पड़ेगी!" रमेश ने निराश स्वर में कहा। वह जवान और उसके दो साथी मुस्कुराये। एक बोला, "गनीमत है, रात के पहले 'पाकिस्तान' से सुरक्षित लौट आये!"

"सर, इधर सलवा जुडूम कैम्प कहाँ-कहाँ पर मिलेंगे?" रमेश ने सविनय पूछा।

"कासोली में और...और...पता नहीं क्या-क्या अजब-गज़ब नाम इधर कैम्पों का रख छोड़ा है! साला जुबान में बैठता ही नहीं। जाओ भई, आप लोग ही पता कर लो।"

"कोई बात नहीं सर।" रमेश ने बाइक आगे बढ़ाते हुए कहा, "आप लोगों को थैंक्स!"

जब वे वहाँ से आगे बढ़े तो रमेश ने पूछा, "रग्घू भाई, अब हम किधर चलेंगे?

"मुचनार, काकाजी के घर। फ़िलहाल सीधे चलते रहिये। आगे का रास्ता कुछ दूर जाकर थोड़ा पक्का मिलेगा, मैं बतलाऊँगा," रग्घू ने कहा। सुरक्षा बल से वार्तालाप के लिए वह रमेश पर ही निर्भर था और खुद चुप ही रहा था। वह सोचने लगा, 'अगर आज रमेश साथ नहीं होता तो वह निश्चित ही किसी मुसीबत में अब तक फँस चुका होता!'

उन्हें मुचनार पहुँचते रात के आठ बज गये। यह बड़ा गाँव था। आधे घर पक्के थे, मगर लगभग सभी घरों के दरवाज़े बंद। कुछ घरों की रोशनियाँ बंद दरवाज़ों और खिड़कियों के छिद्रों से बाहर अनेक रेखाओं की शक्ल में हाथ पसारे निकलीं, आज़ाद होने को बेताब लगती थीं। काका के घर जाने के रास्ते में किराने और राशन की दुकानें

पड़ती थीं, मगर वे भी बंद थीं। पतली गली से होकर जब वे आगे बढ़े तो उन्हें काका का घर दिखायी दिया। वह घर गाँव के आखिरी छोर पर था, जो अँधेरे के आगोश में अचेत खड़ा लगता था। इस गाँव में एक काका ही थे, जो देर तक जागते रहते थे। उन्हें अपने मवेशियों को, जो बाहर से चरकर आये होते, दड़बों में बंद करने, घर का चारा देने, पानी पिलाने के बाद खुद का भोजन तैयार करने में समय लगता था।... 'मगर आज क्या वे जल्दी खा-पीकर सो गये?' रग्घू ने सोचा। उसे कुछ शंका भी हुई। उसने घर के सामने का दरवाज़ा खटखटाया। काका को आवाज़ लगायी, मगर कोई प्रतिउत्तर नहीं मिला। दरवाज़े पर कान लगाकर उसने अंदर की कोई हलचल सुनने की कोशिश की। अंदर भी सन्नाटा था। मवेशियों की भी कोई आहट सुनायी नहीं दे रही थी। मवेशियों के साथ काका का एक पालतू कुत्ता भी था, शेरू। बाहर की आहट पाकर वह अब तक हलकान कर चुका होता। वह भी नदारद था।

इसके पहले कि रमेश पूछता कि अब क्या करें और पहले से हताश रग्घू कोई जवाब दे पाता, पड़ोस के घर का दरवाज़ा खुला। उस घर का एक बुज़ुर्ग लाठी टेकता बाहर आया। वह रग्घू को पहचानता था और उसकी आवाज़ उसने सुन ली थी। रग्घू उसकी तरफ़ लपका। उसके पाँव छुए और पूछा, "अक्को, काकाल घर पर नहीं हैं?"

"नीवा काका अपने जानवरों के साथ दस दिन पहले जो जंगल में घुसे तो फिर लौटे ही नहीं!"

"क्यों? कोई बात हो गई क्या?"

बुज़ुर्ग कुछ बताने, न बताने के असमंजस में एक पल पड़ा रहा, फिर बोला, "हाँ, पन्दरा-बीस दिन पहले चार पुलिसवाले और सलवा जुडूम वाले आये थे। कोर्राम मंगलू से पूछताछ की। पुलिस को शक था कि मंगलू चूँकि दिन भर बाहर जंगल में रहता है तो वह ज़रूर दादाओं का मुखबिर होगा। मगर मंगलू ने तो मना किया था। तब पुलिसवाले बोले कि ठीक है, तुम कैम्प में चले जाओ। मंगलू ने फिर मना किया कि उसके पास बहुत से जानवर हैं, क्या कैम्प में इनके लिये भी जगह होगी? अगर नहीं, तो मैं नहीं जाऊँगा! पुलिसवाले बोले, "तुम्हारे जानवर तुम्हारी समस्या हैं। यदि कल शाम तक तुम कैम्प में नहीं पहुँचे तो तुम्हें जेल में डाल देंगे!...उसके बाद से ही मंगलू जो जंगल में गया तो फिर लौटा नहीं!"

"मगर घर का दरवाज़ा तो अंदर से बंद है?"

"मंगलू पीछे के दरवाज़े से अपने जानवरों समेत निकला होगा! पीछे के दरवाज़े पर ताला तो लगा है, देखना जाकर!"

इसके पहले कि रग्घू घूमकर पीछे का दरवाज़ा देखने जाता, बुज़ुर्ग ने अपने दरवाज़े की तरफ़ कदम बढ़ा लिये। बुज़ुर्ग को शायद डर रहा होगा, मुखबिर परिवार से बात करते देखकर कहीं उसे भी उनका हिमायती न समझ लिया जाये! बुढ़ापे में वह कोई जोखिम उठाना नहीं चाहता था। रग्घू जब पीछे के दरवाज़े की पड़ताल कर

लौटा, तब तक रमेश बाइक की सीट पर बैठा रहा। वह सोच रहा था, 'कल तक वह और, रग्घू का साथ दे सकता है, फिर दोनों के रास्ते अलग हो जायेंगे!'

"रमेश भाई, आज की रात हमें यहीं गुज़ारनी होगी," घर के पीछे से वापस आते ही रग्घू ने कहा। "मेरे पास इस घर की डुप्लीकेट चाबियाँ हैं।" और वह अपने बैग को खोल कर चाबियाँ ढूँढ़ने लगा। उसके बैग के अंदर एक छोटी जेब थी, जिसमें वह काका की दी हुईं चाबियों को हमेशा धरे रखता था। इसी जेब में एक छोटे से लिफ़ाफ़े में दो फ़ोटो भी रखी थीं, जो उसने इरमा के साथ चित्रकोट भ्रमण के समय एक फ़ोटोग्राफ़र से खिंचवायी थीं। दो चोटियों पर रिबन सजे बालों के साथ धूप में निखरी इरमा की मुस्कुराती हुई बड़ी प्यारी तस्वीर आयी थी। एक में वह अकेली थी तो दूसरे में रग्घू के साथ। चाबी की तलाश में उसकी उँगलियाँ लिफ़ाफ़े पर भी फिर गयीं। उसने चाबी के साथ लिफ़ाफा भी बाहर निकाल लिया। लिफ़ाफ़ा रमेश को देते हुए रग्घू बोला, "इसमें इरमा की तस्वीर है, घर के अंदर चलकर देख लीजियेगा। मैं पीछे से ताला खोलकर सामने वाला दरवाज़ा खोलता हूँ, आप बाइक सहित अंदर आ जाइयेगा।"

जब रग्घू फिर पीछे के दरवाज़े की ओर गया तो रमेश ने बाइक की सीट पर दोनों फ़ोटो को रखकर, अपने कैमरे का फ़्लैश ऑन कर उनकी तस्वीर ले ली।

~

रात उनकी काकाजी के घर चिंता में गुज़री। लालटेन की रोशनी में चूल्हे पर उन्होंने जैसे-तैसे चावल-दाल पकाया और आम के अचार के साथ खा लिया। अलग-अलग खाट पर सोये उनकी आँखों में नींद उतर नहीं रही थी। रमेश ने लालटेन की रोशनी में उन फ़ोटो को एक बार और देखने के बाद रग्घू को लौटा दिया था। इरमा की मोहक तस्वीर से वह प्रभावित हुआ था। खास कर उसकी आँखों से, जिसमें एक दृढ़ता, एक ज़िद, एक उत्साह, एक स्थायी प्रश्न (ऐसा कैसे हो सकता है?) हिलोर रहा था। रग्घू यह सोचकर कि रमेश सो गया है, जलती लालटेन की रोशनी में फिर इरमा की तस्वीर को निकालकर देखने लगा। उसे भी इरमा की आँखें हमेशा लुभाती रही थीं। वह बार-बार उसकी आँखों को, उसके मुस्कुराते चेहरे को देखने लगा। दिल में फिर हूक-सी उठी—तेरी आँखों के सिवा दुनिया में रक्खा क्या है!...अपनी आँखों के समन्दर में उतर जाने दे, तेरा मुजरिम हूँ मुझे डूब के मर जाने दे!

'कहीं इरमा ही सच में मर गई हो तो?' अचानक यह विचार आते ही वह खाट पर उठ बैठा।...जब काका ही यहाँ नहीं हैं तो इरमा के इधर होने का सवाल ही नहीं है! फिर कहाँ होगी वह?...रात भर रग्घू सुबह होने का इंतज़ार करता रहा। फिर उसने पौ फटने के पहले ही बिस्तर छोड़ दिया। लालटेन की रोशनी में वह उस अँधेरे कमरे की ओर बढ़ा, जिसमें काका की बाइक खड़ी थी। बाइक की चाबी भी उसी में लगी हुई

थी। उसने बाइक बाहर परछी में निकाल ली। एक बार उसका मुआयना किया, फिर उसे चालू करने की कोशिश करने लगा। मगर बाइक को चालू न होना था, सो नहीं हुई। उसने बाइक को दायें-बायें हिला कर देखा। पेट्रोल की टंकी खाली प्रतीत हुई। हार कर उसने बाइक फिर यथास्थान रख दी।

जब वह वापस कमरे में लौटा तो देखा कि रमेश भी उठकर खाट पर बैठा है। रमेश को अभी-अभी नींद आयी थी, मगर बाइक की खटर-पटर ने उसे जगा दिया था, पर उसके चेहरे पर ज़रा भी शिकन नहीं थी। उसे मालूम था, रग्घू अपने अंदर एक तूफ़ान सँभाले है। वह उसके साथ था और यह सोचकर दुखी था कि रग्घू का कुछ काम बनता नज़र नहीं आ रहा है! अब बस गंगालूर, बीजापुर से ही कुछ उम्मीद बनती थी। वह स्वयं भी इरमा को एक बार प्रत्यक्ष देखना, चाहने लगा था। उसने अपने ईश्वर से मन-ही-मन उसकी कुशलता की कामना की। बिस्तर समेटते, कपड़े ठीक करते उसने कहा, ''मुझे लगता है, आपके काकाजी की बाइक का बहुत दिनों से इस्तेमाल नहीं हुआ है। पेट्रोल खुले रहने पर उसमें कार्बन भी आ जाता है।''

''उसमें पेट्रोल ही नहीं है,'' रग्घू ने कहा। ''मैंने सोचा था, मास्टरजी की बाइक गीदम में जाकर छोड़ देते और फिर इसी बाइक से आगे बीजापुर-गंगालूर निकल जाते। लेकिन अब यह भी अच्छा ही रहा। हम गीदम के रास्ते नहीं जायेंगे। यहीं से एक छोटा रास्ता मुझे मालूम है जो कोरलापाल, बंगापाल होते हुए पुलाड़ी, पेद्दा के बाद सीधे गंगालूर जाता है। बीजापुर भी अलग कट जायेगा। हमारा समय और पेट्रोल दोनों बचेगा!''

खुशी जताते हुए रमेश ने कहा, ''लगता है कि आप पहले भी कई बार इधर से आते-जाते रहे हैं!''

''हाँ, कई बार। जब से काकाजी ने बाइक खरीदी, मैं गंगालूर इसी रास्ते से जाता रहा हूँ।...अगर आपके पास बाइक है और आप अभी यहाँ से उधर जाते हैं, तो कम-से-कम पचास किलोमीटर की बचत होगी। न भैरमगढ़ जाना, न बीजापुर जाना। इरमा को लेकर भी मैं इसी रास्ते दो बार गया हूँ। इधर का इलाका और रास्ता ज़रा कम विकसित है, और जंगलों, पहाड़ों से घिरा है।''

''यह तो और अच्छी बात है, रग्घू! प्रकृति का साथ जितना अधिक हो, मुझे पसंद है। मनुष्य ने प्रकृति से जितनी ज़्यादा दूरी बनायी, उतनी ही ज़्यादा मात्रा में वह अमानुष हुआ है!''

मास्टरजी की बाइक से ही दोनों मुचनार से निकले। पास-पड़ोस में किसी को आगाह भी नहीं किया। ऐसा नहीं कि आस-पास के सभी लोग अब तक अलसाये सोये पड़े थे, बल्कि हर तरफ़ भय की ऐसी हवा बह रही थी कि कोई अलसभोर उसका सामना नहीं करना चाहता था। लगभग ढाई घंटे की लगातार यात्रा के बाद वे गंगालूर पहुँचे। रास्ते में जैसे-जैसे दिन का उजाला बढ़ता गया था, लोगों के दर्शन होने

लगे थे। इधर भी कहीं-कहीं उन्होंने सलवा जुडूम कैम्प देखे। एक कैम्प के पास से गुज़रते रग्घू ने कहा था, "चाहें तो आप कैम्पों में, एस.पी.ओ. लोगों में अपने छोटे भाई का पता करते चल सकते हैं!"

"नहीं, यह ठीक नहीं होगा," रमेश ने कहा था। "क्योंकि कैम्प तो पचासों होंगे और सब में जाना सम्भव नहीं होगा। मैं सोच रहा हूँ, इलाके के बड़े थाने में ही पता करूँ। उनको इलाके में नये नियुक्त एस.पी.ओ. की जानकारी तो होगी ही?...फिर इधर मुन्ना आया भी या नहीं, कुछ ठीक नहीं। मदर से वह झूठ भी बोल लिया करता है!"

बारी-बारी से वे बाइक चलाते गंगालूर पहुँचे थे। आख़िर में रग्घू ही बाइक चला रहा था। गंगालूर में बिना रुके जब रग्घू ने एक पगडंडी पर बाइक बढ़ा दी और गंगालूर पीछे छूटने लगा तो चकित रमेश ने पूछा, "रग्घू भाई, गंगालूर तो पीछे छूटा जा रहा है, हम कहाँ जा रहे हैं?"

"बस दो किलोमीटर और!...असल में मेरे गाँव का नाम 'मालूर' है, मगर वह छोटा और अनजाना-सा है, इसलिए हम लोग अपना गाँव गंगालूर बताकर, किधर है? कितना बड़ा है? किस थाने में आता है? जैसे ढेर सारे प्रश्नों से बच जाते हैं!" रग्घू ने कहा।

मालूर वास्तव में बहुत छोटा गाँव था और गंगालूर पंचायत में ही आता रहा होगा। दो-तीन पक्के घरों के अलावा सभी घर कच्चे थे। बाँस और अन्य लकड़ियों की दीवारों वाले मकान भी थे, जिनकी घास-फूस की छतें थीं। एक अलग-थलग मकान के सामने, जो आधा मिट्टी का और आधा ईंटों का बना था, रग्घू ने बाइक रोकी। बादलों में कर्ज़दारों की तरह मुँह छिपाता सूरज बाँस भर ऊपर टँगा हुआ था। आस-पास के पेड़ों से पक्षियों का कलरव सुनायी दे रहा था। कुछ पालतू जानवर आस-पास विचर रहे थे, मगर मनुष्यों की अपेक्षित उपस्थिति का भान नहीं हो रहा था।

"बाबाल...बाबाल...शांता...?" रग्घू ने द्वार खटखटाते हुए आवाज़ लगायी, पहले पिता को, फिर छोटी बहन को। बहन ने धीरे से पहले थोड़ा-सा द्वार खोला और रग्घू को सामने देखकर खुशी से उछल पड़ी। उसने भड़भड़ाकर पूरा द्वार खोल दिया और घर के अंदर की तरफ़ मुँह करके चिल्लायी, "याया, ओ याया, दादा आये हैं!" किसी काम में लगी रग्घू की माँ भी हड़बड़ायी-सी द्वार की ओर आयी। बहन ने भाई और रमेश के फटाफट पाँव छू लिये और रग्घू ने माँ के। इतनी तत्परता से पाँव छूने-छुआने का रमेश आदी नहीं था। माँ को वह हाथ जोड़कर नमस्कार ही कर सका था। शांता, रग्घू और रमेश का बैग लेकर अंदर कहीं रखने चली गई थी और रग्घू माँ से तुरन्त सवाल कर बैठा था, "याया, इरमा इधर आयी है क्या?"

"इरमा...इधर?" माँ चौंकी थी। पूछा, "क्या बात है? क्या वह अपने घर में नहीं है?"

चकित, चिंतित माँ को लेकर रग्घू परछी में बिछी खाट पर बैठ गया। रमेश के

बैठने के लिए शांता ने एक स्टूल ला दिया था। रग्घू आगे कुछ बोलता कि अचानक द्वार पर रग्घू के पिताजी कोर्राम सन्तू दिखायी दिये। कोर्राम सन्तू अपने खेतों की ओर अभी-अभी ही निकले थे। एक खेत की मेड़ से उन्होंने गाँव की ओर बढ़ती बाइक देख ली थी। बाइक चलाते रग्घू की आकृति उन्होंने पहचान ली थी। वे तुरन्त वापस घर की ओर लौट आये। रग्घू ने तुरन्त उठकर पिता के पाँव छुए तो इस बार सतर्क रमेश ने भी उसका अनुसरण किया। रग्घू ने अपने घरवालों से रमेश का परिचय कराया। इरमा और उसके छोटे भाई के लापता होने की बात बतायी। पाहुरनार की सुनी घटना का पूरा ब्योरा दिया। इरमा के पिता, माँ और नाना की हत्या की बात बतलायी। मुचनार से काका के जंगल निकल जाने की बात भी बतायी। सुनकर कोर्राम सन्तू तो अवाक् रह गये, किन्तु रग्घू की माँ और बहन फ़फ़क कर रो पड़ीं।

"इधर भी कुछ अच्छा नहीं चल रहा है, बेटा!" थोड़ी देर की उदासी के बाद दुखी कोर्राम सन्तू ने कहा, "सलवा जुडूम का आतंक इधर भी है। वे लोग गाँव-घर खाली कराने का फ़रमान सुना चुके हैं। दो दिन पहले हम लोग कैम्प में गये भी थे। मगर अभी वहाँ रहने-खाने की ठीक से व्यवस्था नहीं हुई है, इसलिए इजाज़त माँग कर कुछ दिनों के लिए गाँव आ गये हैं।...सोच रखा है, एक डेढ़ हफ़्ते में हम वहाँ फिर चले जायेंगे! आधे गाँव-टोले के तो वहाँ जा ही चुके हैं।"

थोड़ी देर चुप्पी रही। बीच-बीच में माँ और बहन की सिसकियाँ सुनायी दे जातीं। कोर्राम सन्तू के दिमाग में अचानक कुछ कौंधा। उन्होंने रग्घू और रमेश को आँगन के पीछे की ओर चलने का इशारा किया। उनके पीछे-पीछे वे दोनों चल भी पड़े। आँगन में सल्फी के पेड़ के नीचे आकर, गोया वे इस पेड़ के बाबत ही उन्हें कुछ बताना चाह रहे हों, ठिठक गये। यहाँ की बातचीत अंदर घर तक नहीं जा सकती थी। उन्होंने रग्घू से पूछा, "तुम कह रहे हो, इरमा और उसके भाई का कुछ पता नहीं चला?"

"हाँ!" सशंकित रग्घू बोला।

"तुमको पक्का पता है, वे दोनों भाई-बहन साथ-साथ ही थे?"

"उस गाँव-घर में उन दोनों का ही पता नहीं चला। बाकी जो थे मार डाले गये।...और इरमा अपने रहते भाई को असुरक्षित छोड़ नहीं सकती!...वे दोनों ही साथ-साथ होंगे या फिर दोनों को ही कहीं पर... !" बोलते-बोलते रग्घू का कण्ठ भर आया। पिता चुप कर गये। रग्घू को लगा कि उसके पिताजी को कुछ जानकारी ज़रूर है! पूछा, "आप कुछ कहना चाह रहे थे?"

"दो दिन पहले गंगालूर कैम्प में चर्चा थी कि पेद्दा गाँव के सड़क किनारे एक बच्चे की लाश मिली थी। सुरक्षाबल वालों का कहना है कि वह नक्सलियों का मुखबिर था और पुलिस व फ़ोर्स की गतिविधियों की जानकारी उन्हें देता था। उसके पास से एक बंदूक भी बरामद की गई थी। मुझे नहीं लगता कि वह इरमा का भाई होगा! इरमा के बिना वह इधर अकेला कैसे आयेगा! फिर भी तुम लोग खा-पीकर

तैयार हो जाओ। तुम्हारे पास गाड़ी भी है। पेद्दा के फ़ोर्स कैम्पवालों से ज़रा पड़ताल कर आओ।'' इतना बताकर कोर्राम सन्तू अपने खेतों की ओर निकल गये। शांता अपनी माँ के साथ भोजन तैयार करने में लगी थी। रग्घू और रमेश नहा-धोकर तैयार हुए तो उन्हें भोजन भी तैयार मिला। दाल-भात और बोंडा[83] की सब्ज़ी। भोजन के तुरन्त बाद दोनों ने माँ से 'अभी आते हैं' कहा और बाइक से निकल गये। पिता ने उन्हें चेताया था, ''जब तक पक्का पता न हो, किसी से कुछ कहना नहीं!''...जिस रास्ते वे यहाँ आये थे, लगभग बीस किलोमीटर वापस लौटे। आते समय रास्ते में उन्हें पेद्दा गाँव ज़रूर मिला था, मगर उन्होंने उसे भी अन्य गाँवों की तरह ही पार कर लिया था। वहाँ स्थित सुरक्षाबलों के कैम्प के कुछ आगे निकलकर उन्होंने पेशाब करने के लिए बाइक भी रोकी थी। रमेश ने तब रग्घू से कहा भी था, ''बस्तर के जंगलों में आदिवासियों से ज़्यादा तो पुलिस और फ़ौजी जवान ही दिखाई देते हैं! इनको यहाँ रखने पर जितना खर्चा होता होगा, उतने से तो आदिवासियों का चार गुना विकास हो जाता! और ऐसा होता तो नक्सल समस्या ही खत्म हो जाती!''

तब रग्घू ने भी कहा था, ''यहाँ तो सबको अपने विकास की पड़ी है, रमेश भाई! सिर्फ़ आदिवासी जीने के लिए मरा जा रहा है!''

लगभग आधे घंटे में वे पेद्दा गाँव पहुँच गये। गाँव से एक फर्लांग की दूरी पर फ़ौजी कैम्प था। सुबह आते समय उन्हें किसी ने नहीं रोका था। अभी कुछ जवान पैदल गश्त पर निकले हुए दिखायी दिये। वे सभी सड़क के किनारे-किनारे हथियारों से लैस कुछ ढूँढते, कुछ टटोलते से विचरण कर रहे थे। कैम्प के ठीक सामने दो हथियारबंद जवानों ने उन्हें रुकने का इशारा किया था।

''जनाब, आप लोग कहाँ तशरीफ़ ले जा रहे हैं?'' एक जवान ने हरियाणवीं उच्चारण में उनसे सवाल किया।

''हमारा एक रिश्तेदार लड़का लापता हो गया है! पता नहीं वह अभी कहाँ है? हम उसी की तलाश में निकले हैं। गंगालूर जुडूम कैम्प से पता चला, इधर एक लड़के की लाश मिली थी, हमें नहीं लगता कि वह उसी की होगी! मगर फिर भी हम शिनाख़्त करना चाहते हैं!'' रमेश ने कहा तो दोनों जवान उसे घूरने लगे। दूसरा जवान भी करीब आ गया था, उसने कहा—

''देखो, पुलिस ने उसकी शिनाख़्त की पर्याप्त कोशिश की। उसके बारे में कुछ पता नहीं चला। कल ही उसकी लाश खराब होते देख दफ़ना दी गयी! हाँ, उसके कपड़े और कुछ सामान पुलिस, थाने ले गयी है। आप लोग वहीं जाकर शिनाख़्त करें!''

''किस थाने में?'' रग्घू ने घिग्घी बँधी आवाज़ में बमुश्किल पूछा।

''गंगालूर थाने में!'' एक कड़क उत्तर मिला।

''क्या उस लड़के के साथ कोई और था...मतलब कोई लड़की?''

---

83. बारिश में साल के पेड़ों की जड़ों के पास मशरूम की तरह उगनेवाली सब्ज़ी

दोनों फ़ौजियों ने इन्हें खा जाने वाली नज़रों से देखा। दूसरा अधिक सख्त तो था ही, उसने डाँटते हुए कहा, ''हमारी ड्यूटी यहाँ लड़की-लड़कों का हिसाब रखने के लिए लगाई गई है क्या? हमें सिर्फ़ एक मुखबिर लड़के की लाश मिली थी। हमने बता दिया।''

''लाश मिली थी!...क्या आपसे मिलने के पहले वह ज़िन्दा नहीं था?''

''वह बंदूक चलाकर नक्सलियों को सावधान कर रहा था। मारा गया।''

''किसने मारा, सर?''

''सालो, सर मत खाओ। जाओ यहाँ से। समझ लो हमने मारा। जाकर एफ.आई.आर. लिखवा दो थाने में!''

रमेश को लगा कि इनके पास एक पल भी और रुकना खतरनाक होगा। कुछ और तो पता चलेगा नहीं, उल्टे ये लोग कुछ भी कर सकते हैं! उसने रग्घू को इशारे से यहाँ से चलने को कहा। लौटते समय रमेश ने जवानों को 'थैंक्स' भी कहा। उसे डर था, कहीं ये हमें पीछे से गोली मारकर नक्सली न साबित कर दें! उसने खुद बाइक चालू की। रग्घू को बिठाया और गंगालूर की तरफ़ बाइक बढ़ा दी। जब वे पेद्दा के इलाके से दूर आ गये तो हताश रग्घू ने कहा, ''ये कोई तरीका है बात करने का? नाबालिग लड़के को गोली मार दी और ऊपर से गरज रहे हैं!''

~

थाना गंगालूर! एक नाले के समानान्तर चलती सड़क, थकी-हारी, पसरी हुई। वाहनों की मार से जगह-जगह उखड़ी, गड्ढों और गिट्टियों से भरी, सूखे मौसम में धूल उड़ाती, कराहती उस सड़क के किनारे ही थाना गंगालूर था। इस इलाके का बड़ा थाना। थाने से ही कुछ दूरी पर सुरक्षाबल का एक और कैम्प था। गंगालूर को बीच से चीरती हुई वह सड़क अपने बीमार लक्षणों के साथ आगे निकल गई थी। आबादी के एक किनारे पर जहाँ से खेत शुरू होते थे, अधबना, अधबसा सलवा जुडूम कैम्प भी था। षड्यंत्रों की बाँस-बल्ली पर टिका कुछ देता और बहुत कुछ छीनता-सा। दिखता भोला, था मगर भाला-सा! लगता था कि वह कैम्प अपने नवनिर्मित आँगन में हो रही मनुष्यों की चहल-पहल का, (बगूले-सा) संत बना, सिर गड़ाये जायज़ा ले रहा था।

रग्घू की अपेक्षा रमेश लोगों से मेल-मुलाकात और बातचीत करने में ज़्यादा माहिर था। कुछ तो उसके पेशे का भी असर था। उसने थाने में घुसने के पहले थाने के बाहर खड़े पहरेदार सिपाही से पूछा, ''सर, क्या थानेदार साहब अंदर हैं?''

पढ़े-लिखे से दिखते युवक द्वारा अपने लिए 'सर' के सम्बोधन से साधारण और अर्द्धशिक्षित सिपाही का सिर अभिमान और खुशी से झनझना गया। 'हाँ' या 'न' के संक्षिप्त जवाब से भी वह काम चला सकता था, लेकिन वह बोला, ''साहेब

अभी कहीं जाते नहीं। माह भर पहले ही माकड़ी थाने से यहाँ ट्रान्सफ़र होकर आये हैं। इस इलाके में जो खलबली है, उससे परेशान हैं। फ़ोर्स वाले, सलवा जुडूम वाले, एस.पी.ओ. वाले, ठेलेवाले, राशनवाले, नेतागिरी वाले,...फिर अंदर वाले, सबकी बलायें...सिर चकरायेगा नहीं क्या ?''

''माकड़ी ?...ये कांकेर के पास पड़ता है, वही न माकड़ी थाना ?''

''सही बुझा आपने, उसी थाने से!''

''ठीक है, थैंक्स!'' कहता हुआ रमेश थाने के अंदर प्रविष्ट हुआ, रग्घू उसके पीछे-पीछे। थानेदार अपनी कुर्सी पर बैठे थे और अपने सामने की मेज़ पर झुके कोई फ़ाइल पढ़ रहे थे। उनकी बगल में खड़ा मुंशी उन्हें कुछ सूझा रहा था। मेज़ पर थानेदार की नेमप्लेट भी रखी थी—मेलाराम सिन्हा, थाना प्रभारी।

''गुड आफ़्टरनून सर! हाउ डू यू डू?'' रमेश ने दोनों हाथ जोड़कर कहा। थानेदार ने सिर ऊपर कर इन्हें प्रश्नवाचक निगाह से देखा।

''सिन्हा सर, मैं कांकेर में रहता हूँ, और आपके पास दो कामों से आया हूँ।..कांकेर में रहते अखबार में आपके माकड़ी थाने की बड़ी अच्छी रिपोर्ट आये दिन पढ़ने को मिलती रही! अब तो महीना हो गया, पता भी नहीं चलता कोई माकड़ी थाना भी है ?''

''अरे कांकेर से आये हैं आप लोग ? बैठिये-बैठिये। मुंशी जी, फ़ाइल को बाद में देखेंगे। इनके लिये किसी से पानी भिजवाइये।...और जो चाय बन रही है उसमें दो और बढ़ाने को कह दीजियेगा।...हाँ, कांकेर में कहाँ रहते हैं आप लोग ?''

''सर, मैं रमेश पैकरा। राजापारा के पीछे, भंडारीपारा में घर है मेरा। और सर, आपका भी तो कांकेर में कहीं घर है ना ? किसी मोहल्ले के एक घर में मैंने आपके नाम की तख्ती देखी थी!''

''अरे वही अलबेलापारा, फोकटपारा में घर है मेरा। माकड़ी थाने में आते ही मैंने दो साल पहले घर बना लिया था।''

''हाँ, हाँ अब याद आ रहा है सर, उन्हीं मोहल्लों में सिन्हा और जैन लोगों के नये-नये बहुत से घर बने हैं!''

''अब क्या सिन्हा, क्या जैन...मगर घर तो हैं। आपकी याददाश्त तगड़ी है! और आपके साथी का परिचय ? क्या ये भी कांकेर के हैं ?''

''नहीं सर, ये रग्घू कोर्राम हैं। यहीं गंगालूर के पास के हैं। हम दोनों ही पोस्टग्रेजुएट हैं और रायपुर में रहकर कुछ अच्छा काम ढूँढ रहे हैं। फ़िलहाल ये रायपुर की पुस्तकों की एक दुकान में और मैं एक दूसरी जगह अस्थायी काम कर अपना खर्च निकाल रहे हैं।''

''मतलब बेरोज़गार नहीं हैं ना ?''

"नहीं सर, हैं! क्योंकि बेरोज़गार सिर्फ़ वही नहीं होता जिसके पास कोई काम न हो। बल्कि वह भी बेरोज़गार है, जिसके पास उसकी योग्यता का काम न हो!"

"इसका मतलब यह हुआ कि मैं भी बेरोज़गार हूँ? क्योंकि मैंने एम-एससी. की थी और सोचा था कि थोड़ी और पढ़ाई करके प्रोफ़ेसर बनूँगा। लेकिन यहाँ थाने में झक मार रहा हूँ?" कहते-कहते थानेदार इतनी ज़ोर से ठठाकर हँस पड़े कि उनका कमरा उनकी हँसी से गूँज उठा। थाने के सारे स्टाफ़ का ध्यान भी इन्हीं की ओर था। सारा स्टाफ़ चकित था। उसने पहली बार अपने साहब को, जो अपनी सेमपोस्ट पर इधर ट्रान्सफ़र से मायूस थे और स्टाफ़ उनसे भय खाता था, हँसते हुए देखा था।

"सर, आप मज़ाक कर रहे हैं!" रमेश ने संकोच मिश्रित स्वर में कहा, जिसमें अपनी पराजय की स्वीकृति का भाव भी था। अपनी अदृश्य विजय से थानेदार खुश होकर खुल गये।

"नहीं, मज़ाक नहीं है। मैंने तो भई, आपकी ही बात को आगे बढ़ाया है।...हाँ तो बतलाइये, किस काम से आये हैं आप लोग?"

"सर, मेरा छोटा भाई उमेश पैकरा एस.पी.ओ. बनने के नाम पर इधर आया था। मैं उसको तलाश रहा हूँ।"

थानेदार ने अपने माथे पर तबला-सा बजाकर थोड़ा याद करने की कोशिश की...उमेश पैकरा! फिर एक रजिस्टर खींचकर उसमें दर्ज नामों को उड़ती नज़र से देखा और कहा, "नहीं इस नाम का कोई एस.पी.ओ. हमारे इलाके में नहीं है। आप दन्तेवाड़ा और गीदम के थाने में पता करें, शायद वहाँ हो।"

"और बीजापुर थाने में, सर?"

"हाँ, वहाँ भी पता कर लें। लेकिन एक बात है, सामान्यतः एस.पी.ओ. में स्थानीय युवकों को मौका दिया जाता है, जो इस इलाके का, जंगलों-पहाड़ों का अच्छा जानकार हो। आपका भाई तो उत्तर-बस्तर का है। इस दक्षिण-बस्तर में उसे भर्ती शायद ही मिलेगी। और मिल भी सकती है भई, कार्यकर्ताओं की ज़रूरत तो पड़ती ही है। पता करने में किसी के बाप का क्या बिगड़ता है!" सिन्हाजी फिर हँसे।

"ठीक है सर, थैंक्स! लेकिन एक बात और है, सर। मेरे इस मित्र रग्घू कोर्राम की मंगेतर अपने छोटे भाई के साथ बस में या शायद पैदल पाहुरनार, मुचनार से इधर गंगालूर आने के लिये निकली थी। उसका कहीं पता नहीं चल रहा है, जबकि उसके परिवार का कोई और जीवित नहीं है!...किसी ने बतलाया कि पेद्दा में एक बच्चे की लाश मिली थी, जिसकी शिनाख्त नहीं हो पायी थी और लाश के खराब हो जाने की आशंका के चलते, वहीं दफ़ना दिया गया था! उसके सामानों के कुछ अवशेष आपके थाने में लाये गये थे!...अपने दिल की तसल्ली के लिये क्या हम उन सामानों को देख सकते हैं, सर?"

थानेदार का खुश, खिला चेहरा अचानक हवा निकलते फुग्गे की तरह सिकुड़ता

चला गया। उसने फिर से एक नज़र इन युवकों पर डाली, फिर मुंशी को आवाज़ दी, "...वो पेद्दा की लाश से जो सामान बरामद हुआ है, इन्हें दिखा दो। शायद उसकी शिनाख़्त इन लोगों से हो जाये!"

मुंशी धीरे-धीरे इनके पास आया और अपने पीछे-पीछे चलने का इशारा किया। थाने का एक और कमरा पारकर वे अगले कमरे में पहुँचे, जिसमें नीम अँधेरा था और चारों तरफ़ ज़ब्त किये गये सामानों, गठरियों, धूल खाती फ़ाइलों का अम्बार था। मुंशी ने उस कमरे का चालीस वॉल्ट का इकलौता बल्ब जलाया तो दीवार की खूँटियों में लटकते अप्रचलित, ज़ंग खाये हथियार अपनी बेनूरी पर लज्जित, मुँह छिपाते से लगे कि अब उनका ज़माना नहीं रहा! गठरियों की ढेरियों में से मुंशी ने एक गठरी उठायी और कमरे के दरवाज़े के पास रखे स्टूल पर रख दी, जिस पर बाहर की रोशनी भी पड़ने लगी थी। तभी एक सिपाही भी वहाँ आ पहुँचा और मुंशी का आदेश मिलने पर उसने वह गठरी खोल दी।

गठरी से कुछ कपड़े और प्लास्टिक वाली बंदूक निकली, जिसे छूकर देखते ही रग्घू की आँखों के आगे अँधेरा छा गया। यह सन्ना ही था जो मारा गया था।...सन्ना एक बार फिर अपनी नकली बंदूक से 'फटफट-फटफट' की आवाज़ निकालता उसके सामने जीवन्त हो उठा। उसी की भेंट की इस खिलौना-बंदूक से क्या फ़ौजी जवान घबरा उठे थे! इस बंदूक से सन्ना को कितना मोह रहा होगा, जो माँ-बाप छूटे, घरद्वार छूटा, मगर उसने बंदूक को नहीं छोड़ा था!

"क्यों? पहचान पाये?" मुंशी की आवाज़ से रग्घू की तन्द्रा टूटी। उसने सिर हिलाकर हामी भरी। मुंशी ने उन दोनों को साहब के पास चलने और अपना बयान दर्ज करने के लिये कहा।

थाना प्रभारी मन-ही-मन खुश हुए कि चलो एक की शिनाख़्त पूरी हुई। मगर अभी तो कितने ही मामले पड़े थे। एक सीमा के बाद क्लोज़र रिपोर्ट बनाकर कुछ मामले खत्म भी कर दिये जायेंगे, तो भी इन्द्रावती और तालपेरु के प्रवाह में अभी तो कितनी ही लाशें बहती आयेंगी और कितनी ही लाशें आगे बहा दी जायेंगी!...रग्घू से पूछ-पूछकर मुंशी ने अपने रजिस्टर में प्रविष्टियाँ भरीं। मृतक का नाम, पिता का नाम, उम्र, लिंग, गाँव, कब से गायब था, काम क्या करता था, किसके साथ था, पहचानने वाले का नाम, पता, सम्बन्ध आदि ढेर सारी प्रविष्टियाँ। जब रग्घू मुंशी के पूछने पर जवाब दे रहा था, तब रमेश थानेदार से निवेदन कर रहा था कि सर, मृतक लड़के की बहन, जिसके साथ वह था, गायब है। प्लीज़, उसके लिये एक एफ़आईआर दर्ज कर लें! थाना प्रभारी ने थोड़ी ना-नुकुर के बाद स्वीकृति दे दी। तब एक एफ़आईआर भी इरमा की गुमशुदगी की लिखी गई और उसकी एक प्रति इन्हें दे दी गई।

थानेदार की उपस्थिति में ही मुंशी ने इन दोनों से 'चाय-पानी' के नाम पर पचास रुपये झटक लिये। वहाँ से रुआँसे लौटते रग्घू ने थानेदार से कहा, "सर, इरमा का ज़रा भी पता चले, मुझे इत्तला ज़रूर कीजियेगा। मेरी मंगेतर है, वो सर!"

थानेदार और मुंशी को नमस्कार कर वे दोनों थाने से बाहर निकल गये, तब मुंशी थानेदार के करीब पहुँचकर धीमे स्वर में कुछ बड़बड़ा रहा था।

गंगालूर से मालूर पहुँचकर उन्होंने परिवारवालों के साथ एक बैठक की। हताश रग्घू ने अपनी मंशा बता दी कि वह इरमा का ठीक-ठीक पता करने के बाद ही मालूर से जायेगा! रमेश अब और उसके साथ रुक नहीं सकता था। उसे कल दिल्ली से आये दल के साथ शामिल होना था, इसलिए उसका अभी यहाँ से लौटना ज़रूरी था। शाम होने को थी। मास्टरजी की बाइक इधर से वापसी पर लौटानी भी थी। अत: रग्घू और उसके परिवार से विदा लेकर अकेला रमेश गंगालूर, बीजापुर होते हुए मुख्य सड़क से गीदम दन्तेवाड़ा की ओर चल पड़ा। रास्ते में बीजापुर थाने में उसने उमेश की पड़ताल भी की, मगर निराश ही हुआ।

40

गीदम पहुँचकर रमेश ने एक पल मास्टरजी की बाइक लौटाने का विचार किया, मगर फिर विचार बदल लिया। रात के आठ बज रहे थे और उसे बारह किलोमीटर दूर दन्तेवाड़ा भी जाना था। फिर मास्टरजी ने खुद ही कहा था, ''बाइक लौटाने की जल्दी मत करना!''...मास्टरजी की दरियादिली को उसने मन-ही-मन नमन किया और बाइक दन्तेवाड़ा की सड़क पर दौड़ा दी। दन्तेवाड़ा पहुँचते उसे आधा घंटा लग गया।

वहाँ पहुँचकर उसने दो-तीन लोगों से भीमा उरांव की दुकान का पता किया, मगर कोई बता नहीं पाया। एक तो वह दुकान ज़्यादा पुरानी नहीं थी, दूसरे वह एकदम साधारण थी और भीमा उरांव नाम से किसी को कुछ मतलब भी नहीं था। उसने बाज़ार की सड़कों के दो-तीन चक्कर मारे। दुकानों के साइनबोर्ड पढ़े, फिर बाइक एक जगह खड़ी कर पैदल पतासाजी को निकला। उसे किंचित् आश्चर्य हुआ, बस्तर अंदर दहक रहा था और इस शहर पर, खास कर मध्यमवर्गीय जीवन पर उसका कुछ भी असर दिखायी नहीं दे रहा था। सत्ताभक्ति की चाशनी चाटती लोकल-पत्रकारिता अपने शबाब पर थी। उसे सब अच्छा-अच्छा ही दिखायी दे रहा था। हालाँकि इनमें दो-एक मानवीय गुणों से लैस पत्रकार भी थे, जिनकी रिपोर्टिंग ने दिल्ली और अन्तर्राष्ट्रीय मीडिया के कान खड़े कर दिये थे। मगर यहाँ शहर का जीवन अपनी रूटीन में चल रहा था। रोज़ कभी आदिवासी, कभी एस.पी.ओ., कभी पुलिसकर्मी, कभी नक्सली के मारे जाने की खबर आती और ऐसे भुला दी जाती, गोया कार के नीचे कोई मेंढक आ गया हो! तीज-त्योहार अपने समय पर आते और पूरे उत्साह से मनाये जा रहे थे। शादी-ब्याह अपने बैंड-बाजों, अतिथि-सत्कारों और बारातियों के नागिन डांसों से गुलज़ार थे। शहरी बाज़ार, बैंक, स्कूल, दुकानें अपने समय पर खुलतीं और बंद होती थीं। शहरी रसिकबाज़ अपने रसपान के नये-नये अवसर और स्थल ईजाद कर रहे थे। प्यार करनेवाले अपने प्यार के पौधे को पानी दे रहे थे।

रमेश हताश हुआ जा रहा था कि अचानक उसकी नज़र सड़क किनारे की स्ट्रीट

लाइट की मध्यम रोशनी में एक छोटी पुलिया पर अकेले बैठे, पचहत्तर वर्षीय एक बुज़ुर्ग पर गयी। वह उत्साहित, पतासाजी के लिये उसकी तरफ़ बढ़ा। बुज़ुर्ग अपने-आप बड़बड़ा रहा था। किसी को अपने करीब पाकर उसका स्वर और तेज़ हो गया।... "बाहर से आयी एक लड़की के लिये घर का नाती कहता है कि दादा पादना मत! लगे तो बाहर जाकर पादना, शोभा नहीं देता!...अच्छा तमाशा है! हम पादने के लिए बाहर जायें, दूसरों के घर, मैदान में जायें, ये शोभा देगा क्या?...और वह लड़की, ज़रा मेरे सामने तो बुला, मैं उसी से पूछता हूँ, क्या उसे पाद नहीं आती? क्या इसके लिये वह बाहर जाती है, दूसरों के घर?"

हुआ यह था कि बुज़ुर्ग गुप्ताजी का बेटा और बहू कपड़े की दुकान चलाते थे और दोनों ही दुकान गये थे। इकलौता पोता कॉलेज में पढ़ता था, जिसकी अभी परीक्षा चल रही थी। शाम को परीक्षा से लौट पोता अपने कॉलेज की गर्लफ्रेंड को अपना घर दिखाने लाया। घर पर दादा अकेला था। अपने दादा के वक्त-बेवक्त के पाद-हुँकार से वह परिचित था। पुराणपंथी दादा पहले से ही पोते से ख़फ़ा था कि पोता किसी अकेली लड़की को लेकर घूम रहा है, जबकि अभी उसकी परीक्षाएँ भी चल रही हैं। उस पर इस पाद-प्रतिबंधित निवेदन ने और आग लगा दी थी। दादा के गुस्से से घबराकर पोता अपनी गर्लफ्रेंड के साथ भाग खड़ा हुआ। दादा अब घर से निकलकर इस पुलिया पर बैठा अपने संवादों की जुगाली कर रहा था। रमेश ने इस महानुभाव से कुछ पूछकर उसका समय नष्ट करना ठीक नहीं समझा। वह दूसरी तरफ़ मुड़ गया।

एक आधा शटर गिरी दुकान पर उसकी नज़र गयी। दुकान पर कोई साइनबोर्ड नहीं था, बाहर एक साइकिल खड़ी थी। दुकान के अंदर की लाइट बंद कर एक व्यक्ति आधे झुके शटर से बाहर निकला। फिर उसने पूरा शटर बंद किया और उसमें ताला ही लगा रहा था कि रमेश उस व्यक्ति के पास जा पहुँचा। रमेश को पक्का भरोसा हुआ कि यही वह व्यक्ति है, जिसकी उसको तलाश थी। रमेश ने उसे 'गुड ईवनिंग अंकल!' कहा तो उस व्यक्ति ने पलटकर इसे देखा। वह इसे पहचान नहीं पाया। इसके पहले कि बमुश्किल मिले 'अंकल' कुछ पूछते, रमेश ने अपना परिचय दे दिया और पूछा, "अंकल, उमेश आपके पास आया था क्या?"

"हाँ, सन वह आया था। दो दिन मेरे पास रुका भी फिर एक दिन यह बताने आया कि भैरमगढ़ में उसे जॉब मिल गई है, सरकारी है बोला। क्या सरकारी है? मैंने पूछा तो उसने कुछ बताया तो था, मगर मैं समझ नहीं पाया। वह जल्दी में था। उसके बाद से वह फिर नहीं आया।...भाभी कैसी हैं, सन?"

"ठीक हैं, अंकल! आप लोगों को याद करती हैं। उमेश की चिंता ही उन्हें ज़्यादा खाये जा रही थी, चलो उसका थोड़ा पता तो चला। मैं कल अपने दन्तेवाड़ा के काम के बाद उससे मिलूँगा।"

अपनी दुकान बंदकर और साइकिल की सीट पर हाथ देकर खड़े भीमा उरांव ने उससे पूछा, "अभी कहीं रुके हो क्या?"

"मैं अपने एक दोस्त के साथ गंगालूर गया था। वहीं से लौट रहा हूँ।"

"तो फिर चलो, घर पास ही है। रात आराम कर, दिन को अपना काम देखना। अभी अपनी आँटी और सुनंदा बेटी से भी मिल लेना!"

"अच्छी बात है, अंकल। मगर मुझे अभी एक टेलीफ़ोन करना है। यहाँ एसटीडी बूथ किधर है?"

अंकल ने उसी मेन रोड पर एक दुकान की ओर इशारा किया, तो रमेश उस ओर पैदल बढ़ गया। उसकी बाइक भी उधर ही कहीं खड़ी थी। एक किराना स्टोरवाला एसटीडी भी चलाता था। रमेश ने सम्पादक से बात की। उनसे पता चला कि एनजीओ का वह दल चार दिनों से इस इलाके में है। आज रात के लिये वह जगदलपुर के गेस्ट हाउस में रुका है और कल सुबह ठीक ग्यारह बजे मासा कोर्राम के निवास पर पहुँचेगा। दिल्ली के उस दल में दो मानवाधिकार कार्यकर्ता, एक रिटायर्ड उच्च अधिकारी, दो दिल्ली के अखबारनवीस, जिनमें एक महिला भी थी, शामिल थे। सम्पादक शर्मा जी ने उसे यह भी बताया कि रिटायर्ड उच्चाधिकारी ही उस दल का नेतृत्व कर रहे हैं, और वही अधिकारी बनर्जी साहब, शर्मा जी के मित्र भी हैं, जिन्हें शर्मा जी ने रमेश का परिचय दे दिया है।

रमेश जब वापस साइकिल की दुकान के पास बाइक से पहुँचा तो भीमा उरांव को अपनी साइकिल की सीट पर दोनों कोहनी टिकाये—शायद ऐसा करने से उन्हें अपनी दिन भर की थकान से राहत महसूस हो रही थी—उसी की प्रतीक्षा करते पाया।

"तो चलें अब?" उरांव जी ने पूछा। "तुम्हारे पास तो बाइक है, ऐसा करते हैं, मैं अपनी साइकिल यहीं दुकान में छोड़ देता हूँ।" रमेश ने हामी भरी तो उन्होंने दुकान का शटर फिर खोला, साइकिल अंदर की, शटर फिर बंद किया, ताला लगाया और रमेश की चालू बाइक में पीछे आकर बैठ गये। बाइक मेन रोड पर थोड़ा चलकर एक गली में बढ़ा दी गई। इस ओर नयी बसाहट, नयी बस्ती का एहसास हुआ, जिसका पता मेन रोड से नहीं चलता था।

भीमा उरांव का घर कच्ची ईंटों का था, जिसमें दो छोटे-छोटे कमरे और एक बरामदा था। मगर इस मोहल्ले में तो ज़्यादातर मकान इसी तरह के थे। लगता था, इधर सबकी माली हालत एक जैसी थी। किसी ने मकान की बाहरी दीवार पर प्लास्टर चढ़ाने की ज़हमत नहीं उठायी थी। ऐसा शायद इसलिए भी होगा, क्योंकि इधर की ज़मीन अस्थायी पट्टेवाली थी, पक्की रजिस्ट्री के कागज़ात किसी के पास नहीं थे। स्थानीय प्रशासन की मेहरबानी कब गाज बन कर गिर जाये, कहा नहीं जा सकता था। इसलिए इस नयी बस्ती के लोग स्थानीय प्रशासन के अलावा छुटभैये नेताओं, पार्षदों की जी-हुज़ूरी में कोई कमी नहीं आने देते थे।

मकान का दरवाज़ा खुला हुआ ही था। घरवालों को पता था कि अब उनके (भीमा उरांव के) आने का वक्त हो गया है, और वे आ ही रहे होंगे! बरामदे में

पहुँचते ही भीमा ने अपनी पत्नी और बेटी का उससे परिचय कराया। घर में बिजली कनेक्शन नहीं था। बरामदे में लालटेन और एक कमरे में ढिबरी जल रही थी। धीमी रोशनी में रमेश ने हाथ जोड़कर और 'गुड ईवनिंग' कहकर उनका अभिवादन किया। पाँव छूने-छुआने की परम्परा ईसाई समाज में बहुत ही कम थी। शहर में (दन्तेवाड़ा भी एक शहर ही था, भले यह अभी अंगड़ाई लेकर जागता-सा खड़ा हो रहा था) चर्च की परम्परा और अंग्रेज़ी भाषा के प्रति अतिसम्मान के भाव ने इस धर्मांतरित समाज को अंग्रेज़ों जैसे सम्बोधन, स्वागत, विदाई, बधाई के लघु मुहावरे का आदी-सा बना दिया था। हालाँकि वे गाँव जहाँ इस समाज के और भी नये-नये 'विश्वासी' थे, अभी इन मुहावरों के प्रयोग से दूर थे।

"जब तुम पन्द्रह साल के थे, तभी तुम्हें कांकेर में देखा था। अब तो तुम पूरे बदल गये हो! तब हम तोकापाल में रहते थे। तुम्हारे अंकल तब तुम्हारे परिवार से मिलाने ले गये थे।...तुम्हारी मदर से एक बार और मिलने की इच्छा है, कैसी हैं अभी वो?" आँटी ने पूछा। वह खाट पर शुरू से बैठी थीं और रमेश ने उन्हें एक बार भी खड़े नहीं देखा था। उसे बाद में पता चला कि उनकी एक टाँग पुरानी किसी चोट की वजह से अब भी दुखती थी और वह नये आगन्तुकों के सामने यक-ब-यक खड़े होकर अपने लँगड़ाने के प्रदर्शन से बचती थीं।

"ठीक हैं आँटी!" रमेश ने संक्षिप्त-सा जवाब दिया और सुनंदा से, जिसने उसके बैठने के लिये एक प्लास्टिक की कुर्सी ला रखी थी और उसे घूरे जा रही थी, पूछा, "अभी क्या कर रही हैं, सुनंदा आप?"

"मैट्रिक किया है इस साल, ब्रदर!" सुनंदा चौंक कर बोली, गोया उसकी कोई चोरी पकड़ी गई हो। एक शर्मीली मुस्कान उसके चेहरे पर खिल गयी।

जब ये लोग बातचीत कर रहे थे, भीमा बरामदे के बाहर टाटपट्टी की दीवारों से बने बाथरूम में पत्थर पर ऊपरी कपड़े उतारकर खड़े-खड़े साबुन से हाथ-पैर और चेहरा साफ़ कर रहे थे। यह उनका रोज़ का काम था। साइकिल की दुकान का काम ऐसा था कि हाथ-पैरों के अलावा कपड़ों पर भी ग्रीस, ऑयल और मेन रोड की धूल बार-बार लग ही जाती थी। फिर इधर कुछ महीनों से वह मोटरसाइकिल, स्कूटर और स्कूटी की छोटी-मोटी मरम्मत और हवा भरने का काम भी करने लगे थे। हवा भरने के हैंडपम्प को चलाते उनका दम फूल जाता था। बुढ़ापा तो आ ही गया था, मगर परिवार के इस इकलौते कमाऊ को मरते दम तक यही करते रहने के अलावा फ़िलहाल कोई और रास्ता दिखता नहीं था। सुनंदा अभी छोटी थी, और एक दिन शादी करके उसे इस परिवार से चले भी जाना था...अगर सब ठीक रहा तो!...अभी तो बहुत कुछ ठीक नहीं था!

"सुनंदा, तौलिया लाना!" बाथरूम से भीमा की पुकार उठी। सुनंदा दौड़कर उन्हें एक कपड़ा देने चली गयी और तुरंत लौटते हुए रोटी बनाने बैठ गयी। आटा पहले से गुँथा हुआ था। आलू-बैंगन की सब्ज़ी तैयार थी। तभी आँटी यक-ब-यक घुटनों

पर हाथ रखे उठ खड़ी हुईं और लँगड़ातीं, डगमगातीं (फलों की पैकिंग की लकड़ियों के पट्टों को जोड़ कर बनायी गई) मेज़ को खींचकर रमेश की कुर्सी और खाट के बीच रख दिया। भीमा के कमरे में आने और आँटी के कहने पर रमेश भी बाथरूम में हाथ-पैर धोने चला गया। शीघ्र लौट भी आया। उसे ज़ोरों की भूख लगी थी और वह नहीं चाहता था कि उसके कारण भोजन में कोई देरी हो!

भीमा आकर खाट पर बैठ गये और कुर्सी पर रमेश। सुनंदा द्वारा किचन में तैयार रोटी और सब्ज़ी की थालियाँ लेकर आँटी उनके सामने की मेज़ पर रख अपने पति के पास खाट पर बैठ गईं। ''खाओ सन!'' उन्होंने रमेश से कहा, ''तुम्हारे छोटे ब्रदर को देखा, बिलकुल तुम्हारी तरह ही दिखता है। कोई कह नहीं सकता कि दोनों अलग-अलग कोख के जाये हैं!'' रमेश सिर झुकाये, सिर्फ़ मुस्कुराया। वह जल्दी-जल्दी खाना चाहता था, मगर अंकल से पहले अपनी थाली से रोटी खत्म दिखाने में उसे संकोच हुआ, इसलिए उसे बीच-बीच में बात करने की सूझी। आँटी से, जो उठ-उठकर, लँगड़ा-लँगड़ाकर, गरम-गरम रोटियाँ इनकी थालियों में लाकर डाल रही थीं, उसने पूछा, ''आँटी, आपके पैर में कोई चोट लगी है? अभी हाल की है क्या?''

''तोकापाल की निशानी है, सन!'' भीमा उरांव ने रोटी से ठूँसे मुँह से झट कहा और अपना सिर भी रमेश की ओर पीछे घुमाकर दिखाने की कोशिश की, जिसमें एक जगह बाल नदारद थे और वहाँ एक रुपये के सिक्के जितनी खाली गोल जगह धीमी रोशनी में भी दिखने लगी थी, ''एक मेरे पास भी है देखो!''

रमेश के कुछ पल्ले नहीं पड़ा। उसने आँटी और अंकल की ओर प्रश्नवाचक नज़र डाली। आँटी बोलीं, ''क्या बतलायें, सन! आज पाँच साल हो रहे हैं, जब हम तोकापाल से भागकर यहाँ आये थे।...किसी तरह ज़िन्दा हैं यही बहुत है! वहाँ और रुकते तो मार ही डाले गये होते!''

रमेश के अब भी कुछ पल्ले नहीं पड़ा, जो उसकी उत्सुक नज़रों से पता चल रहा था। उसे समझ नहीं आ रहा था कि इस अरण्य में नक्सलियों, सुरक्षाबलों, सरकारी महकमे के अलावा भी कोई और भयभीत करने वाली चीज़ आ गई है क्या?

''तोकापाल पंचायत के एक गाँव मडिस में हमारा जीवन ठीक-ठाक ही चल रहा था, सन!'' खानेवाले दोनों लोगों के न-न कहने पर भी उनकी थाली में एक-एक और रोटी परोस देने के बाद निश्चिंत हो बैठते हुए आँटी बोलीं, ''वहाँ दो एकड़ ज़मीन भी थी और साइकिल की इनकी दुकान तो थी ही। हम इतने में ही खुश थे, मगर धीरे-धीरे हमारा धर्म उन लोगों को, जो बाहर से आकर नये-नये बस रहे थे और उन आदिवासियों को भी, जिन्होंने उनके सम्पर्क में अपने को 'हिन्दू' बना लिया था, अखरने लगा।...हम लोग भी तो आदिवासी ही हैं, मगर उन लोगों और हम लोगों में यही फ़र्क था कि वो हिन्दू बन गये और हम ईसाई। उनका बहुमत था और वे हमारे लिए नयी-नयी बाधाएँ खड़ी करते जा रहे थे।''

भीमा ने रमेश के ज़रा पहले अपना खाना खत्म किया और थाली में ही हाथ धो

लिए। फिर अपनी कमीज़ की जेब से बीड़ी निकालकर सुलगा ली और अपनी पत्नी की बात को आगे बढ़ाते हुए बोले, ''हम लोग गाँव में गिनती के पन्द्रह ईसाई परिवार थे। जॉन मसीह हमारा पैस्टर था। उसके घर से लगे कच्चे मकान में हमारी प्रार्थना-सभा होती थी। उसे ही हम चर्च मानकर चल रहे थे, हालाँकि पक्के चर्च भवन के लिये हम हर साल चंदा भी जमा करते जा रहे थे। फिर एक दिन जॉन मसीह ने एक एप्लीकेशन पक्की चर्च-बिल्डिंग बनाने के लिए लिखी और तोकापाल पंचायत से अनुमति भी ले ली। मगर जब यह बात हमारे गाँव के गैर-ईसाइयों को पता चली तो वे अड़ गये। मैंने अपनी थोड़ी-सी ज़मीन, जिसके सभी ज़रूरी कागज़ात मेरे पास थे, चर्च की बिल्डिंग के लिए दान कर दी थी। जॉन मसीह ने वहाँ नींव खुदवाना शुरू कर दिया। एक दिन गाँववाले दल-बल के साथ आये। काम रुकवा दिया। खुदाई के औज़ार ज़ब्त कर लिये। मज़दूरों को पीटकर भगा दिया। चेतावनी दी कि इस गाँव में कोई चर्च-वर्च नहीं बनेगा। अपनी सलामती चाहते हो तो चर्च का सपना भूल जाओ!''

''और कब्रिस्तान के बारे में बतलाओ ना!'' आँटी ने जूठी थालियाँ उठाकर ले जाते हुए भीमा को याद दिलाया। रमेश उनकी बात ध्यान से सुन रहा था। अंकल ने बोलना जारी रखा।

''बामन कवासी उस गाँव का ही एक ईसाई-विश्वासी था। उसके परिवार में उसकी बूढ़ी दादी की मौत हो गई। जब हम ताबूत में उसे उठा, दफ़नाने श्मशान की ओर गये तो हमें गाँववालों ने रोक लिया। बोले, 'इस श्मशान में मृतक को सिर्फ़ जलाया जाता है! हम दफ़नाने नहीं देंगे!'...पैस्टर मसीह ने पहले ही ईसाई समुदाय के लिये बड़े अधिकारियों को अलग से कब्रिस्तान की ज़मीन की एप्लीकेशन दे रखी थी, मगर दो साल हो गये थे, उस पर कोई ध्यान नहीं दिया गया था। उस विरोध के चलते बामन कवासी की दादी को बामन के खेत में ही दफ़न करना पड़ा।

''फिर एक दिन जगदलपुर से हुड़दंगियों का एक गरम मिज़ाजी दल आया। गाँव में बैठक बुलायी गयी। हम सभी ईसाइयों को भी बुलवाया गया। फ़रमान सुनाया कि सभी ईसाइयों को वापस हिन्दू धर्म में आना होगा, वरना खैर नहीं!

''पैस्टर मसीह ने मुँह खोलने का साहस किया—लेकिन हम लोग कभी हिन्दू रहे ही नहीं! आदिवासी थे, फिर ईसाई हो गये। वापसी कैसी?...हुड़दंगियों के नेता ने पैस्टर के गाल पर एक चाँटा जड़ दिया। मादर...जब हम कह रहे हैं कि वापस आओ तो आना है। ज़्यादा दिमाग चलाओगे तो ज़बान काट लेंगे!

''और इस तरह धीरे-धीरे हम ईसाइयों पर और सख्ती बढ़ती गई। पहले हमारे समाज में होने वाले कार्यक्रमों...शादी, क्रिसमस, छट्ठी, मौत आदि में गाँववाले आते थे, फिर आना बंद कर दिया। हम दुखी थे और परेशान भी। फिर एक बार वे लोग देवगुड़ी का चंदा लेने आये। प्रत्येक परिवार से सौ रुपया। हमने कहा—हम चंदा देंगे, मगर आप लोगों को भी लिखकर देना होगा कि हमारे कार्यक्रमों में भी आप लोग आयेंगे और अपने कार्यक्रमों में हम लोगों को बुलवायेंगे! उन्होंने हमसे चंदा तो ले

लिया, मगर हमारा बहिष्कार बदस्तूर जारी रहा।

''पैस्टर मसीह ने जब देखा कि हर तरह से हमारी आज़ादी छीनी जा रही है, तो उसने ईसाइयों की मीटिंग बुलवायी। तय किया गया कि हम लोग खुद अपने हाथों से श्रमदान कर, अपने चर्च का निर्माण करेंगे। दूसरे दिन ही तोकापाल से ईंट, सीमेंट, छड़ मँगवायी गईं। तीसरे दिन पूरा ईसाई समाज चर्च की ईंटें जोड़ने में लग गया।... नौजवानी में मैंने राजमिस्त्री का काम किया था और ये काम ऐसा है कि कोई एक बार सीख ले तो फिर कभी भूलता नहीं, जैसे साइकिल चला चुका आदमी फिर कभी साइकिल चलाना भूल नहीं सकता!...हालाँकि बाद में मैंने राजमिस्त्री का काम छोड़ दिया था, क्योंकि काम में स्थायित्व नहीं था। काम के लिये कभी तोकापाल, कभी किसी गाँव, कभी किसी और गाँव, काम ढूँढ़ते फिरते रहना पड़ता था।''

''फिर क्या हुआ चर्च का, अंकल?'' रमेश पूरी कथा सुनने को और उत्सुक हो उठा था। अंकल को कोई जल्दी नहीं थी। अंकल ने पुरानी बीड़ी जो तीन चौथायी जल चुकी थी, बुझाकर बरामदे के बाहर फेंक दी और दूसरी सुलगा ली। आँटी और सुनंदा किचन की ज़मीन पर ही चटाई बिछा कर खाने बैठ गई थीं। आँटी को ज़मीन पर बैठने में थोड़ी तकलीफ़ तो होती थी, मगर उन्होंने अपने दुखते एक पाँव को ज़मीन पर लम्बा तान रखा था, जो उनके लिये सुविधाजनक था। उन दोनों का हाथ और मुँह खाने में लगा था, किन्तु कान और ध्यान अंकल की बातों में। ऐसी कहानियाँ जिनके हम भी पात्र रहे हों, को सुनने-सुनाने में कभी बोरियत महसूस नहीं होती। इन कहानियों की ताज़गी का कभी क्षरण नहीं होता, जैसे महाकाव्यों की दन्तकथाओं का! अंकल ने आगे कहना शुरू किया—

''चर्च का सारा खर्च तो हम ही उठा रहे थे, मगर वो क्या कहते हैं ना...तेली का तेल जले, मशालची का दिल जले! तो कई दिलजले गाँववाले हमारा काम रुकवाने के लिये फिर आ गये। हमने अब उनकी बात नहीं सुनी। काम चालू रखा। तीन-चार दिन की मेहनत से चर्च ने ज़मीन के बाहर चार-पाँच फ़ीट सिर उठा ही लिया था और हम लोग भी जोश से भरे सभी औरत-आदमी काम पर लगे थे। अचानक अगले दिन दोपहर को गाँववालों ने एसडीएम साहब को बुला लिया। उनके साथ पुलिसवाले भी थे। शिकायत की गई थी कि हम लोग अतिक्रमण कर और बिना उचित अनुमति के चर्च बना रहे हैं!...हमारे पैस्टर को पहले ही इन सम्भावनाओं की आशंका थी, इसलिए उसने सारे कागज़ात पहले ही तैयार कर रखे थे। उसने एसडीएम साहब को सब कागज़ात दिखाये। तब एसडीएम साहब ने गाँववालों को समझाया कि कोई अतिक्रमण नहीं है और इन लोगों ने अनुमति भी ले रखी है। इसलिए आप लोगों की शिकायत गलत है। इन्हें चर्च का निर्माण करने से नहीं रोका जा सकता!...एसडीएम साहब और पुलिस चली गयी, मगर फिर गाँववालों ने हमें अपना पक्का दुश्मन मान लिया।

''चूँकि, गाँव के श्मशान में हमारे समाज के मृतक के लिये जगह मिलनी बंद हो गई थी और शासन से अलग कब्रिस्तान वाली एप्लीकेशन सरकारी महकमे में

जानबूझ कर कहीं अटका दी गयी थी, हमने नाले के किनारे की सरकारी पड़ती ज़मीन को थोड़ा-सा घेर कर अपना कब्रिस्तान बना लिया। वहाँ चार फ़ीट कच्ची दीवार भी उठा ली। एक दिन सुबह पता चला, गाँव के कुछ शरारती लोगों ने कब्रिस्तान की पूरी दीवार रातों-रात ढहा दी है!

''फिर तुम्हारी आँटी...इस पर जादू-टोना करने का आरोप लगाया जाने लगा। एक रात को कुछ लोग, कपड़े से अपने मुँह को ढँके हमारे घर में घुस आये। तुम्हारी आँटी को लात मारी, बाल नोचे। मैं सुनंदा को एक कमरे में बंद कर इसे (आँटी को) बचाने गया तो मेरे सिर पर एक डंडा आ लगा। तब यह (आँटी) मुझे बचाने दौड़ी तो इसकी टांग पर एक डंडा उन्होंने दे मारा। फिर वे भाग गये।

''समाज के कुछ लोगों ने हम लोगों को तोकापाल के अस्पताल में भर्ती करवाया। दो दिनों बाद मैंने थाने में एफआईआर दर्ज करवानी चाही तो थाने के मुंशी ने मुझे डराया और समझाइश दी कि गनीमत थी जो बच गये। गाँव अब भूलकर भी लौटना मत!...जब रक्षकों ने ही हथियार डाल दिये थे और अब उस पानी में रहना, जहाँ मगरमच्छों से अनचाहे ही सही बैर हो गया था, हम फिर लौटकर कभी नहीं गये। इस दन्तेवाड़ा के एक रिश्तेदार की मदद से गाँव के घर और दुकान का सारा सामान एक मेटाडोर मँगाकर और किराये की यहाँ दुकान लेकर किसी तरह हम जी रहे हैं!''

''और जानते हो, सन!'' अंकल की बात खत्म होते ही आँटी, जो जल्दी खाना खाकर अंकल के पास खाट पर आ बैठी थीं, बोलीं, ''बाद में सुना, शहर के झंडाबरदार हुड़दंगियों की मदद से गाँववालों ने हमारे आधे-अधूरे चर्च को बुल्डोज़र बुला के गिरा दिया। गाँव के और भी कुछ ईसाई परिवार यहाँ-वहाँ चले गये। यह भी सुना है, पैस्टर मसीह अब भी वहीं गाँव में हैं और उन पर इतने सारे मामले दर्ज कर दिये गये हैं कि वह बेचारा कहीं भाग भी नहीं सकता। कहते हैं, हर महीने में कम-से-कम दो बार वह जगदलपुर की कचहरी में ज़रूर जाता है, अपनी हाज़िरी देने, अपने निर्दोष होने का केस लड़ने।...हे प्रभु, उस पैस्टर की मदद कर, आख़िर वह तेरा अनुयायी है!''

~

सुनंदा जब सब लोगों के सोने के लिये स्थान तय कर बिस्तर लगा रही थी, तब आँटी अपनी टाँग के चोटिल हिस्से को दबाकर सारा दर्द एक साथ बाहर निकालने की कोशिश कर रही थीं और अंकल अपने सिर के चंदेले हिस्से पर उँगली फेर रहे थे, जिसमें फिर कभी बाल नहीं उगने वाले थे।

41

सुबह दस बजे तक नहा-धोकर, नाश्ता कर रमेश तैयार हो गया था। उसने मासा कोर्राम की हवेली देखी नहीं थी, इसलिए भीमा उरांव को बाइक पर बिठाकर वह उस

हवेली का मुआयना कर आया और भीमा उरांव को उनकी दुकान में छोड़, यह कहकर अलग हुआ, ''अभी थोड़ा समय है अंकल, मैं उजाले में इस शहर का एक चक्कर मार कर इसे अच्छे से देख लेना चाहता हूँ। तब तक ग्यारह बज जायेंगे। इधर का काम हो जाने पर वापस आपसे मिलूँगा।''

भीमा उरांव ने बाइक से उतरकर अपनी कमर सीधी करते हुए कहा, ''ठीक है, मगर याद रहे, दोपहर का भोजन यहीं घर पर करना है। यहीं दुकान पर आना और साथ घर चलेंगे।''

रमेश ने बड़ी रफ़्तार से फैलते अरण्य के इस शहर का मुआयना किया, जो बड़ी जल्दी में अरण्य से अपने सम्बन्धों से पीछा छुड़ाकर आधुनिक बनने को बेताब लगता था। फिर दस मिनट पहले ही वह मासा कोर्राम की हवेली के एक किनारे बाइक खड़ी कर दिल्लीवाले दल का इंतज़ार करने लगा। मासा कोर्राम की भारी-भरकम और मोटी दीवारों वाली हवेली देखकर वह चकित था। एक आदिवासी नेता ने बहुत तरक्की कर ली थी। हालाँकि वह आदिवासी ज़मींदार परिवार से ही आता था और उसकी अन्य जगहों पर भी ऐसी अनेक कोठियाँ थीं, मगर बस्तर में तो ऐसे ज़मींदार परिवार के लोग कई थे, जो तरक्की की जगह धीरे-धीरे ज़मींदोज हुए जा रहे थे।

मासा कोर्राम की हवेली से बीच-बीच में कोई पार्टी कार्यकर्ता या उनके सेवकगण निकल कर बड़े दरवाज़े से बाहर झाँक लिया करते थे। एक सेवक के हाथ में मोबाइल था और वह बात करता हुआ किसी को कुछ समझा रहा था। रमेश को लगा, दिल्लीवाला दल आस-पास पहुँच चुका है, और हवेली से उनको रास्ता निर्देशित किया जा रहा है। रमेश ने मन-ही-मन अपने लिए मोबाइल की कामना की। अगर उसके पास भी यह होता तो उसे अलग-अलग एसटीडी बूथों के चक्कर लगाने नहीं पड़ते! मगर अभी मोबाइल आम लोगों की पहुँच से बहुत दूर था।

अचानक दो सफ़ेद कारें मासा की हवेली के सामने आ खड़ी हुईं और उनमें बैठे लोग नीचे उतरने लगे। उसके सम्पादक के बतलाये लक्षणों—सफ़ेद छोटे-छोटे बाल, बुज़ुर्ग किन्तु स्मॉर्ट व्यक्ति, चेहरे पर स्थायी महीन मुस्कान, फुल पैंट, कमीज़, कन्धे पर लटकता कपड़े का थैला—के हिसाब से वह उन लोगों का मिलान करने लगा। फिर अचानक वह एक व्यक्ति के सामने खड़ा हो गया। ''सर, गुड मॉर्निंग सर! आप बनर्जी सर हैं?...मैं रमेश पैकरा, मुझे एडिटर शर्माजी ने आपसे इस हवेली में मिलने के लिये कहा था!''

''हाँ-हाँ, मैं ही हूँ!'' बनर्जी सर मुस्कुराये, ''आप रमेश पैकरा जी? ठीक है, आप भी चलिये हमारे साथ।...शर्माजी कभी दिल्ली आते हैं तो उनसे मुलाकात हो जाती है, इधर दो साल हो गये, वे दिल्ली आये ही नहीं।...कैसा स्वास्थ्य है उनका?''

''ठीक है सर!'' रमेश ने सकुचाते हुए कहा। बनर्जी सर ने वहीं कारों के पास अपनी टीम के लोगों से उसका परिचय कराया। रमेश ने सभी पुरुष सदस्यों से हाथ मिलाया और महिला सदस्य के सम्मान में हाथ जोड़ लिये। मगर उस इकलौती प्रौढ़

महिला ने खुद अपना हाथ उसकी तरफ़ बढ़ा दिया। रमेश ने उससे भी हाथ मिलाया। इन लोगों की सहजता और अनौपचारिकता ने रमेश को प्रभावित किया। उसकी झिझक मिट गयी।...कितने बड़े-बड़े लोग हैं, मगर कितने सरल, कितने विद्वान और इंसानियत से लबरेज़! ये सभी इस अरण्य में मची 'महाभारत' की टोह लेने निकले हैं! इनका साथ कुछ समय के लिये ही सही, पाकर उसने अपने आपको धन्य महसूस किया!

हवेली के दरवाज़े से इस टीम को लेने दो लोग बाहर आये, मासा का एक राजनीतिक कार्यकर्ता और उसका बड़ा बेटा, दोनों ही गुपचुप तरीके से मासा की राजनीति सीख रहे थे। मासा कोर्राम हवेली से बाहर नहीं निकला था। हवेली के अंदर कुछ कमरे छोड़कर एक बड़े से सुविधा-सम्पन्न हॉलनुमा कमरे में इस टीम को ले जाया गया। एक ऊँचे और गद्दों से मोटे लग रहे दीवान पर कुछ अखबारों की रिपोर्टिंग देखता मासा बैठा था। उसके पीछे गावतकिया भी रखा था, मगर मासा दीवान के किनारे पाँव लटकाये था। दीवान के सामने दो सोफ़ासेट और कुछ महँगी कुर्सियाँ लगी थीं। एक और आदमी पहले से वहाँ एक कुर्सी पर बैठा था और बीच-बीच में उठकर मासा को किसी समाचार के बारे में कुछ बतला रहा था। इस टीम के पहुँचने पर मासा ने उस आदमी को 'बाद में देखेंगे' कहकर विदा किया और दीवान से उठकर सभी को हाथ जोड़कर नमस्कार किया। आगन्तुकों को सोफ़े पर बैठने का इशारा किया और खुद वापस अपने दीवान पर पाँव लटकाकर बैठ गया। मासा नाटा था और ऊँचे दीवान पर बैठ जाने पर उसके पाँव मुश्किल से फ़र्श को छू पाते थे, वह भी तब जब वह अपने पैरों की उँगलियों को सीधा तानकर फ़र्श को छूने की कोशिश करता था। ऐसा शायद इसलिए भी कि उसे अपनी ज़मीन के छूटते जाने का शक था!

बनर्जी जी ने अपनी टीम के लोगों का मासा से परिचय करवाना चाहा तो, मासा ने उन्हें रोक दिया। बोला, "परिचय की आवश्यकता नहीं, सामान्यतः मैं आप लोगों को जानता हूँ। आप लोग तीन-चार दिनों से बस्तर की 'परिक्रमा' कर रहे हैं, खबर है मुझे! मैंने आप लोगों के लिये बारह बजे तक का समय, यानी एक घंटे का समय सुरक्षित रखा है। ठीक बारह बजे मुझे बैलाडीला के लिये निकलना है! डेढ़ बजे मेरी वहाँ मीटिंग है, ठीक है!"

मासा ने सीधे-सीधे अपना टाइम-टेबल आगन्तुकों को समझा कर, अपने समय के कीमती होने का आभास करा दिया था। रमेश को मासा का यह टोन अच्छा नहीं लगा, मगर वह कुछ कर नहीं सकता था। वह इस टीम का अतिरिक्त खिलाड़ी था, जिसे बोलना-पूछना कम और सुनना-गुनना अधिक था। उसे थोड़ा डर भी लगा, क्या पता मासा कोर्राम की नज़र उसकी गतिविधियों पर भी हो और वह उसे जान भी रहा हो!

"कोर्राम जी, कृपया सलवा जुडूम के बारे में बतलाइये?" बनर्जी सर ने पूछा। वह नहीं चाहते थे कि मासा से अतिरिक्त समय लिया जाये।

"सलवा जुडूम...हमारी गोंडी बोली के शब्द हैं। आप लोग नहीं जानते। इसका

अर्थ होता है 'शान्ति अभियान'। आप इसे जनजागरण भी कह सकते हैं। और ये बस्तर में पहली बार नहीं हो रहा है। सन् 1910 में जब अंग्रेज़ों का राज था, तब भी हमारे बस्तरिया आदिवासियों ने विद्रोह किया था, जिसे 'भूमकाल' के नाम से जाना गया। सन् 1981–91 में भी जनजागरण हुआ था, जिसके कारण नक्सली कुछ समय के लिये बस्तर छोड़कर भाग गये थे।''

''अखबार, मीडिया में इसे स्वस्फूर्त शान्ति–अभियान बतलाया जा रहा है, क्या यह सही है?''

''बिलकुल सही। हन्डरेड परसेन्ट सही है!''

''फिर जगह–जगह गाँवों में लाशें क्यों दिखायी पड़ती हैं?''

''कब तक आदिवासी आतंक के साये में जीयेंगे साहब! हर चीज़ की एक सीमा है!''

''यानी, ज़रूरत पड़ने पर हथियार लेकर भी सामना करना पड़ेगा?''

''क्यों नहीं, नक्सली उन सभी की हत्या कर देते हैं, जो उनका विरोध करते हैं। ये माओवादी–नक्सली विकास के कार्यक्रमों में बाधाएँ खड़ी कर रहे हैं। कहीं विकास होने नहीं दे रहे हैं!'' मासा ने अपनी दोनों हथेलियाँ नचा कर ऐसे कहा, गोया सत्तापक्ष की, विकास योजनाओं की सारी ज़िम्मेदारी का बोझ उसी पर हो।

''इस विकास से आदिवासियों को क्या मिलेगा?''

''उन्हें उद्योगों में, सहायक उद्योगों में रोज़गार मिलेगा। उनकी ज़मीन जाती है तो मुआवज़ा मिलेगा।...मैंने तो सरकार से यह बात भी कही है कि कोशिश की जाये कि मशीनों की जगह अधिकाधिक श्रमशक्ति का प्रयोग हो! मसलन, ट्रेक्टर से ज़मीन समतल करने की जगह आदिवासियों से यह काम करवाया जाये!''

''आप तो सत्ता में नहीं हैं, मगर लोग इसका प्रेरणास्रोत आप ही को मानते हैं! इस राज्य की सरकार विपक्ष के नेता पर ज़्यादा भरोसा दिखाती लगती है?''

''नक्सलियों की समस्या सिर्फ़ सरकार की नहीं है। आदिवासियों की, समाज की, इस प्रदेश के प्रत्येक व्यक्ति की भी है। इसलिए इस मुद्दे पर तो एक होना ही होगा!''

''वैसे यह अभियान कब तक चलेगा, सर?'' दिल्ली के एक पत्रकार ने पूछा।

''बस एक–दो साल के लिये है। इस बीच सब नक्सलियों को ठिकाने लगा दिया जायेगा और फिर आदिवासी ग्रामीण अपने–अपने गाँवों को लौट जायेंगे!''

''आपकी पार्टी के सारे नेता, विधायक 'सलवा जुडूम' के पक्ष में नहीं दिखायी देते?'' एक–दूसरे पत्रकार ने कहा।

''देखिये, ये कोई राजनीतिक आन्दोलन नहीं है कि कोई इसका समर्थन या विरोध करे! फ़र्क भी नहीं पड़ने वाला।...वैसे सच बतलाऊँ, कुछ लोग इसका इसलिए

विरोध कर रहे हैं, क्योंकि वे इस अभियान से डरते हैं!...और अगर उनमें दम-खम नहीं है तो मैं क्या कर सकता हूँ!''

दो पल चुप्पी बनी रही, तब महिला सदस्य ने सवाल किया, ''उद्योग और विकास से आदिवासियों को रोज़गार, मुआवज़े की बात आपने की, मगर क्या यह अच्छा न होता कि सदियों से काबिज़ यहाँ के आदिवासियों के लिए, उद्योगों में, कारखानों में हिस्सेदारी की बात की जाती? संविधान की 5वीं अनुसूची में, जहाँ आदिवासियों को विशेष अधिकार दिये जाने की बात है, आप इस सम्बन्ध में क्या कहना चाहेंगे?''

''आप मानवाधिकार वाले... !'' मासा कोर्राम उपहास करता-सा हँस पड़ा और हॉल के दरवाज़े के पास खड़े एक व्यक्ति से गुस्से में बोला, ''क्या बात है, कहाँ मर गये सब लोग?...अभी तक चाय-पानी भी नहीं आया यहाँ?...छन्नू, ज़रा देखो तो!'' फिर पूछे गये सवाल से किनारा करते हुए, उसने स्वयं बनर्जी सर से प्रश्न किया, ''हाँ, तो बनर्जी साहब, बस्तर में कहाँ-कहाँ घूम आये आप?''

बनर्जी सर ने चार-पाँच जगहों के नाम बतला दिये। रमेश पैकरा को लगा कि उसे भी लगे हाथ कुछ पूछ लेना चाहिए, सो उसने पूछा, ''सर, गाँवों में सलवा जुडूमवाले, लोगों पर ज़बरदस्ती कर रहे हैं, मार रहे हैं, आप कहते हैं कि यह 'शान्ति अभियान' है?''

मासा कोर्राम ने रमेश को घूरकर देखा। रमेश को लगा, उसने अनधिकारिक प्रश्न कर डाला है! वह तो एक और प्रश्न भी पूछने वाला था कि अरण्य में धार्मिक आज़ादी पर अतिक्रमण हो रहा है। इन अतिक्रमणकारियों को शह कहाँ से मिल रही है? मगर वह निराश हो गया। बनर्जी सर ने स्थिति सँभाली। झट कहा, ''कोर्राम जी, ये रमेश पैकरा हैं। रायपुर से निकलनेवाली पाक्षिक-पत्रिका से जुड़े हैं, जिसके एडिटर मेरे पुराने मित्र हैं। उन्होंने इन्हें हमारे साथ के लिए भेजा था, मगर ये आज ही हमसे जुड़ पाये हैं!''

मासा कोर्राम ने लम्बी साँस छोड़ी। थोड़ा नरम पड़ते हुए कहा, ''अब इतने बड़े अभियान में थोड़ी-बहुत चूक भी हो सकती है। मगर कई बार होता यह है कि आग तो नक्सली लगा देते हैं, गोली चला देते हैं और नाम सलवा जुडूम का ले लिया जाता है!...लेकिन मैं नक्सलवाद को खत्म करने के लिये किसी भी हद तक जा सकता हूँ, जनाब!''

''किसी भी हद का क्या मतलब है?'' दूसरे एक अखबारनवीस ने पूछा।

''मैं अपनी जान भी देने को तैयार हूँ!...अब आप जो भी समझें, जो भी लिखें!''

इस बीच चाय-नाश्ते की प्लेटें आ गईं। मासा के कार्यकर्ताओं ने सबको प्लेटें थमा दीं। मासा की इन्टरव्यू में अरुचि को देखकर, और समय-सीमा के पहले ही इसे खत्म किये जाने का आभास होते ही, एक टीम सदस्य ने जल्दी से पूछा, ''सर,

इसे आप स्वस्फूर्त अभियान कहते हैं, लेकिन हमें रास्ते में जगह–जगह एस.पी.ओ. ने रोका। वे अपने को सरकारी कर्मचारी समझते हैं, उन्हें वेतन भी दिया जा रहा है! क्या सरकार इस अभियान से सम्बद्ध है?''

''मैं सरकार में नहीं हूँ ,यह प्रश्न आप सरकार से पूछें। वैसे मेरी जानकारी में ये स्वयंसेवक हैं और जनता की सुरक्षा के लिये अपनी सेवाएँ दे रहे हैं!''

मासा ने गेंद सरकार के पाले में डाल दी। लोग नाश्ता खत्म कर चाय पी रहे थे। मासा कोर्राम रह–रहकर अपनी कलाई घड़ी की ओर देखने लगा था। बनर्जी सर के साथ ही सबको लगा कि मासा की अरुचि के चलते इन्टरव्यू को और खींच पाना मुश्किल है, इसके बावजूद कि इन्टरव्यू का समय और समय–सीमा मासा ने ही निर्धारित की थी, और अभी उसके भी दस मिनट शेष थे। सब उठकर जाने के लिये बाहर निकले तो मासा कोर्राम भी अपने ठिंगने और भारी शरीर के साथ दीवान से कूदकर इनके पीछे–पीछे हवेली के द्वार तक विदा करने आया और उपहास के स्वर में बोला, ''बनर्जी साहब, मेरे से पहले किसी में इतना दम नहीं था कि नक्सलवाद से पंगा लेता! लेकिन मैंने तो अब पंगा ले ही लिया है, याद रखियेगा!''

~

मासा कोर्राम की हवेली से निकलकर और दिल्लीवाली टीम से, जो तुरन्त जगदलपुर लौट रही थी, विदा लेकर रमेश भीमा उरांव की दुकान पर पहुँचा। भीमा उरांव ने उसे भोजन के लिये घर चलने को कहा तो उसने मना कर दिया। बोला, ''मुझे अभी तुरन्त भैरमगढ़ में मुन्ना का पता लगाने जाना है और तब मदर को जाकर सूचित भी करना है। घर में वह परेशान बैठी होंगी। फिर मास्टरजी की यह बाइक भी लौटानी है। टाइम कम है और मासा कोर्राम जी के घर मैंने पर्याप्त नाश्ता भी अभी–अभी किया है। भूख तो बिलकुल नहीं है। लगेगी तो रास्ते में कहीं खा भी लूँगा। आँटी को 'गुड मॉर्निंग' कह दीजियेगा। मैं फिर कभी आऊँगा!''

''मगर घर पर तो तुम्हारे हिस्से का खाना बन चुका होगा, सन!''

''सॉरी, अंकल! आप भोजन के लिए जाना चाहें तो मैं आपको घर तक छोड़ देता हूँ।''

''नहीं, सन! मेरे रोज़ के भोजन का समय अभी नहीं हुआ है, और ये जो दो साइकिलें देख रहे हो ना, इनको अभी बनाकर रखना भी है। कस्टमर आ ही रहे होंगे।''

रमेश गीदम से होता हुआ भैरमगढ़ की ओर निकल पड़ा। इधर की सड़क राष्ट्रीय राजमार्ग की थी, जो एक तरफ़ भैरमगढ़ से बीजापुर, भोपालपट्टनम होते हुए सिरोंचा की ओर निकल जाती थी। उधर नदी पार करते ही तेलंगाना और महाराष्ट्र के इलाके शुरू हो जाते थे। मगर उसे तो उधर जाना नहीं था। दोपहर अपने शबाब पर थी। गीदम में उसने सौ रुपये का और पेट्रोल भरवा लिया था, ताकि रास्ते में कहीं

परेशानी में न पड़ जाये। उसने मन–ही–मन मास्टरजी को याद किया। उनकी बाइक के कारण ही उसकी यात्रा आसान हुई जा रही थी, वरना बस या ऑटो के इंतज़ार में घंटों समय खराब करना पड़ता!

रास्ते में एक गाँव से निकले कुछ लोगों के एक जुलूस को देखकर वह ठिठक गया। एक आदमी कुल्हाड़ी लिये आगे–आगे जा रहा था। उसके पीछे सात–आठ लोग बाँस भर की दूरी बनाये डरे–सहमे से चल रहे थे। सबसे पीछे चल रहे एक युवक से उसने पूछताछ की तो पता चला—दो भाई आपस में लड़ पड़े थे। छोटे भाई ने कुल्हाड़ी से बड़े की गर्दन अलग कर दी। अब कुल्हाड़ी सहित थाने में गिरफ़्तारी देने जा रहा है!...पीछे चलने वाले कुछ उसके रिश्तेदार और गाँववाले हैं। छोटे भाई की पत्नी भी अपने छोटे बच्चे को उठाये पीछे–पीछे चल रही है।...लड़ाई किसलिए हुई?...किसलिए क्या, बड़ा भाई परिवार सहित कैम्प में जाना चाहता था। छोटा उसको रोक रहा था, बस इतनी–सी बात थी!

जुलूस से आगे निकल कर रमेश ने एक बार पलटकर कुल्हाड़ी थामे छोटे भाई को देखा। उसके एक हाथ में लटकती कुल्हाड़ी की धार में चिपका खून जमकर काला पड़ गया था। उसकी कमर में लिपटे सफ़ेद तौलिये में भी खून के धब्बे थे। वह रुआँसा, किन्तु दृढ़ प्रतिज्ञ धीरे–धीरे आगे बढ़ रहा था। उसके आचरण की गवाही बना जुलूस उसका अनुसरण कर रहा था। अचानक रमेश की स्मृति में 1910 के भूमकाल के तथाकथित नायक गुण्डाधूर की तस्वीर उभर आयी। उसने दहशत की एक सिरहन अपने अंदर महसूस की।

भैरमगढ़ पहुँचकर वह सीधे कैम्प गया, जो इस कस्बे से आधा किलोमीटर की दूरी पर ही था। उसे कैम्प के गेट के पास रोक लिया गया। पूछताछ हुई और जब पता चला कि उनके ही कैम्प के एक एस.पी.ओ. का वह बड़ा भाई है, तो उसे अंदर जाने दिया गया। यह कैम्प भी अभी अव्यवस्था का शिकार था। एस.पी.ओ. लोगों के साथ कुछ गरीब आदिवासी परिवार भी वहाँ थे, जिनमें महिला और बच्चे ही अधिक दृष्टिगोचर हो रहे थे। कैम्प की सुरक्षा के नाम पर दूसरे गेट पर खड़े एक संतरी से उसने उमेश के बारे में पूछा, तो पता चला कि कल कुछ एस.पी.ओ. को कुटरू कैम्प की तरफ़ भेजा गया है। उमेश पैकरा और इस कैम्प के आदिवासी मर्द भी साथ में हैं।

''कब तक लौटेंगे वे लोग?''

''कुछ कहा नहीं जा सकता!''

''यहाँ से कितनी दूर है, कुटरू? रास्ता ठीक है?''

''यहाँ से लगभग तीस–पैंतीस किलोमीटर पड़ेगा! रास्ता ठीक नहीं है!''

रमेश सोच में पड़ गया। अनजान जंगली रास्ते पर अकेले जाना, जबकि शाम उतर रही थी, ठीक जान नहीं पड़ रहा था। फिर उमेश कुटरू में ही होगा या आस–पास कहीं और, कुछ पक्का नहीं था।...पक्का सिर्फ़ इतना था कि वह भैरमगढ़ कैम्प में अटैच है। यही राहत की बात थी। माँ के संतोष के लिये फ़िलहाल यह भी पर्याप्त

था। अब उसे मास्टरजी की बाइक लौटाने की फ़िक्र हुई। सम्पादक शर्माजी से फ़ोन पर बात भी करनी थी।...उसने कैम्प के उस संतरी को एक छोटी-सी चिट्ठी लिखकर, तीन बार मोड़कर दी। संतरी से यह भी कहा कि उमेश आये तो उसे दे देना और कहना कि तुम्हारा बड़ा भाई रमेश आया था!...और वह वापस मुड़ गया।

वापसी में रमेश को रास्ते में अँधेरा हो गया। इधर की सड़कों पर स्ट्रीटलाइट नहीं थी और बाइक की हैडलाइट कमज़ोर थी। वह रास्ते में बढ़ा जा रहा था कि उसे बाइक रोककर थोड़ा इंतज़ार करना पड़ा। सामने नौ-दस खरगोश डरते-छिपते सड़क पार कर रहे थे। सबके आख़िर का एक खरगोश, जिसकी एक टाँग में चोट लगी थी, घिसटता हुआ चल रहा था। अभी वह सड़क की आधी चौड़ायी ही पार कर पाया था कि पहले गुज़र चुके खरगोशों का रेला, अचानक कोई ज़रूरी काम याद आ जाने या उधर भी राहत नज़र नहीं आने पर, वापस भड़भड़ाता हुआ सड़क पार करने लगा था। रमेश को लँगड़े खरगोश के वापस सड़क से उतरने का इंतज़ार करना पड़ा।

~

संतरी एस.पी.ओ. नहीं था। वह अर्द्धसैनिक बल का जवान था, जिसकी पक्की नौकरी थी। एस.पी.ओ. के अनियमित पन्द्रह सौ रुपयों की जगह उसे दस गुना ज़्यादा वेतन मिलता था। उसने मुड़ी हुई कागज़ की पर्ची को जेब में रख तो लिया, मगर रमेश के जाते ही खोलकर पढ़ने लगा—'प्रिय मुन्ना, तुम मदर को बिना स्पष्ट बतलाये, इधर चले आये। मदर तुम्हारी चिन्ता में परेशान हैं। तुम यह चिट्ठी मिलते ही वापस मदर के पास लौट जाओ। जो काम (नौकरी) तुमने यहाँ पाया है, अस्थायी है और सुरक्षित भी नहीं है। मैं रायपुर में तुम्हें इससे बेहतर काम दिला दूँगा! भरोसा रखो।...तुम्हारा ब्रदर...रमेश पैकरा!'

इस कैम्प से सभी एस.पी.ओ. को कुटरू कैम्प नहीं ले जाया गया था। चार यहीं छूटे हुए थे। इनमें एक तो इसी भैरमगढ़ के कोस्टापारा का रहवासी था। वह बाकी तीन साथियों को अपने घर ले गया था और अब वे रात को मंद के नशे में मंदाये लौट रहे थे। वह यहाँ के कुल एस.पी.ओ. का दूसरे नम्बर का सीनियर लीडर था। संतरी ने उमेश को देने वाली चिट्ठी उस लीडर को यह कहकर दे दी कि उमेश आये तो उसे दे देना। इस तरह संतरी ने अपने कर्त्तव्य से छुट्टी पा ली। दो नम्बर के लीडर ने चिट्ठी के ऊपर उमेश पैकरा का नाम पढ़ा, फिर अंदर का मैटर भी पढ़ गया। उसका दिमाग भन्ना गया। वह स्थानीय युवक था, जिसने किसी तरह मैट्रिक पास की थी। एस.पी.ओ. की यह 'नौकरी' उसके और उसके परिवार के लिये गर्व की बात थी। कपड़े-लत्ते, अनाज और हर चीज़ के लिए रुपयों को तरसते उसके गरीब घर के लिए हर महीने डेढ़ हज़ार पाना बड़ी बात थी। मगर यह चिट्ठी उसकी गरीबी का उपहास करती-सी प्रतीत हुई। उसने अपने बाकी तीन साथियों से सलाह-मशविरा किया। वे तीनों भी उसी की कार्बन कॉपी थे। उन्होंने तत्काल निर्णय लेकर उस चिट्ठी के टुकड़े-टुकड़े कर दिये और कैम्प में खाना बना रहे एक परिवार के चूल्हे की धधकती आग में स्वाहा कर दिया।

''मैंने पहले ही उसे (उमेश को) इस कैम्प में एस.पी.ओ. बनाकर भेजे जाने का विरोध किया था। एक तो वह हमारे इलाके का है नहीं, ऊपर से ईसाई!''

''ये ईसाई किसी के नहीं होते। पैसों के लिये अपना धरम-करम बदल लेंगे!'' दूसरे एस.पी.ओ. ने डगमगाते अपने कदमों को ज़मीन पर जमाते हुए, पहले वाले का समर्थन किया।

''चलो ठीक है, इस चिट्ठी के बारे में कोई उमेश को या किसी और को भी कुछ नहीं बतायेगा! दन्तेश्वरी माता की कसम है, सबको!''

42

गीदम पहुँचकर रमेश सबसे पहले टेलीफ़ोन बूथ गया। शर्माजी को फ़ोन लगाया। शर्माजी उसके फ़ोन के इंतज़ार में ही थे। रमेश ने उन्हें मासा कोर्राम और दिल्लीवाली टीम से मुलाकात, इन्टरव्यू और इनसे इतर, इधर की अपनी यात्रा के अनुभवों की मोटी-मोटी बात बतलायी। शर्माजी ने कहा, ''तुम शीघ्र रायपुर आओ और इस पर एक आर्टिकल तैयार करो। पत्रिका के आगामी अंक की सामग्री कम्प्यूटर में टाइप हो रही है, मगर तुम्हारा आर्टिकल ही मुख्य होगा। तुम्हारे कैमरे के चित्र को देखकर मुखपृष्ठ भी तैयार करेंगे।

टेलीफ़ोन-बूथ से निकलकर उसने रात को कांकेर जाने वाली बस का पता किया। एक बस तो अभी पन्द्रह मिनट में निकलने वाली थी। दूसरी बस दो घंटे बाद दन्तेवाड़ा से निकल, यहाँ आकर कांकेर, रायपुर जानेवाली थी। उसने राहत की साँस ली। रात के सात बज रहे थे। अब मास्टरजी की बाइक लौटाने भर का काम बचा था और समय भी पर्याप्त था। वह मास्टरजी के घर की ओर बढ़ा। रास्ते में पुलिस और अर्द्धसैनिक बल की टुकड़ियाँ हथियार सहित गाड़ियों में इधर-उधर आ-जा रही थीं।

वह मास्टरजी के मकान के सामने पहुँचा तो उसे यह देखकर हैरत हुई कि रात हो जाने के बावजूद मकान में कहीं रोशनी नहीं थी। गौर करने पर पता चला, आँगन के गेट और द्वार पर भी ताला जड़ा है।...अब क्या करे? वह परेशान हुआ। इस मोहल्ले के लोगों ने मकान भी ज़रा दूर-दूर बना रखे थे और भले उनमें ताला न लगा हो, दरवाज़े तो सभी के बंद ही थे। निकटतम पड़ोसी के मकान में, जिसकी खिड़की का एक पट खुला था, गेट के फाटक से अंदर जाकर उसने दरवाज़ा खटखटाया। एक महिला बाहर निकली और उसे शक की नज़र से घूरने लगी। गेट से ही आवाज़ लगाने की जगह, अंदर आकर दरवाज़ा खटखटाना, शायद उसे बुरा लगा था। रमेश ने उससे जल्दी से पूछा, ''सॉरी मैडम, मुझे मास्टरजी से काम था, मगर उनके घर में ताला लगा है! वे कहाँ चले गये?''

महिला का शुष्क स्वर उभरा, ''बेटे के पास विशाखापट्टनम गये होंगे या बेटी के पास बिलासपुर, बेटी की डिलीवरी होने वाली थी!''

"कब तक लौटेंगे? कुछ बता सकती हैं आप?"

"कल रात ही दोनों बस से रायपुर गये हैं। उनके लौटने का कुछ ठिकाना नहीं रहता। कभी-कभी महीना भी उधर गुज़ार आते हैं!"

"उनकी बाइक मेरे पास है, अगर आप... ?"

"अपने पास ही रखे रहो। जब आयें तो लौटा दीजियेगा!" इतना कहकर उस महिला ने दरवाज़ा और खिड़की का एक खुला रह गया पट भी बंद कर लिया। उसके चेहरे पर उपेक्षा का एक भाव था, जिसे उसने बंद ओठों को एक तरफ़ के कान की तरफ़ ऊपर खींच कर दर्शाया था। रमेश को अब और किसी पड़ोसी से पड़ताल करने और बाइक उनके पास छोड़ने का साहस नहीं हुआ। उसे आश्चर्य हुआ कि वनप्रान्तर से घिरे इस सुन्दरलोक में रहकर भी कुछ लोगों में विनम्रता कैसे नहीं आयी! ज़रूर यह किसी ऐसे सरकारी कर्मचारी की बीवी थी, जो पति के इधर स्थानांतरण पर अपने प्रिय शहर से बिछड़, इस 'जंगली' कस्बे में शत्रुतापूर्वक आ तो गयी थी, मगर अंदर की कड़ुवाहट रोक नहीं पा रही थी। जाने क्यों उसे यक-ब-यक अपने पिता द्वारा बचपन में कही एक बात याद हो आयी। उसकी सगी माँ एक प्राइवेट अस्पताल में भर्ती थीं। वह किसी आंतरिक बीमारी से ग्रस्त मरणासन्न पड़ी थीं। लेडी डॉक्टर उसे बचाने से ज़्यादा अपनी फ़ीस पर ही ध्यान दिलाये जा रही थी और उसके चेहरे पर भी ऐसी ही उपेक्षा का भाव था। इलाज में उसकी लापरवाही साफ़ झलक रही थी। तब पिता उसकी माँ के सिरहाने बैठे, अपने से ही बड़बड़ाते हुए बोल रहे थे, "पहले लोग मरते थे और आत्मा भटकती थी, आजकल आत्मा मर गयी है और लोग भटक रहे हैं!"

'अब क्या किया जाये?' रमेश चिंतित था। मगर कई बार समस्या अपना समाधान आप ही तलाश लेती है!...जिस बस से वह कांकेर लौटना चाह रहा था, वह तो दन्तेवाड़ा से ही छूटनेवाली थी ना! उसका चेहरा खिल उठा। वह अंकल की दुकान या घर में बाइक छोड़कर वहीं से बस में सवार हो सकता था! अगली बार, और शायद जल्दी ही जब उसका इधर आना होगा, वह बाइक लौटा देगा! अभी वहाँ से बस छूटने के लिये डेढ़ घंटे का समय शेष था, जबकि उसे यहाँ से बारह किलोमीटर की दूरी ही पार करनी थी, जिसमें बमुश्किल बीस मिनट ही लगने थे। वह झट बाइक पर सवार हो गया। पीठ पर लटकते (झाँसी की रानी के बच्चे की तरह बँधे) बैग को उसने दोनों कंधों को हिलाकर जाँचा, व्यवस्थित किया और कूच कर गया।

अंकल दुकान में खाली बैठे थे। रात को साइकिल का काम कम ही आता था। आज जितना काम मिला था, सबको निपटाकर अब वे बीड़ी पीते दुकान के बंद होने के समय (आठ बजे) की प्रतीक्षा कर रहे थे। रमेश को अचानक सामने देख कर वे चौंके। रमेश जल्दी में था। बाइक से उतरते ही बोला, "अंकल, मास्टरजी घर पर नहीं मिले। उनकी बाइक को मैं आपके पास ही छोड़ता हूँ। मुझे अभी कांकेर जाने वाली बस यहीं से पकड़नी है।"

''और उमेश से भेंट हुई, सन?''

''नहीं, वह कुछ और लोगों के साथ भैरमगढ़ से कुटरू कैम्प गया है। मैंने उसके लिए भैरमगढ़ में चिट्ठी छोड़ दी है। उसे वापस कांकेर लौटने के लिये लिखा है।''

''चलो ठीक है, मगर इतनी जल्दी मत करो। बस स्टैण्ड पास है। उस बस को छूटने में अभी एक घंटा है। घर चलो, खाना खाओ फिर चल देना।''

''हाँ, भूख तो लगी है, मगर अभी खाना तो बना नहीं होगा?''

''सब्ज़ी बन चुकी होगी, और रोटी जब मैं घर पहुँचूँगा, तभी बननी शुरू होती है।...चलो आज पन्द्रह मिनट पहले दुकान बंद कर लेते हैं। काम भी नहीं है।...वैसे मैं आठ बजे तक दुकान में रहता ही हूँ, काम हो या न हो। क्या पता कोई भूला-भटका गाँव का गरीब, मेरी दुकान की ओर उम्मीद से साइकिल खींचता हुआ आ रहा हो!''

दुकान बंदकर दोनों बाइक से अंकल के घर की ओर चल पड़े। अंकल के समय पूर्व (और साथ में रमेश के भी) आने पर आँटी और सुनंदा थोड़ी चौंकीं। फिर माज़रा जानकर सुनंदा ने जल्दी से रोटियाँ बेलनी और सेंकनी शुरू कर दीं। दोनों के हाथ-पाँव धोते और तैयार होते ही खाना लग चुका था। दोनों ने जल्दी-जल्दी भोजन किया और बाइक से ही बस स्टैण्ड रवाना हुए। रास्ते में रमेश ने अंकल से कहा कि अगर कोई मास्टरजी की तरफ़ से या मेरे मित्र रग्घू कोर्राम ही जब बाइक लेने आयें तो उन्हें दे दीजिएगा, हालाँकि इसकी संभावना कम ही है। मुझे ही कभी आकर बाइक लौटानी पड़ सकती है!

वे आगे बढ़ ही रहे थे कि रमेश चौंका, उसे रेलगाड़ी के चलने और उसकी सीटी की आवाज़ सुनायी दी थी। अंकल ने उसे बतलाया, ''हाँ, यह रेलगाड़ी की ही आवाज़ है और तुम सुबह शायद यहाँ का रेलवे स्टेशन नहीं देख पाये। वह भी पास ही है। किरन्दुल, बैलाडीला से कच्चा लोहा लेकर अभी मालगाड़ी यहाँ से विशाखापट्टनम जा रही होगी। वहाँ से सारा लोहा पानी के जहाज़ में लदकर जापान चला जायेगा।''

''ओह, एक ज़रूरी चीज़ मुझसे देखने को रह गयी। पढ़ा ज़रूर था कि देश की सबसे अच्छी क्वालिटी का लोहा यहाँ है। अगली बार आया तो देखूँगा ज़रूर। लेकिन अंकल, पचास सालों से लगातार इस खुदाई-ढुलाई से तो बैलाडीला की पहाड़ियाँ चपटी हो गयी होंगी, नहीं?''

''अभी तो पूरी नहीं हुई हैं, लेकिन एक दिन ज़रूर ऐसा हो जायेगा! बेतरतीब तरक्की...पता नहीं किसको इसका फ़ायदा मिल रहा है, मगर एक दिन ज़रूर यहाँ के सारे पहाड़ खोद दिये जायेंगे। जंगल काट दिये जायेंगे और भूखे-नंगे आदिवासियों को मारकर, मसाला भर कर अजायबघर में टाँग दिया जायेगा!...सुना है, अंतागढ़ की

तरफ़ रावडोंगरी को निपटाने के लिये भी रेल पटरियाँ बिछनेवाली हैं! फिर तो नन्दराज पहाड़, मोरगा पहाड़ और दूसरे भी, जिनसे आदिवासियों की आस्था जुड़ी है, खत्म हो जायेंगे एक दिन!''

रमेश क्या कहता। चुप रहा। सामने की सड़क से दो आदिवासी गोंडी बोली में ज़ोर से लहराती आवाज़ में बोलते, झगड़ते चले आ रहे थे। लगता था, वे आस-पास के किसी ग्रामीण बाज़ार से सामान खरीद या बेचकर, मंद में मंदाये, जीप में लदकर यहाँ तक आये थे और अब अपने किसी गाँव या कैम्प की ओर पैदल लड़खड़ाती चाल में चले जा रहे थे।...उनके सिर पर आकाश था, जिसमें बादलों के बीच मुस्कुराता आधा चाँद उनसे ठिठोली करता-सा, मगर संग देता, साथ-साथ चल रहा था।

बस गीदम की ओर जाने को तैयार खड़ी थी। यात्रियों से आधी भर चुकी थी। यात्रियों के सामानों ने भी अपना स्थान ग्रहण कर लिया था। ड्राइवर और कन्डक्टर, अंकल की पहचान के निकले। इसलिए अंकल के आग्रह पर रमेश को मध्य में खिड़की वाली आरामदायक सीट नसीब हो गई। रमेश ने अंकल को 'गुड नाइट' किया और अंकल ने उसे 'गॉड ब्लेस यू सन' कहा ही था कि बस ने तुरंत एक मोड़ लिया और रफ़्तार से आगे बढ़ गयी।

~

रमेश जब कांकेर के राजापारा बस स्टैण्ड पर बस से उतरा तो रात के दो बज रहे थे। अँधेरी गलियाँ पारकर वह घर पहुँचा। द्वार पर हौले से दस्तक दी। उसकी सम्भावना के विपरीत माँ ने तुरन्त द्वार खोल दिया, गोया उसे मालूम हो कि रमेश अभी लौटने वाला है। वह लेटी ज़रूर थी, मगर इधर कुछ दिनों से आँखों में नींद नहीं उतरती थी। पर्याप्त नींद न होने से शरीर में कमज़ोरी भी घर करने लगी थी।

''मुन्ना का कुछ पता चला, सन?'' द्वार खोलते ही माँ ने अधीरता से पूछा।

''हाँ मदर, पुलिस में वह टेम्पररी 'नौकरी' पर है! फ़िलहाल भैरमगढ़ कैम्प में है। उससे मुलाकात तो नहीं हो सकी, क्योंकि वह वहाँ से और कहीं भेजा गया था। मैंने उसके नाम एक लैटर उसके कैम्प में छोड़ दिया है, जिसमें उसको आपके पास जितनी जल्दी हो लौट आने के लिये कहा है।...यहीं कांकेर में या रायपुर में मैं उसके लिए दूसरी जॉब देखता हूँ!'' रमेश ने एक ही साँस में सारी बात कह दी, ताकि माँ को जितनी जल्दी हो सुकून मिल सके। माँ के चेहरे पर संतुष्टि का भाव आया।

''दन्तेवाड़ा में अपने अंकल के यहाँ गया था क्या? कैसे हैं वे लोग?''

''ठीक ही हैं, मदर! मैं उनके घर गया था। एक रात रुका भी और दो वक्त खाना भी खाया। वहीं तो पता चला कि मुन्ना उनके घर आया था और वहीं से ही भैरमगढ़ गया था।...आँटी आपको बहुत याद करती रहीं। आपको 'नमस्ते' कहा है।''

''ठीक है सन, जब कभी फिर उधर जाना हो तो मेरी भी नमस्ते कह देना। वे

बहुत अच्छे लोग हैं, मगर सुना था वे लोग भी बड़ी मुसीबत से घिरे थे, तभी तो उनको तोकापाल छोड़ना पड़ा था।''

''मुसीबत अच्छे लोगों को पहचानती है, उनसे प्यार करती है, मदर! तभी तो वह उनसे दूर नहीं जाना चाहती, यतीमों की तरह उनके दरवाज़े पर पड़ी रहती है!''

''अच्छा ये बता कुछ खाया कि नहीं?''

''खूब खाया, आँटी ने तो खूब रोटियाँ खिला दी थीं। उनकी एक डॉटर है सुनंदा! बहुत भली और सुन्दर लड़की है। बहुत अच्छा खाना बनाती है। मैं तो सोच रहा था, दो-एक साल बाद, जब मुन्ना की इधर कोई अच्छी जॉब लग जायेगी, तो उसे उसकी दुल्हन बनाकर लायेंगे! इससे दो फ़ायदे होंगे। एक तो आपको खाना बनाना नहीं पड़ेगा, और दूसरे मुन्ना इधर-उधर भटक कर आपको चिंता में नहीं डालेगा!''

''तू बड़ा है, पहले अपनी शादी की बात तो करता नहीं, मुन्ना की आड़ लेता है!''

''मदर, मैंने तो पहले ही कहा था कि मुझे शादी करनी ही नहीं है!''

''अच्छा!'' माँ ने उसको स्नेह से घूरते हुए और यह मानकर कि वह मज़ाक कर रहा है, कहा। उसने मन-ही-मन सोचा, 'ये बच्चे भी कितनी जल्दी बड़े हो जाते हैं! कल तक मैं इनकी चिंता करती फिरती थी, आज ये मेरी चिंता करने लायक हो गये हैं!...मे गॉड ब्लैस हिम!'

''मदर, अब तुम शांति से सो जाओ। अभी कुछ रात और बची है। मैं तो बस में ही सोता आया हूँ, फिर भी ज़रा लेट लूँगा। सुबह आठ बजे वाली बस से मुझे रायपुर भी निकलना है।''

''एक दिन भी यहाँ रुकेगा नहीं क्या?...और तेरे उस फ्रेंड का क्या हुआ, वह लौटा नहीं?''

रमेश, रग्घू और उसके परिवार के बारे में, फिर उसके साथ कहाँ-कहाँ गया, क्या हाथ लगा, सब बतलाने लगा। मास्टरजी और उनकी बाइक का भी ज़िक्र आया। दोनों बात करने में इतने व्यस्त और उदास थे कि कब धीरे-धीरे रात चम्पत हो गयी, पता ही नहीं चला।

43

दोपहर एक बजे बस से उतरकर रमेश सीधे पत्रिका के ऑफ़िस गया। शर्माजी उसकी प्रतीक्षा ही कर रहे थे। मिलते ही पूछा, ''आर्किटल बना लाये हैं?'' रमेश ने इनकार किया। कहा कि मैं अभी घर जाना चाहता हूँ। कुछ फ़ुटनोट मेरे पास हैं। उन्हें सिलसिलेवार जमाकर कल ग्यारह बजे ही मैं आपको दे पाऊँगा! शर्माजी ने स्वीकृति दे दी।

अपने किराये के कमरे में पहुँचकर उसने माँ द्वारा सुबह जल्दी-जल्दी में तैयार टिफ़िन-बॉक्स खोला। उसमें भात, दाल और बरबट्टी की सब्ज़ी के साथ एक छिला हुआ छोटा-सा प्याज था। उसने जल्दी से हाथ-मुँह धोया और भोजन करने बैठ गया। रग्घू के बिना भी उसे रग्घू की उपस्थिति का एहसास हो रहा था। रग्घू के खूँटी पर टँगे कपड़े, उसका खाली पड़ा बिस्तर, खाट के नीचे से झाँकती उसकी एक अटैची, अटैची पर धरी उसकी कुछ किताबें। रग्घू के बारे में सोचता वह फिर उदास हुआ। अगर रग्घू कुछ दिनों के अंदर नहीं लौटा तो सम्भव है, उसे उसके पास जाकर उसकी खबर लेनी ही होगी!

दूसरे दिन समय पर रमेश ने अपनी रपट शर्माजी को दे दी। कल शाम से देर रात तक जागकर उसने रपट तैयार की थी। शीर्षक दे रखा था, 'अभिशापित वन, दहशत में जीवन!' शर्माजी ने रपट पढ़ी तो इतने अभिभूत हुए कि उन्होंने ऑफ़िस के एक सहायक को रुपये देकर नाश्ता, चाय और मिठाई लाने भेज दिया। रमेश से कहा, "यार, तुमने तो कमाल कर दिया। जानते हो हमारी पत्रिका का एक प्रतिनिधि आर. पी. सिंह वहीं जगदलपुर में बैठा है, मगर जो रपट वह कभी-कभी भेजता है, वह तो पुलिस द्वारा जारी विज्ञप्ति का ही थोड़ा संशोधित रूप होता है। वैसी मिलती-जुलती रपट तो दूसरी पत्रिकाओं और अखबारों में भी छपती हैं। उसे भी कुछ सिखाओ भई! अबकि जब तुम उधर जाओ तो उसे भी साथ रखना। वह 'सिंह' तो अपनी मांद से बाहर ही नहीं निकलता!"

~

लगभग माह भर बाद रग्घू रायपुर पहुँचा। इरमा की कुछ खबर उसे नहीं मिल पायी थी। हताश-निराश उसने अब अपने कैरियर पर ही ध्यान देने की सोची। घर के लोगों ने भी उसे प्रेरित किया। बेचारे वे स्वयं आये दिन की दिल दहला देने वाली खबरों से भयभीत थे और घर-द्वार छोड़ कैम्प जाने के लिये तैयार ही बैठे थे। मुसीबत बता कर तो नहीं आने वाली थी!

एक दिन रात के समय जब रमेश लौटा तो उसने रग्घू को मकान में पाया। सामान्य बातचीत के बाद रमेश ने उसे झूठ-मूठ की दिलासा देना ठीक नहीं समझा। उसने कहा, "जो बीत गई सो बात गई...मानकर, आगे की सुध लेना ही ठीक होगा। आपकी तकलीफ़ मैं समझता हूँ, मगर जो चीज़ें अपने बस में ही नहीं हैं, उनके लिए भला क्या किया जा सकता है। चलो, मुझे खुशी है कि आप लौट आये। आपके बी-एड का रिज़ल्ट भी आ ही रहा होगा। एक प्राइवेट स्कूल के संचालक से मेरी नई पहचान हुई है। उनसे मैंने आपके बारे में बात की थी, तो उन्होंने खुशी ज़ाहिर की और कहा कि उन्हें जब चाहें बुला लीजिये। हमें और टीचर की ज़रूरत तो है ही।...एक हफ़्ते पहले ही तो बात हुई थी उनसे। उन्होंने ही बताया था कि फ़िलहाल वे चार हज़ार रुपया महीना देंगे। सभी नये लोगों को वे इतना ही देते हैं।...जब कोई सरकारी वेकेन्सी निकलेगी तो इसे छोड़ देना।"

“चार हज़ार... !” रग्घू ने मन–ही–मन दुहराया। पुस्तक दुकान से तो यह रकम तीन गुनी थी। प्रकट में बोला, “भाई, जब आपने बात कर ही ली है तो मैं तैयार हूँ!”

“बहुत अच्छा!” रमेश भी खुश हुआ। उसने आगे बतलाया, “जानते हो, मैंने बस्तर से लौट कर जो रपट तैयार की थी, उसे शर्माजी ने बहुत पसंद किया और मेरा नाम उसी अंक से सहायक सम्पादक के रूप में दे दिया! अपने से ही उन्होंने मेरी आर्थिक तरक्की भी कर दी। चार हज़ार से अब छह हज़ार! फ़िलहाल मेरे लिए भी ये राहत की खबर है। वे मुझे फिर बस्तर जाने के लिये प्रेरित कर रहे हैं। शायद एकाध हफ़्ते बाद मैं जाऊँ भी। मास्टरजी की बाइक भी मैंने अपने अंकल के घर दन्तेवाड़ा में रख छोड़ी है। पता नहीं, मास्टरजी अब भी गीदम में लौटे या नहीं?”

“मैं भी बीजापुर से बस पकड़ कर सीधे यहाँ चला आया। मास्टरजी की खबर मैं भी नहीं ले पाया।...और आपके छोटे भाई का कुछ पता चला? कहाँ है अभी वह?” रग्घू ने पूछा। वह कुछ सहज हो चला था। इरमा के बिछड़ जाने से दिल में जो दरार पड़ गयी थी, वक्त बीतने और स्थान के बदलाव से उसमें कुछ भराव होने लगा था। फिर भी कभी–कभी एक टीस थी, जो ठीक होते घाव पर असावधानी से आ लगी चोट की तरह उसे परेशान कर जाती थी।

“कांकेर जाने वाली बस के एक ड्राइवर से मेरी पहचान हो गई है। वह कांकेर बस स्टैण्ड पर उतर मदर से समाचार ले आता है। उसी ने बतलाया कि मुन्ना अभी भी लौटा नहीं है। लगता है कि उसे एस.पी.ओ. की नौकरी रास आ गई! फिर भी मौका मिलने पर मैं एक बार और उसके पास जाकर उसे समझाऊँगा। शायद मान जाये!” रमेश ने जैसे अपने आप को दिलासा देते हुए कहा।

रग्घू की कल्पना के विपरीत उसका स्कूल बहुत बड़ा था और वहाँ तीस शिक्षकों का भरा–पूरा स्टाफ़ था। दो पालियों में स्कूल चल रहा था। संचालक महोदय ने एक फ़ॉर्म और एक रजिस्टर रग्घू से भरवाया। रग्घू के प्रमाण–पत्रों की प्रतिलिपियों की एक फ़ाइल अलग से बनवायी। बारह बजे जब दोनों पाली के शिक्षक और शिक्षिकायें उपस्थित थीं, संचालक और प्राचार्य ने नये शिक्षक के रूप में रग्घू का परिचय करवाया। सबने उसका स्वागत किया। रग्घू ने अपनी तरफ़ से कृतज्ञता व्यक्त की। परिचय का दायरा बढ़ते ही उसका दुख बहुतों में बँटकर और हल्का, झीना होने लगा।

शाम को रमेश की रग्घू से मुलाकात हुई। स्कूल से लौटते हुए रग्घू ने मिठाई का एक डिब्बा रख लिया था और रमेश के घर पहुँचने के पहले ही वह भोजन बनाकर तैयार था। रमेश को पहले उसने मिठाई खिलायी और मुस्कुराकर उसका आभार स्वीकार किया कि उसने उसके लिये, (जब तक कि सरकारी, पक्की नौकरी नहीं मिल जाती) इतना अच्छा काम ढूँढ़ रखा था!

रमेश ने एक की जगह मिठाई के दो पीस लिये और खुश हुआ कि रग्घू को उसकी दिलवाई जॉब पसंद आई। उसने फिर उसी डिब्बे से एक मिठाई का पीस और उठाया और रग्घू को खिलाते हुए कहा, “चलो एक मेरी तरफ़ से भी, और खा लो,

क्योंकि मेरी भी तो 'तरक्की' हुई है!...अब अलग से मिठाई लाने और खिलाने से मैं बच गया समझो!''

दोनों हँस पड़े। थोड़ी देर बाद रमेश ने उसे बतलाया कि तीन दिन बाद वह फिर बस्तर भेजा जा रहा है। इस बार उसे जगदलपुर में उनकी पत्रिका के प्रतिनिधि श्री आर.पी. सिंह के साथ कुछ जगहों का दौरा करना होगा।...इसी बहाने मदर से, मुन्ना से, अंकल से और मास्टरजी से भी मिलना हो सकेगा!

''किन जगहों पर जाना है आपको?'' रग्घू ने पूछा।

''किन जगहों पर जाना है ये तो मैं भी नहीं जानता। आर.पी. सिंह साहब से शर्माजी टेलीफ़ोन पर बात कर तय करेंगे। वह जगदलपुर के सीनियर पत्रकार हैं और इस पत्रिका से शुरू से जुड़े हैं। उधर के इलाके और लोगों में उनकी अच्छी पैठ भी होगी। मैं उनके साथ रहूँगा, वे मुझे जहाँ चाहे ले चलें!''

''कितने दिनों का दौरा है?''

''यह भी मैं नहीं बता सकता। हाँ, इतना मालूम है कि सिंह साहब ने जगदलपुर के बस स्टैण्ड के सामने के एक लॉज में मेरे रुकने की व्यवस्था कर रखी है, ताकि मैं वहाँ रात्रि विश्राम कर सकूँ।...क्या आप भी जाना चाहोगे, उधर?''

''नहीं!'' रग्घू ने तुरन्त कहा, मानो वह पहले से इस सवाल के लिए तैयार था, ''घर के लोग गंगालूर कैम्प में चले गये हैं। इरमा और काकाजी की कुछ खबर नहीं।...फिर ज्वाइनिंग के दो दिन बाद ही स्कूल से छुट्टी ले लेना, ठीक रहेगा क्या?''

रमेश ने तो औपचारिकतावश ही कहा था। वह स्वयं नहीं चाहता था कि रग्घू अपने इलाके में जाकर फिर अतीत की दुखद स्मृतियों में गोता लगाये और जो उसके चेहरे पर अभी थोड़ा सुकून तारी है, उसे फिर खो दे। फिर इस बार उसके साथ आर. पी. सिंह भी चल रहे थे। कुछ उनकी संगत का लाभ लेकर भी पत्रिका के लिए सामग्री उठानी थी।

''नहीं-नहीं। मैंने तो यूँ ही कह दिया था। स्कूलवाले भी आपको इतनी जल्दी छुट्टी नहीं देने वाले।...वैसे मेरा उधर जाना हुआ और आपकी तरफ़ का भी कोई समाचार मिले तो ले आऊँगा। आप निश्चिंत रहिये और स्कूल में ही ध्यान लगाइये। अगले महीने आपका बी.एड. का रिज़ल्ट भी आयेगा। कॉलेज जाकर पता कीजियेगा। सम्भव है कि आपकी इस डिग्री से जल्दी ही आपकी तनख्वाह में भी कुछ और वृद्धि कर दी जाये!'' रमेश ने मुस्कुराकर कहा।

~

आर.पी. सिंह अपने शहर के वरिष्ठ पत्रकारों की गिनती में थे। बावजूद इसके पत्रकारिता उनकी एकमात्र जॉब नहीं थी। वे किराना सामान के थोक और चिल्हर विक्रेता भी थे। उनकी दुकान चलती भी खूब थी। दुकान में तीन स्थायी नौकर भी थे।

सिंह साहब की अनुपस्थिति में उनकी पत्नी दुकान में बैठती थीं। अपनी जवानी के दिनों में सिंह साहब को पत्रकारिता में बड़ा आकर्षण नज़र आया था और बाद में जब वे पैतृक दुकानदारी की गद्दी पर पीठासीन हुए, पत्रकारिता उनके लिये कुछ प्रतिष्ठा की (और कभी-कभी कमज़ोरों पर 'धौंस'' जमाने के लिये एक ज़रूरी) चीज़ रह गई, जिसे उन्होंने बाद में भी जारी रखा। इस पत्रिका से जुड़कर उन्हें कोई नियमित आय नहीं थी। कभी-कभी कोई टोकन-मनी मिल जाती, जो उनके लिये ऊँट के मुँह में जीरे के समान ही थी, मगर इस सम्बद्धता के कारण उन्हें 'विशेष सम्मान' का एहसास होता था। पत्रिका के हर अंक में जब वह अपना नाम 'हमारे स्थानीय संवाददाता और वरिष्ठ-पत्रकार' के रूप में छपा हुआ देखते थे, तो उन्हें गुदगुदी होती थी और वे छपे हुए नाम को छूकर खास तसल्ली प्राप्त करते थे। अपना परिचय वे लोगों को वरिष्ठ पत्रकार के रूप में ही देते थे। यह अर्द्धसत्य था, मगर इसकी उन्हें फ़िक्र नहीं थी। वे भली-भाँति जानते थे कि कहाँ क्या हो रहा है, मगर 'सच को उजागर करने के बाद भी कहीं कुछ होने वाला नहीं' ऐसी उनकी मान्यता थी, जिसे वे प्रकट तो नहीं करते थे, मगर वह उन्हें फ्रंट में काम करने से रोकती थी। वह मध्यमवर्गीय मानसिकता की मिसाल थे—अपना काम बनता, भाड़ में जाय जनता!

जब रमेश तय तारीख पर जगदलपुर पहुँचा, तो आर.पी. सिंह उसे बस स्टैण्ड पर ही मिल गये। उन्होंने रमेश को सामनेवाले लॉज की डॉरमेट्री में (वहाँ कमरों के अलावा डॉरमेट्री भी थी और ऐसे लोगों के लिए जो कुछ समय के लिये अकेले आये हैं, जिन्हें दिन भर बाहर रहना था, सिर्फ़ रात्रिविश्राम के लिये बैड की दरकार थी) एक बैड मुहैया करवा दिया। लॉज के अण्डर ग्राउंड हॉल में बहुत से बैड लगे थे। बैड, एक दीवान की या एक लम्बी लकड़ी की पेटी की शक्ल में था, जिसके अंदर अपना सामान ताला लगाकर रखा जा सकता था। हर बैड के साथ एक गद्दा, एक तकिया और एक चादर उपलब्ध थी। हॉल से लगा सामूहिक बाथरूम और टॉयलेट था, जहाँ से उठती दुर्गन्ध उनके इस्तेमाल के बाद जल्दी से वहाँ से हटने और समय के किफ़ायती होने की सीख देती थी। लॉज के बैड, कमरों के मुकाबले जल्दी भरते और खाली होते रहते थे। ज्ञान और शिक्षा से लबालब उस लॉज की सबसे बड़ी विशेषता थी कि वह सस्ती थी, चौबीस घंटे का पचास रुपया। एक पंजाबी शख्स के खुशनुमा, मनचले और हाज़िरजवाब लड़के उसे चलाते थे। हर नये आगन्तुक को वे आगाह करते थे कि आप लॉज में शराब नहीं पियेंगे, मना है। फिर पल भर बाद ही कहते थे कि अगर ऐसा करना हो तो छत पर जा सकते हैं!...लॉज बस स्टैण्ड के एकदम सामने थी। दोनों के बीच सिर्फ़ एक सड़क पसरी हुई थी, जिस पर आते-जाते लोगों की भीड़ बनी रहती। दैनिक उपयोग के सामानों की दुकानें, होटल, भोजनालय, मदिरालय, सब पास-पास थे। आती-जाती बसों की निरन्तर उठती चिल्ल-पौं आगन्तुकों के लिए अतिरिक्त उपहार की तरह थी।...इस शहर को देखकर लगता नहीं था कि यह अरण्य के बीच में स्थित है और इसके चारों तरफ़ 'महाभारत' के लिए पूर्वाभ्यास चल रहा है!

पत्रिका के प्रधान सम्पादक और इकलौते मालिक की ओर से रमेश को

जगदलपुर से सुकमा, कोंटा तक के इलाकों में स्थित सलवा जुडूम कैम्पों का जायज़ा लेने और रपट तैयार करने का निर्देश हुआ था। स्थानीय प्रतिनिधि सिंह साहब उसके सहयोगी तय थे। सिंह साहब पहले थोड़ा कुनमुनाये। उन्हें मालूम था, अंदर के इलाकों में जाने की अप्रत्यक्ष मनाही थी। मनाही भी सिर्फ़ इसलिए नहीं कि वे लोग प्रशासन की चाह के विपरीत समाचार एकत्रित करेंगे, बल्कि इसलिए भी कि उधर जान का खतरा हर तरफ़ से था और प्रशासन किस-किस को सुरक्षा देता फिरे! फिर जगह-जगह पैदा हो गये मानवाधिकार कार्यकर्ताओं ने पहले ही प्रशासन की नाक में दम कर रखा था। चूँकि, सिंह साहब एक दुकानदार भी थे और दूर के इलाके में उनकी दुकान के (उधारीवाले) ग्राहक भी थे, उन्होंने सामान सप्लाई और उधारी वसूली की आड़ में जाने के लिए हामी भर दी थी।

दैनिक अखबारों में आये दिन मुठभेड़, हत्या, गाँव-घर जलाये जाने, बम विस्फोट, गिरफ़्तारी आदि के समाचार (जिनमें अधिकांश पुलिस और सुरक्षाबल के जवानों की कार्यवाही और वाहवाही से भरे थे) होते थे। कभी पता चलता, सलवा जुडूम के चलते नक्सलियों की हालत पतली हो गई है। उनकी जनमिलिसिया और संघम-दल के बहुत से लोगों ने पुलिस के सामने आत्मसमर्पण कर दिया है। कभी-कभी उनकी और पुलिस-बल के साथ लड़ाई की खबरें भी आतीं। लाखों के ईनामी और खूँखार नक्सलियों के मारे जाने की खबरें भी होतीं। नक्सलियों की लाशें मरी मुर्गी की तरह एक ओर गर्दन लटकाये ज़मीन को घूरती होतीं। लाशों की गहरे हरे रंग की वर्दी, जगह-जगह गोलियों के भेदने से हुए छिद्रों से भरी होतीं। पतले-दुबले और कमज़ोर-साँवले जिस्म से निकला लाल खून उनकी हरी वर्दी पर सूखकर काले धब्बे छोड़ चुका होता। इतनी छोटी-सी जान के लिये ढेरों गोलियों का इस्तेमाल राष्ट्रीय अपव्यय प्रतीत होता। उनकी बगल में उनकी इस्तेमाल की गईं बंदूकें करीने से सजा कर रखी होतीं, जबकि दोनों अब एक-दूसरे के लिए बेमतलब थे।

शर्माजी चाहते थे कि सलवा जुडूम कैम्पों की हालत, उनमें उपलब्ध सुविधाओं और कैम्पवासियों की मानसिकता आदि पर एक दमदार रिपोर्ट तैयार की जाये और इसे अगले अंक में प्रमुखता से छापा जाये। शर्माजी खुश थे कि उनके पिछले बस्तर-अंक की बड़ी प्रशंसा हुई थी और प्रशासन भी ऐसे दबाव में आया था कि जनसम्पर्क विभाग से उन्हें तीस हज़ार का विज्ञापन बिना अनुनय-विनय के मिल गया था और प्रत्येक आगामी अंक के लिए विज्ञापन की निरन्तरता का आश्वासन भी। हालाँकि अधिकारी ने उन्हें चाय-नाश्ता कराते बड़ी विनम्र मुस्कान के साथ यह निवेदन ज़रूर किया था कि-सरकार का भी ध्यान रखियेगा, शर्माजी! वहाँ मुठभेड़ में हमारे पुलिस और सुरक्षाबल के जवान भी मारे जा रहे हैं।...चावल में भी कभी-कभी कंकड़ निकल आते हैं, मगर कंकड़ को ही उछालते रहना कहाँ तक ठीक होगा?...शर्माजी ने अधिकारी की मंशा समझ ली थी। वे हँस दिये थे, मगर उन्होंने यह भी तय कर लिया था कि साल में दो-तीन अंक कुछ 'दमदार' भी आने ही चाहिए, ताकि पत्रिका की अस्मिता, प्रभाव और प्रशासन पर दबाव बराबर बना रहे।

आर.पी. सिंह के पास अपनी कार और बाइक भी थी, जो उन्होंने नहीं निकाली। उनका विचार था कि वे दोनों दुकान की कमाई की हैं, उनका पत्रकारिता की भलाई के लिए इस्तेमाल जायज़ नहीं है! वाहन के कारण वे जगह-जगह पूछताछ के झंझट में भी पड़ना नहीं चाहते थे। इसीलिए वे रमेश को लेकर सुबह-सुबह बस से निकल गये। रमेश से कहा, ''बस से जाना इसलिए उत्तम है, क्योंकि तब हम आम सवारियों से मुखातिब हो सकते हैं! फिर अंदरवाले और बाहरवाले, किसी को हम पर संदेह भी नहीं होगा!...और हाँ भई, जब रपट तैयार हो तो रपट में आपके साथ मेरा भी नाम आना चाहिए, ठीक है ना!''

जगदलपुर के इस रास्ते से बसें सुकमा, कोंटा होती हुई आगे तेलंगाना और ओडिशा को भी जाती थीं। यह राष्ट्रीय राजमार्ग था जो जगह-जगह कटा-फटा, गड्ढों से भरा, मरम्मत को तरसता, ओडिशा की सीमा से सटा-सटा उस स्थान तक गया था, जिसे 'कोंटा' नाम दिया गया था। इस कोंटा में ही ओडिशा, तेलंगाना और छत्तीसगढ़ की सीमाएँ आपस में सहेलियों की तरह गुफ़्तगू करती मिलती थीं। घने वृक्षों से आच्छादित इस 'कोंटा' का लाभ नक्सलियों को भी मिल रहा था। कोंटा विधानसभा क्षेत्र भी था, जिसके अंदर सुकमा कस्बा था, जो कोंटा की अपेक्षा ज़्यादा भरा-पूरा लगता था। जगदलपुर से आगे इस रास्ते में सड़क के दोनों ओर कुछ जगहों को छोड़कर, वृक्ष इस तरह से गायब होते जा रहे थे, जैसे कैंसर की बीमारी में तेज़ दवा के सेवन से सिर के बाल। उन जादुई जगहों पर अब खेत, मैदान प्रकट हो गये थे।

बस के रास्ते जगह-जगह चेकपोस्ट थे। अर्द्धसैनिक बल के जवान, पुलिस और एस.पी.ओ. के लोग बस में चढ़कर लोगों को घूरते, कंडक्टर, ड्राइवर से कुछ झिक-झिक करते, तब बस को आगे जाने की अनुमति देते। रास्ते में कुछ गाँव भी मिले, जिनके बिखरे टोलों की कुछ झोपड़ियों में चाय-नाश्ते की दुकानें भी थीं, जो पहले चलती रही होंगी, अब ग्राहकों को तरसती, उजाड़ और सूनी पड़ी थीं। हर दो-तीन किलोमीटर पर सुरक्षाबल के कैम्प थे और दस-पन्द्रह किलोमीटर की दूरी पर सलवा जुडूम के कैम्प। एक सलवा जुडूम कैम्प के पास जब बस रुकी और रमेश ने बस से उतरने की इच्छा प्रकट की, तो सिंह साहब ने उसे रोक दिया। कहा, ''आप बस से केवल नज़ारा देखते चलिये। कैम्पों में जाने में झंझट है। हमें शाम तक इसी बस से लौटना भी है!''

रमेश निराश हुआ, मगर ज़िद नहीं की। लगभग दस बजे बस सुकमा पहुँची। उस बस का यहाँ दस मिनट का स्टॉप था। यहाँ वे दोनों उतरे, मगर इस बस स्टैंड में रमेश को ऐसा कुछ भी नहीं मिला, जिसे वह तलाश रहा था। सिंह साहब ने एक होटल में चाय-नाश्ते का ऑर्डर दिया। फिर अपने मोबाइल फ़ोन में, जो फ़िलहाल कुछ ही लोगों की पहुँच में था, सुकमा के किसी व्यापारी से बात करने लगे, जिसकी दुकान बस स्टैंड से बहुत दूर कहीं थी। जब बात हो गई तो सिंह साहब ने रमेश का आईक्यू बढ़ाया, कहा, ''यहाँ से टॉवर पकड़ता है, आगे-पीछे के रास्ते से बात नहीं हो सकती!''

चाय-नाश्ते और पेशाब-पानी से बरी होकर वे फिर बस से आगे निकल गये। रास्ते भर रमेश चुपचाप ही था। अचानक एक गाँव के कुछ कच्चे मकानों और झोपड़ियों पर लाल झण्डे लहराते देखकर रमेश चौंका। उसने आर.पी. सिंह से उन झण्डों के बारे में पूछा। सिंह साहब ने बतलाया कि यह कोंटा विधानसभा का इलाका है। यहाँ से एक कम्युनिस्ट पार्टी का विधायक भी रहा है। अभी नहीं है, मगर उसके फ़ालोअर इधर के कुछ गाँवों में तो मिल ही जायेंगे। गनीमत समझिये कि सलवा जुडूम वालों का ध्यान इधर नहीं है या फिर विधायक की पार्टी, चूँकि राष्ट्रीय-पार्टी में आती है, तो उसके कैडर को इतना अधिकार तो जाता ही है कि वे अपनी पसंद की पार्टी का झण्डा लहरायें। बचेली, बैलाडीला क्षेत्रों में तो और भी ज़्यादा ऐसे नज़ारे दिख जायेंगे, क्योंकि उधर खदान क्षेत्र में उनकी मान्यता प्राप्त यूनियन है, जिसके सैकड़ों कार्यकर्ता हैं। रमेश ने मन में तय किया कि वह किसी मौके पर बचेली, बैलाडीला इलाकों में भी जायेगा। उसे यह जानने की इच्छा हो रही थी कि मुख्यधारा की कम्युनिस्ट पार्टी और नक्सली दोनों ही वाम विचारों के हैं, तो कहाँ इनमें आपस में भेद है और कहाँ अभेद?

सड़क के किनारे के मुटूगुडेम कैम्प से निकलकर एक आदिवासी संयोग से खाली हुईं दो सीटों में से एक सीट पर आ बैठा था। उसकी उम्र लगभग चालीस वर्ष की रही होगी। रमेश अचानक उठा और उस आदिवासी की बगल की सीट पर जा बैठा। रमेश को हल्बी, गोण्डी ज़रा-ज़रा सी आती थी। उसने उसे 'सेवाजोहर' की और उसका नाम पूछा। उत्तर मिला—वाचम बुधरु।

"बोदनातुर आंदुर ...किस गाँव के हो?"

"कोंगाराम!"

"मुटूगुडेम में आप बस में चढ़े हैं, यहाँ कैसे आये थे?"

"रिश्तेदार हैं, मिलने आया था। यहाँ सब लोग कैम्प में आकर रह रहे हैं!"

"क्यों?"

"सलवा जुडूम वालों ने गाँव-घर जला दिया। कैम्प क्यों नहीं जा रहे हो, ऐसा बोलकर।"

"सिर्फ़ मुटूगुडेम को जलाया?"

"अरे कहाँ, मेरा गाँव कोंगाराम, अरगट्टा, गारका, सुन्नमगुट्टा...और भी बहुत से गाँव जला दिये!"

"अब कैम्प में आराम है?"

"कहाँ आराम साब, ज़मीन से कट के आदमी आकाश में कितने दिन जियेगा! उस पर अब कैम्प में भी हमला होने लगा है!"

"कैम्प में? कौन करता है कैम्प पर हमला?"

"अंदर वाले दादा लोग, और कौन। वो लोग नहीं चाहते कि हम लोग कैम्प में जायें!"

''फिर, गाँव जलाये जा रहे हैं, कैम्प पर हमले हो रहे हैं, तब फिर कहाँ जाओगे?''

''गाँव के और लोगों से चर्चा करेंगे। सलाह-मशविरा करके आंध्रा भाग जायेंगे!''

तभी बस एक चेकपोस्ट के पास रुकी। आर.पी. सिंह ने रमेश की पीठ पर उँगली गड़ाकर वापस अपनी सीट पर आने को कहा। रमेश, सिंह साहब की बगल की अपनी सीट पर आ बैठा। सुरक्षाबल के दो हथियारबंद जवान बस में चढ़े। कुछ संदेहात्मक लोगों से 'कहाँ जा रहे हो', 'कहाँ से आ रहे हो', 'सामान में क्या रखा है' आदि सवाल किये। आर.पी. सिंह से भी उन्होंने ये सवाल दुहराये। होशियार, सिंह साहब ने कहा, ''आप लोगों की मुस्तैदी देखकर दिल खुश हो जाता है!...हम दोनों जगदलपुर से आ रहे हैं। किराना राशन की दुकान चलाते हैं। हमारा एक ग्राहक कोंटा में है, माड़वी लक्ष्मण। दो महीने पहले हमारी दुकान से जो उधार सामान उठाया था, उसका रुपया देने अब तक नहीं आया। साला, कहीं अपने गाँव से वो भाग तो नहीं गया, यही पता करने जा रहे हैं!''

दोनों जवान मुस्कुराये। एक बोला, ''पता कीजिये, यह तो ज़रूरी है जनाब! वसूली हो तो थोड़ा इधर भी गिराते जाइयेगा!''

तभी सुरक्षाबल के नौ-दस निहत्थे जवान भी बस में चढ़ गये। ये कोंटा कैम्प के थे। इन्हें वहीं जाना था। मगर इतनी सीटें खाली नहीं थीं। उन्होंने गन्दे और कम कपड़ों में लिपटे लोगों को घूरा, जो ग्रामीण आदिवासी थे। उनसे नज़र मिलते ही आदिवासियों की सिट्टी-पिट्टी गुम हो गई। वे सभी हड़बड़ाकर खड़े हो गये। उनमें तीन महिलायें भी थीं। एक महिला की छाती से लिपटा नन्हा बच्चा भी था। पाँच आदिवासी पुरुष थे, जिनमें एक वाचम बुधरु भी था। जवानों ने उनकी सीटें हथिया लीं और फिर कन्डक्टर को आदेश दिया, ''चलो भी, लेट हो रहे हैं! ऐसे भी बस तुम्हारी खटारा लग रही है। कहाँ तक पहुँचेगी, भगवान ही मालिक है!''

एक जवान ने सीट के सामने खड़े होकर दोनों हाथों से दबाने-मसलने का अश्लील इशारा करते हुए अपने साथियों से कहा, ''दोनों पोंगा बजाने से भी इतनी आवाज़ नहीं आयेगी, जितनी आवाज़ इस (बस) की बॉडी से आ रही है!''

सब जवान हँस पड़े। बस आगे बढ़ती रही। जवानों के अलावा सबकी बोलती बंद थी। एक अन्य जवान बोला, ''साला भागीरथ छुट्टी लेकर ओडिशा भाग गया। कहता था कि बहुत भारी हो गया है, हल्का होके आऊँगा!''

''मरेगा साला!'' किसी अन्य जवान ने कहा, ''ऐसे ही कम तन्खा है, और उसके पहले ही तीन बच्चे हैं!...मेरा तो कहना है, जब तक इधर पड़े हैं, एक-एक (औरत) इधर ही बना लो। खाने का खर्चा देने भर से भी काम बन जाता है! ज़्यादा कपड़ा-लत्ता पहनने का इधर रिवाज भी नहीं है। फ़ायदा ही है!''

जवानों की हँसी-ठिठोली के बीच बस को ब्रेक लगा। पेंटा गाँव के सामने बस

रुकी। दस-बीस ग्रामीण सवारियाँ बस में चढ़ने लगीं। अचानक सिंह साहब ने खड़े होकर रमेश का हाथ खींचते हुए बस से नीचे उतरने का इशारा किया। दोनों नीचे उतर गये। चकित रमेश ने पूछा, ''सिंह साहब, हम तो कोंटा जाने वाले थे, यह तो पेंटा है!''

बस सवारियाँ लेकर आगे बढ़ गयी। बस का शोर-गुल भी उसके साथ जाता रहा। रमेश ने सोचा, 'शायद इस गाँव में भी सिंह साहब का कोई ग्राहक होगा!' तभी सिंह साहब बोले, ''फिर कभी जायेंगे। एक बस कोंटा से जगदलपुर के लिए निकली होगी। कुछ मिनटों में यहाँ पहुँच रही होगी। हम उससे वापस हो जायेंगे!...उन उजड्ड जवानों का साथ बरदाश्त के बाहर है!''

''ओह!'' रमेश के मुँह से निकला। उसे कुछ निराशा भी हुई, हालाँकि वह भी कुछ ऐसा ही सोच रहा था...सुरक्षाबल को पब्लिक वाहनों में सवारी करने की प्रशासनिक मनाही उसने कभी पढ़ी थी। पता नहीं कैसे ये लोग ज़बरदस्ती चढ़ आये। इनमें आम लोगों के प्रति ज़रा भी सम्मान और सावधानी दिखायी नहीं दी।

''हालाँकि, सब लोग ऐसे नहीं होते, रमेश जी!'' आर.पी. सिंह ने कहा, ''मगर क्या करें, इनकी ये उम्र और ऐसी नौकरी!''

''उम्र और नौकरी? मैं समझा नहीं, सिंह साहब!'' रमेश हैरत से बोला।

अनुभवी आर.पी. सिंह ने समझाया, ''देखो भाई, ये जो जवान हैं ना, इनमें ज़्यादातर शादीशुदा हैं। दाम्पत्य की आदत उन्हें लग चुकी है। ये नौकरी उनकी आदत में अवरोधक है और जो शादीशुदा नहीं हैं, कल तक बेरोज़गार रहे होंगे, अब उन्हें पक्की नौकरी मिल गयी है, तो उनकी जिजीविषा इस तरफ़ लहरें मार रही है। ये सभी दया के पात्र हैं। अगर जीवन में बड़े और निश्चित उद्देश्य नहीं हैं, तो शरीर की प्राकृतिक ज़रूरतें सिर उठाने लगती हैं और अतृप्ति में व्यक्ति को कुंठा, उत्तेजना और उजड्डता से भर देती हैं!...ये जवान कई-कई महीनों तक इस जंगल में अपने परिवार से, अपने शहरी जीवन से विलग पड़े रहते हैं।...अनुशासन, देशभक्ति और समाजसेवा की लाख कसमें खाई हों, कई मौकों पर ये अपने को नियंत्रित नहीं रख पाते। दस दिन पहले ही बीजापुर के इलाके में एक जवान ने छुट्टी न मिलने पर अपने सीनियर के अलावा तीन और जवानों को गोली मार दी! खुद को भी गोली मारकर आत्महत्या कर ली थी!''

''तब...तब इस समस्या से निजात पाने का कोई उपाय नहीं है?'' रमेश ने उत्सुकता से पूछा। दोनों एक टपरेवाले होटल में रखी बैंच पर बैठ गये थे और बिना दूधवाली चाय बनाने का ऑर्डर दे रखा था।

''मेरी समझ में, जैसे सीनियर अधिकारी अपने परिवार को नौकरी में भी साथ रखते हैं या उन्हें परिवार से मिलने-जुलने में ज़्यादा बंदिशें नहीं होतीं, ऐसी सुविधाएँ सभी जवानों को भी उपलब्ध होनी चाहिए।...और नहीं तो कम-से-कम एक हफ़्ते से ज़्यादा जवानों को जंगल के हवाले न किया जाये।...आख़िर ये भी इंसान हैं, गुण-दोष तो इनमें भी होंगे ही!''

"सिंह साहब, आप तो पहुँचे हुए सन्त हैं!" रमेश ने खुश होकर कहा, "लेकिन आपकी भविष्यवाणी, कि चंद मिनटों में लौटती कोई बस आयेगी, यहाँ असफल हो रही है! घंटा हुआ जा रहा है!"

"हाँ यार, पता नहीं क्या हुआ!" सिंह साहब भी थोड़े चिंतित नज़र आये। "और हम ऐसी जगह खड़े हैं कि मोबाइल को सिग्नल ही नहीं मिल रहा है। किसी से कोई जानकारी लेने से भी रहा। साढ़े बारह बज रहे हैं। थोड़ी देर में भूख भी कुलबुलाने लगेगी।...और इस पेंटा (गाँव) में तो फ़ेन्टा (एक पेय पदार्थ) की भी उम्मीद नहीं है!"

बावजूद इसके वे उम्मीद बाँधे बातें करते हुए, वहीं बैठे रहे। कुछ देर बाद एक बुज़ुर्ग महिला सिर पर एक टोकरी में अमरूद लेकर आयी। वह सड़क के किनारे ही चटाई बिछाकर उस पर अमरूद सजाने लगी। सिंह साहब उसे देखकर खुश हो गये। बोले, "रमेश जी, लगता है भगवान ने हमारी सुन ली! आज दोपहर के लन्च में ये अमरूदों का बन्च ही काम आयेगा!"

वे दोनों टहलते हुए उस महिला के पास गये। महिला ने अमरूदों के पाँच भाग जमा लिये थे। सिंह साहब ने उन भागों की कीमत पूछी। उत्तर मिला, "पाँच रुपैया भागा है, बेलौती साब!"...यानी प्रत्येक भाग में कहीं चार, कहीं पाँच अमरूद (बेलौती) आकार के हिसाब से छाँटकर रखे गये थे। सिंह साहब ने महिला की टोकरी में झाँका और छाँटकर बड़े-बड़े चार अधपके अमरूद निकाल लिए। उनका दाम पूछा, "बता इनका क्या दूँ? "

"छाँट के नी साब!" महिला सकुचाती-सी कुनमुनायी।

"अब मुझे तो ये ही पसंद हैं, बोल क्या वाज़िब दाम लेगी?"

"दस रुपैया साब!" महिला ने फिर सकुचाते हुए और यह सोचकर कि कहीं उसने ज़्यादा दाम बताकर साहब को नाराज़ तो नहीं कर दिया, सहम गई।

"ठीक है!" सिंह साहब ने बिना किसी हील-हुज्जत के दस रुपये निकाल कर उसे दे दिये। महिला की यह बोहनी थी। उसने दस रुपये के नोट को अमरूदों के भागों और टोकरी में धरे अमरूदों को छुआया, फिर माथे से लगाकर टोकरी के ही निचले हिस्से में रख दिया।

सिंह साहब ने दो अमरूद रमेश को दिये और फिर दोनों 'लंच' करने लगे। उन्होंने धीरे-धीरे, दो-दो अमरूद खा भी डाले मगर कोई सवारी गाड़ी नहीं आयी।

~

पेंटा के बस अड्डे पर अब थोड़ी भीड़ होने लगी थी। आस-पास के जंगलों से निकलकर कुछ आदिवासी बस या जीप जो मिल जाये, उसकी प्रतीक्षा करने लगे थे। मगर न कोंटा से बस आ रही थी, न जगदलपुर की तरफ़ से ही कोई वाहन। अब तीन बजने लगे थे। दोपहर उतर रही थी। अचानक एक मेटाडोर कोंटा की ओर से आती

दिखायी दी। यात्रियों ने उसे रुकने के लिये हाथ दिखाया, वह भीड़ से दूर जाकर रुक गयी। उसमें सामानों की तरह यात्री पहले से ठुँसे हुए और खड़े थे। सिंह साहब ने दौड़कर मेटाडोर के ड्राइवर से, जो घबराया हुआ और जल्दी में प्रतीत होता था, कुछ बात की और रमेश को जल्दी से पास बुलाया। मेटाडोर के पीछे के हिस्से से दो सवारी उतरी थीं। ड्राइवर की सीट की बगल में भी एक ग्रामीण बैठा था, जिसे ड्राइवर ने पीछे अन्य यात्रियों के पास जाने को कहा। रमेश को वह ग्रामीण पहचाना-सा लगा। उसने उसके नाम को याद करने की कोशिश की। यह तो वही व्यक्ति था जो मुटूगुडेम से बस में चढ़ा था!...वाचम बुधरू, हाँ यही नाम बतलाया था उसने अपना। क्या वह अपने गाँव कोंगाराम भी नहीं पहुँच पाया? वापस क्यों लौटा? अब कहाँ जायेगा? उसी मुटूगुडेम के कैम्प में तो नहीं, जहाँ उसके रिश्तेदार (स्वेच्छा से) बंदी हैं?

सिंह साहब और रमेश ड्राइवर की बगल की सीट पर सटकर बैठ गये थे। मेटाडोर ने फिर अपनी रफ़्तार पकड़ ली थी। सिंह साहब ने अब ड्राइवर से पूछा, "बस का टाइम कब का हो गया, कितनी ही बसें अब तक गुज़र जानी चाहिए थीं। आख़िर हुआ क्या है? कुछ मालूम है आपको?"

"अरे साहब क्या बतलाऊँ आपको। मनीकोंटा से पाँच किलोमीटर आगे, एर्राबोर की तरफ़ जाती एक बस को दादाओं ने रोक लिया था। सभी सवारियों को नीचे उतारा और उनमें जो सेना के लोग थे, उन्हें गोलियों से भून दिया। कहते हैं कि आठ सैनिक मर गये। कुछ और भी होंगे जो आस-पास के जंगल में भाग गये। दादाओं ने खाली बस को आग लगा दी। मैं एर्राबोर तक तो नहीं गया, क्योंकि मुझे मनीकोंटा ही में सामान पहुँचाकर लौटना था। एर्राबोर वहाँ से पन्द्रह किलोमीटर आगे है, मगर उस जली बस का भागता हुआ यह आदमी, जिसे अभी मैंने पीछे बैठने के लिये उतारा है, उसी ने मुझे बतलाया। इसी से कोंटा की तरफ़ से कोई गाड़ी जिसे एर्राबोर पार करना है, नहीं आ रही है। सबको नदी के पुल के पार ही रोक दिया गया होगा!"

"मगर इधर से भी तो कोई गाड़ी उधर नहीं निकली?"

"साहब की बात!" ड्राइवर ने कहा, "पुलिस और सेना ने अपने फ़ोन से इधर की गाड़ियों को भी सुकमा की तरफ़ ही रोक नहीं दिया होगा!"

अचानक तेज़ हॉर्न बजाती सेना की दो बसें, तीन पुलिस की गाड़ियाँ और एम्बुलेंस धड़धड़ाती हुईं आगे निकल गयीं।

माजरा समझ ये दोनों हतप्रभ रह गये। रमेश कुछ ज़्यादा ही हुआ। उसने कहा, "सिंह साहब, आपकी छठी इन्द्रि भी बड़ी जागृत है, जिसके कारण आज हम उस मुसीबत से बाल-बाल बच गये!...चलो, यह भी एक ज़बरदस्त अनुभव रहा। आपकी दिव्य अनुभूति का मैं तो कायल हो गया!"

मुटूगुडेम में मेटाडोर दो पल के लिये रुकी। वाचम बुधरु गाड़ी से उतरकर किराया चुकाने के लिये ड्राइवर की तरफ़ आया तो रमेश और सिंह साहब से उसकी नज़रें मिलीं। रमेश का मन उससे बात करने को हुआ, मगर एक तो बुधरु का चेहरा

बहुत दहशत में दिखा और लगता नहीं था कि वो बात करता, दूसरी तरफ़ ड्राइवर बहुत जल्दी में था। शायद ड्राइवर को भी डर था कि (चूँकि) उसकी मेटाडोर सवारी गाड़ी नहीं थी और उसने चंद रुपया बनाने की गरज से सवारियाँ बिठा ली थीं, चैकिंग होने पर पकड़ा जा सकता था।

सुकमा पहुँचकर मेटाडोर की सारी सवारियाँ उतर गयीं। सिंह साहब और रमेश ने भी राहत की साँस ली। सुकमा की सड़क के किनारे कोंटा की ओर जानेवाली बहुत-सी गाड़ियाँ खड़ी थीं, जबकि सुकमा से जगदलपुर की ओर जाने वाली टैक्सियाँ निर्बाध चल रही थीं, गोया पीछे क्या हुआ है, जैसे इसकी उन्हें कोई खबर ही न हो या उन्हें इससे कोई मतलब ही न हो!

44

दूसरे दिन आर.पी. सिंह ने किसी पारिवारिक काम के कारण बाहर कहीं जाने में असमर्थता ज़ाहिर कर दी, साथ ही सलाह दी कि आज की जानकारी और अनुभव के आधार पर चाहें तो छोटी-मोटी रपट लॉज में बैठकर आराम से तैयार कर सकते हैं! रमेश ने कहा कि मैं कल सुबह दन्तेवाड़ा जाना चाहूँगा, मेरा भी कुछ काम है। शाम को लौट आऊँगा। आठ बजे रात को बैठकर अगले दिन के लिए कोई कार्यक्रम बनायेंगे! आर.पी. सिंह ने स्वीकार किया।

अगले दिन सुबह रमेश बस में बैठ कर पहले गीदम पहुँचा। मास्टरजी की खोज-खबर लेने उनके घर गया तो फिर दरवाज़े पर ताला झूलता हुआ पाया। अब... ? वह फिर उसी पड़ोसन से पूछताछ करने के लिए अपने अंदर साहस बटोर ही रहा था कि पड़ोसन का पति हड़बड़ाता हुआ अपने द्वार से बाहर निकल, उसकी ओर आता दिखायी दिया, गोया वह उसकी ही प्रतीक्षा कर रहा हो!

"आप रमेश पैकरा या रग्घू कोर्राम होंगे?" उस व्यक्ति ने अपने गेट के पास आकर मुस्कुराते हुए पूछा।

"मैं रमेश पैकरा, रग्घू मेरे मित्र का नाम है।...मगर आप नाम कैसे जानते हैं?" रमेश ने चकित होकर पूछा।

"पिछले हफ़्ते मेरे ऑफ़िस के पते पर झा जी का पत्र आया था। वे बीमार हैं और बेटी के पास बिलासपुर में हैं। उनका इधर आना शीघ्र सम्भव नहीं है। उन्होंने लिखा है कि आप लोग उनकी बाइक को लेकर परेशान न हों। वे लौटेंगे तो रग्घू के गंगालूर के घर या मुचनार में पत्र लिखकर सूचित कर देंगे।"

रमेश ने इस जानकारी के लिए उस व्यक्ति का धन्यवाद किया। मास्टरजी के लिए थोड़ी चिंता भी हुई। पूछा, "मास्टरजी की क्या बहुत ज़्यादा तबीयत खराब है?"

"ऐसा तो कुछ नहीं लिखा है, मगर मुझे पता है कि उन्हें दिल की बीमारी है। हो सकता है, इधर ठंड में कुछ बढ़ भी गई हो! बिलासपुर के किसी हॉस्पिटल में

उनका इलाज चल रहा है। बेटी-दामाद उनका ध्यान रखने के लिए वहाँ हैं, चिंता की बात नहीं है।''

रमेश ने उसका फिर धन्यवाद किया। पड़ोसी जिस हड़बड़ी में गेट तक आया था, उससे थोड़ी कम हड़बड़ी में वापस अपने घर में लौट गया, जैसे किसी पट्टे बँधे डॉगी को उसकी मालकिन ने वापस खींच लिया हो!

~

मास्टरजी के घर से लौटकर रमेश बस स्टैण्ड आया। भीमा अंकल के घर के लिए एक दर्जन केले खरीदे। दन्तेवाड़ा जाने वाली बस एक घंटे बाद जगदलपुर से यहाँ पहुँचने वाली थी, मगर सामने एक टैक्सी (जीप) जो लगभग भर चुकी थी, दन्तेवाड़ा जाने के लिए तत्पर थी। टैक्सी का ड्राइवर लगातार हॉर्न बजा रहा था और उसका कंडक्टर टैक्सी के दरवाज़े पर लहराता खड़ा चीख रहा था, ''दन्तेवाड़ा...दन्तेवाड़ा! कोई दन्तेवाड़ा है क्या?'' रमेश चौंककर उस छूटती टैक्सी में दौड़कर घुस गया, गोया वही दन्तेवाड़ा हो! ड्राइवर ने गाड़ी आगे बढ़ा दी। कंडक्टर भी टैक्सी के बाहर अपना लहराता शरीर समेटकर अंदर हो गया, गोया उसे जिसकी तलाश थी, वह उसे मिल गया हो!

सुबह के नौ बज रहे थे, जब रमेश दन्तेवाड़ा पहुँचा। अंकल की दुकान के पास ही टैक्सी से उतर गया, मगर दुकान बंद थी। अंकल अभी घर से आये नहीं थे। वह पैदल उनके घर की ओर बढ़ गया। अंकल आलू-पोहा का नाश्ता कर रहे थे। रमेश ने उस घर के लोगों को 'गुड मॉर्निंग' की और आँटी के हाथों में प्लास्टिक की थैली में धरे केले सौंप दिये। सुनंदा ने रमेश के बैठते ही पानी लाकर दिया। रमेश ने अभी एक घूँट पानी ही पिया था कि सुनंदा किचन से एक प्लेट आलू पोहा भर कर ले आयी, ''लीजिए ब्रदर!''

''अरे नहीं, मैं तो अचानक आया हूँ। आप लोग नाश्ता कीजिए। मैं बाइक लेकर मुन्ना की तरफ़ जाना चाहता हूँ। उधर रास्ते में ही नाश्ता कर लूँगा!''

''सन, शरमाओ नहीं। हम दोनों माँ-बेटी घर पर ही रहती हैं। हमें नाश्ते की कोई जल्दी नहीं। दस मिनट में फिर तैयार कर लेंगे। तुम अपने अंकल का साथ दो। आज ये भी थोड़ा लेट हो गये हैं,'' आँटी बोलीं। अंकल ने भी, जिनके मुँह में आलू-पोहे का कौर ठुँसा हुआ था, बायें हाथ को ऊपर से नीचे गिराते हुए रमेश को बैठने और खाने का इशारा किया। रमेश ने प्लेट में पड़े चम्मच में थोड़ा-सा आलू-पोहा भरा और अपने मुँह की ओर धीरे-धीरे यूँ बढ़ाया, गोया उसे औरों का हिस्सा हड़पने का दुख हो और कोई चाहे तो उसे अब भी रोक सकता है! मगर उसे किसी ने नहीं रोका, तो उसने भी अंकल की तरह अपनी प्लेट का पूरा नाश्ता साफ़ कर दिया। फिर पानी पिया, चाय भी पी।

अंकल को उनकी दुकान में बाइक से छोड़ रमेश पेट्रोल पम्प पहुँचा। यह सोच कर कि गाहे-बगाहे इस बाइक का उसे ही उपयोग करना है, उसने पेट्रोल की टंकी

फ़ुल करवा ली। गीदम, जो आस-पास जाने का केन्द्रीय बस अड्डा था, पहुँच कर वह कुछ मिनट रुका, ताकि इलाके के ताज़ा माहौल का अंदाज़ा लगा सके। इधर बसें, टैक्सियाँ चल रही थीं, मगर थोड़ी-थोड़ी देर में उनके बीच से सीआरपीएफ़ और सुरक्षा की दूसरी एजेन्सी के जवानों की बड़ी गाड़ियाँ, पुलिस की जीपें भी इधर-उधर आ-जा रही थीं। सलवा जुडूम के कार्यकर्ता भी गुज़र रहे थे, जो मोटरसाइकिलों के झुंड में चलते, मेटाडोर और ट्रकों में ठुँसे, किन्तु खुले मुँह चीख-चिल्ला रहे थे। आस-पास के अलावा दूर-दराज में भी लगातार कुछ हो रहा था और उसकी दहशत का एहसास बस अड्डे पर उतरती सवारियों के चेहरों को देखकर होता था। आते-जाते यात्रियों और बस चालकों की बातों से पता चला कि बासागुड़ा, तिम्मापुर के पास कहीं पर नक्सलियों ने सड़क काट दी है। मैलावाड़ा, मोखपाल के रास्ते पेड़ काट कर सड़क अवरुद्ध कर दी गई है। गंगालूर में हमला हुआ, जिसमें कुछ लोगों को गोलियों से उड़ा दिया गया था। पुलिस ने मुठभेड़ में दस नक्सलियों को ईदवेड़ा, कोंडे आदि जगहों पर मार गिराया है।

रमेश का दिल अपने मुन्ना के लिए धड़क रहा था। उसने सोचा, 'अगर आज मुन्ना मिल गया तो उसे इस बार यहाँ से निकालकर कांकेर ज़रूर भेज दूँगा।' उसने भैरमगढ़ की ओर बाइक बढ़ा दी। रास्ते में इधर भी चेकपोस्ट थे। अपने ड्राइविंग लाइसेंस के ज़रिये वह अपना परिचय चेकपोस्ट पर देता और लगे हाथ अपने भाई के एस.पी.ओ. होने की बात भी कह देता। लाइसेंस की बनिस्बत भाई का परिचय ज़्यादा असरकारक था। चेकपोस्ट से और सलवा जुडूम कार्यकर्ताओं से वह आसानी से बच निकलता। नक्सलियों से उसका अब तक कहीं सामना नहीं हुआ था, तो भी वह वीरान रास्तों पर आगे बढ़ता हुआ उनकी उपस्थिति को महसूस कर रहा था। उनसे बचने के लिए उसने अपनी फ़ुल पैंट की आंतरिक जेब में पत्रकार होने का परिचय पत्र छुपा रखा था। उसे बताया गया था कि वे सामान्यत: शिक्षकों और पत्रकारों को नुकसान नहीं पहुँचाते हैं। उसके बैग में पत्रिका के दो अलग-अलग माह के अंक भी रखे थे, जिन्हें चेकपोस्ट वालों ने तलाशी के दौरान देखा, मगर बस अड्डे पर खरीदी साधारण पत्रिका मान कर, वे रमेश से पत्रिका के सम्बन्धों तक नहीं पहुँच सके। उन्हें ज़्यादा पूछताछ की पड़ी भी नहीं थी। इधर के ज़्यादातर चेकपोस्ट वाले सलवा जुडूम कार्यकर्ता ही थे और वे (खासकर) प्राइवेट वाहनों से निर्धारित शुल्क भी वसूल रहे थे। रमेश ने भी दो जगह बाइक से चलने का पाँच-पाँच रुपया दण्ड चुकाया था। यह नया विकास था, जो उसकी पिछली यात्रा में नज़र नहीं आया था।

भैरमगढ़ कैम्प में पहुँचने पर संयोगवश उसे पिछली मुलाकात वाला संतरी ही मिल गया। कैम्प के बाहर पुलिस की दो बसें, तीन जीपें और कुछ मोटरसाइकिलें खड़ी थीं। कैम्प के अंदर से कुछ कोलाहल उठ रहा था। रमेश ने संतरी से पूछा, "कुछ खास बात है क्या, आज?"

"नहीं साहब, सलवा जुडूम की रैली अभी लेकवारा की तरफ़ जाने वाली है।

लोग खा-पी के तैयार हो रहे हैं। कुछ और पार्टियाँ भी आयेंगी। सब साथ निकलेंगे!''

''उमेश पैकरा, मेरा छोटा भाई यहीं है एस.पी.ओ.। उससे भेंट हो सकेगी?''

''हाँ साहब, हो सकती है। अभी तो सब यहीं हैं।''

रमेश ने संतोष की साँस ली। संतरी ने अपने आस-पास टहल रहे कैम्प के एक रहवासी ग्रामीण को इशारे से पास बुलाया और एस.पी.ओ. उमेश पैकरा को यहाँ गेट के पास भेजने के लिए कहा। उमेश खाना खाकर उठा ही था। हाथ-मुँह धोकर तुरन्त गेट के पास आया और बड़े भाई को सामने देख खुश होकर उससे लिपट गया। रमेश ने गौर किया, उमेश यानी मुन्ना ज़रा दुबला और बीमार-सा लग रहा है। लग रहा था, शायद एस.पी.ओ. की नौकरी से उसका मन भर गया है। मगर इसे तो लौटने के लिये चिट्ठी में कहा ही था!

''और कब तक एस.पी.ओ. बने रहने का इरादा है, मुन्ना?'' रमेश ने थोड़े व्यंग्य से कहा, हालाँकि वह उसे तुरन्त ले चलने की सोचकर आया था। ''चलो, मैं तुम्हें लेने आया हूँ!''

''नहीं ब्रदर, अभी नहीं!'' उमेश ने यूँ कहा तो लगा, जैसे उसे कोई रोक रहा है।

''क्या परेशानी है, क्यों नहीं जाना चाहते?''

''लौटना तो चाहता हूँ लेकिन अब दो महीने हो रहे हैं, सैलरी नहीं मिली! अब कह रहे हैं, अगली बार तीनों महीनों की एक साथ ही मिलेगी!''

''कौन कह रहा है? किसने बताया?''

''यहाँ के पुलिस अधिकारी ने।''

''यानी, अभी तुम मेरे साथ नहीं चल रहे हो?''

''नहीं ब्रदर, अभी नहीं। लेकिन जैसे ही सैलरी मिली, मैं भाग आऊँगा।'' उमेश ने कहा और एक पल चुप रहने के बाद संकोच भरी धीमी आवाज़ में उसने बताया, ''मैंने इधर आते समय मदर की टीन की पेटी से आठ सौ रुपये निकाल लिये थे। उसे पता भी नहीं होगा। वह हर महीने कुछ जमा करती है, मगर गिनती नहीं है। मैं लौटकर मदर के हाथों, उसका चुराया हुआ रुपया और अपनी पहली सैलरी देना चाहता हूँ। आप मेरे लिये परेशान मत होइये। कांकेर लौटने पर मैं खुद आपको सूचित कर दूँगा!''

''मेरी चिट्ठी मिल गई थी ना तुमको?'' रमेश ने मुन्ना के चेहरे पर नज़र गड़ाये हुए पूछा। मुन्ना के स्पष्टीकरण से रमेश थोड़ा विचलित हुआ, मगर उसे यह अच्छा ही लगा कि मुन्ना ने अपनी चोरी की बात स्वीकारी और अब पश्चाताप करना चाहता है।

''चिट्ठी? कोई चिट्ठी नहीं मिली। क्या आप पहले भी यहाँ आये थे?''

''हाँ,...और वो जो गेट पर संतरी खड़ा है, उसे दी थी तुम्हें देने के लिए!''

''वह सीआरपीएफ़ का आदमी है। जहूरखान नाम है उसका। उत्तर-प्रदेश का है, और वह तो अच्छा आदमी है!''

''फिर वह चिट्ठी कहाँ गई? चलो, उसी से पूछते हैं?''

''नहीं ब्रदर, मैं बाद में पड़ताल कर लूँगा। हो सकता है कि जहूरखान ने उसे हमारे एस.पी.ओ. लीडर वर्मा या साहू को दिया हो। साहू ज़रा दुष्ट स्वभाव का है। उससे उलझना अभी ठीक नहीं।''

''तो अब मैं क्या करूँ? अकेले लौट जाऊँ?''

''हाँ ब्रदर! बस कुछ और दिनों की बात है। मन तो मेरा भी है, मगर मैं थोड़ा रुक कर आऊँगा। मदर से कहना चिंता न करें।''

उमेश इतना छोटा भी नहीं था कि रमेश उसे धर-बाँधकर ले जाता। उसके दिल की तसल्ली के लिए यह भी कम नहीं था कि उमेश खुद लौटने की बात कर रहा है। दोनों कैम्प के बाहर निकलकर चर्चा कर रहे थे। रमेश ने पूछा, ''और इधर का कुछ नया समाचार है?''

''नया क्या ब्रदर, चारों तरफ़ ऐसा कुछ हो रहा है जो होना नहीं चाहिए। निमेड में कल एक आदिवासी नेता को गाँववालों ने घेर लिया था मारने के लिये। गाँववालों का वहाँ एका है। उस गाँव से कोई कैम्प में जाना नहीं चाहता। नक्सलियों का भी उनको सपोर्ट है।...आगे, गंगालूर सलवा जुडूम कैम्प में नक्सलियों ने गई रात में हमला बोल दिया था। सुना है, उन्होंने कुछ लोगों को मार भी डाला है!''

गंगालूर जुडूम कैम्प का स्पष्ट नाम सुनते ही रमेश के कान खड़े हो गये। रग्घू का परिवार तो उसी कैम्प में है! गीदम बस अड्डे पर भी उसने 'गंगालूर' की चर्चा सुनी थी, मगर तब वह मुन्ना से मुलाकात और वापसी की चिंता में ज़्यादा ध्यान नहीं दे पाया था। उसने मन-ही-मन वहाँ से सीधे गंगालूर जाने का फ़ैसला किया। उमेश से विदा लेते हुए उसने कहा, ''ठीक है मुन्ना, अपना ख़याल रखना और जितनी जल्दी हो सके मदर के पास लौट जाना। मैं उधर ही तुम्हारे लिए बेहतर काम की तलाश में हूँ।''

''ब्रदर, एक मिनट रुको। मैं अभी आया।'' उमेश ने कहा और कैम्प के अंदर चला गया। जल्दी ही वह फिर लौट आया। उसके हाथ में पॉलीथिन की एक पोटली थी। पोटली के अंदर एक और छोटी पोटली थी। पोटली को रमेश की ओर बढ़ाते, उमेश ने कहा, ''भात और सब्ज़ी है। मुझे मालूम है आपने अभी लंच नहीं किया होगा! यहाँ कैम्प में बिठाकर मैं आपको खिला नहीं सकता। दस सवाल करेंगे।...मगर यहाँ हमारे लिये सामूहिक भोजन बनता है। खाने-पीने की यहाँ कोई चिंता नहीं।''

रमेश ने पोटली अपनी बाइक की डिक्की में रख ली और बाइक आगे बढ़ा ली। रग्घू द्वारा दिखाया गंगालूर जाने का छोटा रास्ता उसे याद था, इसलिए बीजापुर जाने की ज़रूरत नहीं थी।...लगभग पचास किलोमीटर की बचत!

भैरमगढ़ से पिनकोंडा, पुलाड़ी, पेद्दा होते हुए गंगालूर जाने वाला रास्ता अपने दोनों ओर सघन वनों से आच्छादित था। एक अकेला अजनबी, एकदम सुबह या शाम

को इधर से गुज़रने में झिझकता। आस-पास के गाँववाले भी शाम होते ही अपने घरों में समा जाते थे। वे जल्दी खा-पीकर सो भी जाते, मगर जागने के लिए वे सुबह होने का इंतज़ार नहीं करते थे। वे जाग जाते थे और सुबह बाद में अँगड़ाई लेकर पसरती थी। सूरज जब हाथ भर ऊपर आता, तभी वे बाहर निकलते। गनीमत थी कि रमेश दिन के उजाले में इधर से गुज़र रहा था और दोपहर के साढ़े बारह बज रहे थे। उसने भूख महसूस की। वह खाने की उचित जगह की तलाश में और आगे, और आगे बढ़ता गया। पिनकोंडा से आगे निकलकर कच्ची सड़क के एक तरफ़ उसे ज़मीन से उभरी हुई एक चट्टान दिखायी दी। उसने बाइक सड़क किनारे खड़ी कर दी। डिक्की से भोजन की पोटली निकालकर और साथ लायी पानी की बोतल लेकर वह सपाट चट्टान पर चढ़ गया। चट्टान पर हल्की धूप पड़ रही थी। एक झाड़ी से पत्तों वाली टहनी तोड़कर उसने चट्टान पर झाड़ू लगायी, ताकि उस पर पड़ी धूल, सूखे पीले पत्ते और चींटियाँ हट जायें।

भातवाली पोटली खोलकर उसने उस पर सब्ज़ी वाली पोटली पलट दी। बोतल के पानी से ही हाथ धोकर उसने पोटली के अंदर ही दोनों सामग्रियाँ मिलायीं और खाने लगा। भात के साथ आलू की सब्ज़ी थी। पता नहीं कैम्प में हरी सब्ज़ी बनती भी थी या नहीं, मगर भूख लगी हो तो हर सब्ज़ी में स्वाद फूट पड़ता है। फिर आलू तो अन्तर्राष्ट्रीय सब्ज़ी थी। हर देश में, हर मौसम में, हर जगह उपलब्ध। अनाज से भी सस्ता है आलू। गरीब के पास रुपया आये तो वह घर में बोरा भर आलू भर ले। रोज़ उबालो, रोज़ खाओ। न भात की ज़रूरत, न दाल की। बस चुटकी भर नमक, मिटे पेट की भभक!

रमेश ने आधा भोजन कर लिया था, तब उसने सामने सड़क पर कुछ लोगों को आते हुए देखा। वे पैदल थे। दो लोगों के कंधे पर एक मोटा बाँस था, जिसके बीच में रस्सियों के सहारे एक खाट लटक रही थी। खाट पर एक बुज़ुर्ग मरीज़ लेटा कराह रहा था। उनके पीछे-पीछे दो और भी लोग चल रहे थे, जिनके पास अपनी और मरीज़ की ज़रूरतों के सामान की थैलियाँ थीं। इनके पास पहुँचने तक रमेश ने अपना भोजन जल्दी खत्म कर लिया और हाथ धोकर, पानी पीकर अपनी बाइक के पास तैयार खड़ा हो गया। वह उल्टी दिशा से आते इन लोगों के आगे निकल जाने के बाद ही बाइक चालू कर आगे बढ़ना चाहता था। मगर लोगों का वह काफ़िला उसकी बाइक के पास आकर ठहर गया। खाट ढो रहे लोगों ने खाट ज़मीन से टिकायी और अपने कंधे, कमर और कदमों को आराम देने की गरज से ज़रा खड़े हो गये। एक व्यक्ति ने रमेश से पूछा, ''अस्पताल चालू है? डॉक्टर आ गये हैं?''

रमेश समझ गया। उनका मतलब पिनकोंडा के प्राथमिक स्वास्थ्य केन्द्र से था। पिनकोंडा की बस्ती उसने अभी-अभी पार की थी, मगर किसी स्वास्थ्य केन्द्र की तरफ़ उसका ध्यान नहीं गया था। हो सकता है कि वह स्वास्थ्य केन्द्र रास्ते से ज़रा हट कर अंदर बस्ती में हो! फिर उसमें डॉक्टर है या नहीं उसे क्या मालूम! मगर वह 'नहीं है' कहता, तो भी वे अब मरीज़ को इतने पास लाकर यहीं से लौटाने वाले नहीं थे।

पता नहीं जंगल के कितने भीतर से निकलकर ये आशान्वित आ रहे हैं! उसने अर्द्धसत्य बोलना ही ठीक समझा। कहा, ''डॉक्टर साहब के आने का समय हो रहा है, आप लोगों के पहुँचते ही वे भी पहुँच जायेंगे!''

मरीज़ भी पल भर अपनी कराह रोककर रमेश की बात सुनने लगा था। उन सभी ने थोड़ी राहत की साँस ली। अब खाटवालों ने सामानों की थैलियाँ और थैलीवालों ने खाट को कंधे पर उठा लिया था। वे तेज़ गति से पिनकोंडा की ओर बढ़ने लगे। रमेश ने एक गहरी साँस ली। प्रभु से प्रार्थना की कि स्वास्थ्य केन्द्रों में डॉक्टरों को समय पर रोज़ भेजा करे! पूरा बस्तर बीमार है और सही इलाज को तरस रहा है!

पुलाड़ी और पेद्दा पारकर वह गंगालूर की ओर बढ़ा जा रहा था कि एक और दुखद दृश्य से उसका सामना हुआ। उसने अपनी बाइक रोकी और रास्ते के किनारे खड़ा हो गया। गंगालूर की तरफ़ से एक छोटा परिवार लौट रहा था। पति, पत्नी और आठ साल का एक लड़का। उनके पास एक साइकिल थी। वे गंगालूर के स्वास्थ्य केन्द्र से लौट रहे थे। लड़का मर चुका था। उसका पिता लड़के की लाश को साइकिल के कैरियर में बिठा, लाश के सिर को सीट पर टिका पैदल चलता आ रहा था। लाश पर एक चादर ढँकी हुई थी। लड़के के पैर साइकिल के दोनों तरफ़ लटक रहे थे। साइकिल के पीछे-पीछे लड़के की माँ भी चल रही थी। वह लड़के के हिलते पैरों को साइकिल के चक्के से टकराने से रोकती, नंगे पैरों की उँगलियों को स्पोक में फँसने से बचाती, लड़के के शरीर की ढँकी चादर को रह-रहकर ठीक करती, सिसकती चल रही थी। वे तीनों तालपेरु के पार के किसी गाँव के थे। उन्होंने रास्ते में खड़े रमेश को वैसे ही पार कर लिया, जैसे वे रास्ते के पेड़ों, पुलों और खेतों को पार करते आ रहे थे। उनमें से किसी ने भी आँख उठाकर उसकी तरफ़ नहीं देखा—न पिता ने, न माँ ने...न बेटे ने!

45

गंगालूर का सलवा जुडूम कैम्प पुलिस छावनी में तब्दील था। नक्सलियों द्वारा मारे गये लोगों की लाशें उठाकर पोस्टमार्टम के लिये ले जायी जा चुकी थीं। पुलिस, कैम्प के लोगों से अनेक कोणों से पूछताछ कर रही थी। नक्सली कितने थे? उनमें पुरुष कितने थे? स्त्रियाँ कितनी थीं? कितने लोगों के पास हथियार थे? वे कुछ बोल रहे थे क्या? वे किस समय आये? कितनी देर तक रुके? उनमें से किसी को कोई पहचानता है? यहाँ से वे किस तरफ़ गये?

बीजापुर और दन्तेवाड़ा तक से कुछ पत्रकार रिपोर्टिंग के लिये आये हुए थे, मगर उनमें से कोई भी पुलिस से हटकर पूछताछ नहीं कर रहा था। कुछ पत्रकार जिनकी पुलिस से अच्छी यारी थी, एक तरफ़ खड़े सिगरेट पीते, पान-गुटका चबाते, पुलिस की तफ़्तीश पूरी होने का इंतज़ार कर रहे थे, ताकि पुलिस की बनी-बनायी रपट उनके हाथ आ जाये। कुछ ने अपने कैमरों से कैम्प की, कैम्प के लोगों की और

तफ़्तीश करते पुलिस अधिकारियों की फ़ोटो ले ली थीं। कुछ अब भी ले रहे थे। एक मुँह लगे पत्रकार-कम-फ़ोटोग्राफ़र ने तफ़्तीश करते अधिकारियों से निवेदन किया, "सर, एक सेकेंड मेरी ओर देखिये!" अधिकारियों ने चेहरा गम्भीर बनाये उसकी तरफ़ सिर उठाया। "ठीक है, सर! ओके...कल के अखबार में देख लीजिएगा!"

रमेश ने भी अपने कैमरे से दो-तीन तस्वीरें लीं। चूँकि कैम्प में बहुत गहमागहमी थी, वह अंदर जाकर रग्घू के परिवार की कैफ़ियत नहीं जान पा रहा था। लोगों की बातचीत से उसे पता चला कि मरने वाले आठ लोग थे और सभी एस.पी.ओ. बने नये लड़के थे। रमेश को तसल्ली मिली कि उनमें कोई रग्घू के परिवार का नहीं था। मगर यहाँ आकर उसके परिवार से बिना मिले वह जाना नहीं चाहता था, इसलिए उसे डेढ़ घंटा पुलिस की तफ़्तीश खत्म कर जाने का इंतज़ार करना पड़ा।

पुलिस, पत्रकारों और मृतकों के परिजनों के वहाँ से हट जाने के बाद रमेश कैम्प के अंदर गया। मालूर गाँव के कोर्राम परिवार की झोपड़ी का पता किया। बाँस की टाटी, टाटी पर लिपटी मिट्टी की दीवार, सरकार द्वारा मुहैया टीन की चादर की छत, टीन का ही द्वार। उसे झोपड़ी के बाहर ही रग्घू के पिता कोर्राम सन्तु मिल गये। रमेश ने उन्हें प्रणाम किया। कोर्राम सन्तु ने उसे अपनी झोपड़ी में चटाई पर बिठाया। रग्घू की बहन शांता ने अपनी माँ के हाथों उसके लिए पानी भिजवाया। माँ पानी लेकर आयी और पास ही ज़मीन पर बैठ गई। सभी के चेहरों पर दहशत थी, मगर वे इस आवरण को हटाने की कोशिश करते लगे। कैम्प में लाशों के हटाये जाने तक किसी भी झोपड़ी में चूल्हा नहीं सुलगा था। जब लाशें उठा ली गईं और अब पुलिस भी चली गई, तब जीवित लोगों को अपनी भूख की चिंता हुई। कुछ झोपड़ियों से धुआँ उठने लगा था। शांता ने भी चूल्हे पर चावल चढ़ा दिए थे। कोर्राम सन्तु परसों अपने गाँव-घर की बखरी से बैंगन तोड़कर लाये थे। माँ ने सब्ज़ी के लिये बैंगन काटकर तैयार कर रखे थे।

"जीवे माइना खूबे कठिन आंदू...(जीना बहुत मुश्किल है, बेटा)!" कोर्राम सन्तु ने कुछ रमेश से और कुछ अपने से कहा, "न गाँव में चैन, न कैम्प में। वे भाग्यशाली हैं जो भागकर दूसरे देश (तेलंगाना, ओडिशा) चले गये।...रग्घू से मिलना तो कहना, इधर आने की जल्दी मत करे। हम लोग जैसे भी हैं, ठीक हैं। हमारी चिंता की जगह अपनी पढ़ाई, परीक्षा और मिल सके तो नौकरी की चिंता करे!"

रमेश ने स्वीकृति में सिर हिलाया और पूछा, "अंकल, नक्सलियों ने अचानक कैसे हमला कर दिया? पहले कुछ हुआ था क्या?"

"अगर कोई किसी को दुश्मन समझता है, तो फिर हमले के लिए और कारण की ज़रूरत नहीं!...वैसे कुछ दिनों पहले एक छोटी-सी झिक-झिक यहाँ कैम्प में हो गयी थी। इस कैम्प में एस.पी.ओ. बने कुछ लफूट लड़के थे। वे लोग आस-पास के गाँवों में जाते थे और गाँववालों को कैम्प में आने के लिए धमकाते थे। उस दिन उन लड़कों ने इस कैम्प में रह रही लड़कियों को भी अपने साथ चलने को कहा। मैंने और दूसरी लड़कियों के परिवारवालों ने इसका विरोध किया था। बस इतनी-सी बात

थी। उन लोगों ने हमारा राशन–पानी बंद करने की धमकी दे दी। हम लोगों ने तब जुडूम के नेता, पुलिस और सीआरपीएफ़ के कमांडेंट से शिकायत की। ये एस.पी.ओ. गुस्सा हो गये थे। इन्होंने शिकायत करनेवाले लोगों के गाँवों में जाकर उनके घरों में चुन–चुनकर लूटपाट की। कुछ घरों को आग भी लगा दी थी।''

''आपके मालूर गाँव के घर को भी?''

''नहीं, हमारे घर के कुछ सामानों को तोड़ा–फोड़ा था। कुछ बर्तन–भाँडे गायब किये और दड़बे की मुर्गियों को ले भागे थे!''

''इसकी भी शिकायत ऊपर की थी?''

''हाँ, मगर कुछ हुआ नहीं। एस.पी.ओ. लोगों को तो और ज़्यादा ऊपर से संरक्षण प्राप्त है! खुद पुलिस और फ़ौज के लोग भी उनके खिलाफ़ जाने से बचते हैं!''

''बाहर, लोगों से पता चला कि नक्सलियों ने चुन–चुनकर उन्हीं एस.पी.ओ. को मारा है जो ज़्यादती कर रहे थे?''

''हाँ, सही है!''

''मगर अंकल, इस कैम्प से फर्लांग–दो फर्लांग से ज़्यादा दूर न पुलिस थाना है, न सीआरपीएफ़ का कैम्प! उन्हें क्या तुरन्त पता न चला होगा? फिर इन एस.पी.ओ. में भी कुछ लोगों के पास बंदूकें होंगी? इन्होंने भी तो एक–दो को मारा होगा?''

''नहीं, इन एस.पी.ओ. से शाम को सारे हथियार जमा करवा लिये जाते हैं, इसलिए ये निहत्थे थे।...वैसे तुम ठीक कहते हो, पुलिस और फ़ौजी जवानों के ठीये ज़्यादा दूर नहीं हैं, और मुझे नहीं लगता कि रात में हुए इस हमले का उन्हें पता न चला होगा!...मगर भैया, अपने प्राण सबको प्यारे हैं! ये यहाँ नौकरी करने आये हैं, प्राण देने नहीं!...बिना ऊपर का आदेश मिले, वे एक कदम भी आगे नहीं बढ़ाते।... फिर पुलिसवाले वारदात के पहले कैसे पहुँचते, उनकी परम्परा तो वारदात के बाद मौका–मुआयना की रही है! और कोई भी परम्परा, कभी फ़ायदा पहुँचाती है तो कभी नुकसान भी!''

सन्तु कोर्राम के साथ आधे घंटे से ज़्यादा रमेश की बातचीत होती रही। इस बीच रमेश ने गौर किया, रग्घू की बहन खाना बनाते समय उसकी तरफ़ देख तो लेती थी, मगर नज़र मिलते ही आँखें फेर लेती थी। वह घर के कामों में व्यस्त और गुमसुम दिखायी दे रही थी। आज तो शांता ने उसके पाँव भी नहीं छुए थे, न ही कोई बात ही की थी। बल्कि, उसके यहाँ होते उसने तो अपने माता–पिता से भी कोई बात नहीं की थी। पिछली बार जब वह रग्घू के साथ मालूर गाँव आया था तो शांता ने कितनी तत्परता से उसके पाँव छुए थे। तब वह कितनी उत्फुल्ल और चंचल प्रतीत होती थी। इस बार तो वह उसके करीब भी नहीं आयी। क्या वह उससे नाराज़ है? मगर क्यों?

रमेश को अब अपनी वापसी की सुध हो आयी। शाम के चार बजने को थे। उजाले में ही बीजापुर की तरफ़ से मेन रोड पकड़कर उसने आगे निकलने की सोची।

उसके विदा होने का आभास होते ही अचानक शांता का स्वर गूँजा। उसने माँ से कहा, ''याया, ज़रा सूखी लकड़ियाँ पीछे जाकर उठाकर ले आ!'' और पिता से कहा, ''और बाबू, तुम रमऊ काका की झोपड़ी में जाकर थोड़ी मिर्ची माँग लाना। साग के लिये कम पड़ रही है। वहाँ न मिले तो दउवा सेठ की दुकान से ले आना!''

बेटी के निर्देशानुसार माँ उठी और कैम्प के आखिरी छोर पर पड़ी लकड़ियों के ढेर की ओर चल पड़ी। पिता ने रमेश को 'अभी आता हूँ', कहकर वहाँ से प्रस्थान किया। जब वे दोनों बुजुर्ग वहाँ से हटे तो शांता पास आयी और रमेश से बिना किसी औपचारिकता के बोल पड़ी, ''भैया, मुझे लगता है भाभी (इरमा) ज़िन्दा है!''

''क्या?'' रमेश ऐसे चौंका, जैसे किसी ने उसकी कमीज़ की एक बाँह फाड़ दी हो! उसे आश्चर्य हुआ कि शांता ने यह बात अपने माता-पिता के सामने क्यों नहीं कही!

''तुम यह कैसे कह सकती हो? कहाँ देखा तुमने उसे?''

''वह दादा लोगों के साथ थी। मैंने छुपकर उसे देखा है कल रात। वह 'दीदी' बन गई लगता है, भैया!''

''क्या तुम्हें पक्का भरोसा है?''

''एकदम पक्का तो नहीं, पर रात को एक 'दीदी' मुझे उसकी तरह ही जान पड़ी थी। इरमा भाभी जैसे दोनों हाथ गर्दन पर पीछे रखकर खड़ी होती थी, उसे मैंने वैसे ही खड़ा पाया। उसके सिर और चेहरे पर पट्टी बँधी थी। शायद घाव थे वहाँ! कम उजाले में भी उसके हाथों का गोरापन मुझे दिख गया था।''

''क्या वह भी हथियार पकड़े थी?''

''नहीं, उसके दोनों हाथ खाली थे। मगर वह बहुत थकी हुई और बीमार लग रही थी। उसके पैरों के पास सामानों का एक थैला रखा था, जिसे लौटते समय उसने उठाया तो उसके हाथ में भी कुछ निशान मैंने देखे।...एक बार उसने ही मुझे बताया था कि बचपन में भालुओं ने नाखूनों से उसे नोचा था, जिससे हाथ में भी निशान रह गये थे।...मगर तब चेहरे पर तो कुछ नहीं था, भैया!''

''तुमने अपनी याया और बाबू को क्यों नहीं बतलाया?''

''वो भरोसा नहीं करेंगे, फिर वो ये भी पसंद नहीं करेंगे कि उनकी बहू 'दीदी' है! वैसे भैया, हो सके तो आप पक्का पता करना!''

रमेश पशोपेश में पड़ गया। यह उसके लिये मुश्किल काम था। उसे हाँ-न कुछ कहते नहीं बना। बोला, ''अगर वह इरमा ही थी, तो उसे पता तो होगा कि तुम्हारा परिवार यहाँ जुडूम कैम्प में है? वह तुम लोगों से क्यों नहीं मिली?''

''लगता है भैया, उसने अपना रास्ता अलग चुन लिया है! शायद वह चाहती है कि अब हम उसे भूल जायें!'' थोड़ी देर की चुप्पी के बाद शांता ने कहा। शांता की

सूचना ने रमेश को मानसिक तौर पर अस्थिर कर दिया। उधर माँ सूखी लकड़ियों का छोटा–सा गट्ठर उठाकर चूल्हे के पास रख रही थी। रमऊ की झोपड़ी से थोड़ी–सी हरी मिर्च लेकर सन्तु भी जल्दी आते दिखायी दिये। रमेश ने उससे जल्दी से इतना ही और कहा, "देखता हूँ, अभी कुछ कह नहीं सकता। रग्घू भी दुखी है। कुछ पता चले तो रग्घू को बता दूँगा!"

"भैया खाना बन गया है, खाकर ही जाना। बस पाँच मिनट की देरी है," माँ, पिता को लौटा देख शांता ने भी जल्दी से कहा।

"नहीं, मैं भैरमगढ़ से खा–पी कर ही निकला था। भूख नहीं है।" रमेश ने कहा और रग्घू के माता–पिता से विदा ली। नमस्कार किया। इस बार शांता ने जल्दी से आगे बढ़कर उसके पाँव छू लिये। रमेश ने अपनी बाइक कैम्प के बाहर ही रख छोड़ी थी। उस झोपड़ी से बाहर निकला तो कोर्राम सन्तु उसे बाइक तक छोड़ने आये।

≈

रात के साढ़े सात बजे रमेश अपने लॉज में पहुँचा। हाथ–मुँह धोकर उसने सड़क पार की। बस स्टैण्ड के ठेले से चाय पीकर लौट आया। आठ बज रहे थे और आर.पी. सिंह के आने का समय हो गया था। आर.पी. सिंह आधा घंटा लेट आये। आते ही अपने लेट होने के लिये क्षमा माँगी, फिर खुद ही अपने को क्षमा करते हुए बोले, "वैसे ज़्यादा लेट नहीं हुआ। इस देश में इतना तो चलता है, यार!...और सुनाओ, कहाँ–कहाँ गये? कुछ स्टोरी हाथ लगी कि नहीं?"

किराये पर लिये लॉज के बैड–कम–दीवान पर दोनों बैठे थे। रमेश ने 'इरमा' की बात छोड़कर मास्टरजी की बाइक, मुन्ना से भेंट और गंगालूर कैम्प में एस.पी.ओ. लोगों की हत्या का समाचार संक्षेप में उन्हें सुना दिया। फिर उन्हीं से पूछा कि उन्होंने कल के लिये क्या प्रोग्राम बना रखा है?

आर.पी. सिंह ने कहा, "कल हम दोनों, चूँकि अब आपके पास बाइक भी है तो इसका उपयोग करते हुए, चित्रकोट, तीरथगढ़, कुटुम्बसर चलेंगे। आपने इधर की इन बेहतरीन जगहों को शायद न देखा होगा। प्रकृति के इन शानदार उपहारों का उपयोग आप आर्टिकल के लिये भी कर सकते हैं। तीन साल पहले मैंने भी पत्रिका के लिए इन पर आर्टिकल लिखे थे। पाँच अंकों तक लगातार छपे भी। फिर भी सबके देखने की दृष्टि अलग–अलग होती है। आप अपने कोण से उन जगहों को देखकर लिख सकते हैं।...और अगर आप कल के बाद भी यहाँ रुकें या अगली बार आयें तो बचेली, बैलाडीला की ओर आपको ले चलूँगा।"

रमेश ने स्वीकृति में सिर हिलाया और कहा, "मैं कल भर और रुकूँगा। हम चित्रकोट की तरफ़ चलेंगे। बैलाडीला की तरफ़ की यात्रा अगली बार के लिये तय रही।" हालाँकि रमेश के मन में कुछ और भी चल रहा था और वह सोच रहा था कि

इसमें आर.पी. सिंह की मदद ली जाये या नहीं!

दूसरे दिन सुबह नौ बजे दोनों मास्टरजी की बाइक से निकल पड़े। रमेश ने रास्ते में पेट्रोल की टंकी में जितनी जगह खाली थी पेट्रोल भरवा लिया। इन रमणीक जगहों के बारे में रमेश जानता तो था, मगर खुद देखा नहीं था। सोचा, 'चलो इसी बहाने यह भी हो जाये।' ये सुरक्षित जगहें थीं, क्योंकि इस तरफ़ भीड़ का आना-जाना लगा रहता था। पुलिस की सतत् निगरानी इनमें थी और फ़ौजियों के कैम्प इधर नहीं थे। रमेश को पक्का एहसास था कि इन जगहों में उसे अपने आर्टिकल के लिये वैसी सामग्री नहीं मिलेगी, जिसकी उसे तलाश है। फिर भी उसने हामी भर दी, क्योंकि इस इलाके को अच्छी तरह जानने-समझने के लिये इन सबको भी अपनी आँखों से देखा जाना ज़रूरी था!

सबसे पहले वे चित्रकोट देखने निकले। रमेश ने जैसा उसके बारे में सुन रखा था, वह जलप्रपात वैसा ही प्रतीत हुआ। वहीं उनको दोपहर भी हो गई और भोजन का समय भी। आर.पी. सिंह ने एक होटल में बैठकर अपने साथ लाया टिफ़िन बॉक्स खोला। उसमें दोनों के लिए पर्याप्त रोटी-सब्ज़ी थी। भोजन कर वे तीरथगढ़ और कुटुम्बसर के लिये जगदलपुर होकर विपरीत दिशा में बढ़ गये। यहाँ पहुँचकर उन्होंने कुटुम्बसर की गुफ़ा और तीरथगढ़ का जलप्रपात भी देखा। दोनों ही जगहें रमेश को बहुत खुशनुमा और रमणीय लगीं। रमेश को भरोसा तो था कि अपनी आँखों से देखने का सुख अलग ही होता है। व्यक्ति अधिक तृप्त होता है, जबकि सिर्फ़ सुनकर रह जाने से तृप्ति बढ़ती ही है। तीरथगढ़ जलप्रपात के सामने की पहाड़ी पर लटक रहे एक बोर्ड पर रमेश की नज़र पड़ी, वह उसे पढ़ने लगा। बोर्ड में भगवान राम के वनगमन मार्ग का चित्र और उनके शरणस्थलों के नाम वहाँ दर्ज थे। उसे यह जानकर आश्चर्य हुआ कि इसी दण्डकारण्य में उन्होंने अपने वनवास के साढ़े दस साल गुज़ारे थे। हालाँकि वह व्यक्तिगत रूप से राम की कथा और पात्र को एक मिथक ही समझता रहा था, मगर जिसने इस देश की आधी आबादी के दिलों में घर कर रखा था, यह यथार्थ चकित करने वाला तो था ही।

रमेश अपने अंदर जिस चिंता और जिज्ञासा को दबाये हुए था, उसके सूत्र तलाशने की गरज से अंततः उसने आर.पी. सिंह से बात कर लेना ही ठीक समझा। मगर शुरुआत उसने दूसरी बात से की। पूछा, "ये ईनामी नक्सली का क्या मामला है? पहले से उनके बारे में खबर नहीं होती? नक्सली के मर जाने के बाद खबर छपती है कि वह इतने रुपयों का ईनामी नक्सली था! पहले से पब्लिक-डोमेन में यह सूचना रखने में क्या दिक्कत है?" आर.पी. सिंह हँसे, बोले, "पक्का पता तो मुझे भी नहीं है यार, मगर लगता है, पुलिस को डर हो कि ज़्यादा रकम के लालच में आम लोग और खुद पुलिस बल के लोग भी सिर्फ़ उसी के पीछे न लगे रह जायें! जबकि अन्य नक्सली उनके आस-पास ही फिरते हों!"

''अच्छा सिंह साहब, ये बतलाइये।'' रमेश अब अपने मतलब की बात पर आया और पूछा, ''आप किसी ऐसे व्यक्ति को जानते हैं जो नक्सलियों से सम्पर्क रखता हो?''

सिंह साहब चकराये। बोले, ''क्या बात है, यार? क्या करने का इरादा है?''

''असल में मैं किसी नक्सली से मिलना चाहता हूँ और सीधे उससे ही जानना चाहता हूँ कि आख़िर उनके कार्यों की प्रेरणा क्या है? वे आख़िर चाहते क्या हैं?''

तीरथगढ़ के एक झोपड़ीनुमा होटल में बैठकर वे चाय पी रहे थे। थोड़ा आस-पास टहलकर वे अभी-अभी वहाँ पहुँचे थे। प्रश्न सुन कर आर.पी. सिंह थोड़ा चौंके, फिर मुस्कुराते हुए बोले, ''यार, यह तो बड़ी खतरनाक बात है! आप उनसे मिलोगे भी तो क्या वे आपको आसानी से लौटने देंगे?...वैसे मैं एक आदमी को जानता हूँ जो लोहाण्डीगुड़ा में रहता है। वह कभी दल्ली-राजहरा में छत्तीसगढ़ मुक्ति मोर्चा के संगठन में काम करता था। अब वापस अपने गाँव आकर किराना दुकान चलाता है। वह नक्सलियों का समर्थक है। अगर वह तैयार हो जाये तो वही आपको उनसे मिला सकता है।''

रमेश को कुछ आस जगी। बोला, ''सिंह साहब, बड़ी कृपा होगी जो आप उससे मिलने में मदद करें!''

''देखो भई, मैं पक्का तो नहीं कह सकता कि वह व्यक्ति आपको नक्सलियों से मिलाने को तैयार हो ही जायेगा! मगर मैं उस व्यक्ति से बात करूँगा। वह माह में एक-दो बार मेरी दुकान में सामान लेने आता है। मेरी जब कभी उससे बात हुई, वह नक्सलियों के सपोर्ट में खड़ा रहा। उसकी बातों से ही मुझे लगता रहा कि वह उनसे मिला हुआ है!...आपने यह बात अगर चित्रकोट में ही कही होती तो मैं आपको पास की ही एक बस्ती में, उसकी दुकान में ले जाकर मिलवा ही देता। अब आज तो सम्भव नहीं है। हम चित्रकोट की उल्टी दिशा में आ गये हैं और अभी जगदलपुर जाते ही शाम हो जायेगी।...खैर, आगे जब कभी वह मेरी दुकान में आयेगा तो मैं उससे बात कर रखूँगा। कोशिश भी करूँगा कि वह तैयार हो जाये।''

''बहुत अच्छा होगा। मैं इंतज़ार करूँगा, सिंह साहब!...वैसे उस व्यक्ति का नाम क्या है?''

''बोगाराम कश्यप!''

''बोगाराम कश्यप!''...रमेश ने कई बार मन-ही-मन में यह नाम दुहराया। 'कश्यप' सरनेम के अनेक नेता, मंत्री इस बस्तर में हुए, मगर फिर भी उसे यह सरनेम इस जंगल के लिये आयातित प्रतीत होता था। मगर अब तो यहाँ न जाने क्या-क्या आयात हो रहा है, नाम में क्या धरा है! फिर उसका अपना सरनेम 'पैकरा' भी यहाँ के लिये ऐसा ही नहीं था क्या?

भाग–4

प्रतीक्षा
तुम्हारे आने से पहले

46

चार माह बीत गये। इस बीच दो बार रमेश का बस्तर आना हुआ, मगर आर पी. सिंह ने अब भी हरी झंडी नहीं दिखायी थी। रमेश ने भी रग्घू से इरमा के बारे में कुछ साफ़ बात नहीं की थी, क्योंकि उसे ही कुछ साफ़ जानकारी नहीं थी। अलबत्ता गंगालूर से होकर रायपुर आने पर उसने रग्घू को वहाँ की घटना बतलायी थी और कैम्प में उसके परिवार के सकुशल होने की जानकारी के बीच मज़ाकिया लहज़े में इतना ज़रूर कह दिया था कि शांता को एक नक्सली युवती पहचानी-सी लगी थी; मगर बाद में उसने स्वयं ही इनकार कर दिया था!

रग्घू के बी.एड. का परिणाम आ गया था और उसने प्रथम श्रेणी पायी थी। जिस निजी स्कूल में वह पढ़ा रहा था, वहाँ के स्टाफ़ ने उसके पास होने की खुशी में उससे चाय-नाश्ते की पार्टी ली थी। स्कूल, स्टाफ़ और विद्यार्थियों के बीच उसका मन लग गया था, बावजूद इसके वह इधर-उधर की सरकारी नौकरी की जुगत में भी था। वह नौकरियों के विज्ञापन पढ़ता और झट आवेदन फ़ॉर्म भरता जा रहा था। पिता के निर्देश और अब अपनी भी कम होती रुचि के कारण उसने बस्तर जाना बंद कर दिया था। दुखद स्मृतियों से वह फिर सिर टकराना नहीं चाहता था।

इस बीच उमेश ने एस.पी.ओ. का काम छोड़ दिया था। तीन महीने बाद भी उसे सिर्फ़ दो माह का वेतन मिला था—तीन हज़ार रुपये! आखिरी महीने के वेतन के लिये अब और वहाँ रुकना उसे गवारा न हुआ। जो काम उससे लिया जा रहा था, वह अमानवीय और खतरनाक प्रवृत्ति का था। अपनी हेकड़ी के चलते वह वहाँ आ पड़ा था, जिसका बाद में उसे पश्चाताप हुआ था। उसके लौट आने पर रमेश ने आर. पी. सिंह की मदद से जगदलपुर में एक प्रतिष्ठित वकील के साथ उसे सम्बद्ध कर दिया था। वहाँ वह वकील की फ़ाइलों, किताबों और दूसरे सामानों को घर-ऑफ़िस से कोर्ट तक और कोर्ट से घर-ऑफ़िस तक वकील द्वारा उपलब्ध करायी स्कूटी से ढोता था। वकील के ऑफ़िस की साफ़-सफ़ाई भी उसके ज़िम्मे थी। दो-तीन बार वह रायपुर, बिलासपुर के कोर्ट में भी वकील द्वारा लड़े जा रहे मुकदमों की सुनवायी में साथ गया था। यह काम सरकारी तो नहीं था, मगर एस.पी.ओ. के काम से बेहतर और सम्मानजनक था। इसमें जोखिम भी नहीं था और फ़िलहाल वकील उसे दो हज़ार रुपये महीना दे रहा था। वकील के यहाँ काम शुरू करने से पहले वह माँ से मिलने

कांकेर गया था और उसकी टीन की पेटी से चुराये आठ सौ रुपये और अपने पहले महीने के वेतन के डेढ़ हज़ार रुपये दे आया था। माँ ने उसे कांकेर में ही रोकने की भरसक कोशिश की थी, मगर वह नहीं माना था। उसने हर हफ़्ते इतवार को कांकेर आकर माँ से मिलने का वादा किया था।

रमेश अपने दैनिक कामों के अलावा जब भी, जैसे भी और जिससे भी बस्तर का समाचार मिलता, ध्यान से सुनता, पढ़ता और समझता। बस्तर के लिये उसकी उत्तरोत्तर जिज्ञासा और खास कर नक्सलियों से साक्षात्कार के लिये, बढ़ती ही जा रही थी। वह उनसे मिलकर उनके दृष्टिकोण को भी समझना चाहता था। मगर उनकी अनजानी जगह पर अकेले जाना मुश्किल और खतरनाक था। शक में दोनों ही (नक्सली और पुलिस-बल) उसे गोलियों से भून सकते थे। तीर-कमान, बल्लम-बर्छी, कुच-कुल्हाड़ी के अभ्यस्त इस दण्डकारण्य में बंदूक-बम, गोला-बारूद और लैंडमाइन ने प्रवेश कर लिया था। लगातार हो रहीं मौतों और परस्पर हो रहे बड़े-बड़े दावों के बीच, अब अरण्य के बाहर के आम लोगों की रुचि यहाँ के समाचारों के प्रति कम होती जा रही थी। पुलिस और सैन्य-बल के जवान मारे जा रहे थे, नक्सली मारे जा रहे थे, और इन दो पाटों के बीच पिसता बस्तरिया-मानुष उलझन में था किधर जाये! कई लोग अनजाने ही उस पक्ष में आ पड़े थे, जहाँ वे होना नहीं चाहते थे।

पाला बदलने की सुविधा यहाँ नहीं थी। यह 'महाभारत' तो था, मगर धर्मयुद्ध नहीं था। कहते हैं, 'महाभारत' में जब श्रीकृष्ण अर्जुन को *गीता* का उपदेश दे रहे थे, तभी भीष्म पितामह ने दोनों तरफ़ की सेनाओं के शूरवीरों के बीच उद्घोषणा की थी कि अब युद्ध आरम्भ होने वाला है और जो शूरवीर पाला बदलना चाहता है, तो वह इसके लिए स्वतंत्र है! तब कौरवों का एक भाई युयुत्सु डंका बजाता हुआ कौरव पक्ष से निकला और पांडवों के पक्ष में शामिल हो गया था!

आज के कुरुक्षेत्र में यह सुभीता नहीं था। दूसरे पक्ष की तरफ़ झुकाव का संदेह भी बरदाश्त के बाहर था। आज भीष्म की तरह 'स्वतंत्रता' का उद्घोष करने वाला किसी भी पक्ष में दिखायी नहीं देता था। पक्ष का तो छोड़िये, 'विचार' तक की स्वतंत्रता पर पैनी नज़र थी। सत्य किधर है, कहना तब भी मुश्किल था और आज भी मुश्किल है। मगर सत्य का अनुसंधान तब दिखायी भी देता था, मगर अब तो देखकर भी उस पर पर्दा डाला जा रहा था!...सत्य की भूख सभी को रहती है, मगर जब सत्य परोसा जाने लगता है तो बहुतों को उसका स्वाद अच्छा नहीं लगता!...'महाभारत' का युद्ध भी अट्ठारह दिनों में निपट गया था, क्योंकि उस युद्ध के लक्ष्य स्पष्ट थे। मगर बीस बरसों से भी ज़्यादा समय से लड़े जा रहे इस बस्तरिया हिंसा-पुराण में लक्ष्य छुपाकर रखे गये थे और शूरवीर भी छुपकर वार कर रहे थे।

~

हाल-फ़िलहाल समाचार था कि पुलिस और सैन्य-बल ने मिलकर चार नक्सलियों को मार गिराया था। पुलिस और सैन्य-बल के आक्रामक रवैये से घबराकर पचासों संघम सदस्यों ने आत्मसमर्पण कर दिया था और अब उनमें से कुछ पुलिस के मुखबिर बन गये थे या एस.पी.ओ. में सेवा देने लगे थे। सैंकड़ों गाँव खाली होकर कैम्पों की शरण में जा चुके थे। इन्द्रावती पार की सभी राशन की दुकानें बंद कर दी गई थीं। पुलिस और सैन्य-बल ने नक्सलियों के एक अड्डे को, जो पहाड़ी गुफ़ा में था, विस्फोट कर उड़ा दिया था। पता चला कि उस अड्डे में उनके हथियारों का जखीरा, प्रिंटिंग मशीन और राशन-पानी जमा था।

पुलिस बल भविष्य में और बड़े संग्राम की तैयारी में जुटा था। कांकेर के पास 'जंगल वॉरफ़ेयर कॉलेज' की स्थापना कर दी गई थी, ताकि नक्सलियों के साथ उन्हीं की तरह छापामार युद्ध लड़ा जा सके। पुलिस पदोन्नति के लिये इस कॉलेज से छह सप्ताह का प्रशिक्षण प्राप्त करना अनिवार्य कर दिया गया था। आरपीएफ़, नागालैण्ड इंडिया रिज़र्व बटालियन, छत्तीसगढ़ विशेष सुरक्षाबल की छब्बीस बटालियनें भी तैनात कर दी गई थीं। इसके अलावा भी नेशनल सिक्यूरिटी गार्ड के एक सौ बहत्तर कमांडों को दण्डकारण्य में उतार दिया गया था। हवाई सर्वेक्षण और मदद के लिये चार हैलीकॉप्टर अवतरित हो चुके थे। और तो और पंजाब से आतंकवाद का खात्मा करने वाले अधिकारी मिस्टर गिल सरकारी सलाहकार बनाकर बुलवा लिये गये थे।...लगने लगा कि बस साल-दो-साल में, जैसा कि विपक्षी मासा कोर्राम का विचार था, दण्डकारण्य की समस्या से निजात पा ली जायेगी। सत्तापक्ष इस 'गाँधीवादी आन्दोलन' की तैयारी देख संतुष्ट नज़र आता था!

इधर आक्रोशित नक्सलियों ने एर्राबोर पुलिस थाना क्षेत्र में चार यात्री बसें और दो ट्रक जला दिये। किरन्दुल की तरफ़ जाती मालगाड़ी को पटरी उखाड़कर गिरा दिया। एस्सार कम्पनी की पाइप लाइन और एनएमडीसी की मशीनों को नष्ट कर उसकी खदानों से बीस टन जिलेटिन लूट लिया। कंडेरी में, सारकेगुड़ा में ट्रांसफ़ॉर्मरों को विस्फोट कर उड़ा दिया। कई जगहों की सड़कें खोद डालीं। जंगल के अंदर की पक्की इमारतें गिरा दीं, ताकि सुरक्षाबल इनका अपने आश्रयस्थल के रूप में इस्तेमाल न कर सकें। उन्होंने कोंटा के कोत्ताचेरू में नागाफ़ोर्स के दस जवानों को घात लगाकर मार डाला। अनेक पुलिस मुखबिरों और संघम छोड़कर गये दलबदलुओं को वे पहचान-पहचान कर निपटाने लगे। इस तरह नक्सली भी भविष्य के महासंग्राम के लिये जी-जान से जुटे थे। वे पुलिस और सैन्य-बलों पर घात लगाकर तेज़ हमले कर उनके हथियार छीन रहे थे। जंगल में जगह-जगह उन्होंने लैण्डमाइन बिछा दी थीं। सैन्यबलों का राशन लेकर आते-जाते ट्रकों को लूटना अब आम बात हो गई थी। सड़क निर्माण में लगी मशीनों और गाड़ियों को जलाया जा रहा था। इनकी मदद के लिये तेलंगाना, महाराष्ट्र और ओडिशा से और भी नक्सलियों ने इस अरण्य में प्रवेश कर लिया था। सलवा जुडूम के चलते जीवन में आ गई असुरक्षा, अव्यवस्था के कारण अचानक नक्सलियों के दल में भर्ती के लिए आदिवासी युवक-युवतियों की टोलियाँ

आने लगी थीं। नक्सली, जो पहले सलवा जुडूम को कोस रहे थे, अब खुश हो रहे थे (मगर थोड़े चिंतित भी कि इतने सारे लोगों के लिये हथियार कहाँ से लायेंगे)! उन्हें भी लगने लगा कि इस दण्डकारण्य को लेकर उन्होंने जो सपना (अलग दण्डकारण्य राज्य का) पाल रखा है, जल्दी पूरा होने वाला है!

~

एक दिन रमेश अपनी पत्रिका के कार्यालय पहुँचा ही था कि सम्पादक ने उसे तुरंत जानकारी देते हुए कहा कि आर.पी. सिंह ने आपको बस्तर बुलाया है। अभी आधे घंटे पहले उनका फ़ोन आया था। उनका फ़ोन नम्बर तो मालूम होगा, बात कर लो।...उत्सुक रमेश ने कार्यालय के लैण्डलाइन फ़ोन से आर.पी. सिंह के मोबाइल का नम्बर लगाया। आर.पी. सिंह ने उसे बतलाया कि मैंने जिस बोगाराम कश्यप से आपको मिलाने की बात की थी, उससे बात हो गई है और वह परसों अपने किसी काम से जगदलपुर आ रहा है। आप कल रात की बस पकड़कर सुबह यहाँ आ जाओ। उसी लॉज में मैं आपके लिए एक बैड रिज़र्व करवा दूँगा। मैं लॉज में सुबह दस बजे आपसे मिलूँगा। ठीक है!

रमेश को लगा जैसे उसकी बरसों की कामना पूरी होने वाली है! बिना सम्पादक की सहमति के उसने आर.पी. सिंह को हामी भर दी। फिर जब सम्पादक से अनुमति माँगी तो, हालाँकि सम्पादक ने उसे रोका नहीं, मगर इतना ज़रूर कहा, ''जो रिपोर्ट आप बनाओगे, ज़रूरी नहीं कि उसे पत्रिका में छापा ही जाये! हमारी पत्रिका के आर्टिकलों पर आजकल सरकार की पैनी नज़र है। उसका विचार है कि हमारी पत्रिका का झुकाव नक्सलियों की तरफ़ ज़्यादा हो रहा है!...हम भी चाहते हैं, हमारी पत्रिका तटस्थ रहे, इसलिए...!''

''शर्माजी, आप तो आर्टिकल देखकर ही छापें। अगर आपको कुछ संशोधन भी करना हो तो भी कोई दिक्कत नहीं, आप तो सर्वेसर्वा हैं, जैसा आप उचित समझें!'' रमेश ने मुस्कुराते हुए कहा। उसे आर्टिकल के छपने-न छपने की चिंता नहीं थी। उसे तो बस नक्सलियों से प्रत्यक्ष मुलाकात की उत्कंठा थी और इसके लिए वह थोड़ा जोखिम भी उठाने को तैयार था।...पत्रकार यानी समाज का सचेतक! समाज को सच्चाई से अवगत कराने के लिये ज़रा-से जोखिम से जो पत्रकार डर गया, समझो जीते जी मर गया! पत्रकारिता भी एक युद्ध है, जिसमें पत्रकार छापामार की भूमिका में होता है!...उसने मन-ही-मन में अपने से कहा और मुस्कुरा पड़ा।

~

जगदलपुर के उसी लॉज के एक बिस्तर पर बैठा रमेश आर.पी. सिंह का इंतज़ार कर रहा था। उसकी बस सुबह चार बजे यहाँ पहुँच गई थी। ब्रश-मंजन, स्नान आदि से फ़ारिग होकर वह बस स्टैण्ड के अंदर के एक केरलियन होटल गया था। होटल छोटा

ज़रूर था, मगर आस-पास के अन्य होटलों से ज़्यादा साफ़-सुथरा था। वहाँ सिर्फ़ इडली-डोसा और चाय ही मिलती थी, बावजूद इसके वहाँ ग्राहकों की निरन्तरता बनी रहती थी। इस बस स्टैण्ड पर जिसका बार-बार आना होता था और जिसने इस होटल का एक बार भी स्वाद चखा था, उसे कम-से-कम सुबह, दक्षिण भारतीय स्वाद के लिए कहीं और जाना पसंद नहीं था। इस होटल से चाय-नाश्ता कर और बस स्टैण्ड का एक चक्कर मारकर वह संजय मार्केट चला गया था। उसे मालूम था, सिंह साहब किसी हालत में दस बजे के पहले नहीं आने वाले। बहुत ज़रूरी न हो तो वह नौ के पहले जागते भी नहीं होंगे! जैसा कि एक बार उन्होंने रायपुर की एक मीटिंग में उससे कहा था, ''सुबह की नींद गहरी होती है, उसे अकारण गैर-ज़रूरी कामों के लिए तोड़ देना, अपने स्वास्थ्य के प्रति नाइंसाफ़ी है!''

संजय मार्केट से लगा हुआ ही बस्तर के राजा प्रवीरचंद भंजदेव का किला था। किला बहुत बड़ा नहीं था, मगर छत्तीसगढ़ के छत्तीस गढ़ों (किलों) से तुलना करने पर यह बहुत छोटा भी नहीं लगता था। सुबह के समय उसका लोहे का द्वार बंद था, मगर लगता था कि वह दोपहर को भी नहीं खोला जाता होगा। कभी इसी किले से संचालित राजनीति ने (जो आदिवासियों के हित में दिखायी तो देती थी, मगर केन्द्र और प्रान्त की सोच से मेल नहीं खाती थी) इस अरण्य को देश की मुख्यधारा की चिंता का विषय बना दिया था।...सन् 1966 में सरकार द्वारा इसी किले में नज़रबंद राजा की अपनी तरफ़ से सुरक्षा के लिए आदिवासियों ने तीर-कमान लेकर इसे घेर रखा था। मगर तीर, बंदूकों से कब तक मुकाबला करते। बंदूकों ने पचासों आदिवासियों के साथ राजा को भी मार डाला था। राजा, सिर्फ़ उनका राजा ही नहीं बल्कि उनकी देवी दन्तेश्वरी माता का पुजारी भी था। उस घटना के बाद से आदिवासियों की छत्रछाया जाती रही थी। कई मुँह उठाये नेता आदिवासियों के हित की टेर लगाते रहे, मगर आदिवासियों का ही बाजा बजाते रहे। तब से सकपकाये, रुआँसे अरण्य की सिसकियाँ रह-रहकर उठतीं, हिलोरतीं अब भी सुनायी दे जाती थीं।

रमेश वापस आकर बैड पर बैठा, अखबारों के स्थानीय समाचारों पर नज़रें घुमाने लगा। राजधानी के अखबारों के स्थानीय पृष्ठों, जोकि कूड़ा-करकट, गंदी नाली, चोरी और नेता-मंत्री के आने-जाने, भाषण, उद्घाटन से भरे रहते थे, के बनिस्बत यहाँ के स्थानीय समाचार उसे ज़्यादा आकर्षक लग रहे थे। शायद ऐसा इसलिए भी कि यहाँ का हर चौथा समाचार अरण्य से सम्बन्धित था।...शबरी नदी पर गाँववालों ने मिलकर लकड़ी का अस्थायी पुल बना लिया था। सीआरपीएफ़ की रोड ओपनिंग पार्टी ने कुकनार के पास सड़क किनारे लैण्डमाइन का पता लगा लिया था। नक्सलियों के खतरे को भाँप कर चिंतागुफ़ा थाना सैन्य-बल की छावनी में तब्दील हो गया था। बंगापाल कैम्प में सरकारी आँकड़ों के अनुसार 969 ग्रामीण और 350 एस.पी.ओ. का रहना बताया गया था, मगर मौका-मुआयना पर वहाँ सिर्फ़ 170 एस.पी.ओ. निवासरत थे और ग्रामीण कोई नहीं था। ग्रामीण कहाँ गये, किसी को जानकारी नहीं थी।...एक-दूसरे अखबार का समाचार था कि आवापल्ली में घात लगाकर बैठे नक्सलियों ने रोड

ओपनिंग पार्टी पर गोलियाँ बरसायी थीं। इस आकस्मिक मुठभेड़ में तीन जवान घायल हो गये थे, मगर नक्सलियों में भी कम-से-कम दो को गोलियाँ लगी थीं। सैन्य-बल के जवानों ने बतलाया कि नक्सली संख्या में लगभग चालीस थे, जिनमें बारह युवतियाँ थीं। इन युवतियों में एक कामरेड सीते थी, जिसने अपनी महिला ब्रिगेड द्वारा पिछले महीने कासोली शिविर के एस.पी.ओ. बोगामी सोमारू को, जो नदी किनारे घूम रहा था, गोलियों से भून दिया था। बोगामी के और दो साथियों को एक-एक पैर में गोली मार कर जाने दिया था। कामरेड सीते का नाम मासा कोर्राम के रिश्ते के भाई पर जानलेवा हमला करने वाले दल के साथ भी आया था। पुलिस ने उस पर एक लाख का ईनाम घोषित कर रखा है!...रमेश को अरण्य और अरण्य के समाचारों ने ऐसे सम्मोहित कर रखा था जैसे लोग सागर से, हिमालय से सम्मोहित हो जाते हैं, उनकी विराटता को देखकर, उनके अचानक खतरनाक हो जाने का जानकर भी उनके करीब जाने को मचलते हैं।...दण्डकारण्य उसे उकसा रहा था!

आर.पी. सिंह हड़बडाये से उसके पास ऐसे आये, गोया उन्हें छूटती हुई ट्रेन पकड़नी हो। "बहुत देर हो गई क्या?" उन्होंने पास पहुँचकर पूछा और खुद ही जवाब दे डाला, "चलता है, ज़्यादा देर नहीं हुई। यहाँ से तुरन्त चलना होगा। बोगाराम रात को ही जगदलपुर आ गया था। धरमपुरा में कहीं रुका है। उसने साढ़े दस बजे वहीं मोड़ की दुकान में मिलने के लिए कहा है।"

रमेश भी थोड़ा हड़बड़ाया, हालाँकि वह तैयार ही था। आर.पी. सिंह बाइक पर आये थे और उसी से वे दोनों धरमपुरा की ओर बढ़ चले। यह बाइक मास्टरजी की ही थी और मास्टरजी गीदम नहीं लौटे थे। रमेश एक बार और बाइक लौटाने गीदम गया था, मगर तब पता चला कि बिलासपुर में वह ठीक तो थे, पर उनकी पत्नी का स्वर्गवास हो गया था। अब उनका बेटी के घर से अकेले जल्दी लौटना मुश्किल था। इसी बीच उनकी बेटी की भी एक बेटी हो गई थी और उनका मन उस तीसरी और दूसरी पीढ़ी से विलगने को नहीं कर रहा था। रमेश ने इसीलिए बाइक आर.पी. सिंह के पास ही रख छोड़ी थी, ताकि यहाँ के कभी-कभी के भ्रमण में उसे आसानी हो।

आर.पी. सिंह ने सड़क के एक मोड़ पर एक दुकान के सामने बाइक रोकी। बोगाराम वहाँ पर नहीं था। रमेश चिंतित हुआ, कहीं बोगाराम यहाँ पर आये ही नहीं तो उसकी यहाँ तक की यह यात्रा निष्फल हो जायेगी। उसे आर.पी. सिंह की लेटलतीफ़ी पर भी गुस्सा आया। हालाँकि उसने आर.पी. सिंह से भी ज़्यादा पहुँचे हुए महारथी देखे थे, जो समय की पाबंदी का कभी सम्मान नहीं करते थे। वे जल्दी भी करते थे तो धीरे-धीरे! उन्हीं में कुछ ऐसे भी तीसमारखाँ थे, जो निकलते तो शेर मारने के लिए थे, लेकिन बिल्ली रास्ता काट देती थी या गली का कुत्ता उन्हें काट खाता था, और वे 'अनुपस्थित शत्रु' से बैड पर पड़े-पड़े मौखिक युद्ध लड़ा करते थे। आर.पी. सिंह भी थोड़े चिंतित नज़र आये, मगर कहा, "हम लोग दस ही मिनट तो लेट हुए हैं! वह होगा आस-पास ही, मुझे यकीन है!"

रमेश ने सड़क से आती–जाती भीड़ में उसे तलाशने की कोशिश की, जिसे उसने कभी देखा भी नहीं था। आर.पी. सिंह भी आते–जाते लोगों को देखते, फिर अपनी कलाई घड़ी को भी देखते, जहाँ समय बीता जा रहा था। वह फिर बुदबुदाये, ''ज़्यादा देर तो नहीं हुई है, आयेगा वह यहीं पर, थोड़ी देर और देखते हैं!''

रमेश की चिंता भुलाने के लिये आर.पी. सिंह दूसरी बात करने लगे। बोले, ''हम जहाँ खड़े हैं ना, यह धरमपुरा है। जानते हैं यह 'धरमपुरा' नाम क्यों पड़ा? आप तो शायद 'जगदलपुर' के नामकरण को भी नहीं जानते होंगे?'' रमेश ने अनभिज्ञता प्रकट की तो आर.पी. सिंह ने बताना शुरू किया, ''बस्तर के एक राजा दलपतदेव के समय इस स्थान पर जगतू माहरा और धरमू माहरा की 600 और 500 एकड़ ज़मीनें थीं। इन्द्रावती के किनारे की यह ज़मीन राजा को बहुत पसंद आयी। राजा ने जगतू और धरमू माहरा को, जो आपस में भाई–भाई थे, अन्य जगह कुछ ज़मीन देकर इसे अपनी राजधानी बनाया। कालान्तर में जगतू का 'जग' और राजा दलपत के 'दल' को मिलाकर इस शहर का नाम पड़ा 'जगदलपुर'! इसी तरह धरमू के इलाके का नाम पड़ा 'धरमपुरा'!...राजा को अपनी ज़मीन देने वाले उन दोनों भाइयों के वंशज अपनी ही लापरवाहियों के चलते आज कंगाल हो गये हैं। उनकी 'माहरा' जाति, जिसे 'महार' मानकर अनुसूचित जाति में शामिल किया गया, मगर उनकी जातिवालों का कहना है कि हम 'महार' नहीं, 'माहरा' हैं और उन्हें अनुसूचित जनजाति में स्थान मिलना चाहिए!''

''अच्छा, मुझे मालूम नहीं था!'' रमेश ने इस जानकारी के लिए आर.पी. सिंह का आभार स्वीकारा, मगर उसका ध्यान बोगाराम पर था, जो अब तक आता दिखायी नहीं दे रहा था। सिंह साहब ने उसे व्यस्त रखने की गरज से और बात बढ़ायी। वह निश्चित ही स्थानीय मामलों के बड़े जानकार थे। यह और बात थी कि उनके साहस पर बुद्धि का पहरा बैठा रहता था! उन्होंने कहा, ''जानते हो, इस अरण्य में 'परमानेंट वारंट' का ज़बरदस्त खेल भी जारी है?''

''हाँ, सुना तो है, मगर ठीक से नहीं जानता,'' रमेश ने कहा।

'' 'परमानेंट वारंट' यहाँ पुलिस को मनमानी करने के अधिकार–पत्र की तरह है!''

''वो कैसे?''

''पुलिस अगर कहीं दो–चार लोगों को गिरफ़्तार करती है तो पन्द्रह–पच्चीस लोगों के नाम फ़रार अभियुक्तों के रूप में कोर्ट की चार्जशीट में दाखिल कर देती है। मुकदमा शुरू होने पर कोर्ट उन 'फरार' लोगों के खिलाफ़ 'स्थायी वारंट' जारी कर देता है। बहुत से नाम तो रंजिशवश और संदेहवश भी डाल दिये गये होते हैं। पुलिस मौके की तलाश में चुप बैठी रहती है। उनको तुरंत गिरफ़्तार नहीं करती, जबकि वे 'फ़रार' लोग उसकी नाक के नीचे से आते–जाते रहते हैं! कभी वसूली के लिये भी इन नामों का वह इस्तेमाल करती है। कुछ नाम तो ऐसे भी डाल दिये गये होते हैं, जो

इधर एकदम सामान्य हैं, जैसे आयतु, हिड़मा, हूंगा, मंगलू आदि। न इनके साथ इनके पिता का नाम होता है, न पति का और सरनेम भी नहीं होता! ये मरे हुए नक्सली घोषित करने में काम आते हैं!''

''इन नामों के उल्लेख के पीछे भी कोई तर्क है? कोर्ट कैसे मानेगी?''

''पुलिस के पास बहानों की कोई कमी नहीं है। कहेगी भागते हुए नक्सलियों ने एक-दूसरे को चिल्लाकर आगाह किया था—भाग रे मंगलू, भाग रे हूंगा! कई बार गाँववालों को डरा-धमकाकर भी वह उन नामों के खिलाफ़ गवाही दर्ज करा लेती है। लोगों को पता भी नहीं होता कि वो 'फ़रार' घोषित हैं और 'परमानेंट वारंट' उनके लिये मौके का इंतज़ार किये बैठा है!'' सिंह साहब ने फिर हँसकर कहा, ''क्या पता, मेरे और आपके खिलाफ़ भी ऐसा ही कोई 'परमानेंट वारंट' लिये पुलिस बैठी हो?''...रमेश पैकरा भी मुस्कुराये बिना नहीं रह सका।

इन्हें कुछ और प्रतीक्षा कराकर आख़िर बोगाराम कश्यप एक छोटे-से ऑटो में, जो सामान से लदा था, ड्राइवर की सीट की बगल में बैठा प्रकट हुआ। ऑटो से उतरते ही उसने आर.पी. सिंह से जय-जोहार की और कहा, ''मैं ही थोड़ा लेट हो गया। असल में संजय बाज़ार से अपनी दुकान के लिए कुछ सामान खरीदने में देरी हो गई। किराना सामान तो आपकी दुकान से सप्लाई हो जाता है, मगर दूसरा सामान भी तो मुझे उस कस्बे की दुकान में रखना पड़ता है। देखिये ऑटो में साइकिल के टयूब-टायर, कुछ कपड़ों के बंडल और फ़ार्म की मुर्गियों के अंडे और दूसरी चीज़ें भी लेकर जा रहा हूँ।''

अपनी कैफ़ियत के बाद बोगाराम ने रमेश की तरफ़ देखा। सिंह साहब के बाद उसने रमेश से भी हाथ मिलाकर जय-जोहार की। आर.पी. सिंह ने रमेश का परिचय उससे कराया और कहा, ''रमेश पैकरा जी हमारी पत्रिका के सह-सम्पादक हैं और अच्छे पत्रकार हैं। मैंने पत्रिका के जो दो अंक आपको दिये थे, उनमें प्रमुख लेख इन्हीं के लिखे हुए हैं।...अब आप तो जानते हैं, सरकार, पुलिस और प्रशासन भी नहीं चाहता कि जंगल के भीतर के वास्तविक समाचार से लोग अवगत हों! इसलिए पत्रकारों को डर दिखाकर अंदर जाने नहीं दिया जाता। रमेश जी चाहते हैं कि 'अंदरवालों' की आवाज़ और उनके विचार भी पाठकों तक पहुँचें।''

बोगाराम अधेड़ उम्र का साँवला-सलोना व्यक्ति था। उसने फ़ुल पैंट और लम्बी बाँह की कमीज़ पहन रखी थी। वह मैट्रिक तक पढ़ा था। उसके सामने का बड़ा दाँत हाल ही में टूटा होगा, क्योंकि वह बीच-बीच में अपनी जीभ से टूटे दाँत की खाली जगह को छू रहा था।

''अच्छा सोचते हैं आप!'' बोगाराम ने खाली स्थान से अपनी जीभ हटाकर कहा, ''ज़्यादातर लोग अंदरवालों के खिलाफ़ ही छापते हैं। सच्चाई से जी चुराते हैं। मैंने अपने मामा से, जो बासागुड़ा में होटल चलाते हैं, बात की थी। वे मुख्यधारा की वामपंथी पार्टी जो संविधान, चुनाव और लोकतंत्र को मानती है और नक्सलियों

से बहुत अलग है, के कार्डहोल्डर भी हैं। उन्हें पुलिस भी जानती है। मगर बासागुड़ा नक्सलियों की मांद है। वहाँ उनसे दुश्मनी करके नहीं रहा जा सकता। इसलिए वे गुपचुप तरीके से जनमिलिसिया के सहयोगी भी हैं, जो पुलिस नहीं जानती।...मगर ये बात आपके लिखने के लिये नहीं है!...मामा ने ही कुछ दिनों पहले मुझे जानकारी दी कि दादाओं का एक दल कल-परसों उधर ही मिलेगा।...आपको बासागुड़ा जाना होगा। मामा मोगिया को मेरा नाम भर बताइये, वे आगे मिलाने की कोशिश करेंगे। मैंने उन्हें आप दोनों के बारे में बता रखा है!''

रमेश जो इतनी प्रतीक्षा से परेशान हो उठा था, खुश हो गया, मगर सिंह साहब के चेहरे पर हवाइयाँ उड़ने लगीं। उन्हें मालूम था, बासागुड़ा कहाँ है! बोले, ''दादा लोग इधर आस-पास भी तो आते होंगे?''

''वो कब इधर आयेंगे, कुछ पता नहीं। दूसरे इधर भी होंगे, मगर उनसे पहचान का कोई सूत्र नहीं। फिर वे इधर आपसे मिलने को तैयार होंगे, यह ज़रूरी भी नहीं।''

''कश्यप जी, हम कल ही मिलेंगे आपके मामाजी से, बासागुड़ा जाकर!'' रमेश ने बात फिसलती देख दोनों की तरफ़ से कह दिया। आर.पी. सिंह की तरफ़ से हाँ-न कहने का मौका जाता रहा।

बोगाराम फिर अपने ऑटो में बैठकर ड्राइवर के साथ लोहाण्डीगुड़ा की ओर निकल पड़ा। ये दोनों बाइक पर बैठे लॉज लौटे, ताकि बासागुड़ा जाने के बारे में और विचार कर सकें। रमेश खुश था, क्योंकि उसकी इच्छा थी। आर.पी. सिंह हताश थे, क्योंकि उनकी अनिच्छा थी और सीधे न कहते नहीं बन रहा था।

लॉज की बगल में विदेशी मदिरा की दुकान थी। आर.पी. सिंह ने अपने लिए (क्योंकि रमेश को इसका शौक नहीं था) एक क्वार्टर ह्विस्की ली। एक प्लास्टिक का गिलास, बिसलरी पानी की बोतल, आलू चिप्स के दो पैकेट भी लिये और रमेश को साथ लेकर लॉज की छत पर जा चढ़े। वह इस लॉज के अभ्यासी लगते थे। रमेश उनके पीछे-पीछे आभार व्यक्त करता-सा गया। वहाँ खड़े-खड़े आर.पी. सिंह ने अपना पैग बनाया और पीना शुरू किया। रमेश ने आलू चिप्स में उनका साथ दिया। आर.पी. सिंह ने सोचा था, 'ह्विस्की सेवन से उन्हें इतनी तार्किक बुद्धि प्राप्त होगी कि वह कल की यात्रा से अपने को अलग करने का कोई यथोचित कारण खोज ही लेंगे! रमेश या शर्माजी को ज़रा भी संशय नहीं रहेगा।' मगर ह्विस्की ने, जो दूसरे ब्रांड की मिल गयी थी, जिसे वह नहीं चाहते थे, उल्टा असर किया। रमेश ने उनकी एक-दो बार ऐसी तारीफ़ कर दी कि उनका साहस जोश मारने लगा। बोले, ''...मैं दस साल पहले उस इलाके में 'पुजारी कांकेर' तक गया था। रास्ता मुझे याद है। बासागुड़ा और राजपेटा के बीच तालपेरू नदी बहती है। बासागुड़ा ऊँची जगह पर है। उसके एक होटल में मैंने चाय भी पी थी, शायद वही बोगाराम के मामा की दुकान हो।...एकदम सुबह छह बजे निकल पड़ेंगे। बाइक से ही चलेंगे। बस के टाइम का कोई भरोसा नहीं। बस अपने पर भरोसा रखो और शेर की मानिंद जियो, क्या!''

ह्विस्की की खुमारी से जागे सिंह के अंदर की दहाड़ छत पर गूँज रही थी। वह खुश थे कि उन्होंने बड़ी बुद्धिमानी से बाइक से जाने की बात तय की है! उनका कुछ इरादा यूँ भी था कि रमेश को वहाँ तक पहुँचाकर और मौका देखकर तुरंत वापस लौट जायेंगे! रमेश अपना काम कर बस से फिर आता रहेगा!

दूसरे दिन सुबह आर.पी. सिंह लॉज पहुँचे। कल रात ही उन्होंने स्वयं के रुपयों से बाइक की थोड़ी सर्विसिंग और पेट्रोल टंकी फ़ुल करवा ली थी। पत्नी से कहकर रात में ही दो लोगों के लायक पर्याप्त पराँठे और सब्ज़ी भी पैक करा ली थी। नाश्ता तो रास्ते में समय पर कहीं भी किया जा सकता था। रमेश भी उन्हें लॉज में तैयार बैठा मिला। रात भर रमेश को नींद आयी ही नहीं थी। मन में दादाओं से मुलाकात और साक्षात्कार की कल्पना से वह सिहर भी रहा था। अगर उन लोगों के दल में कोई 'दीदी' भी हो, और वह दीदी 'सीते' हो तो शानदार रहेगा!...इस मुलाकात में जोखिम तो बहुत था, मगर चौंधिया देने वाला आकर्षण उसे खींचे जा रहा था।

47

आज मौसम साफ़ था। सप्ताह भर से यही स्थिति थी। धूप तेज़ थी और हवा में उमस भरी थी। पिछले हफ़्ते ही जमकर मेघ बरसे थे, यहाँ भी और पड़ोस के प्रांत ओडिशा में भी। ओडिशा के खातिगुड़ा बाँध के चार दरवाज़े खोल दिये जाने से इन्द्रावती उफ़ान पर आ गई थी, मगर अब इसका पानी जोरानाला से होकर शबरी नदी में मिल रहा था और जगदलपुर की तरफ़ उसका प्रवाह कम हो गया था, तो भी सुकमा क्षेत्र में बाढ़ के हालात पैदा हो गये थे। वहाँ खेतों की फ़सलें तबाह हो गई थीं। बाकी इलाकों के हालात सामान्य थे। बरसात की मार ने नक्सलियों के हमले और पुलिस सैन्य बल की आक्रामक गतिविधियाँ कम कर दी थीं। चेकपोस्ट तो जगह-जगह थे, मगर चलताऊ पूछताछ के बाद लोग आसानी से इधर-उधर आ-जा रहे थे।

सूने रास्ते में उन्हें एक जगह बीएसएफ़ का एक ट्रक क्रॉस कर निकल गया। ट्रक में सागौन पेड़ के कुंदे रखे हुए थे। रमेश को आश्चर्य हुआ। आर.पी. सिंह से उसने पूछा, "सुरक्षा बलों की गाड़ी में पेड़ों की ढुलाई क्यों की जा रही है?"

"सब मिलीभगत का खेल है। वन विभागवालों से मिलकर आदिवासियों से पेड़ कटवा लिये जाते हैं, फिर सुरक्षाबल के ट्रकों में ढुलाई हो तो कोई माई का लाल रोकने वाला नहीं।...सुरक्षाबलों के कैम्पों में ही जवानों द्वारा इनसे फ़र्नीचर तैयार कर लिये जायेंगे और अधिकारियों के घरों में पहुँचकर ये वहाँ की शोभा बढ़ायेंगे!"

"यह तो भारी भ्रष्टाचार है, सिंह साहब! आपको इसकी ज़्यादा जानकारी है, आप इस पर ज़रूर लिखिए," चिंतित रमेश ने कहा। "इस तरह पेड़ कटते रहे लगातार तो एक दिन यह जंगल मैदान बन जायेगा!"

बीजापुर पहुँचते तक वे दोनों पस्त हो गये थे, खासकर आर.पी. सिंह। हालाँकि

वे बारी-बारी से बाइक चला रहे थे और गीदम के बस स्टैण्ड में उन्होंने रुक कर नाश्ता भी किया था, मगर बीजापुर में उन्हें भूख लग आयी। दोपहर के ढाई बज रहे थे और यहाँ से बासागुड़ा पहुँचने के लिए अभी सत्तर किलोमीटर की दूरी शेष थी। आर.पी. सिंह ने, जो भैरमगढ़ के बाद खुद बाइक चला रहे थे, बीजापुर में एक लॉज के पास बाइक खड़ी कर दी और उखड़ कर बोले, "अब एक किलोमीटर भी आगे बढ़ने का दम नहीं रह गया है। हम आज यहीं विश्राम करेंगे और कल यहाँ से निकलेंगे!...ठीक है ना?"

रमेश क्या कहता। थकान उसे भी थी, भूख उसे भी लगी थी, बावजूद इसके अगर आर.पी. सिंह ने हथियार नहीं डाल दिये होते तो वह आगे बढ़ने को तैयार था। वे राष्ट्रीय राजमार्ग से ही बाइक से चले थे, मगर यह सड़क जगह-जगह से उखड़ी हुई थी और बरसात का पानी कुछ गहरे गड्ढों में अब भी ठहरा हुआ था। सड़क को देखकर लगता था, इसकी बरसों से मरम्मत नहीं हुई है, कुछ नक्सलियों के डर से, कुछ सरकारी जोश की कमी से। छोटी पहाड़ियों से घिरे ऊँचे-नीचे रास्ते में, ऐसे भी उन्होंने पौने दो सौ किलोमीटर की यात्रा कर डाली थी। रमेश ने सिंह साहब की 'हाँ में हाँ' मिलाई।

लॉज साधारण ही था। इस इलाके में आकर रुकने ठहरने वालों की कमी के चलते बीजापुर में बहुत ही कम अच्छे लॉज और होटल थे। सिंह साहब ने उस लॉज में एक डबल बैड का कमरा किराये पर लिया। फिर उसी में बैठ कर उन दोनों ने अपना लंच निपटाया। लॉज में भोजन का प्रबंध नहीं था, सो लॉज के मालिक को बुलवाकर आर.पी. सिंह ने साग्रह निवेदन किया कि हमारे लिए आपको आज रात के भोजन और सुबह के नाश्ते का प्रबंध करना है, चाहे तो बाहर के किसी होटल से या स्वयं के घर से। जो मुनासिब चार्ज होगा, हमसे ले लीजिएगा। लॉज मालिक तैयार हो गया। उसने रात्रि में आर.पी. सिंह के लिए भोजन से पहले मद्यपान का भी प्रबंध कर दिया।

दूसरे दिन सुबह उन्होंने लॉज में ही नाश्ता किया, चाय पी और आगे निकल गये। इधर की सड़क तो और भी बदतर थी। कुछ रपटें इतनी ढलान वाली थीं कि यदि अभी इधर बरसात हो रही होती तो वे जलमग्न होतीं और आगे का रास्ता अवरुद्ध। सड़क किनारे के कुछ पेड़ गत आँधी-तूफ़ान में सड़क की ओर झुक आये थे और कुछ उखड़ कर ज़मीन पर लम्बायमान हो गये थे। यात्रा में बाधा बन रहे कुछ पेड़ों को सैन्य-बल ने सड़क से हटा दिया था। दो-तीन जगह पेड़ों के कुंदों को उठाकर ग्रामीण अपने गाँव-घरों की ओर ढोये जा रहे थे। एक रपटे के पास दो ग्रामीण मछली पकड़ने के लिये रपटे के एक तरफ़ जमा पानी में बंशी डाले बैठे थे। रमेश ने बाइक रोककर उनकी टोकरी में झाँका, उसमें उँगली भर की इकलौती मरी मछली पड़ी थी। उनसे बातचीत से पता चला कि कुछ देर पहले सैन्य-बल वालों ने उनकी किलो भर की मछलियाँ छीन ली थीं, बोले कि अपने लिये और पकड़ लेना!

"कब से पकड़ने बैठे हो?" रमेश को जिज्ञासा हुई तो पूछा। उत्तर मिला, "सुबह से, तीन घंटे हो गए!"

लगभग ग्यारह बजे वे बासागुड़ा पहुँच गये। स्मृति में बसे एक झोपड़ीनुमा होटल के सामने आर.पी. सिंह ने रमेश को बाइक रोकने के लिए कहा। दोनों ने बाइक से उतरकर अपने हाथ-पैर सीधे किये। आर.पी. सिंह ने होटलवाले से पूछा, "आप मोगिया जी हैं?" उत्तर मिला, "मैं सोनू उरांव हूँ। मोगिया का होटल वो आगे है।" दोनों बाइक को पैदल खींचते हुए दूसरे होटल की ओर चल पड़े। रमेश ने चारों तरफ़ दृष्टि डाली। बासागुड़ा पुलिस-थाना पास ही दिखायी दिया। स्कूल, दुकानें, बाज़ार, बस्ती सब ही पास-पास, गोया लाल चींटियों ने किसी अज्ञात भय से एक-दूसरे को थाम लिया हो! बस स्टैण्ड के नाम पर वहीं सड़क किनारे एक बस खड़ी थी। सैन्य-बल का कैम्प भी पास ही था। थोड़ी दूर पर तालपेरू नदी उदास-सी, अपने किनारों में सिमटी बह रही थी। नदी के किनारों की ऊँचाई पर सूखी लकड़ियों, घास-फूस और पत्तों की कतार-सी बिछी हुई थी। गत सप्ताह आयी बाढ़ ने अपने अवशेष वहाँ रख छोड़े थे। नदी के दोनों पाटों को जोड़ता एक पुल भी था, इस अरण्य में विकास की पहली कील की तरह। वह पुल इस अरण्य में आ गये अजनबी जीव की तरह प्रतीत होता था, अलग-थलग, चित्त पड़ा, धूप में निखरा मगर सहमा-सा, आकाश को निहारता हुआ!

"आप मोगिया जी हैं?" आर.पी. सिंह ने होटल में खड़े एक चालीस साल के व्यक्ति को देखकर पूछा। वह व्यक्ति बस से उतरी कुछ सवारियों को अपने होटल में पहले से तैयार सेव-मिक्सचर को तराजु में तौलकर अखबार के कागज़ में लपेटकर दे रहा था। मिक्सचर लेकर वे ग्रामीण यात्री अपने गाँव की ओर पैदल निकल गये। तब उस व्यक्ति ने संदेह भरी नज़र इन पर डाली और कहा, "हाँ!"

"मैं आर.पी. सिंह और ये मेरे मित्र रमेश पैकरा...हमें आपके भाँजे बोगाराम ने...!"

"समझ गया। मुझे आप दोनों को देखकर ही शक हुआ था।...मगर आपका काम आसान नहीं है। आपको आज रात यहाँ रुकना होगा। कल का भी कुछ पक्का नहीं, जब तक कि अंदर से हरी झंडी नहीं मिल जाती। मैं पक्का कुछ कह नहीं सकता!"

सुनकर रमेश को थोड़ी निराशा हुई, मगर आर.पी. सिंह खुश हो उठे। ऊपर से सामान्य बने रहने का अभिनय करते उन्होंने कहा, "देखिये मोगिया जी, ये मेरे मित्र की इच्छा थी, सो मैं यहाँ तक साथ देने चला आया। घर में मेरे बहुत से ज़रूरी काम हैं। मैं यहाँ प्रतीक्षा नहीं कर सकता। मुझे रमेशजी को आपके हवाले करके जाना पड़ेगा।...जगदलपुर के लिये कोई बस है क्या अभी?"

रमेश ने चौंककर आर.पी. सिंह की ओर देखा। इतनी जल्दी उनके लौटने की बात तो पहले तय नहीं थी! फिर उसने सोचा, 'चलो इतनी दूर भी उन्होंने साथ दे दिया, यह भी बहुत है।'

"अभी जो बस आगे गई है, पन्द्रह मिनट में वापस लौटेगी और बीजापुर तक जायेगी। जगदलपुर तक के लिये कोई सीधी गाड़ी नहीं है।"

''कोई बात नहीं, मैं जगदलपुर के लिये बीजापुर से बस बदल लूँगा।'' आर. पी. सिंह ने मोगिया से कहा और फिर रमेश की ओर मुखातिब होकर बोले, ''रमेश भाई, मुझे क्षमा करना, मैं यहीं तक आपका साथ दे पाया। पारिवारिक आदमी तो हूँ ही, दुकानदारी के दस लफड़े मेरे सिर पर हैं। मैं रुक नहीं सकता। बाइक आपके लौटने के लिए यहाँ छोड़ रहा हूँ, आप आराम से जब चाहें आते रहिएगा!''

तभी राजपेटा की तरफ़ गई बस पुल पारकर उनकी तरफ़ आती दिखायी दी। आर.पी. सिंह ने जल्दी से रमेश और मोगिया से हाथ मिलाया और बस की ओर दौड़ पड़े। पलटकर भी नहीं देखा। शायद डर रहा हो, कोई उन्हें पुकार न ले!

मोगिया के होटल की एक परात में समोसे, एक में सेव-मिक्सचर और एक में जलेबी बनी धरी हुई थी। कुछ देर पहले ही उसने पुलिस थाने वालों द्वारा दी गईं दो ज़िन्दा मुर्गियों को मार कर, उनका साग बना एक सिपाही के हवाले कर दिया था। अब अपने एक ग्राहक की माँग पर और रमेश व अपने लिये चाय हेतु चूल्हे पर बर्तन चढ़ा रहा था। रमेश आर.पी. सिंह को बस में चढ़ते देखता रहा था। बस छूटने-छूटने को थी। ड्राइवर अपनी सीट पर बैठा था। कन्डक्टर बस के सामने खड़ा, दो-एक भूले-बिसरे यात्रियों का इंतज़ार कर रहा था। एक यात्री बस की छत पर चढ़ा अपने मोबाइल से कहीं बात करने की कोशिश कर रहा था। आर.पी. सिंह बस में चढ़कर एक दिशा में ऐसे बैठ गये थे कि वह मोगिया के होटल से साफ़ दिखायी भी नहीं पड़ रहे थे। कन्डक्टर ने एक तेज़ आवाज़ लगायी, ''धरमपुर (गाँव), कोरमा, मनकेली, बीजापुर... !'' फिर उसने ड्राइवर को, जो उसे ही देख रहा था, हाथ हिलाकर बस आगे बढ़ाने कर इशारा किया। तभी उसका ध्यान बस की छत पर खड़े उस जांबाज़ यात्री पर गया। वह चिल्लाया, ''मेरे बाप, वहाँ से क्या भगवान से बात कर रहे हो? नीचे आओ, आगे धरमपुर के पास टॉवर मिलेगा, बाकी बात वहाँ से कर लेना!''...वह यात्री नहीं, भेदिया सिपाही था और सादे वेश में बीजापुर से आया था!

रमेश होटल के बाहर आकर खड़ा हुआ ताकि जाती बस में आर.पी. सिंह को 'टाटा' कर सके। मगर आर.पी. सिंह ने तो उसकी तरफ़ देखा ही नहीं। थोड़ी देर में बस ही आँखों से ओझल हो गई।

~

मोगिया का घर बासागुड़ा बस्ती में था। शाम होने को थी। मोगिया ने होटल बंदकर दिया और रमेश को लेकर बासागुड़ा थाने में पहुँचा। मोगिया को देखते ही एक सिपाही थाने से बाहर निकला और जेब से पचास रुपये का नोट निकालकर मोगिया को दिया। यह रकम मुर्गा बनाकर देने की मज़दूरी थी, जो पहले नहीं दी गई थी। मगर मोगिया को अपनी सिर्फ़ मज़दूरी नहीं लेनी थी, उसे थानेदार से मिलना भी था। वह थानेदार के कमरे की ओर बढ़ा। उसने थानेदार को नमस्कार किया। थानेदार मुस्कुराया। वह मोगिया से परिचित था। मोगिया ने उसे रमेश की अनौपचारिक (किन्तु बहानेबाज़ी

वाली) जानकारी दी कि यह रमेश पैकरा जी हैं और कांकेर में रहते हैं। मेरे भाँजे ने इन्हें यह पता करने भेजा है कि इनके छोटे भाई की सगाई जिस लड़की से हुई थी, जो तिमापुर में पहले रहते थे, वे अब कहाँ हैं? महीनों से उनकी कोई जानकारी नहीं मिल रही है कि वे जंगल में भाग गये हैं या आंध्रा निकल गये? डर है कि कहीं नक्सलियों के शिकार न हो गये हों! क्योंकि वे पहले सलवा जुडूम कैम्प में जाने को निकले थे।...अब क्या है सर, कि जब तक पक्का पता न हो, इस सगाई को तोड़कर दूसरा जुगाड़ लगाना भी मुश्किल है। भाँजे का आग्रह है, सो मुझे इनकी मदद तो करनी पड़ेगी। ये पक्का पता कर तसल्ली कर लेना चाहते हैं, तब तक मेरे पास रहेंगे। आपको जानकारी देना ज़रूरी था, इसलिए आया, सर!''

थाने के बाहर भी बहुत से सिपाही अलग-अलग काम कर रहे थे। दो सिपाही थाने के अहाते में बनाये गये बजरंगबली के छोटे से मन्दिर में शाम की पूजा की तैयारी में साफ़-सफ़ाई कर रहे थे। दो सिपाही थाने की बाउन्ड्री में ढेर सारे गेंदे के पौधों की मिट्टी को कोड़ रहे थे, ताकि पौधे मज़बूत हों और उनके फूल टेनिस बॉल की तरह टनटनाकर खिल सकें। एक सिपाही संतरी की ड्यूटी पर अकड़ कर खड़ा था। बाकी सिपाही थाने के अंदर कार्यालयीन खानापूर्ति का काम कर रहे थे। थानेदार के साथ भी दो सीनियर सिपाही बैठे थे, जो गत माह की मुरकिनार की घटना की चर्चा में मशगूल थे। मोगिया का आना कथा में विघ्न की तरह ही था। सो थानेदार ने मोगिया को जल्दी विदा करने की गरज से कहा, ''ठीक है, ठीक है। ज़रा सँभल कर रहियो। चारों तरफ़ खतरे हैं।'' थानेदार को नमस्कार कर दोनों बाइक से बस्ती की ओर चल पड़े।

उनके जाते ही थानेदार ने कुछ याद करते हुए अपने सहयोगियों से कहा, ''बासागुड़ा कैम्प से वहाँ लाये गये लोग अगर गाँव लौट गये हैं तो इसमें हमारे थाने की ज़िम्मेदारी नहीं बनती। हमने जुडूमवालों का साथ दिया, लोग आये। अब अगर कैम्प में सरकारी व्यवस्था ठीक नहीं है और एस.पी.ओ., सीआरपीएफ़ की सुरक्षा के बावजूद लोग निराश हैं, तो इसमें हमारे थाने की गलती तो नहीं है?''

एक सहयोगी बोला, ''मुझे पहले लगता था सर, कि जुडूम से यहाँ शांति आयेगी, मगर अब उल्टा लग रहा है! घूम-फिर के हम पोलिसवालों की ही मरम्मत है। मुरकिनार की घटना को याद कर मेरे तन-बदन में आग लग जाती है। साला डर भी लगता है। सोचता हूँ, इस्तीफ़ा देकर इस जंगल के जंजाल से निकल जाऊँ!''

दूसरा सहयोगी बोला, ''इतना निराश मत हो भाई, गिल साहब ने अपने पंजाब का आतंक खत्म किया था, अब छत्तीसगढ़ सरकार के सलाहकार बनकर आ गये हैं। कुछ तो करेंगे वो, कुछ तो अच्छा होगा ही!''

थानेदार ने कहा, ''साले नक्सलियों का दुस्साहस तो देखो, मुरकिनार में उसी दिन हमला किया, जिस दिन गिल साहब छत्तीसगढ़ आये थे! मुरकिनार ही तो वह जगह थी, जहाँ पर छत्तीसगढ़ सशस्त्रबल के साठ जवान और एस.पी.ओ. मिलकर गिल के निर्देशन में काम करने वाले थे!...मगर अंदरवालों ने वहीं हमला कर दिया।

नौ पुलिसवालों को गोली मारी और थाने के सारे हथियार भी लूटकर ले गये!''

पहला सहयोगी बोला, ''मगर साहब, मुरकिनार तो बड़ा थाना है, बाकी पुलिसवाले कहाँ रहे?''

''भाग गये होंगे! जब चारों तरफ़ आग लगी हो तो कोई अपने पेशाब से उसे बुझाता खड़ा नहीं रह सकता!'' उसका जवाब दूसरे सहयोगी ने दे दिया।

थानेदार कुछ सोचता-सा बोला, ''ऐसा पहली बार हुआ कि नक्सलियों ने सुबह नौ बजे थाने में हमला किया। और कमाल तो ये है कि वे सभी, जो संख्या में पचास से अधिक रहे होंगे, एक प्राइवेट बस की सवारी उतारकर, उसमें खुद सवार होकर गये थे! उस थाने में किसी को शक ही नहीं हुआ होगा।...खैर, हमको यहाँ बड़ी सतर्कता से ड्यूटी करनी है। और थाने का जो भी काम है, दिन में ही निपटा दीजिए। रात का कोई लफ़ड़ा मत रखिए। वैसे गिल साहब की सलाह से इस इलाके की निगरानी के लिए हैलीकॉप्टर मँगा लिए गये हैं। जंगल के हिसाब से उन्होंने नागा बटालियन भी बुलवा रखी है। लगता है कि गिल साहब सीधे दो-दो हाथ करके रहेंगे!''

पहला सहयोगी फिर बोला, ''चलो अच्छा है, जो भी हो जल्दी हो। यहाँ जंगल में पुलिस को कोई कुछ समझता ही नहीं। उसे जुडूमवालों की सुननी पड़ती है, ऊपर के अधिकारियों की सुननी पड़ती है। सीआरपीएफ़, बीएसएफ़, नागा, मिजो वालों के साथ दौरा करना पड़ता है।...उस पर ग्रामीणों की गुहार, अंदरवालों का अत्याचार और सरकार के नये फ़रमानों की मार...मन तो करता है, तालपेरू में कूद के बह जायें धारोधार!''

दूसरा सहयोगी बोला, ''साहब, सिपाही रामखिलावन बस्ती से दो मुर्गे झटक लाये थे। मोगिया के होटल में तैयार कर लिया है! सीआरपीएफ़ के कैम्प में दो-चार शाकाहारी जीव हैं, उनसे ही मैंने उनके कोटे की 'रम' उठा ली है।...हम सिपाहियों के लिए साला कोई कोटा भी नहीं है। प्यासे मरो या देशी में डूबो।...मगर आज रात का गम, संग-साथ में फ़ौजी रम...तारारम तारारम!''

अपने सहयोगियों की व्यवस्था को जानकर थानेदार खुश हो गया। बोल पड़ा, ''बड़े काबिल हो यार तुम लोग!...एक पुराना गाना याद आ रहा है...'एहसान इस जंगल में तुम्हारा है दोस्तों, ये दिल तुम्हारे प्यार का मारा है दोस्तों'!''

साथी सहयोगी इस गाने पर टेबल पर तबला-सा बजाने लगे और अंत में खुश होकर ज़ोर से चीखे, ''जय हो!''

48

बासागुड़ा बड़ी बस्ती थी। ये और बात थी कि यहाँ के ज़्यादातर घरों में ताले लगे हुए थे। लोग या तो जुडूम कैम्प चले गये थे या यह इलाका ही छोड़ कर कहीं भाग गये थे। गली के एक घर के सामने मोगिया ज़रा ठिठका तो रमेश भी रुक गया। सामने

दो कमरों वाला छोटा-सा कच्चा घर था। एक बुज़ुर्ग, जिन्होंने सिर पर जालीदार तंग टोपी डाल रखी थी, वहाँ दिखायी दिये। वह किसी काम की तैयारी में लगे थे। उनके हाव-भाव से लगता था, उनकी दोनों आँखों में मोतियाबिंद है और वह अपनी आँखों के बदले अपनी स्मृति, अनुभव, अंदाज़ और आदतों से काम चला रहे हैं।

"अस्सलाम वल-ए-कुम, चाचा!" मोगिया ने ज़ोर से कहा तो उत्तर मिला-"वल-ए-कुम सलाम, बेटा! जीते रहो!...मैं ज़रा नमाज़ पढ़ लूँ, फिर तुमसे...!"

"मैं कल किसी समय आपकी खैरियत जानने आऊँगा, चाचा! अभी चलता हूँ!" मोगिया ने जल्दी से कहा। रमेश ने उस खाली से लगते घर में झाँका। उस बुज़ुर्ग के अलावा कोई घर में था भी नहीं। इस घर के सामने की उखड़ी दीवार पर काँच के फ्रेम में मढ़ी एक तस्वीर कील में टँगी लटक रही थी। फ्रेम का काँच तड़क गया था, मगर फ्रेम उसे जकड़े हुए था। तस्वीर मक्का मदीना की थी। मक्का मदीना यानी खुदा का घर! खुदा घर पर नहीं थे, मगर कहाँ नहीं थे! घर के बाहर रखे मटके के पानी से बुज़ुर्ग ने बिना टोपी उतारे हाथ-पैर, मुँह धोया और कमरे की बिछी चटाई पर घुटने मोड़ कर बैठ गये। नमाज़ अता होने लगी। कभी घुटनों पर हाथ, कभी कानों पर। बुदबुदाते हुए होंठ, हिलता हुआ आधा जिस्म।...यह भी एक तरह का योग ही था। मगर इसे योग कहने में डर था। अरण्य के बाहर कई योगी-जोगी, निरोगी जनता को रोगी बताकर, तांडवी मुद्रा में अपने इन्द्रजाल से उनकी जेबों को हल्का कर रहे थे।

मोगिया ने रास्ते में बतलाया कि यह बुज़ुर्ग अपनी जवानी के दिनों में यहाँ दर्ज़ीगिरी करने आये थे, फिर यहीं बस गये। शादी की, दो बेटे हुए। बेटे बड़े हुए, फिर उनकी शादी हुई। बुज़ुर्ग की दर्ज़ीगिरी का काम दोनों बेटे करने लगे। मगर जब सलवा जुडूम का रेला आया तो दोनों बेटे अपने-अपने परिवार और अपनी सिलाई मशीनें लेकर बीजापुर शहर में चले गये। वहीं सिलाई का काम करने लगे हैं। लड़कों की माँ भी बेटों के साथ हो ली। इस बुज़ुर्ग ने बासागुड़ा नहीं छोड़ा। अब अकेले किसी तरह जी रहे हैं!

बस्ती की दो-तीन गलियों को पार कर वे किनारे वाले हिस्से में गये, जहाँ मोगिया का घर था। घर में उसकी पत्नी, बूढ़ी माँ और दो बच्चे थे। मोगिया भी औपचारिकतावश परिवार सहित जुडूम कैम्प गया था और दो-दिन गुज़ार कर लौट आया था। उसकी तीन एकड़ खेती की ज़मीन थी। वह बाहरवालों और अंदरवालों दोनों से संतुलन बनाये हुए था। वह दोनों तरफ़ विश्वसनीय था, इसलिए अब तक उसके सामने कोई बड़ा खतरा उपस्थित नहीं हुआ था। शाम को होटल से घर लौटकर उसने मेहमान (रमेश) के लिये भी भोजन तैयार करने का निर्देश दिया और रमेश को अपने खेत दिखाने ले गया, ताकि रास्ते में बातचीत भी कर सके। बाइक मोगिया के घर में ही छोड़ दी गई थी, वे पैदल थे। मोगिया ने हाथ में एक लम्बा डण्डा ले रखा था। पन्द्रह दिन पहले उसने अपने खेतों में धानबीज छिड़क दिये थे, जिनमें अब अंकुर फूट पड़े थे। इस बार अच्छी बरसात की और पर्याप्त चावल हो जाने की उसे उम्मीद थी।

''आप बाहरवालों को हमारी मुलाकात की बात नहीं बतलायेंगे!'' मोगिया ने निर्देशित किया तो रमेश ने, जो मोगिया का एहसानमंद हो रहा था, झट उत्तर दिया, ''मोगियाजी, आप मेरी तरफ़ से निश्‍चिंत रहें। मुझे तो सिर्फ़ अंदरवालों से मुलाकात कर उनके विचार जानने की ललक है। यह कैसे सम्भव हुआ, बतलाने की ज़रूरत नहीं है।''

''और कभी ज़रूरत पड़ी तब?''

''तब मैं कोई और बहाना बना दूँगा।''

''जैसे?''

''जैसे...बस्तर में यात्री बस को रोक लिया गया था और कुछ सवारियों को जंगल के अंदर जाने कहाँ ले गये, मैं भी उनमें था। तभी उनसे, उनके लीडर से बातें हुईं, जो रपट में हैं।''

''ठीक है, चलेगा, मगर बस रोकने का स्थान बासागुड़ा से दूर कहीं और का होना चाहिए, ताकि इधर किसी का ध्यान न जाये।''

''जी!'' रमेश ने संतोष की साँस ली। उसे डर लग रहा था, कहीं वह मोगिया के इन्टरव्यू में ही फ़ेल न हो जाये। फिर अपने अंदर की एक और जिज्ञासा को, जिसे वह कई दिनों से दबाये हुए था, पूछ बैठा, ''मोगियाजी, वैसे मेरी यहाँ किस लीडर से भेंट होने की सम्भावना है?''

''उनके बड़े लीडर तो गणपति हैं, मगर वो इधर हैं नहीं। एक कोरसा उसेंडी जी की हलचल इधर सुनायी पड़ती है। मैंने कोरसा तक खबर पहुँचायी थी। फ़िलहाल वही यहाँ बड़े लीडर हैं। मगर वह भी बहुत अंदर कहीं हैं, नहीं मिलेंगे। उन्होंने ही किसी को अनुमति दी होगी, वही बात करेगा!''

''कोरसा उसेंडी...यह तो उनके एक प्रवक्ता का नाम है? मुझे याद है, 2005 की शुरुआत में तो वे मारे भी गये थे?''

''कोरसा उसेंडी'' उनके प्रवक्ता के पद का नाम है, जैसे कि शंकराचार्य का पद! जो उस पद पर बैठेगा, वह कोरसा उसेंडी कहलायेगा, जबकि उसका असली नाम कुछ और होगा!''

''क्या महिलाओं में भी कोई लीडर है?''

''टॉप में कोई महिला लीडर नहीं है। मगर अलग-अलग मोर्चे पर कभी-कभी कोई महिला भी लीड करती है! जैसे कामरेड सीते, कामरेड राजे, कामरेड शांति आदि ने अनेक हमलों में लीड किया था।''

शाम का धुँधलका छाने लगा था। वे तीन एकड़ के खेतों का एक चक्कर लगा कर वापस बस्ती की ओर मुड़े ही थे कि अचानक मोगिया एक खेत की मेड़ पर दौड़ पड़ा। रमेश चौंक गया। उसे लगा कि कहीं वह प्रेशर बम वाली जगह पर तो खड़ा

नहीं है? वह एक जगह ठिठका रहा। कम-से-कम अभी उसके पाँव जहाँ हैं, वहाँ तो ऐसा कुछ नहीं हो सकता, वरना वह अब तक धराशायी हो गया होता।...मगर मोगिया को अचानक क्या सूझा कि वह बिना कुछ बोले एक तरफ़ भाग गया? अब वह स्वयं किधर और कैसे भागे? प्रेशर बम... ? तभी उसने देखा, थोड़ी दूर पर मोगिया मेड़ के नीचे डण्डा बरसा रहा है। फिर डण्डे से कुछ खुरच भी रहा है।...लगभग दो मिनट बाद मोगिया उसके करीब वापस पहुँचा। उसके हाथ के डण्डे के एक सिरे पर एक अधमरा साँप लटका हुआ था। गोडाल (असोडिया) साँप था, जो अपनी खुराक की तलाश में निकला था। बरसात के मौसम में इधर नाग, ढोढिया, असोडिया, अजगर, डंडा करात जैसे साँप अक्सर दिखायी दे जाते थे। पिरपिट्टी साँप तो गुच्छों में भी दिख पड़ते थे।

पास आते ही मोगिया ने मुस्कुराते हुए कहा, "हमारे पड़ोस में एक गरीब परिवार है (हालाँकि वह स्वयं अमीर नहीं था, मगर पड़ोसी की तुलना में कम गरीब था)। वह साँप, चूहे, चींटी, चिड़िया भूनकर खाता है। उसे दे दूँगा।...वैसे तो बचपन में हम लोग भी इन्हें मारकर खाते थे। अब थोड़ी 'अमीरी' आ गई है तो गरीबी की कुछ आदतें छूट गईं!"

रमेश ने राहत की साँस ली। मोगिया ने दोबारा साँप को डंडे के सिरे में लपेटा और डंडा कंधे पर रखकर आगे चलने लगा। साँप की फूटी खोपड़ी से बूँद-बूँद खून टपक रहा था। खून, साँप और डंडे से दूरी बनाये, पीछे-पीछे चलते हुए रमेश ने बातचीत आगे बढ़ायी। पूछा, "उसूर के पास सड़क निर्माण के काम के लिए लायी गईं तीन गाड़ियों में, जो बरसात के चलते बहुत दिनों से सड़क किनारे खड़ी की गई थीं, कुछ दिन पहले आग लगा दी गई थी! आग लगाने वालों में महिला कामरेड सीते का नाम मैंने अखबार में पढ़ा था?"

"हाँ, उसके साथ और भी पाँच लड़कियाँ और छह लड़के थे।"

"कामरेड 'सीते"...क्या यही उसका असली नाम है?"

"जंगल में आदमी और औरतें तो सब असली हैं, मगर नाम उनके नकली हैं! कामरेड सीते का असली नाम 'लेकामी इरमा' है!" मोगिया ने मुस्कुराकर जवाब दिया।

"लेकामी इरमा... ?" रमेश चलते-चलते अचानक लड़खड़ाया। वह मरे साँप के अधिक करीब पहुँच गया था। इरमा का नाम सुनते ही उसे लगा, उसकी यह यात्रा बहुत ही सफल होने जा रही है। लेकामी इरमा...अभी ज़िन्दा है? उसने रग्घू को याद किया—काश, यह सुनने के लिए तुम भी आज साथ होते!

"हाँ, लेकामी इरमा!...समझिए उसका पुनर्जन्म हुआ है!"

"पुनर्जन्म? मैं कुछ समझा नहीं, मोगियाजी?"

"अरे, सुरक्षाबल के जवानों ने, जो रोड ओपनिंग के लिए निकले थे, उसके साथ नंगा नाच किया था। इरमा के शरीर को उन्होंने खूब नोच-खचोट डाला था।

उसके साथ बहुत से जवानों ने दुष्कर्म किया था, कि वह लगभग मर ही चुकी थी। अपने दुष्कर्म में उसके छोटे भाई को अवरोधक समझ, उसे गोली से उड़ा दिया था। पेद्दा गाँव के पास, सड़क से थोड़ी दूर बाँस की झाड़ियों के पीछे उन्होंने घिनौना खेल खेला था और उसे मरा समझ वहाँ से भाग खड़े हुए थे।...शाम को दादाओं के गश्ती दल को ज़मीन पर कराहती पड़ी इरमा दिख गई थी। वे उसे उठाकर अपने साथ अपने कैम्प में ले गये थे। एक डॉक्टर की तुरत-फुरत व्यवस्था कर उसका इलाज करवाया था। मगर उसे ठीक होते डेढ़-दो माह लग गये थे। अब तो वह सलवा जुडूम और इसको चलाने वाले, संरक्षण देनेवाले सभी के प्रति रणचण्डी बनी फिरती है!''

''उसने अपने परिवारवालों से फिर सम्पर्क नहीं किया होगा?''

''सुना है, उसके परिवार में अब कोई नहीं है। और कोई हो भी तो अब इरमा के पास उसे देने के लिए बंदूक के सिवा कुछ नहीं है!''

रमेश ने अपने अंदर की सारी जिज्ञासा और उत्साह को पुराने घाव के मवाद की तरह बहता महसूस किया। कुछ पल वह चेतना शून्य-सा रहा।...वह अंदरवालों का साक्षात्कार करने निकला था, मगर इस घटना की जानकारी के बाद उसे लगा कि सब निरर्थक है।...क्या अब वह लौट जाये?...मगर इतनी दूर और इतने अंदर आकर... ?

''मोगिया जी, क्या मैं इरमा जी से भी मिल सकूँगा?''

''मैं कुछ कह नहीं सकता। इधर जो दल दो दिनों से है, पता नहीं उसमें वह है भी या नहीं?...और होगी तो भी, वह कोई इन्टरव्यू जैसा कुछ देगी, मुझे नहीं लगता। अपने तन-मन पर इतने भारी आघात के बाद वह गूँगी ही हो गई होगी। वह क्या बोलेगी, मगर उसकी बंदूक इस दण्डकारण्य में आये दिन बोलती रहती है!...फिर उनके लीडर ने जिसे तय किया होगा, वही आपको इन्टरव्यू देगा, दूसरा नहीं!''

''मोगियाजी, खुदा न खासता यदि आपसे कभी इरमा जी का सम्पर्क हो तो उनसे कहियेगा कि उसका मंगेतर रग्घू कोर्राम उसकी फ़िक्र में अधमरा जी रहा है! वह एक बार ही सही, उससे मिल ले!''

''उसका कोई मंगेतर भी है?...मुझे यह नहीं पता। कौन रग्घू कोर्राम?''

''रग्घू, पिता सन्तु कोर्राम गंगालूर के पास मालूर गाँव के हैं। कुछ बरस पहले रग्घू से उसकी सगाई हुई थी और फिर सलवा जुडूम की आँधी में सब बिखर गये!''

''मालूर के सन्तु कोर्राम...वह तो कभी हमारी पार्टी के सदस्य भी रहे हैं! पता नहीं अब हैं या नहीं, मगर मैं एक बार अपने लीडर लक्ष्मण झाड़ी के साथ गंगालूर से मालूर गया था। गंगालूर में बैठक के बाद सबके भोजन का प्रबंध सन्तु जी ने अपने गाँव मालूर में ही किया था।''

''ओह, तो आप उस परिवार को जानते हैं!...चलो, अच्छा है। रग्घू अभी रायपुर में एक स्कूल में पढ़ाते हैं। मैं अपना और उसका पता तथा ऑफ़िस का फ़ोन नम्बर आपको लिखवा दूँगा। सम्भव हुआ तो आप उन्हें या मुझे बताने का कष्ट करेंगे!''

बस्ती में पहुँचकर मोगिया ने सबसे पहले साँप को उसके प्रेमी परिवार के हवाले किया। उनके स्वयं के घर में उनके आने से पहले उनका भोजन तैयार था। चावल के साथ झोर वाली आलू की सब्ज़ी और अमारी (खट्टी) भाजी के सूखे फूलों की चटनी। खाना खाने के बाद वे दोनों परछी में लगायी गईं अपनी दो खाटों पर सोने के लिए चले आये। परछी में गुंगवाते-सुलगते, धुआँ उड़ाते कंडों से भरी गोरसी (अंगीठी) रख दी गई थी, ताकि मच्छर परछी से दूर रहें। मोगिया का बाकी परिवार अंदर के दो कमरों में था। रमेश को मोगिया का यह परिवार आम परिवारों से अलग लगा। यहाँ कोई किसी से एक शब्द या एक वाक्य से ज़्यादा बोलता नहीं था। ज़्यादातर इशारों से काम लिया जाता था। पता नहीं इस परिवार की यह स्थिति अरण्य के बिगड़े माहौल के कारण या मोगिया की अपनी त्रिशंकु स्थिति के कारण बन पड़ी थी। सोने से पहले एक बार रमेश ने पूछा, ''अंदर से बुलावा आयेगा, मोगिया जी?''

''कुछ कहा नहीं जा सकता। स्थितियाँ अनुकूल न दिखने पर हो सकता है, आगे टल भी जाये। हालाँकि इसकी सूचना भी किसी माध्यम से ज़रूर भिजवायी जायेगी, इतना मुझे पता है! अभी तो आप आराम कीजिए, दिन भर के आप थके हुए हैं।''

रमेश निश्चित ही अपने को थका हुआ महसूस कर रहा था। फिर भी गोरसी के कंडों के अंगारों से निकलती हल्की पलासी रोशनी के बावजूद, अँधेरे में डूबी परछी में वह थोड़ी देर आँखें खोले, इस इलाके की रात के सन्नाटे की भाषा बूझने की कोशिश करता रहा, मगर शीघ्र ही जिस्म की थकान ने हथियार डाल दिये और नींद हमलावर हो उठी।

~

ढलती रात, लगभग तीन बजे गली से परछी में टॉर्च की तेज़ रोशनी पड़ी, जो सर्कसवालों की रोशनी की तरह अँधेरे में नाच रही थी। रमेश गहरी नींद में था। उसकी नाक बजने लगी थी, जिसका पता दूसरों को तो चलता था, मगर वह स्वयं अनभिज्ञ ही रहा। मोगिया के चेहरे पर जैसे ही रोशनी पड़ी वह उठ बैठा और बाड़ी का गेट खोलकर बाहर खड़े एक युवक को अंदर ले आया। परछी में खड़े-खड़े वे दो मिनट कुछ बातें करते रहे, फिर मोगिया ने रमेश को जगाया। रमेश हड़बड़ाकर जागा। मोगिया ने उससे कहा, ''इस साथी के साथ आपको अभी तुरंत निकल जाना है!''

रमेश ने कुछ ना-नुकर नहीं की। कोई सवाल नहीं किया। आँख मलते अपना बैग उठाया और उस युवक के पीछे-पीछे बस्ती से बाहर जंगल की ओर चल पड़ा। रास्ते में उन्होंने दो बरसाती नाले पार किये। नाला देख रमेश थोड़ा घबराया, मगर युवक ने उसका बैग माँगकर अपने सिर पर उठा लिया और अपनी कुछ जानी-पहचानी जगहों में उतरता गया। रमेश ने उसका अनुसरण किया, बावजूद इसके कि घुटने तक उसकी फ़ुल पैंट भीग गई थी। अपनी चप्पलों को वह जब तब हाथ में उठा लिया करता था, जो नालों की गीली मिट्टी वाली जगहों में काम की नहीं रह जाती थी। वे

दोनों लगभग दो घंटे चलते रहे थे। रमेश जो जीवन में पहली बार लगातार इतना चला था, हार मानकर किसी जगह बैठ जाने वाला ही था। उसने निराश स्वर में उस युवक से पूछा, ''ब्रदर, और कितना चलना होगा?''

''बस, पन्द्रह मिनट का रास्ता और बचा है, कामरेड!'' युवक ने उसे दिलासा दी। युवक साधारण ग्रामीण आदिवासी ही था। उसने हाफ़ पैंट और हाफ़ शर्ट पहन रखी थी। उसका चेहरा भावशून्य निरपेक्षता का उदाहरण लगता था। रमेश ने रास्ते में उससे एक बार थोड़ा मज़ाक भी किया था, मगर युवक के चेहरे पर कोई प्रभाव नहीं पड़ा था। वह रमेश के मुकाबले बहुत जल्दी-जल्दी चलता था, जबकि रमेश का बैग भी वह अपने सिर पर उठाये हुए था। जब वह रमेश से बहुत आगे बढ़ जाता तो फिर रुक कर रमेश के करीब पहुँचने की प्रतीक्षा करता, किन्तु रमेश जैसे ही करीब आता, वह फिर चलने लगता था। इस कारण भी रमेश उससे कुछ बातचीत नहीं कर पा रहा था। रमेश ने सोचा, 'हो सकता है, अंदर के लीडर का यही निर्देश हो कि उसे आगन्तुक के साथ कोई बातचीत नहीं करनी है! या फिर ज़रूर इसकी भी कोई अरण्यगाथा होगी, दुखांतवाली! यहाँ तो ज़्यादातर लोगों के साथ ऐसा ही था।'

49

सुबह हो गई थी। सूरज की रोशनी पेड़ों के पत्तों से टकराकर ज़मीन पर टुकड़े-टुकड़े पड़ी थी। रोशनी के टुकड़ों को रौंदते हुए वे दोनों थोड़ी ऊँची पठारी जगह की ओर बढ़ रहे थे। अचानक युवक ने रमेश का बैग ज़मीन पर रखा और मुँह में दोनों हाथों की एक-एक उँगली डालकर तेज़ और लम्बी सीटी बजायी। फिर बैग सिर पर उठाकर आगे बढ़ गया। रमेश ने अंदाज़ लगाया, यह सीटी उसने अपने आने के संकेत के रूप में बजायी होगी! उसका अंदाज़ सही था। थोड़ी दूर पर कुछ खुली-सी जगह दिखायी पड़ रही थी, जिसमें सात-आठ टेंट लगे हुए थे। कुछ युवक-युवतियाँ यहाँ-वहाँ आ-जा रहे थे और झाड़ियों, वृक्षों के तनों की आड़ में कभी-कभी गायब भी लगते थे। रमेश आगे बढ़ते हुए उन्हीं पर निगाह टिकाये हुए था। अचानक वह घबरा उठा। उसकी बगल के एक ऊँचे पेड़ की डाल से संतरी की ड्यूटी करती एक युवती उसकी बगल में कूद पड़ी और चीखकर बोली, ''आने वाले साथी को लाल सलाम, लाल सलाम!''

रमेश को समझ नहीं आया कि उस युवती द्वारा उसके इस भयभीत कर देने वाले स्वागत के जवाब में उसे क्या कहना या करना है? उसने बमुश्किल दो बार सिर झुका-झुकाकर और चेहरे पर मुस्कान लाकर अपनी प्रतिक्रिया व्यक्त की। रमेश के साथ वाला युवक, जिसने अब उसका बैग बायें कंधे पर लटका रखा था, दायें हाथ को ऊपर उठाकर जवाब में चीख कर बोल पड़ा, ''लाल सलाम, लाल सलाम!''

वे तीनों अब बिना कुछ बोले, साथ-साथ आगे बढ़े। सामने ही थोड़ी-थोड़ी दूरी पर सभी टेंट थे। किसी टेंट से सुर-ताल में कुछ गाने-बजाने की आवाज़ आ रही थी। शायद वे अपने जनगीतों की तैयारी कर रहे थे, जिसे फिर बंद कर दिया गया।

कुछ और युवक-युवतियों ने अलग-अलग टेंट से निकलकर, अपने टेंट के सामने ही खड़े होकर रमेश का स्वागत उसी 'लाल सलाम' के नारों से किया। तभी एक चालीस-पैंतालीस साल का व्यक्ति उसकी तरफ़ ज़रा रफ़्तार से बढ़ा और अपना दायाँ हाथ आगे करते हुए बोला, "रमेश पैकरा...जी! स्वागत है, आपका। मैं शंकर...आपसे मिलकर खुशी हुई। आशा है, आपकी यात्रा सुखद रही होगी!"

रमेश ने भी अपना दायाँ हाथ उसकी तरफ़ बढ़ाया, मुस्कुराया, जबकि उसका पोर-पोर इस यात्रा से दुख रहा था। उसे समझ नहीं आया, शंकर के आखिरी वाक्य में उपहास था या नहीं?

रमेश ने नक्सलियों के इस कैम्प में चारों तरफ़ एक नज़र डाली। कैम्प की ज़मीन को छोड़कर चारों तरफ़ पेड़ और बाँस की झाड़ियाँ थीं। कैम्प के पीछे थोड़ी दूरी से छोटी पहाड़ियों की एक शृंखला चली गई थी, जो एक-दूसरे की पूँछ थामे हाथियों के झुंड-सी प्रतीत होती थी। निकट पहाड़ी से एक छोटा-सा झरना फूटा दिखायी दे रहा था। उसके पानी की धार नीचे की चट्टान से टकरा रही थी और नीचे भाँप का धुआँ-सा बना लगता था। दो युवतियाँ उधर से प्लास्टिक की बाल्टियों में पानी लेकर लौटती दिखायी दे रही थीं। एक टेंट के सामने कुछ युवतियाँ चूल्हे में लकड़ियाँ जलाकर नाश्ते-चाय की तैयारी कर रही थीं। अतिथि-सत्कार के बाद ज़्यादातर युवक योगा करने एक ओर जमा हो गये थे। कुछ अपनी बंदूकें साफ़ कर रहे थे। दो युवक कैम्प में चारों ओर झाड़ू-सा लगाकर फ़ालतू पत्ते, टहनियाँ, पत्थर साफ़ कर रहे थे। निकट खड़े चार पेड़ों के तनों के बीच बाँसों को बाँधकर मचान की दो परतें तैयार की गई थीं। मचानों पर रेग्ज़ीन जैसा कुछ बिछा था। ये मचान उनके चलते-फिरते गोदामों की तरह थे, जिनमें ऐसा सामान रखा था, जिन्हें बरसात से बचाये रखना ज़रूरी था—उनका अनाज, कपड़े, पुस्तकें, सूखी लकड़ियाँ, विस्फोटक सामग्री, अतिरिक्त हथियार आदि।

शंकर उसे अपने टेंट में ले गया। यह टेंट शायद अन्य आठ टेंटों से छोटा था, मगर ढेरों सामानों से भरा था। शायद इसमें शंकर और उसके बॉडीगार्ड के अलावा कोई नहीं रहता था। शंकर का बॉडीगार्ड रायफ़ल लिये टेंट के बाहर संतरी की भूमिका में खड़ा हो गया था। टेंट के अंदर रखीं प्लास्टिक की दो कुर्सियों पर वे आ बैठे थे। रमेश का बैग भी उसी टेंट में पहुँचा दिया गया था। तभी दो युवतियाँ, जो मुश्किल से सत्रह-अट्ठारह साल की लगती थीं और जिन्होंने ढीली-ढाली हरी यूनिफ़ॉर्म पहन रखी थी, चाय-नाश्ता और प्लास्टिक की बोतलों में पानी लेकर पहुँचीं। एक खाट के नीचे से छोटी-सी फ़ोल्डिंग मेज़ निकालकर दुरुस्त की और उस पर साथ लाया सामान रखकर चली गयीं। शंकर ने मुस्कुराते हुए कहा, "लीजिए पैकरा जी, महिला कमांडों ने आपके लिए स्पेशल आलू-पोहा बनाया है! वरना तो ज़्यादातर रोज़ रात का बचा भात बघार कर या रात की बची रोटियों को काली चाय में डुबो कर हमारा ब्रेकफ़ास्ट होता है!...हमारी महिला कामरेड होशियार हैं, रोज़ रात को ज़रा ज़्यादा खाना बना ही

लेती हैं। इसलिए नहीं कि सुबह नाश्ता बनाना नहीं पड़ेगा, बल्कि इसलिए कि क्या पता कल सुबह कुछ बनाने का समय ही न मिले और यहाँ से भागना पड़े!''

''लगता है कि कामरेड गणपति या उसेंडी जी इधर नहीं हैं?'' रमेश ने प्लास्टिक की चम्मच से प्लास्टिक के कटोरे में रखा पोहा मुँह में डालते हुए पूछा। लगता था, कैम्प में इस्तेमाल का ज़्यादातर सामान प्लास्टिक की हल्की चीज़ों से बना था, ताकि स्थानान्तरण में बोझ का वज़न न बढ़े।

''हाँ, वे पिछले सप्ताह ही इधर से चले गये, अबूझमाड़ की तरफ़। उन्होंने ही मुझे आपसे बात करने के लिए नियुक्त किया है। हम कहीं पर भी ज़्यादा समय तक नहीं रुकते। चार दिन पहले ही हम यहाँ आये थे और आज शाम ही हम यहाँ से चले जायेंगे!''

''किधर जायेंगे?''

''यह अभी तय नहीं है। बहुत से निर्णय हम आखिरी क्षणों में लेते हैं!''

''सलवा जुडूम के बारे में आप लोगों का क्या विचार है?''

''इसे स्वस्फूर्त अभियान कहा जा रहा है, मगर यह सरकार द्वारा प्रायोजित है! सलवा जुडूम के बहाने सरकार, उद्योगपति और व्यापारी आदिवासियों के जल, जंगल और ज़मीन पर कब्ज़ा जमाना चाहते हैं। लोगों को गाँव-घरों से निकाल कर सड़क किनारे कैम्पों में मवेशियों की तरह भर रखा है!...सत्ता पूँजीपतियों की दलाल हो गई है!''

''सलवा जुडूम कैम्प तो आप लोगों से सुरक्षा के लिए बनाये गये हैं! आप लोग आये दिन लोगों को मार रहे हैं। कुछ दिन पहले आवापल्ली में गाँव के मुखिया को गला रेतकर मार डाला गया था। गंगालूर में आठ-दस एस.पी.ओ. को आप लोगों ने गोली मार दी। पाहुरनार में लोगों के घरों को आग लगा दी। गाँव के कुछ स्कूलों को आपने बम से उड़ा दिया। ग्रामीणों का राशन लेकर जाते ट्रकों को आप लोग लूटते ही हैं।...आप लोगों के कारण इधर अंदर में ग्रामीणों को मिलनेवाली सारी सरकारी सुविधाएँ बंद कर दी गईं।...ग्रामीण अब कैम्पों में न जायें तो क्या करें?''

''हमने पुलिस के मुखबिरों को मारा है। हमने मुखबिरों के घरों में ही आग लगायी है। स्कूलों और सरकारी भवनों को सैन्य छावनी में बदला जा रहा था, इसलिए हमने उनको उड़ा दिया। ग्रामीणों का राशन गाँव में रह गये लोगों को नहीं दिया जा रहा था, सिर्फ़ कैम्पों में पहुँचाया जा रहा था। कैम्पों में तो गाँव के आधे लोग भी नहीं हैं, राशन लेकर बाज़ार में बेचा जा रहा था। सरकार जानबूझकर अनभिज्ञ बनी बैठी है!''

''आप लोग देश के संविधान को नहीं मानते?''

''देश के संविधान से हमें बहुत शिकायत नहीं है। देश के संविधान में व्यक्ति के मौलिक अधिकारों के तहत बहुत-सी चीज़ें आ ही गई हैं और ऐसा इसलिए हुआ क्योंकि संविधान निर्माण में डॉ. भीमराव अम्बेडकर जैसे दलित बुद्धिजीवी का

महत्त्वपूर्ण और निर्णायक दखल था।...संविधान में नागरिकों को जो अधिकार दिये गये हैं, उसे सरकार ही तोड़ रही है। ग्रामीण कृषकों और आदिवासियों के जल, जंगल, ज़मीन की सुरक्षा के लिए संविधान में जो पाँचवीं अनुसूची बनायी गई है, सरकार स्वयं उसका उल्लंघन करती है। बिना लोगों की स्वीकृति के उनकी सम्पत्ति पर अतिक्रमण करती है या फिर ठेकेदारों, व्यापारियों और उद्योगपतियों को अतिक्रमण करने में मदद करती है! यह 'व्हाइट कॉलर क्राइम' सामान्य अपराधों से ज़्यादा खतरनाक है। डकैती और चोरी जैसी घटनाओं में तो कुछ रुपयों का नुकसान होता है, लेकिन ये करोड़ों का नुकसान करते हैं। ये लोग प्राकृतिक संसाधनों का इस्तेमाल सिर्फ़ अपने लाभ के लिए करते हैं और इससे जनभावनाएँ आहत होती हैं!''

''मतलब यही हुआ कि इस कानून से आमजन की मुक्ति सम्भव नहीं है?''

शंकर थोड़ी देर सोचता रहा, कुछ याद करने की कोशिश करता रहा, फिर डेविड थोरो के कथन को उसने अपने जवाब में इस्तेमाल किया, ''कानून कभी किसी को मुक्त नहीं करेगा, मनुष्य ही कानून को मुक्ति दे सकता है! ये लोग(यहाँ के ग्रामीण आदिवासी) ही कानून के सच्चे प्रेमी हैं, जो उस समय भी कानून का पालन करते हैं, जब सरकार उसे तोड़ रही होती है!''

''आप लोगों की बातों को, विचारों को, यहाँ का आम आदिवासी कितना समझ पाता होगा, जो अशिक्षित है और जिसका जीवन मिथकों से संचालित होता है?''

''हाँ, यह संकट तो है, मगर शहरी समाज भी तो मिथकों से संचालित हो रहा है? असल में हमारे यहाँ इतिहास को पढ़ने-पढ़ाने की प्रवृत्ति विकसित नहीं की गई, मगर इतिहास को लेकर विवाद करने की प्रवृत्ति ज़रूर विकसित हो गई है! इतिहास को मिथक और मिथक को इतिहास...आप सिर्फ़ आदिवासियों पर दोष नहीं लगा सकते!''

''मैं कांकेर का रहने वाला हूँ और दण्डकारण्य में यहाँ के (जगदलपुर, दन्तेवाड़ा आदि) शहरी लोगों से भी मेरी बातचीत रही है। अन्य शहरियों और इन दण्डकारण्य के शहरियों में आप कोई फ़र्क देखते हैं?''

''अन्य शहरों के मुकाबले ये नये बसे, बढ़ते शहर हैं और इनकी शहरी आबादी का अस्सी प्रतिशत बाहर से आये गैर-बस्तरिया लोगों का है। इनकी पीढ़ियाँ एक-दो या ज़्यादा-से-ज़्यादा तीन-चार पीढ़ी पहले आकर यहाँ बसी या बसायी गई हैं। मगर ये लोग ही आज ज़्यादा ज़ोर-शोर से अपने को बस्तरिया बताते हैं। 'आमचो बस्तर' कहकर समूचे बस्तर पर अपना अधिकार जमाते हैं! जबकि असली आदिवासी, जिनकी सैकड़ों पीढ़ियाँ यहाँ मर-खप गईं, 'आमचो बस्तर' कहने में उनकी घिग्घी बँध जाती है। उन्हें डर लगता है, कहीं ऐसा कहने से कोई उन्हें आतंकी न समझ ले!...इन बेचारों का तो अब 'आमचो बस्तर' रहा नहीं, 'तुमचो बस्तर' हो गया है।...उद्योगपतियों, व्यापारियों, ठेकेदारों, पूँजीपतियों के दलालों का बस्तर!''

''सुना है कि कुछ ठेकेदारों और व्यापारियों से, जो राजनीतिक पार्टियों (सत्ता या विपक्ष) से भी जुड़े हैं, उनसे आप लोगों का भी सम्पर्क है?'' इस प्रश्न से शंकर ज़रा असहज नज़र आया। वह थोड़ा रुका, फिर बोला, ''कुछ लोग हैं जो हमारा ज़रूरी काम करते हैं, तो हम अपने 'इलाके' में उनके लिए कुछ दरवाज़े खुले छोड़ देते हैं! इससे हमें मतलब नहीं कि वे किस राजनीतिक पार्टी से जुड़े हैं!''

''इन दोनों पार्टियों में आपको कोई अंतर दिखायी नहीं देता?''

''नहीं, विपक्ष पहले 'सत्य' को ही ईश्वर मानता था, अब 'ईश्वर' को ही सत्य मानने लगा है! और सत्तापक्ष तो पहले से ही ऐसा मानता आ रहा है, तो अंतर कहाँ रहा। दोनों ही येन-केन-प्रकारेण सम्पत्ति निर्मित करने और उसे बढ़ाने में गर्व महसूस करने वालों के संरक्षण में ही अपनी सत्ताशक्ति खर्च करते रहे हैं।...जीवन को सार्थक और सुन्दर बनानेवालों और उसे बराबरी के हक से भरनेवालों में उनकी कोई रुचि नहीं है!''

''देश की आज़ादी के बाद कितने ही चुनाव हुए। कितने ही विधायक और सांसद इस दण्डकारण्य से चुने जाते रहे। उनमें क्या कोई भी आपकी पसंद का नहीं रहा?''

''इन चुनावों पर हमारा भरोसा नहीं है। ये चुनाव धन-बल और सत्ता-बल के भरोसे लड़े जाते हैं। गरीबों और आदिवासियों से हमदर्दी सिर्फ़ ढकोसला है।...वैसे एक सांसद, विधायक के बारे में पढ़ा था, जिन्होंने आदिवासियों के हक की माँग की, जंगल की अवैध कटायी की बात उठायी, मगर उनकी बात पर कोई ध्यान नहीं दिया गया तो उन्होंने इस्तीफ़ा दे दिया था।...उनका नाम था...लाल श्याम शाह! उन्होंने ही शायद पहली बार अलग गोंडवाना राज्य की माँग भी इस दण्डकारण्य के लिये की थी। तब नेहरूजी का ज़माना था और मेरा तो जन्म भी नहीं हुआ था!''

~

रमेश को सीनियर नक्सली से मुलाकात न हो पाने का शुरू में जो थोड़ा मलाल हो रहा था, इस शंकर ने उसे खत्म कर दिया था। धूप-गर्मी में तपा यह नाटा-साँवला, किंतु अपने लक्ष्यों के लिए बावला, हमेशा सतर्क और चुस्त-दुरुस्त। चाहे तो अभी तुरंत पेड़ पर चढ़ जाये, गहरी घाटियों में उतर जाये, मुस्कुराते हुए किसी का गला रेत दे और अपने लोगों के लिए सैन्य-बल के सामने निहत्था भी खड़ा हो जाये!...शंकर से बात करते हुए रमेश की नज़र आस-पास आते-जाते, अपने कामों में व्यस्त लोगों पर भी बनी हुई थी। उस कैम्प में चालीस-पैंतालीस के आस-पास की संख्या में लोग रहे होंगे, मगर उसकी नज़र जिसे ढूँढ रही थी, वह शायद इस दल में नहीं थी। उसने शंकर से पूछा, ''आपने यहाँ छत्तीसगढ़ में मोर्चा सँभाल रखा है,मगर आपके टॉप लीडरों में शायद ही कोई इस प्रदेश का हो? मुझे तो ज़्यादातर सब आंध्र-तेलंगाना के ही लगते हैं?''

"देश को छोटे-छोटे टुकड़ों में, प्रदेशों में, सरकारें अपनी कूटनीति और प्रशासनिक सुविधाओं के नाम पर बाँटती आई हैं। देश जब आज़ाद नहीं था, यह दण्डकारण्य आज के हिसाब से पाँच राज्यों में फैला हुआ था। इस बस्तर पर तो आंध्र के काकातीय राजवंश का शासन था। यहाँ के अनेक आदिवासी देवी-देवताओं की स्थापना में उनकी भूमिका रही। आज इस क्षेत्र को अनेक प्रदेशों में बाँट कर आप कहते हैं कि हम बाहर के हैं? आपने कभी बैठकर सोचा भी है कि यहाँ की गोंडी बोली आपकी हिन्दी से मिलती है या हमारी तेलगु से?...चलिए, कुछ हद तक हम आपकी बात को जायज़ भी मान लेते हैं। हम भी चाहते हैं कि यहाँ की लड़ाई में यहाँ के स्थानीय लोग अगुवायी करें, मगर यहाँ शिक्षा और जन-जागृति की इतनी कमी है कि नेतृत्व करने के लिए थोड़े पढ़े-लिखे लोग शायद ही मिल पाते हैं। खैर, फिर भी अभी काम चल ही रहा है। इस सरकारी सलवा जुडूम के कारण हमें बहुत से बस्तरिया आदिवासी युवक-युवतियाँ मिल रहे हैं, जैसे कामरेड उइके, कामरेड राजे, कामरेड मंडावी, कामरेड सीते आदि। आने वाले समय में आप इन लोगों के कारनामे सुनेंगे! ये सभी इसी जंगल की पैदावार हैं!"

"कामरेड सीते... ? पाहुरनार वाली... ? मगर उसका नाम तो लेकामी इरमा जैसा कुछ है ना?" अचानक रमेश ने पूछकर मौका हाथ से जाने नहीं दिया। शंकर भी चौंका और रमेश को घूरने लगा। फिर बोला, "आप पत्रकार लोग भी खोजबीन में माहिर होते हैं! खैर, जब आप यह नाम जान ही गये हैं तो यही सही। मगर बस्तर में आप नाम के भरोसे मत रहियेगा!"

"कामरेड सीते...अगर आपके इसी दल में शामिल है, तो मैं उससे मिलना चाहूँगा!" रमेश ने अपनी इच्छा ज़ाहिर की और शंकर का चेहरा देखने लगा। शंकर के चेहरे पर उसे कुछ असमंजस नज़र आ रहा था। शंकर ने कहा, "कामरेड सीते से पूछना होगा कि वह आपसे मिलना चाहेंगी? यहाँ किसी से भी ज़बरदस्ती नहीं की जा सकती!"

फिर शंकर ने अपने बॉडीगार्ड की तरफ़ देखकर, जो टेंट के द्वार पर खड़ा उनकी बातचीत भी सुन रहा था, कुछ इशारा किया। गार्ड थोड़ी दूर पर स्थित युवतियों के टेंट की ओर चला गया। रमेश का पूरा ध्यान कामरेड सीते की मिलने वाली प्रतिक्रिया पर था, मगर वह यह ज़ाहिर नहीं करना चाहता था। 'उसके' इतने करीब आकर भी यदि वह नहीं मिल पायेगा तो उसे भारी निराशा होने वाली थी। फ़िलहाल वह शंकर से बातचीत जारी रखे हुए था।

"शंकरजी, मुझे आश्चर्य होता है कि आप लोग भी ग्रामीण आदिवासियों का भला चाहते हैं और सरकार भी, तो मिल-बैठकर बातचीत से कोई रास्ता क्यों नहीं निकाल लेते?...मेरी तो राय है, एक तीसरा पक्ष पीड़ित आदिवासियों का भी होना चाहिए!"

"ये आती-जाती सरकारें और उनकी भक्त-मीडिया ही यह प्रोपेगंडा रचती

है कि हम लोग बातचीत नहीं करना चाहते!...असल में सरकार ही नहीं चाहती कि बातचीत हो, कोई रास्ता निकले! एक-दो बार उसने दिखावे की कोशिश की और शर्त रखी कि नक्सली माओवादी बिना हथियार के बातचीत को आयें! हमने भी कहा कि तब सरकार भी इस जंगल से सैन्य-बल और पुलिस-बल को वापस बुला ले। सरकार को यदि हमारे हथियारों से डर था तो हमें भी तो उसके हथियारबंद लोगों से खतरा था!...मगर यह सिर्फ़ सरकार का बहाना था, वरना वह इस जंगल को सैन्य-बल की छावनी में तब्दील नहीं करती।...आंध्रा (अब तेलंगाना) में उसने बातचीत के नाम पर हमें धोखा दिया। हमारे कामरेडों को पकड़कर मार डाला।...सरकार हमें उकसाती है, हमें बदनाम करने के सारे रास्ते उसने अख़्तियार कर रखे हैं, ताकि जब वह हमारी हत्या भी करे तो न्यायोचित लगे! वह तो...आये दिन हमारे अंतिम खात्मे की घोषणा करती फिरती है। उसे आदिवासियों की, आदिवासियों की सुख-सुविधाओं की, उनकी इच्छा के सम्मान की, उनके विकास की चिंता नहीं है। वह सिर्फ़ ऐसा दिखावा करके यहाँ की सारी सम्पत्तियों को अपने प्रिय पूँजीपतियों, उद्योगपतियों और व्यापारियों के लिए कब्ज़ाना चाहती है, उन्हें हस्तांतरित करना चाहती है। रही बात तीसरे पक्ष की, तो यह विचार अच्छा है, हम भी यही चाहेंगे!''

''अरण्य में आप लोग सैन्य-बल और पुलिस-बल को बड़े घिनौने और नृशंस तरीके से, घेर-घार कर, छुपकर, प्रेशर बम और एम्बुश लगाकर मारते हैं? लाश को भी घृणित तरीके से क्षत-विक्षत कर जाते हैं? यह तो अमानवीय कृत्य हैं?''

''यह युद्ध है, कामरेड! यहाँ कोई सभ्यता नहीं!...वे लोग भी हमारे साथियों की लाशों के साथ यही सब करते हैं। और तो और, गाँव के भोले-भाले बेकसूर लोगों को पकड़कर हमारी जैसी वर्दी पहनाकर गोली मार देते हैं, ताकि उनकी 'वीरता' का रिकॉर्ड बढ़ता रहे! यह कहाँ तक जायज़ है?''

रमेश को अपने लिए 'कामरेड' शब्द का इस्तेमाल अजीब लगा। वह चुप होकर, अपनी छोटी-सी डायरी में कुछ नोट करता हुआ, शंकर को व्यस्त किये रहा। वह नहीं चाहता था कि शंकर यह आभास पा ले कि वह अब, उससे बातचीत से ज़्यादा किसी और से मिलने को बेताब है! शंकर ने अपनी बात जारी रखी।

''हमारा सैन्य-बल और पुलिस-बल से कोई बैर नहीं है। वे हमारे वर्ग शत्रु नहीं हैं। हमारी तरह ही साधारण लोग हैं। दुर्भाग्य से वे नौकरी के नाम पर हम सभी के वर्ग शत्रुओं की मदद करते हैं। वे पूँजीपतियों और सामंती सोच की सरकारों के हाथ के खिलौने बने हुए हैं!...आपको बता दूँ, पिछली एक मीटिंग में कामरेड सीते ने एक प्रस्ताव रखा था कि हम कोशिश करें कि इन कठपुतलियों (सैन्य-बल, पुलिस-बल) से ज़्यादा हमें उन्हें निशाना बनाना चाहिए, जिनके हाथों में बागडोर है!...प्रस्ताव अच्छा था, मगर अपने सीमित साधनों और सामान्य हथियारों के बल पर हम परदे की आड़ में बैठे 'शूरवीरों' तक कहाँ पहुँच पाते हैं...इसका हमें अफ़सोस है!''

''इतने विशाल देश में आपके इन प्रयासों का कुछ सकारात्मक असर होगा?''

''बारिश की बूँदें भले छोटी हों, मगर उनके लगातार बरसने से नदियों में बाढ़ आ जाती है! हम उम्मीद से भरे लोग हैं और जनमानस में प्रचलित इस कथन पर विश्वास करते हैं कि इदंम बदंम आयर, नुल्पे ता नुल्पे मंदर अन नरकाय बदंम आयो!''

''आप एक तरफ़ युद्ध किये जा रहे हैं और दूसरी तरफ़ आपकी सांस्कृतिक इकाइयाँ ग्रामों में नाच, गाने, नाटक करती नज़र आती हैं! मैं जब यहाँ आया था, तो किसी टेंट से कुछ जनगीतों के अभ्यास का स्वर सुनायी दिया था?''

''यह भी ज़रूरी है पैकरा जी, खेतों में बीज न डाला जाए तो प्रकृति उसे घास-फूस से भर देती है! ऐसे ही यदि दिमाग में सकारात्मक विचारों का प्रवेश न कराया जाए, तो वहाँ नकारात्मक विचार घर कर लेते हैं!''

''यानी आप, लोगों के दिमाग को अपने विचारों से... ?''

''नहीं...नहीं, हमारा प्रयास है कि लोग सोचें और सवाल करें। इसके लिये दिमाग को खुला रखें। दिमाग और छाता तभी काम करते हैं जब वो खुले हों, बंद होने पर दोनों बोझ लगते हैं! हमारी सांस्कृतिक इकाइयों का प्रयास लोगों के बंद दिमाग को खोलने का है!''

तभी शंकर का बॉडीगार्ड लौटा और शंकर से कहा, ''कामरेड सीते को थोड़ी हरारत है। उसने अभी-अभी पेरासिटामॉल की टिकिया खायी है।...वह मुलाकात को तैयार नहीं है, कामरेड!''

सुनकर रमेश का दिल बैठ गया। उसके पास कुछ और भी सवाल थे, मगर अब कुछ भी पूछने का मन न हुआ, जबकि शंकर के उत्तरों से वह स्वयं प्रभावित था। वह लगभग दो घंटे से शंकर के साथ बैठा था। आस-पास कुछ टेंटों के सामानों को, जिसकी अभी या आज ज़रूरत नहीं थी, गठियाया जा रहा था। एक टेंट को तो पूरी तरह गिराकर लपेट लिया गया था। आज शाम तक वे यह स्थान छोड़ देने वाले थे।...इसका दूसरा मतलब उसके लिए यह भी था कि उसे भी शीघ्र इनसे विदा होना होगा! उसने बेचैनी-सी महसूस की। अचानक उसके मुँह से निकला, ''शंकरजी, आप रग्घू कोर्राम को जानते हैं?''

''नहीं, कौन है ये? क्या मासा कोर्राम का कोई रिश्तेदार है?''

''नहीं, मगर वह कामरेड सीते यानी लेकामी इरमा का मंगेतर है! पोस्टग्रेजुएट है और अभी-अभी उसने बी.एड. भी किया है! वह कई बार इरमा की तलाश में जंगल में भटका, मगर उसे पता न चल सका। निराश होकर वह रायपुर चला गया और एक प्राइवेट स्कूल में टीचर है!...क्या इरमा अपने मंगेतर से मिलना चाहेंगी? उसके लिए कोई संदेश देना चाहेंगी? कृपया, उनसे यह पुछवा लीजिए!''

शंकर कुछ पल सोच में पड़ गया। वह इस दल का मुखिया था और उसे कुछ अनहोनी की आशंका भी हुई, मगर वह डरा नहीं। उसने हामी भर दी। उसकी पार्टी को पढ़े-लिखे आदिवासी युवकों की तलाश थी। उसे इरमा पर तो भरोसा था कि वह

पार्टी छोड़कर नहीं जायेगी और अगर उसके कारण उसका पोस्टग्रेजुएट मंगेतर पार्टी में आता है तो यह उसकी पार्टी के हित में ही होगा! उसने अपने बॉडीगार्ड से कहा, ''कामरेड सीते से पूछो, क्या रग्घू कोर्राम को जानती हैं? क्या उसे कोई संदेश देना है?...यह जो पत्रकार आये हुए हैं, उसके मित्र हैं!''

बॉडीगार्ड फिर चला गया, मगर इस बार जल्दी लौट आया। आते ही बोला, ''कामरेड सीते यहीं आ रही हैं, कामरेड!''

50

'हे प्रभु! आख़िर तूने सुन ही ली!' रमेश ने अपने ईश्वर को याद किया। आज से पहले वह कभी किसी व्यक्ति से मिलने को इतना बेताब नहीं हुआ था। यूँ इरमा से उसका कोई रिश्ता नहीं था। वह तो उससे कभी मिला भी नहीं। अपनी इस बेताबी पर वह स्वयं भी चकित था। शंकर के सामने वह सहज बैठे रहने की कोशिश कर रहा था, ताकि उसकी आंतरिक हलचलों का उसे पता न चल सके।

तभी दूर के एक टेंट से एक युवती निकली। वह नक्सलियों के डार्क-ग्रीन फ़ुल पैंट-शर्ट में थी। इन कपड़ों के ऊपर उसने एक शॉल भी ओढ़ रखी थी। शॉल उसके सिर से होकर घुटनों तक लटक रही थी। शॉल से उसका आधा चेहरा ही दिखायी दे रहा था। (एक पुरानी फ़िल्म की नायिका की तरह, जिसका आधा चेहरा जला हुआ था और जिसे वह ढके ही रखती थी) डार्क-ग्रीन कमीज़ से निकला, एक गोरा आधा चाँद! गर्मी के सूखते पोखर की काई के बीच, एक अधखिला कमल! उसके पास आते ही रमेश अपनी जगह पर खड़ा हो गया और उसके मुँह से अनायास निकल पड़ा, ''जय-जोहार, कामरेड!'' इरमा ने भी उत्तर में 'जय-जोहार' कहा, और साथ ही 'लाल सलाम' भी। वह शंकर की कुर्सी के पीछे खड़ी हो गई थी, रमेश के एकदम सामने। रमेश ने उससे नज़र मिलाने में हिचक महसूस की। जाने कौन-सा अपराध भाव था जो उसे सिर उठाने नहीं दे रहा था। शायद इरमा के साथ हुईं दुर्घटनाओं की खबर जानकर वह स्वयं लज्जित हो रहा था। अब उससे बातचीत कैसे शुरू करे? तभी इरमा की खनकती आवाज़ उसे सुनायी दी। इरमा उससे पूछ रही थी, ''रग्घू कैसा है? क्या करता है अभी?''

''रग्घू वैसे तो ठीक हैं, मगर आपकी खोज-खबर में असफल होने पर वह अंदर से टूट गया-सा लगता है! फ़िलहाल वह रायपुर में प्राइवेट स्कूल में पढ़ाता है। बी.एड. भी उसने कर ली है। अब तो उसे सरकारी नौकरी भी जल्दी मिल जायेगी!'' रमेश ने एक ही साँस में इतना सब कह दिया।

''वह यही चाहता था!'' इरमा धीरे से बोली, जैसे अपने आप को बता रही हो!

''आप उससे मिलना चाहेंगी? अभी न सही, आगे कभी?''

''नहीं, अब वह समय बीत गया!'' एक स्पष्ट इनकार झनझना उठा, ''इस बीच इन्द्रावती में जाने कितना पानी बह गया। अब तो शंखनी-डंकनी नदियों के साथ ही

तालपेरू का पानी भी ललवाने लगा है! यहाँ कुछ होगा ज़रूर, मगर वैसा नहीं, जैसा वह सोचता था!''

''मैं लौटकर उसे क्या कहूँगा, आपकी तरफ़ से?''

''बस यही कि वह पिछला सब भूल जाये। उसकी इरमा मर चुकी है। कामरेड सीते नाम है मेरा!''

''फिर भी, कुछ समय से हम साथ हैं, मैं थोड़ा उसे जानने लगा हूँ, जब वह जानेगा कि आप जीवित हैं, चाहे जिस रूप में, वह आपसे मिलने को उतावला हो उठेगा! शायद वह अकेला ही इधर आ निकले?''

''मेरे साथ जो हुआ, अभी उसे पता नहीं होगा!'' इरमा ने यह कहते हुए अचानक अपने चेहरे से शॉल हटा ली। रमेश ने देखा, माथे से लेकर गाल, गर्दन तक की एक तरफ़ चमड़ी गहरी खरोंचों से विकृत हो गयी थी। उधर की आँख भी ज़रा छोटी लग रही थी, गोया उस पर भी चोट की गई हो! इरमा आगे बोली, ''जो आप ये ऊपर चेहरे पर देख रहे हैं, यही हाल नीचे सारे शरीर का है। जिस शरीर और आत्मा को मैं उसके के लिए बचाये फिर रही थी, उसे 'जानवरों' ने छीन-झपट लिया। उसके के लिए अब कुछ नहीं है मेरे पास!''

''मैं जानता हूँ, मुझे कल ही खबर हुई।'' रमेश ने नज़र झुकाये स्वीकार किया और कहा, ''मैं उसे बतलाऊँगा, बावजूद इसके अगर वह फिर भी, एक बार ही सही, आपसे मिलना चाहे तो?''

''नहीं, उसे इधर आने मत देना!'' इरमा की भय-मिश्रित आवाज़ हवा में परदे की तरह लहरायी। मगर फिर उसके अंदर कुछ पिघलता-सा लगा, बोली, ''देखिए, हमारा कोई एक ठिकाना नहीं है। आप एक काम कीजिए, दादा (शंकर) को अपना और रग्घू का पता और टेलीफ़ोन नम्बर हो तो दे दीजिए। मौका मिलने पर हम खुद सूचित कर देंगे।...मगर उससे कहियेगा, जल्दी न करे। महीनों भी लग सकते हैं!''

शंकर ने उठकर एक बैग से अपनी डायरी निकाली और उसमें रमेश और रग्घू का रायपुर का पता और उनके ऑफ़िस का टेलीफ़ोन नम्बर नोट कर लिया। फिर स्वयं इरमा से कहा, ''कामरेड ज़रा भोजन का पता करो, और कितनी देर है? सभी से कहो कि भोजन के बाद यहाँ से कूच करना है। बाकी सामानों को भी पैक करना शुरू कर दें। आजकल में कभी भी फिर बरसात शुरू हो सकती है, तब तक कोई बेहतर आश्रय ढूँढ लेना होगा।...पत्रकार पैकरा जी को भोजन के बाद विदा करेंगे। इन्हें रास्ते तक छोड़ने के लिए बासागुड़ा के कामरेड कचलम और कुंजाम राजु को तैयार रहने को कहिए।...अब तुम्हारी तबीयत कैसी है, कामरेड?''

''पहले से ठीक है, दादा!'' इरमा सावधान खड़े होकर, यंत्रवत् रमेश को 'जय -जोहार' और शंकर को 'लाल सलाम' करके चली गई।

~

भोजन के बाद कामरेड कचलम और कुंजाम राजू के साथ रमेश फिर वापसी के सफ़र में था। उम्मीद थी, सूरज के डूबने के पहले वे बासागुड़ा के पास तक पहुँच जायेंगे। अकेले वह इस अरण्य से बाहर निकल नहीं सकता था। फिर जिस युवक के साथ वह यहाँ आया था, वह जाने कहाँ गायब हो गया था, रमेश ने उसे दोबारा देखा ही नहीं। शायद वह इधर के आस-पास के किसी गाँव के जनमिलिसिया का सदस्य था और अपनी ड्यूटी करके तुरंत चला गया था। अब जो दो नये हथियारबंद लोग उसे छोड़ने चल रहे थे, ये भी बीस-बाइस साल के युवक ही थे और इन्हें भी शायद ज़्यादा बोलने-बताने की मनाही थी! रमेश का इधर आना सार्थक हुआ था और वह खुश था। उसे गूँगे बने चलना अखर रहा था। आख़िर उसने उनसे बातचीत शुरू कर ही दी, "मुझे छोड़कर क्या आप लोग रात में वापस लौटेंगे?"

"नहीं!" कामरेड कचलम ने उत्तर दिया। "हम दोनों का घर बासागुड़ा ही में है। हम रात वहाँ गुज़ारकर एकदम सुबह वापस होंगे।"

"मगर तब तक तो आप लोगों का दल कहीं और जा पहुँचा होगा?"

"हमको मालूम है, दो पहाड़ियों के पार जाकर वे ठहरेंगे! हम कल दूसरे रास्ते से उनके पास दोपहर तक पहुँच ही जायेंगे।" इस बार कुंजाम राजू ने जवाब दिया। वह अपने साथ एक चमड़े का बैग भी रखे हुए था और उसको बड़ी हिफ़ाज़त से सँभाले चल रहा था। रमेश को विश्वास था, चमड़े का इतना अच्छा बैग उसका अपना नहीं हो सकता। उसने पूछा, "यह आपका बैग है? क्या है इसमें?"

इसका जवाब न कुंजाम ने दिया, न कचलम ने। बल्कि कुंजाम ने उस बैग को और ज़्यादा सतर्कता से जकड़ लिया, गोया कोई उसे छीनने वाला हो! रमेश ने कहीं सुन रखा था कि गुफ़ा-पल्टन वाले अपना रुपया सुरक्षा की दृष्टि से अपने विश्वसनीय ग्रामीणों के पास थोड़ा-थोड़ा बाँटकर रखते हैं। शायद इस बैग में भी उनका वैसा ही रुपया भरा हो!

"आप लोगों को नये लोगों से खुलकर बात करने की मनाही है क्या?" उसने उन्हें छेड़ा।

"नहीं ऐसा नहीं है!" कुंजाम राजू ही बोला, "मगर हम लोग पार्टी लाइन को ठीक से समझते नहीं। हम आदिवासी लेका-लेकी में ज़्यादा लोग आठवीं से ज़्यादा पढ़े भी नहीं हैं। हम लोगों को गोंडी, हल्बी के अलावा दूसरी भाषा बोलने में कठिनाई होती है। इसलिए हम लोग ज़्यादा करके चुप रहते हैं।...फिर भी मोटा-मोटा तो अब हम समझने लगे हैं कि सही क्या है, गलत क्या है?"

"आपको लगता है कि क्रान्ति होगी? फिर देश, समाज सब ठीक हो जायेगा?"

कुंजाम राजू थोड़ी देर सोचता रहा, फिर गम्भीरता से बोला, "हमारे जीते जी क्रान्ति होगी, ऐसा नहीं लगता। फिर भी हम लोग यह रास्ता नहीं छोड़ सकते। हमें यही रास्ता अच्छा लगता है। यही रास्ता किसी दिन क्रान्ति तक ज़रूर जायेगा! जीवन

को, समाज को और देश को बेहतर बनाने के लिए हम अपना योगदान इसी रास्ते पर खड़े होकर दे सकते हैं!''

''मगर सरकार ने तो चारों तरफ़ फ़ौज खड़ी कर रखी है, तो फिर?'' रमेश को उसकी बात सुनकर आश्चर्य हुआ। इतनी सीधी-साफ़ सोच! ज़रूर ये इनके सीनियर लोगों का वक्तव्य होगा, जिसे इसने (इन लोगों ने) रट रखा है!

''सरकार ने आदिवासी जनता के खिलाफ़ जंग का ऐलान कर दिया है! नक्सलियों के नाम पर वह आम आदिवासियों का कत्ल कर रही है!'' इस बार कचलम ने जवाब दिया। उसकी बात की कड़ुवाहट उसके मुँह में घुल गई थी, जिसे चलते-चलते उसने दो बार थूककर निकालने की कोशिश की।

''आप दोनों शादीशुदा हैं?''

''इस कचलम ने शादी की थी, मगर इसकी औरत को जुडूम वाले उठा के ले गये, उसके साथ गलत किया और मार डाला। इसकी एक बच्ची है, जो बासागुड़ा में ही अपनी नानी के पास रहती है। आज रात ये अपनी नोनी (बच्ची) से मिल लेगा।...और मैंने शादी नहीं की, मगर हमारे दल में ही कामरेड माडवी बुधरी है, जिसके पीछे-पीछे मैं पार्टी में शामिल हुआ और उसी से शादी करना चाहता हूँ। बुधरी भी तैयार है, मगर हमारे लीडर ने सलवा जुडूम खत्म होने तक रुकने के लिए बोला है!...मैं गाँव में अपनी याया (माँ) को कुछ रुपये दे आऊँगा। वह घर में अकेली रहती है।''

''रुपये...कैसे रुपये? क्या इस बैग में वही रुपये हैं?''

''नहीं, ये बैग तो पार्टी का है, गाँव में किसी और को देना है।...मगर हम लोगों को भी समय-समय पर लीडर लोगों से खर्चे के लिए कुछ रुपया मिल जाता है, ताकि हम अपनी व्यक्तिगत ज़रूरत पर भी कुछ ध्यान दे सकें। मैंने कुछ महीनों का रुपया जमा कर रखा था। जंगल में कुछ खर्चने की ज़रूरत कम पड़ती है, इसलिए वह सब रुपया याया को दे आऊँगा।''

''कितना रुपया है?''

''दो हज़ार...!''

''बहुत रुपया है, भाई!'' रमेश ने चकित होने का अभिनय करते हुए कहा।

''हाँ, याया को इसकी ज़रूरत है। बरसात में घर की खपरैलों वाली छत टपकती रहती है। शायद वह कुछ रुपया मरम्मत में भी खर्चना चाहेगी।''

''क्या उसे मालूम है कि आप दादा लोगों के साथ हो?''

''हाँ, मैं समझता हूँ वह जानती है! हालाँकि मैंने उसे कभी बताया नहीं। उसने भी कभी नहीं पूछा। पूछ करके भी क्या करेगी, बेमतलब जीने से तो यही अच्छा है!''

बातचीत करते चलने में रमेश को थकान कम महसूस हो रही थी। मगर सारे

सवाल वही करता रहा था, उनकी तरफ़ से उससे कोई सवाल नहीं पूछा गया था। ये दोनों उसे जिस रास्ते से लेकर चल रहे थे, वह पहले वाला रास्ता नहीं था, जिससे वह आया था। उसे यह रास्ता पहले की बनिस्बत ज़रा छोटा जान पड़ रहा था। वह जल्दी ही उन नालों के पास पहुँच गया था, जिन्हें उसने आते समय पार किया था, हालाँकि पार करने की जगह दूसरी थी।

रमेश पैकरा खुश था कि उसके नये आर्टिकल के लिए उसके पास पर्याप्त सामग्री आ गयी है। वह खुश था कि अपने मित्र रग्घू के लिए इरमा के जीवित होने का समाचार उसके पास था, साथ ही भविष्य में उससे मुलाकात की स्वीकृति भी लेकर वह लौट रहा था। उसे विश्वास था कि इस जानकारी से रग्घू को ज़रूर कुछ थाह मिलेगी!...मगर यह दुख भी था कि इरमा ने अब अपना अलग रास्ता चुन लिया था कि वह दीदी (नक्सली) बन गई थी। दूसरा दुख उसे यह भी हुआ कि वह इरमा और शंकर की, (खास कर इरमा की) अपने कैमरे में कोई फ़ोटो नहीं ले पाया था। जाने कैसे यह विचार ही उसके दिमाग से जाता रहा था। यह और बात थी कि उसे इसके लिए अनुमति मिलती भी या नहीं, कहा नहीं जा सकता था। शायद उसके अंदर छुपे डर ने ही उसे रोक रखा था कि जिस इरमा के तन और मन को अमानुषिक तरीके से विकृत किया गया था, अपनी पत्रकारिता के मोह में अपमानित न कर बैठे!...तब वह हथियारबंद लोगों की अपेक्षा, निहत्थी इरमा से घबरा उठा था।

फिर भी इस यात्रा में उसने जितना पाया था, वह बहुत था। अपने सकुशल वापस लौटने की भी उसे खुशी थी। आकाश में कुछ बादलों की गश्त शुरू हो गई थी और धीरे-धीरे इनके घने होने का अंदेशा था। आंध्रा और ओडिशा के समुद्र तट पर कल एक तूफ़ान आकर टकराने वाला था और उसका असर कुछ अंतराल में बस्तर में भी पड़ने की सम्भावना थी।

~

बासागुड़ा में रमेश, मोगिया और बाइक से छुटकारा पाकर आर.पी. सिंह बस में सवार चले जा रहे थे। बस लोकल थी और रास्ते भर लोगों को उतारती-चढ़ाती चल रही थी। आर.पी. सिंह निश्चिंत बैठे, मोबाइल में टॉवर की पहुँच देखते, झपिया रहे थे। उन्हें आभास भी नहीं था कि उनका पीछा किया जा रहा था। बीजापुर थाने में लॉज के मालिक ने सूचना दे दी थी कि एक पत्रकार आर.पी. सिंह (जैसा कि लॉज के रजिस्टर में एन्ट्री की गयी थी) किसी के साथ बासागुड़ा जा रहे हैं। बीजापुर के थाना प्रभारी आर.पी. सिंह को एक पत्रकार के रूप में पहले से जानते थे और इस संवेदनशील इलाके में उनका बिना सूचना के घूमते फिरना, संदेह को जन्म देता था। सादी वर्दी में एक सिपाही उसी बस में आर.पी. सिंह और रमेश की बाइक के पीछे-पीछे बासागुड़ा पहुँचा था और जब उसी लौटती बस में आर.पी. सिंह को लौटते पाया तो वह सिपाही भी साथ हो लिया था। भेदिया सिपाही को आर.पी. सिंह का ध्यान रखने का निर्देश था, सो वह उसी के पीछे लगा रहा।

बीजापुर बस स्टैण्ड पर जैसे ही वह बस पहुँची, बस के द्वार को पाँच सिपाहियों ने घेर लिया। बस के अंदर बैठे भेदिया सिपाही ने आर.पी. सिंह से कहा, "चलिये सर, आपको थाने चलना है!" बस के द्वार पर सिपाहियों के जमावड़े को देख और इस भेदिये के ऐसा कहने पर आर.पी. सिंह घबरा गये। वह कुछ ना-नुकुर करते, तीन सिपाही और बस में चढ़ गये और आर.पी. सिंह को घेर लिया। आम यात्रियों के बीच इन सिपाहियों से मुँह लड़ाने से अच्छा, उन्होंने चुपचाप थाने जाना स्वीकार कर लिया। उस बस की बगल में एक पुलिस जीप आ कर खड़ी हो गयी थी, वह सभी सिपाहियों के साथ उसमें सवार हो गये।

जीप थाने की बाउंड्री के अंदर आकर रुकी। सिपाही उन्हें घेरे हुए अंदर ले गये। थाना प्रभारी प्रतीक्षारत ही था। अपनी अकड़ती मूँछों की तरह उसने अपना मिज़ाज भी कड़क बना रखा था। भेदिया सिपाही से अपने कान में कुछ सुनने के बाद वह आर.पी. सिंह से मुखातिब हुआ। आर.पी. सिंह थोड़ी दूर पर अब भी खड़े ही थे। थाना प्रभारी ने पूछा, "हाँ तो पत्रकार महोदय, आप क्या पड़ताल करने निकले हैं?"

"कुछ नहीं साहब, बस यूँ ही बासागुड़ा तक घूमने गया था और लौट गया!"

"आपके साथ कोई एक व्यक्ति और था, वह कहाँ है?"

"मुझे नहीं मालूम साहब, वह वहाँ क्यों रुक गया!"

"आप उससे परिचित हैं?"

"नहीं साहब!"

"नहीं? यार इन्हें लॉकअप में डालो। रात भर पड़ा रहने दो। सुबह तक शायद कुछ याद आ जाये!"

थानेदार अपनी कुर्सी से अचानक खड़ा हो गया और चिल्लाकर बोला। जब दो सिपाही आर.पी. सिंह की तरफ़ बढ़े तो वह हाथ जोड़कर थानेदार से गिड़गिड़ाते नज़र आये।

"मैं सब बतलाता हूँ साहब! क्षमा करें मुझे!"

थाना प्रभारी अपनी मूँछों को ऐंठता हुआ मुस्कुराया और वापस अपनी सीट पर बैठ गया। साथ ही आर.पी. सिंह को अपने सामने की कुर्सी पर बैठने का इशारा किया।

"सारी बातें साफ़-साफ़ बताइये, हम आपको छोड़ भी सकते हैं!...आपको तो हम थोड़ा-बहुत जानते भी हैं, मगर वह साथ वाला जवान...वह कौन था?"

~

रमेश पैकरा अपने दो नये सहयात्रियों के साथ जब बासागुड़ा के करीब पहुँचा तो शाम ढल चुकी थी। घरों और विविध कैम्पों में सुलग उठे चूल्हों में जलती लकड़ी और गोबर के कंडों के धुएँ से फ़िज़ा की धुंध अधिक घनी हो गई थी। हवा न चलने

और हवा में नमी होने के कारण भी धुआँ सतह पर ही छाया हुआ था। वैसे भी उसके सहयात्रियों की अँधेरे में ही गाँव में प्रविष्ट होने की योजना थी, ताकि उनके आने का औरों को पता न चल सके। मगर जैसे ही वे बस्ती के करीब खुली जगह में प्रकट हुए, उन्होंने अपने को चारों तरफ़ से घिरा पाया। इस अप्रत्याशित घेराव के बीच कुंजाम राजू और कतलम ने बचाव में एक तरफ़ भागते हुए अपनी देशी बंदूक से गोलियाँ चला दीं। मगर उनकी पुरातन बंदूकों के मुकाबले पचासों विकसित बंदूकों, रायफ़लों से दनदनाती हुईं गोलियों की बौछार होने लगी। रमेश अपनी जगह पर स्थिर खड़ा, आत्मसमर्पण की मुद्रा में दोनों हाथ उठाये चीखता-चिल्लाता रहा, मगर उसकी पुकार पर किसी को ध्यान देने की न फ़ुर्सत थी, न ज़रूरत! थोड़ी ही देर में बासागुड़ा बस्ती के किनारे वे तीन 'दुर्दान्त नक्सली' (जैसा कि बाद में पुलिस ने अपनी विज्ञप्ति में उन्हें सम्बोधित किया था) अपने लक्ष्यों, इरादों और सपनों के साथ लाश में तब्दील हो गये! विज्ञप्ति में चमड़े के बैग से मिले पचास हज़ार रुपयों के अलावा उन तीनों की जेब से मिले कुल साढ़े छह हज़ार की ज़ब्ती दिखायी गई थी।

रात्रि में तीनों की लाशें पोस्टमार्टम के लिए बीजापुर रवाना कर दी गईं। उमेश पैकरा यानी मुन्ना को अपने मालिक वकील से, जो देर रात्रि में टीवी पर समाचार देख-सुन रहा था, उसके बड़े भाई के मारे जाने और पोस्टमार्टम के लिए बीजापुर लाये जाने का समाचार मिला। रात बहुत हो चुकी थी और अब कोई बस भी उधर जाने वाली नहीं थी, मन मार कर उसने रोते-बिलखते भोर का इंतज़ार किया। वह अकेला ही जाता, मगर वकील ने अपने एक और सहायक को उसके साथ मदद के लिए भेजा। रमेश का जाना उमेश के लिए भारी आघात था। उसके पिता बस दुर्घटना में मारे गये थे, मगर तब वह इतना छोटा था कि पिता के गुज़र जाने के दुख का एहसास उसे ज़्यादा नहीं हुआ था। पिता की जगह बड़े भाई और माँ की छत्रछाया में वह बड़ा हुआ था। आज सही मायने में उसे पिता के गुज़र जाने का एहसास हुआ।

सुबह जब वह बीजापुर पहुँचा तो पोस्टमार्टम हो चुका था। कुंजाम राजू के लिए उसकी बूढ़ीमाई बस से उतरकर लाठी टेकती आयी थी। कामरेड कचलम की लाश ले जाने के लिए उसकी बच्ची के नाना, जो खुद भी ऊपर जाने की उम्र में पहुँच गये थे, दामाद की लाश लेने आये थे। वहाँ पर खूब चीखना-चिल्लाना नहीं हो रहा था, क्योंकि मरने वाले 'दुर्दान्त नक्सली' थे, जिनका मारा जाना समाज के हित में था और यूँ भी लाशों के रिश्तेदारों की संख्या नगण्य थी और पुलिस व फ़ौज का भारी जमावड़ा।

जब पंचनामा हो गया तो रिश्तेदारों को लाशें सौंप दी गयीं। अपनी कुव्वत से रिश्तेदारों को लाशों के लिए वाहन की व्यवस्था खुद करनी थी। उमेश ने एक मेटाडोर किराये पर ली और सीधे कांकेर के लिए निकल पड़ा। उसके साथ सहयोग के लिए आया युवक ड्राइवर के पास की सीट में सामने बैठा था, मगर वह गोलियों से छलनी अपने बड़े भाई के लेटे शरीर के पास पीछे बैठ गया। रमेश का चेहरा खुला पड़ा था,

मगर बाकी शरीर कपड़े से ढँका हुआ था। मुन्ना लगातार उस चेहरे को ताकता रहा, जिसे कभी गौर से उसने नहीं देखा था। उसे अभी पता चला कि रमेश की कनपटी के पास दो-तीन बाल सफ़ेद हो गये थे। उसकी दाढ़ी के बाल भी कहीं-कहीं सफ़ेद थे, और हफ़्ते भर से कटे नहीं थे, जबकि रमेश हर सुबह दाढ़ी बना लिया करता था। मुन्ना ने बहुत आहिस्ता से, गोया रमेश को पता न चल जाये, उसकी दाढ़ी और कनपटी के पके बालों को छुआ। उसने देखा, गोली खाकर ज़मीन पर गिरने से एक तरफ़ के कान और उसी तरफ़ के गाल में कुछ खरोंच के निशान आ गये थे, जिसमें मिट्टी की हल्की परत जमी हुई थी। मुन्ना ने जेब से अपना रूमाल निकाला और उससे मिट्टी को साफ़ किया जो पोस्टमार्टम के बाद भी चिपकी रह गई थी। एक मक्खी जिसने शायद मेटाडोर में ही घर बना रखा था, वह रह-रहकर रमेश के चेहरे पर आकर बैठ रही थी। मुन्ना उसे थोड़ी देर उड़ाता रहा, मगर फिर उसने लाश पर लिपटे कपड़े को खींचकर चेहरा भी ढँक दिया।

रात के करीब नौ बजे मेटाडोर कांकेर पहुँची। बस स्टैण्ड की दुकान समेटकर माँ शाम को घर चली आई थी। दिन का बचा रूखा-सूखा खाकर खाट पर लेटी अपने ईश्वर को याद कर रही थी। उसे तब पता नहीं था कि उस ईश्वर ने उसके एक बेटे को याद कर लिया है! दक्षिण बस्तर से मरने-मारने के रोज़-रोज़ इतने समाचार आ रहे थे कि उत्तर-बस्तर के लोगों की दिलचस्पी उन समाचारों की तरफ़ कम ही जाती थी। कांकेर में भी कुछ लोगों ने उस 'मुठभेड़' की खबर ज़रूर अखबार में पढ़ी थी, मगर किसी ने ये अनुमान ही नहीं लगाया कि उन मरने वालों में एक कांकेर बस स्टैण्ड पर चाय बेचने वाली औरत का ही बड़ा बेटा था, इसलिए किसी ने उसे खबर भी नहीं की।

रात में गली में मेटाडोर के घुसने की आवाज़ से आस-पास के भी कुछ लोग जमा हुए और जब पता चला कि गाड़ी में क्या है तो एक बिजली की रफ़्तार से सूचना पूरे राजापारा में फैल गयी। मुन्ना ने जब घर के द्वार पर दस्तक दी तो माँ खाट से हड़बड़ाकर उठी। अपनी साड़ी ठीक करते, दरवाज़ा खोलने आते, उसने अंदर से ही पूछा, "कौन? बेटा रमेश, आयी सन!"

और जब दरवाज़ा खोलकर सामने उमेश को देखा, तो हैरत से बोली, "अरे तू तो मुन्ना है।...चल अंदर आ। रमेश भी तो तेरी तरफ़ ही गया था, कुछ खबर है उसकी?" उमेश से बताते नहीं बना कि उसका बड़ा बेटा, एक खबरनवीस खुद खबर बन गया था। वह माँ से लिपटकर पहली बार दहाड़ें मार कर रो पड़ा। माँ फिर भी कुछ समझ नहीं पा रही थी। हैरत और दुख की कल्पना से परेशान-सी वह मुन्ना की बाँहों में जकड़ी मेटाडोर से कुछ लोगों द्वारा कोई चीज़ उतारते देखती रही। फिर जब वह चीज़ परछी में रखी जाने लगी और उसे सच का पता चला, तो वह चीख उठी, "बेटा रमेश!" और मूर्छित हो गयी।

~

दूसरे दिन दोपहर बारह बजे, जब रमेश को कब्रिस्तान ले जाया जा रहा था, वहाँ रायपुर से रग्घू कोर्राम, पत्रिका के मालिक-सम्पादक शर्माजी, दन्तेवाड़ा से भीमा उरांव और दीगर रिश्तेदार भी साथ थे। आर.पी. सिंह (जिन्हें बीजापुर थाने में पूछताछ और बाद में सहयोग देने के मौखिक आश्वासन पर छोड़ दिया गया था, अब पुलिस मुखबिर की नई भूमिका में आ गये थे), अनिच्छा, असमंजस और आंतरिक भय से भरे अपनी ही कार से, लेकिन देर से पहुँचे। लोगों की पूछताछ से बचने 'भारी आघात लगने का चोला' चेहरे पर चिपकाये, वह बाकी क्रिया-कर्म तक गूँगे से बने रहे।

पुलिस ने अगले दिन मोगिया को भी गिरफ़्तार कर लिया, क्योंकि रमेश उसी के पास बासागुड़ा आया था। मोगिया के होटल में रखी (मोगिया ने अगले दिन ही सुबह बाइक घर से लाकर होटल में रख छोड़ी थी) बाइक को भी पुलिस ने अपने कब्ज़े में कर लिया था। बाइक के नम्बर से पता चला, यह तो गीदम के रिटायर्ड मास्टर विनय मोहन झा की है! मास्टरजी की खोज-खबर हुई। मास्टरजी बिलासपुर में अपनी बेटी के घर पाये गये। उन्हें नक्सलियों का शहरी नेटवर्क मानकर, गिरफ़्तार कर तुरत-फुरत उनके खिलाफ़ कोर्ट में आरोप-पत्र दाखिल कर दिया गया। हालाँकि उन्हें उनकी तबीयत, उम्र और बेहतर रिकॉर्ड के चलते ज़मानत दे दी गई, मगर पेशियों के चक्कर में वे भी आ गये थे। 'अर्बन नक्सली' वाला तमगा उनके नाम के साथ नत्थी हो गया था, जो बस्तर के संदर्भ में तब नया-नया था। इधर बीजापुर की वामपंथी पार्टी के साथियों की ज़मानत पर मोगिया भी छूट गया था और खासकर इसलिए भी कि बासागुड़ा की पुलिस ने उस पर बहुत कमज़ोर धारायें लगायी थीं।

51

14 नवम्बर, यूँ तो यह तारीख इस देश के पहले प्रधानमंत्री जवाहर लाल नेहरू के जन्म-दिवस की है, जो बाल-दिवस के रूप में जानी जाती है। नेहरूजी ने कभी कहा था कि हमें आदिवासियों के पास प्रेम और मित्रता की भावना के साथ जाना चाहिए और उन्हें स्वतंत्र बनाने में सहायक होना चाहिए। हमारा यह कर्त्तव्य है कि जब हम उनके पास जायें तो वे महसूस करें कि हम उनको कुछ देने के लिए आये हैं, उनसे छीनने या उनका शोषण करने के लिए नहीं!...मगर 14 नवम्बर 2006 की तारीख बस्तर में आदिवासियों की महारैली के रूप में दर्ज की गई, जिसमें पचास हज़ार से ज़्यादा आदिवासियों ने लगभग दस किलोमीटर लम्बा जुलूस निकाला, आम सभा की। इस रैली और सभा का आयोजन आदिवासी महासभा और सीपीआई के संयुक्त तत्वावधान में हुआ था।

सीपीआई सलवा जुडूम का विरोध कर रही थी। उसका कहना था कि नक्सली-उन्मूलन के नाम पर राज्य सरकार आदिवासियों का उन्मूलन कर रही है। एक तरफ़ नक्सली, दूसरी तरफ़ सलवा जुडूम और उसको संरक्षण देनेवाली सशस्त्र पुलिस-बटालियन के बीच, आदिवासी बेमौत मारा जा रहा है! लोग पलायन कर रहे हैं। जो

लोग शिविरों में हैं, अप्राकृतिक जीवन जीने की यातनाएँ भोग रहे हैं। सशस्त्र पुलिस-बटालियन समूचे इलाके में हिंसा, हत्याएँ करने और लोगों के पालतू जानवरों और सम्पत्तियों की लूट में संलग्न हैं। नक्सलियों को भगाने के नाम पर गाँव के मकानों को जलाया जा रहा है। उस पार्टी का विचार था कि आदिवासियों की गरीबी, अशिक्षा और सामाजिक पिछड़ापन दूर किये बिना नक्सली समस्या का समाधान नहीं हो सकता। उसकी माँग थी कि सलवा जुडूम अभियान तत्काल बंद हो, नक्सलियों से वार्ता कर सरकार शांति स्थापित करे। वनभूमि में काबिज़ लोगों को पट्टा दिया जाये, अनुसूचित क्षेत्रों के लिए पंचायत राज कानून का पालन किया जाये!...और इसी तरह की अन्य कुछ माँगें।

कुछ लोगों का विचार था कि नक्सली अप्रत्यक्ष रूप से इस रैली और आम सभा को समर्थन दे रहे थे, वरना इतनी विशाल रैली इस अरण्य में उस पार्टी और महासभा के बस की बात नहीं, भले उनका यहाँ कुछ जनाधार ज़रूर है!...खैर, रैली और आम सभा हुई। ज़िलाधीश और राज्य सरकार के इनकार के बावजूद हाईकोर्ट के आदेश पर प्रशासन को अनुमति देनी ही पड़ी।

माओवादी-नक्सली भले कहते रहे हैं कि सलवा जुडूम से परेशान युवक और युवतियों के उनकी तरफ़ आने से उन्हें भारी संख्या में कॉडर मिल रहे हैं, मगर यह भी हकीकत थी कि सलवा जुडूम ने उन्हें भी बौखला दिया था। सैन्य-बलों की जंगल में घुसपैठ से वे परेशान थे। फिर गाँवों को खाली करवाकर मकानों को आग लगायी जा रही थी, जिससे गाँवों में लोग मिल नहीं रहे थे। उनका जनसम्पर्क कमज़ोर हो गया था!...शायद तभी उन्होंने रैली को अप्रत्यक्ष सहयोग देने की बात सोची होगी! बावजूद इसके कि उनकी नज़र में सीपीआई संशोधनवादी और मार्क्सवाद के रास्ते से भटकी हुई पार्टी थी!

~

14 नवम्बर, दन्तेवाड़ा के हाईस्कूल का विशाल मैदान...अरण्य की घुमावदार टेढ़ी-मेढ़ी पगडंडियों में सौ, डेढ़ सौ किलोमीटर की दूरी से भी पैदल चले आते आदिवासियों के जत्थे यहाँ-वहाँ दिखायी देने लगे। ज़्यादा दूर के जत्थे तो दो-तीन दिन पहले से निकल पड़े थे। उनमें पुरुष, स्त्रियाँ, वृद्ध और युवा लोग भी थे। उनके हाथ झण्डे, बैनरों को सँभाले हुए थे, जबकि उनके सिर और कंधे पर खाना पकाने के बर्तन, अनाज और सूखी लकड़ियाँ सुशोभित थीं। सबका प्रयास था समय पर रैली में पहुँचना। रैली के अलावा उनका एक छुपा और ज़रूरी काम भी था। इसी बहाने दन्तेवाड़ा में स्थित माता दंतेश्वरी देवी के दर्शन करना और इस वर्तमान संकट से मुक्ति के लिए प्रार्थना करना!...अरण्य के रास्ते, नदी-नालों के पाट, इन जत्थों का गुज़रना महसूस करते रहे। ये जत्थे कहीं रुकते, खाना बनाते, खाते, थोड़ा आराम करते, फिर चल पड़ते। इस जन-सैलाब को सशस्त्र-बल, पुलिस, एस.पी.ओ. शहरवासी और नक्सलियों ने भी हैरत से देखा और सिर्फ़ देखते रहे। इस बीच खून-खराबा नहीं हुआ। न किसी

को किसी ने गोली मारी, न किसी गाँव का कोई मकान जला। रैली हो जाने तक जैसे सारे उपद्रव स्थगित थे।

चूँकि मोगिया कश्यप की पार्टी से रैली का आह्वान हुआ था, उसके बड़े लीडर, सांसद, राष्ट्रीय सचिव आदि भी आने वाले थे, सो उसका भी वहाँ जाना तय था। बासागुड़ा से पचास लोगों का पैदल जत्था रैली में शामिल होने निकला था। उसके अलावा कुछ लोग बस से भी वहाँ गये थे। मोगिया बस से बीजापुर होता हुआ दन्तेवाड़ा पहुँचा था। इस बीच उसे 'अंदर' से जानकारी मिली कि जत्थों में कई नक्सली भी ग्रामीणों के वेश में शामिल होंगे। इनमें कामरेड सीते का दल भी होगा। इसी दल के किसी सदस्य ने उसे सूचित किया था कि चूँकि कामरेड सीते का मंगेतर रग्घू उससे एक बार मिलने को आतुर है तो दंतेवाड़ा की रैली में आ जाये। अपनी नैतिक ज़िम्मेदारी महसूस कर मोगिया ने कुछ दिन पूर्व धरमपुर गाँव जाकर एक टेलीफ़ोन से उसे सूचित कर दिया था। सूचना सिर्फ़ इतनी थी कि "तुम्हारी इरमा जो 'दीदी' बन गई है, जीवित है, और उससे एक बार मिलना हो तो दन्तेवाड़ा रैली में 14 नवम्बर को पहुँचो। उस दिन उचित अवसर मिलने पर मुलाकात सम्भव हो सकेगी!"...और फ़ोन रख दिया गया था। सुनकर रग्घू तो जैसे उछल पड़ा था। हज़ार प्रश्न, ढेरों सपने उसके दिल-दिमाग और आँखों में तैरने लगे। वह बेसब्री से रैली के दिन का इंतज़ार करने लगा। वह तो उस व्यक्ति (मोगिया) से फिर फ़ोन करके और बातें पूछना, जानना चाहता था, मगर उस व्यक्ति ने न अपना नाम बतलाया था, न पता। उसे मन मारकर रैली के दिन का इंतज़ार करना था।

13 नवम्बर को रात की बस पकड़कर रग्घू एकदम सुबह गीदम और वहाँ से मुचनार पहुँचा। काका का घर अब भी बंद पड़ा था। लगता था, अब वह जुडूम के बंद होने पर ही लौटेंगे। घर के पीछे लगे ताले को खोलकर वह अंदर गया। बखरी के कुएँ से पानी लेकर नहाया। उसने काका की बाइक को भी धोया-पोंछा। रात में ही एक होटल से पैककर लायीं रोटियाँ, घर में रखे गुड़ के साथ खायीं। फिर बाइक पैदल खींचता हुआ, मुचनार की साइकिल-बाइक मरम्मत की दुकान में पहुँचा। दुकान खुल चुकी थी और वही पहला ग्राहक था। दुकान के मैकेनिक के पास बेचने के लिए बोतलों में भर कर रखा पेट्रोल भी था, जो वह आपातकाल में गाँववालों को, ज़रा महँगे में ही सही, उपलब्ध कराता था। रग्घू ने अपनी बाइक में भी पेट्रोल भरवा लिया। इस तरह दन्तेवाड़ा जाने के लिए रग्घू के पास स्वयं का साधन हो गया था। इधर रैली के कारण बसों, जीपों में इतनी भीड़ थी कि लोगों को वाहनों से लटकते हुए यात्रा करनी पड़ रही थी। इस तरह के वाहन ऑक्टोपस की तरह ढेरों हाथ-पैर हिलाते हुए, सड़कों पर चलते दिखायी देते थे। यातायात पुलिस भी मूकदर्शक बनी कहीं-कहीं खड़ी थी, शायद उसे भी निर्देश रहा होगा कि आज रैलीवालों से उलझना नहीं है!

रग्घू की आशा के विपरीत दन्तेवाड़ा के हाईस्कूल का मैदान जो बहुत बड़ा था, रैली से आम सभा में तब्दील हुई लोगों की भारी भीड़ के कारण छोटा लग रहा था।

मैदान की बाउण्ड्री के बाहर भी चारों ओर खड़े लोग सभा की कार्यवाही देख-सुन रहे थे। वक्ताओं के तार्किक विचार, गरजते भाषण और स्वीकृत प्रस्ताव, सब उनके पल्ले नहीं पड़ रहे थे, मगर वे इतना तो ज़रूर समझ रहे थे कि अंततः ये सब उन्हीं के कष्ट-निवारण के महत्त्वपूर्ण प्रयास हैं और उन्हें मात्र अनुशासित होकर सुनना भर है!

रग्घू ने मैदान से दूर लगे वाहनों के अस्थायी स्टैण्ड में अपनी बाइक खड़ी कर दी। वह मैदान की बाउण्ड्री के बाहर-बाहर, अलग-थलग, रहने, रुकने और चलने का प्रयास करता रहा, ताकि यदि इरमा या उसके दल का कोई उसे देखे तो आसानी से पहचान ले! उसकी स्वयं की नज़र भी चारों तरफ़ 'उसे' ही खोजती फिर रही थी और इस दुर्दिन में उसके आँसू बरसने-बरसने को हो रहे थे। दिल कराहता हाँफ रहा था—इरमा...इरमा!

बाउण्ड्री के चारों तरफ़ सैन्य-बल, पुलिस-बल वालों का भी भारी जमावड़ा था। कमाल तो यह था कि ज़िलाधीश और पुलिस-अधीक्षक स्वयं अपने वाहनों के करीब खड़े इस नई शताब्दी के शुरुआती 'भूमकाल' का जायज़ा ले रहे थे। मैदान के अंदर तो लोग बैठे थे, किन्तु मैदान के बाहर के लोगों को थोड़ी चहलकदमी की छूट प्राप्त थी। अगर वे एक जगह बैठते तो बाउण्ड्री की दीवार आँखों के सामने आ रही थी, जो मंच पर बैठे उनके नेताओं को छिपा रही थी। फिर लगातार एक जगह खड़े होने से पाँव भी दुखते थे।

~

पुलिस और सैन्य-बलों के सामने आम दिनों में थर-थर काँपने वाले ये आदिवासी आज अपनी इस संख्या के गुमान में थोड़े दुस्साहसी हो गये थे। वे उनकी अगल-बगल से चोंगी-बीड़ी पीते, तम्बाकू खाते, थूकते, कभी-कभी बतियाते, घूम रहे थे। कुछ लोग एक-दूसरे को देखकर उठ रही इच्छा के वशीभूत खड़े-खड़े ही (मगर कुछ पुलिसिया-पलटन के सम्मान को बचाते हुए, बैठकर) सामूहिक मूत्रविसर्जन का आनंद ले रहे थे। गोंडी और हल्बी को छोड़कर हिन्दी में दिये जा रहे ज़्यादातर भाषणों में उनकी रुचि नहीं थी, किन्तु जैसे ही नारे उछलते, वे झट उसका दूसरा सिरा पकड़ लेते और सप्तम स्वर में चिल्लाकर उसे पूरा करते, भले ही उनके मुँह के सामने पुलिसिया-पल्टन का कान ही क्यों न हो!

आम सभा बड़ी देर तक चलती रही। रग्घू बड़ी देर तक इधर-उधर देखता भटकता रहा। स्वयं उसे एहसास हो रहा था कि अगर इरमा यहाँ आयी भी होगी तो पुलिसिया-पल्टन की इस घेराबंदी में मिल भी नहीं सकेगी। फिर भी वह आस लगाये हुए अंत तक रहा और जब उतरती दोपहर को सभा समाप्त हो गई और भीड़ अपने-अपने रास्ते को जाने लगी तो वह भौंचक्क-सा इधर-उधर देखता, आता-जाता रहा। अचानक एक व्यक्ति ने पीछे से उसके कंधे पर हाथ रखा और कहा, "नमस्ते, मैं आर.पी. सिंह!"

रग्घू को यह चेहरा कुछ देखा-सा लगा, मगर कहाँ यह तुरंत उसे याद नहीं आ रहा था। तब आर.पी. सिंह ने ही बतलाया कि आपने मुझे कांकेर में रमेश पैकरा जी के अंतिम संस्कार के दिन देखा होगा! आप वहाँ रायपुर से आये थे। रमेश ने मुझे आपके बारे में बतलाया था कि आप दोनों रायपुर में एक ही मकान में रहते हैं! आप किसी स्कूल में पढ़ाते हैं शायद ?

"हाँ, अब याद आया। रमेश भाई भी कभी-कभी आपकी चर्चा करते थे। आपके सहयोग से ही उन्होंने कुछ उम्दा आर्टिकल इधर के बारे में लिखे थे!" रग्घू ने कहा।

"यहाँ आप रायपुर से सीधे इस रैली के लिए आये हैं, या और कोई दूसरा काम है?"

रग्घू ज़रा असमंजस में पड़ा। इन्हें बताया जाये या नहीं, समझ नहीं आया। वह हाँ-आँ करता हुआ, इधर-उधर देखने लगा। आर.पी. सिंह बोले, "आप अपनी मंगेतर को इस रैली में तलाश रहे होंगे? पुलिस-फ़ोर्स की इतनी चाक-चौबंद व्यवस्था में वह होगी तो भी नहीं मिल सकती!"

रग्घू अवाक् रह गया। क्या इन्हें सब मालूम है? लगता है, रमेश ने इन्हें सब बता रखा है! हो सकता है, इनके पास इरमा के सम्बन्ध में और जानकारी हो, जो इनके अपने प्रयासों से प्राप्त हुई हो? आख़िर ये इस इलाके के पत्रकार तो हैं ही। चलो अच्छा हुआ, इनसे मुलाकात हो गई! सम्भव है, इनके माध्यम से इरमा से मुलाकात का कोई और रास्ता निकल आये!

रग्घू अचानक सहज और प्रसन्न नज़र आया। उसने अपने दोनों हाथों से आर. पी. सिंह का बढ़ाया एक हाथ थाम लिया। उनकी अगल-बगल से लोग बड़ी संख्या में आ-जा रहे थे। आर.पी. सिंह उसे अपने साथ एक चाय की दुकान में ले आये। चाय पीते दोनों इस रैली के बारे में बात करते रहे। इसी बहाने रग्घू उनसे कुछ और जानकारी प्राप्त कर लेने की उम्मीद कर रहा था। अचानक आर.पी. सिंह ने कहा, "कोर्राम जी, मेरी राय है कि आप अपनी मंगेतर को भूल ही जायें तो अच्छा! उसके साथ इतनी नाइंसाफ़ी और ज़्यादती हुई है कि अब वह सामान्य जीवन जी भी नहीं सकती, वरना वह आपसे पहले ही सम्पर्क कर चुकी होती!"

सुनकर रग्घू का दिल टूट गया। उसने मन-ही-मन अंदाज़ तो लगा ही लिया था कि इरमा के साथ ज़रूर ऐसा कुछ बुरा हुआ होगा, मगर वह उस पर यकीन नहीं करना चाहता था। मगर इस व्यक्ति ने तो बहुत साफ़ इशारा कर दिया है!...इरमा अगर जीवित है तो वह बिना उससे एक बार मिले, बिना उससे प्रत्यक्ष बात किये, उसके मुँह से उसकी इच्छा जाने बिना, वह अपनी तरफ़ से उससे रिश्ता तोड़ नहीं सकता था। इरमा का इरादा जानने के लिये उससे एक मुलाकात ज़रूरी थी, अब चाहे जैसे भी हो!...और इस तरह वह भी आर.पी. सिंह के धोखे का शिकार होने को तैयार हो गया।

रग्घू को चुप और चिंतित देख आर.पी. सिंह ने कहा, ''देखो कोर्राम जी, आदिवासी महासभा की एक रैली कल लोहाण्डीगुड़ा में भी है। अगर वहाँ ज़्यादा पुलिस फ़ोर्स नहीं रही तो सम्भव है कि आपकी मुलाकात हो जाये! मैं कल रिपोर्टिंग के लिए वहाँ भी जाने वाला हूँ।''

''लोहाण्डीगुड़ा में?'' आशान्वित रग्घू बोला, ''चित्रकोट के पास ना?''

''लोहाण्डीगुड़ा विकासखण्ड के ग्राम बरंजी में, पास ही है। दोपहर को सभा है।''

''ठीक है, मैं कल वहाँ जाऊँगा।...आपसे भी मुलाकात हो जायेगी!'' रग्घू ने कहा तो आर.पी. सिंह ने अपनी जेब से अपना विज़िटिंग कार्ड निकालकर उसे दे दिया। कार्ड पर आर.पी. सिंह का नाम अंग्रेज़ी और हिन्दी में नीले रंग में बड़ा-बड़ा छपा था और उसके नीचे लाल रंग में 'वरिष्ठ पत्रकार' लिखा हुआ था। बारीक अक्षरों में उनकी पत्रिका का नाम, आर.पी. सिंह का मोबाइल और टेलीफ़ोन नम्बर तथा जगदलपुर में उनकी दुकान का पता दर्ज था। रग्घू ने उन्हें धन्यवाद किया और दोनों विदा हुए। आर.पी. सिंह, जो जगदलपुर से अपनी बाइक से आये थे, जगदलपुर लौट गये। रग्घू अपनी बाइक से, रैली में आये जत्थों की लौटती भीड़ में रास्ता बनाता, मुचनार लौट गया। मुचनार से भी कुछ लोग रैली में शामिल हुए थे, जो अब बतियाते हुए पैदल चलते रास्ते में उसे मिले। कुछ से उसकी पहचान थी, सो 'जय-जोहार' भी हुई।

~

बरंजी ग्राम लोहाण्डीगुड़ा से लगा हुआ ही था। यह क्षेत्र टाटा और एस्सार कम्पनी को सरकार के बुलावे और आदिवासी विस्थापन के लिये चर्चित था। जुडूम ने यहाँ भी ज़ुल्म ढा रखा था। आस-पास के लगभग दस ग्रामों के ग्रामीण बरंजी की रैली में शामिल होने आये थे। यहाँ की रैली दंतेवाड़ा की कल वाली रैली से आधी या शायद आधे से भी छोटी थी। सभा मंच पर कल के ही ज़्यादातर नेता थे, मगर जनता कल वाली नहीं थी। सभा में पीड़ित दस गाँवों के ग्रामीण ही ज़्यादा थे।

आज सुबह मुचनार में, दिन के उजाले में रग्घू जब बाइक में लगी धूल, मिट्टी साफ़ कर रहा था, तो चौंका था। बाइक के हैंडब्रेक के पास वायरों में उलझी कागज़ की एक छोटी-सी मुड़ी हुई पुड़िया रबर बैंड से दबाकर रखी हुई मिली। उसने बेचैनी से तत्काल उसे निकालकर पढ़ा। संदेश सिर्फ़ दो वाक्यों में था। लिखा था, 'रैली बड़ी है और निगरानी की भारी व्यवस्था के बीच मुलाकात सम्भव नहीं। आगे कभी, इंतज़ार करो।'...'इंतज़ार', कितना साधारण-सा अहिंसक लगता शब्द था, मगर अपने अंदर वह न जाने कितनी अनिश्चितता, बेबसी और बेसब्री की परतों पर हिंसक मुद्रा में कुण्डली मारे बैठा था। इंतज़ार या प्रतीक्षा भी एक तरह से 'परीक्षा' ही थी, और परीक्षा में कोई जानबूझकर पड़ना नहीं चाहता। और पड़ गया तो फिर वही दुख, वही पीड़ा और वही इंतज़ार...!

रग्घू को विश्वास हो गया कि वह रैली में इरमा के दल के लोगों की निगाहों में था! मगर चिट्ठी में शीघ्र मुलाकात का कोई आश्वासन नहीं था। आख़िर कब तक वह इधर 'इंतज़ार' में पड़ा रह सकेगा! अपने स्कूल प्रशासन को उसने पाँच दिनों की छुट्टी का आवेदन दिया था। वह प्राइवेट स्कूल में था और ज़्यादा छुट्टी की माँग से स्कूल से ही छुट्टी कर दिये जाने का डर था। सरकारी शिक्षकों की भर्ती-परीक्षा में भी वह बैठा था और पास अभी हो गया था, मगर अभी पोस्टिंग ऑर्डर निकलने को था। कब तक निकलेगा, यह अभी अनिश्चित था। इसी साल, अगले साल या पता नहीं कब, यहाँ भी इंतज़ार ही था! कुछ सुविधा-सम्पन्न और पहुँच-परख वाले लोग, ऑर्डर निकलने के पहले अपनी पोस्टिंग इच्छित जगह करवाने के लिए अभी से दौड़-भाग रहे थे। शिक्षा विभाग के अधिकारियों, मंत्री और विधायकों के फेरे लगा रहे थे। उन्हें डर था कि यदि पहले से ऐसा नहीं किया तो उन्हें 'बस्तर' में फेंक दिया जायेगा! बस्तर का डर लोगों पर हावी था, गोया बस्तर न हुआ काला पानी की सज़ा हो गई! मगर रग्घू तो बस्तर में ही नौकरी करना चाहता था, इसलिए उसे हाथ-पाँव हिलाने की ज़रूरत नहीं थी। वह अपने झा मास्टरजी की तरह ही इस अरण्य में सेवा देना चाहता था। उसे मास्टरजी की पत्नी के देहावसान का, मास्टरजी की तबीयत खराब होने का और उनकी बाइक की ज़ब्ती के साथ, उन पर थोप दिये गये मुकदमे की जानकारी हो गई थी। उसे दुख था कि अपनी बाइक उन्हें देकर मास्टरजी संदेह के घेरे में ले लिए गये थे। उसने मन में सोच लिया था कि कोई भी पक्की नौकरी मिलते ही वह मास्टरजी से मिलने और उनका आशीर्वाद लेने बिलासपुर जायेगा।

वह जब बरंजी पहुँचा, सभा शुरू हो चुकी थी। उसे यह देखकर दुख हुआ कि कल के मुकाबले इस छोटी सभा में भी पुलिस सैन्य-बलों का जमावड़ा कम नहीं है। आर.पी. सिंह उससे पहले यहाँ पहुँच चुके थे, क्योंकि जगदलपुर से चित्रकोट करीब था। उसे आर.पी. सिंह मंच के करीब अन्य पत्रकारों के साथ बैठे दिखायी दिये। वह दूर खड़ा होकर सभा समाप्ति की प्रतीक्षा करने लगा।

इस इलाके में वह इरमा के साथ उसको चित्रकोट का झरना दिखाने पहले भी आया था। तब इरमा कितनी खुश थी। उसकी हँसी, उसकी आँखें, उसकी बातें, उसे फिर याद आने लगीं। वे यहाँ कहाँ-कहाँ रुके, और बैठे, सब याद आने लगा। वह तो यहाँ के सीधे-सरल रास्ते ही जानता है, मगर इरमा जो 'दीदी' बन गयी है, आज वह अंदर-बाहर के सारे रास्तों की जानकार हो गई होगी! आज उसके हाथों में असली बंदूक आ गई होगी। गुफ़ा-पलटन की ड्रैस में बंदूक थामे वह तो और लाजवाब दिखती होगी!...बंदूक से उसे बचपन से ही मोह था। वैसे जंगल के भीतर तो सभी बच्चों और युवाओं को बंदूक आकर्षित करती थी, क्योंकि वहाँ गुफ़ा-पलटन के लोग ही जाने-अनजाने उनके असली हीरो होते रहे। आख़िर वही उनके आस-पास होते थे और उनके कंधों पर एक अतिरिक्त अंग की तरह बंदूक रहा करती थी। बंदूक ही उन हीरो की पहचान थी, जिनसे सरकारी और दूसरे महकमे के लोग भय खाते थे। उसने भी ज़्यादा सोच-विचार किये बिना 'सन्ना' के लिए बंदूक वाला खिलौना ही लाकर

दिया था। बंदूक पाकर सन्ना भी कितना खुश हो गया था! आज इरमा ने रग्घू को त्याग रखा है! ठीक है, अपने भविष्य के निर्णय का उसे भी अधिकार है, मगर जिन रास्तों पर हम मिले थे, वहाँ से अलग रास्ता चुनते समय सफ़ाई में कुछ तो कहना था।...कोई बातचीत नहीं, कोई सम्पर्क नहीं...और लो अजनबी बन गये!...बस एक बार अपने मुँह से कह दो इरमा कि तुम क्या चाहती हो ? मैं तुम्हारे रास्ते का कभी पत्थर तो नहीं ही बनना चाहूँगा! बस एक बार, बस एक मुलाकात... !

रग्घू अपने ही विचारों में गुम, खोया-खोया सा अपनी बाइक पर बैठा रहा। सभा समाप्त हो गई। लोग इधर-उधर जाने लगे, तब उसे ख़याल आया, इरमा का कोई संदेश या कोई आदमी तो इधर मिला नहीं, अब कहीं आर.पी. सिंह भी न निकल जायें। मगर आर.पी. सिंह खुद उसे खोजते उसके पास आ खड़े हुए। फिर दोनों अपनी-अपनी बाइकों पर लोहाण्डीगुड़ा के उस होटल में पहुँचे, जहाँ रग्घू, इरमा के साथ पहले आ चुका था। आर.पी. सिंह ने चाय का ऑर्डर दिया और काँच की अलमारी में पहले से तैयार रखे खस्ता के दो प्लेट भी मँगवा लिये।

''जानते हो इस सभा में ज़्यादा भीड़ क्यों नहीं थी?'' खस्ता खाते आर.पी. सिंह ने पूछा। खस्ता कमज़ोर किन्तु कड़क था। आर.पी. सिंह द्वारा दाँतों से चबाते ही खस्ते के कई टुकड़े उन्हीं की फ़ुल पैंट पर छिटक गये, जिन्हें उन्होंने आहिस्ता से झटककर फ़र्श पर गिरा दिया। रग्घू ने सिंह साहब के पूछे गये प्रश्न पर ज़्यादा सोचा नहीं था। पूछा, ''क्यों ?''

''नक्सली कल की मीटिंग से नाराज़ थे। उनका कहना था, कल की विशाल रैली में उनका भी सहयोग था, मगर उनके किसी सहयोगी को मंच पर न बिठाया गया और न बोलने का मौका दिया!''

''मगर उनमें से किसी को बिठाया जाता तो पुलिस उसे गिरफ़्तार नहीं कर लेती ?''

''उनका मतलब था, बाहर का कोई व्यक्ति, जिसका कि नाम वे सुझाते, जो उनके भी पक्ष को सही ढंग से रखता! मगर रैली के मुख्य आयोजकों ने उन्हें इसका अवसर ही नहीं दिया। वे नाराज़ हो गये और आज की रैली से अपने हाथ खींच लिये।''

''अच्छा!'' रग्घू ने इस जानकारी पर आश्चर्य जताया, मगर रैली की बातों को आगे बढ़ाने के लिये कुछ बोला नहीं। उसे अपनी पड़ी थी, अपनी और इरमा की!

''क्या आप अब भी अपनी मंगेतर से मिलना चाहते हैं?'' आर.पी. सिंह ने ही पूछा।

''हाँ, सिंह साहब, बस एक बार। कोई रास्ता है?'' तड़प कर रग्घू बोला।

''बीजापुर चलना होगा!''

''बीजापुर...बीजापुर क्यों ?...वैसे मेरा घर तो उधर ही है!''

''जिनसे आप मिलना चाहते हैं, फ़िलहाल उनका पड़ाव उधर ही कहीं है! वे

इधर–उधर जाते ज़रूर हैं, मगर कुछ समय में वहीं लौट आते हैं!''

''आपकी क्या सलाह है? क्या मैं उधर के जंगल में चला जाऊँ?''

''चप्पे–चप्पे पर पुलिस और फ़ोर्सवालों का जमावड़ा है। अंदरवालों से मिलने के पहले ही बाहरवाले आपको शूट कर देंगे!''

''तो फिर मैं क्या करूँ?'' रग्घू ने परेशानी महसूस की।

''मेरी एक सलाह है, थोड़ी अजीब लगेगी, मगर हौसला रखो तो आपका काम बन सकता है!''

आर.पी. सिंह के चेहरे पर एक कुटिल मुस्कान उभरी। उत्साहित रग्घू बोला, ''मैं कुछ भी करने को तैयार हूँ। बस उससे एक मुलाकात हो सके!''

''आपको पुलिस का मुखबिर बनना होगा!''

''मुखबिर...पुलिस का मुखबिर?'' रग्घू चकराया। ''नहीं, मैं नहीं बन सकता! मैं जानता भी क्या हूँ!''

''अरे यार!'' आर.पी. सिंह ने उत्साहित करते हुए कहा, ''सिर्फ़ आपको ढोंग करना है, ढोंग! इससे पुलिस की तरफ़ से हरी झंडी और सुरक्षा मिल जायेगी! और जब आप अंदर पहुँच जायेंगे, तो आपकी मंगेतर चूँकि वहाँ है, वे लोग भी आपका कुछ नुकसान नहीं करेंगे। आप मुलाकात कर लौटेंगे तो इधर पुलिस फिर आपकी सुरक्षा में रहेगी! पुलिस पूछेगी तो कह देना मुलाकात नहीं हुई! यार, आपको थोड़ा हौसला दिखाना है, बस आपका काम बन गया समझो!''

''मगर बीजापुर की पुलिस क्यों मुझे मुखबिर बनायेगी?''

''अरे यार, सब मुझ पर छोड़ो। मैं ऐसे ही पत्रकार नहीं हूँ! इधर के सब थाने और थानेदारों से मेरी पटती है।...मैं वहाँ के थानेदार से बात करवाकर ग्रीन सिग्नल दिलवा दूँगा, ताकि आप निश्चिंत होकर अंदर जा सकें!''

''कब?''

''आप जब चाहें!''

''कल... ? मेरे पास ज़्यादा छुट्टी नहीं है, सिंह साहब!''

''ठीक है, मैं कल दोपहर बाद बस से बीजापुर पहुँचता हूँ। आप चार बजे मुझे थाने के बाहर मिल जायें। बाकी का काम मेरा!''

52

पिछली बार बीजापुर पुलिस ने आर.पी. सिंह को थाने में बिठा लिया था। उन पर नक्सलियों की मुखबिरी का आरोप लगता, इसके पहले ही उन्होंने सब साफ़–साफ़ बताकर स्वयं को पुलिस का मुखबिर बना लिया था। थानेदार ने उनसे यह बात

लिखकर कबूलवायी थी और उन्हें यह निर्देशित किया था कि उन्हें हफ़्ते में एक बार इस थाने में उपस्थित होना होगा। अगर उन्होंने कोई बड़ी और गम्भीर जानकारी उपलब्ध करवायी तो उन्हें हाज़िरी के इस बंधन से मुक्त भी कर दिया जायेगा! अपनी मुक्ति के लिए उन्होंने रग्घू की ओर चारा फेंका था और रग्घू ने भूखी मछली की तरह चारा निगल लिया!

दन्तेवाड़ा की रैली में रग्घू को वहाँ देखकर आर.पी. सिंह को यह आइडिया सूझा था। उन्होंने रग्घू से मुलाकात करने के बाद ही बीजापुर थाने से सम्पर्क किया था। बीजापुर थाना अपने आस-पास हो रही नक्सली गतिविधियों से आक्रान्त था। नक्सली गुप-चुप आकर कोई बड़ी वारदात कर जंगल में भाग जाते थे। न वे पकड़ में आ रहे थे, न उनके अड्डों का पता ही चल रहा था। उस इलाके के अनेक खूँखार नक्सलियों के नाम उसके पास दर्ज थे। इन्हीं में एक थी कामरेड सीते! वह महिला होकर पुरुषों से अधिक हिंसक हो उठी थी। उसे अपने दल में दूसरे नम्बर की पोज़ीशन हासिल हो गई थी। एक तरह से वह महिलाओं की 'गगरिया-पल्टन'' की लीडर थी। जब आर. पी. सिंह ने थाने में कामरेड सीते के मंगेतर की बात बतलायी, जो उससे मिलने को आतुर था और उसे समाज की मुख्यधारा में लाने के लिए पुलिस की मुखबिरी भी कर सकता था, तो बीजापुर-पुलिस प्रसन्न हो गयी थी। आर.पी. सिंह को उसे लेकर आने के लिए कह दिया गया।

राष्ट्रीय राजमार्ग से होते हुए रग्घू, बाइक से सीधे बीजापुर पहुँचा। न वह मालूर गया, न गंगालूर। रास्ते में वह सोचता रहा था कि अगर सिंह साहब समय पर नहीं पहुँचेंगे तो उसे थाने के आस-पास इंतज़ार करते, न जाने कितना समय गुज़ारना पड़ेगा! रमेश ने ही एक बार उसे बतलाया था कि आर.पी. सिंह छूटी हुई ट्रेन को दौड़ कर पकड़ने वालों में से हैं। मगर आर.पी. सिंह थाने में पहले से नमूदार थे। वह रग्घू को देखते ही थाने के बरामदे की सीढ़ियाँ कूदकर आगे बढ़े और उसके हाथों को अपने हाथों में थाम कर बोले, ''कोर्राम जी, आपका काम हो गया समझो!''

रग्घू ने अपनी बाइक थाने की दीवार के किनारे खड़ी की और आस-पास घूम रहे सिपाहियों की ओर देखा, ताकि वे बता दें कि उसने बाइक गलत जगह तो नहीं खड़ी कर दी? मगर देखकर भी किसी ने कुछ नहीं कहा। वह बाइक वहीं छोड़कर आर.पी. सिंह के पीछे-पीछे थाने के अंदर चला गया। उसने देखा, थानेदार के कमरे में जाने से पहले आर.पी. सिंह ने अपने जूते कमरे के बाहर उतार दिये हैं, तो उसने भी, जो दो कदम आगे बढ़ चुका था, वापस लौटा और अपने जूते वहीं उतार दिये। थानेदार ने अपनी सीट से ज़रा-सा उठकर इस नये-नवेले 'मुखबिर' का स्वागत किया।

''मिस्टर रग्घू कोर्राम!'' थानेदार ने मुस्कुराकर, और अपनी कड़क मूँछों पर उँगलियाँ फेरकर कहा। ''मुझे खुशी है कि आप जैसे पढ़े-लिखे नौजवान पुलिस की मदद करने को तैयार हैं! आर.पी. सिंह जी ने बतलाया कि नक्सली सीते आपकी मंगेतर है और आप उसे समाज की मुख्यधारा में लाना चाहते हैं! आपको हमारी मदद

की ज़रूरत है!...हमें खुशी है कि आपने ऐसा निर्णय लिया। हम आपकी मदद को सहर्ष तैयार हैं!''

रग्घू चौंका। उसने आर.पी. सिंह से कहा नहीं था कि वह 'उसे' समाज की मुख्य धारा में लाना चाहता है!...वह आयेगी भी या नहीं, क्या पता? अभी तो उससे एक मुलाकात मुश्किल हो रही है! फिर उसने अपने आप से भी पूछा, 'मान लो इरमा उसके साथ आने को तैयार हो जाये तो क्या वह उसे स्वीकार करेगा?'...शायद 'हाँ,' क्योंकि उसने सिर्फ़ उसकी देह से नहीं, समूची इरमा से प्यार किया था! और अगर इरमा तैयार हो तो वह उसे जंगल के बाहर ज़रूर ले आयेगा!

थानेदार ने अपनी टेबल की दराज से उन्नत किस्म का एक मोबाइल निकाला। फिर उसने उस मोबाइल के एक बटन को दबाया तो थाने का लैण्डलाइन फ़ोन घनघना उठा। थानेदार ने कहा, ''यह हम आपको दे रहे हैं। आप इसे अपने पास हमेशा छुपा कर रखें। जब आप पर कोई संकट आये तो आप इस मोबाइल का यह पीला बटन दबा दीजियेगा। हमारी यहाँ की पुलिस टीम या जिस भी थाने की रेंज में आप होंगे, वहाँ की पुलिस तुरंत आप तक मदद को पहुँच जायेगी। आप इसे दिखायेंगे तो कोई भी पुलिस या सैन्य-बल आप पर संदेह नहीं करेगा। फिर भी कोई रोके तो भी आप इस बटन का इस्तेमाल कर सकते हैं!''

थानेदार ने थोड़ा उठकर अपनी टेबल के सामने की कुर्सी पर बैठे रग्घू की तरफ़ वह मोबाइल बढ़ाया, तो रग्घू ने भी थोड़ा उठकर मोबाइल थाम लिया। उसे थानेदार बड़ा शिष्ट और सहयोगी लगा। पुलिसवालों के प्रति उसके मन में जो स्थायी डर था, वह बहुत कम हो गया। रग्घू उस मोबाइल को घुमा-फिरा कर अभी ठीक से देख भी नहीं पाया था कि आर.पी. सिंह ने रग्घू के हाथ से उसे अपने हाथ में ले लिया और खुद ध्यान से देखने लगे। यह मोबाइल उनके पास के मोबाइल से ज़रा अलग और बेहतर भी था। अचानक, किन्तु जान-बूझकर उन्होंने मोबाइल का पीला बटन दबा दिया। थाने का लैण्डलाइन फ़ोन फिर झनझना उठा।

''अच्छा है, बहुत अच्छा है!'' आर.पी. सिंह ने चहककर कहा और रग्घू की ओर इस तरह देखा, गोया रग्घू की किस्मत पर उसे ईर्ष्या हो रही हो, फिर रग्घू को मोबाइल लौटा दिया।

''तो कब प्रस्थान करने का इरादा है?'' थानेदार ने मोबाइल का चार्जर भी रग्घू को देते हुए पूछा और आगे कहा, ''फ़िलहाल कामरेड सीते के दल के तालपेरू नदी के आस-पास के इलाके पुसबाका, उसूर, बासागुड़ा, गगनपल्ली आदि की तरफ़ होने के संकेत मिले हैं। आप इधर कहीं से भी अंदर जा सकते हैं!''

''थैंक यू सर!'' रग्घू ने मोबाइल अपनी जेब में डाला और चलने के लिए उठ खड़ा हुआ। ''मैं कल ही अंदर जा पाऊँगा।...चूँकि मैं अपने घर के इतने पास आ गया हूँ तो मालूर जाकर अपने माता-पिता से आज मिल लूँगा। बाइक घर में छोड़कर वहीं से पैदल निकल जाऊँगा।''

''गुड, व्हेरी गुड!'' थानेदार ने हाथ मिलाकर विदा करते हुए कहा। ''आपको इधर के किसी भी थाने में परेशानी नहीं होगी। अगर कोई परेशानी आये तो हमसे बात करने को कहियेगा। वैसे अपनी तरफ़ से हम इधर के सभी थानों को इत्तिला कर आपको कवर करने को कह देंगे।''

''नहीं सर, मेरे साथ कोई नहीं आयेगा। वरना अंदरवाले और दूर चले जायेंगे!''

''नहीं भाई, आपके साथ कोई नहीं रहेगा। मगर आपको सहायता की ज़रूरत पड़ी तो निकटतम जो भी थाना होगा, आपकी मदद को पहुँचेगा, ठीक है?''

''ठीक है, सर!''

''दो मिनट और बैठिये, कोर्राम जी!'' अचानक थानेदार ने कहा और किसी सिपाही को आवाज़ लगायी, ''अरे जवान बनवारी, चाय तो आयी ही नहीं, जल्दी हाथ चलाया करो यार!''

रग्घू फिर बैठ गया। थोड़ी देर में एक जवान तश्तरी में कुछ कप चाय लेकर हाज़िर हुआ। तीन कप चाय थानेदार के सामने की टेबल पर रखकर बाकी दूर बैठे दो हवलदारों को भी दे गया।

चाय पीते, थोड़ी इधर-उधर की बातें करते, कुछ और समय कट गया। तब इन्हें थानेदार ने विदा किया। रग्घू और आर.पी. सिंह बाहर आये। अपने जूते ढूँढ़े। दोनों ने अपने जूते जहाँ उतारे थे, शायद वह सही जगह नहीं थी, क्योंकि किसी ने उनकी जगह ज़रा-सी बदल दी थी। अपने-अपने जूते पहनकर दोनों थाने के बरामदे से नीचे उतरे। दोनों खुश थे। दोनों अंदर से एक-दूसरे के एहसानमंद। रग्घू ने अब अपनी बाइक चालू की, आर.पी. सिंह से विदा ली और गंगालूर, मालूर की कच्ची सड़क पकड़ ली। आर.पी. सिंह ने बीजापुर बस स्टैण्ड पर पहुँचकर गीदम, जगदलपुर जाने वाली बस पकड़ ली। उनके जाने के बाद थानेदार ने तराशी हुई अपनी कड़क मूँछों को ऐंठा और मनमुदित मुस्कुराये—लगता है साला, ईनाम पास ही है! सर्विसबुक में सम्मानजनक प्रविष्टि या नकद पुरस्कार तो कहीं गया नहीं! क्या पता पदोन्नति भी हो जाये!

~

गंगालूर के सलवा जुडूम कैम्प में जाकर रग्घू ने अपने परिवारवालों से मुलाकात की। एक-दूसरे का हाल-चाल पूछा। बाइक पर माँ और बहन को बिठाकर मालूर आया। पीछे पिता पैदल पहुँचे। रग्घू ने उनसे अपनी कल की यात्रा की बात कह दी थी। परिवार के लोग चौंके, चिंतित हुए, मगर वे स्वयं अभी कैम्प में जिस स्थिति में रह रहे थे, वह स्थिति भी कम चिंताजनक नहीं थी। परिवार का इकलौता बेटा अपनी तसल्ली के लिए कोई कदम उठाना तय कर चुका था, तो वे उसमें बाधक नहीं बने। हालाँकि उन्होंने यह स्वीकृति डरते हुए ही दी थी। शाम को माँ और बहन ने मिलकर उसके लिये खाने की कुछ ऐसी चीज़ें भी तैयार कीं जो कम-से-कम दो दिन, उसके भोजन

के लिए पर्याप्त हों। रग्घू के पास अपनी कमाई के भी कुछ रुपये थे, मगर पिता ने अपनी तरफ़ से भी कुछ रुपये उसे दिये, यह जानते हुए भी कि जंगल के अंदर बाज़ार (अभी) तो होते नहीं, कहाँ क्या खरीदा जा सकेगा! पर 'आड़े वक्त' की फ़िक्र कहाँ नहीं रहती!...और जब सुबह होने को थी, रग्घू अपनी ज़रूरत का सारा सामान उठाकर अरण्य के अंदर, और अधिक अंदर तिम्मापुर, बासागुड़ा की दिशा में निकल पड़ा। यह अरण्य जो कभी उसे अपना लगता था, आज ऐसा महसूस नहीं हो रहा था।

रग्घू ने सोचा था कि अरण्य के अंदर पाँव धरते ही किसी-न-किसी नक्सली से या उनके दल से मुलाकात हो जायेगी और वे आसानी से उसे इरमा तक पहुँचा देंगे! मगर वह दो दिन अनजान और बीहड़ रास्तों से गुज़रता रहा। दो रातें उसने अलग-अलग गाँवों के खाली पड़े घरों में भी गुज़ारीं। मगर उसकी यह यात्रा निष्फल ही जान पड़ी। निराश हो वह एक जगह बैठ गया और अपने बैग से उस मोबाइल रूपी यंत्र को देखने लगा।...अचानक उसे लगा, यह यंत्र उसकी लोकेशन को दर्शाता होगा और अपने आप कुछ संदेश भी भेजता होगा! यह ठीक नहीं है। एक बार मन हुआ, उस यंत्र के पीले बटन को दबा दे, मगर तुरंत उसने इस विचार को भी त्याग दिया। जाने क्यों उसे अब फिर पुलिस और फ़ौजी वर्दीवालों से डर लगने लगा। तभी मन में एक नये विचार ने उसे आन्दोलित कर दिया—कहीं उसके स्कूल के नम्बर पर इरमा का कोई संदेश गया हो तो?...यहाँ उसे कैसे पता चलेगा? क्या वह इस मोबाइल से अपने स्कूल में फ़ोन लगाये?...नहीं, यह मोबाइल तो थाने से लिंक भी होगा और उसकी गोपनीयता धरी रह जायेगी! तो अब वह क्या करे?...अचानक वह उठ खड़ा हुआ। वह जिस जंगल में था, उसकी कुछ दूरी पर ही एक कच्ची सड़क जाती उसने देखी थी। सड़क की तरफ़ से किसी बस की आवाज़ पास आती सुनायी दे रही थी। वह सड़क की ओर दौड़ पड़ा। सड़क पर पहुँचकर वह हाँफ़ता हुआ इंतज़ार करने लगा। शायद वह अभी चिंतकुटा, आवापल्ली के पास कहीं था। सड़क के बीचोंबीच खड़े होकर उसने बस को हाथ हिला-हिलाकर रोकने का इशारा किया, ताकि वह उसे छोड़कर न चली जाये। बस उसके सामने आकर रुक गई। बस पूरी भरी हुई थी, जो उसूर से चलकर मुरकिनार, बीजापुर जाने वाली थी। उल्टी दिशा में जाने वाली बस भी होती, तो भी वह सवार होकर इस जंगल से निकल जाता। दो ही दिनों में इस अकेले की यात्रा से वह हताश हो गया था।...'नहीं, इस तरह वह इरमा तक नहीं पहुँच सकता!' उसने मन में सोचा और बस में सवार हो गया।

बीजापुर पहुँचकर वह सीधे थाने गया। उसे देखते ही थानेदार चौंका नहीं, बोल पड़ा, "कोर्राम जी, थोड़ी गलती हो गई। हमें नक्सलियों की जो लोकेशन मिली थी, वह गलत थी। सॉरी!"

रग्घू ने बैग से मोबाइल निकालकर थानेदार की टेबल पर जल्दी से ऐसे रख दिया, गोया वह कोई बम हो! उसके पास रहते अंदरवाले उस पर भरोसा भी नहीं कर सकते थे। अच्छा हुआ जो उनसे मुलाकात नहीं हुई! वह बोला, "सर, मुझे स्कूल से

पाँच दिनों की ही छुट्टी मिली थी। आज पाँचवाँ दिन हो रहा है। मुझे अभी रायपुर के लिए निकलना होगा, नहीं तो नौकरी से हाथ धोना पड़ेगा!...मैं आगे कभी जब लम्बी छुट्टी मिलेगी, आऊँगा। 'उसका' मिल पाना इतना आसान भी नहीं लगता, सर!''

''हाँ, यह तो है।'' थानेदार ने कहा, ''मगर आपकी सहायता करना हमारा फ़र्ज़ है। इसमें देश सेवा भी है। पुलिस भी चाहती है कि सभी लोग सही रास्ते से चलें। अपने स्कूल का फ़ोन नम्बर हमें नोट करा दें। कोई सूचना मिलने पर या हमें भी कभी आपकी ज़रूरत पड़ने पर काम आयेगा।''

रग्घू ने स्कूल का फ़ोन नम्बर नोट करा दिया और अपना बैग उठाकर बस स्टैण्ड की ओर चला गया। एक एसटीडी बूथ से उसने अपने स्कूल में फ़ोन लगाया। फ़ोन स्कूल के प्राचार्य ने उठाया। रग्घू ने उनको बताया कि वह कल स्कूल आ रहा है और पूछा कि इस बीच उसके नाम से कोई फ़ोन या चिट्ठी तो नहीं आयी? प्राचार्य ने उसके लिए किसी फ़ोन या चिट्ठी के आने से इनकार किया। रग्घू ने थोड़ी राहत की साँस ली।

शाम होने को थी। एक घंटे बाद यहाँ से सीधे रायपुर जाने वाली बस सामने खड़ी थी। उसके पास अब इतना समय नहीं था कि टैक्सी कर मालूर जाता, बाइक उठाता, फिर बीजापुर आकर रायपुर वाली बस पकड़ता। उसने तब सोचा था, पाँच दिनों की छुट्टी बहुत है और इतने में उसका काम हो जायेगा! स्कूल इससे ज़्यादा छुट्टी देता भी नहीं। रही बात अब मालूर की, घरवालों को चिंता तो होगी ही, वह रायपुर जाते ही एक चिट्ठी पिता को लिख भेजेगा कि वह सकुशल रायपुर आ गया है और इरमा का कुछ पता नहीं चला।

~

पाँच दिनों की छुट्टी बीत गई थी। इरमा से वह मिल नहीं पाया, मगर उसके जीवित होने की खबर पक्की निकली थी। लगभग यह भी तय ही था कि इरमा अब अपना रास्ता नहीं बदलने वाली! वह ज़िद्दी थी, उसे पता था, फिर भी यह बात उससे ही सुने बिना, उसे चैन नहीं मिलने वाला था। मन मारकर उसने ड्यूटी ज्वाइन कर ली। अपने मन को तसल्ली दी कि उसने उससे मिलने की पूरी कोशिश की, अब 'उसने' ही अपने को इतना 'कठिन' बना लिया है कि आसानी से कोई किसी से मिलने से रहा।...इसलिए उसने तय किया कि उसे भी अपनी 'गिड़गिड़ाहट' बंद कर देनी चाहिए! और जब एक माह के अंदर बीजापुर थाने से फ़ोन आया कि नक्सलियों की कुछ मूवमेंट इधर दिख रही है, क्या आप आना चाहेंगे? तो उसने इनकार कर दिया था। कह दिया कि अभी स्कूल की पढ़ाई का पीक पीरियड चल रहा है, कोर्स अभी बहुत बचा है। विद्यार्थियों को परीक्षायोग्य तैयारी भी करवानी है। ऐसी हालत में वह अपने 'हित' के लिए विद्यार्थियों का 'अहित' नहीं कर सकता। बाद में फिर बीजापुर थाने से और फ़ोन नहीं आया। मगर उसे तो इरमा की पार्टी का भी कोई संदेश नहीं मिला था, जिसके लिए

अब भी दिल के किसी कोने में थोड़ी-सी उम्मीद बची थी! उसने अब कठोरता से अपने को आगे की सुधि लेने के लिए तैयार करना शुरू कर दिया।

~

और एक दिन जब उसके विद्यार्थी परीक्षा दे आये और ग्रीष्मावकाश लगने को था, एक समाचार ने उसे प्रफुल्लित कर दिया। शिक्षाकर्मी की भर्ती में, ग्रेड वन में उसकी पोस्टिंग कर दी गई थी। कोई छोटा कस्बा था—'गोटी', जो नारायणपुर क्षेत्र में पड़ता था, जहाँ वह कभी गया नहीं था, मगर पता चला कि वह जंगल के रास्ते से दन्तेवाड़ा और बीजापुर क्षेत्र से लगा हुआ है। ऑर्डर मिलते ही उसने प्राइवेट नौकरी से इस्तीफा दे दिया और अपना सामान लेकर मालूर चला आया।

पिछली बार जब वह गाँव-घर आया था और उसके साथ कैम्प से उसका परिवार भी आया था, तो फिर वह दोबारा कैम्प लौटा नहीं था। परिवार बहुत खुश था कि आख़िर उसके किसी सदस्य को कोई सरकारी नौकरी मिल ही गई। सरकारी नौकरी का जितना 'प्रताप' जंगल के लोग महसूस करते थे, शहर के लोग उसका आधा भी नहीं करते थे। उसे अब गोटी गाँव में जाकर अपनी ज्वाइनिंग देनी थी। एक और नये जीवन का आगाज़ करना था...मगर इरमा के बिना!

इरमा उसकी दुखती नस थी, जो उसे अब भी कभी-कभी झिंझोड़ जाती। उसने अपने आप को फिर तसल्ली दी—पहले स्कूल ज्वाइन कर लूँ, फिर अब तो इधर आ ही गया हूँ, ठंडे दिमाग से और सोचूँगा!...घर में एक और नया काम आ गया था। बहन शांता के लिए तुमनार गाँव से रिश्ता आया था। गाँव का नाम 'तुमनार' सुनकर वह थोड़ा चौंका था। गीदम के पास दो-दो तुमनार थे, एक बड़े तुमनार, दूसरा सिर्फ़ तुमनार। मगर यह तुमनार बीजापुर के पास वाला ही था, जो वहाँ से सिर्फ़ दस किलोमीटर की दूरी पर था। पिता सन्तु कोर्राम ने रग्घू की राय के लिए ही रिश्ता लटका कर रखा था। कहा था, ''मास्टर बेटे की राय जानकर ही कुछ कह पायेंगे!'' इसलिए उसे गाँव आने पर पिता के साथ तुमनार भी जाना था। तुमनारवाला लड़का अपने परिवार में अकेला था। खेती-किसानी ही करता था। उसके पिता के पास पहले पन्द्रह एकड़ ज़मीन थी, मगर फिर नयी नाप-जोख में पटवारी ने धाँधली कर दी। दस एकड़ ज़मीन ही उनके नाम रह गई। खैर, दस एकड़ ज़मीन भी कम नहीं थी, कमी तो इधर सिंचाई सुविधा की थी। अगर यह सुविधा हो जाये तो बस्तरवालों की आधी किस्मत इसी से चमक सकती थी। जब लड़केवाले लड़की देखने आये थे तो वो लड़का भी उनके साथ था। लड़का आठवीं तक पढ़कर, पढ़ाई छोड़ चुका था। शांता ने उसे देखा था। उसे ठीक भी लगा था, मगर वह भी तब माता-पिता से बोली थी, ''दादाल पूछे माम, ओर बह इन्तोर अदम नना तियार मन्तोना!...दादा (रग्घू) से पूछ लो, वह जो कहे मैं तैयार हूँ!''

सरकारी नौकरी की ज्वाइनिंग, बहन की शादी का रिश्ता और इरमा की फिर

एक बार तलाश...वह पहले क्या करे? कुछ दिनों बाद गर्मी की छुट्टी लगते ही सारे स्कूल बंद हो जाने वाले थे। इसलिए उसने पहला काम नौकरी की ज्वाइनिंग को चुना। उसके बाद दूसरा काम शांता की शादी के सम्बन्ध में, अगर लड़का उसे शांता के लिए जम गया तो, इसी गर्मी में शादी को निपटाना भी होगा। और अंत में इरमा की फिर एक बार तलाश...!

मालूर से अपना आदेश-पत्र लेकर वह बिना किसी को कुछ बताये निकल पड़ा। गंगालूर, पेद्दा, फुलाड़ी, फुन्दरी से भैरमगढ़ पहुँचा। इन्द्रावती पारकर उसे बेलनार, धरमा, ताकिलोट होते हुए गोटी ग्राम तक जाना था। नदी पार का रास्ता बहुत खराब था। असल में वह कच्चा रास्ता भी नहीं, पगडंडी थी। कई जगह वह बाइक से उतरा और उसे खींचता हुआ आगे बढ़ा। एक जगह उसने कटे पेड़ को पगडंडी के बीचोंबीच पड़ा देखा। पेड़ को रास्ते से हटाना उसके अकेले की कुव्वत से बाहर था। पेड़ के दोनों छोरों पर झाड़ियाँ थीं। बड़ी मुश्किल से उसने एक तरफ़ की झाड़ियों के बीच से बाइक निकाली। उसे डर लगा, कहीं यहीं पर बाइक खराब हो गई तो उसे खींचकर आगे-पीछे कहीं भी ले जाना बहुत मुश्किल होगा। उसने मन-ही-मन दन्तेश्वरी माता से प्रार्थना की कि अब आगे ऐसा मंज़र न आने दें! माता दन्तेश्वरी ने शायद उसकी यह प्रार्थना कबूल कर ली, आगे वैसा मंज़र तो नहीं आया, मगर जो दूसरा मंज़र सामने था, उसे देखकर वह दहल गया।

हथियारबंद आठ-दस नक्सली युवक उसकी तरफ़ बंदूक ताने खड़े थे। तभी एक की आवाज़ गूँजी, ''अपनी जगह हाथ पीछे कर खड़े रहो! एक कदम भी अब आगे-पीछे किया तो मारे जाओगे!''

'मरता क्या न करता' यह मुहावरा था, जिसे उसने कितनी ही बार दुहराया था, आज अभी उसे चरितार्थ करने का मौका मिला था! उसने बाइक खड़ी की और तत्काल अपने हाथ पीछे बाँध लिए। शायद जीवन में पहली बार वह इस पोज़ीशन में खड़ा हुआ था। अभी-अभी ही उसने बाइक को एक झाड़ी पार करायी थी और राहत महसूसता सीधा खड़ा हुआ था। नक्सलियों में एक दादा आगे बढ़ा और उसने उसके पिट्ठू बैग, कपड़े आदि चैक किये। उसके बैग में पारले बिस्कुट का एक पैकेट, पानी की बोतल, आदेश-पत्र, अपनी डिग्रियों की फ़ोटो कॉपी, एक हिन्दी पत्रिका, एक छोटा तौलिया और कुछ रेज़गारी पड़ी थी। कमीज़ की पॉकेट में मनीबैग था, जिसमें तीन सौ रुपये और उसके ड्राइविंग लाइसेंस वाला कार्ड रखा था। फ़ुल पैंट की जेब में एक रुमाल और एक कंघी थी। एक दूसरा दादा आगे बढ़ा और रग्घू के उसी बैग में अंदर-बाहर की सारी सामग्री ठूँसकर रख दी और वह बैग अपने ही कंधे पर लटका लिया।

''कौन हो तुम? इधर कैसे चले आये?'' एक दहाड़ सुनायी दी।

''जी मैं गोटी ग्राम का नया टीचर हूँ, रग्घू कोर्राम! ज्वाइनिंग के लिए जा रहा था!''

"स्कूल हफ़्ते भर से बंद पड़ा है। कोई मास्टर, न बच्चे, किसे ज्वानिंग दोगे? इस स्कूल का हैडमास्टर महीने में एकाध बार आता है यहाँ। बस भैरमगढ़ में बैठा अपनी तनख्वाह बनाता रहता है!"

रग्घू चुप्प। उसे तो कुछ पता नहीं था।

"बहानेबाज़ी बंद करो और साफ़-साफ़ बताओ कि तुम इधर निकले कैसे? जबकि हमारी पार्टी ने शहीदी-सप्ताह के आयोजन में बंद का ऐलान कर रखा है!"

"बंद... ?"

"तुम मास्टर हो, पढ़े-लिखे लगते भी हो, मगर लगता है, असल में हो नहीं!... हमने जगह-जगह पोस्टर-बैनर टाँग रखे हैं, मगर तुमसे शायद पढ़ते नहीं बना होगा?"

रग्घू को अब अपनी गलती का एहसास हुआ। भैरमगढ़ से आगे बढ़ते, एक जगह उसने लाल रंग का बैनर दो पेड़ों के बीच में लटकता देखा था। मगर उसके टेढ़े-मेढ़े अक्षरों और ढेर सारे निर्देशों को पढ़ने के लिए बाइक रोकनी पड़ती। वह नौकरी किसी भी तरह जल्दी ज्वाइन कर इसके तनाव से मुक्त हो जाना चाहता था। उसके पास दूसरे भी काम थे। मगर अब बाइक न रोकने और बैनर को न पढ़ पाने का उसे भारी अफ़सोस हुआ। पर अब तो ओखली में सिर था। कई मूसल उस पर गिरने को तैयार थे। वह गिड़गिड़ाया, "मुझे माफ़ करो दादा, गलती हो गई!"

मगर पच्चीस साल के लगते एक युवा ने, जो शायद इनका लीडर था, अपने एक साथी को कुछ इशारा किया। वह साथी आगे बढ़ा। उसने अपने बैग से एक रस्सी निकाल कर रग्घू के दोनों हाथ पीछे कर बाँध दिये। फिर उसकी आँखों पर एक काली पट्टी भी चढ़ा दी गई।

"हमारे पीछे चलो!" आदेश हुआ। कुछ लोग रग्घू के आगे और कुछ पीछे होकर चलने लगे। आँखों पर पट्टी, पीछे बँधे हाथ और उबड़-खाबड़ ज़मीन। रग्घू चार कदम ही चल पाया था कि किसी गड्ढे में पाँव पड़ते ही लुढ़क कर गिर पड़ा। शायद लीडर को उस पर दया आ गयी। उसने उसके हाथ खुलवा दिये और एक साथी की उँगली थामे चलने को कहा। वह अब उनका बंदी था। कुछ माह पहले वह खुद इनकी खोज में निकला था। हालाँकि वह जगह दूसरी थी और किसी दूसरे दल का एरिया भी रहा होगा। आज वह दूसरे काम से निकला था तो ये टकरा गये थे।

रग्घू को अपनी बाइक की चिंता हुई, मगर फिर उसने उसे भुला दिया। अब जान की चिंता आन पड़ी थी। वे सभी धीरे-धीरे कहीं जा रहे थे। जब वे बिना बोले बहुत देर तक चलते रहे, रग्घू ने साहस कर उस युवक से पूछा, जिसकी उँगली थामे वह चल रहा था, "दादा, हम लोग कहाँ जा रहे हैं?"

मगर उस युवक के सामने ही लीडर चल रहा था, उसने सुन लिया। बोला, "तुम्हें अब क्या फ़र्क पड़ता है?...अगर चलने में अड़चन हो रही हो तो बताओ, अभी यहीं तुम्हारा निपटारा कर देते हैं?"

"नहीं कामरेड, मैंने तो बस यूँ ही पूछ लिया था!" रग्घू घबरा गया। उसके स्वर में चापलूसी और दीनता थी। वह स्वयं चकित हुआ कि उसने पहली बार किसी को 'कामरेड' शब्द से सम्बोधित किया था।

"बस यूँ ही?" लीडर ने उपहास किया। "तुम यूँ ही जंगल में घुस आये, तुम यूँ ही बंद पड़े स्कूल में ज्वाइनिंग के लिए निकले, तुमने यूँ ही हमारे बंद की घोषणा को पलीता लगाया? तुम्हारा 'यूँ ही' तो लाजवाब है, मास्टर जी!"

इस लीडर ने पहली बार उसके लिए 'मास्टर' शब्द का इस्तेमाल किया था और 'जी' भी लगाया था। रग्घू को लगा, शायद लीडर अब उसके प्रति थोड़ी हमदर्दी रख रहा है! क्यों ना वे तीन काम जो उसने सोच रखे थे, उनका क्रम उल्टा कर दिया जाये?...अब पहले इरमा, फिर ज्वाइनिंग, फिर शांता के रिश्ते का काम! उसने लीडर से कहा, "दादा, आप लोग अच्छे लोग हैं और आप लोगों के कारण ही हम आदिवासियों ने थोड़ी आज़ादी महसूस की है, हममें थोड़ा साहस जागा है। वरना सरकारी, वनाधिकारी, पुलिस, पटवारी जैसे लोगों के सामने तो हमारे लोग जंगली जीवों की गिनती में ही थे!"

प्रशंसा सभी को प्यारी लगती है। लीडर भी खुश हुआ, मगर बोला, "लो थोड़ा मौका मिला तो मास्टर जी ने पाठ पढ़ाना शुरू कर दिया!"

"आप लोगों को मैं क्या पाठ पढ़ाऊँगा, दादा!" रग्घू ने मौका पाकर सफ़ाई दी। "मगर मैंने जो कहा वह सही है। जंगल के हर दूसरे परिवार का कोई-न-कोई उनका भुक्तभोगी है! मैं स्वयं भी...!"

"आपको क्या हुआ? अच्छा-खासा पढ़ लिख लिए, नौकरी भी मिल गयी और क्या चाहिए?"

"मेरी मंगेतर...!" रग्घू की बंद आँखों के अँधेरे में इरमा का चेहरा कौंधा। कुछ जाने-अनजाने उसका कण्ठ भी रुँधा। "मेरी मंगेतर के साथ सैन्य-बल वालों ने ज़्यादती की और उसे अधमरा छोड़कर चले गये। आप लोगों के ही किसी दल ने उसे मरने से बचाया। आज वह आप लोगों की ही पार्टी में कहीं है! मैंने उससे मिलने की बहुत कोशिश की मगर सफल नहीं हुआ। मैं चाहता तो शहरी इलाके में ही औरों की तरह जुगाड़ जमाकर अपनी पोस्टिंग करवा लेता। लेकिन नहीं, मैं इधर आया ताकि अपने लोगों की कुछ सेवा कर सकूँ और कभी-न-कभी 'उससे' भेंट कर सकूँ। आपकी कृपा हो तो मैं एक बार अपनी आँखों से उसे देखना चाहता हूँ!"

लीडर के अलावा आस-पास चल रहे दूसरे साथी भी रग्घू की बातें सुन रहे थे। लीडर ने पूछा, "क्या नाम है उसका?"

"इरमा...लेकामी इरमा!"

लीडर ने याद करने की कोशिश की, मगर इस नाम की किसी युवती को वह नहीं जानता था। लीडर के एक साथी ने कहा, "कामरेड, मुझे लगता है पेद्दा गाँव के

पास कुछ ऐसी घटना हुई थी। वह लड़की अभी कामरेड शंकर के दल में है! मगर उसका नाम तो कामरेड सीते है!''

रग्घू सुनकर उत्तेजित-सा बोल पड़ा, ''हाँ पेद्दा गाँव के पास ही, वहीं इरमा के छोटे भाई को, जो दस साल का था, मुखबिर बताकर गोली मार दी गई थी!''

थोड़ी देर तक सब शांत चलते रहे। फिर वे कहीं एक जगह रुके। कुछ नये लोग उनसे आकर मिले। कुछ सलाह-मशविरा हुआ और नये लोग कहीं और निकल गये। इस दल की फिर यात्रा शुरू हुई। लीडर ने रग्घू से पूछा, ''अगर हम आपकी मंगेतर से भेंट करा दें तो?''

''मैं उम्र भर आपका एहसानमंद रहूँगा!''

''क्या आप उसे अब भी स्वीकारेंगे? साथ ले जायेंगे?''

''हाँ, मगर उसकी मर्ज़ी हुई तो!''

''लेकिन अगर आपकी मंगेतर आपको भी हमारी पार्टी ज्वाइन करने को कहे तो?''

रग्घू चौंका। सोचने लगा। उसे आर.पी. सिंह की सलाह याद आयी, ''कई बार ढोंग भी करना पड़ता है!'' उसने कहा, ''तो मैं वैसा भी कर लूँगा, दादा!''

लीडर कुछ संतुष्ट नज़र आया। बोला, ''देखो मास्टर जी, हम किसी पर यूँ ही विश्वास नहीं कर सकते। 'विश्वास' के चलते हमने कई 'धोखे' खाये हैं।...कामरेड शंकर हमारे सीनियर लीडर हैं। उनके दल में महिला-ब्रिगेड भी है। कामरेड सीते से मैं भी मिल चुका हूँ। उसके बारे में कह सकता हूँ कि वह इस जंगल और पार्टी से बाहर नहीं जायेगी! आपको ही यह निश्चित करना है कि आपको अब पार्टी में आना है?''

''अगर वह चाहेगी तो...!''

लीडर थोड़ा रुका, फिर उसने प्रश्न किया, ''क्या आप मरने से डरते हैं?''

रग्घू सशंकित दो पल चुप रहा। मरने से उसे क्या, साधारणत: सभी को डर लगता था। मगर यदि वह अभी सच कह देगा तो कहीं ये लोग उसे यहीं न 'निपटा' दें! उसने बुद्ध का मध्यम मार्ग चुना। बोला, ''थोड़ा-थोड़ा तो लगता है, कामरेड!''

लीडर के चेहरे पर एक मुस्कान खेल गई, वह बोला, ''अगर सिर्फ़ थोड़ा है, तो हम उसे दूर कर देंगे। आपकी मंगेतर से मिलाने के पहले हम आपकी परीक्षा लेना चाहेंगे!''

''परीक्षा... ? कैसी परीक्षा?'' रग्घू चौंका, चिंतित हुआ।

''मास्टर जी, दूसरों की परीक्षा लेंगे आप, और जब खुद की परीक्षा की बात आयी तो घबरा गये?''

''नहीं-नहीं, ऐसी बात नहीं है, मगर कैसी परीक्षा... ?''

''वक्त आयेगा तो हम बता देंगे। अभी तो बस चलते चलें हमारे साथ!''

53

चलते-चलते शाम हो गयी। अँधेरा छा गया। उसकी आँखों की पट्टी हटा दी गई। वे किसी गाँव के एक घर में थे, जहाँ उनके लिए दाल-भात और आलू-बैंगन की सब्ज़ी बनाकर रखी गई थी, परोसी गई। वह गाँव बहुत छोटा था, बावजूद अलग-अलग टोलों में बँटा था। एक जगह दो-चार घरों के बाद, बाकी के घर बहुत दूर हटकर बने थे। रात उन्होंने उसी एक टोले में काटी। दल के लोग दो-दो की टोली में रात को संतरी का काम करते रहे, मगर थका-हारा रग्घू, जो घर की ज़मीन पर बिछे बोरे पर सोया तो सुबह चार बजे, जब उसे जगाया गया, तब ही उठा। रात को उसे दो बार गोली चलने की आवाज़ सुनायी दी थी और अगल-बगल सोये लोगों में थोड़ी कानाफूसी भी हुई, मगर फिर सारी रात शांति ही रही। सुबह जब वे उस घर से बाहर निकले तो गली में एक कुत्ता मरा पड़ा दिखायी दिया। लगता था, रात में इसने इन अजनबियों को देखकर भौंकने का दुस्साहस किया था, तभी इसे गोली मार कर सुला दिया गया था। बेचारा संतरी मजबूर था और दुखी भी, कुत्ते के मारे जाने के लिए नहीं, अपनी गोलियों के खर्च होने पर।

गाँव से निकलकर वे एक नाले के पास पहुँचे। नाले में कहीं-कहीं पर थोड़ा-थोड़ा पानी जमा था और सुबह उस पर से भाप उठ रही थी। यहीं आस-पास उन सब ने अपनी प्रातःक्रिया सम्पन्न की, फिर ज़रा दूर जाकर, जहाँ पानी मेढ़ बनाकर रोका गया था, मुँह-हाथ धोया। स्नान किया। तरोताज़ा होकर वे आगे की यात्रा पर निकल पड़े। दिन का उजाला होते ही फिर रग्घू की आँखों पर काली पट्टी चढ़ा दी गई और किसी दूसरे साथी की उँगली उसे कृपापूर्वक उपलब्ध करा दी गई।

दोपहर को वे किसी और गाँव पहुँचे। यहाँ गाँववालों की एक मीटिंग बुलायी गई थी। रग्घू को दूर एक पेड़ के नीचे एक संतरी की निगरानी में बिठा दिया गया, वहाँ तक लोगों की सिर्फ़ कानाफूसी जितनी आवाज़ ही पहुँच रही थी। रग्घू के कुछ पल्ले नहीं पड़ रहा था। लगभग एक घंटा मीटिंग चली, फिर सभी उठे और एक-दूसरे घर के पिछवाड़े की बड़ी-सी बाड़ी में जा बैठे। यहाँ गाँव के दो-तीन लोग जाने कब से खाना पकाने में लगे हुए थे। सब्ज़ी की उठ रही गंध से लगा, मांस पक रहा है। थोड़ी देर की प्रतीक्षा के बाद गाँववालों ने पार्टी के सब लोगों को पत्तलों में भोजन परोसा, रग्घू को भी। रग्घू ने जब मांस चखा तो लगा बकरे का है, मगर वह पक्का नहीं कह सकता था, क्योंकि उसने और तरह-तरह के मांस का स्वाद कम ही लिया था। और इस अरण्य में किसी जीव पर ज़्यादा आसक्ति और किसी से नफ़रत जैसी बात नहीं थी। जो सहज उपलब्ध हुआ, उसे ही मारा, पकाया और निगल लिया।...क्या पता पिछली रात जो कुत्ता शहीद हुआ था, वही अभी इस भोज में काम आ गया हो!

वहाँ से वे फिर आगे चल पड़े। पानी में जैसे मछलियाँ लगातार तैरती दिखायी देती हैं, ऐसे ही ये नक्सली इस अरण्य में गतिमान थे। दिन भर चलते-चलते फिर

शाम हो गई। मगर हल्का नारंगी उजाला अभी बाकी था। तभी उस युवक ने, जिसकी उँगली थामे रग्घू चल रहा था, उसकी आँखों की पट्टी खोल दी। बोला, ''लो कामरेड, अब आपकी परीक्षा का समय आ गया है!''

परीक्षा...उसकी थी, उसके सामने थी, उसके हाथों और आँखों के निशाने की थी। उसे एक दोनाली बंदूक थमा दी गई। उसे बताया गया कि बंदूक कैसे पकड़नी है और उसे चलाना कैसे है! रग्घू ने बंदूक को उत्सुकता से पकड़ा और थोड़ी देर उसे देखता, महसूस करता रहा। सामने एक मेड़ पर महुआ का पेड़ था। पेड़ के नीचे गठरी बना एक आदमी, जिसके हाथ-पाँव बँधे थे और सिर भी एक कपड़े से ढका था, उकड़ूँ बैठा था। उसकी पहले ही खूब मरम्मत की जा चुकी थी, मगर वह जीवित था। अब रग्घू को लीडर ने ललकारा, ''टपका साले को। मुखबिर है साला!''

मगर रग्घू कुछ पल सामने पड़ी गठरी को और कभी अपने हाथों की बंदूक को देखता रहा। गाँव-घर में कभी-कभी जब मुर्गा बनाया जाता था और पिता सन्तु कोर्राम चाकू से जब उसकी गर्दन अलग करते थे, तो रग्घू आँखें फेर लेता था। अपने हाथों उसने कभी मुर्गा भी नहीं मारा था। अभी मानव-हत्या के लिये उसे तैयार होना था, यही उसकी परीक्षा थी! यही परीक्षा उसके लिए इरमा तक जाने का द्वार खोल रही थी।...उसने मन कड़ा किया और बंदूक के छिद्र से निशाना बिठाने लगा। वह मानव-गठरी ज़्यादा दूर नहीं थी। बंदूक के घोड़े पर उसकी उँगली लपलपा रही थी और उसे दबाने में उससे देर हो रही थी। लीडर की ज़रा बौखलायी आवाज़ सुनायी दी, ''इतनी देर में तो दस गोलियाँ चल जातीं! हमारी महिला-ब्रिगेड देखतीं तो हँस पड़तीं आप पर! चलाओ गोली, मुखबिर है साला!''

और गोली चल गई। रग्घू के साहस से कम, लीडर की बौखलाहट और महिलाओं के उपहास की कल्पना के डर से ज़्यादा! गोली लगते ही गठरी से 'अया गो!' की एक तेज़ चीख निकली। गठरी हिली-डुली और ठंडी पड़कर एक ओर लुढ़क गई।

''वाह, निशाना तो अच्छा है, मास्टरजी!'' लीडर खुश हुआ। ''आप तो पहली ही परीक्षा में पास हो गये! सप्लीमेंट्री की नौबत ही नहीं आने दी!''

दन्तेवाड़ा, नारायणपुर, बीजापुर के जंगल आपस में इतने गुत्थमगुथा थे कि मुश्किल से ही पता चलता था कि वे अभी किस क्षेत्र में हैं। पहली बार इधर तीर्थाटन करने वाले व्यक्ति के लिए तो यह और भी मुश्किल पहेली थी। अभी वे मुश्किल से कुछ फ़र्लांग ही चले थे कि अचानक पास के गाँव से पटाके फूटने की आवाज़ आयी। गाँव के ग्रामीणों संग घुले-मिले जनमिलिसिया के लोग, जो पार्टी के शुभचिंतक थे, पुलिस फ़ोर्स के आस-पास होने की सूचना दे रहे थे। लीडर की तेज़ आवाज़ लहरायी, ''यहाँ से भागो! लगता है, पुलिस फ़ोर्स को हमारी इधर मौजूदगी की जानकारी हो गई है!''

अचानक समूचा दल निर्धारित रास्ता छोड़कर अधिक गहरे जंगल की ओर दौड़

पड़ा। रग्घु भी उनके पीछे-पीछे वानरों की पूँछ की तरह घसीटा जा रहा था, जबकि अभी वह मुक्त था। न उसकी आँखों पर पट्टी थी, न उसके हाथ ही बँधे थे। उसे संदेह हुआ कि उसकी चलायी गोली से आस-पास के किसी थाने या सुरक्षा बल के शिविर को खबर हो गई होगी! गनीमत थी कि उसने थानेदार के मोबाइल फ़ोन को लौटा दिया था। अगर वह साथ होता तो तलाशी के समय ही उसे पुलिस का मुखबिर समझ उड़ा दिया गया होता!...और अगर ऐसा हुआ होता तो सम्भव है, आज जो उसके हाथों मारा गया था, जीवित होता! स्थाानांतरित होते मौत के इस खेल ने उसे खीझ और पछतावे से भर दिया।...पता नहीं वह बेचारा कौन था!

लगभग आधे घंटे के अंतराल में पुलिस और फ़ोर्स के लोग वहाँ पहुँचे। मृत-गठरी को देखकर किसी षड्यंत्र की आशंका के वशीभूत पुलिस-बल ने अपनी पोज़ीशन ली, ललकारा और जब गठरी से कोई प्रतिक्रिया नहीं हुई तो तीन तरफ़ से उस पर कई गोलियाँ चलीं। फिर मृत-गठरी को अच्छे से धर-बाँध कर पुलिस बीजापुर ले आयी। पोस्टमार्टम हुआ, जिसकी लाश लेने कोई नहीं आया। पुलिस ने लावारिस मानकर लाश को दफ़ना दिया। दूसरे दिन अखबारों में पुलिस की विज्ञप्ति प्रकाशित हुई—पापनपाल के जंगल में नक्सलियों से भारी मुठभेड़ हुई। नक्सली घबराकर भाग खड़े हुए। नक्सलियों को पुलिस-बल के आने की सूचना देने और लम्बे समय से उनके लिए काम करने वाला मुखबिर भी उन्हीं के साथ था, जो मुठभेड़ में मारा गया। मुखबिर का नाम मंगलराम कोया है, जिसे पुलिस ने पहले भी कई बार चेतावनी दे रखी थी। मगर वह अपराध से बाज़ नहीं आया और अंततः मारा गया। उसके पास से नक्सली साहित्य भी बरामद किया गया। उसकी लाश पर किसी ने दावा नहीं किया, तो पुलिस ने अपना फ़र्ज़ समझकर उसे दफ़ना दिया। मंगलराम के मारे जाने से नक्सलियों का एक बड़ा सूचना-तंत्र खत्म हो गया!

रग्घू कोर्राम और उसके परिवार को यह कभी पता नहीं चल पाया कि पापनपाल के जंगल में मृतक मुखबिर 'मंगलराम कोया' और कोई नहीं 'कोर्राम मंगलू' ही था। रग्घू का सगा काका, जिसे पहली गोली भी भतीजे की बंदूक से ही लगी थी। जंगलों में अपने मवेशियों के साथ जीवन जीता, भटकता-फिरता, वह गूँगा-सा रहने वाला आदमी अब हमेशा के लिए खामोश हो गया था।...आख़िर वह दोनों तरफ़ का मुखबिर जो मान लिया गया था!

~

लगभग दो घंटे की भागम-भाग के बाद वे ऐसी जगह पहुँच गये, जहाँ पुलिस-बल के पहुँचने की कोई गुंजाइश नहीं रही। चारों तरफ़ ऊँची पहाड़ियाँ, बीच में घने वृक्ष और बाँस की झाड़ियाँ थीं। यह रात उन्होंने इन्हीं के बीच काटी। उनके बैगों में कामचलाऊ मात्रा में अनाज और बर्तन आदि ज़रूरी सामान हमेशा रहता था। प्राकृतिक सुरक्षा के बावजूद उन्होंने दो संतरी तैनात कर दिये। चावल-दाल एक साथ उबाला और नमक डाल बारी-बारी से खाने लगे। रग्घू को भी दिया—अपने नये 'कामरेड' को, पहली पंगत में।

सुबह उन्होंने वह जगह छोड़ दी। उनकी आपसी बातचीत से पता चला कि ये लोग अंदर-ही-अंदर कुटरू के जंगल की ओर बढ़ रहे हैं, जहाँ तीन दिनों बाद इनके सब दलों की मीटिंग है। शायद इनका बड़ा लीडर गणपति वहाँ मार्गदर्शन के लिए होगा। विभिन्न क्षेत्रों में मोर्चा सँभाले ये लोग आपस में मिल-बैठकर अगली रणनीति तय करने वाले थे। आंध्र, ओडिशा, महाराष्ट्र से भी प्रतिनिधियों के आने की सम्भावना थी।

'और इरमा का दल...!' रग्घू ने सोचा। 'वह भी वहाँ ज़रूर होगा! इरमा भी होगी। यानी अब मुलाकात के लिए ज़्यादा दिन नहीं रह गये!' उसका दिल सुख की एक कँपकँपी से सिहर गया। दोपहर को वे ज़रामोगिया के जंगल में थे। यह इलाका बीजापुर में आता था। असल में इस क्षेत्र में इन्द्रावती नदी नारायणपुर और बीजापुर को अलग करती थी। इसलिए जब-जब उन्होंने नदी पार की इलाके का नाम बदल जाता था। नारायणपुर इलाके में तो थोड़ी शांति थी, मगर जैसे ही वे बीजापुर के इलाके में आते पटाके, सीटियाँ या नगाड़े बज उठते थे। जरामोगिया के वनक्षेत्र में उन्हें अपनी फिर घेरेबंदी का आभास हुआ। एक खास ताल में बजते नगाड़ों से उन्हें पता चला कि सीआरपीएफ़ और पुलिस पार्टी उनके पीछे आ रही है! वे सभी भूखे थे और अभी खाना बनाने की तैयारी में ही जुटे थे कि अचानक उन्हें अपना सामान समेटकर इन्द्रावती के पार जाना पड़ा। गर्मी के मौसम के कारण इन्द्रावती में पानी कम था और अनेक जगहों से उसे पैदल पार किया जा सकता था। वे जैसे ही नदी पार पहुँचे, उनके दल के एक कामरेड ने, जिसे ज़्यादा भूख लगी थी, अपनी रायफ़ल रग्घू के सीने से टिका दी और गुस्से से बोला, "यह आदमी तीन दिनों से हमारे साथ है और देखो, दो बार हम घेरेबंदी में फँसे हैं! कहीं ये साला पुलिस का मुखबिर तो नहीं है? मैं इसे यहीं उड़ा दूँगा!"

लीडर ने उसे रोका। कहा, "अगर यह वैसा निकला तो पहले मैं ही इसे खल्लास करूँगा।...वैसे चाहो तो तुम इसकी एक बार और तलाशी ले सकते हो!"

उत्तेजित कामरेड ने अपनी रायफ़ल झुका ली। रग्घू की फिर तलाशी का कोई मतलब नहीं था, क्योंकि एक बार तो ले ही चुके थे। फिर उसका सारा सामान तो अब भी उनके ही कब्ज़े में था, जिसे अब तक लौटाया नहीं गया था। असल में भूख ने उसका भेजा फ्राई कर रखा था और कमोबेश सबकी हालत वैसी ही थी। हताश उसने कहा, "यह मास्टर ही अपशकुन है! इसे आगे नहीं ले जाना चाहिए। कहीं ऐसा न हो कि हमारी पार्टी मीटिंग में भी पानी पड़ जाये!"

लीडर ने उस जवान को शांत किया। रग्घू सिर झुकाये रहा। उसे भी अब थोड़ा विश्वास होने लगा कि वह इन लोगों के लिए कहीं सच में अपशकुन न हो! मगर लाए तो उसे ये लोग ही थे! वह क्या कर सकता था। वह दुखी और भयभीत, इन हथियारबंद लोगों के बीच एक निरीह जीव-सा, उन्हीं की कृपा पर जीवित था!

इन्द्रावती की दूसरी तरफ़ उन्होंने खाना बनाया और खाया। थोड़ा इंतज़ार किया

और फिर पैदल चल पड़े। कुछ दूर जाने के बाद उन्होंने फिर नदी पार की। शाम हो रही थी और वे बड़ी सतर्कता से आगे बढ़ रहे थे। तभी उन्हें लगातार तीन बार कोयल कूकने की आवाज़ सुनायी दी। वे रुक गये। दूर से दो युवक उनकी ओर आते दिखायी दिये। वे किसी दूसरे दल के सदस्य थे, मगर इसी दल की खोज में लगे थे। पास पहुँचकर सबसे लाल-सलाम किया और लीडर को थोड़ा अलग ले जाकर कुछ बातचीत की।

''आपका संदेश हमारे पार्टी लीडर को मिल गया था। आप जिस व्यक्ति को अपने साथ लिए चल रहे हैं, उसे मीटिंग तक न पहुँचने दें। कामरेड शंकर ने कहा है।''

''क्यों?''

''यह कामरेड सीते से मिलना चाहता है, और शायद इसीलिए आप इसे अपने साथ लिए हैं?''

''हाँ, यही बात है!''

''मगर कामरेड सीते का ही आग्रह है कि इसे मीटिंग में न लायें और न ही उसे पार्टी में ही शामिल करें! उससे कह दिया जाये कि इस मीटिंग के चार दिनों बाद निमेड़ में, जहाँ हमारे दल की गाँववालों के साथ मीटिंग तय है, वह उससे मुलाकात कर लेंगी!''

''अभी आपका दल कहाँ है?''

''शायद केतुलनार तक पहुँच गया होगा। हम दोनों कल से उससे अलग आपके दल की खोज में पीछे हो गये, ताकि यह संदेश दे सकें! अब हम दोनों भी आपके साथ कुटरू पहुँचेंगे।''

लीडर उन दो लोगों के साथ वापस समूह में पहुँचा। आते ही रग्घू से बोला, ''मास्टरजी, आपको हम आगे अपने साथ नहीं ले जा सकते! आपको यहीं से वापस लौटना होगा!''

रग्घू अवाक्! उसे अपने अपराध की कोई जानकारी नहीं थी। पस्त आवाज़ में बोला, ''लेकिन क्यों दादा, मैं तो आप लोगों के साथ बहुत दूर आ चुका हूँ? मेरी बाइक भी आप लोगों ने जाने कहाँ रख दी है और अभी हम कहाँ हैं, मुझे बिलकुल नहीं पता!''

लीडर ने उसे समझाया। कहा, ''आपकी बाइक दो-एक दिनों में आपके घर पहुँचा दी जायेगी। वह ताकिलोट में हमारे एक जनमिलिसिया के पास है। उसकी चिंता मत करो। और हम जहाँ हैं, उससे पाँच किलोमीटर दूर पर सड़क है। यहाँ से ज़रा दायें हट कर जायें, एक पगडंडी मिलेगी जो सीधे मतवाड़ा गाँव के पास निकलेगी। वहाँ कुछ गाड़ियों का आना-जाना है, आप वहाँ से लौट सकते हैं!''

लगभग रुआँसा, रग्घू ने अपने हथियार डालते हुए कहा, ''आपने कहा था कि

आप मेरी 'उससे' मुलाकात करवायेंगे?''

''यह संदेश तो कामरेड सीते का ही है कि आपको लौटा दिया जाये। उसे पता है कि आप अभी हमारे साथ हैं! उसने यह भी कहा है कि चार दिनों बाद उनके दल की निमेड़ में गाँववालों के साथ बैठक है, वहीं वह आपसे मुलाकात कर लेंगी! ठीक है!''

''इरमा ने कहा?''

''हाँ भई, हाँ!...कामरेड सीते ने, क्या नाम लिया आपने...हाँ, इरमा ने!''

वह दल और नये आये दो साथी, सभी आगे निकल गये। रग्घू अनिच्छा से पाँव आगे घसीटता, सोचता-विचारता, पगडंडी से होता हुआ सड़क की ओर बढ़ने लगा।... 'तो इरमा की उस पर अब भी नज़र है! और वह नहीं चाहती कि मैं उसकी पार्टी का हिस्सा बनकर उस तक आऊँ! यानी अपनी तरफ़ से वह अब भी दूरी बनाये रखना चाहती है? खैर, जैसी उसकी मर्ज़ी, चार दिनों बाद निमेड़ में...ठीक है!'

लगभग घंटे भर की यात्रा के बाद वह सड़क पर पहुँचा। रात तो हो चुकी थी। 'सुकमा की तरफ़ किसी गाँव में अपने आठ साथियों के, जो खाना खाने किसी घर में जमा थे, घेरकर मार डाले जाने के विरोध में ही इनका यह आकस्मिक हफ़्ताबंद का कार्यक्रम था। कल आखिरी दिन था, बीत चुका। आज ज़रूर वाहनों की आवाजाही होगी,' वह सोच रहा था। उसे डर लगा, यदि आज भी कोई वाहन नहीं चल रहा हो तो उसके लिए बड़ी मुश्किल हो जाने वाली थी। वह सड़क के किनारे-किनारे उधेड़बुन में लगा, धीरे-धीरे चल रहा था। मगर सड़क पर आये उसे कुछ मिनट ही हुए थे कि उसे किसी वाहन के आने की आहट सुनायी दी। वह वाहन के आने की दिशा में मुँह करके सड़क पर खड़ा हो गया। वाहन और आगे बढ़ा तो उसकी हैड लाइट के उजाले से अँधेरे में पसरी सड़क चमचमा उठी। खुद रग्घू की आँखें चौंधिया गयीं। चौंधियायी आँखें बंद किये, किन्तु दोनों हाथ वाहन को रोकने के इशारे से ऊपर उठाये, वह सड़क पर ही खड़ा रहा। वाहन स्वयं उसके पास आकर खड़ा हो गया। रग्घू चकित, चिंतित उसे देखने लगा। यह तो पुलिस गश्ती दल की बस थी। उसे इसकी आशा नहीं थी। बस के अंदर पुलिस और हथियारबंद जवान बैठे हुए थे।

''चढ़ जाओ जवान ऊपर!'' अंदर से आवाज़ आयी और बस का दरवाज़ा उसके लिए खुल गया। अब वह बस में चढ़ने से इनकार कर नहीं सकता था। बस के अंदर की धीमी रोशनी में उसने देखा, सभी अजनबी पुलिस और सैन्य-बल के लोग थे। एक सिपाही की उससे नज़र मिली, जिसने उसे अपनी बगल में बैठने का इशारा किया था। रग्घू ने याद करने की कोशिश की कि इसे मैंने कहाँ देखा है! मगर कुछ याद नहीं आया। रग्घू उसकी बगल में बैठ गया। उस पुलिसवाले ने उसके बैठते ही पूछ लिया, ''कैसी रही मुलाकात?''

''मुलाकात?'' रग्घू ने उसकी तरफ़ हैरत, डर और नाराज़गी से देखा।

''खैर, जाने दो। हमारी गाड़ी जांगला कैम्प की है। वहीं तक जायेगी। बीजापुर

से कोई संदेश मिला तो आपको घर यानी मालूर तक भी छोड़ा जा सकता है!"

'साला मेरे बारे में सब जानता है!' रग्घू ने सोचा। 'लगता है यह बीजापुर थाने का ही कोई सिपाही है!'...उसे भारी दुख हुआ कि उसके तार अब भी बीजापुर से जुड़े हुए हैं। पुलिस की उस पर अब भी नज़र है! प्रकट में बोला, "नहीं, मैं जांगला में ही उतर जाऊँगा। वहाँ मेरी पहचान के लोग हैं। इच्छा होने पर मैं टैक्सी लेकर चला जाऊँगा!"

बस अपनी रफ़्तार से चल रही थी। उसे लगा कि बस के अंदर के अँधेरे में वह सिपाही और बाकी पल्टन के लोग भी मंद-मंद मुस्कुरा रहे हैं।...लगभग बीस मिनट में ही बस जांगला कैम्प पहुँच गयी। वह जल्दी से बस से उतरा और पुलिसिया-पल्टन को औपचारिक धन्यवाद देकर एक ओर निकल गया। इधर आकर वह ऑटो-टैक्सी ढूँढ़ने लगा। सड़क की एक किराना दुकान में उसने पूछताछ की। दुकानवाले ने बताया कि उसके पास जीप है। दुकान के पीछे रखी है। कहाँ जाना है? रग्घू ने राहत की साँस ली। दुकानवाले का लड़का ही जीप चलाता था, जो अभी घर में खाना खा रहा था। दुकानवाले से रग्घू ने भाव-ताव किया। थोड़ी देर में दुकानवाले का लड़का खाना खाकर, अपनी फ़ुल पैंट से गीले हाथ पोंछता हुआ आया और रग्घू को जीप में बिठाकर मालूर की ओर निकल पड़ा।

54

तीन दिनों तक रग्घू घर में अनमना-सा, शिथिल पड़ा रहा। न फिर ड्यूटी ज्वाइन करने के बारे में सोचा, न पिता के साथ बहन के रिश्ते के लिए तुमनार जाने की बात को ही आगे बढ़ाया। वह कुछ चिड़चिड़ा और चुप्पा-सा हो गया था। घरवालों ने महसूस किया कि वह उनके सवालों से ही नहीं, सामान्य बातों से भी परेशान हो उठता है, तो उन्होंने उससे बातचीत संक्षिप्त और औपचारिक-सी कर ली। वे अपने कुल देवता की ओर मुड़े। देवता से मन-ही-मन प्रार्थना करने लगे (उसकी ज़िम्मेदारी याद दिलाने लगे) कि, रग्घू पर कोई भूत सवार हो गया है, उसे जल्दी-से-जल्दी उतार कर अपने कर्त्तव्य का पालन करे!

चौथे दिन कोई अजनबी सुबह मुँह-अँधेरे घर के दरवाज़े पर रग्घू की बाइक छोड़कर चला गया था। अपनी छूट गई (या लूट ली गई, जैसा कि उसने सोच लिया था) बाइक को वापस देखकर रग्घू में थोड़ा उत्साह जागा। उसने बाइक की साफ़-सफ़ाई की। गंगालूर जाकर बोतलों में पेट्रोल बेचते दुकानदार से बाइक में पेट्रोल भरवाया। एक मैकेनिक से बाइक की जाँच-पड़ताल भी करवा ली और जब शाम हुई, वह बाइक से निमेड़ की ओर निकल पड़ा। इरमा से मुलाकात की कई कोशिशें असफल हो जाने के बाद भी, उसकी आशा अभी ज़िंदा थी।

निमेड़, मुख्य सड़क से लगा हुआ एक कस्बा था। ग्रामीण ज़रूरतों के सामानों

की दुकानें वहाँ थीं। उसे आश्चर्य हुआ कि यहाँ गुफ़ा-पल्टन की गुप्त बैठक कैसे सम्भव होगी। ज़रूर आस-पास कहीं और होगी, उसे सिर्फ़ भरमाने के लिए ऐसा कहा गया होगा! लगता है कि उनके बीच अविश्वास की खाई अब भी कायम है! इस खाई को वह पाट देना चाहता तो था, मगर हो नहीं रहा था। वह संध्या छह बजे निमेड़ आ गया था और एक बंद दुकान के सामने की जगह पर बाइक खड़ी कर आस-पास पैदल चहल-कदमी करता रहा। फिर जब रात हो गई तो उस पर फिर निराशा हावी होने लगी। लगा कि अब वे लोग भी उसके साथ मज़ाक करने लगे हैं! कम-से-कम इरमा से उसे ऐसी उम्मीद नहीं थी। मगर फिर भी नाउम्मीदी को सिर पर लादे वह इधर-उधर टहलता ही रहा था।

अब रात के आठ बजने लगे थे। थककर वह अपनी खड़ी बाइक की सीट पर आ बैठा। फिर निराशा में डूबा लौटने की सोचने लगा। तभी दस साल का एक लड़का एक गली से निकला और उसके पास आया। बोला, ''दीदी केयातो...(दीदी बुला रही है)!''

रग्घू गिरता-सा बाइक से उतरा और उस लड़के के पीछे-पीछे एक गली के अँधेरे में समा गया। दोनों आगे बढ़ते रहे। सड़क से गुज़रते हुए देखने से यह कस्बा और इसकी आबादी बहुत ही कम प्रतीत होती थी, मगर अंदर इसका विस्तार था। कस्बे के छोर पर खड़े एक खंडहर से मकान की ओर इशारा करता हुआ लड़का रुका और खुद किसी दूसरी गली में समा गया। उस मकान में, जिसका द्वार बंद था किन्तु एक खिड़की खुली थी, पर्याप्त रोशनी नहीं थी। एक लालटेन की धीमी रोशनी में अंदर कुछ भी स्पष्ट नहीं था। मकान के अंदर कुछ युवतियों के बोलने की हल्की आवाज़ें आ रही थीं। लगता था, वहाँ सिर्फ़ युवतियाँ ही थीं। ज़रूर उनकी मीटिंग जंगल में अंदर कहीं रही होगी और अब इरमा अपनी साथी युवतियों के साथ इस खंडहर-से मकान में आयी होगी!

मकान के दरवाज़े की ओर मुँह कर, धड़कते दिल को थामे उसने धीमे से पुकारा, ''इरमा...इरमा, मैं हूँ रग्घू!''

गली के छोर के उस मकान के सामने वह एक जोगी-सा खड़ा था। बहुत आहिस्ता से, जैसे सोया हुआ बच्चा अपनी आँखें खोलता है, बंद द्वार के पट खुले। किसी युवती की आवाज़ आयी, जो इरमा नहीं थी, ''वाया दादा, लोपा वाय...(आओ दादा, अंदर आओ)!''

रग्घू ने झिझकते और आनंद से सिहरते अभी दो कदम ही आगे बढ़ाये थे कि निमेड़ की सड़क पर पुलिसिया-पल्टन के वाहनों की तेज़ आवाज़ गूँजने लगी। ये वाहन कब अँधेरे में आकर चुप्प खड़े थे, अपनी उधेड़बुन में रग्घू ध्यान नहीं दे पाया था। वाहन से ही उतर एक भेदिया, सादी वर्दी में आस-पास कहीं छुपा, रग्घू पर नज़र रखे हुए था। अब गली में पुलिसिया बल के भारी जूतों की धमक सुनायी देने लगी। एक लम्बी सीटी के साथ मकान का पिछला द्वार खुला और सारी युवतियाँ जंगल की ओर दौड़ने लगीं। व्याकुल रग्घू ने तड़प कर पुकारा, ''इरमा...!''

"चोप्प माइलोटिया[84]!" दूर जाती एक युवती की चीखती आवाज़ रग्घू के कानों से आकर टकरायी।...'नहीं यह इरमा की आवाज़ नहीं है!' हताश रग्घू ने सोचा। 'उस बेचारी को ऐसी भद्दी गाली देना तो कभी आया ही नहीं। अलबत्ता गुस्सा उसके नाक पर बैठा ज़रूर होता था।'

मकान के पीछे और जंगल के बीच परस्पर फ़ायरिंग की आवाज़ होने लगी थी। धड़धड़ाती आई पुलिस फ़ोर्स के धक्के से बचने के लिए रग्घू एकदम किनारे हो गया था, फिर थोड़े असमंजस के बाद गली से निकलकर सड़क पर आ गया। बंद दुकान के सामने उसकी बाइक यथावत खड़ी थी। निराशा, अपमान और पश्चाताप से भरा वह थोड़ी देर ठिठका रहा। फ़ायरिंग की आवाज़ें सुन बाकी दुकानें और घरों की खिड़कियाँ, दरवाज़े भी बंद हो गये थे। सड़क ऐसे सूनी हो गई थी जैसे आधी रात ढल गई हो। आवारा पशुओं के अलावा कोई जीव दिखायी नहीं दे रहा था। हताश रग्घू ने अपनी बाइक को किक लगायी और मालूर गाँव की ओर बढ़ गया।

~

दो दिनों तक रग्घू घर में बीमार-सा पड़ा रहा। उसकी कुछ भी करने की इच्छा जाती रही। भविष्य, जीवन आदर्श, प्रासंगिकता सब सिर कटे मुर्गे की तरह फड़फड़ाकर रह गये। घर में और भी ज़्यादा अबोलापन घर कर गया था। घर के लड़के की यही इच्छा समझ सब आपस में भी धीरे-धीरे बोलने लगे थे। मगर परिवार के भविष्य को लेकर वे आशंकित थे। बेचारी शांता को अपने रिश्ते के सम्बन्ध में भाई की राय अब तक नहीं मिल पायी थी। रग्घू तुमनार गया ही नहीं। उसने भैरमगढ़ जाकर, जहाँ उसके स्कूल के हैडमास्टर ने अपना मुख्यालय बना रखा था, ज्वाइनिंग भी नहीं दी थी। भाई की मन:स्थिति को देखकर शांता इस सम्बन्ध में कुछ बोलने से कतराती रही। मगर घर का इतना अबोलापन उसे चुभ रहा था। एक दिन उसने रग्घू को खुश करने की गरज से उसके कैनवास के गन्दे और पुराने हो गये जूतों को साबुन लगाकर धोया और सूखने के लिए धूप में डाल दिया। फिर आकर बोली, "दादा, आपके जूते डेढ़ साल पुराने हो गये। कभी उसे धोया-पोंछा भी नहीं, मगर लगता है कि उनकी दो-एक बार ठोक-पीट करा चुके हैं! अब बीजापुर जाओ तो नये खरीद ही लेना।"

रग्घू अपने बिस्तर पर लेटा किसी पत्रिका के पन्ने उलट रहा था। उसके चेहरे पर हल्की-सी मुस्कान उभरी, मगर मुँह से कुछ बोला नहीं। अलबत्ता शांता के 'ठोक-पीट' कहने पर उसे हैरानी हुई। उसने तो डेढ़ साल में कभी उनकी मरम्मत भी नहीं करायी थी और केनवास के होने के कारण पॉलिश करवाना भी ज़रूरी नहीं था। उन्हें धोया भी जा सकता था, क्योंकि वे पानी में भी खराब नहीं होने वाले थे, मगर उसने ऐसा भी नहीं किया था। उसने उन्हें रायपुर की फुटपाथ की दुकान से खरीदा था। ज़मीन पर लगी दुकान में उन्हें देखते ही उसने पसंद कर लिया था। वह उठा और धूप

84. माँ से सम्बन्धों वाली गाली (हल्बी)

में सूखते अपने जूतों की ओर गया। धोये जाने पर वे ऊपर से नये से लगने लगे थे, हालाँकि दोनों जूतों की अँगूठे वाली जगह कुछ छिल गई लगती थी। उसने एक जूते को उठाकर उसके तलवे को देखा। उसे आश्चर्य हुआ कि जूते में सोल के पास बहुत बारीक अतिरिक्त सिलाई की हुई थी। उसने दूसरे जूते को भी उठाकर देखा, उसमें भी कुछ ऐसी ही कारस्तानी नज़र आयी। उसने याद करने की कोशिश की कि कब कहाँ उसने इनकी मरम्मत करवायी थी। उसे कुछ याद न आया, बल्कि कुछ आशंका होने लगी। उसने यह सोचकर कि अब इन्हें बदलना ही है तो ज़रा देख ही लिया जाये कि माजरा क्या है? उसने घर से पेचकस और कटरप्लायर लिया और सोल की सिलाई और बहुत बारीक गड़ी कीलों को निकालने लगा। कीलें और सिलाई उघड़ते ही उसने जो देखा, उसके आश्चर्य की सीमा नहीं रही। उसे ऐड़ी के पास एक सोल में एक चिप और दूसरे में आरएफआईडी[85] टैग छुपाया हुआ मिला! कुछ अतिरिक्त रेगज़ीन डालकर दोनों तलुवों को बराबर बना दिया गया था। उसे इस परिवर्तन का, अपनी भारी चिंताओं के बीच ज़रा भी एहसास नहीं हुआ था।

'हे भगवान!' वह कराह-सा उठा और अपने को ठगा-सा महसूस किया।...'तो ये चीज़ें हैं, जिनके कारण पुलिस को उसकी साइट का पता रहता था! उसने फिर याद करने की कोशिश की तो उसे याद आ गया। बीजापुर थाने में जब उसने जूते उतारे थे (वैसे थाने में कोई जूते उतार कर तो नहीं जाता, मगर आर.पी. सिंह का अनुसरण करते हुए उसने ऐसा किया था, जो आर.पी. सिंह और थाने का पूर्वनियोजित षड्यंत्र था!), तभी उसके जूतों के साथ यह कारस्तानी की गई थी। वह नासमझ सिर्फ़ मोबाइल को अपने साथ रखने से ही घबरा उठा था। उसने दो दिनों के बाद मोबाइल तो थाने में लौटा दिया, मगर ये चीज़ें उसके साथ जोंक की तरह चिपकी हुई रह गई थीं!'

'अब... ? यहाँ बैठकर पश्चाताप करना ही काफ़ी नहीं होगा। पुलिसवालों ने तो अपना काम किया, मगर मेरी मूर्खता के कारण इरमा और उसके दल पर कई संकट आये। उनका विश्वास टूटा होगा। न जाने इरमा ने भी मेरे बारे में क्या सोच लिया होगा? मुझे अब जो चाहे दण्ड मिले, मगर मैं इरमा का, उसकी पार्टी का अपनी अनभिज्ञता में ही सही, अपराधी हूँ। मुझे बताना होगा उन्हें कि मैंने जानबूझकर ऐसा नहीं किया है। हे दन्तेश्वरी माता...यह सब क्या हो गया? ओह...तो मैं इरमा की नज़रों में पुलिस-मुखबिर हो गया क्या?...ऐसी तोहमत लेकर तो अब जीना नहीं हो सकेगा!...इरमा मुझे क्षमा करो, मैं इतना नहीं गिर सकता!'

उसने उस चिप और टैग को कुल्हाड़ी से काटने की कोशिश की। चिप टेढ़ा-मेढ़ा ज़रूर हुआ पर कटा नहीं। उसने उन दोनों पर थूका, मन फिर भी शांत नहीं हुआ तो बाड़ी में एक छोटा-सा गड्ढा खोदकर, उसमें सूखे पत्ते और टहनियाँ डालीं। उस पर उन दोनों चीज़ों को रखकर आग लगा दी। थोड़ी देर में पत्ते और टहनियों के साथ जलकर निष्क्रिय हो, वे दोनों चीज़ें राख के साथ गड्ढे में बैठ गईं। रग्घू ने उन पर मिट्टी

85. रेडियो फ्रीक्वेंसी आईडेंटिफ़िकेशन (टेग)

डाल कर गड्ढा पाट दिया। गोया वे दोनों चीज़ें कोई लाश थीं, जिन्हें अग्नि भी मिली और मिट्टी भी!...और बोनस में थूक भी!

आर.पी. सिंह से ही उसे पता चला था कि इरमा के दल का मुख्य ठिकाना बासागुड़ा के जंगलों में कहीं है। और यह भी कि बासागुड़ा में अनेक जनमिलिसिया के लोग हैं, जो अंदरवालों के सम्पर्क में रहते हैं। उनमें कई लोग कई पार्टियों में भी शामिल हैं, जैसे वहाँ का एक होटलवाला कामरेड मोगिया! वह अंदर की अवैधानिक पार्टी से और बाहर की मान्यता प्राप्त वामपंथी पार्टी से भी ताल्लुक रखता है।

अगले दिन ही वह गंगालूर से बस पकड़कर बासागुड़ा पहुँचा। दोपहर का समय था। शुक्रवार का दिन था और संयोग से यह दिन वहाँ के साप्ताहिक बाज़ार का दिन भी था। मोगिया सामान लेते अपने ग्राहकों में व्यस्त था। दो लोग उसके होटल में बैठे चाय पी रहे थे। रग्घू ने अपने लिए भी चाय मँगवा ली। बाज़ार के दिन मोगिया का एक लड़का भी उसकी मदद के लिए होटल आया हुआ था। थोड़ी देर प्रतीक्षा के बाद जब लगा कि अभी कोई ग्राहक वहाँ नहीं है, उसने मोगिया से बात की। अपना परिचय दिया। पत्रकार रमेश पैकरा, जिसे इसी बासागुड़ा में घेर कर मार डाला गया था, से अपनी मित्रता बतलायी और मोगिया को खुश करने के लिये उसकी पार्टी द्वारा आयोजित सलवा जुडूम रैली की विशालता की तारीफ़ की, जिसमें मोगिया भी शामिल था और अंत में बतलाया कि वही इरमा का यानी कामरेड सीते का मंगेतर है और उससे एक बार मिलना चाहता है!

मोगिया ने रग्घू को पहली बार देखा था, मगर वह उसे जानता था। उसने रग्घू द्वारा पहले से लिखकर लायी मुड़ी हुई चिट्ठी ले ली और कहा, ''दो-तीन दिनों में उस तक यह चिट्ठी पहुँच जायेगी।''...मोगिया स्वयं रमेश और बासागुड़ा गाँव के दो कामरेडों के मारे जाने से दुखी था, मगर जीविका की मजबूरी और विपरीत परिस्थिति के कारण कसमसाकर रह गया था। बिना खोले, बिना पढ़े, उसने चिट्ठी को अपनी पैंट की जेब में रखते हुए पूछा, ''वैसे चिट्ठी में क्या लिखा है?'

रग्घू ने बताया कि उसमें इरमा से एक बार मिलने का आग्रह है और मेरे कारण उसके दल को जो परेशानी झेलनी पड़ी, उसके लिए क्षमा माँगी गई है। दयावश मोगिया ने सलाह दी कि अगर दिन और समय नहीं लिखा हो तो अगले हफ़्ते, आज जैसे बाज़ार के दिन ही भीड़-भाड़ में, क्योंकि अक्सर वे लोग गाँववालों के भेष में बाज़ार के दिन पहुँचते हैं, मिलना ठीक रहेगा। वैसे बाज़ार पर पुलिस की नज़र तो रहती है, मगर अच्छा हो तालपेरू नदी के पुल की तरफ़ मिलना लिख लो!

रग्घू ने इस सलाह के लिए उसे धन्यवाद किया और मोगिया को दी गई चिट्ठी माँग कर फाड़ दी। ऐसे भी वह चिट्ठी ढेरों कैफ़ियतों से भरी और बड़ी हो गई थी। फिर उसने मोगिया से उसके होटल के हिसाब की कॉपी से एक पन्ना माँग कर दोबारा चिट्ठी लिख ली। पैन उसके पास था ही। जब से वह रायपुर में, स्कूल में पढ़ाने जाने लगा था, पैन हमेशा उसकी कमीज़ की पॉकेट में रहता था।

'प्रिय इरमा...

दन्तेश्वरी माता की कसम, एक बार अंतिम बार ही सही मैं तुमसे मिलना चाहता हूँ। मुझ पर संदेह का जो कलंक है, उसके बाबत मुझे कुछ कहना है। मुझे ज़िंदा देखना चाहती हो तो, अगले शुक्रवार को बासागुड़ा बाज़ार के दिन, तालपेरू के पुल पर दोपहर को ज़रूर मिलना!

तुम्हारा...रग्घू'

फिर मोगिया को चिट्ठी थमाकर, पुन: धन्यवाद कहकर वह उसी समय उपलब्ध सवारी-जीप से लौट गया।

~

अगले हफ़्ते वह बस पकड़कर फिर बासागुड़ा आया। चूँकि, आज बाज़ार का दिन था, इसलिए इधर से आती-जाती हर बस, टैक्सी और दूसरे वाहन लदे-फंदे थे, जो जगह-जगह रुकते, ठिठकते, सवारी और सामान भरते देर से पहुँच रहे थे। रग्घू की बस भी देर से पहुँची। उसे दुख हुआ कि उसने चिट्ठी में मिलने का कोई पक्का समय नहीं लिखा था। कहीं इरमा उसके पुल पर पहुँचने के पहले ही लौट न जाये! इसलिए वह मोगिया से बिना मिले, बिना पड़ताल किये, बस से उतरते ही सीधे पुल की तरफ़ लपका। बारह बज रहे थे। जंगल के बाज़ार सूरज की तरह दोपहर के पहले चढ़ते और फिर उतरने लगते थे। बाज़ार का पीक टाइम सुबह ग्यारह से दो बजे तक ही था।

सलवा जुडूम के पहले इस बाज़ार का बड़ा नाम था। बाज़ार के दिन जंगल में मंगल, मुर्गों का दंगल, खूब भीड़-भाड़ और चहल-पहल हुआ करती थी। दूर-दूर से व्यापारी अपना सामान बेचने, विनिमय करने आते और जंगल के अंदर से उतनी ही दूर-दूर से आदिवासी कुछ नकद और कुछ अपनी वनोपज के बदले ज़रूरत का सामान लेने आते। यह बाज़ार लोगों की सिर्फ़ खरीद-बिक्री का ही बाज़ार नहीं था। लोग यहाँ मनोरंजन करने, आपस में भेंट-मुलाकात करने भी आते थे। पिछले हफ़्ते जब रग्घू यहाँ आया था तो दोपहर के दो बज रहे थे। तब बाज़ार उठने की तैयारी में था। भीड़ छँट गई थी। उसके मुकाबले अभी बारह-साढ़े बारह को चौगुनी भीड़ दिखायी दे रही थी। बाज़ार ग्रामीणों की ज़रूरत के हिसाब से नमक, गुड़, हल्दी, तेल, रेडीमेड व दूसरे सस्ते कपड़े, साग-भाजी, आलू, अनाज आदि से भरा हुआ था। कुछ ग्रामीण अपने मुर्गे, बकरियाँ, इमली, चिरौंजी, महुआ आदि लेकर भी बैठे थे। जिनको कोई काम नहीं था, ऐसे ग्रामीण भी यहाँ अवतरित थे। जंगल में भीड़ को देखना भी अपने आप में बड़ी बात थी। ऐसे लोग चकराये-चकित, बार-बार इधर-उधर आ-जा रहे थे। आज के दिन जंगल में पानवाले भी आते थे। हफ़्ते में एक दिन मुँह लाल करना और बेमतलब थूकते चलना भी कुछ का शौक बन गया था। मगर यह सब दो बजे के पहले की ही नौटंकी थी। बाद में, लोगों में यहाँ से जल्दी निकल जाने की अप्रत्यक्ष हड़बड़ाहट, प्रत्यक्ष में तब्दील हो जाती थी। दिन ढलने के साथ-साथ आशंका बढ़ती

जाती थी और सलवा जुडूम के ज़माने में तो यह ज़्यादा बलवती हो गई थी। किसी को पता नहीं रहता था कि यहाँ कब क्या हो जायेगा!

तालपेरू नदी के पुल से रह-रहकर साइकिल, बाइक, मालवाहक टैम्पो, सवारी जीपों का आना-जाना हो रहा था, मगर पैदल राहगीरों की आमद ज़्यादा थी। कभी-कभी भोंपू बजाती बस भी गुज़र जाती। पुल के उस पार राजपेटा गाँव लगा हुआ था। उससे आगे कोत्तागुड़ा, सारकेगुड़ा और न जाने कितने 'गुड़ा', जो कभी पूरे आबाद थे, अब आधे-अधूरे रह गये थे।

रग्घू ने तालपेरू का पुल पार किया। राजपेटा तक गया। फिर वापस लौट भी आया। ऐसा उसने कई बार किया। उसके जेहन में बाज़ार, बासागुड़ा, पुलिस कैम्प, नक्सली कैम्प, परिवार, इरमा सब चक्कर मार रहे थे। वह पुल पर खड़ा होकर नदी के प्रवाह को देखने लगा। यह नदी आगे जाकर इन्द्रावती की तरह ही, गोदावरी नदी में जा मिलती थी। इस इलाके के जनजीवन का यह मेरूदण्ड थी। इसके क्रमशः अधिक लाल होते पानी से यहाँ का भावी जीवन खतरे के निशान की ओर बढ़ रहा था। तालपेरू का प्रवाह अभी बहुत तेज़ नहीं लग रहा था। उसने सुना था कि बरसात में यह नदी लकड़ी-तस्करों के बड़े काम आती है। तस्कर साल, सागौन जैसे कीमती पेड़ काटकर उनके कुंदे नदी में बहाकर, दूसरे प्रदेश में पहुँचा दिया करते हैं! और बदनाम होती है बेचारी तालपेरू! पता नहीं यह तस्करी अब कम हुई या चल ही रही है! ज़रूर एक समय इस इलाके का जंगल और घना रहा होगा, अभी तो बीच-बीच में मैदान-सा नज़र आता है। मगर तस्करी का काम बिना सरकारी अमले की मिलीभगत के सम्भव नहीं लगता था।

तालपेरू से नज़र हटाकर उसने दूर गर्मी में झुलसे वृक्षों से भरे छोटे-बड़े पहाड़ों की शृंखला पर डाली। उन्हीं पहाड़ों में कहीं बहुमूल्य खनिज छिपे पड़े थे। कुछ का पता किया जा चुका था, किन्तु बहुतों का पता लगाना शेष था। कहीं-कहीं पर, जहाँ पहाड़ों को खोदा-खंगाला गया था, उन पहाड़ों की लाल मिट्टी ही तालपेरू के जल को ललहू किये हुए थी। तेज़ गर्मी से जंगल में कहीं-कहीं आग लगी हुई थी, दिन के उजाले में वहाँ से उठता सिर्फ़ धुआँ ही दिखायी देता था। जंगल में बाँस की झाड़ियाँ बहुत थीं, जो जल्दी सुलग उठती थीं। हर साल जंगल में कहीं-न-कहीं आग लग ही जाती थी, मगर तब भी गाँव-घर सुरक्षित रहते थे, मगर इन दिनों गाँव-घरों में आग लगी हुई थी और ज़्यादातर लोग जंगल से शरण माँग रहे थे।

खूब कदमताल करने और समय के बीतते जाने के बाद भी, जब उसके दर्शन नहीं हो रहे थे, जिसकी प्रतीक्षा उसे थी तो उसकी आस पर फिर निराशा के बादल मँडराने लगे। अब दोपहर ढलने लगी थी। बाज़ार अपने उजड़ने की तैयारी में था। रग्घू ने अपनी कलाई घड़ी देखी। अब तो ढाई बजने लगे थे। 'ओह इरमा!'...उसने एक आह भरी...'कहाँ रह गई हो तुम? अगर तुम जंगल से बाहर नहीं निकलीं तो मैं जंगल के अंदर आ जाऊँगा! मैं बिना तुमसे मिले अब वापस लौटने का नहीं! मुझे और परीक्षा

में मत डालो। मैं हलकान हो चुका हूँ!'

थोड़ी देर बाद जब उसने फिर घड़ी देखी तो घोर निराश हो उठा। तीन बज रहे थे। बाज़ार लगभग उजड़ गया था। चार-पाँच व्यापारी अपना सामान समेट कर मेटाडोर में लाद रहे थे। हर जगह इक्का-दुक्का लोग, जो आस-पास के होते हैं, अक्सर बाज़ार की समाप्ति पर आते हैं, ताकि व्यापारी के लिए बोझ बना सामान, व्यापारी उन्हें बहुत सस्ते में या कभी-कभी मुफ़्त में भी दे दें। ऐसे कुछ महानुभाव अब भी वहाँ थे। वे व्यापारियों का सामान वाहनों में लादने में मदद भी कर रहे थे। बाज़ार का हो-हल्ला शांत हो गया था। जुडूम कैम्प से निकले ग्रामीण खरीददार या विक्रेता भी अपने कैम्प में समा गये थे। पुलिस और सैन्य-बल के ज़्यादातर लोग, जो बाज़ार में अब तक गश्त करते दिखायी दे रहे थे, अब पस्त होकर अपने थाने या बैरक में लौट रहे थे।

रग्घू असमंजस में अधर में लटका पड़ा था। उसके एक तरफ़ बाज़ार था, जिसके नेपथ्य में सूरज डूब रहा था, बाज़ार की छोड़ी गंदगी थी, जुडूम कैम्प था, कैम्प में बसे लोग थे, घर की ओर लौटती सड़क थी, परिवार था, उसकी डिग्रियाँ थीं, नौकरी थी, भविष्य का सुविधापूर्ण स्वार्थी जीवन था। दूसरी तरफ़ धुँध में घिरता अरण्य था, जिसमें कहीं-कहीं आग लगी हुई थी। कल-कल करती नदी थी, मंझोले पहाड़ थे, जिनकी काली भुजाओं से कल सूरज को उगना था। अरण्य के अंदर उसी की बिरादरी के और कुछ अजनबी लोग भी थे, जो इन जंगलों, पहाड़ों, नदियों और यहाँ के जीवन की अस्मिता के लिए दीवाने बने, सिर पर कफ़न बाँधे फिर रहे थे। इन्हीं में एक कोई उसका अपना भी था। एक नई उठती घुमड़ती बदली...इरमा! चट्टानों से टकराती, कल-कल करती, एक घायल नदी...इरमा! खामोशी से दबे पाँव उठता एक तूफ़ान...इरमा!

उसके दिल की गहराइयों से फिर एक व्याकुल पुकार उठी...'इरमा, कहाँ हो तुम?'

उसके पास पीने के पानी की प्लास्टिक की एक बोतल थी, जिसमें उसके घर के कुएँ का पानी भरा था। बोतल का आधे से ज़्यादा पानी वह पी भी चुका था। अचानक उसने एक संकल्प के साथ पानी की बोतल के ढक्कन को कसकर बंद किया और नदी के धीमे प्रवाह में फेंक दिया—'अगर बोतल बहती हुई पुल के दूसरी तरफ़ निकल गई तो वह इरमा को हमेशा के लिए भूलकर गाँव-घर निकल जायेगा! और नहीं निकली तो...वह अभी यहीं से अरण्य में समा जायेगा, इरमा की तरफ़, जहाँ कहीं भी वह हो!'

अब वह पुल की दूसरी तरफ़ बोतल के निकलने का इंतज़ार करने लगा। पुल के नीचे कुछ चट्टानें उभरी हुई थीं, शायद बोतल उनमें उलझ गयी लगती थी। रग्घू ने थोड़ी देर और, उसके दूसरी तरफ़ आने का इंतज़ार किया। मगर जब बोतल बाहर निकलती दिखायी नहीं दी तो वह पुल के बाहर से कुछ पत्थर उठा लाया और बोतल की दिशा में फेंकने को हुआ। उसने जैसे ही पहला पत्थर फेंका तो नदी के पानी से

एक चीख-सी उठी, युवती की आवाज़ में...''चोप्प माइलोटिया!''

वह सहम-सा गया, जैसे कोई अपराध करते रंगेहाथों पकड़ा गया हो! हथेली के बाकी पत्थर फिसलकर उसके पैरों के पास लुढ़क गये। परेशान-सा उसने पीछे देखा, दो सशस्त्र पुलिस के जवान हथेली में तम्बाकू मलते, बातें करते पुल की तरफ़ आ रहे थे। जंगल की शाम घिरने लगी थी। वृक्षों की परछाइयाँ तनकर लम्बी हो गई थीं। बाज़ार उजड़ चुका था। ऑटो-टैक्सी वाले जा चुके थे। अभी आयी एक आखिरी बस, अब लौटने को थी। उसके ऊपर अपना कुछ सामान लोड करते दो लोग अब बस की सीढ़ी से नीचे उतर रहे थे।

उसने सामने देखा, अरण्य और ज़्यादा धुँधला गया था। अरण्य में आग लगी थी या गुफ़ा-पल्टन वालों के चूल्हे सुलग गये थे! आकाश में धुएँ की कई लकीरें खिंच गई थीं।...थोड़ी देर बाद उधर अँधेरे में चहलकदमी करती जुगनुओं (टॉर्च) की बड़ी-बड़ी रोशनी दिखायी देने लगेंगी! अरण्य के भीतर के कुछ गाँव, जिन तक सलवा जुडूम वाले नहीं पहुँच पाये, उनके अब अलाव जल उठेंगे! युवक-युवतियों के पाँव अलाव के चारों ओर एक लय में थिरकने लगेंगे! वाद्ययंत्रों के साथ, उनके कंठ से फूटते भूले-बिसरे गोंडी गीत, समवेत स्वर में फिर चारों ओर गूँजने लगेंगे...

'विरपोंडो पण्डो रोमो रोमो'...विरपोंडी के जंगल में रोमो की पहाड़ियाँ हैं। हम वहाँ पेड़ों की शाखायें काटने आयेंगे! तुम्हारे आने के पहले हम शाखायें काट डालेंगे! हम शाखाओं को मैदान में फैलाने आयेंगे! तुम्हारे आने से पहले हम शाखाओं को फैला देंगे! हम शाखाओं को आग लगाने आयेंगे! तुम्हारे आने से पहले...!

आभार

आखिर सालों विलम्ब से ही सही, मैं इसे पूरा कर पाया। अपने भ्रमण, अनुभव और अध्ययन के अलावा इस उपन्यास के लिखे जाने में अनेक साथियों का प्रत्यक्ष-अप्रत्यक्ष सहयोग मुझे मिलता रहा। उनका ज़िक्र न करूँ यह कैसे हो सकता है। मुझे बस्तर की अनेक यात्राएँ करनी पड़ीं। कुछ वर्जित क्षेत्रों में भी जाना पड़ा। कुछ जगहों में सर्वश्री डॉ. कोमलसिंह शार्वा, सचिन रंगारी, कमलेश झाड़ी, दौलतराम पोयाम, थानसिंह वर्मा, इन्दुशंकर मनु, परमेश्वर वैष्णव, डॉ. कृपाराम ध्रुव के साथ ने मेरी यात्रा को आसान बनाया। इनके अलावा नारायणपुर के स्थानीय साथी श्री देवनाथ उसेंडी और श्री आर.एल. वट्टी ने मेरी गोण्डी भाषागत मदद की। कम्प्यूटर में टाइपिंग में मददगार देवेन्द्र का भी मैं शुक्रगुज़ार हूँ।

इस क्षेत्र की जानकारी के दौरान मुझे अनेक लेखकों की पुस्तकों, पुरानी पत्र-पत्रिकाओं को देखने-पढ़ने का अवसर मिला। उनसे कुछ अप्रत्यक्ष मदद मिली, मैं प्रेरित हुआ, उनका उल्लेख भी मैं साभार करना चाहूँगा। इनमें सर्वश्री पं. केदारनाथ ठाकुर (*बस्तर भूषण*), प्रवीरचंद भंजदेव (*आई प्रवीर दि आदिवासी गॉड*), शान्ति यदु (*मुरिया नारी*), डॉ. नारायण चैरे (*आदिवासियों के घोटुल*), नंदिनी सुन्दर (*गुंडाधर की तलाश में*), राहुल पंडिता (*सलाम बस्तर*), शुभ्रान्त चौधरी (*उसका नाम वासु नहीं*), सुधा भारद्वाज (*बर्बरतम विस्थापन, बहादुराना प्रतिरोध*), आर.एल. वट्टी (*कोयामर्रीः गोंडी पल्लो करियाट*),लाला जगदलपुरी, हरिहर वैष्णव (*बस्तर की लोककथायें*), के.एल. श्रीवास्तव (*जगतूगुड़ा की विकास यात्रा*), कुलदीपसिंह सूरी (*जंगल की संतान*), डॉ.प्रभाकर सिन्हा (*मानवाधिकार*), अखिल भारतीय आदिवासी महासभा की रपट ('सारकेगुड़ा में वीभत्स नरसंहार', 'बस्तर में छठवीं अनुसूची की ज़रूरत'), *ए बेंड इन द रिवर* (वी.एस. नायपाल), राजीवरंजन प्रसाद (*आमचो बस्तर*), अरुन्धति रॉय (*अपार खुशी का घराना*), हेमन्त कश्यप, पार्वती कश्यप (*लोहाण्डीगुड़ा गोलीकांड*), पीपल्स यूनियन फ़ॉर डैमोक्रेटिकराइट्स, दिल्ली, मार्च 2015 की रपट ('युद्धक्षेत्र में आदिवासी ज़िन्दगियाँ'), ऑल इंडिया पीपुल्स फ़ोरम की रपट ('बस्तरः जहाँ संविधान निलम्बित है'), चितरंजन बक्षी (*दन्तेवाड़ा:रैली संदेश*), इंडिपेन्डेन्ट सिटीज़न्स इनिशिएटिव की रपट ('दन्तेवाड़ाः सलवा जुडूम'), मनोज रुपड़ा ('काला अध्याय'), राजकुमार सोनी ('लाल गलियारे से, भेड़िये और जंगल

की बेटियाँ') डॉ. प्रताप अग्रवाल ('बस्तर : यात्रा कथा'), पी.यू.डी.आर. की जाँच रपट ('छत्तीसगढ़ के बीजापुर ज़िले के हालात'), *दैनिक भास्कर,* देशबंधु, *भूमकाल-समाचार, मुक्तिसंघर्ष, दक्षिणकौशल* आदि पत्र-पत्रिकाओं की पुरानी विभिन्न रपटों की सहायता भी मुझे मिली, मैं उन सबका आभारी हूँ। प्रकाशक राजपाल एण्ड सन्ज़ का, खासकर मैडम मीरा जौहरी जी का आभारी हूँ, जिन्होंने उपन्यास के एक छोटे से अंश को देखते ही तत्काल इसे प्रकाशित करने का निर्णय ले लिया था। आदरणीय ज्ञानरंजन और उन समीक्षकों का आभारी हूँ जिन्होंने प्रकाशन के पूर्व अपनी सम्मति से मुझे उत्साहित किया।

जैसा कि आप जानते हैं, इस दण्डकारण्य के दर्द को न जाने कब से, न जाने कितने लोगों ने अपनी कलम से, अपने वक्तव्यों से, अपनी अन्य सक्रियता से दर्शाने और यहाँ के आम जनों को उस दर्द से निजात दिलाने के लिए कोशिश की। अब भी कर रहे हैं, मगर जैसी और जितनी पहल 'हुक्मरानों' की ओर से होनी चाहिए, अपर्याप्त ही रही। ज़्यादातर जगहों पर तो सिर्फ़ खानापूर्ति ही देखने को मिली। फिर भी चालाकियों, मक्कारियों और गिद्ध नज़रों के अदृश्य घेरों में कसमसाते इस अरण्य के जीवन में अब भी उम्मीदें ज़िन्दा हैं। यह उपन्यास उन्हीं उम्मीदों को रेखांकित करने का एक प्रयास है! अनुभवी कहते हैं...''उम्मीदों से बँधा एक परिंदा है आदमी, जो उम्मीदों से घायल भी है, और ज़िन्दा भी उम्मीदों से ही है!''

—लोकबाबू

□□□

स्थापित 1912
100 वर्षों की श्रेष्ठ प्रकाशन परम्परा
राजपाल

राजपाल एण्ड सन्ज़ की स्थापना एक शताब्दी पूर्व 1912 में लाहौर में हुई थी। आरम्भिक दिनों में अधिकतर धार्मिक, सामाजिक और देश-प्रेम की पुस्तकें प्रकाशित होती थीं और हिन्दी के अतिरिक्त अंग्रेज़ी, उर्दू व पंजाबी भाषा में भी पुस्तकें प्रकाशित की जाती थीं।

1947 में भारत-विभाजन के बाद राजपाल एण्ड सन्ज़ को नए सिरे से दिल्ली में स्थापित किया गया और साहित्यिक पुस्तकों के प्रकाशन का आरम्भ हुआ। रामधारी सिंह दिनकर, महादेवी वर्मा, बच्चन, अज्ञेय, शिवानी, आचार्य चतुरसेन, विष्णु प्रभाकर, राजेन्द्र यादव, मोहन राकेश, रांगेय राघव, कमलेश्वर और अन्य साहित्यिक लेखकों की कृतियाँ यहाँ से प्रकाशित होने लगीं। राजपाल एण्ड सन्ज़ से प्रकाशित *मधुशाला, कुरुक्षेत्र, मानस का हंस, आवारा मसीहा, कितने पाकिस्तान, आषाढ़ का एक दिन* जैसी पुस्तकें हिन्दी साहित्य की 'क्लासिक पुस्तकें' मानी जाती हैं और आज भी लोकप्रियता के शिखर पर हैं। भारत के राष्ट्रपतियों और प्रधानमंत्रियों की पुस्तकें प्रकाशित करने का गौरव भी राजपाल एण्ड सन्ज़ को प्राप्त है। नोबेल पुरस्कार से सम्मानित अर्थशास्त्री डॉ. अमर्त्य सेन की सभी पुस्तकों के हिन्दी अनुवाद यहाँ से प्रकाशित हैं। अन्तरराष्ट्रीय चर्चित पुस्तकों के अनुवाद, विश्वविख्यात कोशकार डॉ. हरदेव बाहरी द्वारा सम्पादित 'राजपाल' शब्दकोशों की शृंखला और किशोरों के लिए सैकड़ों पुस्तकें राजपाल एण्ड सन्ज़ से प्रकाशित हुई हैं।

पाठकों के स्वस्थ और सुरुचिपूर्ण मनोरंजन और ज्ञानवर्धन के लिए समर्पित राजपाल एण्ड सन्ज़ से हिन्दी और अंग्रेज़ी में पुस्तकें प्रकाशित होती हैं जो देश के सभी बड़े पुस्तक-विक्रेताओं और विश्व भर के ऑनलाइन विक्रेताओं के यहाँ उपलब्ध हैं।

राजपाल एण्ड सन्ज़

1590 मदरसा रोड, कश्मीरी गेट, दिल्ली-6, फोन: 011-23869812, 23865483
email: sales@rajpalpublishing.com, facebook: facebook.com/rajpalandsons
website: www.rajpalpublishing.com

मुश्ताक़ अहमद यूसुफ़ी

(4 सितंबर 1923—20 जून 2018)

मुश्ताक़ अहमद यूसुफ़ी उर्दू के प्रतिष्ठित व्यंग्य लेखक थे। इनकी व्यंग्य रचनाएँ उर्दू में मील का पत्थर हैं। इनका जन्म राजस्थान के टोंक ज़िले में एक समृद्ध परिवार में हुआ था। स्कूली शिक्षा पाने के बाद उन्होंने बी.ए. और एम.ए. आगरा यूनिवर्सिटी से और एलएलबी अलीगढ़ यूनिवर्सिटी से की। 1947 में देश-विभाजन के बाद वे परिवार सहित कराची, पाकिस्तान चले गए। वहाँ वे लम्बे अरसे तक अलग-अलग बैंकों में उच्च प्रबंधक के पद पर रहे और साथ ही साथ साहित्य सृजन भी करते रहे। *ज़रगुज़िश्त* के अलावा उनकी अन्य लोकप्रिय पुस्तकें हैं—*आबे-गुम, चिराग़ तले, ख़ाक़म-ब-दहन* ।